震撼心灵的战争画卷 浴血奋战的英雄传奇

战火中的将军

抗战中的著名将领

李烨华◎编著

团结出版社

图书在版编目（CIP）数据

战火中的将军 / 李烨华编著. -- 北京：团结出版
社, 2014.9（2022.11重印）

ISBN 978-7-5126-3084-0

Ⅰ. ①战… Ⅱ. ①李… Ⅲ. ①长篇小说—中国—当代
Ⅳ. ①I247.5

中国版本图书馆CIP数据核字(2014)第212870号

出　　版：团结出版社
　　　　　（北京市东城区东皇城根南街84号　邮编：100006）
电　　话：（010）65228880　　65244790（出版社）
　　　　　（010）65238766　　85113874　　65133603（发行部）
　　　　　（010）65133603（邮购）
网　　址：http://www.tjpress.com
E-mail：zb65244790@163.com（出版社）
　　　　　fx65133603@163.com（发行部邮购）
经　　销：全国新华书店
印　　刷：三河市华晨印务有限公司

开　　本：710毫米×1000毫米　　16开
印　　张：20
字　　数：300千字
版　　次：2014 年 9 月　第 1 版
印　　次：2022 年 11 月　第 4 次印刷

书　　号：978-7-5126-3084-0
定　　价：88.00 元

前　言

从 1927 年 8 月 1 日南昌起义开始，一直到 1949 年 10 月 1 日新中国成立，中国革命终于迎来了伟大的胜利。这个历程充满了艰难、辛酸和血泪。那光辉灿烂的勋章上，从战火中走出的将帅们镌刻了掷地有声的史实。他们跨黄河、过草地、渡长江，不畏艰难险阻，勇往直前。将帅们一个个可歌可泣的英雄故事极富传奇色彩，在中国艰苦卓绝的战争史上留下了一个个辉煌的形象。他们奋不顾身、浴血奋战，为人民的解放事业作出了卓越贡献；他们呕心沥血、鞠躬尽瘁，为新中国的建设立下了不朽的功勋。他们用自己的精神和行动谱写了一串串动人的故事，留下了一段段传世的佳话。

几十年征战于沙场，他们叱咤风云，威武豪迈；他们运筹帷幄，决胜千里。"生逢乱世历风霜，铁马冰河为救亡"，他们历经战火洗礼，以壮丽的人生和杰出的智慧，谱写了一曲曲豪情壮志的英雄赞歌。

英雄先辈们抛头颅、洒热血，创造了一个崭新的国家，开创了一个崭新的时代。他们在硝烟和炮火中冲锋，前仆后继，用自己的鲜血，迎来了抗战的胜利，迎来了新中国的成立。

当然，除了在中国共产党领导下的英雄之外，国民党军队中也不乏为中华民族的生存英勇抗战，进行殊死斗争的爱国将领。他们用自己的血肉之躯筑起了一道新的长城，为中国的反侵略事业也作出了不朽的贡献。他们也永远值得人们尊敬和怀念！

当中华人民共和国正蓬勃发展、锐意进取的时候，那些当年横戈马上，为新中国奠基的老帅老将们，正渐渐淡出人们的视野，但人们不能忘记他们。正是因为有他们的无私奉献，才有了人们现在的美好生活。在敬仰和怀念之际，思忖功勋卓著的将帅们几十年金戈铁马的人生轨迹，听听他们极富传奇色彩的人生故事，对今天的生活也是一种感悟和启迪。

本书旨在描绘将军们精湛的军事指挥才能，多角度、全方位展示将军们独特的个人魅力，以群像手法展现将帅们的群体风采。

目　录

第一篇　共产党著名将领

2

能攻善守的"赵子龙"——陈锡联 …………………… 177

骁勇善战铸辉煌——李聚奎 ………………………… 193

第二篇　国民党著名将领

6

第一篇 共产党著名将领

1

横刀立马的抗战大师——彭德怀

　　彭德怀（1898~1974年），湖南湘潭人，原名清宗，后改名为德怀，字得华，号石穿，小名唤作钟伢子、石穿。生于1898年，18岁加入湖南湘军。1922年，考入湖南军官讲武堂。1923年毕业后在湘军中任连长。1926年，升任营长。同年，湘军改编为国民革命军，参加北伐战争。1927年冬，任代理团长，次年1月任团长。同年4月，加入中国共产党。7月，红军第五军成立，任第五军军长。11月，率红五军与毛泽东、朱德领导的红四军在井冈山顺利会师。1930年6月，任红三军团总指挥。1931年11月，任中央革命军事委员会副主席。1934年1月，中共六届五中全会上被选为中央候补委员。同年10月，率部长征。1935年9月，任红军陕甘支队司令员。11月，任西北革命军事委员会副主席、红军第一方面军司令员。1936年，被补选为中共中央政治局委员。抗日战争时期，任八路军副总指挥，与朱德一起指挥八路军在敌后开展游击战争，开辟并建立了华北抗日根据地。1940 年，组织并发动百团大战。1942 年，任中共中央北方局代理书记。1943 年，回延安与毛泽东、朱德一起指挥华北地区的敌后抗战工作。1945 年，中共七届一中全会上当选为中共中央政治局委员，任中共中央军事委员会副主席兼总参谋长。解放战争期间，任中国人民解放军副总司令以及西北野战军（后编为第一野战军）司令员兼政治委员。新中国成立后，任中央人民政府委员、人民革命军事委员会副主席、西北军政委员会主席、中共中央西北局第一书记、西北军区司令员。1950 年 10 月，任中国人民志愿军司令员兼政治委员，带领指挥中国人民志愿军赴朝鲜进行抗美援朝战斗。1954 年，任国务院副总理兼国防部长、国防委员会副主席。1955 年，被授予中华人民共和国元帅军衔。1956 年，在中共八届一中全会上当选为中共中央政治局委员。1959 年 7 月，因反对人民公社化的"左"倾错误和大跃进，为民请愿而被打成"彭、张、黄、周反党集团"的骨干成员，被免去国防部长职务。1965 年，重新参加工作，被任命为"三线"建设委员会副主任。在"文革"期间，遭到林彪、江青反革命集团的诬陷和迫害，1974 年 11 月 29 日逝世。1978 年，中共十一届三中全会为其平反昭雪，恢复了名誉。

贫苦少年参军

　　湖南省湘潭县的西部地区巍然屹立着一座这样的山峰，这座山峰有两个峰，位于南边的叫作乌石山。在乌石山上有一个叫作乌石寨的小村庄，彭德怀就出生在这里。

　　清朝光绪二十四年，也就是 1898 年 10 月 24 日（农历九月初十），在一个穷困的农民家庭里面，彭德怀降生了。家里的长辈按族谱的排列给这个孩子取名为清宗，字得华，号石穿。他的父亲是彭民言，母亲是周氏。

　　当这个孩子 6 岁的时候，母亲将他送到姨父的私塾中去读书。他断断续续地在那里读了两年书，学到的书籍有《三字经》《百家姓》《庄农杂字》《幼学故事琼林》以及《中庸》《论语》《孟子》等。

　　母亲在彭德怀 8 岁的时候就去世了，父亲也是卧病在床。留下三个弟弟没有人看管。刚刚半岁的四弟由于母亲的去世，不到一个月也夭折了。生活的重担就这样压在了年仅 8 岁的彭德怀瘦弱的肩上。

　　10 岁的时候，家里的生计已经维持不下去了。彭德怀不得不带着自己的二弟在正月初一的日子里沿街乞讨。当他们来到地主家门口时，那地主高兴地问他们："你们是不是招财童子啊？"老实的彭德怀回答道："我们不是招财童子，是叫花子。"听到这些，地主的脸一下子沉了下去，于是，二弟连忙说道："我们就是招财童子，恭喜老爷发财。"听到这些，地主喜笑颜开，之后将一碗米饭给了他们。一天就要过去了，彭德怀饿得快要昏倒了，但是遗憾的是乞讨到的米还没有两升。好奇的二弟问彭德怀为什么不说自己是招财童子，彭德怀回答说："我不想说让他们高兴的话。"之后，祖母再让彭德怀去讨饭的时候，他宁可去砍柴，也不愿再去受他人的侮辱。

彭德怀的伯祖父在年轻的时候曾经参加过太平军，彭德怀经常听伯祖父讲那些太平军劫富济贫的故事，再加上自己穷困的家庭以及社会的不公平，所以彭德怀在很小的时候就已经产生了反抗意识。

13岁的彭德怀于1911年离开家到黄碛岭的一个煤窑当童工。在那里不仅每天要工作十二三个小时，凶残的监工还经常打骂工人。在这样的情况下，彭德怀与工人们组织起来开始同监工作斗争。

尽管非常艰难，但是彭德怀依然坚持着。1913年，湘潭遇到极大旱情，市面上的粮食价格被官府、地主、商人趁机抬高，饥寒交迫的穷苦人民在逼不得已的情况下纷纷起来"闹粜"，希望商户和大户人家能够平价卖米。那时候的彭德怀肩负着全家人生活的重担，于是他也就成了这群人中最年轻、最勇敢的一个。就是因为这样，反动当局要通缉彭德怀，使得他不得不离开自己的家人，开始了背井离乡的生活。

1914年，跟随招工的人，彭德怀来到湘阴、益阳交界处的洞庭湖西林一带，成了一名修堤工。彭德怀在这里工作了两年，饱尝了生活的辛酸。这样的生活一直持续到1916年春节前，堤工们发动了要求年关预发工资的斗争，彭德怀也参加了这场斗争，结果被反动当局认为是"不安分子"而遭到驱逐。

此时，湘军正在长沙招兵买马，血气方刚的彭德怀，在走投无路的情况下，决定去长沙参军。

1916年3月，彭德怀正式参军，当时彭德怀加入的军队是湖南陆军第二师第三旅第六团，身份是二等兵，由此开始了他一生传奇的戎伍生活。

彭德怀是一个倔强而寡言的人，同时也是一个刻苦自励、机智善战的人。在经过多次战斗之后，彭德怀在士兵中的威望渐高，只用了三年的时间，就从一名二等兵相继升任为班长、排长。

后来，彭德怀由于路见不平，拔刀将恶霸地主欧盛钦杀死而不得不离开了湘军。

之后，彭德怀同黄公略等人于1922年秋一起考入了湖南陆军军官讲武堂。毕业之后，彭德怀回到二师三旅六团一营一连担任连长。重新加入军营的彭德怀因为骁勇善战、为人豪爽，于1926年被升任为营长。

彭德怀所在的湘军于1927年接受国民党改编，成为国民革命军第八军，在那里彭德怀任一师一团一营营长。

大革命的洪流已经将整个中国南部席卷，同时也深深地震撼着彭德怀的内心。

同年，国民革命军第八军一师改编为独立一师，之后又改编为独立五师。这年冬天，湘军与黔军袁祖铭争夺湘西澧县、津市、新洲地方的战争爆发了，独立五师也参加了这场战争。在这次战争中，彭德怀率领的第一营首先进攻新洲，战争的结果是湘军获胜。这年年底，彭德怀因战功卓著被任命为独立五师一团团长。

彭德怀与段德昌的结识是在北伐战争中，那时候的段德昌任一师政治部秘书长，是一位共产党员，由于段德昌的宣传、启发以及帮助，彭德怀的内心受到了巨大影响。

彭德怀骁勇善战，他所率领的部队以良好的军队纪律和强悍的战斗力而著称。中共南县、华容、安乡特委极为重视彭德怀的思想倾向和其所率部下的革命活动，并设法与彭德怀取得了联系，接着将地下党员邓萍派到他的团部担任文书，彭德怀通过秘密士兵会员李寿轩等为南华安特委运送枪支等军用物资。1928年4月，在革命处于低潮的情况下，彭德怀经段德昌介绍，加入了中国共产党。

在彭德怀成为一名正式的坚定的共产党员之际，何键之命独立五师开赴平江，接阎仲儒旅防务"剿共"。

平江的地理位置十分重要，地处湘鄂赣三省交通要道汇集的地方，一直是兵家瞩目之地。反动派在此时加强了对革命队伍的镇压，白色恐怖笼罩着整个山城，使平江到处都是腥风血雨。但是有压迫的地方必然会产生反抗，英勇的平江人民在面对反动派血腥的屠杀时，奋起反抗。中共平江县委罗纳川、涂正坤等于1928年2月领导着十几万农民爆发了围攻平江城的"扑城"运动，但不幸的是，最终还是失败了。

战争的气息已经布满了平江城，当独立五师向平江城开进时，一股新的革命风暴正在那里蓄聚着。

由于彭德怀已经加入了共产党，所以他利用其拥有的特殊身份，在地下秘密进行着革命活动。在他的努力下，成功说服了当地保安武装，使那些保安武装在外出"清乡"时朝天放排枪，然后将枪支弹药故意扔到地上，留给那些艰苦转战的游击队员。

1928年7月18日，从二营营长陈鹏飞那里，彭德怀得知南华安特委组织已经遭到破坏，黄公略、黄纯一、贺国中等独立五师中的地下共产党员正在遭受反动派的追查。

情况已经到了千钧一发的时刻！

于是，彭德怀召集团党委于当天19时在县立医院黄纯一的病室以"探病"为名召开紧急会议。会议决定在这紧迫的情势之下，立即举行起义。

湖南省委特派员滕代远与彭德怀商议于7月22日举行起义，以闹饷为理由将士兵发动起来。武装起义的军事指挥工作由彭德怀负责，政治工作则交由滕代远负责。

22日10时，彭德怀在团部召集了营、连、排等军官会议，在会议上彭德怀将国民党反动派的罪恶进行了宣讲，并部署了起义的各种详细事项。11时半，彭德怀到达东门外天岳书院第一营操场召开誓师大会，宣布进行起义。

起义的目的，彭德怀大声宣布出来，那就是：打倒国民党反动政府，打倒土豪劣绅，解除反动武装；建立工农政府，成立工农红军。士兵高呼口号，响应起义。在彭德怀的号召下全体士兵勇敢地投身于革命斗争。

彭德怀在起义后宣布成立工农红军第五军，其中滕代远任党代表，彭德怀任军长。平江县委为庆祝起义胜利召集群众大会，同时宣布成立工农兵苏维埃政府。

彭德怀领导的平江起义就像是沉沉黑夜中的一道炸雷，瞬间点亮了这里的天空，同时也惊醒了这块土地上的民众。这次起义使那些处于革命低潮中的革命者重新燃起了革命斗志，更深远的影响就是造成了反动当局的恐慌局面。最终反动派分兵几路开始围攻平江。1928年7月30日，红五军与反动派领导的军队在城郊展开了激战。经过激烈战斗，红五军最终因为实力悬殊，于当晚撤出战斗，在这次战斗中，黄纯一不幸阵亡。

在三省军阀的疯狂反扑之下，彭德怀用"推磨盘"战术率领着红五军主力与反动派展开周旋，经过艰苦转战，终于于10月中下旬，在渣津地区将朱培德部一个整营彻底歼灭，使这次"围剿"最终被粉碎。

当时红五军领导面临的一个重大课题就是如何在严酷的斗争环境中，加强对军队的改造工作。

面对这样的问题，彭德怀通过在军队中建立政治部，着重加强士兵委员会工作，并建立党代表制，加强对连队、机关的宣传工作，使这支从旧军队中冲杀出来的部队逐渐巩固下来，部队的战斗力不断提高，最终成为红军主力部队之一。

之后，平、浏、铜、修四县县委与红五军军委召开联席会议，会议决定由黄公略率一部在平、浏地区继续坚持斗争，建立湘鄂赣根据地，而彭德怀、滕代远则率领红五军主力前往井冈山与毛泽东、朱德率领的红四军会师。

经过多次艰苦战斗，彭德怀所率领的红五军于1928年12月11日在井冈山砻市与红四军胜利会师。

就这样，两军会师，革命队伍更加壮大了。

基于这种情况，湘鄂赣地区的反动军队加强了对井冈山的"围剿"。为了应付反动军队的围剿，红军前委召开柏露会议，决定由彭德怀率红五军与王佐部留守井冈山，同反动军队继续进行斗争，朱德、毛泽东则率红四军向赣南挺进。

1929年，反动军队以优势兵力将井冈山围住准备进攻，由于有反动富农带路，所以反动军队已经突入腹地，于是红五军被迫进行突围。彭德怀率红军部队在冰天雪地中忍饥挨饿，进行着艰苦的突围战，战斗到最后，部队只剩下300人，枪支只剩下283支。彭德怀在面对这样严峻的形势时坚定地说："哪怕只剩下我一个人，也要举着红旗将革命进行到底。"

士兵们听到彭德怀大无畏的话语之后，都备受鼓舞。

在于都地方党组织的配合下，红五军在于都城实施奔袭的作战策略，歼灭了数百人的反动军队，并缴获了反动军队的许多武器物资，使部队得到扩充。这次战斗胜利之后，彭德怀又率领红五军转向东北方向的瑞金，进而将瑞金攻占。最终，彭德怀率领的军队与红四军于1929年4月1日在瑞金胜利会师。

根据红四军前委决定，彭德怀率领的红五军被改编为红四军第四纵队，并重新返回井冈山，将湘赣苏区根据地恢复。之后，对安福城展开进攻，但是最终没有攻克，在这场战斗中，贺国中同志不幸牺牲。之后彭德怀率部继续北上，又返回了湘鄂赣根据地。

1929年8月，彭德怀所率部队与黄公略所率第二纵队会合后，又重新恢复红五军番号，这时候，红五军已经发展到了3000余人，该部队已经扩编为五个纵队。

此时，红五军军委决定眼下最主要的任务就是：将井冈山脉、幕阜山脉、九宫山脉贯通，将南起井冈山、北抵长江的湘鄂赣边、鄂南区和湘赣区，从南到北连成一个长块。任务完成之后，要在这个地区发动一切能发动的力量，将地主武装民团彻底消灭，将被地主大量占有的土地分配给穷苦百姓，建立共产党的政权，并且最终建设比较巩固的根据地，与红四军前委配合，用一年时间夺取江西。

彭德怀率领的军队顺利将安福、分宜、宜春、万载等城市攻占。这时候蒋、冯、阎三大军阀的大战刚刚开始，这对于红军扩大苏区是极为有利的。会师平江后的红五军已经发展到了6000~7000人，成为红军当中拥有强大实力的一支军队，这时的根据地已经连成了一片，在这片根据地里军民团结振奋，逐渐进入了全盛时期。

五次反"围剿"

1930年，彭德怀率领的红五军遵照上级命令扩编为红三军团，该军下辖五、八军和十六军。7月，在彭德怀的指挥下，红三军团进行了著名的长沙之战。这次战役的意义在于，不仅宣布成立了湖南省苏维埃政府，同时创造了红军有史以来以8000余人胜敌万余的军事奇迹。

但是这次战役结束不久，就遭到了反动派的疯狂反扑，在逼不得已的情况下，彭德怀指挥着红三军团主动从长沙撤出，向浏阳方向开进。

红三军团和红一军团于1930年8月23日在永和顺利会师，通过红三军团前委提议，红一方面军和总前委成立，毛泽东任总政委和方面军总前委书记，朱德任总司令，彭德怀主动接受毛泽东和朱德的领导。

蒋介石在1930年的中原大战中获得最终的胜利，于是命令10万军队挥师南下，命江西省主席鲁涤平为总司令，以"分进合击"战术向中央革命根据地展开进攻，实施疯狂打击。

对于蒋介石的疯狂攻击，红一方面军在毛泽东、朱德统一指挥下，采取了诱敌深入、待机歼敌的方针。在这次战争中将张辉瓒活捉，并将其主力师歼灭，最终取得第一次反"围剿"的胜利。

国民党军队对于第一次"围剿"的失败感到很不甘心，于是决定于1931年4月向根据地展开第二次"围剿"。第二次"围剿"的势头更加凶猛，面对这些，按照毛泽东的军事方针，彭德怀指挥着红三军团首先在东固山将国民党军队打退，接着于中村将来犯的国民党军队歼灭，最后于建宁彻底将国民党军队的"围剿"打退。仅仅用了半个月的时间就歼灭了国民党部队3万余人，从西向东横扫700里，将国民党军队的三路进攻彻底打垮，取得又一次反"围剿"的伟大胜利。

对于这些，蒋介石仍然不死心，不到两个月的时间，蒋介石就又亲率30万大军对红军发动了第三次"围剿"。蒋介石命令陈诚、卫立煌、罗卓英、蒋鼎文、赵观涛、熊式辉等作为各路军的总指挥，向根据地快速前进，他们齐头并进，迅速将苏区的县城全部攻占。对于这次前所未有的"围剿"，彭德怀指挥三军团同一军团并肩作战，首先在兴国县东莲塘将上官云相四十七师一部全部歼灭，接着在永丰良村与一军团配合作战将郝梦麟两个团全部歼灭，这两次战斗都是以成功将国民党军队歼灭而告终。彭德怀乘胜追击，在兴国指挥三个师对国民党军队展开阻击，他挥刀跃马，总是冲在队伍的最前面，战士们士气大振，使国民党军队受到重创。乘胜追击的彭德怀在方石岭将韩德勤的五十二师和九师的炮兵团全部歼灭。由于毛泽东灵活机动的战略战术指导方针，红一、红三军团在与国民党军队作战的过程中将国民党军队"肥的拖瘦，瘦的拖死"，最终使蒋介石的军事妄想再次落空。

之后，中央局在江口召开的会议中决定，彭德怀率领红三军团向赣江以西展开进攻，毛泽东率领红一军团向广东南雄展开进攻，最终，由于兵力过于分散，所以这两场战役均没有获胜。1932年6月，在南雄会合之后的两军又同时向北进发。在此期间，由于受到"王明路线"的严重影响，前方总司令部进行了改组，朱德为总司令，周恩来为总政委，刘伯承为总参谋长，毛泽东被迫离开军事前线指挥位置。

1933年，王明领导的"左"倾临时中央政府进入苏区，军事作战方针与之前截然不同，提出了"两个拳头打国民党军队"的作战策略，同时命令将红三军团改组为东方军，主要目的就是要与国民党军队拼实力、拼消耗。

1934年三四月间，蒋介石集中兵力开始对广昌展开进攻，古板的李德、博古教科书式地指挥，强制命令红三军团固守广昌。对于这样的指挥，彭德怀心中有数，与国民党军队进行正面抵抗，严重的话会将整个军团葬送掉。于是耿直豪爽、正义凛然的彭德怀决定挺身而出，开始与"左"倾教条主义据理力争，将他们骂作"崽卖爷田不心痛"，抱着这样的心态，彭德怀甚至已经将旧军衣打包，准备以死相争，以保证红军能够从错误指挥中脱离出来。

红军从广昌撤出去之后，六路国民党军队齐头并进，这时候的"左"倾机会主义者又开始实行退却中的逃跑主义，虽然中央红军英勇奋战，但是最终还是因为军事路线上的硬拼和消极防御，使得第五次反"围剿"以失败而告终，红军被迫进行长征。

在长征途中，接任红三军团政委的杨尚昆与彭德怀一同指挥红三军团将国民党军设置的三道封锁线连续突破。为了不让红军西渡湘江，国民党军进行了各种围追堵截，同时还急调了几十个师在湘江两岸设置了第四道封锁线，企图在湘江东岸将红军全部围歼。

红军再一次面临着生死存亡的考验，看到这样的情况，彭德怀作为军团长，开始深入思考解决问题的策略，他的眼前出现了突破封锁线时那一幕幕悲壮惨烈的画面，如果这次红军再次钻进反动军队布好的"袋子"中，那么，后果将是难以想象的。

于是，彭德怀向中央提出红三军团暂时停止强渡湘江，转而向湘潭、宁乡方向挺进的建议，这样可以威胁长沙，进而吸引国民党军队主力；另外中央率领一、五、八、九军团向溆浦进发，这样就可以在湘西北发动群众，最终准备与国民党军队展开决战，将国民党军队的进攻彻底粉碎掉。同时还提出要将辎重甩掉，避开国民党军队的主力，轻装前进。

对于彭德怀的建议，博古等人视而不见、听而不闻，仍然强行命令红军抢渡湘江。

面对国民党军的 40 万兵力，彭德怀奉上级命令指挥红三军团抢占渡河地点界首，亲自站在江边指挥军队和国民党军队展开激烈战斗。经过三天三夜的鏖战，终于将国民党军队打退，完成了掩护中央纵队和后卫部队过江的任务。在这次战斗中，红三军团付出了惨重的代价，就连中央红军也折损过半。

红军于 1934 年 11 月中旬进入贵州后，在遵义召开了中央政治局扩大会议，在这次会议上彭德怀坚决支持毛泽东的正确主张，对"左"倾错误的路线进行了尖锐批判。中国革命的转折点是遵义会议，这次会议的召开结束了革命过程中长期"左"倾错误路线的统治，使革命重新确立了以毛泽东为代表的正确领导。遵义会议之后，红军北上入川时受到国民党军队的阻击，只好重新回到黔北。

1935 年 2 月，彭德怀指挥红三军团对国民党军队重兵把守的天险娄山关进行了猛烈攻击，并最终将国民党军队打败。27 日，彭德怀乘胜挥师遵义，展开遵义会战，并将吴奇伟军大部歼灭。彭德怀领导的军队从攻打娄山关到遵义之战，共歼灭国民党军队两个师又八个团，并俘获了 3000 余名国民党军。遵义大捷是红军长征以来打的第一个胜仗，同时也是红军在长征中最大的一次胜仗。

"雄关漫道真如铁，而今迈步从头越。"

遵义会战胜利之后，彭德怀与杨尚昆率领红三军团向贵阳城下挺进，这样做的目的是掩护红军主力向西挺进，这样就可以进入国民党军队兵力空虚的云南地区。在进行掩护的过程中彭德怀以两个团佯攻贵阳，经过两个昼夜的艰苦战斗，终于使红军主力顺利从贵阳、龙里之间穿过湘黔公路南下，跨过北盘江，抵达金沙江南岸。到 1935 年 5 月初，红军已经全部渡过金沙江，这是具有决定性意义的一步，意味着战略转移已经取得初步胜利。

红一方面军与红四方面军于 1935 年 6 月会合后，决定了北上的战略方针。对于组织决定的北上方针，彭德怀坚决拥护，并坚决反对张国焘分裂革命的行为。同年 9 月，红军翻越雪山，越过草地，终于到达位于四川西北部的哈达铺。

红一、红三军团在到达哈达铺时各约 6000 人，为了战斗时有充足的兵力，准备继续战斗，于是彭德怀建议缩编，将红三军团的番号取消，编入红一军团。改编之后的红一方面军改为抗日先遣队，也就是陕甘支队，彭德怀为支队司令，毛泽东任政委。

此后，红军将马步芳、马鸿达的骑兵击退，同时对邓宝珊部的围追堵截予以沉重打击，之后翻越了六盘山，最终到达陕北吴起镇，也就是陕北根据地的边境。

刚刚到达目的地，还没有来得及整顿，国民党军队的五个骑兵团就追了上来。根据毛泽东的指示，对前来的国民党军队予以沉重打击，坚决不能让国民党军队进入根据地。于是，彭德怀率领红军开始主动出击，将追上来的国民党军队击退。直到这个时候，经过行程达二万五千里的长征，7200 余名中央红军主力终于胜利结束了革命的战略大转移。

中央红军到达吴起镇后，对于彭德怀卓越的军事才能和无畏的革命精神，毛泽东曾写诗这样赞颂：

山高路远坑深，大军纵横驰奔。

谁敢横刀立马，唯我彭大将军。

平型关大捷

作为毛泽东、朱德统率军队指挥作战的得力助手，彭德怀在艰苦卓绝的武装斗争中，不仅善于用兵，而且善于用将。他多次临危受命，精心策划，运筹帷幄，终于成为成功策划、胜利指挥过无数次重大的战役并威震敌人的大将军。

1937 年 9 月 10 日，大战前的紧张、繁忙、亢奋的气氛在八路军的总部弥漫着，各种声音交织在一起，其中有电话铃声、电报击键声、脚步声、指示声等。小张作为一名报话员，急忙拿着电报向作战室走去。

"报告首长，有电报。"

彭德怀接过小张手中的电报一看，笑了起来："哈哈，阎锡山已经快要沉不住气了，'朱彭左'的电报又来了。"

那个时候，中共中央、中央军委、国民政府常常把朱德、彭德怀、左权的名字连在一起，称为"朱彭左"，即使是在给八路军总部的电报中也常常这样称呼，就连八路军总部对所属部队发出的命令、指示、通报的后面也常常是由"朱彭左"三人联名签署。一时间"朱彭左"成了八路军总部的代称，"朱彭左"似乎成了一个人。

由于国民党第二战区防守在平型关至雁门关、茹越口的内长城一线，八路军为了配合国民党作战，八路军总部已经作了以下部署：命令第一二〇师向雁门关以西的神池地区进发，进而对侧面的来犯日军予以重击；同时命令第一一五师向平型关以西的大营镇待机进发，对进犯平型关的日军随时准备从侧面进行攻击。如今，所有部队都还没有到达之前部署的作战地点，但是由于阎锡山遭受过日军的沉重打击，他已经有些害怕了，所以不停地发电报来催促。

朱德总指挥这时候走过来说："这件事情我看急不得，我们还需要继续商量商量。"

彭德怀副总指挥接着说："就是嘛，这可是咱们八路军抗日战争的第一战，什么事情都听从他们的调遣，那成什么样子啊。我们部队装备不好，武器不够精良，唯一的优点就是部队将士有很高的士气，有很足的冲劲。这样的军队，又是在这样的情况下，到达平型关之后，一定会因为高昂的士气而过早暴露作战意图，这就是摆明了要让日军打我们嘛。用兵最忌讳的就是这样。如今咱们应该先将军队压在这里，等战士们憋足了劲，晚几天动身，到时兵贵神速，一下到位，给日军来个措手不及，

彭德怀和朱德在八路军总部

将他们打个晕头转向。只有这样才能占有局部的优势，最终以少胜多。这一场战役阎锡山的盘算就是将日军打得节节抵抗、节节撤退，这样就已经很满意了，但是我们可是不一样的啊。我们的第一场战斗一定要打得漂亮。"

于是，达到共识的"朱彭左"很快制订出了具体的作战方案。

9月14日，日夜兼程的第一一五师终于克服重重困难，于当天到达大营镇。从大营镇接着再向前行进30公里的路程就可以顺利抵达目的地平型关了。

根据"朱彭左"的指示，到达大营镇后的一一五师立即派出侦察分队对平型关地区的敌情、地形等情况进行了详细侦察。与此同时，由于国民党军的对敌策略是放弃抵抗，最终导致国民党军节节败退，使得日军第五师团一路向西开进时畅通无阻，从来没有遇到过强有力的抵抗。国民党军在板垣的眼中就是一支不堪一击的军队。至于八路军，由于还未同这支共产党的军队交过手，所以对共产党军队的实力抱有一定的怀疑，但他本能地认为八路军不会这么快就东渡黄河，更不会成为板垣师团的对手，因为这支军队一向是所向披靡、战无不胜的。正是因为轻视的态度，在攻占灵丘和涞源之后，板垣便将自己的部队分为三路向西进攻，这三路军各路纵队相距较远，兵力十分分散，进攻平型关的日军仅仅投入了一个旅团。板垣犯了一个致命的错误，他将作战中最应该首先关注的地理条件给忽视了：平型关的东面是绵延的山地，从平型关山口一直到灵丘县东河南镇有一条由西南向东北延伸的狭长谷道。在这条狭长的谷道当中从关沟到东河南镇长十多公里的地段，沟深道窄，极其险要，谷道两侧的高地可以隐蔽兵力，发挥火力和展开突击，是一个打伏击战的理想战场。

当前线日军军事情况的报告送到彭德怀手中时，他兴奋得一拳打在沙盘上，连声大叫："好！好！真是太好了！"

根据八路军总部"朱彭左"的指示，第一一五师令第三四三旅由大营镇前进至平型关东南之上寨地区隐蔽集结，作好战前准备。没过多久又令第三四三旅向上寨地区迅速展开机动。部队进至上寨地区后，立即派侦察分队开始侦察周边的各种环境，携带电台插到灵丘以南太白山一带，侦察和监视日军的动向。

日军第五师团第二十一旅团一部于 22 日由灵丘方向开始向平型关进攻，与国民党守军在平型关附近展开激战。虽然战斗打得很是激烈，但是其后续部队仍然有向平型关前进的迹象。

八路军总部于 23 日紧急命令第一一五师快速向平型关方向运动，对日军展开侧击。23 日当天，第一一五师在上寨召开了全师连以上干部的大会，进行了深入而广泛的战斗动员。具体部署是：占领小寨村至老爷庙以东高地的任务交给第三四三旅第六八六团，具体作战目标是将沿公路开进的日军进行分割、歼灭；占领老爷庙西南至关沟以北高地的任务交给第六八五团，作战目标是对正面的日军进行截击、围歼，并阻击向老爷庙回援的日军，之后与防守平型关的国民党军协同作战，对救援的日军进行两面夹击；占领西沟村、蔡家裕以南高地的任务交给第三四四旅第六八七团，作战目标是将日军的退路切断，最后对被包围的日军实施歼灭作战，并对由灵丘方向来援的日军进行阻击；最后命令第六八八团作为师预备队。这样的战斗策略，首先拦截了日军的先头部队，然后将日军的退路截断，之后对中间部队实施突击，将日军分割开来逐个歼灭。这样不仅能保证在伏击日军的兵力上占有优势，同时还可以保证有足够的兵力对援敌进行阻击。这样多层次地歼灭日军的作战策略，在之后的对日军作战中，八路军指挥部曾多次使用。

第一一五师派出的侦察分队于 24 日黄昏报告，发现日军正沿灵丘至东河南镇的道路向平型关方向运动。同时，国民党第六集团军为第一一五师送来了"25 日平型关出击计划"，五路出击的路线已经在附图上标明，同时还说明他们除负责正面防御外，另外还有八个团由平型关的西北出击，并要求第一一五师按照原计划从东南方向展开攻击。按总部计划，第一一五师于 25 日零时命令部队向预定设伏地区开进，向日军展开攻击。

但是就在部队向预定阵地进发时，下起了瓢泼大雨。面对这"天公不作美"的情况，将士们只好冒着大雨，沿着泥泞崎岖的山间小路前进。因为所有的将士均无雨具，寒雨将将士们的全身都淋湿了。更为严重的是，由于雨量过大引发了山洪，山洪阻挡了队伍的前进，湍急的洪水有时候甚至会将战士卷走，即使是这样，抗日将士们也没有被面前的困难所吓倒。将士们将武器弹药挂在了脖子上，手拉手结成一条人工"缆索"，向对岸一步一步地移动。值得庆幸的是，部队终于在拂晓前按时进入阵地，并完成了各项战斗准备。这个时间和地点是日军无论如何也想不到的，八路军已经准备好一个"大口袋"，等着日军来钻。

日军第五师团第二十一旅团 4000 余人于 9 月 25 日拂晓，乘坐汽车 100 余辆，偕辎重汽车200余辆，沿灵丘至平型关公路西进。由于一一五师冒着风雨前行，隐蔽进入伏击阵地，再加上有民众从中协助，所以消息一点都没有泄露出去，尽管日军沿路仔细观察，竟也毫无察觉。等到7时的时候，所有日军已经进入伏击区域。8时30分，日军主力进至老爷庙附近。由于山沟道路极其狭窄，加上雨后道路泥泞，日军的车辆、人马拥挤堵塞，行军速度变得非常缓慢。在这里埋伏的八路军及时抓住有利战机，立即发出了攻击信号。刹那间，日军四周的火力突然爆发。道路两侧高地上的机枪、步枪、手榴弹、迫击炮密集地向日军发射过来，日军所处位置是谷底，居高临下的八路军向日军展开密集打击，在这种情况下，日军的汽车中弹起火，人马相撞，军队顿时乱作一团，如无头苍蝇一般。担任伏击的部队乘势冲锋，之后与日军展开了白刃战。由于日军毫无准备，仓促应战，且军队头尾不能相顾，一时间，战场上的冲杀声响彻云霄，整个山谷都是双方的喊杀声。第六八五团对日军在关沟以北高地迎头截住，顺利歼灭其一部，将日军向南窜逃的道路给封闭了。第六八七团将日军尾后部队分割包围于蔡家峪和西沟村之间，并抢占了韩家湾北侧高地，使日军的退路也断掉了。第六八六团先以第一、第三营反复向公路上的日军进行冲击，经激烈的肉搏战，正面日军伤亡过半时，以第二营投入战斗，并穿过公路，占领了老爷庙以及北高地。至此，日军已陷入四面包围之中。第六八六团从道路两侧居高临下，组织密集火力，打得山沟里的日军无处藏身，日军伤亡惨重。为了打开缺口，残存的日军聚集在一起，拼死突围，向老爷庙高地连续猛扑，企图夺取该高地，而向北突围。控制老爷庙及以北高地的第六八六团第二营的将士们和具有优势装备的日军进行了殊死战斗，连续打退了日军的多次反扑，将士们负伤了也不下火线，大家只有一个共同愿望：不能让日军从我们这里突出去，顶住日军，封死日军，让日本侵略者见鬼去！第五连第二排的将士们，直到队伍中仅剩最后一个人的时候仍然在坚持战斗，直至全部壮烈牺牲，也没让日军往阵地里面踏一步。这些都充分表现出八路军与日本侵略者坚决血战到底的英雄气概和视死如归的大无畏精神。由于八路军的顽强抵抗和不断反击，日军的突围企图始终没有得逞。日军的嚣张气焰最终被八路军的英勇奋战给打压了下去，被武器装备远逊于他们的八路军"收拾了"。

日军第五师团长板垣征四郎素以"精锐之师"自诩，当他得知第二十一旅团一部已经陷入八路军的重围，并且危在旦夕时，就急忙命令在蔚县的第二十一旅团第四十二联队主力拼尽全力，火速前往援助解救，同时命令已进至涞源以西的第九旅团先期到达平型关，期望可以达到解除第二十一旅团之围的目的。但是，令他意想不到的是，在他行动之前，彭德怀等人已为他准备好了几道难以下咽的"硬菜"。日军第九旅团援兵进至灵丘以东的交通要道时，遭到了早已占领该山制高点和隘口的第一一五师独立团的猛烈攻击。虽然日军疯狂地向阻击阵地轮番冲击，企图突破重围，也只能在阵地前丢下百余具尸体，始终不能前进一步。由蔚县经广灵、灵丘前来增援的日军，也遭到了独立团第三营在灵丘以北的三山村附近地区的阻击。第一一五师骑兵营则在涞源以南的走马驿等地将日军牵制住，最终的结果就是使涞源的日军不能倾巢而出解平型关之围，进而使八路军能够顺利拿下这场战役。

在五台山南茹村的八路军总部，彭德怀副总指挥已经熬了几个通宵，他焦急地守在指挥部电台旁等待着战斗的消息。当接到前线发来的战斗已经取得胜利的消息的时候，他按捺不住自己兴奋激动的心情，大声喊道："胜利了，我们胜利了，我们终于吃掉了被围的日军。这真是了不起的胜利，真是不容易啊！"

"小张，快向中央军委发捷报。"

此时的彭德怀已经难以掩饰自己的兴奋，总部内的全体人员也被他的情绪感染了，大家奔走相告，沉浸在一片欢乐的氛围当中。

八路军的首战告捷，为日军在侵略的道路上所向披靡、长驱直入以及国民党军的节节败退，画上了句号。对华北战局危急的形势以及政治上都有着巨大的影响，它将全国人民已经低沉的士气又重新鼓舞起来，增强了全国军民抗日到底的信心以及决心，有力提升了中国共产党和八路军的声望，同时也赢得了国际舆论的称赞与好评，更有利于以后的战斗。

八路军的这次战役使日军精锐的板垣师团第二十一旅团遭受到了沉重的打击，八路军共歼灭日军1000余人，损毁日军汽车100余辆、马车200余辆，共缴获日军步枪1000余支、机枪20余挺、火炮一门，还有其他大批军用物资。

之所以称这场战役为"平型关大捷"，是因为这是八路军参加抗日战争以来取得的第一个歼灭战的重大胜利，为之后的全面抗战奠定了良好的基础。

彭德怀在总结这次战斗时说："平型关大捷，在军事上，对日军的嚣张气焰进行了有力打击，严重挫伤了日军的锐气，将日军'不可战胜的神话'彻底打破，对日军的进攻路线也有所阻止，更是将他们的右翼迂回计划彻底打乱，牵制了日军的精锐第五师团，同时，还迫使它将原本想要进至浑源和保定的一部分兵力转移到平型关方向，这样就有力地支援了国民党军在平汉铁路和同浦铁路线上的作战。最后也为我们八路军开辟晋察冀边区抗日根据地创造了条件。"

百团大战

1939年12月的一天，正在山西省武乡县王家峪的八路军总部里待着的八路军总司令朱德、副总司令彭德怀收到了一封来自冀中军区司令员吕正操等人发来的一份绝密电报。电报上是这样说的：

"敌最近修路的目的同过去不同……一是以深沟高垒连接碉堡，把根据地划成不能相互联系支援的孤立的小块，便于敌逐次分区搜剿。第二种修法是汽车路的联络向外连筑，敌汽车在路上不断运动，阻挡我军出入其圈内。"电报同时还建议：八路军绝对不能让日军的目的得逞，不然的话八路军的游击战争将面临极其困难的局面。

日本华北方面军司令官多田骏亲自策划的这一恶毒阴谋，自然引起了八路军总部朱德、彭德怀的警惕。

朱德、彭德怀和左权经过多方缜密的研究和精心的运筹，制订了一个出奇制胜的作战计划。

一封注明"十万火急"字样的绝密电报于1940年7月22日清晨从八路军总部向分处敌后的各师、军区领导人发去，这些人包括聂荣臻、贺龙、关向应、刘伯承、邓小平，同时还发给了延安中央军委以及毛泽东。由朱德、彭德怀、左权三人共同签发的这份破袭正太路战役预备命令，首先将发动这次大破袭的理由进行了详细阐述，之后他们还要求"直接参加正太线作战之总兵力不少于22个团（聂区十个团、一二九师八个团、一二〇师四至六个团、总部炮团大部及工兵一部）"，"定于8月10日前完成侦察、器材准备、部队调动等准备工作"，并特别嘱咐："准备未完毕以前，战役意图只准告知旅级首长。"

这道战斗命令将战役发起前的各项准备工作进行了详细规定。虽然这道命令的文字不多，但是却凝聚着朱德、彭德怀、左权等八路军总部领导人和刘伯承、邓小平、聂荣臻、贺龙、关向应等部队领导人近四个月反复切磋、筹划的心血，为了将这场战役打好，所有的官兵都要尽最大努力。

这封电报发到延安的时候，受到了极大重视，立即被抄送毛泽东、王稼祥、朱德、洛甫、王明、康生、陈云、邓子恢、任弼时、谭启龙和军委作战局。

1940年8月20日，中国共产党抗日战争历史中一个极为特殊的日子。

按照统一规定，各兵团于22时整准时发起攻击。在师指挥所里，刘伯承和邓小平彻夜未眠，直到天明时分，战场上才开始向总部传发捷报：陈赓率领的一二九师左翼破击队已经将寿阳以西的芦家庄攻占，连克四座碉堡，将日军全部歼灭，并将寿阳西南的芦家庄车站完全占领，还将车站西十里内的铁道、桥梁全部破坏，阻止了日军的进一步增援。陈旅郑团进攻阳泉附近的日军，与日军400余名相遇激战两个小时，将日军部队击溃，并杀伤多半，缴获日军的轻机枪六挺、步枪60余支，充实了自己的军队。

在阳曲、忻县、朔县、宁武段同蒲铁路的战场上，贺龙指挥一二〇师展开全线出击，到傍晚时分已经向总部致电：张宗逊旅对静乐东康家会驻守的日军展开了一场聚歼作战，共击毙日军200多人，俘获日军头目十余名，并缴获了众多的军用物资。

彭德怀在总部一直耐心地等待着，捷报不断传来使他很是欣慰和兴奋。

21日晚到22日这两天，工作在八路军总部的人员变得更加忙碌，刘伯承、聂荣臻接连数次将正太路各个出击兵团的破袭战况向总部报告着，就连贺龙、陈再道、吕正操和冀察热挺进军司令员萧克以及其他配合正太路破袭战役的部队领导人，也都纷纷来电，向他们报告着各自的破袭战果。

这场战役进展得很顺利，捷报频传，正太、同蒲、白晋、平汉、平绥、津浦、北宁各铁路及各公路干线，已经悉数被破，日军的大动脉很快变得"千疮百孔"，这场战役的最终胜利指日可待。

22日中午吃过午饭之后，作战室里的彭德怀、左权听着作战科长王政柱汇报战况。当问到八路军参战兵力实际有多少时，嗓门很高的王政柱回答："正太线30个团，平汉线卢沟桥到邯郸段15个团，同蒲线大同至洪洞段12个团，津浦线天津至德州四个团……参加这次战役的兵力共有105个团。"

王政柱刚讲到这里，还没有讲完，左权参谋长就已经抢先说道："太好了！这就是百团大战，作战科一定要将数字仔细核对清楚。"彭德怀镇定地说："不管比100多多少个，这次战役就叫百团大战好了。"在当天下午给各兵团以及中央军委的电报中，首次使用了"百团大战"这一名称。

彭德怀指挥百团大战

1941年的百团大战开始实施之后，共产党内外对此战都是持肯定态度的。大战胜利的消息很快传到了延安，接到消息之后的毛泽东立刻给彭德怀发电报："百团大战真是令人兴奋，像这样的战斗是否还可组织一两次？"同年的9月4日，就连蒋介石也给朱德、彭德怀发电报勉励说："八路军抓住时机，断然出击，给日军很大的打击，我非常高兴。"

共产党发起"百团大战"时，正是蒋介石和日本谈判并达成了7月23日备忘录的时候。8月间在长沙，将要举行蒋介石和板垣征四郎首脑级会谈。虽然中国共产党当时还不知道双方之间这次谈判的具体情形，但是共产党方面已经感觉到蒋介石有意对日方采取妥协的意向。正是"百团大战"将全国抗日高潮和抗日声浪推向最高潮。基于这种情况，蒋介石不得不将对日妥协的行动停顿下来，并坚持继续抗日。

"百团大战"之后，根据八路军总司令部野战政治部公布的战绩，在这场对日抗战105天的过程中，大小战斗共进行了1824次，将日军击毙或击伤的有20645人，毙伤伪军有5155人，俘获日军281人、伪军1.84万人。对于八路军本身来说也付出了相当惨重的代价，伤亡人数有1.7万。

毛泽东的"蘑菇战术"

抗日战争胜利后，国民党军队为了掠夺抗战胜利的最终战果，悍然发动了全面内战。经过八个月的艰苦战争，国民党军损失71万人，于是被迫放弃全面进攻，改向共产党陕甘宁边区和山东解放区实行重点进攻，企图能够逐个击破。

在西北战场上有凶悍的马家骑兵，在南方战场上则有美式优良装备的胡宗南军队。面对这些，彭德怀并没有感到任何忧虑，他指挥着解放军以不到2.6万人的兵力与国民党军队的25万余人展开激烈战斗。面对这样兵力悬殊的情况，彭德怀依然指挥得游刃有余。

胡宗南部以15个旅14万人为主攻部队，于1947年3月13日兵分两路向延安直扑过来。与此同时，青海马步芳部、宁夏马鸿逵部也倾巢而出，相继从西、北两面出动以策应胡宗南的部队；另外，国民党军统帅部也先后将100多架飞机抽调出来，对延安及其附近进行大肆轰炸，企图将人民革命力量的"心脏"彻底摧毁。

当时的胡宗南这样叫嚣："三日之内就可以将延安占领！"

面对这些来势汹汹、来者不善的强敌，中央决定暂时将延安放弃，即使胡宗南打进来，延安也已经是一座空城，让国民党军队将这个"包袱"背起来，而解放军则可以利用陕北较好的群众基础以及对地形的了解，以机动灵活的作战方针逐渐将国民党军队的兵力削弱，进而战胜国民党军队。

占领延安的国民党军开始狂欢，并叫嚷道："中共已成流寇。"他们自以为是地认为共产党领导的军队是如此不堪一击，并急着寻找共产党的主力。

根据毛泽东提出的"蘑菇战术"，彭德怀已经决定要将国民党军队消耗得精疲力竭，然后借机将其歼灭。

面对国民党军队的进攻，西北野战兵团采取了神奇莫测的运动战法，用一小部分兵力佯装主力吸引国民党军队的注意力，且边战边退，将国民党军的主力向延安西北安塞方向诱导，同时将主力隐蔽集结在延安东北的青化砭以南设伏。国民党军担任侧翼掩护的第三十一旅旅部及一个团2900余人于1947年3月25日进到伏击圈内，仅一个多小时的时间就被全歼了。

国民党军队于青化砭战斗失败之后，决定改变战术，在南北长35里、东西宽45里的空间范围内将十个旅的兵力布成方阵，交替前进，这样间隔小，纵深大，可以有效防御解放军的袭击。

根据敌情的变化，彭德怀同样也改变作战策略，他认为以自己不足3万人的兵力，与国民党军队已经挤成一块的8万国民党军队的兵力相比，既无法包围，也无法分割，"必须耐心长期疲困他、消耗他，迫其分散，寻找弱点，以打其分散与增援之敌"。这一战略方针受到了毛泽东的大力赞许。

利用国民党军队急于寻歼主力的心理，彭德怀仍然采取诱敌深入的战斗方针，将胡宗南的大军牵制在陕北延川、延长、清涧、子长间的千山万壑中转圈子。对于这样的打法，胡宗南的军队处处奔击，处处扑空，被共产党领导的军民戏称为"武装大游行"。这里的民众十分痛恨国民党军队，"不给敌人颗料寸薪"，将国民党军队拖得人困马乏。

胡宗南驻瓦窑堡的一三五旅于1947年4月中旬向南进发，企图与由蟠龙、青化砭北上的八个旅会合，将解放军围歼掉。

对于国民党军队的作战方针，彭德怀决定从虎口中将食物夺过来，于是下令一纵队对北进的国民党军实施阻击，并命令二纵队等四个旅在瓦窑堡至蟠龙大道东西地区设下埋伏。由于一纵队能否阻击住刘戡亲自率领的八旅之众是这场战役胜败的关键所在，所以地形勘察、部署兵力以及动员官兵，彭德怀都是亲力亲为。当日，国民党军队一三五旅4700余人，在南下途中，在羊马河西北高地遭到了解放军的围歼，代旅长麦宗禹成为俘虏。这期间，刘戡率八旅之众，虽然距离此战场只有十几里，却只能看着战场上弥漫着的硝烟，而无能为力。

羊马河战役之后，国民党得知解放军主力将要向东渡过黄河，于是就紧急命令胡宗南部、邓宝珊部对解放军实施两面夹击的作战方针，同时还留一个装备精良的主力旅于后方驻守，以备不时之需。

对于国民党军队的作战方针，彭德怀再次设下诱敌之计，以三五九旅一部及其他兵力对追过来的国民党军队实行节节阻击，在交战的过程中故意在沿途丢弃一些各部的臂章、符号，造成解放军主力要在佳吴一线东渡黄河的假象。这时候的彭德怀却躺在土炕上镇定自若地谋划着歼敌方案。

国民党军队刚过去，彭德怀一跃而起，挥师南下，将国民党军队位于蟠龙的后方补给地彻底端掉了。经过三日激战，彭德怀指挥的部队全歼国民党一六七旅等部6000余人，俘获旅长李昆岗，并缴获夏服4万套、面粉万余袋、子弹百万余发以及大量的枪支、军用器材、医药用品等。这场战斗使解放军一下摆脱了国民党军队的主力，得以从容休整，又解决了当时极端困难的物资补给问题，真可谓一举两得。

彭德怀率领西北野战兵团经历了三场战役，且都是以胜利告终，一度将曾经趾高气扬、不可一世的国民党军打得垂头丧气，叫苦不迭。将国民党摧毁共产党中央首脑机关、消灭西北野战兵团的图谋彻底粉碎，最终西北战局趋于稳定。

中央军委于1947年7月底将西北野战兵团定名为西北野战军，同时任命彭德怀为前委书记。

党中央考虑到全国战局在小河会议前后已经发生了重大变化，为了配合刘（伯承）、邓（小平）大军解放中原，于是决定由西北野战军执行战略牵制任务，将胡宗南部滞留在陕北。所以，8月初，彭德怀率军北上，开始对榆林城实施攻打。

到了8月11日的时候，已经将国民党军队外围防守部队5200余人全部歼灭，之后开始主动撤围，将主力转移到米脂县东北的沙家店地区，作好战斗部署，准备对国民党援军进行围歼。

这时候的国民党军队又误以为西北野战军军主力要过河，于是下令抓住机会，迅速出击。刘戡部由绥德向北开进，钟松部由榆林南下，企图将西北野战军于榆林、米脂、佳县三角地区歼灭掉。

彭德怀派西北野战军一部于8月20日对北上之刘戡六个旅展开阻击，而自己则率主力向南进至沙家店地，向钟松三十六师师部及一六五旅发起攻击。国民党军队已经被西北野战军分割包围，最后彭德怀发出歼敌的动员令。西北野战军奋勇争先，再加上当地民众全力支战，激战进行了一整天，共歼灭国民党军队 6000 余人，最后钟松见战胜无望，便乔装出逃。

至此，沙家店战役告捷，风驰电掣的西北野战军，将胡宗南三大主力之一的钟松师顺利歼灭，使西北战局得以改观。毛泽东赞许彭德怀说："沙家店这一仗打得确实好。侧水侧敌本是兵家所忌，而彭老总指挥的西北野战军，只用了短短一天的时间，就取得了前无古人的胜利，真是可喜可贺啊。"

彭德怀 10 月下旬开始率军对榆林展开攻击，之后转入新式整军运动，西北野战军士气更为旺盛，战斗更是所向披靡。

为配合中原战场和收复延安，1948 年 2 月，彭德怀决定发起宜川战役，提出围城打援——围宜川城打刘戡之援军的作战方案，这样更加有利于解放战争的进行。

这次的围城战斗打响后，胡宗南担心战斗的进展，于是电令刘戡支援宜川。刘戡率四个旅沿洛宜公路向宜川进发。西北野战军守株待兔，当国民党部队全部钻入已经事先设置好的"口袋"时，突然展开猛烈攻击。惊恐之余的国民党军队，倚仗着人多器良，率先抢占了山头进行顽强抵抗。为了使战斗能够顺利进行，彭德怀到战斗最激烈的前哨指挥所进行战斗指挥。当天西北野战军一纵队就攻占了瓦子街，将国民党军队撤退的后路截掉。国民党军队开始拼死突围，三五八旅向瓦子街东南高地展开猛攻，同友邻部队一起将国民党军队窜逃的口子给堵严了。1948 年 3 月 1日，全军各纵队转入总攻。走投无路的刘戡最终以手榴弹自戕。国民党军整编九十师师长严明被解放军击毙。下午时分，前来增援的国民党军队被全部就地歼灭。西北野战军取得了西北战场的胜利，将黄龙山区控制住，已经向关中逼近。

之后，彭德怀率师向西进发，将西兰公路出其不意地截断，直接奔袭到西府，也就是国民党军队的后方。西北野战军于 4 月 26 日将胡宗南的后方供应基地——宝鸡攻占，并缴获了大量军用物资。

西北野战军于 4 月 21 日将延安收复，至此，经过一年零一个月的时间，延安重新回到了共产党与人民的手中。

驰骋战场的总"粮草官"——贺龙

　　贺龙（1896~1969年），原名贺文常，字云卿。祖籍湖南桑植。中国历史上著名的无产阶级革命家、军事家，中华人民共和国十大元帅之一。1914年，参加孙中山领导的中华革命党。1916年，他靠两把菜刀，组建了一支农民自己的革命武装，开始了自己的革命生涯。1926年，任国民革命军第九军第一师师长，参加北伐战争。1927年6月，任国民革命军第二十军军长。8月，率部参加南昌起义，并加入中国共产党。1928年，从上海返回湘鄂西，领导并发动荆江两岸年关暴动和湘西起义。1934年10月，率部与任弼时、萧克、王震等带领的红六军团在黔川边境胜利会师。1935年，与任弼时共同指挥红二、六军团的反"围剿"战斗，并建立了湘鄂川黔革命根据地。1935年11月，率军长征。1936年7月，红二、六军团合并为红二方面军，贺龙任总指挥。抗日战争期间，任中共中央军委委员、八路军一二〇师师长、一二〇师军政委员会书记，率部开辟晋西北抗日根据地。1939年，任冀中军政委员会书记、冀中区总指挥部总指挥。1940年，任晋西北军政委员会书记和晋西北军区司令员。1942年，任陕甘宁和晋绥联防军司令员。1945年，当选为第七届中共中央委员。抗战胜利后，任晋绥军区兼晋绥野战军司令员、第一野战军副司令员、中共中央西北局第二书记、西北军区司令员、西安市军事管制委员会主任。新中国成立后，任西南军政委员会副主席、西南军区司令员、中共西南局第三书记、中央人民政府委员。1952年，任国家体育运动委员会主任。1954年，任国务院副总理和中央军委副主席等重要职务。1955年，被授予中华人民共和国元帅军衔和一级八一勋章、一级解放勋章。1956年，当选为第八届中共中央委员、中央政治局委员。1959年，中共中央军委副主席、中央军委国防工业委员会主任。1969年6月9日病逝于301医院。

少年时光

1896年3月22日，在湖南省桑植县洪家关一个名叫贺士道的贫苦农民家里，他的妻子王金姑给他生了一个男孩，这个男孩就是日后成为新中国十大元帅之一的贺龙。

贺氏家族原来也是名门望族，贺龙的曾祖廷宰公、祖父衡山公都对公益事业非常热心，所以不断捐资修桥。尽管在衡山公主持下，洪家关大桥落成了，但是贺家也因为捐资过多而变得家徒四壁。以致当贺龙这个长子出生的时候，母亲因营养不良，都没有足够的乳汁来喂养他，贺龙就这样在半饥饿的状态下慢慢长大了。

虽然家里的生活很清苦，但是贺龙仍然得到了不少的关爱。为了让贺龙的身体更加健康和强壮，在他4岁的时候，衡山公就开始教他学习武术。虽然贺家已经都吃不饱饭了，但是衡山公还是坚持要让6岁的贺龙到洪家关私塾读书，为了达到这个目的，衡山公不惜厚着脸皮向族长求情。第一天上学的时候，衡山公就给贺龙取了个叫贺平轩的学名，取"平步青云，翔雾连轩"的意思。可是，老人没有想到的是，贺龙最终没能和读书结缘。

贺龙的头脑很聪明，他很快就将老师教的《百家姓》《千字文》《三字经》都背熟了。对于这些书中的内容，贺龙很想知道其中蕴含的意思，所以他不断地向老师提出各种各样的问题。不知道是老师本来就不懂，还是老师觉得贺龙的问题有违师道尊严，反正在每次贺龙提问的时候，老师不仅不回答他，而且总是举起鞭子打他。在挨了越来越多的鞭子之后，贺龙对老师越来越不服气了，慢慢地也没有了读书的兴趣，开始找各种各样的借口逃学。他觉得就算是在家里帮三个姐姐打柴、割草、拾稻都比在私塾里死背书强得多。

对于贺龙的做法，衡山公是相当失望的，但是他也没有办法，最后只能将自己的一身好武艺传给贺龙。贺龙对于练习武功倒是有很大的兴趣，每天都很认真努力地练习武艺，练出了一副好身板。到十二三岁的时候，贺龙已经长得相当魁梧了。

由于生活所迫，14岁的贺龙当起了"小骡子客"，他和同乡好友一起，将赶马驮运盐巴、茶叶、木材等作为自己的生计，长年累月地在湘鄂黔边界的崇山峻岭之中奔波，过着居无定所的艰苦生活。

贺龙年纪轻轻就开始闯荡，自然是吃了很多的苦，也受了很多的罪，但是随着阅历的增加，他的见识也增长了很多。常年和骡子客们在一起，他的性格也明显受到了影响。15 岁时，他就对自己的同伴们这样说过："我们要搞刀枪，打皇帝，才有饱饭吃。"这个时候的贺龙，已经有了靠武力反抗朝廷的想法。

1913 年春，在鄂西的恩施，贺龙与哥老会的一个首领相识了，了解到哥老会存在的目的是打倒贪官污吏，劫富济贫为穷人之后，贺龙毅然加入其中，成了一个"袍哥"。

在这之后，无所畏惧的贺龙当上了抗税的领头人，开始在湖北咸丰公开反对税局对骡子客的无理勒索。在他的家乡，仅仅因为对县税局局长对小商贩的横征暴敛感到不满，他就叫上几个冲动的年轻人在街上将那位局长狠狠地揍了一顿。这件事情发生之后，多亏有哥老会出手相助，贺龙才没有被送进监狱。

随着时间的流逝，贺龙慢慢发现了哥老会存在的问题。尽管哥老会的人都很讲义气，很团结，但是只能利用自己的势力和关系尽量将"袍哥"的生命财产、名利地位保住。真正能够为穷人考虑，敢于和官府对抗的人却没有几个，甚至有些"袍哥"还和官府站在一起。贺龙知道，哥老会很难为广大的贫苦人民做出什么事情，面对这样的现实，贺龙感觉很是苦闷。

就在这个时候，桑植县高等小学教师陈图南突然出现在贺龙的门前。

实际上，教师只是陈图南的掩护身份而已，他是一名中华革命党人。他从日本回到国内之后，想要联络仁人志士，将革命党进一步扩大。在他听说了贺龙的事迹之后，就来到这里拜访贺龙。

陈图南将三民主义的含义解释给贺龙听，贺龙对于平均地权的事情很感兴趣，所以详细地询问了很久。陈图南拜别之后，贺龙独自想了很久。在江湖上闯荡的这几年中，他也听说了孙中山领导同盟会推翻清朝政府的事，他觉得如果孙中山的三民主义真的能成为现实的话，那自己想在哥老会做的但却做不到的事情就可以成为现实了。

仅仅过了两天，贺龙就来到了桑植书院高等小学，他找到陈图南，激动地将誓约填好，还在上面按上了手印。这时正是 1914 年的冬天，18 岁的贺龙下定决心，要跟着孙中山走革命的道路。

两把菜刀闹革命

加入中华革命党之后，贺龙的骡子客生涯也就随之结束了，他把自己全部的精力投入到了武装革命之中。1915 年 12 月 12 日，袁世凯竟然公开宣布要将中华民国改为"中华帝国"，12 月 31 日，袁世凯又宣布将次年改为"洪宪元年"，作好了登基做皇帝的准备。全国上下都为袁世凯的这一举动感到异常愤怒。在云南，蔡锷首先宣布独立，为了讨伐袁世凯，他将护国军组建了起来。为了策应蔡锷的行动，贺

21

龙奉命前往石门县泥沙镇组织"湘西暴动"。

1916年1月，贺龙和大姐夫谷绩廷带领着十多个农村青年到达泥沙镇。经过研究之后，他们决定在1月21日进行暴动。这一天是赶大集的日子，他们计划在集上分别设置赌场、大摆宴席，引诱团丁们出来赌博、赴宴，使得团防局防守空虚，他们则可以借此机会将团丁的枪支抢过来，举行暴动。

团丁们落入贺龙设计的陷阱之中，贺龙则带着人直捣黄龙，冲击团防局，未费一枪一弹，便将团防局长活捉了，同时还缴获了20多支长枪。

贺龙带着手下的人乘胜而出，又冲进了泥沙镇附近的南北镇和皂市，将这个地方的团防局的40多支枪抢了过来。

此处的农民长期受到官府的压榨，对于官府的行为早已积怨很深。贺龙在这个时候发起暴动，自然引起了很多农民的响应，他的队伍很快就有了300多人。这时，贺龙挂起了"湘西讨袁独立军"的大旗，和慈利、大庸、桑植、永顺、龙山等县的起义民军联合作战，两次对石门发起进攻。

但是，这些临时组织起来的民军毕竟缺乏经验，又没有统一的指挥，枪支弹药的供给也不够，面对着石门城内驻扎的一旅正规北洋兵，两次攻城的战斗都以失败而告终，几百个民军被打死，民兵们见到形势不妙，马上就地散去。轰轰烈烈的湘西暴动就这样迅速开始而又迅速失败了。

1916年2月，护国黔军进入湖南，在芷江将北洋第六师击溃。护国滇军则在蔡锷的领导下，对四川泸州纳溪棉花坡发动了猛攻。受到这些消息的鼓舞，贺龙决定再进行一次令人振奋的行动。他又组织了很多群众，组建了一支队伍，决定将芭茅溪盐税局打掉，为当地的百姓除掉祸害。

计划很快就得到了实施。3月的一天，贺龙带领着21个年轻人，带着三把菜刀、两把单刀、一支火枪和一些匕首，在夜幕的掩护下直接向着芭茅溪扑去。

到了盐税局之后，他们将税警队长杀了，缴获了12支毛瑟枪和大量的钱财，将钱分给当地的老百姓之后，他们又一把火把盐税局烧了。

这件事情在当地引起了很大的轰动，百姓们对于贺龙都很敬佩和赞赏。就连原来对于政府怕得不敢说话的老人们都竖着大拇指夸奖贺龙："贺家常伢子胆子大，有本事。"洪家关周围的很多年轻人在得知贺龙做的这些事情之后，都很积极跑来找到贺龙，参加革命队伍。之后，贺龙又带着手下的人将分水岭团防局和上溪河盐税局攻下，这一下，贺龙的名号在整个湘西都传开了。

通过邻县革命党人的帮助，年仅20岁的贺龙就将"桑植讨袁护国民军"组建了起来，他被选举为部队的总指挥。之后，贺龙带领军民将桑植县城攻下，将县长赶走之后，宣布桑植独立。

但是没过多长时间，在1916年的5月，湖南军阀谭延就使用计策将缺乏政治经验的贺龙领导的军民缴械了。这个时候，贺龙正好有事在外，没有被抓住，算是保住了自己的性命。但是，没有了手下的军民，贺龙又成了"光杆司令"。震惊整个湖南的湘西第二次反袁斗争就这样悄无声息地结束了。

面对这次遭受的失败，贺龙想了很久也没有想明白，他自己的心里也觉得很不服气，因此还郁闷了很久。

1917 年 9 月，段祺瑞宣布将临时约法废除，同时也将国会解散了。孙中山只得在广州组建护法军政府，他自己担任大元帅，护法运动就这样开始了。面对这一变故，贺龙很积极地支持孙中山，很快就在桑植组建起一支 200 多人的部队，他担任湘西护法军游击司令，受湘西护法军总司令张溶川领导。

12 月，湘西护法军接到孙中山电令，入鄂援助与北洋军阀战斗的鄂军。跟随上司到达常德之后，贺龙的老朋友湘西护法军总司令林修梅前来拜访，就因为这件事情，贺龙又遭到了厄运。

听说贺龙到了常德之后，林修梅马上将他的游击司令罗福派往常德拜访贺龙。张溶川早就知道贺龙和林修梅的关系非常密切，他害怕贺龙带领自己的部下投靠林修梅，于是假意邀请贺龙和罗福到自己的办公室谈话，然后将两人扣押了。直到七天之后，张溶川将贺龙的游击队解散了，才将贺龙和罗福放了出来。

这一下，贺龙又成了孤家寡人，他的革命之路再次遭遇了挫折。

护法军内部的自相残杀是贺龙从来没有想到的事情，他对这件事情很是气愤。听到这个消息之后，贺龙的父亲也很为自己的儿子担心，他赶紧找到贺龙，想要劝说贺龙和他一起回家种地，不要再参加革命了。

对于父亲的提议，贺龙表示了不同的看法。他坚持要走革命的道路，一定要帮助穷困的百姓建立一个更好的社会，让他们有更好的生活。为了实现这个目标，他可以放弃一切。

贺龙的父亲知道贺龙的个性，贺龙认准的事情，无论谁都没办法改变，而且他也觉得贺龙的想法是对的，只有革命能够挽救现在的百姓。所以，他没有再坚持，只是让贺龙好好照顾自己，如果需要什么帮助的话一定要告诉他。在这之后，贺龙的父亲就坚定地站在贺龙的背后，支持贺龙进行革命斗争。直到 1920 年的夏天，他受到贺龙的委托，就带着贺龙的小弟弟贺文掌去澧州取枪，没想到在路上遇到了匪徒，两个人遭到了袭击，不幸遇难。

在常德度过了一段郁闷的日子之后，贺龙听说他游击队中的不少人都偷偷跑了回来，这时，他那颗蠢蠢欲动的革命之心又热了起来，他决定回到洪家关再次组建自己的队伍。

在回家的路上，贺龙先是遇到了一个前来投奔他的小伙子，他腰间插着两把锃亮的菜刀，看着很是武威。两个人相识之后便结伴而行。没多久，他们就遇到了一个四人组的护卫群，他们正抬着一顶大轿，发现有两个走路一摇三晃的压阵的卫兵之后，贺龙就有了下手的目标。在走到一个路窄林密的拐弯处的时候，贺龙和小伙子一人一把菜刀，猛地扑上去，一下就将那两个卫兵放倒，将他们身上的两支步枪抢走了。

回到桑植之后，贺龙很快就将18个志同道合的年轻人召集起来，组成了一支小小的队伍。他将原本留在家乡的两支步枪取了出来，加上刚抢的两支，一共是四支步枪，这就是这支部队的全部装备。队伍组织起来之后，贺龙并没有带着他们去常德报仇，而是从石门渡过澧水，北上参加了湖南护法军的援鄂战斗。在石首，贺龙又将澧州援鄂民军的30多个人收编了，同时得到了20多支枪，贺龙又成为湘西援鄂一路军所属的游击司令。在接下来进行的两个月的战斗中，贺龙的队伍发展到500多人，拥有70多支枪。

1918年春，贺龙的部队被湘西护法军第五军军长林德轩改编为该军第一团第一营，贺龙担任营长，部队在桃源驻防。同年夏天，贺龙的队伍又改称为桑植独立营。

1920年，贺龙成为湘西靖国军第三梯团梯团长。

1922年春，为了讨伐曹锟和吴佩孚，曾任川军师长的石青阳按照孙中山的命令回到了四川，和川军第一军军长熊克武展开合作。贺龙也接到命令，和石青阳一起来到来了四川。同年7月，贺龙成为川东边防军警卫旅旅长，主要的任务是担负长江上游的防务。

1922年8月，陈炯明发动了兵变，孙中山无奈之下离开了广东，前往上海避难。得知这一消息之后，贺龙马上就派出代表专程到上海拜见孙中山，向他表示愿意为革命效力。

孙中山感到很是欣慰，他于12月给贺龙回信："边微久成，艰苦逾恒，而壮志不渝，忠诚自矢，此真可谓干城之寄，当勉望于无穷者也。"

1923年6月，熊克武被孙中山任命为四川讨贼军总司令，贺龙率领自己的部队和第二军汤子模师配合进行战斗，将川东重镇涪陵攻克。这一战役的胜利使得长江交通线被切断，万县的援川北洋军被阻挡住而无法西上增援。

1923年11月，孙中山任命贺龙为四川讨贼联军第一混成旅旅长、川军第九混成旅旅长。以表彰他在入川作战之后取得的战功和成绩。

1924年秋，贺龙带领自己的部队返回湖南，在澧州驻扎，当地的武装部队在得知这一消息之后，纷纷前来投靠。湘西王陈渠珍则远远地躲避到了凤凰县。

1925年5月，熊克武委任贺龙为建国军第一师中将师长。这个时候，贺龙已经拥有了10个团的部队，可谓人多势众。他利用空闲的时间整顿军纪，将"建军为民"的思想明确地树立起来，使得战士们有了更加明确的从军目的。在训练方面，他则开始借助西方的先进的经验，努力将自己的部队建成一支训练有素的优秀军队。

1925年9月，省政府又任命贺龙为澧州镇守使，使得贺龙成了当地有头有脸的人物。

成为一方父母官之后，贺龙积极整顿金融市场，大力开办教育机构，狠狠打击官员的腐败行为和投机倒把行为，努力发展生产，积极救灾赈灾，获得了澧属各县人民的极大拥戴。但是，贺龙所做的这些使得当地百姓大加赞扬的工作并没能持续多久。10月中旬，赵恒惕主持的湘军首脑会议在长沙召开，会上作出了出兵讨伐贺龙的决定。面对气势汹汹的大军，贺龙只能被迫离开了澧州，躲避到川黔边境。

面对眼前的种种动乱局面，贺龙深深地感到自己的报国之志无处施展，自己的理想也无法实现，贺龙再次陷入了深深的思考之中。

北伐战争

1926 年春，广州国民政府准备出兵北伐的消息传出之后，贺龙马上誓师返湘，在将沅陵及其周边各县占领之后，准备与直系军阀吴佩孚、奉系军阀张作霖组织的"讨贼联军"叶开鑫部作战。

同年 7 月，贺龙的部队按照广州国民政府的命令，改编为国民革命军第八军第六师，投入到北伐战争中。时任国民革命军第八军军长兼北伐军中路前敌总指挥及湖南省临时政府省长的唐生智任命贺龙为师长兼湘西镇守使。因为贺龙以前做过许多对当地百姓有益的事情，所以这个消息一公布出来，湖南和贵州边境地区的许多民兵就争相加入到贺龙的部队之中，使得贺龙的部队一下子增加到了 20 个团。贺龙带领着部队首先进攻盘踞在常德的北军王都庆师和湘军贺耀祖师，很快就将常德攻占了。

1926 年 8 月，贺龙的部队又被改编为国民革命军第九军第一师，他率领部队先后将慈利、津市、澧州收复了。就在这个时候，国民革命军总政治部将以共产党员周逸群为队长、共产党员为骨干的宣传队派到了贺龙率领的部队，贺龙对宣传队的到来表示了热烈的欢迎，同时还任命周逸群为第一师的政治部主任。9 月，贺龙率领部队将公安攻克，并借助胜势对吴佩孚所属的长江上游总司令卢金山部展开追击。在追击过程中，杨其昌师很好地配合了贺龙作战，他们和占据优势的卢金山部在黄金口、斗堤湖一带展开了激烈的战斗，最后终于将卢金山部的主力部队击败。卢金山被迫派出代表向北伐军表示投诚。12 月，贺龙的部队将宜昌攻克。攻占宜昌之后，贺龙接到国民革命军总司令部的命令，将自己的部队改编为独立第十五师，担负起鄂西警备的任务。

1927 年 4 月，为了参加武汉国民政府发动的第二次北伐战争，贺龙率领自己的部队乘火车奔赴河南。在将京汉铁路广水至信阳段以东的土豪劣绅控制的红枪会消灭之后，贺龙带领部队推进至南陵、张明地区，他得到了攻占逍遥镇的命令。逍遥镇的地理位置相当重要，在该镇及其两侧担任防守任务的奉军部队一共有五个团，5000 余人。在这场战斗中，贺龙运用他的指挥才能，在独立第十五师仅亡 60 余人的情况下，就俘虏了奉军的 3000 多人，缴获了约四个团的武器装备，很顺利地将逍遥镇攻占，从而将奉军的沙河防线拦腰截断了。

在这之后，贺龙又率领部队投入到对临颍进行总攻的战斗中。在这次战斗中，北伐军付出了很大的代价，其中以贺龙的部队伤亡最为惨重，该师第五团原有 1800

多人，战斗结束后仅剩下 300 多人。但北伐军最终还是获得了伟大的胜利，共消灭奉军 1 万多人。紧接着，贺龙又率领部队和友军协同作战，将许昌攻占了。到 6 月份的时候，北伐军已经攻占了当时河南的省会开封。此时，黄河南岸的奉军基本被肃清，北伐军取得了伟大的胜利。

1927 年 6 月中旬，贺龙率领的独立第十五师被扩编为国民革命军暂编第二十军，贺龙为军长。在郑州进行会谈之后，汪精卫和冯玉祥宣布将河南境内的北伐军主力调回湖北，贺龙按照命令带领自己的部队返回了武汉。

刚刚回到武汉，贺龙马上就被各种势力包围了起来：唐生智派他的弟弟唐生明向贺龙展开游说；汉口卫戍司令李品仙也向贺龙表示了极大的热情；蒋介石则是派遣他与黔军有着很深关系的参谋长朱绍良，秘密来到武汉，向贺龙许愿封官。

面对这些谄媚的小人，贺龙都没有理睬，他早就已经看透了这些政客的心思，现在，他真正渴望见到的是共产党的领导人。

有一天，周恩来特意到俄租界鲍罗廷公馆去拜访贺龙。得知周恩来来访的消息，贺龙顿时深感欣喜，他急忙迎出去，和周恩来紧紧地握着手。

"真是久仰大名啊！逸群常常在我面前提起你。一直对你怀着钦慕之情，没想到能在这里和你见面！"贺龙诚恳地说。

周恩来说："将军逐鹿中原，屡建奇功，现胜利归来，恩来特来向你表示祝贺！"

1927 年 7 月 10 日，武汉政府开始出现右转的情况，各地的武装工人纠察队受到越来越多的迫害。为了将革命力量保存下来，中共中央请周逸群向贺龙询问一下能否将鄂城、大冶等地的武装工人纠察队骨干编入贺龙的第二十军。面对中共中央的请求，贺龙没有丝毫的犹豫，立即答应下来。就这样，在武汉政府开始对共产党进行大肆围剿的时候，300 多名身处险境的共产党员、工人纠察队员、农运骨干进入二十军教导团，被贺龙保护起来。

1927 年 7 月 16 日，汪精卫彻底撕下了自己的伪装，公开走向全面反动的道路。面对这一局面，贺龙将连以上干部召集起来开了大会，在会上，他慷慨陈词：

现在革命到了生死存亡的关头，我们有三条路可以走：一是把我们的部队解散，大家各自回家。二是跟着蒋介石和汪精卫走反革命的道路，去屠杀我们的工人和农民兄弟。还有就是跟着共产党走，一起将反动派消灭掉！前两条路都是把我们往死路上逼，我们都不能走。只有跟着共产党走革命的道路，才是一条光明的大道。我自己就要跟着共产党走，而且会一直坚持走到底！你们要是愿意跟着我干革命，我举双手表示欢迎；要是不愿意，可以直接告诉我，我可以给你回家的盘缠。但是有一点，谁都别想把部队拉走，如果谁这样做了，别怪我贺龙翻脸不认人！

在共产党面临失败、许多人避之唯恐不及时，作为一个有着高官厚禄的中将军长，贺龙立场鲜明地和共产党站到了一起。贺龙的这番话对于稳定部下的军心起到了极大的作用，绝大多数的将士也对他表示了支持。

在得到部下的支持之后，贺龙借着带领部队东征的名义，将部队转移到了九江。

1927 年 7 月 28 日，南昌起义前夕，此时的贺龙还不是共产党员，但是周恩来还是亲自来到了二十军指挥部，请贺龙担任南昌起义的总指挥。共产党对贺龙的信任使他深受感动，他表示一定要尽自己最大的努力完成任务。最终，南昌起义获得胜利，起义军在贺龙的带领下南下。

在远征的过程中，起义军虽然也打了一些胜仗，但是整体的情况仍然不是很好。面对凶险的局面，贺龙仍然坚定地选择跟着共产党将革命进行到底，他又一次递交了自己的入党申请。而这究竟是他第几次提出申请，连他自己都记不清楚了。

贺龙对共产主义的热情终于将党组织感动了。8 月底的一天，经周逸群和谭平山的介绍，贺龙终于在瑞金成为了一名光荣的共产党员，实现了他很久以来的愿望。

加入了中国共产党以后，贺龙诚挚地表示："从此我指挥的军队是党的，我是党的人，党就是我的生命！"

此后，贺龙就用自己的一生来诠释和践行着自己的誓言。

江南斗争

1935 年 1 月底，蒋介石发动了对湘鄂川黔边根据地的"围剿"，这次进攻中，蒋介石共动用了 6 个纵队 80 多个团共计 10 多万人的兵力。面对数倍于自己的国民党军队，红二、六军团在根据地进行了两个多月的艰苦斗争，但是始终没能打破国民党军队的包围圈，红军部队的人数也从 1.6 万多人骤减至 9000 多人，根据地的面积也变得越来越小。

4 月 12 日，红二、六军团被迫从根据地中心地区开始撤离，计划到长江北岸开辟新的革命根据地。但是，红军的这一战略意图被国民党军队发现了。鄂军纵队司令兼第五十八师师长陈耀汉立即给其下属的第一七二旅下达命令，要求该部务必于 4 月 12 日到达湖南桑植县陈家河地区，将红军截在此地，予以歼灭。12 日下午，两军团的先头部队与第一七二旅在陈家河地区相遇，他们发现国民党军队已经将红军前进的大路控制住了。贺龙发现一七二旅是孤军深入，而且尚未站稳脚跟，于是果断将两军团主力 11 个团集中起来对该旅发起进攻。结果，红军将第一七二旅全部歼灭，该旅旅长也被击毙。随后，贺龙率领部队继续向桑植县城进发，对陈耀汉的其他部队发起攻击。萧克等率领红六军团的一个师作为先头部队走在前面，当他们走到通往桃子溪的路口时，萧克发现河水非常浑浊，他判断是陈耀汉的部队到了，经过分析，他认为陈耀汉的部队刚刚过河，就算已经到了桃子溪，恐怕也正在做饭，正是对他们发动进攻的好时机。所以，萧克一边派人将自己的发现报告给贺龙，一边带领部队向桃子溪全速前进。事实证明，萧克的判断是正确的。萧克带领部队冲进桃子溪的时候，陈耀汉带领的师部和两个团也是刚刚到达，正是立足未稳的时候。战斗开始不久，贺龙带领着后续部队也赶来了，就这样，陈耀汉纵队也被红军消灭了。

1935 年 6 月，贺龙率领红二、六军团的部分部队将湖北宣恩县城包围了，同时命令另一部分兵力将宣恩和恩施之间的交通线切断，主力部队则在宣恩县城以南 10 公里的地方隐蔽起来，准备对国民党的驰援部队予以打击。鄂军纵队司令兼第四十一师师长张振汉接到命令赶来支援，但是，红军早就将该师的行动计划搞清楚了。所以，贺龙和其他指挥员下定决心，要在第四十一师的行进过程中将他们彻底消灭。最后，红军终于在忠堡地区将第四十一师全部消灭，并且将该师师长张振汉俘虏了。8 月，贺龙等人又指挥两军团主力将鄂军第八十五师师部及两个团全部消灭在湖南龙山县板栗园地区，该师师长也被击毙，这一失利使得蒋介石被迫命令湘、鄂军队转入防御态势。趁此机会，贺龙等人率领两军团主力开始进攻国民党兵力薄弱、物产又比较丰富的湖南津市、澧州地区。仅仅在一周的时间内，石门、澧州、津市等城就被攻克，大片的地区都被红军控制住了。这之后，又在很短的时间里补充了 3000 多名红军战士，同时筹集了大批物资、弹药和经费。

从 1934 年 10 月红二、六军团会师到 1935 年 10 月，贺龙和任弼时指挥这两个军团在一年的时间里进行了 30 多次大小战斗，消灭和击伤国民党军 1 万多人，俘虏国民党军 6000 多人，在钳制了国民党十多个师的兵力的同时，还将正在进攻红一方面军的一部分国民党军吸引过来，为红一方面军顺利突围创造了有利条件。除此之外，红二、六军团还先后攻克了七座县城，恢复和开辟了大片的区域，使得这里变成了当时长江以南最大的根据地。

贺龙在长征途中的三次"神来之笔"

1936 年 11 月的一天，在毛泽东自己住的窑洞里，刚刚结束长征的贺龙和任弼时得到了毛泽东的接见。

虽然毛泽东和贺龙彼此之间已经相互景仰很久，但这次会面却是他们之间的第一次见面。根据贺龙后来的回忆，他在 1916 年的时候就听说过毛泽东的事情，从那时起就认定毛泽东是一个非常了不起的人物，他对于毛泽东的钦羡之情难以言表。而毛泽定对于贺龙的事迹也是早有所闻，在三湾改编的时候，毛泽东就以贺龙靠着两把菜刀闹革命的精神鼓舞过大家的士气，使得贺龙"两把菜刀闹革命"的革命精神在神州大地上传播。

眼下，两人终于见面，毛泽东对贺龙更是充满了敬意，他微微抬起头，看着贺龙和任弼时说："你们二、六军团在乌蒙山里转来转去，不要说是敌人了，连我们都被你们转晕了。最后还是被你们转出来了啊！渡过乌江，我们付出的代价也是很大的哦！你们二、六军团的仗却打得很巧啊，没有吃多少亏。出来之前是 1 万人，现在还是 1 万人，没有亏本，是个了不起的奇迹，是个很好的经验，要好好总结一下，让大家学习。"

正如毛泽东说的，红二、六军团的行动确实是很了不起的。想当初，他们从桑植刘家坪开始长征，当时部队总共有1.7万余人。经过了一年时间的艰苦跋涉和激烈战斗之后，全军还剩下1.1万人，和红军一、四方面军比起来，这样的损失是最小的。

　　长征本身就是一场残酷的生存战争，它的成功和部队指战员的决策能力是有极大关系的。红二、六军团能够创造这样的奇迹，当然是和部队中的军事指挥员的努力分不开的，在很大程度上来说，这和贺龙的三次"神来之笔"有着极为密切的关系。

　　第一计是"声东击西"计。

　　1935年9月，蒋介石下令"围剿"湘鄂川黔苏区。为了将长江以南仅剩的一支主力红军消灭掉，蒋介石共调集了140个团共约30万兵力。

　　国民党采取了步步为营、逐步缩小包围圈的进攻方式。面对这样的情况，红二、六军团很难找到打击国民党军队和突破包围圈的办法。随着根据地被国民党逐步蚕食，红二、六军的处境变得越来越艰难。为了将面前的困难局面打破，他们决定采取运动战，在运动中找到国民党军队防守的薄弱处，将部队转移到黔东的石阡、镇远、黄平一带，争取在那里建立新的根据地。

长征胜利后的贺龙

29

　　部队面临的最大的问题就是如何跳出国民党30万兵力组成的巨大包围圈。任弼时知道贺龙平时的主意就很多，所以让贺龙想个办法。贺龙略微想了一下，就说："假如我们在突破包围圈之后直接就向贵州撤退，围攻我们的这30万大军肯定会紧跟着我们不放。屁股后面被这30万大军追着，我们肯定是不会舒服的！"

　　"那应该怎么办呢？"

　　"要我说，我们就先到湘中去。那里比较开阔，资源也比较丰富。到了那里之后，我们既可以补充物资，筹集军费，又可以威胁长沙，将敌人调动过来。等到敌人追过来的时候，我们就可以杀个回马枪，跟着再转入贵州。"

　　听了贺龙的意见之后，大家都觉得这是一个妙计。

　　11月19日，贺龙和任弼时将突围的命令下达给了部队。红二、六军团以极快的速度将国民党军队的两道封锁线都突破了，占领了辰溪、津市、溆浦、新化、蓝田和湘中著名的锡矿山，控制了湖南中西部不少地区。

　　12月11日，国民党的军队刚刚追上来，红二、六军团马上又向东南方向进行了九天的急行军，做出了东渡资水的样子。国民党军队果然被红军的行动迷惑了，大批的军队奔向了湘东南。

和国民党军队进行了一场战斗之后，贺龙马上就率领红军向着相反的方向奔去，回师向西北方向而去。这个时候已经是隆冬时节了，天上下着大雪，红军在崇山峻岭间不分昼夜地急行军，终于在1936年元旦之前顺利地到达了芷江冷水铺，将国民党军队远远地甩在了身后。1月9日，红军按照预定的计划到达了石阡地区。这个时候，国民党部队的15个师又赶了上来，加上石阡地区地瘠民贫，贺龙又决定带着部队向黔西、大定、毕节地区转移。

在这次转移的路上，贺龙继续带着部队运动作战，时而向南，时而向北，使得国民党军队不知贺龙的真实意图。他们以为贺龙要带着部队和红一方面军走相同的道路，所以急忙将重兵布置在乌江沿岸，增加了在遵义的防守力量。1936年2月2日，在将国民党军队彻底迷惑之后，贺龙却率领部队向西巧渡鸭溪河，顺利到达了黔西县。就这样，国民党的各路追兵又被甩掉了，他们只能无可奈何地隔岸放枪了。

第二计是在乌蒙山里转来转去。

在攻占了黔西、大定和毕节这三个县城之后，红军马上将建立根据地的工作开展了起来，把这三个地区的革命工作搞得火热。这件事情使得蒋介石大为愤怒，他直接从南京坐飞机到了贵阳，亲自部署"围剿"任务，对红军进行四面围堵。

2月27日，面对前来"围剿"的重兵，贺龙率领部队从毕节撤离，进入了乌蒙山区。

乌蒙山是南北走向的山脉，海拔2000多米，从云南东北绵延到贵州西部，山峰雄伟，气势雄壮。贺龙带着红军在乌蒙山里转来转去，让国民党军队没办法掌握他们的动向，但是红军却在运动中寻找将国民党军队摆脱的机会。

乌蒙山的3月，寒气依然很重。红军在荒无人烟的大山之中活动，生活很是艰苦，贺龙的脚也被冻裂了一个大口子。即使这样，他还是将自己的马让给了伤员，也不肯坐担架，而是一个人拄着棍子一瘸一拐地走着。虽然每走一步他都感觉非常疼痛，但是他还是时不时地给身边的战士讲笑话，鼓舞着战士们的士气。有了贺龙这样的榜样，红军战士们都跟他一样，一直都拥有着极为高昂的革命热情和精神。在乌蒙山的石壁上，到处都是红军战士们写下的鼓舞斗志的标语。

贺龙率领着红二、六军团在乌蒙山和国民党军队周旋了将近一个月的时间，把国民党军队弄得晕头转向、筋疲力尽。在国民党军队将越来越多的部队调集到乌蒙山，企图缩小包围圈的时候，贺龙却带领着红军以极快的速度从国民党军队的结合部跳了出去。

最后一计是佯攻昆明，巧渡金沙江。

从国民党军队的包围圈跳出来之后，红二、六军日夜兼程地急行军，于4月6日，攻克了寻甸。

龙云认为贺龙会率领红军从元谋渡江，所以急忙从昆明将所有的滇军都调集到普渡河两侧对红军进行防堵，同时命令孙渡纵队加快追击速度，企图将红军阻挡在普渡河东岸。

滇军全部出动之后，红军已经很难再渡过普渡河北上了。面对这一局面，贺龙又有了新的主意，他说："龙云是把自己老本都拿出来了，把赌注押在了普渡河上，现在，昆明已经是一座空城了。我们现在去打昆明的话，肯定会把龙云和顾祝同吓得灵魂出窍，他们就会赶紧把兵调回昆明。这时候，我们再向西走，把滇军甩掉，到石鼓、丽江去渡金沙江。毕竟人是活的，而金沙江是死的，我们为什么非得到元谋去渡江呢？"

大家都认为这个想法是非常大胆而又绝妙的。

1936 年 4 月 10 日，红二、六军团开始向昆明急速进军。先头部队在当天就到达了距昆明 15 公里的地方。到了第三天的时候，红二、六军团已经全部进入距离昆明 20 公里的富民城，做出了将要攻打昆明的样子。

这一下顾祝同和龙云都被吓坏了。顾祝同急忙向蒋介石求援，而龙云则是匆匆忙忙地将在普渡河防守的滇军调回了昆明。

然而，就在滇军火急火燎地从普渡河赶回昆明的时候，贺龙却率领红军向着滇西急行军，将滇西横扫，获得了大量的补给，也将自己的部队扩充了不少，然后就全速向着金沙江前进。

国民党军队这时候才发现自己上当了，他们想要追赶的时候，已经来不及了。

1936 年 4 月 25 日，红军的先头部队抵达石鼓。4 月 28 日清晨，红军 1.7 万余人全部顺利渡过金沙江。

渡江之后，红二、六军团进入藏区。7 月初，红二、六军团与红四方面军在甘孜胜利会师。

东进冀中

1938 年 9 月，贺龙抵达延安，出席了中国共产党六届六中全会。在这次会议中，中共中央军委决定，将一二〇师主力派遣到冀中地区，在那里开展游击战。

冀中地区就是河北省中部地区，是华北平原的主要部分。它处于平汉、北宁、津浦铁路和沧（州）石（家庄）公路之间，共拥有 39 个县、800 多万人口。保定被日军占领之后，由中共保属省委组建的河北游击军就和由吕正操率领的人民自卫军一起将游击战争开展了起来，并且将冀中抗日根据地建立了起来。冀中抗日根据地的地理位置是相当重要的，但是在这里却没有八路军的主力部队，当地的抗日武装的组成部分是相当复杂的。基于这些原因，中央军委才最终决定派遣一二〇师主力部队到冀中地区完成三项任务：第一是将冀中抗日根据地加以巩固；第二是帮助在冀中的八路军第三纵队；第三是扩大自己。

贺龙心里很明白，中共中央交给一二〇师的任务是重要而又艰巨的，他对于这个决定是十分支持的，他也很愿意接受这个任务，贺龙就是这样一个人，越是困难的事情，他越是充满信心地想把它干好。

贺龙有极大的信心将中共中央交给自己的工作做好，但是面对的困难依然存在。那个时候，一二〇师的师部设在山西岚县。从岚县到冀中的路途中，有两条铁路需要穿越，而在铁路周边有很多日军的据点，想要顺利通过，那是非常困难的，如何在思想方面和组织方面作好准备是贺龙面临的第一个难题。第二个问题就是在一二〇师的主力部队离开之后，剩下的部队怎样在晋西北继续坚持抗日战争。显然，第二个问题是比第一个问题更加需要解决的。1938 年 12 月 11 日，贺龙将一二〇师团以上干部召集到一起，开了一个会议，在会上，大家对上述问题进行了深入而激烈的探讨。

对于第一个问题，贺龙命令部队抓紧时间做好四项准备工作：第一是将师侦察连派遣出去侦察忻县到阳曲之间铁路沿线的敌情，将通过铁路沿线的计划拟订好；第二是司令部组织和编写与平原游击战争有关的教材，以便于部队在行军的空隙进行学习；第三是筹集物资和武器装备，同时准备好粮草；第四是将老弱病残和伤病员安置好。

而关于第二个问题，贺龙的主张是：中共中央交给一二〇师的任务一定要完成，无论是在冀中还是在晋西北根据地。他这样说："晋西北的局面是我们打开的，晋西北根据地是我们东进的基础，不能把它丢给别人。我们要在晋西北留下三五八旅，让这里的群众知道，即使主力部队去了冀中，但是一二〇师仍然在晋西北。"最后，会议通过决议：三五八旅七一六团、七一五团两个营和独立一支队进入冀中，在贺龙和关向应的带领下执行中共中央赋予的任务；三五八旅旅部、七一四团、独立一团、独立二团、警六团和独立六支队则继续留在晋西北，在三五八旅旅长张宗逊和政委张平化的率领下继续进行斗争。同时还决定，在贺龙和关向应率领部队离开后，晋西北的地方工作由中共晋西北区党委书记赵林和副书记罗贵波以一二〇师政治部民运部的名义进行统一领导。后来事情证明，将三五八旅留在晋西北的决定是非常明智而正确的。三五八旅继续在晋西北战斗，不但将华北与西北联系的枢纽控制住，使得中共中央同各根据地之间的交通得以保障，同时使得八路军在面对阎锡山发动的反共事变时，保持了很大的主动性。

1938 年 12 月 22 日，在这个大雪纷飞的日子里，贺龙和关向应带领着部队向着冀中进发了。部队抵达冀西之后，贺龙和关向应特意去会见了身在阜平的八路军晋察冀军区司令员聂荣臻和中共中央北方分局书记彭真，和他们一起商议一二〇师主力前往冀中的具体事宜。1939 年 1 月中旬，贺龙带领一二〇师主力顺利通过了平汉铁路，抵达冀中地区的安平县西南一带。刚刚到达冀中，贺龙便马不停蹄地赶往任丘，和冀中军区司令员吕正操、政委程子华、中共冀中区党委书记黄敬等进行会面。几天之后，一二〇师主力与冀中军区领导机关在河间顺利会合。

齐会之战

1939 年 4 月 20 日，正在大朱村的司令部召开旅以上干部会议的贺龙接到了侦察员的报告。侦察员发现，日军二十七师团第三联队的吉田大队 800 多人、伪军数十人，带着 80 多车弹药、粮食从沧州出发，正在向北运动。

吉田大队是一支刚刚从华中战场调派过来的日军所谓的"功勋联队"，极富战斗力。

听了侦察员的报告之后，贺龙认为这是一个打击日军的好机会。经过和关向应、参谋长周士第共同分析之后，他们认为，吉田大队很有可能要在任丘、吕公堡等据点的日军的配合下对河间以北一带进行扫荡。河间附近的日军并不是很多，而自己这边则有七团的兵力，将日伪军这 800 多人的部队消灭掉没有什么问题。所以，下定决心抓住这个打歼灭战的机会。

4 月 23 日 7 时，吉田大队的 800 多人从三十里铺出发，在渡过古洋河之后，开始向驻守在齐会村的七一六团三营发动进攻，双方发生了激烈的战斗。

这一切都在贺龙的预料之中，他早就已经制订好了作战计划：以七一六团三营作为诱饵，吸引日军兵力，然后再用优势兵力将日军包围起来，彻底将日军消灭。

七一六团三营在齐会村早已严阵以待，他们利用有利地形对日军实施层层阻击，和日军展开一间房屋一间房屋的争夺，使得日军遭受了极大的伤亡。吉田没有想到刚刚进入华北就遇到了这样顽强的中国军队，所以有些气急败坏，他下令使用毒气弹，并将民房尽数焚毁。贺龙担心吉田因为无法攻克齐会村会迅速撤退，那样的话他的整个计划都会受到影响，所以他总是拿着自己的望远镜在前沿阵地观察战场形势，而从不顾及自己的生命安全。即便是受到日军的毒气弹的影响的时候，他也只是稍微休息了一下，然后就继续投入到指挥的工作之中。

观察了战场的形势之后，贺龙认为日军会在天黑之后逃走。所以他及时调整了部队的部署，加强了进攻的力量，在黄昏的时候开始对日军发起总攻。日军则借助着房屋和工事负隅顽抗。战斗进行至次日凌晨，日军终因无法坚持，开始向南面突围。

日军的突围方向也被贺龙料想到了，他早已将七一五团和第二团的一个营安排到刘古寺、西保车一线设伏；将独二旅四团安排到四公村、杨庄设伏；将第五团的一个营安排到张庄附近设伏。日军在突围了之后，马上又进入了另一个伏击圈，战场上的日军被打得狼狈逃窜，呼天抢地。

战斗持续了两个昼夜，日军部队损失惨重，伤亡殆尽，但是日军没有放弃抵抗，仍然借助坟地、树林等与八路军展开战斗。为了保存实力，贺龙命令部队在白天的时候停止进攻，只是对日军进行围困，他打算等到傍晚的时候再给日军致命的一击。

贺龙本以为经过长时间的连续作战之后，日军已经伤亡殆尽，而且肯定是饥渴交加。这时候的日军一定很惊慌，只要等到发起总攻的时候，日军一定就会迅速溃败，会被全部消灭掉。但是，在黄昏即将来临，贺龙准备对日军发动总攻的时候，一场暴风雨不期而至，狡猾的吉田正是利用这场暴风雨，从八路军的包围圈中逃了出去，和他一起逃掉的还有80多名残兵。

贺龙与关向应在抗日战场上

眼看着煮熟的鸭子就这样飞走了，贺龙感觉非常的可惜。

齐会村之战持续了三个昼夜，日军损失了精锐部队的700多人。这场战斗，狠狠地打击了日军在平原地区的嚣张气焰。蒋介石也不得不对贺龙发出嘉奖电。在电报中，蒋介石对贺龙予以嘉奖，并给了他3000元的医疗费。

西北战场的总“粮草官”

1947年3月，蒋介石对解放区发动的全面进攻受到了严重的挫折，他只得调集重兵，对山东和陕北发起重点进攻。这一次，蒋介石调集了34个旅23万人，准备入侵陕甘宁解放区，攻占延安。

那个时候，处于陕北的解放军只有四个野战旅，约1.7万人，双方的力量相差悬殊。3月19日，解放军主动撤离延安。中共中央和陕甘宁领导机关一部分撤到了贺龙的晋绥解放区。

贺龙原本是陕甘宁晋绥联防军司令，保卫延安的重任本来应该是由贺龙来担当的。可是很不凑巧，1945年8月日本投降的时候，贺龙已经按照毛泽东的命令去做晋绥野战军司令了。当时，彭德怀向毛泽东毛遂自荐，希望能够在贺龙回来之前暂时担任陕北部队的指挥工作。

面对彭德怀的请求，中央军委最终决定成立西北野战兵团，彭德怀任司令员兼政委。就这样，保卫延安的任务就落在了彭德怀的肩上。

贺龙总是会将党的大局放在最重要的位置上。当年他就将一二〇师的五分之二

34

的兵力留在了延安，用于保卫党中央的安全。如今，当需要他抽调部队保卫延安的时候，他一样没有丝毫的犹豫。他亲自送王震部西渡黄河，同时要求手下的部队听从彭德怀的指挥，多打胜仗。

虽然没有在战斗的第一线，但是贺龙的担子同样不轻。送走王震的部队之后，他统辖的部队只是一个野战纵队、一个骑兵旅和十几个地方团队而已，这么少的兵力，不仅要保卫和巩固晋绥解放区，还要为陕北战场输送人员、物资，保证党中央和陕甘宁边区在晋西北机关的工作与安全，同时还得协助友邻解放区作战，确保中共中央与各解放区之间交通的通畅。这样的担子放在贺龙肩上，他却没有一句抱怨，总是尽自己最大的努力将工作做好。

贺龙面临的最大问题就是怎样才能保证西北战场上的解放军部队得到足够的武器装备、物资补给和兵源的补充。这个任务也是毛泽东亲自交给贺龙的。贺龙知道，只有做好了西北战场的总"粮草官"，彭德怀才能放开手脚和胡宗南进行一场大战。

实际上，彭德怀早就将他的求援之手伸过来了。5月的时候，西北野战军在延安以东集结，准备找到机会将国民党军队消灭，而弹药正是他们急需的。在和李井泉商议之后，贺龙马上派人将2000发各种炮弹送到了陕北。在这之后，贺龙又先后命令后勤部门给彭德怀送去了三批武器弹药，解决了最困扰彭德怀的问题。

但是，晋绥地区的军事工业并不发达，生产条件也相对较差，很难满足前线部队的需求量。这个时候，他想起了陕甘宁地区的军工企业发展较早，人才也多。当时，陕北正在进行激烈的战斗，军工生产已经停止，如果将两个地区的军事工业联合起来的话，那不是很好嘛！想到这里，他马上请人将自己的想法转告给习仲勋，提议将河西军工厂迁到河东，集中人力、物力进行生产，以满足前方战斗的迫切需求。

习仲勋和彭德怀都认为贺龙的想法很好，纷纷表示赞同。随后，两个地区的军工生产合并到了一起，而且发展相当顺利。到1948年的时候，晋绥地区的军事工业已经拥有了14座兵工厂、一所工业学校、3500多名职工，年产4000余发炮弹，7.5万架两种型号的迫击炮，再加上从国民党军队手中缴获的各种武器弹药，八路军在战斗中的武器需求基本得到了满足。

仅仅满足了武器弹药的要求是不够的，还有粮食问题需要贺龙去解决。那个时候，西北野战军和中共中央、陕甘宁边区各机关、部队、学校及游击队的人员加起来，总共有8万多人，每个月需要粮食1.6万多石，这还没有将晋绥军区部队和地方工作人员需要的粮食算进去。而陕甘宁、晋绥两区的人口加在一起，仅仅只有400万人而已，黄土高原的土地本来就很贫瘠，农业生产活动也相对落后，粮食的产量本身就非常低。而且最近几年这两个地区旱情非常严重，一直都没怎么下雨，所以粮食的产量更是降到了只有丰收年份的一半左右。这样的情况可真是让贺龙急得要命。陕甘宁边区政府主席林伯渠对于这种情况也是一筹莫展。

贺龙毕竟不是常人，他总有办法解决眼前的难题。这次，他想到的办法是向晋冀鲁豫解放区借粮 10 万石。

想到这个主意之后，他将西北野战军后勤部供给部长薛兰斌叫了过来，将运粮食的任务交给了他。

听贺龙交代完任务，薛兰斌一下就犯了愁，他挠着头皮说："老总，人家都说千里不运粮，百里不运草啊！要从那么远的地方运这么多的粮食过来，而且又没有车，路也不好走，中间还要爬山过河的，这个困难实在是太大了。"

贺龙敲了敲烟斗，静静听着薛兰斌说话，等他说完，贺龙才开口道："困难确实是很大，但是任务是一定要完成的，这没什么好说的，不然的话，叫你过来干什么？前线的战士们没有粮食吃，空着肚子怎么打仗呢？"

贺龙虽然将运粮的任务交给了薛兰斌，让他务必完成，其实贺龙对这次任务的艰难性有很深刻的认识，所以，他对于运粮的工作总是放心不下。他经常让参谋和薛兰斌保联系，随时了解运粮的情况，只要有时间，他就会骑上马，亲自到黄土高原上去检查运粮的情况。

为了做好粮食的供应工作，贺龙组织了一支很庞大的运粮队伍。在榆林战斗中，仅在临县三个乡就发动了 69 万人次参与到运粮的行动中。绥德地区的一部分粮食甚至是从河南运过来的，运粮的牛车在路上来来往往，很是壮观。

在贺龙的督促下，运粮工作顺利完成，根据地的粮食问题解决了，这在后勤方面很好地支持了前线战士的战斗。

36

贺龙不仅在战场上能够指挥部队打出精彩的胜仗，在后勤保障方面的工作也做得很好。他在战斗中贡献了自己的聪明才智，为解放战争最后的胜利作出了不可磨灭的贡献。

七战七捷的军中骁将——粟裕

　　粟裕（1907～1984年），湖南省会同县人。1926年加入中国共产主义青年团，1927年转入中国共产党。参加了南昌起义和湘南起义。土地革命战争时期，任中国工农红军第十二军连长、营长、支队长，六十四师师长，红四军参谋长，红一军团教导师政治委员，红十一军参谋长，红七军团参谋长，红十军团参谋长，红军北上抗日先遣队参谋长，挺进师师长，闽浙军区司令员。坚持了南方三年游击战争。抗日战争时期，任新四军第二支队副司令员，新四军江南、苏北指挥部副指挥，新四军第一师师长兼政治委员，苏中军区、苏浙军区司令员兼政治委员。解放战争时期，任华中军区副司令员，华中野战军司令员，华东野战军副司令员、代司令员、代政治委员，第三野战军副司令员。中华人民共和国成立后，任华东军政委员会副主席，中国人民解放军副总参谋长、总参谋长，国防部副部长，军事科学院副院长、第一政治委员，中共中央军委常委。1955年被授予大将军衔。是第一、二、三届国防委员会委员，第三、四届全国人大常务委员会委员，第五届全国人大常委会副委员长，中国共产党第七届候补中央委员，第八、九、十、十一届中央委员。在中国共产党中央顾问委员会第一次全体会议上被选为中央顾问委员会常务委员。

小小少年

1907 年 8 月 10 日，在湘西会同县伏龙乡枫木树脚村，粟裕出生了。

因村后的一大片枫树林，这个村因而得名枫木树脚村。这里的 20 多棵枫树，每一棵都既高大又挺拔，既茂盛又粗壮。夏天的时候在树下吹风，十分凉爽；秋天的枫叶都被染得通红，十分漂亮。

枫树底下就是粟裕家的房子。

粟裕的祖父曾是当地的地主，拥有的土地曾经达到过一百多亩。到了粟裕父亲粟嘉会这一代，因为有三个兄弟，分家的时候每家就分得的土地仅 30 余亩。一介书生的粟嘉会，劳动能力很差，加上家里人又多，共八口人，所以日子过得远没有以前好。

粟裕小时候十分活泼好动，加上脑袋也十分灵活，所以家里的长工们都很喜欢他。其中他最要好的朋友是一个大他十来岁的叫阿陀的长工。讲故事是阿陀最擅长的事，而且他讲的大部分是关于英杰剑侠、杀富济贫、惩恶扬善一类的故事，讲起来生动形象，偶尔还给粟裕比划比划，听得粟裕神魂颠倒，随故事里主人公的喜怒哀乐而喜怒哀乐，投入了自己的全部身心，自然也就十分崇拜故事里"专管人间不平事"的侠剑们。因此长大后做侠客这个理想便从他脑海里萌生了出来。

既然要当侠客，那武功自然是要会的。于是，他在阿陀的带领下用沙袋绑在腿上，不停地跳和跑，来练"飞毛脚"；接着又用根灌满铁砂的竹竿不停地东挥西舞，练"狼牙棒"；再后来，又拿肉拳头使劲地砸砖头，练"硬气功"，两人经常弄得自己身上青一块、紫一块。阿陀还特别给他制造了一把用弹壳做的枪管，以黑色火药发射沙子的枪。粟裕经常持着枪去射击假想的恶霸，玩得不亦乐乎。

湘地曾广为流传过"无湘不成军"之说，意思是湘地是一块成就军人的天然土壤，民风剽悍，争勇好斗。童年的粟裕受到了湘地的这种民风的熏陶。

1913 年，刚满 6 岁的粟裕开始入私塾读书。1918 年，中国动荡的政治，加上混战的军阀，使湘西一带的土匪变得十分猖獗。一天夜里，票匪绑走了距枫木树脚村不远的一个亲戚家的孩子。粟裕的家人因为这事受到了很大的惊吓，很快全家就搬到了会同县城。因为在搬迁时借了一笔债，所以家里的状况更加不好了。

粟裕随全家搬入会同县城后，也立刻转入了县城的"洋学堂"读书。他很喜欢国文、算术、绘画、体操、唱歌、修身等学习内容。其中，音乐是他最喜欢的，笛子、洞箫、月琴等多种乐器他都先后学习过，他也因此成为学生中的活跃分子。但是却在学习方面留过几次级。

粟裕并不是因为他功课跟不上才留级的，而是因为许多该上课的时间，他都没有去。而之所以缺课那么多，又是因为他的父亲。他的父亲只是为了使他能继承和管理家里的那份产业，才送他去上学的。结果，父亲认为念过几年私塾，又念了几年洋学堂的粟裕，知识已经完全足够做这些了；于是就开始把管家、记账的部分任务分派给他，使他十天里能去上学的日子只有几天。

38

而且嫂子因为妒忌，常常在背后说闲话，叫骂不止，这让粟裕觉得很难受。

在他十四五岁的时候家里做主，给他硬订了一门亲事，女方是一家富农，裹着小脚，甚至比他大两三岁。已初步接受了新思想的粟裕，见到这种情况，实在是不愿屈服，也不能忍受。他决定离开这个家。

他决定离开家，还有另外两个偶然的原因。

同驻军的冲突是一个原因。

这时北洋军阀的一个连在会同县里驻扎。官兵们个个嚣张跋扈，十分神气，当自己是一个县的太上皇一样。从街上过去时，也不管人多或是路窄，排成四路纵队，只知道乱冲乱撞，踢得满街都是生意人的摊子、挑子、篮子、罐子，老百姓对这伙兵又恨又怕。但粟裕和他的同学们就不买他们的账，每次他们和开过来的兵相遇时，也排成几路纵队，大家手挽着手一起朝前走，故意去和那些四路纵队的兵相撞。这样撞了几次以后，兵和学生们的仇恨结得更深了，一天双方终于打起来了，粟裕等人手上什么也没拿，只能任由对方打，结果被打得全身是伤。就是这时候，"要自己搞队伍"的念头在他心中萌发了。他决定到外面去闯一闯。

考学是促使粟裕最终离家远去的另一个原因。

每年会同县都要通过考试，挑选几名去常德县考省立第二师范学校的学生。这年全县共有两个被录取的名额。粟裕是其中一个。他决心去参加八百里外的常德的考试，他对正式成为第二师范的学生很有信心。

粟裕于1924年1月8日离家出走。离开之前，他只是在得到录取通知书后跟母亲打过一个招呼，并没有告诉父亲。可是，当他步行110里终于抵达湘西水陆码头洪江，准备乘这里的船去常德时，才知道自己身上的钱都不够买一张船票。无奈之下，他只好写信给家里，表示如果家里不把路费寄来，"讨米也要走"。见了这信，父母亲都十分着急，马上回信，答应他筹措路费的要求，但是让他先回家，慢慢打算。

粟裕也知道，要把这笔钱筹齐，并非一件易事。在父亲向他保证不再阻拦后，他决定回家等待。

父亲过了不久，真的尽了全力把几十块银洋凑足给他了。父亲在临行前，把亲朋好友、左邻右舍都郑重其事地请来为他送行。结果，父子俩这一别，便成了俩人的永别了。父亲在粟裕离家不久，便去世了。

粟裕到达常德，已是1924年的3月份了，这时已经过了考期了，通过亲戚的关系，他进了常德二师附小，在高小三年级插班。

粟裕终于于1925年春，如愿考上了常德湖南省立第二师范，由于紧张的学习，加上自己又比别人多用了几倍的时间，他竟累得生了一场大病，咳嗽、吐血、脱发。他的头发从那以后也再没有浓密过。

1926年6月，北伐军从广东出发以破竹之势攻进湖南，湖南的工农运动也发展迅猛。粟裕于11月底加入中国共产主义青年团，二师的党团员们为迎接北伐军的到来，都在努力凑钱，来购买枪支。粟裕也和滕代远等几个同学一起凑钱买了驳壳枪一支，子弹二百发。蒋介石在北伐军刚到长沙不久时，便在上海发动了"四一二"

政变，对共产党人展开残酷屠杀。接着在长沙许克祥也发动了"马日事变"，对工农群众和革命力量进行血腥镇压。国民党中央军还杀害了二师的进步校长，学校也被大批反动军警包围了。但军警们对外界说的二师拥有七八百条枪这个传说信以为真，一时之间也不敢直接往校园里面闯。党组织面对这种局面，作出马上组织进步学生，迅速分批撤离学校的决定。

粟裕是最后撤离的一批。他们把校内下水道的铁盖子揭开，弯着腰，从发臭的污水里踩过去，然后摸黑顺着下水道一口气跑到了城外，跳上了一条预先在洞庭湖畔准备好的小船。横穿洞庭湖的小船，来到了岳阳与长沙间的铁路边上，在夜色的掩护下，一行人又悄悄爬上了开往武汉的火车。由于他们身上没有半毛钱，加上十分担心他们进步学生的身份被人发现，所以过夜时，只能在座位底下藏着，直到火车第二天清早进入湖北境内后，他们才敢出来。不久之后就到了武昌。

武汉的汪精卫政府这时还没有公开反共，粟裕很顺利地就在武汉与组织接上了关系，他接到党组织的安排，进入了叶挺的二十四师教导大队。粟裕于1927年6月，从二十四师教导队加入中国共产党。

加入了红军和新四军

1927年7月，第二十四师在叶挺带领下，离开九江，连夜向南昌进发。到达南昌后，教导队立刻改编为第二十四师第七十二团。

按照党中央的指示，周恩来于1927年7月27日，来到了南昌，担任党的前敌委员会书记，负责组织领导南昌起义。一时间，南昌城里汇集了许多高级领导人，包括恽代英、李立三、陈潭秋等。

起义期间，奉命担任南昌起义革命委员会的警卫队正是粟裕所在的中队。

粟裕于7月31日下午，接到"擦拭武器，补充弹药，整理行装，待命出发"的通知，接着大家装备完毕，准备出发。

一阵急骤的枪声于8月1日凌晨2点响起，把南昌城的宁静夜空打破了。顿时，枪声在城里城外响起来，杀声震天。上午，起义部队把南昌城占领。

根据事先的计划，起义部队在南昌起义不久之后，南下广东，打算到革命的策源地去，重新发动革命。

粟裕随警卫队于8月6日南下，担当革命委员会和参谋团的警卫工作，在南昌缴获的大批武器弹药的押运也由他负责。经过抚州、南城、南丰、广昌、瑞金、会昌、长汀、上杭等地，部队到达潮州、汕头一带时，已经是一个多月之后了。但部队刚刚休整了十来天，前方战斗失利的消息就传来了，而且形势一天比一天紧张。

一天下午，警卫队奉命撤离潮州，向北转移，粟裕随行。围追的国民党军队在部队到达福建与江西交界的武平的时候跟上来了。朱德指挥部队进行了顽强抵抗，把国民党军队两个团的进攻都打退了。随后，粟裕所在的部队接到了掩护主力转移的命令。

粟裕和战友们把武平城西门外的一个山坡占据后，与国民党军队展开了十分激烈的搏斗战。突然，粟裕的头部被一颗子弹击中了，他只觉得受到了猛烈的一击，血一下子喷涌而出，一头栽倒在了地上。完成了掩护任务后，全排开始撤离，虽然粟裕尚有知觉，但是不能动弹。面对早已空无一人的四周，他想努力地站起来，哪知道腿一软又倒在了地上。粟裕被一定要追赶部队的这个念头支撑着，他站不起来，就顺着山坡往下滚。费了好大的劲才滚到路边，却又跌进水田里了，几个恰巧路过的战友发现了他，才获救。

1928 年 1 月，朱德、陈毅率领起义军进入湖南宜章地区驻守，随即将部队改编为工农革命军第一师。湘南起义胜利后，国民党反动派调集重兵，分三路发起了对起义军的"会剿"。朱德、陈毅毅然率部撤离湘南，上井冈山与毛泽东领导的秋收起义部队会师，以保存实力，避免在不利的条件下同国民党军队决战。

朱、毛在 4 月下旬会师后，两支部队被合编为中国工农红军第四军。军长由朱德担任，党代表由毛泽东担任，政治部主任由陈毅担任，并任命粟裕为第二十八团第五连党代表。

1928 年 6 月，国民党军队集中十个团的兵力发动了对井冈山根据地的"会剿"。红军主动往后撤退到了根据地中心区的宁冈，迎敌的部队由朱德亲自指挥。

控制老七溪岭是粟裕所在连队在这次战斗中主要的任务，战斗中他不仅把老七溪岭守住了，还带着一个排的人活捉了 100 多个俘虏。战后，粟裕调任三连连长。

1929 年春天，粟裕跟随毛泽东、朱德率领的红四军主力进军赣南、闽西，实行战略性出击，以粉碎国民党军队对井冈山根据地的"会剿"，扩大苏区。

1930 年 1 月，粟裕率第二支队从古田离开，进抵东韶，开始分兵进击。2 月上旬，红军被国民党军队弧形包围之势困住。红四军前委作出采取诱敌深入的方针的决定，寻机歼敌。红四军在国民党军队进至水南、富田一线时，把这个有利战机抓住，对国民党军队发起了猛烈攻击。

同年 10 月，蒋介石把八个师，10 万人马调集起来，发起了对中央苏区的第一次军事"围剿"，红军进入了大规模反"围剿"阶段。此时，升任红二十二军六十五师师长的粟裕，不久改任六十四师师长，成为一名红军的高级指挥官，时年 23 岁。

先打谭道源，然后打张辉瓒是红军初步设计的战斗方案，但埋伏了好几次，狡猾的谭道源都未入瓮，反而是骄傲自满的张辉瓒部率先进抵龙冈。红军如果在龙冈、君埠间设伏兵，有望出其不意把张辉瓒先消灭。为了确定情报是否正确，粟裕亲自去对国民党军的情况进行了侦察，了解到张辉瓒已准备加速前进，只是是否走龙冈还没确定。

回去后，粟裕向毛泽东详细汇报了了解到的国民党军的情况，并提出作战建议：把张辉瓒骄狂自大、求胜心切的特点利用起来，把一支小部队作为诱饵派出去，吸引张辉瓒到龙冈，然后在龙冈安排红军设伏，把张辉瓒的第十八师歼灭。粟裕的这个建议，毛泽东决定采纳。

30 日上午，粟裕奉命率六十四师负责左路包抄的任务。上午 10 时，张辉瓒进了伏击圈后，毛泽东一声令下，红军战士如猛虎下山。战斗到黄昏，已歼灭 9000 多名国民党军人，并且把张辉瓒活捉了，战士的欢呼声响彻山野。"好！粟裕捉了张辉瓒，还是粟裕有办法！"毛泽东禁不住感叹道。

在毛泽东的指挥下，红军又把国民党军队的第二、三次"围剿"粉碎了，粟裕在毛泽东麾下打仗，学到了许多东西，他在战火中慢慢成长了起来。

蒋介石于1932年5月，亲自担任鄂豫皖三省"剿匪"总司令，把大批军队第组织起来发动了对中央根据地的第四次"围剿"。红军此时组建了红七军团，红七军团十二师师长由粟裕担任。

在硝石战斗中，红军二十八师攻击国民党军队一个山头，怎么也攻不下来，粟裕和萧劲光亲临阵地督战，最终把国民党军队打垮了。红军乘胜猛追，这时红军的背后被国民党军队第二梯队的一部分攻击了。此时，已没有队伍在粟裕身边，粟裕果断地率警卫员冲上前与国民党军激战，击退了国民党军。但不幸的是，粟裕的左臂被一颗子弹打中，顿时动脉血管里的血喷出一米多远，他当场昏死过去了。

1933年11月，粟裕终于痊愈出院了，此时第五次反"围剿"已经进行一个多月了。红十一军已改编为红七军团，军团参谋长兼二十师师长由粟裕担任。那时，不只党内，军队也出现了王明的"左"倾错误。

1934年7月，红军认为在这场已持续了九个多月的共产党的第五次反"围剿"中，已无法挽回失利的局势了，中共中央决定红军战略转移，为此，粟裕又一次于危难之际受命，红七军团组成北上抗日先遣队，向闽浙皖赣进军，执行牵制任务，创建新的苏维埃根据地。

1935年初，粟裕率领从怀玉山突围的抗日先遣队部队，到达闽浙赣根据地。不久，中共闽浙赣省委把中央的指示向他们传达，要他们以先遣队的突围部队为基础，立刻组建挺进师。师长由粟裕担任，政治委员由刘英担任，部队由他们俩率领即刻进入浙江境内，展开游击战争，创建根据地。粟、刘经过反复思忖，决定头一个目标就是以仙霞岭为中心的浙西南地区作为挺进师创建游击根据地。

4月下旬，粟裕率挺进师活动在斋郎地区，浙江保安第一团团长李秀率其所部1200余人，福建保安第二团团长马洪深带领1000多人，在以"大刀会"为主的地主武装近千人的配合下，从东北、正东和东南三个方面向挺进师实行分进，进行合击。

与此同时，粟裕一面派出人员侦察国民党军情况，一面率领参谋人员勘察地形，他深知这一仗与挺进师能否打开通往浙西南的通道的胜败有直接关系，与游击根据地能否建立也有莫大的关系。临战前，粟裕又认真思考和周密细致地审查了一下自己精心制订的作战计划。

战斗在4月28日拂晓，拉开了序幕。人多势众的国民党，打头阵的都是地主武装，但军事和政治攻势双管齐下的挺进师，半天工夫不到，就全部瓦解了这帮乌合之众。

中午时，李秀率浙江保安第一团，进入到红军前沿阵地，粟裕下令部队等国民党军靠近了再打。直到国民党军近到50米左右时，红军才集中火力攻击。一时间，到处都是枪弹声、手榴弹爆炸声和喊杀声，震耳欲聋，倒下一片尸体的国民党军，慌慌张张地逃走了，见情况不妙，匆匆赶来的马洪深部也狼狈逃走了。

斋郎之战的胜利，在很长的一段时间里，迫使国民党保安部队只能转攻为守，国民党军在龙泉河以北的力量比较空虚，开辟浙西南游击根据地的有利时机被挺进师获得。粟裕挥师北上，顺利进入仙霞岭地区。

粟裕率挺进师于 1935 年 5 月上旬，进入到龙泉、遂昌、松阳三县的边界地区，将部队改编成了四个纵队和两个独立支队。为了牵制国民党军，粟裕和刘英决定将第四纵队留在龙泉河以南的浙闽边境继续活动；开辟根据地的任务由第一、二纵队担负；剩下的各部队随师部北进，在浙赣铁路以南的汤溪、龙游、金华、武义、丽水之间辗转游击，造成声势，使国民党军被迫北调，给第一、二纵队开展工作作掩护、提供保障。经过不懈的努力，在浙西南形成了一个红色游击根据地的雏形。

反动当局因为挺进师的活动和游击根据地的初步建立，开始变得惶恐不安。国民党浙江省政府主席黄绍竑召开紧急会议，决定把全部家当，共四个保安团和 11 个保安大队，加上刚从南京派来的一个税警团拿出来，由其亲自率领，向浙西南分四路猛扑过去。

粟裕早已预料到了国民党军会反扑。他将主力分成南北两路，跳出去，转到国民党军背后，指挥部队辗转游击。9 月中旬，把国民党军的进攻粉碎了，游击区扩大到五个县，纵横上百里，使浙江的挺进师站稳了脚跟。

蒋介石被粟裕领导的浙西南游击根据地搅得寝食难安，他决定把主力部队调集起来"围剿"浙西南游击根据地。蒋介石在七、八月间，先后任命卫立煌、罗卓英为闽赣浙皖四省边区剿匪总指挥部的正副总指挥，"以各边区的大部对付粟、刘"的方针正式确定，并授予第十八军军长罗卓英统一指挥权。

罗卓英为了"围剿"千余人的红军挺进师，共调集了约六七万人共 32 个整团，加上地主武装，号称 40 个团。

越战越强的挺进师，到 1936 年底的时候，部队从之前的几百人壮大到一千五六百人，地方游击队以及群众武装的人数也达几千，其活动范围逐渐扩展到金华、衢州、温州、台州以及绍兴等地区所辖的 30 多个县境。

西安事变之后，蒋介石对南方红军游击队的攻击并没有停止，他命令刘建绪带领国民党主力部队的六个师、两个独立旅以及 43 个地方保安团，筹划着准备对浙南游击区发动进攻的计划。

面对强敌，首要任务就是保住红军游击队的实力，高举武装斗争的旗帜，为此，粟裕订立了新一轮的指导思想：既要机动灵活、积极作战，又要隐蔽精干、保存力量，两者统一。

游击战争进行了三年，战士们的处境非常艰苦。在这三年时间内，粟裕踏遍了天台山以西、闽浙边以北、浙赣路以南地域的大小山头。

1937 年 7 月 7 日，卢沟桥事变爆发了，抗日战争正式拉开帷幕。没过多久，第二次国共合作便形成了。

当时粟裕还身在浙南游击战场上，消息十分闭塞，并没有得到国共两党第二次合作的消息。1937 年 9 月的时候，粟裕率领部下活动在门阵地区，当听说"红军被收编了，共产党投降了"的传言之后，粟裕认为这可能是国共合作了。

当时，临时省委已经和国民党浙江当局完成了停战协议，粟裕打算把部下集中起来，赶往浙南平阳和当地的刘英会合。平阳会师之后，红军游击队被收编为"国民革命军浙闽边抗日游击总队"。1938年3月，粟裕带领着游击总队自浙南出发，奉命奔赴皖南，加入新四军，通过整编成为新四军第二支队第四团第三营。至此，艰难的浙南三年游击战争终于结束了。

抗日战争爆发以后，粟裕率领部下向江南挺进，于江苏句容的韦岗一带，"脱手斩得小楼兰"。在黄桥战斗中，大败了韩德勤。他独立领导苏中抗日根据地的百姓与日军周旋，粉碎了日军数次"清乡"和"扫荡"，由其指挥的车桥战役更是创造了新四军大规模攻势作战的典例。之后他又赢得了天目山反顽胜利。

1938年6月，江南一带局势十分紧张，国土逐渐沦丧，加上汉奸和土匪的蜂拥而起，百姓苦不堪言。对于新到的新四军，老百姓们更是因为不了解而将其拒之门外。粟裕认识到，只有胜利了，将抗日的意志转化为实际行动才能打开新四军的新局面，增加新四军的政治影响力，带动江南人民的抗战热情。粟裕当时是新四军先遣支队的司令员，他指挥部下埋伏在从牌岗伸向韦岗和竹子岗的一条蜿蜒的公路旁，出其不意，迅速作战，打了一场漂亮的伏击战。

6月17日深夜，参战部队的准备工作紧张而有序地进行着。第二天清晨，粟裕亲自带领了八九十个精英战士埋伏在公路的两边。6月18日上午8点20分，天空中飘着密集的小雨，周围十分安静，突然，镇江方向响起了汽车的马达声，日军共开来五辆车，没过多久就进入了韦岗伏击区。粟裕屏住呼吸，举起手枪，沉着冷静地下令道："开火！"日军的汽车就像碰到了火壁一样，有辆卡车中的司机当场死亡，车身也着了火，冲向土埂，又倒了回来，翻倒在地。有两个日军的军官因为中弹，摔落到车底下。紧接而来的三辆军车也停了下来。一时之间，枪声、军号声、喊杀声、手榴弹爆炸声、日军号叫声此起彼伏，震荡山谷。20多个残余的日本兵由两名日本军官率领，跌跌撞撞地组织起反击。有的人窜入路边的草丛，有的人藏在车后负隅顽抗，有的人跳进了公路边的沟堑里。

新四军时期的粟裕

在这次伏击战中，新四军击毙了日军少佐士井、大尉梅泽以及以下30多人，毁坏五辆汽车，缴获20多支长枪、7000多元日钞，还有大批军需物资、日军军旗和战刀等。

首战以半个小时告终并大获全胜。粟裕紧接着指挥部队转移，等到日军的大部队赶来增援的时候也只是扑了个空。

这次伏击战是新四军挺进江南的第一战。这次战斗打破了日军不可战胜的神话，很大程度上鼓舞了军民抗战的热情。

针对此次战斗，上海各地的各种报刊纷纷进行了报道，就连当时的国民党中央政府也给新四军军长叶挺发来了贺电，称其"所属粟部，袭击韦岗，斩获颇多，殊堪嘉尚"。

　　韦岗伏击战胜利之后，粟裕又带领新四军第二支队展开了广泛的统一战线工作，着手准备以茅山为中心的苏南抗日根据地的建设。

　　1939 年初，日军开始在茅山根据地四周增加据点，打算封锁新四军根据地，方便更大规模"扫荡"的进行。为了破坏日军的企图，在金坛、芜湖一带的第一、第二支队，主动对日军发动了攻击，展开了一系列的战斗。其中最为出名的便是粟裕亲自指挥的奇袭官陡门之战。

　　官陡门镇位于日军的战略基点芜湖市东北方向 15 华里的地方，因为旁边就是飞机场，所以地理位置非常重要，并且防守非常严。

　　300 多名伪军防守着官陡门，新四军打算出奇制胜。在侦察完地形以及日军的情况之后，为了破坏日军的隔离、封锁以及分区"扫荡"，把握主动优势，鼓舞敌后战场上广大百姓的斗争热情，坚持江南地区的战斗，粟裕决定亲率部队，袭击位于官陡门的日军。

　　1939 年 1 月 7 日、8 日开始，粟裕一边对参战部队进行战斗动员，一边带着部队展开了几天几夜的街市战、河川战以及白刃战的训练，战士们的战斗情绪十分高昂。

　　19 日午夜 12 点，部队在神不知鬼不觉的情况下来到了预先定好的隐蔽集结地。这个地方距离官陡门只有 40 公里，为了保守机密，战士们必须借助夜色的掩护，突袭至官陡门。

　　当晚 8 点钟，部队到达了亭头镇。粟裕指挥一部分队伍分别从南北两个方向逼近日军的青山与黄池两个据点，掩护突击部队的安全，剩下的队伍继续摸索前进。

　　差不多到了凌晨 4 点钟，部队距离官陡门只有两公里左右了，大家开始分头行动，粟裕率领主力通过道桥，由西面芜湖的方向悄悄逼近。接近据点的时候，他又派遣突击队员神不知鬼不觉地凑上前去。只听他一声令下，战士们一齐开火，瞬间，火光冲天、枪炮声大作，日军被打得措手不及，死伤无数。这时候，从东岸而来的部队也通过了日军的防御工事，与西岸的战士共同协作，形成东西夹击之势。日军腹背受敌，在一阵密集的枪声与手榴弹爆炸声后，已经被消灭得差不多了，整个灭敌过程仅仅用了八分钟。然而，战士们还没有来得及清点胜利的果实，日军的飞机就来了。粟裕带领部下火速往回赶，时刻注意隐蔽。日机虽然来得快，但是在队伍上空盘旋了一番，并没有发现任何异状。

　　官陡门奇袭一战，猛烈地打击了日军的嚣张气焰，而粟裕也因此威名远扬，江南人民都称赞粟裕以及他的部队是"天兵天将"。

黄桥决战

　　真正的常胜将军，在战争史上并不多，而以劣势对优势的却又常胜的军事家更是少之又少了。粟裕在中国现代战争史上，就是一位经常以弱制强的常胜将军。

粟裕在自己的军事生涯中，打过不少漂亮仗，都是让中外军事家所瞩目、所钦佩、所效仿的。

其中之一就是 1940 年的"黄桥决战"。

1939 年底，新四军江南指挥部正副指挥陈毅、粟裕向中央提出了挺进苏北，开辟新的抗日根据地的建议，以打破日、伪军的包围封锁。

这个建议具有战略上的重大意义。

有数万平方公里土地的苏北，粮、棉、盐等军事战略物资十分充足，如果共产党在这里能站住脚的话，可把江南、华北、两淮的抗日根据地联结起来，掀起抗日战争在江、淮河之间的新高潮。这里有利的条件有很多，如便于隐蔽作战的密布的河湖；可以解决部队给养的充足的粮棉；这里的日军力量较弱，但共产党在这里有一定的群众基础。

但是，也有国民党江苏省政府主席韩德勤及其指挥的顽军，这块又臭又硬的拦路石挡在建立苏北抗日根据地的道路上。

在苏北老百姓眼里，著名的反共老手、摩擦专家韩德勤的军队就是一支"见了鬼子就跑，见了百姓就抄"的军队。他的手里掌握着苏北的大部分地盘。他在第一次反共高潮时，曾制造了许多屠杀共产党人的血案。

苏北除了韩德勤外，还有两股国民党的武装。一是国民党财政部税警总团，一是驻守泰州，号称鲁苏皖边游击总指挥的李明扬、李长江部。韩德勤与这两部分人马有一定矛盾，这三部分人加起来大约有 16 万人。

新四军江南指挥部所属主力于 1940 年 7 月渡过长江，到达苏北，与在苏北坚持斗争的苏皖支队、苏北挺进纵队会合，成立了苏北指挥部，司令员由陈毅担任，副司令员由粟裕担任。所属各部队进行了整编：全军 7000 多人，共编成三个纵队、九个团。

陈、粟根据此前已定下的中立中间势力、孤立顽固势力的方针，作出了在黄桥建立根据地指挥中心的决定。

位于苏北的泰兴、泰县、海安、如皋、靖江五个县的中心地带的黄桥镇，是重要的粮食集结地和交通枢纽，把该地控制住，也就等于是把韩德勤与日军、二李、税警总团的直接联系切断了，对新四军进退都十分有利。7月 28 日经一夜激战后，新四军把盘踞在黄桥的顽军 2000 余人全部歼灭，占

粟裕（左）和陈毅在一起

领了黄桥。之后又马上展开了政治斗争，周围五个县的县长接受委派，建立了行政机关，一个新的抗日根据地就这样在很短的时间里诞生了。

对新四军进攻并占领黄桥，以黄桥为中心创建抗日民主根据地，以及新四军部队猛烈发展，韩德勤感到了莫大的威胁。韩德勤在军事失利之后，表面上虽然对与

新四军划定防区，韩部驻姜堰、曲塘、海安一线，不再南下的决定表示同意，但暗地里却想尽办法准备发动对新四军的进攻。当时正好是秋季，秋水暴涨，新四军各部又不便相互支持，韩德勤利用这一时机，把兵力调动起来，作好部署，把弹药补足，企图在新四军立足未稳的时候将其消灭。

韩德勤见基本准备已经就绪，立刻就把与新四军达成的协议撕毁，于9月3日发动了进攻。他在姜堰附近，将"两李"、陈大运部及保安第三旅编成右路军集结；在曲塘、胡家集、海安附近集结的是第一一七师、独立第六旅、保安第一旅，由八七军参谋长郭心冬指挥，为左路军，经蒋垛、古溪进攻黄桥。

发起进攻后，在新四军的规劝下，其右路军的"两李"和陈大运部的进攻不是很积极，只是在很缓慢地进行着。但左路军不同，依然是大胆前进。左路军于9月6日，进到营溪以南，新四军马上展开反击，将其先头部队保安一旅两个团一举歼灭。

韩德勤在营溪之战这次对新四军的试探性进攻受挫后，改变策略，采取"堡垒推进"的方针，妄想把新四军逐渐压缩于沿长江狭小地区，同时引诱日伪也对新四军进行攻击。这时，南下的八路军第五纵队第一、第二支队已抵达涟水以北地区，新四军第五支队也于宝应湖、大运河西岸列阵，与新四军苏北部队形成了对韩德勤进行北、西、南三面夹击的有利战略态势。韩德勤在内心深处对八路军与新四军会师，是很忌惮的，所以为了阻止会师，他决定先把苏北新四军歼灭，然后回师对付南下的八路军，采取"先南后北"的方针。于是26个团共3万余兵力由他亲自指挥南下，企图在黄桥地区歼灭陈、粟部队。

就这样，关系到苏北新四军和根据地生死存亡的这场决战的序幕正式拉开了。

现在陈毅和粟裕也面临着严峻的考验。

而此时决战，显然是不利的因素占大多数。虽然涟水已经有八路军南下的部队了，但是在水网地带战斗中的北方部队进展十分缓慢，要想在战役上进行配合，基本不可能。只能靠手里的7000人与韩德勤决战了。战略上以少胜多，战术上以多胜少是新四军一贯的作战原则，但现在国共双方的力量对比是3万对7000，怎么打这仗？如果只是把国民党军击溃，是没有用的。但是可能用7000人去吃掉3万人吗？

粟裕经过反复研究，提出了一个大胆而缜密的方案。

他首先将国民党军的进攻部署进行了分析。韩德勤采取的是三路同时开进的战术，黄桥东线，他用的是其嫡系主力李守维八十九军进行进攻；黄桥北线，他是安排的另一支嫡系主力翁达的独六旅进行进攻，也正是组成中路军的这两部分，构成了对新四军的主要威胁。韩德勤又以李明扬、李长江部作右路军，进攻黄桥之西侧；以5个地方保安旅作左路军，进攻黄桥东南一侧。

粟裕认为，消灭新四军主力是国民党军这样部署的主要目的，所以，从黄桥撤出或固守待援都不是上策。以黄桥为轴心，以一部分部队的坚守诱敌深入，然后各个击破加以消灭才是最佳做法。

粟裕进而提出首战把国民党翁达独六旅消灭这个更大胆和出人意料的方案。

粟裕说该旅是韩德勤的心头肉、看家的本钱之一，拥有十分精良的装备，一色的七九步枪，每个班一挺捷克式机枪，而且大部分军官都来自正规军校，人员有3000多名。把它打掉，就等于把韩德勤的老本打掉了。而且其他的杂牌军见它都被打掉了，也就不敢动了。

但要把这块骨头啃掉，而且还是最先啃它，会不会硌牙呢？

对这个问题，粟裕是有自己独到的见解的。他指出，先打弱敌是新四军的作战原则，但这次，我们用相反的战术，先进攻强敌，虽然这是迫不得已，但我们是有合理依据和必胜信心的。之所以说是迫不得已，是由于国民党军这次进攻的主力是独六旅和八十九军，我们要想摆脱困境，就必须把这两股力量消灭。在八十九军不能一口吃下的情况下，我们唯一的选择就是歼灭独六旅。打歼灭战是我军的目标，要想使部队进退自如，形成对八十九军的合围，只有把北侧国民党军一战消灭才行。

说有取胜的把握，就是把新四军进攻的突然性发挥好，攻其不备。我军可以把一倍于敌的力量集中起来，形成战场的局部优势。狂妄自大的独六旅，长达数公里的进攻队形，对新四军分割包围十分有利。新四军官兵战斗经验十分丰富，是完全有能力把这块骨头啃下来的。

陈毅十分支持粟裕的分析，各纵队首长也下定决心一定要把交给的战斗任务圆满完成。按照粟裕的安排，准备在黄桥北侧集中全部主力一、二两个纵队6000人设伏，用第三纵队千余人的兵力把黄桥固守住，然后把国民党八十九军吸引过来，让他不能分散兵力去别的地方增援。

能不能把黄桥守住是这场战斗的关键。只要新四军把黄桥控制在手里，国民党八十九军想分身增援就不可能。但一旦黄桥失守，则相距不足十公里的两部国民党军，在很短的时间内就可赶到战场，那新四军设伏部队就可能被反包围。

经商定，在黄桥西面的严徐庄由陈毅驻守，指挥全局，黄桥镇由粟裕坐镇，对战场各部队进行直接指挥。

这场战斗是一场没有人可以肯定胜负的战斗，但对新四军来说，这更是一场有你没我的生死搏斗。指挥部把文件清理了一下，作好了背水一战的最坏打算。

坐镇黄桥的粟裕，把防御力量精心布置了一番，他没派一个兵到西线和南线，只让后勤人员负责警戒，北面则派一个班观察瞭望驻守。集中在黄桥东门安排了其余全部主力。

国民党八十九军三十三师于10月4日上午扑到黄桥城下，拉开了决战的大幕。

枪声一响，黄桥这块弹丸之地让整个苏北的视线都集中到这来了。

——李明扬宣布"谢绝会客"，中止了和共方代表见面（直到6日共军取得全胜，他才又开始"会客"）；

——陈大运则派人在通扬运河堤上伏着向南眺望；

——泰兴的日军也派出侦探进到黄桥附近观战；就连周围伪军据点中的汉奸队伍也在注视着黄桥的风云变幻。

一时间，一幕两方对战、多方围观，战场随时会出现突变的奇局，出现在了以黄桥为中心的苏北战场上。

所有的一切都在提醒着陈、粟和新四军歼敌取胜必须更加迅速。

翁达旅在国民党军第三十三师一部向我黄桥东门的进攻进入高潮时，也从高桥南下了。新四军选择在什么时候突击这个首战歼灭对象对自己最为有利呢？如果突击过早，只打到它的先头部队，而没有打到它的要害，不但顽军可以退缩、避免被歼，而且新四军的部署和意图也会暴露；如果突击过晚，国民党军好几路大军一起攻击黄桥，新四军坚守难度加大不说，观战各方就可能争先扑杀过来。这个选择的重要性显而易见。

粟裕再次面临严峻的选择。

翁达旅的前锋在4日下午3时就已进至黄桥以北五六公里处。为了把情况进一步判明，赶到北门的粟裕，立刻登上土城高处观望。只见有许多群众在距北面五六公里远的大路上，正慌张地跑向两方向。粟裕在心中暗暗地计算着：翁达旅采用一路行军纵队前进。如果一米半是两人之间的距离，那么共3000多人的队形将绵延八九华里。黄桥到高桥之间的距离约15华里，当其先头部队到了黄桥以北五华里的时候，后尾肯定已过了高桥，这样国民党军就会全部进入伏击地段。此时出击，将国民党军拦腰斩断完全不成问题。

粟裕毫不犹豫地下令出击。

在道路两侧埋伏的一纵队、二纵队马上如猛虎下山一般，把翁达旅拦腰分成了几段。新四军首先把其旅部和后卫团歼灭，使其先头团被迫回去援助。然后新四军用一部从侧翼迂回来到翁旅后方，乘机包围了它。激战了三小时，新四军把该旅全部歼灭，中将旅长翁达自杀。

翁旅被歼后，黄桥城下及其以东地区立刻成了战场重点。顽军拼命猛攻黄桥，以猛烈的炮火掩护部队向东门进攻，想把不利的局面扭转回来。新四军大部分的防御工事都被毁坏了，部队也有很大的伤亡。东门被国民党军三十三师一部突进，情况变得十分紧张。如果黄桥失守，对李守维的包围圈被国民党军突破，再加上现在这个完全无预备队增援的情况，想围歼国民党军的目的就不可能达到，而且不只不能完成战役任务，新四军的几个纵队也肯定被国民党军分割，只能分散活动，形成被动挨打的局面。

在这万分紧急的时刻，粟裕振臂高呼道："同志们，江南增援部队过来了！坚决把面前这股敌人打退！"坚守黄桥的三纵官兵听说增援的老四团过来了，顿时士气大振，纵队司令员陶勇和参谋长张震东脱掉上衣，挥动马刀，带领部队把顽军硬是杀出了东门。

其实，前来增援的老四团这时离黄桥还有20里。

把攻入黄桥的国民党军反击出去后，新四军一纵和二纵穿插南下，与守卫黄桥的三纵对已经进入黄桥以东地区的李守维部进行了合围。战场主动权已完全被新四军掌握了，这一转折对新四军极为有利。

韩德勤赖以横行苏北的主要军事支柱就是李守维的第八十九军，不仅人多而且武器也是最好的，是苏北顽军中最有战斗力的主力之一。虽然新四军已把他们包围了，但李守维还在作困兽之斗，对新四军的进攻进行拼命的抗击。见到此状况，粟

49

裕命令部队立刻对部署进行调整，等黄昏后发动最后的总攻。

经过一夜激战，新四军彻底歼灭了八十九军的全部兵力。渡河逃窜时失足落水的李守维，在八尺沟里淹死了。

乘胜追击的新四军，一鼓作气把海安等要地攻占。韩德勤蚀尽老本，带着剩下的千余残兵，向老巢逃窜。

战后清点战果，新四军在三天时间里，共歼顽军主力1.1万余人，计12个团。缴获近4000支枪支、60多门火炮。

以新四军的全面胜利和顽军的彻底失败而结束的黄桥决战，奠定了共产党在苏北抗日斗争中的领导地位，巩固了苏北抗日根据地。

为了表达了难抑的激动，陈毅曾慷慨赋诗：

十年征战几人回，又见同侪并马归。

江淮河汉今谁属？红旗十月满天飞。

七战七捷

全国内战于1946年全面爆发。蒋介石为了对付苏中3万解放军，派了12万大军。粟裕从实际出发，认为应留在苏中内线打几仗，暂不西进。一战宣泰，二战如南，大获全胜。

抗日战争的硝烟还尚未散尽，人民脸上还未退去笑容，内战就开始了。中原解放区和苏中解放区，对蒋介石来说，就是眼中钉、肉中刺。

共产党占据这样一片重要的战略区，始终是蒋介石心里的"疙瘩"，因此，蒋介石下定决心首先要解决的主要地区之一就是苏中解放区。几乎是与围攻中原解放区的同一时间，蒋介石也开始调兵遣将向苏中解放区进攻了。

登上参谋总长的"宝座"之后，陈诚一方面马上对进攻解放区的作战方针着手拟定，另一方面也在抓紧进行人事调整，排除异己，把心腹安插在军队里面，其中主要就是提拔薛岳和李默庵分别为徐州绥公署主任和第三方面军总司令，他想要他们在苏中战场上赴汤蹈火。

截至1946年7月上旬，国民党在长江两岸的南通、靖江、泰兴、泰州、扬州、江阴、扬中、镇江等地，集中了整编第四十九、八十三、二十五、二十一、六十五、六十九师共15个旅，约12万兵力。在李默庵的具体指挥下，计划先把如皋、海安攻占，对沿江一线阵地进行巩固，然后沿通榆公路和运河北进，给由津浦路徐蚌段东进的国民党军以策应，一起对苏皖解放区首府淮阴进行攻击。

12万大军向苏中解放区气势汹汹地扑来，但是让李默庵没有料到的是，刚开始战斗，华中军区副司令员兼华中野战军司令员粟裕就给了他当头一棒。

抗战胜利后，粟裕遵照中央的指示，与国民党军队在所属区域的斗争进行得有理有节。进入1946年春夏以来，粟裕已经对蒋介石准备发动内战的意图越来越清楚了。面对危局一向勤于动脑的他把苏中、华中乃至全国的形势和共产党应采取的方针、策略认真地思考了一遍。

和粟裕一样，延安的中共中央军委也在思考和运筹。中央军委于 6 月 22 日，设想了一个南线作战的战略计划。这个计划是在和平破裂，国民党军队大举向新四军进攻时，新四军实行山东、太行两区主力全线出击，向南作战，实现在外线出击中把国民党的有生力量大量歼灭，建立新解放区并扩大、保卫老解放区，使中原新四军第五师的安全得到保障的战略意图。

为了这个南线作战计划能够实施，中央指示华中分局于 6 月 26 日要求除了吸引并牵制南通——扬州线上的国民党军队的部分兵力外，粟裕要把不少于 15 个团的主力部队率领着，兵出淮南，配合山东野战军，出击津浦路蚌埠、浦口段，并规定必须在 7 月 10 日前把所有准备做好。

中央的指示就是要粟裕率主力部队西进，由内线转至外线作战。

粟裕经过反复琢磨，认为中央和新四军军部的指示与目前的实际形势是不相符的，需要进行调整。并向中央和新四军军部起草电文，把各方面的利弊都作了陈述，建议华中主力留在苏中打几仗，暂不西进，之后再作打算。

一夜没有合眼的粟裕电报发出后，依然没有睡意。直到第二天，中央军委来电复示："部队继续隐蔽于待机位置，听候安排。"粟裕的内心才稍微平静了一些。虽然中央军委没有明确同意他的意见，但显然是极为重视他的看法的，至少没有直接否定。

粟裕觉得应该和军区的其他几位领导好好研究一下这样一件事关全军战略行动的大问题。于是，他立刻快马加鞭返回淮安，看望了一下重病的孩子之后就马上组织召开军区会议。

对于粟裕的看法，军区的几位领导一致表示同意。会议结束后，即以张鼎丞、邓子恢、粟裕、谭震林四人的名义联名向中央和新四军陈毅军长上报，提出第一、第六师先在苏中打几仗，到第二阶段再西进淮南的建议。

中央的复电在第二天就到了。中央的态度既重视又谨慎，电报指示："部队暂缓调动，待与陈毅军长商酌后再决定。"是毛泽东亲自起草的这封电报。

局势每一分每一秒都在发生着变化。中央于 7 月初，从各方面获悉：各解放区可能会同时受到胶济、徐州、豫北、豫东、苏北、苏中的国民党军的进攻。经过谨慎的考虑，毛泽东也感到对新四军比较有利的是先在内线迎敌，于是决定同意粟裕等人的建议。

7 月 4 日，毛泽东向刘伯承、邓小平、陈毅及华中当局致电，明确提出："我先在内线打几个胜仗，再转至外线，在政治上更为有利。"

见中央批准了大家的建议，粟裕马上开始制订苏中战役的作战计划。

尽管目前内线作战比外线作战有利是粟裕主张的，但他也知道，这也并不是绝对有利，如苏中解放区的最大问题——敌强我弱，12 万比 3 万，可见情况不妙。

抗战胜利后，原苏北、苏中的大批部队由于争夺东北的需要和使山东原黄克诚部队大批进入东北留下的空隙得到补充，都奉命北调了。粟裕的部队，现在仅有 3 万余人。

不仅部队数量少，而且部队的装备和国民党军相比，也差很多。

但既然粟裕敢打这一仗，那他就一定是有取胜的把握的。在粟裕看来，尽管国民党军占有实力上的优势，但国民党军也有丧失民心、骄傲狂妄的弱点，这两个弱点足以使他们毙命。国人因为国民党"假和平、真内战"，在他们心目中国民党的地位已是直线下降，粟裕懂得民心的重要性，他知道愚弄民意最终一定会被人民所抛弃。

7月13日，是李默庵定下的进攻苏中解放区的日子，但李默庵的作战计划，粟裕7月10日就已经得到了，对国民党军将在三四天内分四路向如皋、海安大举进攻这一情况进行了解。7月11日，一份油印的作战命令也传到了马歇尔那里，但蒋介石认为不可能，李默庵的进攻只能暂缓。

7月13日，也是粟裕定下的反击的日子，也刚好是蒋介石命令李默庵暂缓攻击的那一天。粟裕指挥部队于13日黄昏，发动了向宣、泰两地国民党军的攻击。

泰兴城下，六师十八旅的五十二、五十三两个团向东门、北门、小西门实施攻击，十六旅的四十八团向南门实施攻击。

一师攻击宣家堡的战斗，在六师攻击泰兴的同时也打响了。虽然新四军的进攻遭到了国民党军队的顽强阻击，但是经过激战，新四军依然一举歼灭了宣家堡国民党军队。

泰兴的国民党军也将被解决，还在顽抗的只有部分残军了，在完成了预定任务后，担任打援的七纵也相机从阵地撤了出来。

但是到这时，还没搞懂新四军的真正意图的李默庵，还是不敢派兵增援，反而急令已经开抵白浦，准备进攻如皋的整编第四十九师主力缩回平潮。两天后，即7月15日，李默庵才把新四军主力的确在宣、泰的情况弄明白，于是又紧急命令四十九师再次北进。这一伸一缩，白白浪费了两天宝贵的时间，不过对粟裕来说这两天时间同样宝贵。粟裕就是把这两天时间利用起来，把宣、泰的国民党军全部歼灭，取得了首战大捷。

南京的蒋介石也被首战失利的消息惊到了，要国防部紧急命令李默庵继续进攻。李默庵下令江南沿岸的整编第六十五师迅速北渡长江，与靖江的第九十九旅给泰兴进行增援，并发动对黄桥的进攻，把粟裕的主力部队拖住。同时又命令第四十九师连夜前进，想要乘虚把如皋夺取。

为了给主力部队的长途东进争取时间，新四军七纵的一个团于7月15日晚，坐汽艇先期赶到如皋，协同一分区对该城进行守卫。而新四军对泰兴城的国民党军的围歼也还在虚张声势地进行着，这就给了李默庵一种新四军主力仍在西边的错觉，吸引四十九师放胆对如皋进行攻击。

果不其然，四十九师分两路进犯如皋，对如皋形成夹击的态势，准备在第二天向如皋发起联合攻击。

而此时的新四军已经在黄桥、如皋之间的分界、加力地区秘密集结，并且对歼灭国民党军的部署也已经完成了。

还被蒙在鼓里的国民党军，直到18日，新四军突然发起攻击，把王铁汉正做着的"乘虚而入"把如皋抢占的美梦打破的时候，才发现本来以为在西边的新四军主力，已经到了眼前了。

下午 1 时，新四军占领鬼头街。

19 日上午，新四军把王铁汉师部的外围村庄全部占领了，开始攻击其师部驻地田肚里。

拼死抵抗的王铁汉，疯狂地向新四军阵地反击，尽管得手了几次，但新四军最终还是攻破了王铁汉部队的防守。见反击很难奏效，王铁汉就恼羞成怒地呼叫左路七十九旅靠近他。无奈，已被新四军六师围困起来的七十九路如今也是动弹不得。新四军乘胜发起攻击，很快全线突破田肚里，但是让化装成伙夫的国民党师长王铁汉侥幸逃脱了。

逃到了宋家桥七十九旅的王铁汉，马上把工事加固了一遍，打算依靠这一带易守难攻的地形继续顽强的抵抗，新四军连续组织了几次冲锋，没什么大的进展。战斗持续到 21 日，国民党七十九旅过半战士伤亡，新四军也有一定损失，战斗呈相持状态。这时，国民党军的后续部队已陆续赶到，23 日，粟裕命令放弃攻击七十九旅，同时主动从如皋撤离，以保持主动，避免与国民党军纠缠。

第二次苏中战役就这样结束了。这次战役，李默庵虽然占领了如皋城，但付出了 1 万余人的代价。新四军歼灭国民党军有生力量的预期作战目的已经达到，一仗歼灭了 1 万多名国民党军，在解放战争初期是第一次，也算是一次大仗。结束战斗当天，毛泽东就发来了："庆祝你们打了大胜仗！"的贺电。

李默庵刚在宣、泰遭到打击，又在如南受到重创，不过蒋介石并不在乎这"区区"一些损失。蒋介石让李默庵与陈诚把下一步的作战计划尽快商议出来，决定把 6 个旅的兵力集中起来，分路由如皋、姜堰合力向苏中新四军重镇海安出击。

苏中的战略要点和交通枢纽就是海安，贯穿南北的串场河、沟通东西的运粮河也在此交汇，通榆公路、通扬公路以及从海安向东延伸到黄海边的公路在此联结。

粟裕在如南战役打响时，就已经料到会在海安有一场大战，当时，一边指挥如南战役的他，就已经在一边考虑怎么把海安这一仗打好了。

粟裕认为同国民党军决战是万万不能的。因此，粟裕主张应在海安打运动防御战，即外围运动防御只以小部队实施，主力则隐蔽、休整、补充，等待时机把国民党军歼灭，中央军委和新四军军部也同意粟裕的主张。

7 月 30 日，海安运动防御战开始。七纵在海安外围对国民党军实施运动防御，而新四军主力一师、六师则在海安东北地区集中休整待命。

虽然七纵只用了 3000 多的兵力，但是面对 5 万多国民党军的轮番猛攻，依然英勇抗击，奋战四天多，仅伤亡 200 余人，消灭 3000 多名国民党军，创造了国共伤亡 15：1 的新纪录。

如果说在宣泰、如南两次战役时，粟裕还未太觉得兵力短缺，但在海安战役时，粟裕就为兵力不足而犯愁了，他越来越感到自己的 3 万兵力实在是太少了。现在一师、六师需要休整，面对 5 万之敌的进攻，七纵仅有 3000 兵力进行抗击。他的手中没有一点机动兵力，怎么能把仗打好呢？

缺兵就要借兵。粟裕在海安战役还在进行中时，就发电给中央军委和新四军军长陈毅，请求调淮南的五旅前往苏中作战。这一求援，表面上的问题是调五旅到华中，而实质上却是战略方向选择上的大问题，即华野主要作战方向是要出淮南配合山东野战军实行津浦线外线出击，还是在苏中内线歼敌。

陈毅认为淮南更为重要，对粟裕的意见表示坚决反对，并将分歧电告中央。一个主张是在内线打几仗，一个主张立即出击外线。这就是著名的"陈粟之争"。

从双方来来往往的电文中，毛泽东知道了分歧，经过谨慎考虑，他于8月2日发出这样一封电报给陈毅、粟裕等人："一个月内在苏中歼敌两个旅有可能否？如你们能在8月内歼敌两个旅，南线情况即将改观，那时粟可将主力转至淮南作战。"显然，毛泽东支持的是粟裕，但对陈毅也没有坚决否定，因为关于粟裕"能否歼敌两个旅？能不能打胜仗？"毛泽东还是有些担心的。

就在新四军下一步作战方针正在争论的时候，战局发生了新的变化。原来国民党军把海安占领后，各部队纷纷向上级"报捷"，吹嘘"战果"。一绥靖区还宣布苏中解放区"大势已去"，并谎报说新四军已经是"一败涂地""伤亡二三万之多"。

自鸣得意的国民党军，随即分兵把姜堰、西扬、李堡、角斜占领，企图把海安至黄海边的东西封锁线完成。这样一来，一个一字长蛇阵，就在西起扬州、东到海边的300里地段上摆成了，正好便于共军各个击破。这一情况，中央军委、华野总部几乎是同时发现的。粟裕向新四军军部和中央军委汇报："歼敌良机即将成熟。"

第二天军委即复电："歼敌良机已至，甚好甚慰。"并且粟裕请调五旅的要求也马上获得了批准，粟裕信心大增。这时，又有一条令人兴奋的情报传到了他这里：李默庵正在调整防务，二十九师和九十九旅防务由六十五师于8月9日经海安去泰州、黄桥接替，一、五旅在李堡一线的防务由新七旅于10日从海安东开接替。

李默庵对部队进行频繁调动，给粟裕凶创造了趁其运动或立足未稳加以歼灭的大好时机。粟裕当机立断，决定在运动中寻找良机歼灭李堡的国民党军。粟裕作了如下部署：李堡、角斜之国民党军一〇五旅主力由一师攻歼，丁家所国民党军一〇五旅守敌由六师一部攻歼，援敌由七纵阻击，预备队为刚到的五旅。

李堡镇的国民党军8月10日时还正忙着换防。19时，天将入黑，刚刚接替防务完毕的十九团，还没有派好警戒，也没有筑好工事，突然大片的枪声响起，新四军分路发起了对李堡的包围攻击。

23时，新四军加强了向李堡的国民党军的攻势。经过三个小时的战斗，突破了国民党军阵地，国民党军乱成一团，企图在李堡的东边组织一营残部掩护其他残部撤退到附近的杨家庄第三一四团防地以南地区，但因新四军将其重重包围，所以没能突破成功。翌日拂晓前6时许，新四军把十九团全部歼灭，并生擒活捉少将副旅长田从云。

随后，新四军开始猛烈攻击在杨家庄驻守的国民党军一〇五旅旅部和三一四团，到11日下午2时，国民党军三一四团突围后狼狈逃窜，旅长刘玉山率残部向如皋城逃窜。

11日凌晨4时许，由海安出发的国民党军七旅旅长黄伯光率二十一团，增援李堡方向。黄伯光此时还不知道新四军已经把他的十九团全部歼灭了，还妄图和十九团一起对新四军进行夹击，黄伯光失算了。

中午，国民党军七旅二十一团排着三路纵队前进来到了李堡镇边的预伏地带，在公路两边隐藏的共军一师和六师主力一齐杀出。

当黄伯光察觉到情况不妙时，已经晚了，他既不能前进，也没法后退，被困在那里，几次组织突围都被打回来了。17时，新四军发动总攻，一个小时不到，二十一团仅黄伯光率几百残兵逃脱，其他全部被歼灭。

前后共持续约20个小时的李堡围歼战，共歼国民党军9000余人，一个半旅。

李堡战役得胜是对粟裕内线歼国民党军的战略的正确性的再次证明。毛泽东对粟裕的意见完全支持，8月12日，他向陈毅致电，要求其支持粟裕的作战计划，陈毅也于当日电告粟裕："为贺你部继续胜利，宜就地继续开展局面，而不必忙于西调。"

李默庵连遭粟裕四次打击，损失兵力3万多，再也不敢分散用兵了。他将部署重新调整了一下，对南通、丁堰、如皋、海安这条公路干线进行重点扼守，为了确保其占领区，海安、泰州之线以南的"清剿"和海安、如皋、泰州之间的防御也明显加强了。同时积极准备以整编第二十五师由扬州、仙女庙地区乘虚进攻邵伯、高邮，威胁两淮。

针对这种情况，粟裕决定从南通、如皋一线把缺口打开，对国民党军的后方基地构成威胁，把国民党军的部署打乱，制造歼敌良机，粟裕把这个策略称为"钻到敌人肚子里"。

粟裕又把进攻方向确定为黄桥，决定从丁堰、林梓一带把缺口打开。8月20日晚，粟裕亲率华中主力16个团3万多人向南开进，向国民党军后方直插进去。

丁堰、林梓战斗于21日晚11时打响。新四军一师、六师、五旅分别向丁堰、林梓、东陈突然发起袭击，这一次又是出其不意。

战斗进展得很快，22日上午，新四军把丁堰交警第七总队大部和林梓交警第十一总队全部歼灭，东陈守敌也弃城而逃。

在进行丁、林战斗的时候，国民党军邱清泉第五军从宿县地区开过来把睢宁占领，进逼江阴。国民党国防部指示李默庵派人在扬州的整编第二十五师沿运河北上驻守，攻取江都县的邵伯镇，以策应第五军的行动。

得知这一情况的粟裕，决定采取"围黄（桥）救邵（伯）"的战术，在邵伯安排新组建的十纵和二分区的两个团防御。主力部队除在姜堰、海安之间发动牵制性进攻的七纵外，一师、六师、五旅仍按原计划行动，打算用攻其必救的办法把国民党军调动起来，在运动中寻歼国民党军。

由丁堰、林梓越通榆公路西进的一师、六师、五旅于8月23日夜，渐渐挺进国民党军封锁圈的中心。

25日，进入黄桥东北的分界驻守的国民党军九十九旅，与新四军六师相遇，被新四军六师当即包围。而且一师还在分界、如皋之间的加力一带把国民党一八七旅等部截住，粟裕主力部队已经西进的事实，李默庵直到这时才发现。

当夜，新四军各部队展开对国民党军的攻势。由于跟预先侦察的相比，国民党军实有兵力更多，经过一夜激战，并没有分出胜负。粟裕担心，这样僵持下去，对自己恐怕不利，于是马上对部署进行调整，采取把国民党军后路切断、把国民党军东西两部联系隔断的办法，使其靠拢不行，逃脱也不行，然后集中优势兵力，先行歼灭实力较弱的九十九旅的两个团。

一旅很快撤出加力，强行军向分界飞奔。

26日上午，新四军六师副师长王必成、副政委江渭清重新对攻击分界部署进行调整，决心把十六旅、十八旅共四个团的兵力集中起来，并由此实施向南的主要突击，按时赶到的一师一旅，也加入了攻击行列。遭新四军一夜围击的国民党军，士气不振，再加上混乱的建制，现在一心盼着前来救命的飞机和援兵。不料，连老天爷都不帮他们，中午时分，居然下起了大雨，国民党军变得愈发绝望了。新四军于下午1时，冒雨发起总攻，把国民党军的防御阵地一举突破，向国民党军的心脏直插过去。乱作一团的国民党军，像无头苍蝇一样，到处乱窜。新四军向国民党军大胆楔入，猛冲猛打，把大部分的国民党军都歼灭了。向南仓皇逃窜的1000多国民党军，正好闯入在分界东南的一旅的预设阵地，遭到了一通猛打，全部被歼。

把分界的国民党九十九旅消灭了之后，六师和一师一旅马上向东转兵，和一师和五旅会合，以15个团的兵力对加力的国民党军进行围歼。

27日，如皋方面勉强拼凑起一个团西出接应，并派出飞机助战，被围的国民党军队以营为单位分路突围。

新四军参战各部队全线出击，把突围的国民党军悉数歼灭。增援国民党军一个团也被歼一半，五旅乘胜把黄桥夺取，这样共军胜利结束了如黄路战斗，打得干净利落的新四军，共歼国民党两个半旅，1.7万余人。

在如黄路战斗的同时，23日，保卫邵伯的战斗也打响了。邵伯的战斗与如黄路战斗相比，打得更艰苦、紧张。

十纵和二分区的部队是刚从地方武装上升为主力的，虽然训练很少，弹药也不充足，但顽强灵活的指挥员和斗志昂扬的士兵依托工事和水面，对国民党军队的疯狂进攻进行了抗击。

23日，国民党整编二十五师向丁沟、乔墅、邵伯分三路进攻，战斗一直持续到深夜。丁沟的国民党军队被击退；乔墅河南街道被国民党军队攻占，新四军退到乔墅河北驻守；国民党军队数次猛攻邵伯，都被击退。

24日，国民党军队的猛攻还在继续，经过一天的战斗，国民党军队把乔墅河北也攻占了。邵伯方面，国民党军队把优势兵力集中，在飞机、炮舰配合下，进行了几轮猛攻，但都被新四军击退。

25日、26日，国民党军队仍对邵伯发动全力攻击，但新四军主阵地一直没有动摇。当国民党军队得知如黄路的九十九旅被歼，一八七旅也将难保时，全线震惊。因为担心新四军向其侧后进攻，原来保证"三天攻下邵伯"的国民党二十五师师长黄百韬，也被迫把部队撤回扬州。

邵伯保卫战宣告结束，这次战斗，国民党军队2000余人伤亡，新四军也有1000余人伤亡。

一战宣、泰，二战如南，三战海安，四战李堡，五战丁、林，六战邵伯，七战如黄路的苏中战役，歼国民党军队5.3万人，共六个旅，五个交警大队。结束战役后，延安共产党总部发言人对新华社记者发表谈话，称此战役为"七战七捷。"

57

为祖国洒热血的优秀将领——左权

左权（1905~1942年），湖南省醴陵县人，1905年3月出生于一个贫苦农民家庭。他自幼聪明伶俐，极具正义感，学习非常勤奋刻苦。1924年左权进入黄埔军校第一期学习，曾相继担任的职务有国民革命军第六军排长、连长等。之后，他又进入莫斯科苏联陆军大学、苏联伏龙芝军事学院学习，1930年归国，之后工作于中央苏区。在此期间，他担任过红军学校第一分校教育长，新十二军军长，红军第十五军政委、军长的职务。1933年，左权被调任为红一军团参谋长。红军进入陕北后，他曾担任红一军团代军团长。抗日战争爆发之后，他被任命为八路军副总参谋长，后兼任八路军前方总指挥部参谋长。在华北敌后抗日根据地开辟过程中，他辅佐朱德、彭德怀艰苦转战，1942年5月25日，在山西辽县麻田率领部队对抗日本侵略军的一次作战中，左权不幸牺牲。抗日战争中，左权是共产党牺牲的级别最高的将领。人们为了表达对左权将军的赞美与缅怀之情，写有诗句："成仁有志话应碧，杀敌流红土亦香"。

"自筹" 学费

1905年3月15日，在湖南醴陵北乡左家屋场内，左权出生了，他是家中最小的孩子。父亲左兆新是左奉球的长子，一家人为这新添的丁口着实热闹了一番。

左权2岁时，家里发生了很大的变故。面对穷困潦倒的生活，父亲左兆新在焦虑忧愁中突然一病不起。左权的母亲为此百感交集，只能杀猪宰羊到处请巫师，想将左兆新的魂从青泥湾收回来，一时间家中开始歌舞鸡卜、"拜斋斗"。然而，31岁正值盛年的左兆新没几天就做了古人，张氏终究无法将他挽留住。之后不久，左权63岁的祖父奉球公也寿终正寝，祖母在接连的悲痛中也离开了人世，家人在黄猫岭蛇形山之阳为二老修了合葬墓。

从此以后，这位寡居的中年女人开始成为左家屋场的全部支撑。

左权长到7岁了，当时很多同龄的孩子都开始背起书包去上学，左权看到后非常羡慕，便向母亲提出："母亲，我也要去读书。"

"读书需要钱，"母亲为生活的拮据既感惭愧又感为难，"但我们家的财神菩萨还没把眼睛开呢。"

左权虽然人小，但性格中却是言路窄、心路宽。当时春节将至，他脑海中想出一个挣钱的方法：通过在正月耍讨米狮子挣学费。这个主意很快得到哥哥应麟和村里的好朋友左阳生、左继璋、左纪重以及财主匡印澄的四儿子匡泉美的支持，他们都觉得耍讨米狮子既热闹又好玩，于是分头行动，开始准备起来。

匡泉美避开父亲的视线，把一条金黄色的被面从家里偷出来，做成了狮子被；左纪重的叔叔会扎狮子头，在他不断哀求下，最终一个以篾和纸扎成的五光七彩的狮子脑壳便呈现在大家面前，它有红色的鼻子，凸出的宽额头，鼓鼓的眼睛，下巴上吊着的铜铃叮叮当当不停响；唱狮子歌的则是左权和左阳生，每天他们都放开喉咙不停练习；应麟负责耍狮子舞，他照葫芦画瓢，每天手舞足蹈地竟然就学会了。

正月初一到了，热闹的爆竹声从家家户户中传了出来，声响聚集起来增添了不少喜庆气氛。放过爆竹后，人们便大开"财门"。此时，左权敲鼓，匡泉美打锣，领着这只讨米狮子就"出行"了。掀钹的是左纪重，演唱的是左继谷，左阳生负责背米袋子，还有一群看热闹的小尾巴在后面拖拉着。

狮子进入屋场后先是蹦进堂屋里，两跪六拜地对着贴有"天地国亲师位"的神主牌子行大礼，随后，只听一道稚嫩的童音响起，左权、左阳生、左继璋、左继谷、左纪重、匡泉美一齐唱道：

狮子进门六个揖、六个揖，

口中含斡羊毛笔，

上写天官赐福，

下写禄寿康宁。

这时，如果屋场主人放起鞭炮，应麟便前俯后仰、左顾右盼地耍起狮子脑壳来，叮叮当当的铜铃渐渐朝着主人响过去，根据事先背好的应景歌词，左权几个人又一齐唱道：

狮子头上一点绿、一点绿，

多谢主家鸣爆竹。

爆竹落地就开花，

一发人来二发家。

如此一来，气氛变得异常欢乐，但是一旁左阳生背的米袋里却还空着。女主人眼看着这些可爱又可怜的孩子，连忙自屋中量出一升糙米直往米袋里倒。获得报酬之后，孩子们要得更加起劲，一时间鼓乐喧天，歌声再次响起：

　　狮子头上一点金、一点金，

　　我把伯娘赞一轮，

　　你穿得蓝是蓝来青是青，

　　不盖湖南盖北京。

　　如果赶到另一个屋场，是个小孩子量米，歌词就会变成：

　　狮子头上一点青、一点青，

　　我把后生赞分明，

　　你一岁两岁怀中抱，

　　三岁四岁进学堂门，

　　十一二岁作文章，

　　十五六岁金榜得头名。

　　醴陵当地的风俗习惯是，狮子进屋后，主家在迎接时要放起鞭炮，舞过一会儿后，便可退场。如果碰上大族聚居的屋场款待酒食，还要拿出一些把戏以供娱乐，像是操演军器、戈矛刀枪、拳术等，尽量使出自己的看家绝活，有时还会上演"撞刀""窜火圈"之类的惊险把戏。左权这一行人，只属于叫花子名堂，为大家带来欢乐，送些好话，以博得主人欢喜，换得一些米而已，因此，米到手后就一边舞着狮子作揖、叩头，一边向门口退。唱歌的这时会高唱一首"少陪歌"：

　　狮子头上一点红、一点红，

　　吵闹华堂一回又一回，

　　大家请莫怪，

　　一齐都少陪。

　　直到元宵散灯这一晚，讨米狮子才告结束。整个黄猫岭周围山乡在这段时间内始终洋溢着欢乐，左权也从中筹得了学费。

　　1912年春，在东冲铺磐中私塾，左权开始读书了。

　　这次舞狮还留有一段后话。左权在西安事变后曾到了西安红军联络处，在那里他意外地与童年时期耍讨米狮子的伙伴匡泉美（号玉辉）相遇。当时匡泉美为国民党整一师一六七旅少将旅长。自此，在小范围内，二人基于童年时期的友谊开始了第二次"国共"合作。匡泉美在这次不同寻常的会见后也发生了变化，他不愿再打同胞之间拔刀相向的内战，1946年便脱下军装，回到了家乡。至今，匡泉美的亲属中还珍藏着在西安时两人的一张合影。

学生时代

　　1923年冬，广州大元帅府的军政部长程潜派柳漱风来到醴陵，想让他在大本营陆军讲武学校招收一批学生。

当时，国家异常动荡不安，想要救国救民，弃文就武或许是一条解决之道，考虑到此，左权与蔡升熙、李人干、邓文仪、苏文钦、李隆光、张际春、李才霞、左纪棠、何元准等人一起报了名，经过考试后被正式录取。

1923 年 12 月，左权同家乡父老告别之后，便来到了醴陵县城伍家巷维新旅社，与同去讲武学校的同学会合后，他们便一起踏上了南下的火车。这列火车从阳三石出发，在长沙、汉口、上海转道后经香港最终抵达广州。这一年，左权年仅 19 岁，这也是他职业军人生涯的开始。

1924 年 10 月 10 日，以陈廉伯、陈恭受为首的商团武装在广州发动了叛乱。作为当时的大元帅，孙中山向滇军下达命令：即刻将商团武装剿灭。

商团武装大约有 1.2 万人，主要在广州西关繁华商业区一带盘踞。而广州当时的金库正位于西关。大商贾用金钱将滇军师长廖品卓拉拢过来，因此在接到孙中山的清剿命令后，他不但不行动，反而暗中为商团囤积粮弹提供掩护。攻占西关势在必行，迫不得已之下，孙中山另派出了李福林的福军和湘军。福军大多是由一帮土匪组成，这一命令正好给了他们去西关"打起发"（占便宜）的机会，因此巴不得马上行动。商团武装为守卫西关，用铁栅、木栅闸子构成街坊堡垒。10 月 15 日，湘军、福军与广州市公安局长吴铁城的警卫军、黄埔军校的学生会合后，对西关发动了火攻以破坏街坊堡垒，蔓延的火势吞噬了 1000 多家商店和住宅，一时间整个城市火光冲天。商团见西关被破，残军赶紧躲入了租界。福军找准时机率先抢入，士兵们将银元、货物夺的夺，抢的抢，本性彻底暴露。这伙人甚至脱下士官服做成包袱，捆载好后便扬长而去。湘军、滇军和街市上的游杂分子也加入到趁火打劫的行列中，西关和小市街一带的金银、珠宝、首饰店无一幸免，瞬间便被抢掠一空。

为防范商团实施突围窜扰，左权所在的陆军讲武学校接到命令，警戒在观音山地区。火攻西关后，满街都是发了洋财的士兵、官佐，到处招摇横行。一些同学见益起心，很多都擅自离了岗，赶去"打起发"。

左权和"莲社"的同学决定阻止这种行为，以整肃军人风纪，因此联合黄埔军校的学生自动上街，制止这种野蛮的抢掠。一些发了财的滇军看到这些一本正经的学生，嘲讽似的向他们掷银洋，而且弹着自己的宽边红帽子故意说道："财在手边都不拿，朽得连帽子都没有边喽！"

左权和学员们对此并不理会，依然巡游街面。

1924 年 9 月 13 日，孙中山开始指挥北伐，他率领大本营自广州出发，进驻韶关。程潜奉命担任攻鄂军总司令，随营出征。大本营陆军讲武学校的经费自程潜离开后开始非常紧张，且当时的教育方式为落后的"棍棒教育"，学员们对此表示出极大不满，纷纷提出和黄埔军校合并的要求。在与监督周贯虹交涉成功后，学生们便携带枪支弹药，转入了黄埔，当时包括左权、袁策夷、陈启科、李光韶、陈明仁、李默庵、丁德隆、萧赞育、李铁军、刘戡等 146 人。这批学生的学术科成绩比较优秀，鉴于此，黄埔军校把他们编入了第一期第六队。

左权在黄埔军校与蒋先云、周逸群、许继慎结识，在这段时间内，他与原大本营陆军讲武学校的同学陈赓、苏文钦也有了更深的交往。

在陈赓和苏文钦的陪同下，左权曾与周恩来在最初的两次见面中，进行过私下详谈。1925 年 2 月，以中共黄埔支部的陈赓、周逸群作为介绍人，时年 20 岁的左权正式成为中国共产党党员。自此之后，在实现自己的信念的过程中，他将自己生气勃勃的创造力与热情全部投入了进去。

左权

1925 年 1 月，孙中山北上商定国事。陈炯明所部当时盘踞在惠州、潮州、汕头一带，趁此机会，陈炯明开始进攻广州。

黄埔军校学生和教导一、二团接到命令，以临时组织的黄埔校军开始了东征之路。当时的战术总教官何应钦在教导一团当团长，而左权被分派在教导一团二营六连当排长，战术教官刘峙为其营长。当时的校军仅有 3000 多人，校长蒋介石亲自率领这支军队加入右翼军作战。

3 月，东征军在棉湖取得一场大捷，随后，左权被晋升为副连长。东征军又相继将兴宁、五华攻克，陷入绝境的敌酋林虎、王德庆、刘志陆差点被擒获，但侥幸逃出广东省境。陈炯明则逃到了香港。东征军在不到两个月的时间内就将东江平定，潮梅也一并被荡平。

3 月 12 日，孙中山先生在北京逝世。消息传出以后，左路滇军杨希闵、中路桂军刘震寰趁机发难，准备联合西侧之云南唐继尧、北侧之军阀段祺瑞，计划割据广东分而治之。他们调集军队在广东省垣麇集，打算对右路军回师广州实施阻挠。为了将刘、杨叛乱彻底平定，5 月 21 日，右路军冒着盛暑兼程回师，左权也在其中。事实上，杨、刘之辈根本不堪一击，其所部大都是些"烟兵赌将"，军纪散漫，将官不如士兵，枪械可用之数寥寥无几。桂军情况更为不济，步枪比子弹多，军官比士兵多，将军比军官多，不成气候。因此，在 6 月 15 日，革命军胜利克复广州。

杨、刘之乱被平定之后，攻鄂军总司令程潜亲自点名，左权被调入司令部卫队营担任连长，并加入到之后的第二次东征。东征军自广州出发，挺进博罗、惠州地区。于 10 月 23 日将河源攻克，28 日将五华占领；31 日将兴宁收复，11 月上旬，梅县、大埔的乱军已基本被肃清。东征军总指挥部于 11 月 6 日抵达汕头，自此，东征宣告胜利结束。

漳州之战

1932 年 3 月 21 日，经过林彪、聂荣臻的提议，苏区中央局和中央军委决定依照毛泽东的意见行事：中路军进军闽西、闽南地区，原中路军的一、五军团改称东路

61

军，总指挥由林彪担任，毛泽东作为中央执行委员会主席随东路军行动。4月2日，东路军自长江地区出发，沿途经河田、涂坊、白砂，到达龙岩西部约50里的大池，东路军攻克漳州的战幕由此正式拉开。

这时，国民党陆军第四十九师师长"福建省剿匪司令部"司令张贞正经营着闽南一带，这里宛然成了他的独立王国。

张贞，福建省诏安东峤村人，被人们称为"闽南王"。他曾在保定军官学校第二期炮科学习，中途辍学后便回到漳州四处拉"民军"，曾经担任过国民党福建自治军前司令。当时，为招兵买马，壮大声势，他皮包里塞满了委任状到处行动，很多民军头目、绿林盗寇被冠之以支队司令的头衔。然而这些军队要么有兵而无枪，要么有官而无兵，漳州、泉州一带的老百姓对此还专门为他起了个绰号，称他是"皮包司令"。他在各处宣传其"以匪制匪"的旗号，将多方土匪和游杂武装收编过来，几年之后，手中已握有1万余兵力。这支军队虽是东拼西凑，却有着精良的装备，均是日本六五步枪和三八式步枪，此外，各团配备有迫击炮连，各营配备有机枪连，各连配备有捷克式轻机枪等装备，团部还有通讯队、电台等设置。所部在漳州、泉州、永春三属十几个县分别驻守，南靖、平和、长泰一带为其主力驻扎地，以警戒闽西苏区，并时常派兵对龙岩的大池、小池、钢庄、赤坑、适中、马坑一带进行骚扰。两年之中，他们窜扰永定的金丰、陈东坑、虎岗、上洋、窑背等苏区20余次。其所到之处，满目疮痍，他们放火烧毁庐舍，抢掠粮食、牲畜等，甚至将妇女、儿童搜捕起来当作"猪仔"贩卖。闽南和闽西百姓深受其害，"时逢四十九（师），百姓无路走"的歌谣也在各地流行开来。

南下漳州之路，必须先将龙岩攻取下来。左权派出红四十四师袁汉澄的一三一团作为先锋团，对龙岩城发起了进攻。

历经两天的激战，在赤卫队的攻势下，大池民团拖枪撤退，与小池的第二补充营叶杨榆部会合。赤卫队尾随追击，经过一日交战，守军全部溃退出去。杨逢年一四五旅是张贞极为倚重的，然而杨部官佐们在作战指挥中掉以轻心，认为进攻龙岩的民团和叶杨榆土匪属于收编部队，根本就是"土共"，战斗力并不强，抵挡两三天时间是不成问题的，因此作出错误判断，未进行戒备。

左权于4月7日下令，少数部队对龙门二九一团驻石排的前哨连实施佯攻。10时左右，开始展开全线进攻，瞬间枪声四起，守军此时才发现，红十五军的四十四师、四十五师已经对考塘、龙门以及龙门通往龙岩之要隘龙门坑进行了分割包围，互相之间的救援被彻底切断。

阮宝洪二九一团是张贞装备最好、战斗力最强的部队，当时，大约1000余兵力驻守在龙门，如同看门狗在那儿守着。左权将最优势的兵力集中起来，计划包围聚歼阮宝洪的军队，激战了一个上午，守军防线完全崩溃。余光武、黄铁汉、苏冠英三个营的残部约300来人在阮宝洪率领下打算突围。然而，四十五师九十三团杨得志团长早已经奉命作好部署，刚刚想逃窜至龙岩方向的洪部残余国民党军遭遇了突击队狂风骤雨般的扫射。阮宝洪赶紧掉头往永福、漳平方向撤退，从此再也不敢回到龙岩。

红军这一仗打得干净利索，国民党军队甚至连回去报丧的机会都没有。

4月10日拂晓，左权率领先头部队十五军，乘守军不备，开始进攻龙岩县城的西门、北门。当时驻守龙岩的是一四五旅，其指挥部对于把守龙门的阮宝洪已狼狈而逃尚不知情，更不知道红军主力从何而降，仓皇之间紧急增调驻白土的二九〇团与驻坎市的二八九团。增援部队迅速赶回龙岩，并向漳州紧急致电，将当下危急告知远在后方的旅长杨逢年。

杨逢年迅速驱车进城，然而还不到两小时，在西门、北门方向，左权已率领红四十四师、四十五师突入城内，歼灭了大部防守龙岩的独立团。被击伤的独立团团长兼龙岩县县长张性白率领100余残兵跟着杨逢年和他的直属队在南门突围，撤退至适中方向。当时黄克绳二九〇团正在回援龙岩的路上，双方在离县城七里的三岔路口相遇。因担心红军衔尾追击，杨逢年急令二九〇团少校团副林梦飞率领第三营两个连对红军实施阻击，自己带着直属队和二九〇团及开往龙岩途中的二八九团、吴赐独立营撤逃至适中、南靖方向。

平日里，一些民团头目、土豪劣绅以杨逢年、张性白为靠山，在龙岩城里作威作福，此刻他们如同丧家之犬只得随军逃亡。这时恰逢春雨连绵之季，抹了油一般的道路上，泥泞而又光滑。军官太太、名媛闺秀、地主老婆们在逃亡的路上狼狈不堪，有人跌成了个"泥菩萨"，大声哭号着；有人尊严顿失，叫人像个猪仔一样装在米篓里抬着走。败退部队和这些娇生惯养的难民们拥塞在这条羊肠小道之上，走在后面的败兵见行军缓慢，生怕红军从后面追赶而来，急得直骂天骂地。逃亡的路上本就不堪，还不时遭遇赤卫队的袭击，一个个仿佛成了惊弓之鸟，一路由会山至龙山，由龙山至保林圩，弃险不守，毫无招架之心，节节溃退。

龙岩被攻下之后，左权率领红十五军撤出苏区，进至东南方向，部队日夜兼程，两天便行进了150多里。十五军在攻下龙岩之后，势不可挡，利兵之师以势如破竹之势连克和溪、芝田、水潮、龙山，兵临漳州西侧的天宝山下。

天宝山是扼守漳龙公路的咽喉之地，前与龙江溪相邻，后以漳州城为依靠，可谓易守难攻。左权推断：张贞为保住漳州，定会据守天宝、南靖、浦南一线，以此形成无防御纵深的线式防御，以期与红军展开决战。基于此，4月16日，左权率领部队驻守波岭圩部署防御，将攻击位置占据下来，迫敌而居。

对于攻下龙岩的红军部队已向适中、漳平地带分头挺进的消息，张贞早已获悉，他认为红军似有继续南下向漳州发动进攻的意图，并推断出红军两种行动趋向：一条线是自漳平出发，沿九龙江直趋长泰、浦南两地，进而对漳州发动攻势；然而这一行进线沿途皆为崎岖山路，江流波涛汹涌，交通不畅，对于大部队行动非常不利。另一条线是自适中出发，沿漳龙公路经南靖顺势而下漳州，这一行进线沿途均是平缓的地形，拥有便利的水陆交通，虽具有较大危险性，但对大兵团作战非常有利。作出上述判断后，张贞便将主阵地定位于南靖、天宝山的榕子岭、风霜岭一带，警戒部署于浦南方面。此时，张贞手中尚握有1万余兵力，分别是一四五、一四六旅以及地方警卫团、保安队。在右翼风霜岭、十二岭阵地，他部署了王祖清的一四六旅两个团的兵力，驻守天宝镇为指挥部；在左翼榕子岭阵地，他部署了杨逢年一四五旅两个团，驻守南靖县城为指挥部。借助天然障碍——龙江，杨逢年在榕子岭、笔架山阵地分别派出二九〇团的第一、第三营负责防守，团预备队由第二营担任。在宝林桥前沿阵地，由第三营调一个连为前哨连负责防守；在榕子岭山后小高地上，由作为旅的总预备队的二八九团负责驻守。一番部署之后，张贞自认为已密不透风，因此坐镇漳州城内，一心期盼着前方捷报频传的胜利场景。

东路军指挥部也作出部署：王祖清一四六旅阵地由红四军负责主攻，宝林桥至南靖的一四五旅阵地派出负责助攻；预备队为三军。左权奉命亲自到宝林桥进行侦察。左权从张贞的一番部署中发现：王祖清的一四六旅被安排在风霜岭危险的阵地上，杨逢年的一四五旅则被安排在有龙江天险可倚靠的阵地上，由此便可判断出张贞与所部关系的亲疏。因为王祖清当时是"福州派"，而杨逢年则是"闽南派"。在历次战斗中，每逢生死攸关、情势紧迫的关键时刻，军阀们便会遵照历来的传统，互不协同，各自保存实力，他们或者逃之夭夭、或者打滑头战、或者苟安一隅。左权分析认为：假如先行围歼王祖清的一四六旅，因杨逢年与王祖清之间平日私嫌很深，派系矛盾严重，杨逢年定不会派兵增援；假如先行攻打杨逢年的一四五旅，不但不利于红军的进攻，在杨逢年的请求下，张贞必定会派出王祖清作为二线增援。鉴于此，左权拟定出一个冒险而又大胆的作战策略。

4月16日，左权派出四十四师一三〇团对一四五旅二九〇团宝林桥前沿阵地实施佯攻，并制造出决战的假象，将一四五旅牵制住。在距离南靖两公里多路的山林地区，他命令四十五师主力埋伏于此，将漳龙公路卡断，致使杨逢年的一四五旅毫无援退之路。其余部队占据南靖周围地区为攻击位置。此外，左权亲率四十四师两个团渡过龙江，大胆而又迅速地穿插于一四五旅和一四六旅的榕子岭与大尖山结合部之间，向一四六旅侧翼迂回，从而将守军兵力实施分割，与红四军的正面进攻形成配合。

4月19日拂晓，在正面的风霜岭、天宝山、十二岭地区，红四军主力开始全线发动对一四六旅阵地的总攻击。王祖清在前线部署机关枪连，后线部署大炮队，负隅顽抗。红四军第十一师三十一团负责正面攻击，部队迂回到守军后侧对大尖山实施攻歼，三十三团负责对天宝山实施正面主攻。在侧翼方向，左权将四十四师主力集中开始进攻大尖山、榕子岭结合部的二八九团。正、侧均遭到火力夹击的情况下，守军机关枪阵地被红十二团团长刘忠率所部攻下。红军击毙了二九三团团长陈启芳，营长游其身受重伤。激战至上午9时，红军已经歼灭了二九三团大部。一个团折损后，王祖清开始出现无力招架的形势，向一四五旅杨逢年发出紧急求援。

左权所预料的情况果然发生了，杨逢年的宝林桥前哨虽正遭遇红四十四师一个团的牵制，但尚未打响主阵地之战，即使如此，他也不肯出动一兵一卒，对一四六旅的命运显示出袖手旁观之态。

王祖清所部林清龙的二九四团原本是土匪的收编部队，根本没打过正规战场，看到精锐二九三团被歼灭后，顿时乱了阵脚，吓得落荒而逃，红四军便顺利攻下风霜岭一带。王祖清深陷激战之中，但见杨逢年并未出兵增援，心中愤恨之极，因此只管自己脱身而逃，并没有对杨逢年作相应戒备的通报。

左权歼灭一四六旅之后，迅速率领红四十四师一部直逼南靖，与红四十五师形成合力，对杨逢年的一四五旅实施了包围。

杨逢年并没有预料到，不到一上午，红军轻而易举就歼灭了王祖清一个旅。他在南靖紧急增调驻榕子岭的旅预备队二八九团进行增援。在撤离榕子岭、大尖山时，团长黄克绳派出第三营营长林超带四个连为后卫，对一、二营向南靖救援实施掩护。然而，当左权率领红十五军将南靖县城攻克时，二八九团才只到达南靖外围。鉴于此，黄克绳作出决定，先与榕子岭、宝林桥撤退的二九〇团会合后再进行下一步行动。行军过程中，遭遇了负责佯攻宝林桥的红四十四师，双方展开激战。当时，黄克绳的2个营的士兵因正向南靖驰援，喘息未定之时便仓皇应战，结果不堪一击，溃军有的逃到了山城、小溪、漳浦方向，更有一些人慌不择路，纷纷纵身投江。黄克绳本人则驾马过河，这才保全一条性命。跟随在后面的残兵惊魂未定，不时大呼："共军追上来了！"

担任一、二营掩护任务的林超指挥四个连，撤出榕子岭、大尖山，集中于漳龙公路上，此时，从南靖回窜漳州的二九〇团恰好行至此处，两方实现了会合。之后，行军至距离南靖约两公里的地方，遭遇了早已埋伏在此的红四十五师，红军从山上冲出，以火力将公路封锁住，左权指挥战士们左右掩杀，声东击西，这支军队进退无路，顾此失彼，非常狼狈。漳龙公路右侧临江，左侧依山，张贞的这支部队无法展开，如同被困住的野兽，无处躲逃，除了泅水逃得性命的56人外，其余不是被歼灭，就是成了俘虏。

张贞的天宝山、南靖防线在4月19日一天时间内全线溃败。走投无路的一四五旅旅长杨逢年只得躲入百姓家中，将胡须剃掉，军服脱去，乔装成农民龟缩起来。两日之后，他才经由城、璃溪、云霄抵达诏安东峤，与自己的残败部队会合，全然演绎了一出现代版"割须弃袍"的丑剧。

攻克天宝、南靖之后，红军已经将漳州完全置于自己的锋镝之下。

张贞在红军兵临城下之际，不知所措，因担心被擒获，赶紧利用商办的漳龙汽车运输公司的汽车将自己的僚属和私财运送出去，然而几十辆破烂汽车只吃油不跑路，让这场逃亡显得异常滑稽与不堪。手忙脚乱的张贞率先溃退，致使官逃在先，兵乱于后，沿途的溃败之军不断骚扰百姓，杀人越货。张贞的汽车行驶到漳浦时，正好遇上了自己的部卒，部卒开枪将汽车拦下，要求搭顺风车一路逃命，张贞无可奈何地说："即使是土匪，也要对土匪头表示尊重呀！"

4月20日上午8时，红军一路旗帜飘扬招展，军号齐吹，铿锵有力，举行了庄严的入城仪式，部队分为四路纵队向着漳州城浩浩荡荡地开了进来。

灵活运用游击战

1937年8月25日，中国工农红军主力改编为国民革命军第八路军，总指挥为朱德，副总指挥为彭德怀，参谋长为叶剑英，副参谋长为左权，全军编制约4.6万人，下辖三个师，包括一一五、一二〇、一二九师。

红军进行改编之前，左权前往关中平原的桥山，特地瞻仰了闻名遐迩的黄帝陵。

黄帝庙，黄帝的陵冢，带沮水，披桥山以及参天的古木，将这里彰显得大气磅礴。黄帝庙内还有一棵高达60余尺的轩辕柏，据说是黄帝亲手种植的，已经有数千年的历史。

大庙正殿有一枚"人文初祖"的匾额，镌刻在上面的四个大字异常醒目，左权禁不住久久仰视着。庙宇里非常幽静，对祖先供奉的虔诚香火绵延不断。老祖宗们在几千年前几经游牧征战，终定居于中原地区，黄河中下游两岸由此被开发出来，并在黄河流域建立了商王朝——同埃及、巴比伦同样古老的帝国。作为中国政治、经济、文化的中心，炎黄子孙在黄河流域缔造了精彩纷呈、辉煌灿烂的中华文化，许多无与伦比的科学技术成果被贡献出来，即使是在世界范围内也异常夺目。

作为一名炎黄子孙，左权聆听着身旁黄河的声声怒吼，感受着它不可阻挡的汹涌气势，他也在这气吞山河的气概中无比激动起来。他回想起八路军全军将士为将备受践踏的锦绣山河从日军手中夺回来，为拯救民族于危亡之中而立下的誓言，此刻他的耳边一直回荡着这句话："不把日本强盗赶出中国，誓不罢休。"

黄河是中华民族的发祥地，看到现在的情形，左权对国权之屈辱异常悲伤，对时事之艰危异常痛心，而他必须从中迸发出力量，不仅是他，八路军将士也必定会如此，在如催征战鼓般的誓言的激励下，他们要与日本侵略者展开顽强的斗争。

当时，八路军总指挥部和直属部队作出渡过黄河的决定，9月初，为了配合其作好准备，左权自陕西省云阳镇经蒲城、澄城、合阳，抵达了韩城县芝川镇。不久之后，左权与朱德、任弼时、邓小平以牛皮船合成的大排船为渡河工具，实现了破浪东渡。随后，八路军主力经荣城、西畅村、北阳城、三家店抵达侯马，借助军车经太原，将八路军主力迅速展开，先行将山区战略要地抢占过来，为游击战的开展创造了有利条件。

此时，日军十几个精锐师团在日军华北方面军司令官寺内寿一大将的指挥下，相继将平津各重镇攻陷。

左权以八路军总部名义，指挥主力部队在进攻忻口的日军的两翼及侧后以及平汉线、雁北各地，分别借助伏击、截击、扰乱等手段，对日军的交通运输实施破坏，切断其与外界的接济与增援，彻底破坏了代县、平型关、灵丘、蔚县至张家口的交通线，繁峙、平型关、灵丘、广灵、浑元、蔚县、西合营、阳泉、涞源、紫荆关等失地先后被收复。在平汉线方面，八路军又相继将曲阳、唐县、平山、完县、行唐、满城收复，直逼保定附近；在雁北方面，八路军四处活动，对雁门关及其通往大同的大道不断发动截击，宁武、阳方口、平鲁、井坪先后光复，至此，日军的联络被中断，在忻口处于孤立无援的境地，粮草、弹药告急，在汽油短缺之下机械化部队也已经全部瘫痪。无奈之下，日军华北方面军开始空运给养、弹药，成为这些"瓮中之鳖"的全部希望。然而飞机这一重要的生命线很快也遭遇重创。10月19日，一二九师陈锡联团三营乘夜对香月清司所部把守的阳明堡飞机场发动突袭，日军 25 架战机被焚毁。

晋北板垣师团优势兵力陷于四面围困的苦战之中，见此情景，日军将川岸文三郎的第二十师团抽调出来，自石家庄出发沿正太路向西挺进，直逼太原，企图迂回至中国军队的侧后，将板垣从危急中解救出来。朱德、左权率领八路军总部机关和特务团一部自五台出发南下，连夜赶路，跋山涉水，履坚踏冰，紧急增援娘子关。在正太路南侧的长生口、东石门、马山村、七亘村、黄崖底、广阳等地，二人又指挥一二九师和一一五师陈光旅连续歼灭 1000 余日军，阻滞了川岸师团的行军，使其被牵制长达一星期之久。

八路军总部和特务团刚刚抵达，左权便带着几个人到城外勘察地形。出城仅几里地，就与带着骑兵排先行的司令部三科科长刘鹏相遇。

"报告，前方发现日军，位置是前方十几里地的马良镇。"

"日军数量是多少？"

"大概有 3000，还携带着小钢炮。"

骑在马上的左权勒了勒手中的马缰，思索片刻便说道："现在情况紧急，你暂且回去休息待命，并作好出发的准备！"左权说完立即调马回身，向着临时指挥所飞奔过去。

朱德正在八路军指挥所里研究地图，他带着老花镜，神情严肃，正筹谋着一场新的战斗。突然，门"砰"的一声打开了，左权急匆匆闯进来，朱德看到后纳闷地问：

"你不是才出城去吗，这么快就回来了？"

"在前方马良镇有日军出现，刘鹏报告说大约有 3000 人，还装备着小钢炮，看来计划有变。"

"噢？"朱德赶紧低头在地图上寻找位置，左权走过去，目光稍巡视后，用手一指，"就在这里。"

"竟然有 3000 人？情况确实不妙。"朱德注视着地图说。

"我们兵力太悬殊了，现在手里仅有两个连而已。"左权看着朱德说道。最初，总部特务团也随着总部一起行动，但几天前，为了发动群众，对地方成立抗日团体和组织地方武装提供帮助，他们已经被分散到附近的武乡、襄垣、屯留、潞城几个县去了。

"但是躲避并不是办法啊。"朱德边思索边说。

"必须制止日军，这一战不可避免。"左权接着应道。

"的确，这一战必须要打。避而不战的话，只是让总部暂时安全转移了，但临汾的军需物资定会非常危险，友军也将处于腹背受敌的境地。"朱德再一次俯下身，仔细看了看地图上标有"府城"的位置，继续说道："依我看，一打二拖倒不失为良计，而且也只能如此了。"

"我这就去安排部队。"说完，左权便又匆忙离开了指挥部，带人向府城左侧的山头攀登而上。

浩浩荡荡的日军队伍开进了府城。炮轰不下，又施以强攻，历经多次冲杀，始终未能攻破城墙。战争持续了整整一天，最后一批乡亲在太阳西沉之时终于转移完了。随后，朱德才带着连队转移至府城20里外的刘垣村。左权率领两个参谋一个骑兵班继续坚守在府城附近，以吸引日军的注意力，直至深夜11点多，才带着部队撤离山头。

日军费了九牛二虎之力，但得到的只是一座空城。

天色微明时，左权终于抵达了刘垣村。看到他平安归来，朱德非常高兴。还没坐下的左权，转眼看到桌上放着的一封电报。

"又出现了新情况？"左权疑惑不解地问道。

"这是一份加急电报，日军想要将我们的后路截断，看来得尽快引走这些龟儿子，不然大部队的行动也将受到影响。"

"让我去吧。"

"你去？"

"除我之外，并没有什么合适的人选了。你要在这里指挥全局，必须得留下。"

"这个目标是日军正打算进攻的。"朱德将地图"府城"西边一个小黑点指给左权，继续说道，"日军正从府城大路上逼进，同时这里也是你要通过的地方，而且必须尽快行动，争取赶在日军的前面。"

左权向地图凑过来，仔细查看了朱德标出的路线，向他说道："我明白。"

朱德又接着补充："日军明显是打算从府城西进，随后进攻临汾——"话到此处，他稍微停顿了一下，接着说："必须将敌人拖住！"

山谷慢慢聚拢起一层雾气，附近的村庄、河流都被笼罩在这层灰白的色彩之下。渐渐地，晨曦将迷雾穿透，一层夺目的红光冲泻下来。左权迎着晨光，带领骑兵班，顺着山道急速地飞奔着。

行至一个山角拐弯处，跟两个府城方向来的老乡迎面相遇。左权赶紧勒马下鞍，上前询问：

"请问二位是来自府城吗？"

"是，我们从府城那边来的。"

"看见日本士兵了吗？"

"看见了，离这里并不远。"

老乡的话刚刚说完，就听见远处传来一阵马蹄声。

"有日本士兵！"一个战士突然喊道。

左权回过头去，只见远处山沟里飞扬起一阵尘土，他端起望远镜，果真看见了日本士兵的骑兵。

"老乡们，赶紧找地方躲起来，这里就要开战了。"左权跟老乡交代完，转身就让骑兵班就地选择有利地形，分散布阵准备给日本士兵一个迎头痛击。

日军骑兵慢慢靠近，近到连面孔都能看清了。

"打！"

一阵清脆的枪声瞬时从山谷里激烈地响起来，随后，手榴弹的爆炸声接踵而至。

只顾向山上冲的日军骑兵，被这从天而降的突袭打懵了，前面的倒下，后面的又前仆后继地迎上来，一时之间乱了阵脚。

"副参谋长，您先撤离吧。"一个战士赶紧对左权说。

"撤离？还要继续前进呢！"左权说。

"左副参谋长，我很熟悉这一代的地形，旁边有条小路，我们可以绕过去。"

左权端起望远镜又严肃地看了看，随后说："也好！"

在转移的时候，左权碰上了前来接应的总部警卫排。

左权非常高兴："来得正是时候，一起打鬼子去。"在山路口处，他把骑兵班和警卫排的战士布置成了"人"字阵势。这里山势险峻，日军想上山，狭口是必经之地。

突然挨了一顿揍，日军只得暂时先退回一段路，此时已经死伤了一批人。清醒过来后，发现前面竟平静下来了，几百个骑马的日军又号叫着疯了般向山上冲过来。他们断然不会想到，左权在狭口已经布置好，就等"活靶子"自动送上门了。第二批日军骑兵还没冲到山口，就迎来了警卫排的猛烈枪击，一批日军顿时人仰马翻，自己把自己的路堵住了。

正当这伙日军骑兵进退两难、奈何不得之际，日军飞机从天空中轰鸣而来。低低盘旋在上空的日机疯狂地扫射着，打得树叶哗哗落地。有了依靠的日军骑兵又进行了新的冲锋。日机轰鸣着转了几圈，就飞向了远方。

"左副参谋长，现在怎么办？是撤离还是前进？"趁着空隙爬到左权身边的警卫排长问道。

左权正沉思考虑下一步行动时，日军阵地突然又响起了马蹄声，尘土顿时漫天飞扬起来。

"有了。"左权从日骑扬起的尘土中倒启发出一个好办法。他对警卫排长如此这般交代了一番，便带骑兵班立即向峡谷内转移过去。

在山谷里，战士骑马飞奔，飞扬起漫天尘土，混合着阵阵杀声。而那一边的日本兵，不清楚背后山谷里到底有多少八路军，此时前面又响起警卫排的枪声，杀声连天。这时，左权又命令骑兵们全部下马，将马蹄裹上布，向着一片树林悄悄穿过去，想要迂回到日军的侧面。不久之后，警卫排便停止了放枪。骑兵班绕到日骑侧面后，在左权指挥下跃马扬鞭，挥刀而向，拦腰冲向了毫无准备的日军骑兵队伍。

日军被这阵势弄懵了，摸不清情况，便赶紧撤退了。

左权与警卫排分开后指挥着骑兵班，沿着大路边的山道，飞奔向目的地。

日军断定山谷里必有八路军总部，又派飞机返回那里穿梭轰炸。在左权所设巧计之下，日军骑兵早已撤退，日军西进的步骤也由此被打乱，争取到一天的时间。分散的部队趁此迅速集结，顺着府城大道向西一路挺进，伏击了日辎重部队，歼灭200余人，击毁80多辆运输车，缴获数百包日方军衣、军毯、大批的枪支弹药和食品。

古语有云："法有定论，而兵无常形。"自古以来，战不过攻守，法不过奇正，能够巧妙运用便得胜利，否则定会失败。八路军自出师以来接连获得胜利，当然要归功于"基本的游击战，不放弃有条件下之运动战"原则的灵活运用，从而周旋于日军的前后左右各个方面。

左权著有《袭击战术》《战术问题》等著作，其中，他对进行游击战的方法，以及运用精妙战术周旋并袭击数倍于八路军的日军的方法进行了详细论述。总结战事之时，他指出："游击战术的基本内容，是各种不同方式的袭击，对运动的敌人，主要运用埋伏；对驻止的敌人，主要运用袭击与急袭。""游击战术的基本精神就是以最积极、最灵活、最神速、最坚决与最秘密的动作向敌人进攻。"

自出师至 11 月初，八路军与日军经历了百余次激战，1.1 万余日军被歼。

1938 年 4 月，日军以总兵力 3 万余人，包括八个步兵联队及其配备的骑兵、炮兵、工兵、辎重兵联队，分成九路纵队开始大举进攻山峰连绵的晋东南地区的辽县、榆社、武乡、襄垣。抗日根据地腹地遭遇了日军第一次疯狂的"分进合击"。

为了将日军的九路围攻全部粉碎，左权和朱德、彭德怀一起认真研究了缴获的日军作战地图及侦察来的大量情报，据此，他们对日军的每一路进攻都部署好了对策。为了确保胜算在握，左权总会把情况看得更加复杂，把部队安排得更加巧妙，从而更有利于游击战和运动战的发挥。他对各部下达命令，"游"住日军后就给予其狠狠的痛"击"。

4 月中旬，左权将八路军总部向北转移至武乡西北石盘山上的义门村，以更加方便地指挥战斗。他则在村中一个普通的土窑洞里暂住下来。战前的总部人员络绎不绝，显得异常繁忙。

此时，总部首长全都集结到这里。他们或者看文件，或者听电话，或者细声向参谋安排任务。唯有左权静静地俯在地图上，认真地将各路部队的去向标示出来。

"来，你给大家念念。"朱德向一位参谋递过一叠刚到达的加急电报。

这位参谋逐一念了起来："第一路日军中岛第十六师团已被我李聚奎先遣支队咬住。

第三路日军中岛第十六师团的另两个步兵大队已被我刘伯承一二九师独立游击支队牵制。

第四路日军酒井旅团已被我武士敏一六七师包围。

第五路日军一〇九师团已被我秦基伟、赖际发支队斩为两节。

第七路日军川岸二十师团在沁源县城被我徐海东六八七团、六八八团迎头痛击而停止前进。

第九路日军二十五旅团从洪洞出发之日军已被我截住，但从太谷、祁县出发之敌，正向南关镇前进，另一路已迫近辽县，从南方进攻……"

听到这里，左权插话进行了补充："这一股日军是尤其要注意的，他们非常狡猾，也非常厉害！旅团长跟我们有过几次交锋，已经是老对手了。他在辽县与黎城之间的路上曾经多次遭遇我们的伏击，现在老实了，那条路再也不敢走了。"

彭德怀说："必须想方设法将他吸引过来，进入我们为他专门设置的陷阱，让他挨一通揍，这叫他打我一拳，我打他三拳！"

左权："这里的地形对我们非常有利，最好就定在此处，痛打他一顿。"说完，左权将地图上的"长乐"二字画了个圈，为大家指了出来。

朱德："以一部分兵力对日军予以牵制，其他各路主力集中后对其一路实施攻破。长乐滩两侧均是高山，正好是一个天然的大口袋嘛。"

彭德怀："还要注意日军可能从后边杀来。"

说完，左权便开始起草命令，将在武乡石门村隐蔽待命的七七二团和六八九团调集过来，于4月15日晨，抵达义门村附近。不多时，日军方面情况有变，其一八〇师团所属二十五旅团一一七连队，及3000余骑、炮、辎重人员，出武乡，顺着浊漳河撤退。

左权推断日军这次突如其来的东撤，既不属于战略转移，也不属于战败溃逃，极有可能是急于摆脱饥饿、不安、恐慌的困境。左权当即下令，部队顺着浊漳河平行追击逃窜的日军。在欧洲兵法上，这种平行追击被认为是最有效的一种追击方法。被追击者在这种形势下必定会加速退却，之后，人员因过度劳累出现大批掉队，武器装备被随意丢弃损坏，整个军队由此失去战斗力。

随后，左纵队由八路军七七二团、六八九团组成，开始顺着马汉脚急速行进，后继梯队由陈锡联的七六九团负责，顺着武襄大道一路尾追，将日军紧紧咬住。一夜急行军之后，4月16日拂晓，在长乐村一带的山谷中终于将日军给追上了。

对于八路军的此次动向，日军也有察觉，他们一面炮击八路军后续部队，一面却缓缓向早已有部署的"大口袋"移动。

"大口袋"逐步收紧了。在山上埋伏的部队势如猛虎下山，向着日军冲杀而去。这突如其来的冲杀打得日军措手不及，不禁怔住了，慌乱之间急忙应战但也为时已晚，八路军已将日军的队伍斩成了数段。这一场肉搏战持续了几个小时，日军遭受重创，人死马伤，辎重也被彻底破坏。河滩上到处都是尸体、汽车、战马、钢炮、枪支，满目疮痍。日军曾不可一世，但眼下却丢下千名伤亡的士兵，被打得丢盔弃甲，落荒而逃。长乐滩之战以胜利告终。

日军的九路围攻来势汹汹，但在中国军队的英勇奋战之下，相继被粉碎。这一战之后，冀鲁豫抗日根据地的形成也由此具备了坚实的基础。

太行山突破日军的"铁壁合围"

1942年4月16日，驻华北地区的日军指挥部将《晋冀鲁豫边区C号肃正作战计划》下达各部，第一军三十六师团、四十一师团、六十九师团及独立第九旅被调集，组织了3万多兵力，直指太行山八路军总部所在地。日军企图将八路军统帅机关和一二九师主力部队彻底消灭。这一次，除日军直属师团的步兵连队、山炮兵大队外，空军第二十九独立飞行队也加入到战斗。太行山区瞬间被战云笼罩，情况十分危急。

华北这一年的春天，命途多舛，人们都将其称作"前所未有的春天"。前一年的自然灾害使粮食欠收，根据地人民的生活陷入异常艰难的境地。如今，日军残酷的"扫荡"和封锁将至，致使根据地雪上加霜。在太行山地区，一些部队干部每日只有五根缺盐的萝卜条充饥，连带壳的小米都不充足。在最为困难的时期，干部的口粮又被缩减，从每天一斤小米到现在的七两。华北根据地所遭遇的日军"扫荡"也极其野蛮和残酷。日军华北方面军曾下达命令："凡是八路军区域内的人，不问男女老幼，应全部杀死，所有房屋应一律烧毁，所有粮秣，除不能搬运的，亦一律烧毁，锅碗要一律打碎，并要一律埋掉或投下毒药。"

1940 年左权全家在山西武乡砖壁村八路军总部

日军展开了频繁的活动，敏锐的左权意识到：日军必定正酝酿着一步重大行动。果不其然，八路军随后便得到可靠情报，"日军企图阴谋合击八路军总部"。5 月 20 日午夜，警卫连的连排干部接到紧急电话后迅速赶往八路军总部，八路军（第十八集团军）副总参谋长兼前总参谋长左权将要安排重要任务。总部驻地在麻田镇的耶稣教堂内，警卫连连长唐万成带着干部们立刻赶到，此时的教堂灯火通明，作战科长王政柱、参谋夏纳、刘力克等人已经到达，左权正和他们研究着什么。唐万成等人进来后，左权推开椅子站起身来，把他们指引到一张地图前，对日军"扫荡"以来的情况作了详细介绍。左权以前总是简明扼要、干脆利落地向部属交代各项任务，此次，他却让大家就华北战局谈谈想法。

左权将华北地区形势详细分析了一遍，严肃地说："现在，主力部队已大部向外线转移，这里的部队兵力并不多。就局部来看，是日军将我们包围了，但就全局来看，却是我们的军队和人民将敌人包围其中，使其置身于人民战争的汪洋大海。此次，日军看来已经下了很大赌注，甚至连老本都使出来了。日本侵略者想在太行山上将我们全部消灭，但八路军绝不是他们可动摇的，就让他们进得来，出不去。"

接着，他又冷静地分析道："我们现在的处境非常艰苦，而且危机四伏，但是我们必须将日军吸引过来，以对跳到外线去作战的主力部队形成配合。当下，中央地方局、总部司令部、野战政治部、供给部、卫生部、军械部以及新华日报社、北方局党校仍未摆脱敌人的合围圈，可以说我们身上是承担着几千人的生命安危，必须掩护他们安全转移，突破敌人的合围。"

说完，左权转过身望向警卫连连长唐万成，向他询问战士们的情况。了解到战士斗志高昂时，左权紧皱的眉头有了一丝舒展，不住地点头，然后拍着唐万成的肩膀亲切地说："万成同志，你们连全是由共产党员组成的，而且老红军大概占了百分之九十，我相信你们，这次的任务一定能完成。你回去为同志们加把劲，告诉他们一定要坚持住，绝不能向日军妥协！"

当下，后方机关的整体兵力非常少。除尚未转移的掩护部队三八五旅一部外，可供调动的仅有司令部的警卫连（俗称内卫连）和野战政治部的保卫连，后勤部的警卫队，北方局的警卫排，一个警卫首长的警卫排，剩下的都是非武装人员。然而他们所面对的日军却是兵强马壮，数千之众甚至"武装到牙齿"，真有泰山压顶之势。为了研究对策，彭德怀、左权、野战政治部主任罗瑞卿、后勤部长杨立三、北方局党校副校长杨秀峰等不断开会，最终作出决定：利用日军分路合击的间隙，以此为突破口跳出包围圈，随后在其扑空后撤时，将兵力集中起来伺机歼灭其中一路甚至几路。为了确保战斗目的实现，使总部的决定和转移路线万无一失，左权与一二九师不断进行着周密的联系和协调。

日军在实施"扫荡"之前，做了周密的情报工作，收集了很多八路军和根据地的相关信息，根据地内各机关、部队的方位及其可能的动向均在其军用地图上作了详细标示，甚至将八路军主要干部的相片、履历印制出来分发下去，各作战部队由此非常熟悉八路军方面的情况。日军又组成了一个100多人的"特别挺进杀人队"，他们分别是从三十六师团的两个步兵联队中挑选出来，并装扮成八路军模样，对八路军首脑机关展开奔袭。在各个据点分布的日军主力集中出动，朝着预定目标行进，将根据地完全置于其合击圈内，此外，另有空军在上空密切配合，展开空中侦察和轰炸行动，利用反复梳篦队形逐渐向中心收紧。面对如此紧张的战争气氛，整个太行山区都处于危险之中。

5月23日，根据左权的部署，战斗连队已经抵达指定阵地。总部各直属队接到命令后纷纷开始作转移前的准备。战士们忙着捆扎行李，整理文件，向老乡归还东西。5月24日晚饭过后，大转移开始了。转移人员自麻田出发，行走在茫茫的夜色中，顺着弯曲的山路向东柴城沟里方向行进。由于非战斗人员众多，辎重车马数量大，部队以缓慢的速度前进着，抵达姚门口、南艾铺一带时已经是第二天凌晨。

左权在上午10点左右通过电台联系上了冀西杨秀峰及一二九师，得到消息：黎城方向的日军已经渡过了漳河，正自南侧向这里急进；一二九师一部在东面涉县一带遇到一伙日军，此刻正陷于激战之中；在西北方向，太北区制高点峻极关已经在昨日被日军控制。近处的情况是：泽城、尖庙方向的日军已行进至山庄村；羊角方向的日军已抵达红土垴；偏城方向的日军则一路尾追八路军总部转移路线，正向这一带急进，八路军先头部队正对这部分日军实施阻击。

24日黎明时分，警卫连200名战士在唐万成指挥下占据虎头山、前阳坡和军寨三个险要山头，全面扼守日军，为总部转移的路线提供保障。日军自桐峪、上清泉、下清泉出发，随后兵分两路顺着清漳河直扑向麻田。警卫连战士们英勇无比，以一当十，借助优势地形条件抵御着日军的猛攻。见久攻不下，日军开始放出信号烟，不久之后，远处便出现滚滚而来的大队人马，踏起了漫天尘土，看来一大批援军已被吸引了过来。日本人将马队和步兵布置在东崖底、佛崖底一线，架起数门山炮和迫击炮，直瞄准虎头山顶一线，随后进行了一番狂轰滥炸。

唐万成在一棵核桃树下找到了左权。左权当时正端着望远镜，全神贯注地勘察四周形势，作战参谋刘力克和译电员、报务员等站在身后。四周全是隆隆的炮声，子弹擦身而过，但左权却全然不顾，唐万成看到这里如此危险，想劝左权转移到安全地方，但还未开口，左权却指引他看向一座山头，说道："唐万成，看见那座山没有？还有老乡困在那里，赶紧派人对日军实施牵制，让群众顺利转移出去。"唐万成遵命行事，但同时仍不忘劝左权撤离这里，因为这里非常危险，与日军距离太近了。但左权却无动于衷，而是说道："你们都在这里，我有什么好怕的！"

此时，转移的大队人马正在南艾铺、高家坡一带的山沟里集结着，处于四面的枪声之中，并未突出包围圈。狡猾的日军利用"纵横合击""张网捕鱼"的战术，形成了严密的包围圈，以防范八路军自间隙中突围而出，而包围部队前进的速度也处于日军的统一控制中。这时，在姚门口、南艾铺等地一线，日军已将"铁环合围"阵部署完毕。日军找准八路军总部机关所隐蔽的山沟，以五六架日机狂轰滥炸、疯狂扫射。供给部门的几百匹骡马在轰炸中受惊，纷纷跳起来，一些马匹挣断缰绳到处乱窜，一些饲养员竟然不顾暴露目标的危险到处追赶受惊骡马。队伍受到骡马、辎重的牵累，前进速度严重受阻，甚至拥堵在山沟里无法前进。见到这种情形，彭德怀副总司令十分气愤，赶紧找到左权，焦急地大喊："这是怎么回事？"左权碍于情况紧急并未多作解释，而是跳上一匹黑色骡马，亲自下达命令迅速集中了处于混乱中的队伍，使行军的步伐加快了。

事实上，早在 5 月 19 日之时，左权为了保障顺利突围就不断对后勤部门作出指示，物资要尽量少带，部队要轻装前进，物资要坚壁清野，并对转移路线作了规定。然而，后勤部门对军情的严重性估计不足，自认为 2 月份的反"扫荡"作战刚刚过去，下一次"扫荡"必定不会这么快，由此并未谨慎警惕，不仅未按照左权的要求将被服厂、鞋袜厂、制革厂、肥皂厂、纺织厂等转移出去，如今在部队转移时还携带大量物资，动用了几千匹运输骡马，队形变得庞大、冗杂。受此负担，队伍一夜之间只行进了十多公里。整个部队的行动计划受到很大影响，此外，还极有可能暴露目标，被日军发现。

左权对当下的情况异常焦急，赶紧让警卫员召集各部负责人开会商讨。他说："这样下去如何是好，一夜竟然只前进了 20 多里。现在，转移人员全都挤在一起，包括后勤部、总司令部、政治部、北方局机关和那些骡马，如此大的目标，一旦遭遇日军合击，飞机轰炸，后果可想而知。"因此，他主张："后勤部门人马众多，建议单独分出，此路人马向东先走。"这一主张得到后勤部长杨立三的赞同，随后左权又派出两个参谋去前方侦察，并派出护送部队，以确保万全。

后勤部门刚刚离开，日军的疯狂进攻就不期而至，左权下令："各部马上就位，分开行动，赶快！敌人快来了！"中午时分，四面八方便压过来 1 万多日军，计划彻底消灭八路军总部机关和北方局，情况异常危急。

激烈战斗正在进行着，双方枪炮密集交叉。左权从中推断，日军想必正在进行合击包围的进攻，看来预计在夜间突围已不可能了，现在形势转变，必须请求"前指"立即决定下一步的安排。距离高家坡不远的一块洼地里，彭德怀、左权、罗瑞

74

卿、杨立三和北方局的领导同志召开紧急会议。最终决定遵照左权的提议，部队分路进行突围，各自为战。总部直属队和北方局由彭德怀指挥，自西北方向突围，抵达太行二分区；野政直属队由野政治部主任罗瑞卿指挥，野政警卫连担任掩护，自东南方向突围，抵达太行六分区；后勤部长杨立三指挥部分人员，后勤警卫连担任掩护，自北侧突围。各部作战参谋均携带一部电台，以方便相互之间的联系，而全面指挥突围的重任则有左权主动承担起来。

然而，八路军突围的意图很快便被日军发觉，他们开始不断加速包围圈收缩的进程，以各种火炮猛烈地轰炸突围部队。日军又利用飞机，在转移人群的上空不断投弹、扫射。此时，后勤部被服厂等一些单位的工人都是新加入的，哪里见过这种场面，顿时惊慌失措起来，甚至被吓得四处乱跑。左权见状立即意识到这种举动非常危险，向人群大呼：“同志们，一定要当心地面的敌人，不要怕飞机，大家赶紧向前冲啊！”

左权看见彭德怀依然混在队伍中，马上向他跑了过去，他让彭总与作战参谋王政柱和另外两个参谋一起转移出去，并向唐万成下令，派出一个警卫排担任掩护任务。

左权向彭总劝说：“彭总，王科长会全面负责你的转移路线，必须现在就走。”因为顾及到当下大部分人员仍未突围出去，彭总并未有所行动，他非常清楚，左权在当前情况下指挥突围极为艰难。见彭总不为所动，左权更加着急了，严肃地说：“彭总，要考虑大局啊！你的转移非常重要。要想总部得救，必须确保你安全突出重围。”彭德怀思考片刻说：“你率领机关先走，带上一部电台，我负责殿后。”左权则异常坚定地说：“我已经想好了，你和罗主任随机关赶紧离开这里，我会分别派两个熟悉地形的参谋，带上两部电台一起跟着！”但彭总依然倔强地说：“不行，你先撤退，这里由我负责指挥！”

见彭总如此执拗，左权真急了，不住地说道：“彭老总，身为总指挥，你现在想的应是整个机关、部队，八路军的指挥机关，而不是我左权个人的安危，八路军绝不能失去首脑。”彭总仍未行动，左权无比急切地接着说：“你的安全事关八路军的荣誉问题，现在突围还不算晚，再耽搁下去，日军摆的铁环合围阵就很难突破了！”但不管左权如何劝说，彭总是铁定了心，绝不先走，左权见软的不行，便决定使出最后一招，他对唐万成命令道：“唐万成，你现在知道应该如何爱护我们的彭总了吧！”唐万成也清楚对彭总根本劝说不成，领会了左权的意思后，他向警卫人员使了一个眼色，便不顾彭总的意愿，大家一拥而上，硬是将彭总架上了战马。左权将手一挥，命令道：“西北方向有欧致富的特务团接应，赶紧向那里突围。”最后时刻，左权向唐万成斩钉截铁地喊道：“连人带马，向前推，一定要安全突围出去！”

目送彭总远去后，左权急忙向司令部直属队奔过去，同时招呼部队赶紧跟上来。下午2点左右，十字岭的山腰间已经集结了大队转移而至的人马。此处地形对隐蔽非常有利，属于死角，日军的枪炮根本无法顾及。左权部署好警戒后，组织大家就地实施小休整。几日奔波，指挥战斗，他的声音已经沙哑了，但他依然坚持着激励大家：“我知道现在情况严重，但是大家一定要保持镇定，听从指挥，前面就是最后一道封锁线了，只要冲过去大家就安全了。”随后，他清点完人数，又开始检查机要文件。突然，他发现少了一个文件箱，因害怕被日军找到，他连忙对警卫员郭树保说："树保，赶快回去把文件找回来，马上动身，那些文件可关系着党的机密！"郭树保为难地说道："参谋长，我们必须保卫首长的安全，这是我们的任务，我们不能离开你！"郭树保推荐另一名警卫员小张去执行任务。左权却说："你对情况更熟悉些，他是新战士。不用为我担心，你赶紧去，我相信你一定能将任务完成！"这样，郭树保才遵从命令，向着来路方向狂奔过去。左权在他临走前又嘱咐了几句："找到文件后你一直向北走，总部就在艾铺方向，我会在那里等着你。"郭树保离开后，左权又让身边的警卫人员分散到电台和机要人员中去，并告诫大家：保护机要人员，保护机密材料，保护电台，保护总部机密才应是警卫员的任务。

在前面的小山坡上，唐万成正指挥着战斗，但他心中一直对参谋长的安全无比惦念。正在这时，左面硝烟弥漫的山坡上突然冲下来一个人，走到跟前一看，原来是参谋长的警卫员。他脸上满是血污，上气不接下气地喘着粗气。唐万成刚想开口问明情况，警卫员就塞给他一张纸条，向他说："唐连长，这是参谋长让我给你的！"说完，一下瘫坐在地上。唐连长赶紧把纸条打开，只见上面写着：

总部正在转移中，誓死保证安全。

左权

"十四号现在在什么地方？"唐万成急忙问警卫员。在战斗紧张时，为了保守秘密，人们都会称呼首长的代号，左权的代号正是十四号。警卫员一面擦着汗，一面用手指着十字岭的方向，当时那里正传来密集的枪声。唐万成立即向下面命令道："三排长，现在由你代我指挥部队！"说完，便朝着左权所在的那座山头拼命奔去。

左权正聚精会神地观察日军军情，突然看见唐万成来到了身边，他抬手指着一个山头说："唐万成，看到那里了吗？还有老乡留在那边的山上！赶紧派人对敌人实施牵制，掩护群众离开。"

但现在，唐万成意识到左权所处位置也非常危险，便请求首长赶紧转移，左权听后，淡然一笑说："如今哪里没有危险呢？"然后便用命令的口吻说道："好了，立即回去指挥部队。"唐万成以沉默抗议着，并没有行动。

左权将声调提高，命令道："不要管我，难道你要违抗我的命令，快去！"无可奈何之下，唐万只好离开了。

下午2时左右，唐万成护送彭总突围出去后，又气喘吁吁地跑了回来。看到左权后，他急忙说："参谋长，赶紧跟我走！"左权问道："彭总怎么样了？"唐万成说："彭总已经安全突围出去，赶紧跟我走吧！"左权坚定地对他说："不行，我有战斗岗位要坚守，你快去跟上彭总。"唐万成担任着警卫连长，他怎么能忍心看着总部首长冒这么大的风险呢，因此想拉起左权一块走。谁知一向待人和气、文质彬彬的左权却突然发起火来，甚至拔出左轮手枪对准唐万成："你应该清楚彭总绝不能有什么三长两短，否则我就要枪毙你！"见首长真的动了怒，唐万成只得挥泪离开。

左权在选择转移路线时，运筹帷幄，表现出卓越的军事指挥才能。他认准了十字岭高地这一关键位置，率先安排八路军抢占下来，从而在大部队转移中发挥了非常重要的作用。十字岭处于南艾铺和北艾铺之间，为其交界处，在东西方向，同样位于河北省涉县和山西省辽县的交界处，四方相接，如同"十"字，标示出其险要地形。此前，七六九团已奉总部命令将这座山岭控制在手，并在西、南、北三面将部队分散布置。如此布置妥当后，八路军方面便能退守自如。为了减少负重，七六九团团长郑国仲命令山炮连将山炮实施掩埋，亲自率领部队为彭总突围作掩护。因八路军扼守着十字岭，彭总突围的安全性便有了很大保障。然而不幸的是，日军竟然发现了这一安全路线，调集飞机开始猛烈轰炸十字岭地区，但日军的进攻全被打退，十字岭当前被固守下来。

战斗一直持续到下午，密集的枪声有减缓的趋势，此时八路军已经一次又一次压下了正面阵地上的日军。根据以前反"扫荡"的经验，此种情况下日军应当适时往回撤退了。然而，这一次却一反常态，日军狡猾地利用战斗间隙，组成一个"特别挺进杀人队"，换成便衣后偷偷潜到了十字岭背后。

警惕性极高的左权很快侦察到日军的这一阴谋诡计，在望远镜中，他看到一股由日本兵装扮成八路军和老乡的队伍，正偷偷摸摸地横插进十字岭边，意图将警卫连的后路完全截断。左权发现这一情况后，大为吃惊，来不及交代下去就朝着警卫连的阵地跑了过去。

左权刚刚到达战壕内，迎面遇上了精疲力竭的唐万成，他禁不住大吼一声："唐万成，情况不妙！日军就快上来了！"

参谋长的喊声让唐万成备感震惊，连忙从地上跳了起来。只见左权无比焦急地站在自己面前，尘土满面，一把左轮手枪紧紧地握在右手上。左权又指了指前面的山头说："赶快！将前面的山头马上抢占下来！"唐万成立即率领队伍，赶在日军之前将山头占领了。

各种进攻措施均告失败之后，日军恼羞成怒，开始疯狂地猛攻正面阵地。日军的炮弹和轻重机枪对准了阵地，如同狂风骤雨般一起扫射过来。子弹、炮弹密集如雨点，让十字岭备受蹂躏。阵地上空又出现不断盘旋的日军飞机，一个俯冲过后，炮弹在四处响起，声响连天。瞬时间，阵地便被笼罩在烟尘滚滚中，天昏地暗。

在这次合围中，日军制订了非常严密的计划，但左权指挥八路军总部见招拆招，最终跳出了日军的重重包围，令几千人化险为夷。现在只剩掩护部队了，左权在傍晚时分开始组织撤退突围。他指挥最后一批掩护部队将几重封锁线接连冲破，终于抵达十字岭。此前，王亚朴营长率领部队一直坚守在这里，左权见到他后真切地说道："这一仗你们打得真不错，大家都应知道坚守这个山头的重要性。现在还有很多人尚在山下的沟沟岔岔里，你们一定要继续坚持下去，等人员全部转移出去，才能迎来最终的胜利。"这时，日军对十字岭阵地的轰炸变得更加残酷，飞机在空中不断盘旋，炮弹倾泻而下，仿佛要将整个山岭夷为平地。在日军的猛烈轰炸下，左权不顾危险登上一块儿高地，不断激励着转移的人群："同志们，现在必须站出来，不要隐蔽，冲出山口才能获得胜利，大家全都向前冲啊！"作战参谋夏纳完成联络特务团任务后，从后面赶了过来，大声喊道："同志们，左参谋长始终会跟我们在一起，全都不要惊慌，大家一起冲出去！"人们的情绪因左权的有效指挥，马上稳定下来，明显加快了突围的速度。

这时，左权身边突然爆炸了一颗炮弹，机警的左权连忙向大家高呼："快卧倒！"在他自己还未卧倒之时，一颗炮弹又接着落了下来，左权仰面向后倒了下去。人们不禁失声大喊："十四号！……参谋长！"

弹片射中了左权头部左额、胸部、腿部，顿时鲜血如注。但因抢救不及时，年仅36岁的左权不幸壮烈牺牲。

党校学员李锡周、穆明德、李克林等当时就在左权身边，他们连忙跑了过去。在紧迫形势之下，李克林只能强忍着悲痛的心情，取下了左权身上的左轮手枪。为了将首长的遗体保护好，大家将左权的尸体安放在十字岭上一堆灌木丛中，穆明德在附近找到一个草黄色背包，展开后，覆盖在左权身上，上面铺满了青枝绿叶。悲痛的泪水氤氲在眼中，大家对敬爱的参谋长是如此依依不舍，一步一回头地向着前面的重围冲了过去。

突出重围后，李克林等终于在清漳河泽城北的南山村与作战科长王政柱取得了联系，并向他转交了左权的左轮手枪。听到自己的参谋长不幸牺牲的消息，在场的所有人都落下了眼泪。随后，彭德怀又从王政柱手中接过了这把左轮手枪，注视着战友的遗物，彭德怀的坚强也不复存在，眼泪夺眶而出。

延安很快通过电波得到了左权殉国的消息，毛泽东、朱德等中央领导为此悲痛万分，彻夜难眠。为了悼念这位英勇牺牲的抗日将军，朱德总司令写下了《悼左权同志》的诗句：

"名将以身殉国家，愿拼热血卫吾华。太行浩气传千古，留得清漳吐血花。"

1942年9月18日，山西省辽县党政军民召开了纪念九一八的纪念大会，5000余人参加。晋冀鲁豫边区政府在大会上宣布了一项决定：为对左权将军表示纪念，山西省的辽县即日起将更名为左权县，左权陵墓和纪念塔将修建在河北省的涉县石门。

新中国成立后，1950年10月21日，经中央人民政府批准后作出决定，原位于河北省涉县石门村的左权同志的灵柩现向邯郸晋冀鲁豫烈士陵园移葬，同时举办了隆重祭典。祭文由谢觉哉代表中央人民政府进行宣读，魏传统作为中国人民革命军事委员会总政治部代表讲了话。随后，左权陵墓、纪念馆和碑亭先后在陵园修建起来。中央领导朱德、贺龙、聂荣臻、徐向前、罗荣桓、谢觉哉等送上题词或挽联，"左权将军之墓"几个字则由周恩来总理亲自书写。

之后，毛泽东主席在南方视察后返回北京的途中，于1951年11月1日在邯郸市专程下车，赶往晋冀鲁豫烈士陵园，来到左权将军墓前并脱帽志哀。1959年6月4日，周恩来总理也曾来到晋冀鲁豫烈士陵园，逐一瞻仰了左权将军的陵墓、纪念馆和碑亭。

科班出身的军事家——萧劲光

　　萧劲光（1903~1989年），出生于湖南省长沙，1920年成为中国社会主义青年团团员，1921年到苏联进行学习，并于第二年由团转党，正式成为中国共产党党员。1924年萧劲光归国，之后担任国民革命军第二军六师党代表，加入到北伐战争中。1927年萧劲光又进入了苏联列宁格勒军政学院进行学习。1930年归国，之后相继出任了闽粤赣军区参谋长兼政治部主任、中央军事政治学校校长、中国工农红军第五军团政治委员、建黎泰警备区司令员兼红十一军政治委员、闽赣军区司令员兼红七军团政治委员、红三军团参谋长、中共陕甘宁省委军事部部长兼红二十九军军长、中共中央军委参谋长。随后参加了艰苦卓绝的长征。在抗日战争期间，萧劲光先后担任过八路军后方留守处主任、陕甘宁留守兵团司令员、陕甘宁晋绥联防军副司令员。在解放战争期间，萧劲光出任了东北民主联军副总司令兼参谋长、南满军区司令员、东北野战军第一兵团司令员，第四野战军副司令员兼第十二兵团司令员和政治委员。1949年中华人民共和国成立后，萧劲光出任湖南军区司令员，中国人民解放军海军司令员，国防部副部长。1955年萧劲光获得大将军衔。之后担任了第一、二、三届国防委员会委员，第三、四届全国人大常务委员会委员，第五届全国人大常委会副委员长，中国共产党第七届候补中央委员，第八、九、十、十一届中央委员。在中国共产党中央顾问委员会第一次全体会议上，萧劲光当选为中共中央顾问委员会常务委员。

童年时光

长沙市郊区岳麓山乡天马村赵州港东侧与滔滔不绝的湘江相邻，西侧与巍巍岳麓山紧靠。萧劲光就出生在这个风光如诗、山水如画的好地方。萧劲光的父亲和祖父都是织布的机匠，靠在乡间走村串户替人织布为生。然而这样的小手工业者家庭却并不富裕，他们带着简单的行李常年在外奔波，换得的收入依然微薄，后来流落到赵州港，并定居下来。

萧劲光在1903年1月4日出生了，童年时代叫萧玉成。他在家中排行最小，上面还有三个哥哥，两个姐姐。萧劲光的出生并未给这个原本就贫穷的家庭带来多少生机，两岁时，父亲和祖父不幸相继离开人世，为他们留下一台破旧织机，除此之外，别无他物。

萧劲光的母亲是农村妇女的典型代表，贤良能干，吃苦耐劳。在家中接连遭遇不幸之后，她只能坚强地扛起抚养六个未成年的孩子的重担，为此，她租下了天马山下的一块社地（原本就荒芜的土地，但庙主对地产有所有权）。其间，一些善良的乡亲们看到一个母亲这样艰辛，他们共同资助盖了三间茅草房。自此之后，虽然生活依然拮据，但总算能够安定了，她白天在外开辟荒地、耕种蔬菜，到了晚上便借助微弱的油灯做些绣花、绩麻、打草鞋之类的活计，解决家中点灯、吃盐和穿衣的一些费用；两个姐姐也非常能干，是公认的湘绣好手，为了贴补家用，她们充分发挥自己的一技之长，以换取很微薄的收入。而几个兄弟则要天天上山去砍柴，以换得一些米粮，只有这样家人的吃饭问题才能解决。当时，萧家穷得根本剩不下隔夜粮，每天天不亮，母亲便叫醒儿子们上岳麓山砍柴。傍晚时分，母亲会把锅里的水烧开，之后坐在大门口目不转睛地望着儿子们回家的路，"巧妇难为无米之炊"，只有儿子们用柴换回米，才能有米做饭。

那时，庙里控制着岳麓山的山林，并且每天都会派出巡山和尚严加看管。孩子们遇上这些巡山的和尚必定不会有什么收获，和尚们不但会夺去柴刀，甚至会对孩子又打又骂。每当看到儿子们垂头丧气，空手而归，母亲就知道他们肯定是在山上碰到了和尚。自己可以饿着，正在长身体的孩子们可不行，这时她只得到邻居家借米，为已经饥肠辘辘的孩子们张罗晚饭。这种砍柴换米、等米下锅的窘境，伴随了萧劲光的整个童年生活。辛亥革命爆发的时候，他的大哥和三哥在饭馆学徒正好出了师，家里的生活由此好转，而他也到了入学的年纪。萧家四兄弟都是在贫苦的生活中长大的，至今还没有一个读书的，但是萧家人都知道读书的重要性，母亲和大哥看到玉成非常想读书，生性机灵，就一致作出了凑学费让他上学的决定，期盼着他日后能够出人头地。

岳麓书院一带向学的风气浓厚，是全国著名的书院。

80

萧劲光向来不爱说话，但听到自己能够上学的消息后非常高兴，逢人便说："我能够到学堂去读书了！"之后，他在天马山西麓的一家私塾内启蒙，开始读书。辛亥革命后新学之风日盛行，受此影响，在得到母亲的同意后，他便进入了镇上的"洋学堂"。尽管萧劲光当时年龄尚幼，但对于家中支持他读书的艰难苦楚以及母亲和哥哥、姐姐们对他所寄予的殷切期望，他心里非常明白，因此在读书上非常刻苦。那时学校离家大约有十里路，每日往返就要走上20里路，但他从没懈怠过，未曾迟到或缺课；放学后他还要上山砍柴，为了抓紧时间读书，他都要带书去，那些跟他同龄的小伙伴们便纷纷称他是"书憨子"，可见他读书是多么用功。

1917年，萧劲光在中考中成绩优异，并进入长沙当时颇负盛名的长郡中学，萧家也出了第一个中学生。他在进入中学后显现出更加旺盛的求知欲，国语、算术、英文、地理……无一不喜爱，甚至到了求知若渴的程度，由此，他的成绩更为超群，老师和同学们禁不住经常对他发出赞叹之声。

而当时的中国，内忧外患严重，无力自拔。

上中学期间，萧劲光对体育课产生出非常浓厚的兴趣，非常喜欢跳高、足球、跑步、篮球、排球等项目，这也为他强健的体格打下了基础。当时，足球属于长郡中学极具盛名的项目，在长沙各中学举行的比赛中连年称雄，而"球王"便是他们对踢得好的人的最高称誉。在萧劲光入校前，学校便出现"八大球王"，一时在学校成为传话。萧劲光入校后，因为跟几个朋友在足球上几无敌手，被冠之以"八小球王"。他对爬山也很热衷，那时毛泽东是他的老师，两人经常攀登岳麓山。除此之外，他在武术上也倾注了很多热情。当时，学校课程中设有国术课，每到上这门课时，萧劲光总会勤学苦练。他被古老的中华武术深深吸引住了，除在国术课上认真练习外，还常常利用早晨起来或课余时间，找个地方练几遍。

有一次上修身课让他记忆深刻，那也是非常开心的一堂课。当时是彭校长亲自讲授的。他以孔老夫子的"齐家治国"起头，谈到了孙中山的民主、民权、民生思想，又从秦始皇统一中国为开端，论述起风靡世界的"德先生"和"赛先生"，涉及古今，言语独到，滔滔不绝。突然，他话锋一转说到了社会主义的小册子，并提出了一个问题："当前的中国，有一种偏激的思想传入，他们提出'你的即我的'，主张实行'共产共妻'。你们对此赞同吗？"

同学们对此接触尚浅，一个个面面相觑。

彭校长情绪变得激动起来，大声问底下的学生："你们赞同吗？如果赞同就把手举起来！"

几只手稀稀落落地举了起来，彭校长见状怒不可遏。但事实上，对于"你的""我的"究竟是怎么一回事，很多人并不十分清楚。

然而如此莫衷一是、朦朦胧胧的双面影响，却把年轻人的好奇心挑动了起来，一种急于弄清的欲望驱使他们去认识、去了解。

盛夏午后的长沙，堪比一座烧得正旺的火炉，石板路的热量能穿透鞋底，直烫得人站不住脚。这时，萧劲光和同学任培国（即后来的任弼时）却在上面快步如飞地奔跑着。终于到达船山中学贺明范校长的办公室时，两人已经累得气喘吁吁，褂子全被汗水浸湿了。

原来他们生怕把这个机会给错过了，便决定尽快将事情办妥。

他们看到贺明范校长正端坐在校长室内，一张脸如同刀砍斧削，两只眼睛散发出咄咄逼人的气势与光彩，最引人瞩目的当属那满腮茂密的阿拉伯式的胡须，怪不得人们总称他是"贺胡子"。简短的交谈，使他很快便对两个可爱的年轻人表示出十分欣赏，任培国善于交际，性格活泼又开朗，才气袭人；萧劲光则性格稳重内敛，脸上棱角分明，彰显出一种凛然的正气与坚毅，风格强劲，气势逼人，即使只见三秒钟也必定会让你印象深刻。贺校长交给他们每人一张简单的登记表，等填好后，对他们说道："从此刻起，'俄罗斯研究会'便正式接纳你们为会员了。"

任培国为此情绪激动，急切地问道："贺校长，我们能够做些什么呢？"

贺校长拍着任培国的肩膀，略作思考："学会俄语，学习俄国的历史与发展，了解与研究十月革命的进程，认识共产主义的实质。"随后又大笑一声，"不用着急嘛，以后会有很多事情要交给你们，我到时会通知你们到底是什么活动的。"

"校长，俄勤工俭学人员选派时，请一定尽量考虑我们的请求。"萧劲光紧紧盯着贺校长的眼睛说道，随即站起身，示意任培国该离开了。

就这样，革命的队伍又迎来两个热血而又充满斗志的青年。

在萧劲光的中学时代，社会正处于动荡时期，安放平静书桌的时代已渐渐远去，在俄国十月革命的影响下，震惊中外的五四运动爆发了，萧劲光也积极加入到了反帝爱国的学生运动中。

此时，帝国主义的侵略和卖国政府的软弱越来越让人痛心，他在这种仇恨中滋生出一种异常强烈的愿望，那就是必须探索、寻求救国救民的真理。他在自己的回忆录中也曾这样记载：这时我们不只是埋头文化学习，我开始阅读进步书刊，受到了革命思想的启迪，倾心于俄国的十月社会主义革命。

在全国范围内，五四运动风起云涌一般发展起来。

一些知识分子在那时已经初步具备了共产主义思想，他们到处进行宣传，并取得了深远影响。

这时，孙中山先生在国内领导的国民革命几经挫折，面临失败的境地。一些爱国青年见此现状，在五四运动影响下便下决心身赴俄国去寻求真理。

那时，毛泽东等在长沙创办的湖南"俄罗斯研究会"颇有影响，萧劲光于1920年正式加入了研究会，为了学习外语，为今后的出国打下基础，他又于同年8月进入上海共产主义小组创办的"外国语学社"学习，随后又成为社会主义青年团团员。

俄罗斯研究会当时正在学生中筹备着俄国勤工俭学事宜，最终选出了十几名学生，而萧劲光和任弼时非常荣幸地名列其中。1921年初春，萧劲光和任弼时、刘少奇一行十多人便踏上了赴俄学习的旅途，他们从上海吴淞港乘轮船启程，向着期盼已久而又无比欣羡的国度出发了。

非凡的军事才能

在俄国，列宁领导成立共产国际后，考虑到东方的实际情况便创立起了东方大学，这所学校担当着为东方备受压迫的民族进行解放运动而培养干部的使命。

这批俄国勤工俭学的学生到达莫斯科后，共同进入了东方大学学习，除萧劲光外，还包括任弼时、刘少奇、彭述之、卜士奇、蒋光慈等十余人。

在进校之初，学校便向每个学生发下一张表，让他们根据自己的意愿选择今后的学习领域。萧劲光想到，今后要在中国开展革命，军事必定大有用处。因此，他在表上工工整整地写下了自己的志愿：学军事。

萧劲光在一年后被送入苏联红军学校学习，它属于一所初级军官学校。萧劲光对于知识的态度一如既往，彷佛一个饥渴的孩子对于营养的渴望，一进学校便忘我地汲取起来。

但是在一年之后，事情却发生了转变，萧劲光这次学习军事的生涯因陈独秀的一句话而宣告结束。

这期间，陈独秀作为中国共产党的总书记曾到莫斯科访问。他知道有一批学生正在这里学习，访问之余，抽空来到了东方大学看望他们。当了解到一些学员在学军事时，陈独秀非常生气，厉声斥责道："当今的中国，直接革命的形势是根本不存在的！学军事做什么？难道要去当军阀！"迫不得已，萧劲光等人便回到了东方大学，开始重新学习革命理论。

1924年春，在中国共产党的召唤下，萧劲光启程归国。此时，在莫斯科三年时间的学习与历练之后，当初的学生娃娃已经彻底脱去稚气，成长为一个坚定的共产主义者。这段留学生涯不仅让他掌握了扎实的共产主义的基本理论，还能够灵活运用从事革命活动的本领。

萧劲光归国后一开始是到安源从事工人运动，随后便来到广州——当时的革命中心，担任国民革命军第二军第六师党代表，并获得中将军衔，之后随军参与了北伐。

当时，萧劲光只是一个年仅22岁的青年，但一上来便被提拔为将军，其中的主要原因是，那时正处于联俄联共时期，三年的苏联留学经历成为他的一块金字招牌。

萧劲光的军事生涯自此开始，并在今后的路上熠熠生辉。

萧劲光被看成是"娃娃党代表"，但随后在六师表现得非常出色，让周围的人见识到这个年轻人的魄力与能力。他在各团、营、连分别安排了一批共产党员担任政治指导员，整个六师由此士气大振，斗志高昂，下湖南、战江西、克南京，可谓势不可挡。

就在此时，革命的胜利果实被国民党公然鲸吞了，还未充分享受胜利的喜悦的萧劲光，却不得不面对国民党右派举起的屠刀。全国一时之间完全处于白色恐怖的笼罩下，大革命曾轰轰烈烈，如今却以失败告终。

在国民党的通缉要犯中，萧劲光赫然在列。为了避开国民党的迫害，同时让他已初露锋芒的军事才能得到彻底展现，中国共产党党组织便派他去苏联学习。这时，他与湖南知名教育家朱剑凡先生的女儿朱仲止刚刚结婚没几天，但他不得不与新婚的妻子告别，再一次前往苏联。

这一次赴俄学习与上次不同，党中央明确要他学习军事，以待学成归来跟国民党进行一番较量。此次的失败让中国共产党深刻意识到，不掌握武器，最终只能落入被人打的境地。

在涅瓦河畔有一所著名的军政学院，它的名字来自于在保卫列宁格勒战斗中英勇牺牲的红军将领托尔马乔夫的名字，现在它发展成为培养高级军政指挥人员的正规学校，许多苏军高级将领都是在这所学校毕业的。当时，萧劲光便进入这所学院学习。

此次，对祖国的使命感和对军事的浓厚兴趣共同驱使着他，让萧劲光原本就旺盛的学习热情更加高涨，从正规战的进攻防御到游击战的战略战术理论，他无一不下功狠学。

第二次留苏期间，向忠发当选为中共中央总书记，其间他曾过来看萧劲光，并对他学好军事一再鼓励。

两年之后，萧劲光学成归国，然而异常讽刺的是，此时这位总书记竟然已经当了叛徒。

在苏联又经历了三年正规的军事训练，萧劲光在苏联的时间前后加在一起已经有六年，这让他获益良多，极大地提高了政治、军事理论水平，涉及某个军事问题时，更是侃侃而谈，口若悬河。之后，他在建立新中国的战场上，深入结合所学的理论知识与中国实际，创造出灵活多变的战略战术，谱写出一曲曲令人惊叹的凯歌。

萧劲光于1930年12月初离开苏联，归国。之后，闽西成为他的第一个用武之地。他当时担任的是闽粤赣军区参谋长兼政治部主任。

他在自己的部队上倾注了满腔的热情，整日都和干部、战士们一起训练、生活，以将部队的素质全面提高上去。然而战争如同一个怪物，受到众多因素的控制和影响，付出的艰苦努力并不一定会换来丰硕回报。萧劲光自上任以来，出于一系列原因，如"左"的迷雾笼罩党内，致使战争的指导战略方针出现错误，此外，在苏联所学习的书本知识需要一个中国化的过程，因此，尽管有不少局部战役在他的指挥下取得胜利，但在坝市和大、小池战役中，因错误地以消耗对消耗，并未攻克城池，他的战争史中也由此留下了一些不成功的记录。

但萧劲光脑子灵活，非常聪明，善于从挫折和失败中不断思考、总结，几场战斗下来，他的军事才能在实践中进一步提高。接下来他将要应对的是第三次反"围

84

剿"，其间他在战略战术的运用上作了重要转变，灵活机动地打赢了这几仗，异常干净利索，最终江洲、连城被相继攻克，闽西、赣南由此连成一片，中央根据地也实现了扩大，国民党的第三次"围剿"宣告失败。

刚从几次战斗中打出点门道来，中共中央又给萧劲光调整了工作，一开始是让他担任中央军事政治学校校长，随后又被安排去改编起义部队。

1931 年 12 月 14 日，国民党第二十六路军在宁都举行起义，随后，这支 1.7 万人的军队被改编为红五军团，四天之后，萧劲光被任命为红五军团政治委员。

事实上，萧劲光对这一任命颇感意外，当时，大名鼎鼎的林彪、罗荣桓和彭德怀、滕代远分别统率着中央根据地已有的一、三军团。但如今，新的红五军团政治委员委派萧劲光出任，显然是表示出对他的器重。

在对部队情况以及如何开展工作作出分析后，萧劲光发现这项任务非常艰巨，根本不知应该从何处着手。这时，他非常迫切地想要找毛泽东谈谈，这也是他面对这一难题的第一想法。萧劲光能够走上革命道路，毛泽东可谓是他的引导人，因此对他备感崇敬和钦佩，总有一些心里话非常想找他倾诉，让他指点一二。

此时，王明路线正对毛泽东实施着打击，他只出任中华苏维埃共和国中央人民政府主席这一闲职，而且身体状况也大不如从前。看到萧劲光来访，毛泽东非常高兴。萧劲光也仿佛见到亲人一样，直截了当地问道："毛主席，我正负责红五军团的改编，但这个担子很重。现在，我对冯玉祥部队的状况一点儿都不了解，不知道教育改造部队该如何着手，希望您能指点。"

毛泽东并未立即回答他。他略作思考后，有条不紊地说道："这项工作的确非常棘手。现在根据地人、枪紧缺，如果能将这 1.7 万多人教育改造好，定是一支不可小觑的力量，敌人的营垒也会因此受到影响。然而弄不好的话，必定会造成一系列麻烦。如何着手呢？就我来看，现在的关键是必须依据古田会议的精神去执行，把部队的政治思想工作搞上去。"

"我知道，如今上上下下流传着一种说法，说这根本不是真起义，说他们只是想从苏区过渡一下，随即就会反水到广东去投奔陈济棠。所以，我们的一些干部不想去工作。"萧劲光又将自己的忧虑提了出来。

毛泽东听完后，也点头说道："干部中要统一思想啊，起义过来是事实嘛，至于以后，要看我们的工作，要看发展。我们的原则是，来者欢迎，去者欢送，不要草木皆兵，不要把弦绷得太紧。"

他们商谈了很长时间，萧劲光从毛泽东住处出来后感到轻松了不少，浑身充满了信心和力量。

萧劲光在红五军团一露面，就得到了大多数将士的信任，局面很快便被打开了。红五军团的参谋长兼第十四军军长赵博生、军团副总指挥兼第十三军军长董振堂都作出表示，要将自己的一切奉献给共产党，为革命事业英勇奋斗，彻底革命。

在起义中，红五军团的总指挥季振同作出了很大贡献，但作为一个典型的旧军人，他对红军的规矩非常不适应，并为此忧心忡忡。

为了打开这位起义将领的心头锁，萧劲光选择利用尊重这把万能钥匙巧妙开启，因此，他们成了知心朋友。积极要求进步的季振同随后做了"特殊党员"。一次，他们策划出一场戏，由他们两人加上毛泽东的夫人贺子珍共同参演。帝国主义分子一角由萧劲光扮演，军阀一角由季振同扮演，还有一名不屈的共产党员由贺子珍扮演。"帝国主义"与"军阀"一唱一和，逗得全军都捧腹大笑。这场演出在整个军团中引起了轰动，同时寓教于乐，政治教育也从中得到了开展。

萧劲光在军中开设了军政训练班，主要目的是将红军的宗旨、性质、任务，部队的管理教育，三大纪律八项注意，军民关系等基本知识和游击战、运动战的基本战术原则在部队中普及开来。

当然，教育、改造旧军队要经历一个漫长的过程，毕竟这支部队中早已形成了一些根深蒂固的旧的习气和制度。然而，当时"左"倾思想在党内蔓延，部队的改造工作也受到了一定影响，除此之外，国民党的反宣传也在各种渠道大肆开展起来，因此，在1932年1月中旬，部队中的一部分军官出现了逃跑的情况。1月下旬，中央军委将萧劲光、季振同、黄中岳找来谈话，一时间到处都是谣言："中央已经扣留了季振同、黄中岳，师长、团长希望极其渺茫。""要走的官兵一律以逃兵论处，实行武力解决。""红四军已得到中央批准要把红五军团的枪全部收缴，已经在山下作好了埋伏。"等等。

到了晚上，一些连队开始戒严，甚至无缘无故放枪，营造出一种非常紧张的气氛。

在这种严峻的局势下，萧劲光内心忧虑不安。他命人备好马，一刻不停地连跑了30里，到了总政治部后，接着又赶到中央局和军委，把红五军团发生的问题从头至尾汇报出来。然而更让他感到焦虑的是，一些领导把这一问题看得过于严重，建议派部队武力解决。

没有取到尚方宝剑，反倒让压力进一步增加，思来想去，萧劲光仍然是一筹莫展，决定去请教毛泽东。

毛泽东将萧劲光的叙述听完后，并未作出回答，而是反问了一句："你有什么意见呢？"

"不论如何，武力解决是我坚决反对的，那只能让情况变得更加糟糕。"萧劲光说。

"的确，以武力去解决问题根本不是办法。'割韭菜'的办法这时是不顶用的，必须用'剥笋'的办法，要对他们进行教育改造，从而为革命争取力量。"

在处理这件事时，毛泽东生动地打了个比喻，意思是不同性质的问题必须区别对待，要找准问题关键，清除掉真正反动的部分，不分青红皂白一刀切极不可取。他继续说："你现在立刻回去，告诉他们两句话：其一，你们都是自觉自愿进行宁都暴动参加革命的，我们对此表示欢迎。其二，假如你们认为这里不好，想要回去，这也是由你们自觉自愿决定的，我们也会表示欢送。"

听完毛泽东的话，萧劲光顿时茅塞顿开。当即他便辞行向着红五军团驻地狂奔回去。之后，萧劲光召开高层干部会议，将毛泽东的意见传达了下去。季振同听后对毛泽东的大度与坦诚极为敬佩，情不自禁地把手在桌子上一拍，大声说道："好！我们拥护！我们赞成！一定会革命到底。"随后走到门口，把毛泽东的话传达给早已在外等候并观察局势的军官们："要想继续革命的，留下！一定要走的，我们欢送。"

至此，一场风暴迅速平息下来。

在红五军团的教育改造工作上，萧劲光取得了成功。

水口战役的霸道指挥

1932 年 7 月，毛泽东、朱德指挥的水口战役全面打响，这是一场恶仗，随后，萧劲光等率领红五军团也加入到战役中。

7 月 9 日晨，中央军委电令萧劲光等军团领导，要求派出红五军团将水口的国民党军队彻底消灭。萧劲光等人紧急动员部队后，当即率领部队发起攻势，与国民党军队在浈江南岸进行了激烈的拼杀。正面攻击任务由红十三军担任；红三军负责左翼包抄，向国民党军队后侧迂回，途中遭遇了国民党军队两个团，双方经历了数小时的激战。中午时分，国民党军队援兵也已赶到，由此集中了九个团的优势兵力开始猛扑向红五军团阵地，双方展开了异常激烈的战斗。红五军团广大指战员在阻击国民党军队的过程中，十分英勇顽强，阵地数次得而复失，预备队也被派上了战场，部队遭受了很大伤亡，阵地上的红军战士们受伤严重，一个个血迹斑斑。最后，终于击退了国民党军队一次又一次的进攻，下午 4 时，国民党军队的进攻势头才出现减弱的趋势。这时，独三师和独六师奉红一方面军总部命令前来增援，亲眼目睹了红五军团阵地的悲壮场面后，尚未接到命令就加入了战斗，与红五军团一起并肩作战。战斗持续到晚 7 时，终将国民党军队的进攻打退。晚间，红五军团接到总部命令，随即选择有利地形，固守等待增援。于是，部队在萧劲光等的带领下转移阵地露营。

7 月 10 日拂晓，红一军团和红十二军抵达了水口附近。毛泽东赶至红五军团指挥所，并听取了萧劲光、董振堂等汇报的情况。在观察、分析了国共双方的对峙的态势之后，毛泽东当即向萧劲光、董振堂下达了战斗任务，坚决消灭国民党军队。萧劲光、董振堂立即奉命率领部队出击。红军增援部队抵达指定位置后，共同吹响了冲锋号，部队势如排山倒海一般向着国民党军队猛冲过去。这时，国民党方面也紧急增调了八个团援兵，然而红军攻势异常猛烈，国民党军队不敌，很快便溃退了。

红军乘胜追击，在其后紧追不舍。追击过程中，萧劲光猛然看见追击队伍中有个非常惹人注目的大高个儿，撵上前一看，竟然是毛泽东。毛泽东手端一支驳壳枪，迈的步子显得很与众不同，只见他甩开长腿，半跑半走着大步往前，虽不像战士们"撒丫子"猛跑，但是速度却一点儿也不慢。

87

　　此时，战况虽然朝着对红军极为有利的方向发展，但战斗依然在继续，国民党军队在溃逃中还在进行着阻击，交替掩护。几门钢炮就设在不远处，向红军队伍中不停射击着，不时有人牺牲、倒下。

　　情况依然很危险，然而毛泽东似乎忘记了自己的身份，不顾一切向前狂奔，同时挥舞着驳壳枪向战士们高喊快追。看到这一阵势，萧劲光被吓得不轻，大大咧咧的毛泽东这是把自己当成了连长、排长用，万一出现闪失，自己如何向中央交代？

　　萧劲光大手一挥，一个班立即上前紧跟在身后，围住了毛泽东。

　　"毛泽东同志，这里非常危险，你必须赶紧离开！"

　　毛泽东见状停下，朗声大笑说："追赶残敌可是一大快事！等追至前面树林处，再坐下休息也不晚嘛。"话刚说完，他就挥起驳壳枪，迈开长腿向前冲去。

　　萧劲光担心毛泽东的安危，禁不住发怒了，脸色沉下来，庄重地说道："毛泽东同志，您必须得尊重我的指挥权！"

　　毛泽东愣了一下，随即又笑出声来，说："好你个萧劲光，你去随便指挥，但我也有追的权利吧！别忘了，我也是红军指挥员！难道要跟我讲霸道吗？"说完，不等他回答就又冲了上去，而且跑得更快了。

　　跟在后面的萧劲光不住追喊："这一仗打完后，随便你怎么批评我！但现在前线指挥员可是我，我命令你不准乱跑！"

　　随后他又赶紧对身旁的一个连长说："现在命令你们先暂停追击，并将毛泽东同志拉住，护送他回军团部！"毛泽东看见萧劲光似乎是要动真格的，不禁焦躁起来，理直气壮地说："我已经在指挥所住了很久了，根本与上前线无缘，现在就当让我透口气嘛！"边说边用力甩开那位拉着他的连长，拎起枪又要向前冲，嘴中不住咕哝："兵败如山倒，惊弓之鸟、丧家之犬，我怕他什么，追追又有何妨？你不准我追，我还偏要跟你对着干！"

　　见毛泽东如此执拗，非要亲自追击，萧劲光也无可奈何起来，只能是让他如愿了。随后他命令指挥部队紧跟在毛泽东前后，所有人一起向前追去。

　　这次激战中，共有国民党20个团被击溃。国民党军粤系部队想要攻占赣南的企图破灭，并遭遇惨败，全部撤出了赣南地区。至此，中央根据地的南大门得以巩固，与此同时，红军主力部队也取得了向北发展的条件。

罗明路线在军队中的代表者

　　1932年10月，全党已经完全被"左"倾冒险主义所统治，毛泽东的红军领导权也被剥夺。

　　1933年，国民党的第五次"围剿"开始了，战争形势变得日益严峻。此时，一些共产党员提出应趁机打入国民党兵力比较空虚的闽、浙、赣边区。中共临时中央的领导者却全然不顾这一正确主张，而制定出一项错误方针"御敌于国门之外"，采取"两个拳头打人"。6月中旬，临时中央将红一方面军划分成两个部分，分别为中央军和东方军。萧劲光所在的闽赣军区所属地方部队以及各独立师团，归入东方军就近指挥，以全面配合作战行动。8月底至9月中旬，东方军开始对延平、将乐、顺昌等地实施围攻。红三军团第六师的两个团在萧劲光率领下共同进攻将乐。然而围攻久不见效，此时，萧劲光又得到命令被调回了黎川。

萧劲光回到了黎川继续担任闽赣军区司令员。他在了解了国民党的进攻态势以及红军在徐川一带防务空虚的情况之后，提出建议：红军应在黎川东北的光泽、资溪一带集结主力，对进攻黎川的敌人实施侧击，黎川不能死守下去。然而，萧劲光的建议并未被采用。萧劲光回黎川时，中共闽赣省委和省政府已经接到命令撤出，仅剩下一个供销合作社，一个70人的教导队和一些地方游击队。

9月25日，自南城、硝石出发的国民党"围剿"周浑元部三个师，开始猛攻黎川。9月28日，黎川的外围阵地已经被其先头部队攻陷，随后，国民党又派出别动队向黎川后侧插入。这一战役中，国共两方力量悬殊，甚至面临着即将被国民党军队合围的境地。在紧急时刻，萧劲光作出了撤退的部署，随即迅速向60里的溪口后退。最终，国民党军队占领了黎川。此时，萧劲光得到中央军委命令，率领地方部队自东、北两侧实施游击战，对国民党军队的前进进行阻挠。之后，萧劲光又奉命指挥红十九、二十两个师，对金溪地域的国民党军队实施牵制，以对硝石、资溪桥战役形成配合，但当时敌强我弱，经历数日血战，两场战役均以失败而告终。

10月28日，中央军委组建红七军团，军团长由寻淮洲担任，政委由萧劲光担任。部队虽已经组建，却尚未实现集中，然而碍于形势紧急便加入了11月11日的浒湾战斗。此时，共产党面对的依然是实力强劲的国民党，在此种形势下，党内却采取了冒险主义的进攻和单纯防御的战略战术，致使浒湾战斗再次失利。

此时党内问题日益严峻，推行"左"倾冒险主义的领导人无视接连失利的战斗、战役的现实，并未从失败中总结经验，吸取教训，对冒险主义的进攻路线进行转变。他们对不同意见不但不予听取，甚至开始无情打击起提出过不同意见的同志，在党内开展起残酷斗争。萧劲光曾经在黎川防守上发表过不同意见，为此，他们竟借着黎川失守、浒湾战斗失利的名义，把他评判为"罗明路线在军队中的代表者"。最终，萧劲光被撤去职务，调往建宁方面军总部接受组织审查。

这时，军委"左"倾执行者"倒打一耙"，把两次失利责任都推到了萧劲光身上，不但撤掉了职务，还要对他实行枪决。以毛泽东为首的一部分同志对这样的处理表示坚决反对。随后，彭德怀接受总部命令，对战斗失利的经过进行调查。一番调查之后，彭德怀提出，萧劲光对此并无责任，并向总部说明了情况。尽管如此，萧劲光带部队撤出黎川的举动仍被说成"退却逃跑"。在建宁进行审查之后，萧劲光随即又被押往瑞金接受批判。

1934年1月6日，萧劲光接受了中华苏维埃中央政府最高法庭组织的最高临时军事裁判法庭的公审，并被控告在黎川失守中负有责任。控告书宣读之后，萧劲光被开除了党籍和军籍，判五年徒刑，无上诉权。对萧劲光的审判完毕后，他便被关押了起来。

毛泽东曾派贺子珍探望过被关押的萧劲光。毛泽东通过贺子珍转达了一些话，说："左"倾军事路线的错误是黎川失守的主因。你的撤退命令是及时的，也是正确的。萧劲光从毛泽东的这些话中得到了很大安慰，这让身陷囹圄的他心中顿感坦然。萧劲光被关押的消息很快传到了红五军团的刘伯坚、季振同等老战友的耳中，他们对此异常震惊，策马兼程几十里前来探望。几个人几经患难结下的友谊在此刻的重逢中备显珍贵，不禁抱头痛哭起来。萧劲光在分别之际，对刘伯坚、季振同等人说："你们继续进行战斗，我并无罪责，内心坦然！"

随后一些人又提出杀掉萧劲光的主张，毛泽东坚决反对，王稼祥也不同意签字。萧劲光得到了中央一些领导同志的保护，被关押一个月后，便被释放了出来，并被安排到红军大学当教员。抵达红军大学后，萧劲光被分配在训练部担任专职教员，一段时间之后，又奉命担任了政治科科长。

第五次反"围剿"中，作战几经失利，革命根据地的范围逐渐缩小了，此次，红军损失异常严重，被迫退出艰难建立起来的根据地，开始转向战略大转移阶段。1934年10月18日，红一方面军、中共中央和中革军委领导机关的长征开始了。红军大学改编成上干队，接受军委干部团领导，上干队队长由萧劲光担任，随大部队共同开始了漫漫长征路。

红军长征途中抵达遵义，中共中央在此地召开了意义重大的政治局扩大会议。当时，遵义周围的交通要道和关卡隘口由各主力部队分兵扼守，以确保会议的顺利进行。娄山关由萧劲光率领的上干队负责把守。娄山关有着极为重要的地理位置，据守着自川南进入遵义的大门。对于红军的凭险固守，国民党早有发觉，但因为夜间观察不利，对于红军的虚实尚无把握，于是只是在山下放了一阵乱枪。上干队在萧劲光的指挥下沉着应战，国民党只坚持了一段时间便悄悄溜走了。红五军团的一个营于第二天拂晓前来换防，上干队随即在萧劲光带领下赶到了遵义城。当天晚上，周恩来接见了萧劲光，赞扬了他所指挥的娄山关一仗，肯定了他对保卫遵义、保卫党中央作出的贡献。随后，周恩来将中央政治局扩大会议的精神对萧劲光作了一些说明，同时告诉他，会议已经研究了他的问题，并认为以前搞错了，决定将他的党籍、军籍恢复，并考虑重新安排工作的事宜。之后，红军长征抵达毛尔盖时，萧劲光果然得到中央军委的委任，担任了红三军团参谋长。

毛泽东靠他吃饭

抗日战争爆发之际，国共两党再度携手。当其他将军正在抗日前线与日军浴血奋战时，萧劲光则留在了延安，接受南京政府的委派，出任八路军后方留守处主任，同时中央军委向他下达了一项艰巨任务："保卫边区，肃清土匪，安定人民生活，保卫河防，保卫党中央，巩固和扩大留守部队。"

国民党正式任命萧劲光为陕甘宁边区最高军事长官。军委亦作出决定，对内将留守处改称为留守兵团，司令员由萧劲光担任，以实现领导和指挥的加强。

毛泽东拍了拍萧劲光的肩膀，幽默地说："我在延安，就是靠你吃饭，靠你们留守兵团吃饭啊！"

当毛泽东说出这句话时，萧劲光便对自己肩上承担的分量有了更加深刻的认识。他向留守兵团提出，当下，要以"任务重于生命"为一切行动准则。誓死保卫党中央、保卫陕甘宁边区，并为此不懈努力。

这时，附近尚有4000余名土匪不断对边区造成威胁，他指挥留守部队将其肃清，随后又将日伪进犯相继击退，在反摩擦中打冲锋，终将中央的后方抗战指挥中心成功保卫下来，千里河防固若金汤。

其间，萧劲光还把自己的一些"宝贝"贡献给了毛泽东。

为了增强留守兵团的实力，将他们培养成"打不烂、拖不垮"的一流兵团，在部队的教育和训练中，萧劲光运用了自己多年学习和积累的军事理论知识与作战经验。每天晚上，他都要去毛泽东的住处，说一下部队当前的训练进展，谈一下出现的问题。在听完萧劲光的意见后，毛泽东也及时给予一些指点。两人惺惺相惜，相互探讨并交流经验、心得。

一天，毛泽东踱着方步来到萧劲光的窑洞中，一进门就笑眯眯地说："萧劲光，外面都说你这里藏有宝贝，可否借我观赏一番？"说完，目光便停留在萧劲光桌前的一摞书上不肯离开了。

萧劲光清楚毛泽东口中说的"宝贝"指的正是书。然而他自己本来就爱书如命，忙说道："你看到了，这里就几本旧书，以前的确有几本好书，但长征过程中都丢了。"

毛泽东一边应着，一边开始翻看桌上的书。最后将《战役问题》和《战斗条令》两本书拿在手中，对萧劲光说："最近，我要仔细研究一下军事问题，用这两本书作参考。"

萧劲光没有应声，毛泽东挑中的的确是他的宝贝。在瑞金到陕北的二万五千里长征中，这些书一直跟随着他，多次轻装都没舍得丢掉它们。

"什么意思？不舍得？"毛泽东笑着说，"蛮小气的嘛。"

1940年的萧劲光

萧劲光被说得不好意思，回道："这两本是我仅有的军事书了，当然会舍不得，而且教育部队时还得靠它们做我的拐棍哩。"

"噢，那我也借来做做拐棍吧。既然是借的，日后一定会还，如何？"

"主席非要借的话，我也不能说什么了。"在说"借"字时，萧劲光故意将声调提高，显得非常响亮。

毛泽东听出话里的意思，放声大笑着说："你就放一百个心吧，有借必有还的。"

然而，这两本书被借走后就一直没还回来，毛泽东并未守诺。萧劲光为此心疼了很长时间。多年过去之后，他还对此念念不忘："毛泽东不守信用，有借无还，他根本没还回那两本书来。"

之后，在毛泽东的窑洞内，萧劲光、罗瑞卿、刘亚楼几个人都被请来做了一次命题作文——抗日战争中的游击战，萧劲光作游击战争的指导要领这一部分。

萧劲光后来才了解到，毛泽东当时正进行着艰苦的理论探索，总结革命战争的规律，着手准备撰写《抗日游击战争的战略问题》和《论持久战》两篇著作，这正是其中的准备材料。萧劲光的书和意见可谓顶了大用。

更加有意思的是，以毛泽东为首的党中央当时的吃饭问题亟待解决，而萧劲光和他的留守兵团则帮了大忙。

抗日让国共两党实现了合作，红军改编为国民革命军，头戴青天白日帽徽，南京政府依据编制定期拨发饷银。1939年起，经费被国民党停发，随后又对陕甘宁边区展开了经济封锁，边区的经济生活由此陷入了艰难境地。毛泽东曾经写道："我们曾经弄得几乎没有衣穿，没有饭吃，没有纸，没有菜，战士们没有鞋袜，工作人员在冬天没有被盖。"

不能眼睁睁等着被困死、饿死，基于此，毛泽东提出了"自力更生，发展生产"的号召。留守兵团的响应非常积极，而这也是当时最有效的解决办法，他们一手拿枪，一手拿锄头，"自己动手，丰衣足食"，开展起一场轰轰烈烈的大生产运动。

当时，萧劲光的窑洞内搬进来一架纺车。他对于纺车非常熟悉，因为祖父、父亲、兄弟都以织布为生，他的母亲、姐姐也将它使得游刃有余，能纺出一手漂亮的细纱。在他的童年中，布机的"哐当"声和纺车的"嗡嗡"声一直在耳边回响。萧劲光的一双手握得住笔，使得了枪，而在大生产运动期间，他又有了大显身手的机会，重新操起了"祖传手艺"。

随后，八路军三五九旅开进了荒芜的南泥湾，三八五旅开进了野兽出没的大小凤川，他们烧荒屯垦，把这些地方开辟成了美丽富饶的陕北的"江南"。粮食自给问题一年之内便得到了解决，第二年就有了盈余。接着，部队又先后开设了毛纺厂、被服厂、鞋袜厂、皮革厂、木工厂、煤窑、砖瓦窑，此外，多项生产经营也得到了积极开展，运输业、商业等各个方面红红火火地搞了起来。在陕甘宁边区大生产运动中，留守兵团成为了一支非常重要的生力军。

萧劲光率领他的留守部队出色地完成了肩负着的特殊使命，八年抗战期间，他们在陕北这块贫瘠的土地上稳稳地扎下了根，为中国共产党铸就辉煌作出了突出贡献。

戎马一生的铁军名将——周士第

　　周士第（1900～1979年），海南琼海人，于1924年5月进入黄埔军校，同年底加入中国共产党。1925年6月，参加孙中山建国陆海军大元帅府铁甲车队之后，又参与了叶挺独立团的组建，先后担任过营长、团参谋长、代理团长。在1927年8月1日的南昌起义中任起义军第二十五师师长。起义失败之后，曾参加"中国国民党临时行动委员会"。1933年底回到中央苏区，次年参加长征，担任中央军委干部团上干队队长，在红军到达陕北之后，成为红军第十五军团参谋长。1936年，任河口渡河司令员兼红军第二方面军参谋长。抗日战争爆发之后，他担任八路军一、二师参谋长兼抗日军政大学第七分校校长、晋绥军区参谋长、晋绥军区副司令员等职位。解放战争时，他又任晋绥军区副司令员、晋北野战军司令员兼政委、晋绥军政干部学校副校长、华北军区第一兵团副司令员兼副政委、太原前线司令部副司令员、第十八兵团司令员兼政委等职，他还先后参加并指挥了晋北、晋中、太原、扶眉、秦岭、成都等战役。新中国成立之后，他历任中央军委防空军司令员、川西军区司令员兼成都市军事管制委员会副主任、西南军区副司令员、训练总监部副部长兼军外训练部部长、总参谋部顾问、成都市市长等职。1955年，周士第被授予上将军衔、一级独立自由勋章、一级八一勋章以及一级解放勋章，并且成为中国共产党第七次代表大会、第八次代表大会之代表，全国人民代表大会第一、四、五届之代表，全国政协第三、四届常务委员会委员，还曾担任中共中央监察委员会委员，国防委员会第一届、第二届、第三届委员。1979年6月30日于北京逝世。

93

早年生活

　　周士第，又名周平、周力行、周士梯，字元臣。1900年9月9日，周士第出生在广东省乐会县（今海南省琼海市）中原墟新昌村。

四季常青的海南岛，土地肥沃，物产富饶，是名副其实的宝岛，犹如中国镶嵌在浩瀚南海上的一颗灿烂明珠。但是在全国解放之后，周士第却从未回过海南岛看望家乡父老，因此便有人怀疑这是否与他原配夫人在家乡被误杀一事有关。

在乌皮上小学时，周士第就是个高材生，他表现优秀，成绩突出，是个品学兼优的双优生。校长翁子开尤其喜欢他，还曾托人说媒，想把自己的女儿翁祚昆许他为妻。因此，在周士第16岁那年，便与翁祚昆结了婚。

1920年，周士第从琼崖中学毕业后，欲继续深造，本想去广州考大学，却因为父亲去世，支持他读书的叔父经济难以维持，无法再继续供他读书，因此他只能回到家乡。

1921年，周士第经人介绍，来到本县第二区高等小学担任教员。虽然在家乡担任教员，但是他却怀抱着教育救国、振兴家乡的伟大志向。因此，在高等小学中，他不仅教书，同时也育人，认真地向学生传播文化知识，同时还积极宣传反帝反封建以及救国救民的道理。在学校，他反对旧礼教、旧道德、宣扬男女平等，他还破除愚弄人的迷信，倡导学生不信神、不信鬼、不靠天、不靠地，依靠自己解救自己。他的这些闪着革命火花的行为，遭到了封建卫道者以及旧学董们的强力反对、围观，被他们认为是大逆不道。最终，只在学校教了一年，他就被迫辞职回家了。

怎料，他一回到家，新昌村就流行起传染病，据说是伤寒。周士第在前几年曾得过天花，被传染上伤寒之后，导致全家人都被感染。这一年，周家十口人，五人死于传染病，其中包括他的母亲、叔叔以及兄弟。但是，最先得病的他却靠吃一种用竹管熬制的土草药，侥幸活了下来。

此时的海南岛，整个农村经济陷入一片萧条，丛生的疫病，外国资本主义和帝国主义的残暴掠夺，当地地主的疯狂压榨，一边是大量不堪虐待、生活无依的穷人，投奔南洋做华工，亡命异国；一边是贪官污吏恶霸豪绅，鱼肉乡里，巧取豪夺。目睹这满目凄凉的现状，许多进步青年再也待不下去了。

周士第便是其中一个，他曾受过辛亥革命的影响，读书时亦经过"五四"的洗礼，他早已怀抱着救国救民的理想，因此决心闯出一条人生之路。

1923年，在这个家家户户辞旧迎新，合家团聚，吃年岁饭的时刻，周士第怀着满腔悲愤，告别妻儿，去了广州。

此番离家，他报考了黄埔军校，从此踏上寻求革命真理的征途。

"铁甲车队"的队长

1924年9月，黄埔一期学员毕业。周恩来在征得孙中山先生的同意之后，决定抽调力量，便以大元帅府的名义建立一支革命武装，这就是著名的"建国陆海军大元帅府铁甲车队"。

周恩来亲自挑选铁甲车队的干部，由徐成章担任队长，周士第、赵自选为见习军事教官，廖乾吾为党代表，曹汝谦任政治教官。

名义上，"铁甲车队"在大元帅府属下，但实际上却是一支由中国共产党直接领

黄埔军校时期的周士第

导的革命武装。"铁甲车队"所有人员的配备和调动，都由中共广东区委决定；而"铁甲车队"的工作与生活问题，则由广东区委陈延年和周恩来解决。

"铁甲车队"的装备在当时是较为先进的，其装备有铁甲列车以及其他车辆。其中有一个火车头加了铁甲，拖挂着四五辆铁甲车。有一辆顶端装有旋转炮塔，炮塔上还装有一挺机关枪。车厢上都装着铁甲，两侧厢壁上都开了几排长条形射击窗孔，车厢内可用不同姿势射击、向外观察等，车内两边有板凳可乘坐。铁甲车平时停放在大沙头火车站，外出作战或执行巡逻任务时，便用装甲火车牵引，在广州到九龙、韶关段的铁路线上驰骋。班长和队员皆配有长枪，排长以上干部则配驳壳枪，每排都有一挺手提机关枪。

"铁甲车队"的官兵着装统一。平时戴黄色大檐帽，穿黄色斜纹布中山装军服，打绑腿；军官则着黑色皮鞋或者黑色长筒马靴。每次外出训练或出征，皆会吸引众多群众观看。

"铁甲车队"的军政训练很是紧凑。他们实行每天"三操两讲"的制度。三操也叫三上操场，包括出早操，上、下午各进行一次训练；两讲也叫两讲课堂，包括上午或下午安排两小时政治教育，晚上则进行一次全队讨论或者晚点名。

"铁甲车队"的生活虽然严肃而紧张，却也团结又活泼。队员们常常开展文体活动，像打球、唱歌、演戏等。时常举行娱乐晚会，晚会上，干部和队员们一起表演节目。队里还设有阅览室，有革命进步刊物供大家阅读。

"铁甲车队"废除了打骂体罚的制度，取而代之的是平等友爱的关系，干部和队员之间，队员和队员之间，都是团结而融洽的。大家都有一致的革命目标，工作上严肃而紧张，生活上却体贴平等，财政上账目皆公开。像伙食费、办公费、杂文费等开支账目，每月都定期公布一次。干部和队员的伙食标准一样，每月伙食费若有结余，大家便平均分配，这叫分"伙食尾子"。这些和旧军队完全不同，只因这是中国共产党领导下的一支新型革命军队。

1924 年 12 月上旬，应彭湃要求，中共广东区委决定派"铁甲车队"前往广州西北西江山区的广宁镇压反动地主，帮助开展农民运动。

12 月 11 日，"铁甲车队"的队长徐成章、党代表廖乾吾以及周士第、赵自选带了两个排，共 80 多人赶到广宁。"铁甲车队"的到来给了农民群众莫大的鼓舞，他们成群结队地前去欢迎。

第二天清晨，广宁农民自卫军首先出击，在潭圩据点附近与反动地主武装发生战斗。激战两个多小时，农民自卫军仍无法取得胜利。随即，"铁甲车队"前往支援，反动地主武装抵挡不住，放弃据点，退入潭圩江姓大炮楼内负隅顽抗。

潭圩有两座反动地主的大炮楼，一座江家的，一座黄家的。江家炮楼规模较大，耗资几十万两修建的。炮楼有五层楼高，由石头和砖、水泥砌成的围墙异常坚固，四周有水壕，出入皆用吊桥，吊桥平时被拉起，有人出入才放下。炮楼内可屯兵数百人，且备有大量弹药、武器和粮食。两家炮楼相距几里，形成犄角之势。"铁甲车队"和农民自卫军连续几次攻打，但都遭到挫折。

于是，周士第等人仔细分析了几次攻击不成的原因，主要是没有攻坚的火炮，无法摧开炮楼。硬攻无法攻下大炮楼，该如何是好？周士第提出挖地道埋炸药的办法炸毁炮楼。建议被采纳后，便由周士第等12人组成工程爆破队，在"铁甲车队"和农民自卫军的掩护下，利用炮楼背后的死角，在炮楼底下挖地道埋炸药。

第二天，炮楼内的反动地主有所发觉，派出了数十名反动武装，攻向工程爆破队和掩护部队，却受到阻碍。见硬冲不行，他们就在围墙上开了三个小洞，架上土炮，向地道口投掷火药包。一个火药包落到了彭湃和周士第身旁仅一米的地方，周士第一脚将其踢飞，在空中爆炸后卷起的砂石烟尘落了两人一身，他们依然镇定自若，无视生死。

中午时分，一股反动地主武装赶来支援江家炮楼。徐成章和周士第立刻带领"铁甲车队"队员和农民自卫军迎击，激战过后，支援的反动武装被打退。下午时，又有一股反动武装前来支援，被再次击溃。

第三天，地道挖成，150磅黄色炸药被埋在炮楼下方。一声闷响，炸药爆炸，炮楼却只被炸开一道裂缝。因经验不足，用药量过小，炮楼没能被炸毁。

正当"铁甲车队"和农民自卫军为炮楼久攻不下而异常焦急时，一阵东风吹来，狂劲的东风提醒了周士第：借东风，用火攻。"铁甲车队"和农民自卫军围住炮楼，农民群众纷纷出动，向炮楼搬运柴草，搬完了家里的，就到山上割然后搬来。连妇女和孩子们都前来帮忙，不一会儿，炮楼四周便堆起成堆的柴草。

被连续围困了两个月，炮楼里的反动武装弹尽粮绝，援兵又被击退，在"内无粮草，外无救兵"的情况下，遭受火攻无疑雪上加霜。于是便派人同"铁甲车队"和农民自卫军谈判投降，表示愿解除武装，赔偿损失并减租。

2月13日，江家炮楼被"铁甲车队"和农民自卫军拿下。

14日，见大势已去，黄家炮楼亦跟着投降。

两家炮楼被解除武装后，广宁各地的反动地主都相继投降，赔偿损失，承认减租，广宁农民运动获得极大发展。在广宁的两个多月，"铁甲车队"肃清了反动武装，共收缴了5000多条枪支，均上交给了地方党组织，共产党的武装被壮大。

1925年2月，孙中山离开广州北上，反动势力乘虚而入，广东形势骤然紧张。在这种情况下，中共广东区委遂决定，将"铁甲车队"迅速调回广州。2月20日，"铁甲车队"返抵广州。当时对广东革命政府威胁最大的是军阀陈炯明，他在东江惠州、潮汕一带割据，趁孙中山病危之际，自封"救粤军总司令"，号称指挥十万兵，仰仗美、英、法等帝国主义以及段祺瑞政府的支持，同粤南军阀邓本殷和滇、桂军阀杨希闵、刘震寰相勾结，联络闽、湘、赣军阀，欲大举进攻广州，企图推翻广东革命政府。

如此紧张而复杂的形势之下，中共广东区委促使广东革命政府作出东征讨伐陈炯明的决定。

东征军出师之前，"铁甲军队"第三排被中共广东区委指示参加东征，作为先锋部队沿广九铁路前进，协同友军攻击石龙、樟木头、平湖、深圳等处陈炯明部的防线。第三排作战英勇，所向披靡，被陈炯明部破坏的铁路、桥梁、车站得到迅速修复，广九铁路被控制，东征军后方的交通运输安全得以保证，打败陈炯明的任务被东征军顺利完成。

"铁甲车队"第一、第二排则迅速从广宁赶回广州，以保卫广东革命政府。"铁甲车队"在大沙头附近驻扎，驻有航空局所属的一个飞机掩护队。掩护队的队长与帝国主义和反革命派暗中勾结，进行反革命活动。考虑到飞机场可能会被他们占据，以此威胁"铁甲车队"的安全，危害广州局势，中共广东区委决定将这支部队掌握在自己手中。因此通过广东革命政府和航空局局长调走了飞机掩护队的队长，周士第被任命为队长，飞机掩护队被接管、改造。

原队长离开时，曾召集亲信部下作了布置，声称自己只是暂时离开，日后便会回来，飞机掩护队依然得听他的。上任后，周士第立刻召集飞机掩护队各排长开会。各排长开始不明其来意，都面色阴沉，心情不安地坐在一旁。周士第热情而和蔼地讲明飞机掩护队担负的任务很重要，现驻大沙头的飞机要依靠大家共同保护，要求各排长仍各负其责，并多提建议，齐心将工作做好，一番话让各排长的心放了下来。

开会前，第一排排长在腰间插了一把驳壳枪，并上了膛，一旦发现势头不对，就立刻拔枪，再跑到杨希闵部队那边去。当他听了周士第和党代表两人心平气和的谈话后，他面带愧色："我想错了，以为你们要来缴我们的枪，先换队长，后换排长。若真如此，我就打死你们，现在我才明白是受了欺骗。"边说边拔出腰间的那支驳壳枪，双手交给周士第。周士第则以更为信任的态度将枪还给了他，亲切地慰勉其安心工作。

周士第渐渐在飞机掩护队打开了局面，立住了脚跟，飞机掩护队很快被改造成一支中国共产党领导下的革命部队。大沙头被完全控制在革命政府手里，广州局势被稳定下来。

在革命军东征讨伐陈炯明时，杨希闵、刘震寰被英、美帝国主义收买，英、美教唆他们进行反革命叛变，以颠覆广东革命政府。

"铁甲车队"和飞机掩护队在中共广东区委的指示下，早已作好准备，在大沙头桥头堆放沙包，构筑工事，加强警戒，随时准备还击杨、刘叛乱。

5月，杨、刘公开叛乱，广东北江、西江一带被其占据。

6月初，广州省长公署、火车站、电报局、财政部及部分政府机关被二人占领，广州告急。6月7日，胡汉民以代理大元帅的名义，通电宣布杨、刘罪状，免去其滇、桂军总司令职务。12日东征军回师讨伐杨、刘。

根据中共广东区委指示："铁甲车队"和飞机掩护队统一归徐成章、廖乾吾、周士第指挥。配合东征军、黄埔军校学生军、农民军和市区工人作战。东征军回广州时，"铁甲车队"与飞机掩护队迅速从顺德附近渡河，深入敌人内部，攻向敌人背后，以切断石牌、瘦狗岭、龙眼洞方面叛军与广州的联系，有力配合了东征军作战。

6月20日下午，广州重回革命军手中。趁革命疏于戒备之时，叛军的一个师忽然从广州北面袭来，妄图再夺广州。叛军一直打到北校场附近，广州市内的部队和群众都有些措手不及，当此之时，正由瘦狗岭方面返回广州途中的"铁甲车队"和飞机掩护队发现这一紧急情况，立即从东北方向投入战斗，大批叛军被吸引过来，掩护革命军争取时间，集中兵力，反击叛军，最后叛军被消灭。

此次讨伐杨、刘的战斗中，"铁甲车队"和飞机掩护队连续作战十几个小时，他们作战英勇，不畏牺牲，革命军人的英雄气概被表现得淋漓尽致。

1925 年 6 月，徐成章调离，周士第担任"铁甲车队"队长。

杨、刘叛乱平定后，在中国共产党的倡议下，广州革命政府"大元帅府"被改组成"国民政府"，"大元帅府铁甲车队"也随之改为"国民政府铁甲车队"。

1925 年 5 月 30 日，帝国主义在上海屠杀中国人民，"五卅惨案"发生。帝国主义的暴行激起全民的愤慨，各地纷纷支援上海工人阶级的反帝国主义侵略斗争。

"五卅惨案"的消息传到广州后，广州、香港工人纷纷罢工。6 月 3 日，广州举行大规模示威游行。6 月 19 日，香港海员等工会首先罢工，以支援上海工人斗争。罢工人数迅速发展到 25 万人，13 万人回到广州。6 月 21 日，广州沙面租界的中国工人发动罢工。长达 16 个月之久的省港大罢工，波及全国，是"五卅"反帝斗争高潮中时间最长、规模最大、影响最深、涉及最广的一次大罢工。

省港大罢工是在中国共产党领导下进行的，省港罢工委员会在广州成立，设立了罢工工人纠察队。黄金源任罢工纠察队队长，邓中夏为训育长。"铁甲车队"队长徐成章被中共两广区委任命为罢工委员会常务委员兼工人纠察队总教练，大队教练为赵自选，纠察队的任务是维护社会秩序、缉拿走狗、镇贼和封锁香港。

6 月 23 日，在中共广东区委领导下，广州举行了工农兵人民群众反对帝国主义的示威游行。那天，"铁甲车队"、黄埔军校、省港罢工工人、各校学生、郊区农民以及广州各界人民团体、机关、部队等共十万人，先后集合到东校场，召开大会。会后，大会主席宣布游行队伍按工、农、学、商、兵的次序行进，沿惠爱东路、永汉路，出长堤到沙基、黄沙等街道示威游行。

周士第率领"铁甲车队"，在游行队伍后面，一是声援群众游行示威的革命行动，二是监视周围情况，防止游行遭到袭击和破坏，一旦发生武斗，"铁甲车队"即可施援。

当日下午 15 时 10 分，游行队伍有序地经过沙面租界对岸的中国属地沙基时，看到英、法、葡等国驻地事先已布置好了武装人员，沙面沿河要道都堆有沙包，有构筑工事，连洋房的阳台上都有沙包、步枪和机关枪。

在游行群众达到沙基西桥口时，沙面的帝国主义分子突然向队伍开枪，停在白鹅潭的帝国主义军舰也向队伍开炮。游行群众对突袭来不及防备，纷纷中弹。

周士第亲眼看见一个学生被炸掉了头，肚子也被炸开，路上堆满尸体，血肉横飞，鲜血流进排水沟，惨不忍睹。当场遇难的有 52 人，包括工人、农民、军人、学生、市民、红十字会会员等，170 多人重伤。

令人发指的是，帝国主义分子射击游行群众时，使用的是当时国际公约禁止的"达姆弹"和毒弹。"达姆弹"爆炸力强、杀伤力大；毒弹能使人麻木，医治不易。

帝国主义惨无人道的暴行激起了群众的愤怒，他们高呼"打倒帝国主义""冲进沙面去"，冲向沙面桥，捣坏了第一道铁门。

帝国主义者疯狂向游行群众扫射时，正行走在大新公司（现广州的南方大厦）附近的"铁甲车队"看到这一场景，他们充满了愤怒，周士第虽也悲痛万分，但身为一队之长。他知道不能蛮干，他忍痛做着队员工作："我们是军队，上面没命令，我们不能蛮干，当务之急是抢救伤员。"

在周士第的指挥下，队员们迅速赶到沙基街，抢救遇难群众。西临沙面，南靠珠江的沙基街只有东面店铺能躲避。"铁甲车队"奋不顾身掩护群众疏散，但因事发突然，又地处人稠路窄之处，枪炮一响，游行队伍皆仓皇无措。周士第指挥"铁甲车队"队员们不顾生死，掩护游行群众向店铺口骑楼下的石柱子后面躲去，游行群众被及时疏散，从而避免了更大的伤亡。

此时，天降大雨，仿佛昭示着人们的怨愤，沙面帝国主义者的射击也因大雨被迫停止。

这就是历史上著名的"沙基惨案"。为纪念此次反帝国主义的群众运动，当年发生惨案的沙基街被更名为"六二三路"，沙面桥东也竖起了一方石碑，镌刻着"毋忘此日"四个大字。

为还击帝国主义，7月10日，中共广东区委、香港罢工委员会决定：全面封锁香港及新界口岸。在省港罢工委员会的领导下，2000多人的工人纠察队成立，协同广大群众担任封锁香港的任务。为加强封锁行动，周士第、廖乾吾被命令带领"铁甲车队"前往香港、九龙交界处增援，在防线上日夜巡查，协同罢工工人纠察队的斗争。

8月初，"铁甲车队"到达深圳，部队驻扎在靠近深圳河边的蔡屋围村的一所学校里，一部分队员住在铁甲车上。部队日夜巡查，严密封锁香港。

8月15日下午，驻扎在沙头角田心村附近的工人纠察队发现了两艘满载粮食的走私船，便前去检查。忽见两艘英军巡逻舰驶来，开枪射击纠察队，企图掩护走私船。随即纠察队散开队伍后退，两艘英舰仍继续追击，纠察队无法躲避。闻讯的周士第立刻率领队伍救援，进行了约50分钟的枪战，英舰才仓皇逃离，走私船被截留。

不论英帝国主义者如何挑衅和破坏，周士第率领"铁甲车队"始终坚定地执行着封锁香港的任务。陈炯明部在深圳河南岸巡逻，"铁甲车队"在北岸，双方距离不过几十米，相遇时，"铁甲车队"的队员们愤怒地盯着陈炯明部，队员们称这为"眼睛射击"。慑于队员们的威力，陈炯明部灰溜溜地走了。

因为实行了封锁，香港交通运输被中断，货源枯竭，街道垃圾、粪便堆积如山，臭气熏天，香港成了"臭港""死港"。香港的封锁斗争，在政治上、经济上给了英帝国主义以沉重打击。

1925年10月，国民革命军第二次东征陈炯明，"铁甲车队"再次被委以重任。他们从广州出发，沿途修复了被陈炯明部破坏的铁路，向石龙进攻。成功后，又迅速攻占深圳火车站，同时配合主力解决了司徒非旅。广九铁路沿线的陈炯明部被肃清，对东征军消灭陈炯明起到了重要作用。

陈炯明主力被打垮，英帝国主义又支持其残部，在深圳大鹏湾一带进行反革命骚扰破坏活动。10月30日，周士第得到急报，陈炯明残部罗坤、邓文烈率200余人包围了驻沙鱼涌的罢人纠察队，十余名纠察队员被抓住，当即率领"铁甲车队"的四个班前去救援。

当"铁甲车队"到达时，陈炯明部已经退向东山方向。得知南澳东山被陈炯明部占领时，周士第立刻派人前去侦察。此时，他又接到农民报告，说不断有轮船来往于香港和大鹏湾之间，每次都有人员登岸，且运有棺材（后来方知里面藏有枪支），而且陈炯明部已然知道对方部队的人数、番号，此番前来是有备而来。

听到这些消息，周士第断定陈炯明部这是在作开战准备，且有了英军舰船运输人员、枪弹前来支援，将可能发生大事变。因此，在周士第的指挥下，国民革命军加强了警戒。

果然，在4日晨3时，陈炯明部攻向了沙鱼涌南端的高地。周士第判断其进攻不止一路，还会采取多路进攻。沙鱼涌南、东、北三面环山，西面是一片海滩。班长黄华然被周士第命令率领一个班坚守南山小高地，同时东、北、西三路皆布置了部队迎击陈炯明部，周士第则在战斗最为激烈的南山小高地指挥。

天刚亮，他发现东面、北面和南面山上已有陈炯明部活动，便指挥部队分路抵抗。此时的陈炯明部多如蚂蚁，兵分三路包围，还有三艘英舰带着四条民船。登陆后的陈炯明部都扑向"铁甲车队"和工人纠察队。

周士第指挥部队英勇抗击，多次与陈炯明部肉搏，陈炯明部的进攻被打退，沙鱼涌阵地得以守住。7时30分左右，三艘英舰忽然从香港驶来，舰上的机关枪疯狂扫向国民革命军阵地，同时沙鱼涌上空还有一架英军飞机，掩护陆上的进攻。

"铁甲车队"黄华然班坚守在沙鱼涌南端的滩头小高地，顽强抗击，一次又一次打退了陈炯明部的进攻。负伤的黄华然依然坚持指挥，子弹和手榴弹没了，他就率领全班英勇地冲向陈炯明部与之肉搏。全班不畏生死，陈炯明部被大量歼灭。最后，全班壮烈牺牲。

上午9时左右，陈炯明部越来越多，占领了所有高地，沙鱼涌街口亦落入其手，形势异常严峻。双方力量悬殊，周士第立刻决定让"铁甲车队"掩护工人纠察队杀出重围。他们开始向西面突围，却因为英舰的火力太过密集，开阔的海滩被封锁，无法隐蔽，只得折了回来。后又向东平山方向突围，东面乃陈炯明部主力之所在，此时东面的街口已被陈炯明部占领，突围异常困难。然而，除此之外别无他路，周士第便决定：自己带领部分"铁甲车队"队员打先锋，廖乾吾带领工人纠察队队员居中，排长李振森率部分"铁甲车队"队员断后，向东面冲杀出去。

周士第端起带刺刀的枪，率领部队打垮了沙鱼涌街口的陈炯明部，杀开了一条血路。山上的陈炯明部发现了国民革命军的突围，便集中火力开向东面。负责断后的李振森排长，在枪林弹雨中英勇拼搏，奋不顾身掩护工人纠察队队员们突围，最后，在冲出沙鱼涌街口时中弹牺牲。

"狭路相逢勇者胜"，周士第身先士卒，冲出火线，身上七处负伤，几夜不眠不休，最后体力透支，瘫坐在一块青石板上。已走出十多米远的勤务兵蔡文锋，回头发现他倒下了，便又急忙折返回来，欲背周士第冲出去。此时周士第一下子站起来说："我还能走！"再次指挥大家朝前突去。

街口的转弯处有一座桥，有很多陈炯明部队把守，去路被挡住。周士第指挥部下英勇猛冲，陈炯明部被打垮。周士第顽强拼搏、不畏牺牲的精神激励了战士们，最终他们突出了重围。

突围出来之后，清点人员时，仅剩周士第等17人，看着昔日的战友都倒在血泊中，周士第心里难过至极。

此时，依然有一些战友尚未突围出来，众人不顾危险，依然要回去营救尚未突围出来的兄弟，于是17人再次冲进了沙鱼涌。

走了一段路后，沙鱼涌方向的枪声已听不到了。周士第判断沙鱼涌可能已被陈炯明部占领，再回去只会造成无谓牺牲。随即，他与廖乾吾商量了一个智救战友的办法。他们找了一个胆大的农民，动员他跑去沙鱼涌说淡水方面黄埔学生打过来了。按照周士第的布置，农民向沙鱼涌跑去。这时周士第指挥部下向沙鱼涌方向连续开枪，以此迷惑陈炯明部。沙鱼涌的陈炯明部正在做饭，一听说是黄埔学生军打来了，顿时乱了阵脚，扔了饭锅就向海上逃散。那些原来躲起来、受伤或被陈炯明部掳去的"铁甲车队"的战士和工人纠察队员便趁机冲了出来。

周士第率领部队绕道回深圳。在坪山遇到堵截，无法通过，于是绕道淡水、龙岗。因为路程太远，所以当天没能回到深圳。从沙鱼涌脱险的"铁甲车队"和工人纠察队队员们，当天就返回到深圳，没看到周士第等人，以为他们牺牲了，都非常难过。附近乡亲听闻周士第等人"阵亡"，失声痛哭，而香港方面的敌人也声称"铁甲车队"全军覆没，周士第被打死了。

当5日早晨周士第带着部队回到深圳时，看到他们安全归来，先期回来的队员们和农民群众都喜极而泣。

在封锁香港的斗争中，沙鱼涌战斗是"铁甲车队"和罢工工人纠察队武装反击帝国主义最激烈的一场战斗。这次战斗，英帝国主义者企图破坏封锁的阴谋被再次挫败，省港大罢工得以保卫。

1925年11月，叶挺独立团建立，作为一支久经战火锤炼的骨干力量，"铁甲车队"被编入叶挺独立团。除党代表廖乾吾调第四军任政治部主任外，其他绝大部分成员被并入叶挺独立团。身为队长的周士第，被任命为叶挺独立团营长。

作为中国共产党最早掌握的一支武装力量，作为大革命时期令帝国主义和反动派闻风丧胆的一支铁军，"铁军车队"的功勋被永载史册。而队长周士第建立的功勋，亦永垂不朽！

渌田大捷

1926年5月1日，作为北伐先遣团，叶挺独立团向广州进发。在广州，第一营营长周士第升任团参谋长，曹渊接任第一营营长。随后，独立团向湖南进发。

5月31日晚上，独立团进入湖南水兴县城，接到刚被任命的国民革命军第八军军长唐生智的紧急电报："综合各方面的报告，判断粤军将进行总攻。安仁兵单力薄，望贵团速赴援。"

原任湖南军阀赵恒惕部第四师师长的唐生智，在赵恒惕投靠吴佩孚后，他看到革命力量增强，表示拥护革命，投靠国民政府后，被任命为国民革命军第八军军长。赵恒惕被逐出长沙后，他被任命为湖南代理省长。

独立团接到唐生智求援电报后，于6月1日冒雨行军，黄昏时抵达安仁的梁城。次日上午赶到安仁城。此时负责运送国民政府给唐生智的弹药的独立团第一营，在湖南郴州交点后，也于3日赶到了安仁县城。

在安仁，叶挺和周士第与第八军第三十九团张团长进行会晤。

此时，安仁北面的攸县已被粤军谢文炳部四个团和赣军唐福山部两个团占领，陈家铺也被100余人占领。由于攸县洣水河浮桥尚未竣工，因此大部粤军都在攸县。渌田、黄茅铺（安仁城北约20公里）一带为第八军第一线防御阵地。第三十九团第一营第一连50余人防守黄茅铺，第三十九团第二营防守渌田，第三十九团其余部队驻在安仁西南的耒阳。

3日下午17时，唐生智派参谋詹筠松前来慰问独立团。宴会上，詹参谋与张团长正在碰杯，突然接到独立团第二营营长贺声洋报告："2000余粤军正猛攻渌田阵地，二营已全部加入战斗。"

接着独立团第三营营长张伯黄也派人报告："职到龙家湾时，立即派第八连赶赴黄茅铺，协同警戒。第八连到达时，千余粤军来犯，第八连已抗击，职率第七、第九连赴援矣。"

叶挺沉着考虑了一番，决定立刻出发，当即，他对詹参谋、张团长说："粤军主力来犯，此次战斗关系安仁存亡，安仁存亡又影响衡阳得失，我立刻率领直属队和第一营前去抗击。"

张团长说："我团第二营和第一营第一连均请叶团长就近指挥。"

叶挺表示同意。

回到团部，叶挺和周士第立即决定由参谋长周士第率第一营第三连、侦探队、担架队为左翼，前去增援渌田；叶挺则率第一营、特务队、机枪队、通信队为右翼，前去增援龙家湾。定于4日拂晓攻击，中午12时以前两队会合。

3日黄昏，叶挺、周士第分别率领部队从安仁出发。由于当夜的大雨，道路泥泞难行，因此行军速度较慢。幸有熟悉当地路况的农民兄弟带路，黑夜雨天行军的困难才得以克服。途中，遇到很多从前线向安仁逃跑的第三十九团官兵，一个或两个一伙，或三五成群，甚至排长、连长都在其中。独立团官兵见友军退下来，不但没受影响，反而更加坚定了杀粤军的决心。他们相互鼓励："友军退下来，我们快些上！"有的也劝告第三十九团退下的官兵重返阵地，共同作战。但他们都躲避推脱，甚至说："我们回安仁有要事。"

夜里22时许，叶挺到达龙家湾，夜黑如漆，各高地都有枪声，流弹四飞，分不清敌我，便断定第三营与粤军一定处于混战。叶挺当即派第一连由当地农民带路前去找第三营。了解了各方面的情况后，他决定以独立团主力于4日从粤军守备薄弱的结合部出击，消灭粤军。

4日4时，周士第指挥一部分部队进攻渌田之敌，主力则从渌田以东插入粤军侧后，进攻铁丝坳，历经数小时，渌田一带的粤军全线溃退。叶挺指挥一部分部队攻向黄茅铺的粤军，主力从黄茅铺以西从粤军侧背攻击，黄茅铺之敌亦全线溃退。12时左右，叶挺和周士第率领两路部队在桑田会合，正搬运粤军遗失的枪械子弹，清理俘虏时，周士第接到第一营第三连排长万献廷的报告，说他已率领全排追击粤军到攸县城南，洣水河浮桥被部队控制。万排长此举受到叶、周二人的称赞。随即，全团出发，乘胜追击，于5日早上占领了安仁东北的攸县。此次战斗，粤军六个团被击溃，毙伤粤军200多人，叶挺团仅伤亡60余人，旗开得胜。

作为农民运动发展较早的省份之一的湖南，在毛泽东的指导和关怀下，基础较好。此次安仁一战，独立团有农民在粤军后面配合，粤军溃散时，农民群众也缴获了很多枪支，自己也得到了武装。

独立团一到攸县，一些农民、工人、学生就前来询问毛泽东是否回来，何时回来。而此时毛泽东正在广州主办农民运动讲习所。为了统一口径，叶、周二人指示各部队一致答复：

"毛委员很关心大家，但是他在广州的工作很忙，无法回来，至于何时回来我们还不知道。"

占领攸县后，独立团一边加强侦察警戒，一边进行训练和做群众工作。叶挺同周士第商量，欲拆掉攸县南面洣水河上的浮桥，以绝粤军后路。

在攸县时，独立团接到唐生智电报："渌田战斗第三十九团第二营营长王东原临阵退却，应按军纪处以死刑。"

同周士第商量后，叶挺复电，力保王东原，说："他（王东原）为革命效劳，后在配合我军作战中表现良好，应允其立功赎罪。"

独立团占领攸县，击溃湘东安仁谢文炳、唐福山部六个团后，湘西的粤军再不敢造次，粤军总攻计划破产。安仁、渌田的胜利，是北伐先锋叶挺独立团的初战大捷，不仅解救了第八军的危机，湘东湘南的局势也得以稳定。

加入南昌起义

1927年7月，国共分裂，国民党将杀机指向了昔日功臣。

为挽救革命，中央临时政治局常委会决定集合武装发动起义。

作为中国共产党领导下的武装力量，周士第的第七十三团自然在内，当时他所在的第四军第二十五师统归第二方面军总司令张发奎指挥，在马回岭驻扎。

对于这支武装，周恩来非常看重，为了将这支力量从马回岭拉到南昌，他派聂荣臻亲自前去马回岭给周士第传达计划。

聂荣臻的到来，让二十五师师长李汉魂异常警惕。当时的周士第在国民革命军中非常出名，张发奎等国民党中高层亦对其十分看重，他的去留不仅影响到二十五师，还会影响到整个第二方面军。

1927年8月1日早上，李汉魂打电话给周士第，让他立即前往师部，有要事相商。为摸清对方意图，周士第按照约定时间赶到黄老门师部。原来，李汉魂此番邀他前来，是为了向他透露一个内部消息："总指挥（指张发奎）很称赞你，想重用你，望你跟他走，不要跟共产党。"

周士第很明智，他没有明确表态，只谢了总指挥和师长对自己的美意。

他知道，第四军之所以能在北伐中打胜仗，能有今日之地位，均靠共产党员的牺牲以及共产党的帮助。跟谁走，他早已决定，对于张发奎的称赞、重用，他相信李汉魂没骗他。

正在谈话之间，周士第看到从南昌方向开来了一列火车，他抑制不住心中的激动，他知道南昌起义的枪声打响了。因为周恩来和聂荣臻之间的密约就是："南昌一发难，我就从南昌给你发来一列火车。"

时间紧迫，他立刻找了借口结束了与李汉魂的谈话，迅速赶回马回岭。

按照原定计划，很快，周士第以演习的名义将七十三团拉出了马回岭。部队只带了武器弹药，聂荣臻巧妙地让七十五团和七十四团的侦察连跟了上来。

然而，七十五团方走一半，张发奎就乘火车赶来。他本是亲自去马回岭做周士第工作的，他知道周士第的七十三团是共产党领导的，靠不住，但他却不甘心眼睁睁看着这支精锐部队被共产党拉走，他想当面再同周士第谈谈。谁料，来迟一步，七十三团不仅走了，就连七十五团也行动了，他不顾总指挥身份，站在车门口，扯着嗓门大声喊道："喂，你们干什么，我是总指挥，去告诉你们团长，停止行动。"

没人理会，就算他是总指挥，也只是国民党的总指挥，从此刻开始，部队姓"共"，他没资格指挥。

"叭！叭！"一阵枪响，聂荣臻的信号发出，张发奎吓得夺路而逃。

部队顺利地驶向了南昌。

到德安时，一个士兵向聂荣臻报告说，有一个自称张发奎的参谋的人带着一封信要求见长官。原来，张发奎在逃命时，将望远镜和一些随身物品和一个卫队落在了车上，因为舍不得望远镜，张发奎只好派参谋长来求取。

聂荣臻不但归还了望远镜，甚至将卫队也全部释放。

第二天，聂荣臻、周士第率领部队顺利赶到了南昌。马回岭起义部队被共产党整编，仍以第二十五师的编制归属第十一军建制，师长为周士第，党代表为李硕勋，下辖三个团。原七十三团仍为七十三团，原七十五团三个营被编为七十五团，将南昌由七八百青年组成的一支队伍和原七十四团重机枪连合编成七十四团。

1927年8月5日，按原计划，起义军撤离南昌。周士第的第二十五师在第九军副军长朱德的带领下，挥戈南下。但起义军主力在潮汕失败，周士第便和朱德率领部队从福建转移到江西，到达江西信奉县天心村时，经组织决定，周士第和李硕勋分头前去上海、香港寻找党组织，让这支部队能尽快与党中央取得联系，明确今后的任务和行动方向。

如此，周士第只身来到香港。

聂荣臻听说周士第离开部队的消息后，很是焦虑，11月4日，在给党中央军事部的报告中，他写道："我忧士第走后，军中无重心，恐玉阶（朱德）不能指挥。"足以见得周士第对部队的影响。

当了军团参谋长

1935 年 11 月初，在陕西甘泉附近，中央红军与早先到达陕北的红十五军团会师。11 月 3 日，中国工农红军西北革命军事委员会成立，毛泽东任主席，周恩来、彭德怀任副主席。同日，西北革命军事委员会宣布恢复红一方面军，彭德怀为司令员，毛泽东为政治委员，叶剑英为参谋长，王稼祥为政治部主任，辖第一军团和第十五军团。第一军团团长为林彪，聂荣臻为政治委员，左权为参谋长，朱瑞为政治部主任；第十五军团团长为徐海东，程子华任政治委员，周士第任参谋长，郭述申任政治部主任。

中央红军胜利到达陕北，大大震动了蒋介石。他以为中央红军虽然到了陕北，也已溃不成军，因此对陕甘苏区的"围剿"部署作了重新调整，成立了"西北剿总"，蒋介石自任总司令，副总司令为张学良，指挥陕甘宁青的兵力 30 余万人（与在同一地区的红军是十比一），妄图一举消灭红军。以东北军五个师的兵力，张学良对红军进行了包围：西线第一〇六、第一〇八、第一〇九、第一一一等四个师在第五十军军长董英斌的带领下，从甘肃庆阳、合水出发，途经太白镇，沿葫芦河向东进发；南线以第六十七军王以哲带领第一一七师，从洛川北上富县，响应第五十七军，构成合围态势，然后逐渐向北压缩，企图在葫芦河、洛河西北地区围歼红军。

红军时期的周士第

为了粉碎蒋介石这一阴谋，给国民党军队以致命打击，毛泽东于 11 月 5 日在象鼻子湾召开军事会议，决定组织直罗镇战役，并研究了作战部署。

于是，11 月 6 日至 7 日，红一军团从甘泉以西定边集、下寺湾进入富县西北的老人仓、秋林子地区；红十五军团以直罗镇以东的张村驿、东村为据点，同时以一部分兵力向甘泉围攻，以调动引诱国民党军队东进。最后，集中兵力将沿葫芦河东进的国民党军队的一两个师歼灭。随后，视情况各个击破，打破国民党军队围攻。19 日，国民党军队先头部队第一〇九师到达了黑水寺、安家川地区。毛泽东和红一方面军领导决定诱敌深入，首先在直罗镇地区歼灭国民党军队。

直罗镇东距陕西鄜县（今富县）、西离甘肃合水各大约 50 公里，乃合水通往富县大道上的一个较大集镇。葫芦河南北群山连绵对峙，中间是一条狭长谷地。葫芦河最宽地段不到 200 米，窄处仅有二三十米，犹如沟通东西的密钥。在此大部队很难

105

展开，只能摆成长蛇阵，将国民党军队诱入"口袋"，关门打狗。

11月18日，毛泽东组织红一、红十五军团几十名团以上干部在张村驿会合后，立刻赶到直罗镇，登上镇西南的山头，鸟瞰全镇地形。根据实地观察的地形，研究出作战部署：引诱国民党军队到直罗镇，然后两面夹击，歼灭之。

回到驻地后，红十五军团的徐海东和程子华让周士第参谋长和司令部工作人员根据勘察的地形绘制草图，然后制订具体作战方案。对于红十五军团的作战方案，毛泽东和红一方面军领导均表示满意。

11月20日下午16时，在六架飞机的掩护下，国民党军队第一〇九师师长牛元峰亲自率领一个师开进了直罗镇。当夜，红一方面军便将其包围。21日拂晓四五点钟，红一方面军发起攻击，由北向南，红十五军团则由南向北，对立稳脚步的国民党军队发动猛攻。

徐海东和周士第率领红十五军团从药埠头由南向北拦击国民党军队，红一军团则进入黑水寺，将国民党军队的退路堵住。上午11时，红一军团攻入直罗镇，红十五军团攻破了国民党军队设在直罗镇南山上的阵地。中午时分，牛元峰的第一〇九师师直属队及其两个团被全部歼灭。

战斗开始较为顺利，激战半天后，直罗镇被红军攻占，大部国民党军队被歼灭，唯有东山上一座石砌的小寨子没攻下。牛元峰利用寨子的残址固守待援，接连向军长董英斌发电求救。下午四五点钟，一架飞机盘旋在直罗镇上空，欲援无奈有心无力，只能遥望，最后沿原路飞回。此时，红军想攻下寨子，无奈没有重武器，无法压住国民党军队的火力，不能靠近；而由于被红军紧紧包围，国民党军队也无法逃跑。太阳逐渐西下，双方仍僵持不下。因寨墙坚固，而国民党军队也不少，所以遵照周恩来指示，若白天攻击必造成无谓牺牲，不如先将其围住，晚上再发动进攻。

夜幕降临，红十五军团由周士第率领第七十八师攻向寨子。意识到这是中央红军到达陕北的第一仗，只许胜，所以周士第抱着不惜牺牲、攻敌必胜的信念，指挥部队向国民党军队冲去。果然，国民党军队支撑不住，牛元峰弃寨西逃，被红军第七十五师追击，天将拂晓时，国民党军队师长牛元峰被红军击毙。到24日，红军全歼直罗镇地区的国民党军队。

直罗镇一役，共歼国民党军队一个师又一个团，歼灭师长以下1000余人，其中包括牛元峰，俘虏团长以下5300余人，高福源是其中之一，缴获3500多支长短枪，176挺轻机枪，八门迫击炮，两架无线电台，22万发子弹；国民党军队第一〇八、第一一一师败退甘肃，第一一七师从富县退出。增援直罗镇的三个师，在被红军支援部队歼灭十个团后，亦纷纷撤离。

然而，周士第在指挥直罗镇战斗中，头部中弹负伤。

在中共中央的直接领导下，直罗镇战役取得伟大胜利。直罗镇战役的胜利，将蒋介石对陕甘苏区的"围剿"打破，陕甘苏区得到有力巩固。毛泽东高兴地说："直罗镇大捷，将是党中央将全国革命大本营放在西北的一个奠基礼。"

中国装甲兵之父——许光达

　　许光达（1908~1969年），原名许德华。湖南省长沙市人。1925年加入中国共产主义青年团，同年转入中国共产党。1926年入黄埔军校学习。1927年在国民革命军第四军任见习排长，同年在宁都加入南昌起义部队，任排长、代理连长。土地革命战争时期，历任中国工农红军第六军参谋长，第十七师政治委员、师长，红三军第八师二十二团团长、八师师长，红三军第二十五团团长。1932年赴苏联，先后入国际列宁主义学院和东方劳动者共产主义大学学习，1937年回国。抗日战争时期，历任中国人民抗日军政大学训练部部长、教育长，第三分校校长，中央军委参谋部部长兼延安卫戍区司令员，中央情报部一室主任，晋绥军区第二军分区司令员，八路军一二〇师独立第二旅旅长。解放战争时期，历任晋绥军区第三纵队司令员，第一野战军二兵团军长，第二兵团司令员。建国后，历任中国人民解放军装甲兵司令员兼坦克学校校长和装甲兵学院院长，国防部副部长。是第一、二、三届国防委员会委员，中国共产党第八届中央委员。1955年被授予大将军衔。1969年6月3日逝世，终年61岁。

黄埔军校的毕业生

　　许光达原名许德华，1908年11月19日，出生在湖南省长沙县东乡萝卜冲的一个普通农家。虽然这不是个富裕家庭，但是一家人的吃喝还是不成问题的。所以许德华一到上学的年龄，就和同龄人一起进了学堂。

在他9岁那年，母亲因病永远地离开了他。他的父亲是一个勤劳但也很严肃、冷漠和不苟言笑的人，而且很小气。母亲病逝不久，他的父亲就又成亲了，而且后母还带来了自己的三个孩子。小小年纪，就失去母亲的许德华就在这种只有约束与管制、没有温暖的环境下慢慢长大了，他尝遍了世间的冷暖和酸苦。

读书是许德华在几乎没有多少亲情气氛的家庭里的唯一的精神寄托。他立志要通过学习做一个懂事理、明是非的人。许德华比同龄人要成熟许多，上学的时候，他会努力读书，课余时间还会去放牛砍柴，这与他特殊的家庭环境有很大的关系，因为他只有这样，才能减少自己被责骂的机会。

时间过得很快，许德华该上高小了，但是小气的父亲认为乡下人只要认识几个字就可以了，不想再送儿子读书，而且把自己赚的辛苦钱给他拿去读书也是不值当的。

许德华知道不能再读书以后，十分伤心，就去找父亲理论，但是没能改变父亲的想法，他只好去找大伯许长龄。

许长龄是个篾匠，一直在外工作，思想比较开明。许德华把这件事告诉他后，他非常生气，于是找到弟弟许子贵，数落了他一顿，说："你怎么可以这么小气，德华要钱是去读书，又不是做没用的事，你怎么就不能出这点儿钱了？"吝啬成性的许子贵，已经下定决心要儿子回家帮工了，一点儿也听不进去哥哥的劝告。气极了的许长龄，挺直腰板说："行！你不送，我送，若孩子将来有出息，你可别又后悔了！"许长龄说到做到，真的把侄儿送进长沙县第一高小上学去了，而且一直到许德华考进长沙师范学校，都还在资助。

许德华于1921年秋以优异的成绩考上长沙师范时，他那小气的父亲似乎也看出儿子是真的会有出息，便对儿子说："师范这个学堂很大，我会出钱给你读书的，你就只管去吧，到时候当个小官，也算是光耀门楣了。"

对于父亲的这个决定，许德华先是难以置信，但他很快就知道了，在父亲的认知里，自己考上师范，跟考中秀才、举人没什么两样，是个可以给家里争光的事。但他什么也没说，只是偷偷地笑了，因为终于不用再给大伯添麻烦了。就这样，许德华放心地到长沙师范就读了。

此时的许德华已是一个翩翩少年了，但他唯一的乐事还是学习。进师范后，他整日扎在书堆里，在知识的海洋里遨游，两耳不闻窗外事。这一时期，他的座右铭是"吃得苦中苦，方为人上人"。

然而，此时长沙这座城市里，革命思潮和革命活动都相当活跃，中国共产党湖南支部也由毛泽东等在长沙成立，主要负责宣传马克思主义，组织高潮迭起的革命活动。而许德华最尊敬的师长中就有是共产党员的，常来师范演讲的长沙女子师范学校的一些进步教师如徐特立、周以栗、陈昌甫等，也会和学生们讨论国家前途、民族命运。这些都使许德华开始对革命耳濡目染。他渐渐转变了，开始把目光投向社会，探寻救国救民的真理，而不再只是在书海里遨游。在这个风起云涌的时代激流之中，开始有他积极的身影了。

1923年，许德华参加了死难的安源工人黄静源的追悼大会，和同学们一起向街上的群众宣传长沙六一惨案的真相，对抵制日货行动给予声援。他不仅积极地参与到学生运动中，还阅读了《向导》《中国青年》等大量进步书刊，他的革命觉悟也渐渐提高了，也进一步认识到了"埋头读书做个人上人"想法的落伍、"光宗耀祖"思想的可笑。

许德华于 1925 年加入了中国共产主义青年团，并于同年 9 月，转为中国共产党党员。在国共合作"打倒列强除军阀"的歌声中，中共湖南省委选派许德华去了黄埔军校学习军事。

许德华于 1926 年春奔赴广州，考进了黄埔军校新生第二团，经过了三个月的入伍训练后，被编入该校第五期炮科十一大队，在炮兵

黄埔军校时期的许光达

专业就读。就这样许德华在经历了十年寒窗苦读后弃笔从戎，正式迈向了打倒列强除军阀的正义之路，并且终生为之奋斗，立下了不可磨灭的功勋。

会昌之战

南昌起义胜利后，前敌委员会把周士第的第七十三团全部以及第七十五团、第七十四团的一部分扩编为第二十五师，归属叶挺的第十一军。师长由周士第担任，党代表由李硕勋担任。

进城后，来到第二十五师师部的许光达等人，立刻报了到，把组织的介绍信也一起交了上去。周士第和李硕勋对他们表示热烈欢迎，并对他们长途跋涉、不畏艰难、坚定信念、追赶部队的精神大加赞赏。然后，周士第把南昌起义以来部队的情况向他们介绍了一下。许光达等人一刻也不耽搁地要求给他们任务。许光达被编入该师第七十五团三营十一连任排长。

第七十五团的前身是北伐战争时期叶挺独立团的第一营，是一支有着光荣传统的部队。这个团的绝大多数官兵都是共产党员。出色的军事指挥官、优秀的共产党员，黄埔一期学生孙一中是现任团长。蔡晴川（三营营长）、李逸虹（十一连连长）、廖浩然（十一连党代表）都是黄埔毕业生。许光达看到这些优秀的学长和领导，十分兴奋。

在这里，许光达遇到了他的同学、好朋友廖运周，他现在是第七十五团的参谋。许光达和廖运周，当初从武汉毕业分配到张发奎的第二方面军，又都在九江驻防，所不同的是许光达分配到第二方面军第四军直属炮兵营，而廖运周则分配在第二方面军直属炮兵团。在南昌起义前，廖运周从直属炮兵团离开要到第七十五团去找孙一中，曾来找许光达要和他一起走。因没有得到九江党组织的命令，许光达就没有与他一同前往。那一天，许光达得知南昌起义的消息后，十分懊悔自己没能和廖运周同行，还好后来接到九江党组织的指示，他们参加起义部队，心里才得到一点儿安慰。

109

南昌起义的枪声把蒋介石的美梦惊醒了，为了把南昌起义南下的部队阻击住，他只好慌忙调兵。8月18日，在韶关成立了广东国民党军阀以讨共为目的的第八路军总指挥部。右翼军总指挥由钱大钧担任，中央军总指挥由黄绍竑担任，左翼军总指挥由范石生担任，东路军总指挥由陈铭枢担任。此时，为了堵截起义军，钱大钧率四个师，黄绍竑率两个师正急忙从粤北分两路进入赣南，之后在会昌驻扎重兵，妄想把起义军截住。

于是，起义军前敌委员会作出了把会昌的国民党军先击破的决定：军官教育团和第二十军一部负责进攻会昌东北的国民党军，朱德任指挥；第十一军第二十四师和第二十五师负责进攻会昌西北的国民党军，叶挺任指挥；第二十军一部由贺龙指挥在瑞金附近担任预备队，随时策应各方。

许光达所在的第二十五师，从南昌起义以来，一直担任后卫。许光达在出发前，准备得十分认真，并把全排同志的枪支弹药都检查了一遍。他让战士们把白毛巾系在背包上作为标记，以避免夜行军时掉队。全师日夜赶路去参加会昌的战斗，由于不熟悉地形，加上又在夜间行动，他们发现路线搞错了，去的不是会昌而是洛口的时候，已经前进了很长一段路了。师长周士第、党代表李硕勋一下子紧张起来，随即命令部队立刻掉头，跑步向会昌方向前进，就这样，原本是后卫排的许光达所在的排便成为前卫排了。

赶到会昌时，枪炮声乱作一团，兄弟部队和国民党军队已经交上了火，周士第、李硕勋马上向指挥部赶去。前敌委员会书记周恩来、前国民党军队总指挥、第十一军军长叶挺，军事参谋团参谋长刘伯承，第十一军党代表聂荣臻正在焦急地等待着第二十五师的到来。

叶挺见到赶来的周、李二人，对他们说："虽然你们已经跑了一夜了，但让你们休息是没有时间了。你们必须马上投入战斗，朱德同志指挥的部队在城东北那面打得很激烈，那面有很多的国民党军。"他指着南山岭山顶说，"你们过来看，国民党军队不只在那个山顶上。在山顶北面、南面那一带高地上也有国民党军队。"他又指着靠西面一带的高地说，"二十四师的部队在这一带，他们也打得很激烈，伤亡也有一些了，现在和国民党军队是对峙状态。"他转向指挥部南面，指着寨炼说，"国民党军队在那个山上也派有军队占领，而我们没有部队在那里。"叶挺继续说："你们派七十五团进攻寨炼，要快一点儿把这个山头占领；高地北面一带的国民党军由七十三团进攻；七十四团从七十三团左翼进攻，得手后由北面向会昌城进攻。今天一定要把会昌占领。你们还要派人和朱德的部队取得联系。"

刘伯承接过叶挺的话，指着寨炼说："我们是后来才发现这个山上的国民党军的，如果不打掉这些国民党军队，他们就会从后面包抄我们！"随后，周恩来和聂荣臻又对他们提出好好地进行战斗动员，党、团员要起模范作用，保证完成战斗任务，把会昌拿下的要求。

周士第、李硕勋领受任务后，回到师部，给各团布置完任务，各团便分头行动起来。首先行动的是向寨炼的国民党军队发起攻击的第七十五团，团长孙一中一声令下，三营长蔡晴川率全营对城西的三个山头发起了冲杀。许光达的排是尖刀排，全排战士由他率领在最前面冲向国民党军。"哒哒哒……"国民党军队的机枪扫射过来，许光达一声大喊："注意隐蔽！"这时，他猛地发现还有一个战士在一个劲地向前猛冲，在这千钧一发之际，他不顾国民党军队还在胡乱扫射的机枪，一个大跨步冲上去，把那个战士推到了岩石后面躲起来，自己则倚在岩石后面，瞄准国民党军队的机枪，一枪使国民党军队的机枪成了"哑巴"。许光达跳起来，大喊一声："同志们，冲啊！"全排都在他的率领下冲了上去。那个被许光达救了一命的战士用感激的目光看着许光达，二话不说，就跟着他一起冲了上去。

许光达率部抢先把第一个山头占领了，还把国民党军队的一名营长活捉。之后部队又在他的率领下发起了对第二个山头的攻击，但是进攻被依靠着居高临下的有利地形的国民党军，用密集的火力网封锁住了，枪声、炮声顿时响作一团。

这时，许光达觉得胳膊突然被什么东西震了一下，他侧头瞄了一眼，胳膊受伤了，鲜血直流，他不顾自己的伤势，依旧拼命冲在最前面。这时排里的那挺机枪突然卡壳了，部队的冲锋被国民党军猛烈的机枪火力挡住了，连长李逸虹急得直骂娘。许光达快速飞奔过去，把机枪手一把推开，把机枪夺过来，很快就把故障排除了，接着把机枪端起来拼命地扫射，压住了国民党军的火力，部队又接着往上冲去。

双方在反复争夺第二个山头的搏斗中，均有很大的伤亡，这时第三个山头的国民党军队也赶来增援。团长孙一中果断地作出判断：如果让国民党军队顺利获得增援，整个战斗进程都将会受影响。他迅速地下令："从侧翼绕向山后的二营，从背后对国民党军队进行打击！"他让身边的警卫员准备好机关枪，随后手一挥，"一营跟我走！"说着便率领着第一营向第三个山头飞速地冲去。

这时，枪声在第二个山头的国民党军队背后响起，这是从侧冀绕向山后的第二营战士发起了对国民党军队的攻击，在国民党军队两面的第三营和第二营同时向国民党军队发起了进攻。国民党军队顿时阵脚大乱，只见许光达率尖刀排趁着这个机会把一排手榴弹甩向国民党军队的阵营，战士们借着硝烟的掩护，向上猛冲过去。第二营的战士们把前面掉头就跑的国民党士兵都活捉了，其余国民党士兵纷纷从山岩上向河里跳，因为这一带河水很深，所以布满河面的国民党士兵，时浮时沉，像水鸭子似的。

这时，在第一、二营的合力攻击下，国民党军队的第三个山头也被攻克了。丢弃阵地、狼狈不堪的国民党士兵，在水里拼命游着，想跑到城里去，团长孙一中一声令下："半渡而击，把冲锋号吹响！"

伴着响亮的"嘀嘀嗒嗒……"的冲锋号声，追击国民党军队的全团战士就像下山的猛虎。跑在最前面的是由许光达率领的尖刀排，嘴里喊着："冲啊！"并最先跳入河中，向国民党军队紧追过去……

虽然攻下了会昌城，但在会昌城驻扎的国民党右翼军总指挥钱大钧及其残部已向筠门岭方向仓皇逃跑，叶挺觉得十分可惜，如果第二十五师不迷路掉队，那钱大钧现在已经是瓮中之鳖了。

会昌战斗胜利了！这天，总结表彰会在第十一连召开，团长孙一中、三营长蔡晴川也来参加。在会上，蔡营长对在这次战斗中冲锋在前、英勇作战、巧妙地利用地形出色完成任务的许光达进行了表扬，同时宣布：第十一连连长由许光达代理。

瓦庙集战斗

贺龙率领部队历经艰难险阻，终于于 1931 年 10 月，返回洪湖。此时，红三军政委已由夏曦接任，他对王明"左"倾路线采取积极推行的态度，将红三军三个师擅自缩编为两个师及一个独立团。改任红第二十五团团长为许光达，隶属段德昌领导的红九师。

从 1931 年 1 月开始，蒋介石为了"围剿"湘鄂西革命根据地，调集了重兵，其中洪湖苏区是重点。在王明"左"倾路线影响下，以夏曦为首的湘鄂西中央分局，对洪湖苏区实行固守，坚持搞大规模的阵地战，致使红三军的境地陷入了被动。夏曦还把他的权力利用起来搞"肃反"，借机除掉有不同意见的人。

红三军与国民党军于 1932 年 1 月底，在瓦庙集展开激战。面对国民党的凶猛攻势，师长段德昌命令许光达率红第二十五团从国民党两支"清剿"部队中间插进去，把国民党军队分割。许光达率部立刻插了进去，国民党军队的进攻也随即停止了，并且在把有利地形抢占后，迅速进入防御，战斗呈胶着状态。国民党军队为了等待援军，把红三军围歼掉，想要拖延时间。这时，段德昌又命令许光达所部必须迅速把柳枝集的国民党军队消灭，于次日清晨把战斗结束。

瓦庙一带一个出盐的小工厂称为柳枝集，为了对工人实施镇压，资本家在工厂两侧修了碉堡。国民党把这个盐厂占据后，他们便有了最好的屏障——两座碉堡。有一个加强连在碉堡里守着，并在两边各放一挺机枪，形成了交叉火力网。

这时，二营派人前来报告："柳枝集火力太猛，我们已经被挡回来好几次进攻了！"许光达急了："你在这里指挥，我到二营去。"他对参谋长说完正要走时，团指挥所来了几位"肃反委员会"的干部，"夏政委找你谈话，跟我们到肃反委员会去。""我不能离开战场，我是这里的指挥员，等这一仗打完就来。"许光达说完头也不回地从团指挥所离开向二营阵地——柳枝集奔去指挥战斗了。路上看到红军战士押解着几名被反捆着双手的红军干部从他身旁走过，他心里十分不安，"肃反"又开始了。这几名红军干部这次去了，想再回来怕是不可能了，想到这儿，他默默地把帽子摘下了。

赶到柳枝集，许光达发现形势十分危急，二营长牺牲了，几个爆破组上去都没有打下来，碉堡里国民党军队的机枪还在喷着火舌，红军被压得抬不起头来。大批增援国民党军队的部队马上就到了，再耽搁就真的没机会了。急得眼里直冒火的许光达，直接带着爆破组冲了上去。"哒哒哒……"响完一阵机枪声后，许光达倒在了地上，鲜血不断地从他胸前涌出来，他失去了意识。大家把许光达送到洪湖苏区的后方医院，昏迷中的他还在断断续续地说："把我送去肃反委员会！"

经过了七天七夜的激战，瓦庙集战斗结束，段德昌飞马赶到瞿家湾红军医院，把许光达的情况简单向院长余学艺介绍了一下，临走前千叮万嘱："不管用什么办法，一定把他救活。"为了许光达能快点好起来，他还让当小学教员的妻子刘淑云专程赶到瞿家湾去护理。

余学艺把几个有经验的医生召集起来，对许光达的手术问题进行研究，大家议论纷纷，"子弹离心脏太近了，只有十厘米左右，搞不好会有生命危险。""院长，许团长身体太虚弱了，昨天晚上才苏醒过来，手术没有麻药，他能挺得住吗?""许团长伤势严重，必须马上动手术，不能再拖延了。"

躺在病床上，时有昏迷的许光达，听到了医生们的谈话，就说："大家不用顾忌我，直接做手术吧，我能坚持住。"

医生、护士都在手术室里紧张地忙碌着。当时苏区缺医少药，主刀医生杨鼎成虽然已是瞿家湾红军医院的"权威专家"，但他也只是一个不满20岁的小伙子，而且他只是在红军学校学了一点点儿中医技术，给有名的土郎中王炳南做了很长时间的帮手而已。可现在他面前的许光达，伤势很重不说，而且还没有麻药，他是真的忍不下心。许光达反而鼓励他说："抓紧时间动手术吧，我能坚持得住。"

终于开始手术了，许光达嘴里咬着毛巾，双手握得嘎嘎作响，额头上滚落下来豆大的汗珠……看着这情景，护士黄超云止不住地往下掉眼泪。过了几十年，她再回想这件事，仍觉得心有余悸，"我从来没见过那么刚强的人! 地上鲜血接了一盆啊……"她在回忆时说。

因为子弹进得太深，虽然大家拼尽了全力，可还是没取出它来，手术失败了。如果不取出子弹，许光达的生命就会有危险。余学艺作出了进行第二次手术的决定，在刚刚缝合的刀口上，医生们又切开一道口子，子弹还是没取出来，手术依旧失败了。

贺龙为了看许光达，从前线赶来的时候，医生们正好给许光达做第三次手术，他在窗上趴着往里看，真是不忍直视啊! 第三次手术依然没有成功。

长时间忍受着剧痛的许光达，脸色惨白，同死神顽强地进行着抗争。这时，刘淑云把亲手做的莲子粥和母鸡汤端到许光达的面前，给他一口一口地喂。最后的一次努力也失败了，院长也感到：想动手术把许光达体内的子弹取出来，光凭医院现有的技术条件和医疗水平，是不可行的，现在，进行防感染等保护性治疗是医院唯一能做的。

见贺军长来了，院长只得把手术的情况如实报告给他，并提出送出洪湖去白区医治的建议，还说耽搁不得，一定要快，不然就会有生命危险。考虑到许光达是"肃反委员会"挂了号的人，贺龙没有立刻表明态度，只是说："现在看来，这是最好的办法了，我回去跟他们说。"

许光达两天后接到了党中央通知，中共中央决定把部分干部抽调去苏联学习，让他跟着队伍一起到苏联把枪伤医治好后一起学习。

出国造就了"中国装甲兵之父"

能去世界革命的指导中心——苏联学习，实在是一个千载难逢的机会。可是，一想到要离开祖国，许光达又感到十分惶惑。更何况，如果这次去的话，更不知与自己已离别了三年多的妻子什么时候才能再见面。这个三次动手术没用麻药，痛得冷汗淋漓都没有哼一声的刚强汉子一想到在家乡为自己受苦受难的妻子，眼眶禁不住发热。他强忍着剧痛，把他想对妻子说的话都浓缩成了一封短信，并且为了表示他对妻子的一片心意，把贺龙给他治病的100法币也寄给了她。

许光达等一批干部于1932年5月，瞒着所有人经营口、满洲里越过国界到达赤塔，于6月底到达莫斯科。

本来，对一个小伙子来说，一个多月的旅途劳顿应该算不了什么，但在这一路上，许光达却十分痛苦，特别是在从满洲里偷越国境要坐马车的时候，在山中徒步行走颠动，伤口也因此扯破了，经常使他痛得直冒冷汗。因此，一到莫斯科，他就被送去医院动手术。手术十分顺利，加上他年轻、身子骨好，很快就恢复得跟以前一样健康了。

9月，他进了国际列宁学院攻读哲学、政治经济学和马列主义的经典著作。跟以前上学的时候一样，只要是学习，他都以忘我的热情钻进里面，所以他的理论水平有了很大的提高。

许光达还在假期参观了苏联的集体农场和工厂。当时国内形势稳定的苏联，正处于社会主义建设的迅猛发展时期，许光达看到苏联的建设成就十分兴奋，更加对中国革命的前途充满了信心。

1934年秋，许光达转入中共代表团组织的高干军事训练班，就团、师、军三级攻防战术展开学习，对英、美、日等外军战术作进一步研究，本身就具有丰富实战经验的许光达因为这些学习更成熟了。

1935年2月，训练班结束。这时许光达接到到苏联边防军司令部工作的任务。到任后才知道让他的工作是代表苏联出面调解新疆盛世才和马仲英双方关系。他扮成顾问秘书，在新疆往返斡旋一年多，其表现出来的出众的才能，获得了边防军的称赞。

1936年秋，为了使中国红军学习汽车、坦克和大炮技术，东方大学举办了一期汽车训练班。许光达作为一位学炮兵出身的红军指挥员，被训练班选送去学习。

苏联已有十多年的红军建设经验，也有较为发达的军事科技。有一定的知识基础的许光达，比任何人学得都快、都好。他不仅对坦克、汽车的驾驶技术进行了学习，还对现代战争中坦克、大炮的战术原则有了很深的了解。

许光达知道，尽管现在中国红军拥有的还只是少数简陋的火炮，但中国一定会建造出在战场发挥较大威力的坦克这一新式武器兵种的，因此他投入自己的全部精力，废寝忘食地钻研，这也奠定了他日后领导中国人民解放军装甲兵建设的基础。

但是，后来因为和王明有冲突，许光达在汽车班的学习中断了。

原来，中国工农红军长征到陕北后，根据形势需要，党中央召开了瓦窑堡会议，会议上《中央关于目前形势与党的任务的决定》通过，决定把与国民党多年的对立果断抛开，号召全民一起抗战，挽救民族于危亡之中。国内高涨的抗日浪潮，传到了莫斯科，在苏联学习的中国学员听到这一消息后异常兴奋。他们十分急切地想要了解国内情况，知道党中央的有关方针政策。汽车班学员的心情更是急切，除了关心国内形势外，他们还十分不满训练班那些不切实际的学习内容，提了很多意见给负责制订学习计划的共产国际中国代表团。作为党支部书记的许光达，认为自己有责任把同学们的心声反映给党组织，于是，他找到了驻共产国际代表王明。谁知，王明斥责这一完全符合组织原则的行为是为煽动学员反对共产国际的派别活动，许光达也因此受到审查，不久后就被列宁学院调回。

1937年，七七事变爆发，中国开始全面抗战，他渴望以自己所学的知识报效祖国，回国参加战斗。他终于于11月，接到了奉命回国的通知。同行的战友都上街买点儿东西留作纪念，许光达在苏联留学了五年，按理说也是该买一点儿纪念品的，但他却没有这份心情，此时他归心似箭，一心只想和杜甫一样："即从巴峡穿巫峡，便下襄阳向洛阳。"

许光达等人于1938年1月回到了延安，毛泽东、王稼祥等对他们表示热烈欢迎。毛泽东走到许光达面前，微笑着说："你也是湖南长沙人，我们是老乡噢！"并就他在苏联学习的情况作了详细询问。

党中央在这批人身上寄予了厚望，毛泽东风趣地说："你们都是喝过列宁故乡的洋墨水的洋包子，都是有学问的人哟！你们回来，中央表示热烈欢迎。欢迎你们回来参加伟大的抗日战争。我们的党、我们的军队已经把最艰难的时刻度过去了，在抗日战争中得到了发展，将来还要大发展，需要人才嘛！你们这样的干部，愈多愈好！希望你们回来以后，发挥好作用。"

不久，许光达到抗日军政大学担任训练部部长，不久任教育长，都是重任。在任教育长时，许光达为把抗大学员培养成革命的栋梁而呕心沥血，从未辜负过毛泽东的期望。他发表了多篇军事学术论文，例如《战术发展的基本因素》《军队的组织问题》《抗大最近的动向》《论新战术》《反敌季节扫荡》等，这些论文将他相当高的理论造诣表现了出来，历史唯物论的观点也是随处可见，对军队的建设很

许光达在延安

有价值，在军队建设的过程中，其中一些还成为了重要参考著作。

他常常对一些问题，有清醒的分析，有科学的预见，有独特的见解。

第二次世界大战于1939年爆发了，西欧14国遭到使用闪击战术的德军的横扫。苏联也遭到德国突然进攻，大片领土被占领，全世界都十分震惊。一些人认为闪击战是最新的作战方法，所向披靡。然而，1939年7月31日，也就是德国向苏联发起突然袭击后的第39天，许光达的《闪击战的历史命运》一文在《新华日报》上发表了，文中对苏德双方政治、经济、军事等方面力量对比，运用马克思主义的观点进行了科学的分析，指出："闪击战术是资产阶级军事思想发展的高峰，而不是什么最新的作战方法"，"比起新型军队的军事思想要落后得太多"，"德国的闪击战如果遇到了另一种最新型的、代表人类正义进行战争的、有同等装备和技术，甚至超过它的军队，闪击战就会遭受悲惨的破产，在那里进入坟墓"。因此，他预言"希特勒的

闪击战在苏德战争中必然覆灭"。

果然，就像许光达预料的那样，四个月后，苏联红军发起对德军的反攻，并在莫斯科保卫战取得了胜利。战争的结局给许光达的远见卓识作了最好的证明。

许光达的人生因为 20 世纪 30 年代的这一次去苏联，发生了巨大的改变。众所周知，许光达战斗过的湘鄂西苏区后来肃反严重扩大化，孙德清、段德昌、李剑如、王鹤、王一鸣等一大批曾与他一起并肩战斗过的好友、优秀指挥员都惨遭毒手。连贺龙都曾受到迫害，最后未出事也仅仅是因为威望高，打仗离不开他。负伤前，许光达已因反对"左"倾领导者脱离根据地流窜，受到党内警告处分。夏曦比前任更"左"，一腔赤子之情的许光达倘若不因负重伤被贺龙送走，颈上的头颅能否保得住还是个未知数。去苏联后，他不仅把伤治好了，命保住了，而且在苏联进行了长达五年的学习，为他解放后组建装甲兵打下了坚实的基础。他对这一点，也深有感触，在他 1955 年向毛泽东和中央军委申请降衔、谦辞不受大将军衔这件事上应该是最能表现的。

因此，从上述意义上看，有人说，中国的"装甲兵之父"是一颗子弹打出来的这个观点倒也不是言过其实。

漂亮的伏击战

《关于反日军蚕食政策的指示》于 1942 年 5 月 4 日，由中共中央北方局和八路军总部联合发布，号召把反"蚕食"斗争当作最紧急的斗争任务，把华北各敌后抗日根据地的党、政、军、民一致动员起来。中共中央晋绥分局的高级干部会议于年底召开，对毛泽东关于把日军挤出去的指示进行传达贯彻。1943 年初冬，刚刚从晋绥军区开会回来的许光达，就立刻召开团以上干部会议，把会议精神传达给了下属。

许光达说："同志们！毛主席作了重要指示给晋绥军区，对我们提出了发动群众，搞民兵，搞武装工作队，'把日军挤出去的要求'！同时，毛主席还对我们提出告诫，必须使军心、民心振奋起来，采取积极进攻的政策对付日军。否则，再缩小根据地，只会有更糟的未来！"他环视了大家一下，又接着说："大家想一想，毛主席偏偏是说宝坻人'挤'出去这个'挤'字，而不是说把日军赶出去，或是打出去，大有文章。"

看到大家都是一副糊里糊涂的样子，许光达进一步解释道：毛主席再三对我们提出告诫，抗日战争是日军与中国军队在军事、政治、经济、文化等各方面犬牙交错的战争。因此，我们也要从各个方面把日军给挤出去。这个"挤"字，既是对日军斗争的方法，也是对日军斗争的方针，这就要求八路军不仅要进行军事斗争，还要把政治斗争搞起来，尤其要把群众发动起来。

大家听完许光达的话后豁然开朗，经过认真研究和讨论，大家把"挤"日军的方法确定了下来，即一是为了造成日军的困难，逼其撤走，把日军的据点包围，使其孤立；二是乘虚攻击找机会把其占有；三是必要的时候鼓动伪军反正，里应外合把其占领；四是条件可能时，如有形势需要，可把兵力集中起来将其占领。

战火中的将军
zhanhuozhongdejiangjun

因为"挤"日军的先锋是武装工作队,所以大量扩充与建立工作队,就成了必须要做的事。许光达决定,除原有的武工队外,要把第二分区主力部队军政素质较好的干部、战士抽出来组成武工队,而且必须由斗争经验丰富、政策水平较高的营以上干部担任其队长、政委。对党的政策进行执行;做日本军队占领区的群众工作;把群众争取过来和发动起来;利用伪军亲属、家属、朋友等关系做伪军工作是武工队的主要任务。许光达还另外强调:一定要区别对待对日军组织的维持会,伪村长、乡长、保长、甲长,办事时按党的政策来,坚决打击死心塌地投靠日军的汉奸;要尽量争取一面支持日军,一面应付八路军的人过来支持我们;要尽量不使表面为日军办事,实际拥护八路军的人暴露身份,为他们能更有效地为八路军工作创造有利条件。

从这以后,在第二分区的范围内,一场群众性的"挤日军"运动掀了起来。第二分区的反"蚕食"斗争,在许光达的领导下,经过几个月的艰苦斗争,获得了初步胜利:把五寨县伪县长、风子头区伪区长以及其他伪官吏120多人捕获;在清水河地区,把37个伪村公所摧毁,并在那里建立了抗日政权,其他伪政权也已趋于崩溃。

一天,许光达得到神池县伪县长张芝纲要到五寨县去接替县长职务的情报。他认为可以在这里面做做文章是完全可以把张芝纲争取过来的,因为他同那些死心塌地为日本人卖命的汉奸是不一样的。于是他命令部队设下埋伏,在五寨县老牛坡把张芝纲活捉。

张芝纲不一会儿就被带来了,许光达严肃地对张芝纲说:"你是很明白我们的政策的,如果你想要出路,很简单,只要你弃暗投明,洗心革面就行,而且如果你立了功,八路军还会奖励你。"

张芝纲说自己很愿意按八路军说的去做,愿意立功。许光达说:"很好,现在就有一个立功的机会在你面前。你先写一篇文章,内容是揭露日军暴行的,然后再写一封公开信给你的亲朋好友,规劝他们不要再为日本人卖命了,改邪归正。"

张芝纲很快就按要求就写好了,许光达给通信员递过文章和信,要求送这两篇文章去发表。没几天,晋绥军区出版的《抗战日报》上就刊登了这两篇文章,日伪人员看到这封信后,内心产生很大的波动。镇守偏关城的伪军大队长张镇戍不久后派入把一封信送来。许光达打开信,上面写道:

尊敬的司令员:

我们看了张芝纲的公开信,很受启发,我们也深感再为日本人卖命下去,没有出路。因此,我们想弃暗投明,投奔您部,不知您意下如何?盼望见到您的回信。

张镇戍

看完信,许光达马上拿出纸和笔写了封回信给张镇戍,把八路军欢迎他过来的想法在信中表明了。

张镇戍接到许光达的回信后非常激动,觉得许司令员这是看得起他。几天后,他就带领200多人起义,向许光达投奔过来了。大家都觉得,这种把日军"挤"出去的策略实在是高明,没有浪费一枪一弹就成了。

1943年夏天,为了给扩大第二分区的抗日根据地创造更好的条件,晋绥军区作出对日军发动一次夏季攻势的决定，管涔山区是进攻目标。许光达决定亲自到管涔山区走一趟，以保证有十足的把握赢得这次进攻，于是他带领着骑兵班上路了。十几匹骏马飞奔在管涔山区，路上的尘土都被飞扬的马蹄踢得飞了起来，但很快又落下去了。许光达等人进入日军的第一道封锁线已是中午。只见通往峡谷的所有通道都被山梁上日军的炮楼控制着，有一条挖得很深的战壕在炮楼的四周，这是一条比较危险的道路。

作战科长陈阳春认为要想通过这里，白天是很困难的，便建议许光达：等晚再通过，现在先休息一下。许光达却认为：等到晚上大可不必，只要尽量把声势营造出来，猛冲过去就行。司令员的意思大家都明白了之后，立刻飞身上马，和许光达一起大喊："冲啊！杀啊！大部队往前杀啊！"

听到外面的喊杀声、马蹄声，炮楼里的日军急忙探出头来看，看见飞扬的尘土，听到震天的喊杀声，以为是大部队的八路军来端炮楼了。许光达等人趁日军还没有搞清楚当时的情况，已经顺利地从封锁线冲过去了。

许光达率队到了山北，进入了抗日堡垒村的时候，太阳刚落山。八路军第九团李副团长带着三个连和当地武工队正在这一带与日军周旋，经过他们神出鬼没的打击，现在日军主要在八角堡龟缩着。

日军固守的中心据点八角堡，在镇子的四周用砖砌成了很高的围墙，还重新修了一些炮楼，近200名日伪军在此驻守着，八路军准备这次把八角堡据点一举拿下。

夜已经很深了，许光达不顾一天的疲劳，在煤油灯下认真地看着地图，思考着怎么把八角堡端掉。这时，一觉醒来的李副团长，见司令员都没有休息，也一个翻身坐起来，一起和许光达看地图，研究对策。许光达了解了一下李副团长的情况，原来以前李副团长曾率部打过几次八角堡，都没有成功。看来不可以强攻，必须再想别的方法。许光达正对如何拿下八角堡盘算着的时候，听到李副团长讲的日军经常出来活动的消息，他当即决定："我们就给他来个'引蛇出洞'，拿下八角堡！"

几天后，在八角堡南面的庄稼地里，有二三十个"土八路"正在收割麦子，看到这一情况，当地维持会的汉奸马上把这一线索报告给了八角堡的日军中队长。这怎么行，这些粮食就是日军的命根子，八路军来抢割，怎么可以！日军中队长赶紧向伪军下令，把粮食夺回来。

带队离开八角堡的伪军中队长直接向南面的庄稼地奔来，看到伪军出动了，这些"土八路"也不跟他们对抗，把收割的小麦驮上就向山梁上跑，一见这样，伪军中队长胆子就大了，只是有几条破枪的"土八路"，好对付，大喊着："弟兄们，立刻给我追，把土八路抓住，皇军重重有赏！"

一窝蜂似的拥了上来的伪军们，一直追到山梁上见连"土八路"的人影都没有，又接着往前追，早已埋伏在南辛庄附近的八路军眼见伪军就要到了，一起向伪军开火，只见伪军有的死、有的伤，没丧命的也都当了俘虏。没过多久，战斗就结束了。

过了几天，在一个黄昏，在离八角堡不远的山上，几个武工队员大摇大摆地向下走去。八角堡里的日军中队长拿着望远镜看到了他们，赶紧喊道："紧急集合队伍，出发！"这些日军在武工队后面悄悄地尾随着，见"蛇"已经出洞了，武工队员就进到了一个村子里面。这时天已黑下来了，日军中队长便吩咐："快把这个村子包围起来，今天晚上，武工队一定会在这里宿营！"很快村子就被日军团团围住了，村里的武工队员见此，都在暗暗叫好。

天刚破晓，一阵紧似一阵的枪声就从八角堡方向传了过来，只见八角堡到处都是冲天的火光。原来，从山上走下来的昨天晚上的那几个武工队员是专门引诱日军的，武工队员的主力等八角堡的大部分日军被调走之后就秘密地前进到了八角堡的外围了。天一亮，就发起了进攻，把八角堡的日军据点一举拿下了。

看着八角堡上空的滚滚浓烟，包围村子的日军中队长，才明白过来自己中计了，赶紧命令部队撤退。但哪知道武工队员早已预先埋伏在距离八角堡还有五公里的地方，当日军行进到那里的时候，又遭到了那里的武工队员的袭击，被打了个措手不及的日军，大半都或死或伤，日军中队长也当场丧命，剩下的日军只好向义井据点撤退。八路军终于把八角堡这个日军的中心据点拔除了。

榆林战役

1946 年 11 月，许光达从军事调处执行小组回来后，又接到了晋绥军区第三纵队司令员的任命，独立第二旅、第三旅和第五旅三个旅是其下辖的旅，同国民党军队在晋中、晋北浴血奋战，与各解放区军民一起把蒋介石的全面进攻粉碎了。

国民党反动派全面进攻解放区的计划于 1947 年 3 月遭到破产之后，转而把优势兵力集中起来，发起了对陕甘宁和山东解放区的重点进攻。党中央、毛泽东决定采取"三军配合，两翼牵制"的战略，粉碎蒋介石的重点进攻，具体部署为：从鲁西南强渡黄河后，千里跃进大别山的任务由刘、邓大军担任；向豫皖苏地区挺进的任务由华东野战军主力陈、粟大军担任；自晋南强渡黄河，向豫西挺进的任务由晋冀鲁豫野战军陈赓、谢富治的太岳兵团担任。在江、淮、河、汉之间，三军摆成"品"字形阵势，相互配合，把国民党军队机动歼灭。由许世友、谭震林指挥华东野战军的四个纵队在胶东展开攻势，把山东的国民党军队继续向海边吸引；彭德怀指挥西北野战军出击榆林，使胡宗南主力受调动而北上。作为两翼的山东和陕北把国民党军队牵制住，以策应刘邓、陈粟、陈谢三军在中央突破的行动。

3 月 18 日，中共中央机关从延安主动撤离。留在陕北的毛泽东和周恩来等率中共中央直属支队（又称"昆仑支队"），继续指挥全面解放战争，并运用"蘑菇战术"和彭德怀领导的西北野战军一起与国民党军队周旋，拖着胡宗南部 25 万大军在陕北进也不是、退也不是，给全国其他战场带来了有力的支援。

8 月初，许光达接到中央军委让他率第三纵队西渡黄河，归西北野战军建制，受彭德怀指挥，参加榆林战斗的命令。

1947 年 8 月，解放军西北野战军发起了榆林战役。

当时许光达担任第三纵队司令员，扫清国民党外围据点高家堡是他的主要任务。

从东面通往榆林的门户和必经之路就是位于榆林东北方向的高家堡。国民党军第八十六师的一个团和一个补训营在这里驻守。根据解放军预定的作战计划，二十一团作为预备队，乔家堡由三纵独二旅第三十六团攻击，高家堡由十七团攻击。开始战斗后，解放军的攻势被利用坚固的防御工事的国民党军队挡住了。尤其是十七团，在进行高家堡外围据点乔家滩的战斗时，受到了重大挫败，副团长和参谋长都因此负了伤。二旅旅长唐金龙亲自跑到十七团指挥所，给团长下达命令：组织突击队，发动第二次攻击，并准备加上预备队二十一团。就在二旅旅长准备全力攻击的时候，许光达赶到了十七团指挥所。

许光达问："现在是什么情况？"

两眼喷火的唐金龙，大声叫道："我和狗日的拼了！"说完就要带部队冲锋。

久攻不下，孤注一掷是兵家之大忌，必将遭受更大的伤亡。在这千钧一发的时刻，许光达依然保持着清醒的头脑，他对二旅旅长说道："看来必须将打法改变了，要想达到目的，光靠拼命强攻是绝不可能的。乔家堡这个小钉子钉得紧，想拔掉它不是一件易事，就先暂且不拔它了，去拔那个大钉子，只要大钉子动了，不愁小钉子不会动摇。"

许光达又说："不要只是呆板地按照老的打法去作战，先前沿，后纵深，一层一层的来，步步推进。为什么不可以把乔家堡放下，从它这边绕过去，放开胆子先去把高家堡攻克呢？"

部队官兵因为许光达的这番话，一下子豁然开朗了。

按照许光达的新战术，部队实施越点攻击的方法，并以一部兵力把高家堡西山控制了，从背后把国民党军队与榆林方向的联系切断了。这一下，国民党果然撑不住了，于是派出代表，提出要与解放军谈判，就投降事宜进行交涉。

许光达知道这一消息后，心里十分高兴，想着国民党军最终还是支撑不住了。但是，当他知道解放军在乔家堡只把国民党军一个营歼灭，而乔家堡仍在国民党军手中以后，许光达又沉静下来，想："国民党军在两地有四个营的兵力，他们还把乔家堡握在手中，战斗也没分出明确的胜负，那这么着急投降是为什么呢？肯定有问题在这里面。国民党军是想用缓兵之计，拖延时间，调整战斗部署和等待榆林援兵才是这出好戏的目的。"许光达马上告诉唐金龙这一判断，要他不要钻进圈套里。他说，为了考虑的周全性，解放军可以先礼后兵，给国民党军一个时间限制，如果国民党军队在规定的时间内投降，解放军可以为其生命财产的安全作保证，但时间一过，解放军马上发动攻击。

国民党军果然不是真心投降，就像许光达所预料的那样，超过限定时间，也没见国民党军投降的行动，许光达立刻下令开始总攻，国民党军顽固抵抗，但在解放军的猛烈攻击下，最终支撑不住惨败，解放军顺利把高家堡攻占，并趁乔家堡国民党军正在混乱不堪的时候，将其也占领了。在许光达的正确指挥下，共军此役全歼一个团又一个营的国民党军队，把陕北警备司令张子莫、第二五八团团长李含芳以下1400余人俘获。

许光达在作战指导上具有很强的灵活性和主动性，在高家堡一仗上显示了出来，他不局限于传统的层层剥皮战术，对消耗战和盲目的蛮干予以反对，并且把主要矛盾和作战的关节牢牢抓住；在运用作战手段上，能以一部分兵力实施佯攻，把国民党军吸引过去迷惑住，而以主力突然向国民党军队纵深的核心要点猛攻，最后快速结束战斗，同时也把国民党军队的要害击中，创造了作战胜利的条件；在对国民党军队的意图的判断上，能透过现象看本质，不为国民党军队的假象所迷惑，通过战果统计和定量分析，辨别真伪，及时把国民党军队的阴谋识破，排除了作战胜利的障碍。

在一野，许光达被人称为"儒将"。这与他的"科班军官"的学历肯定有脱不了的关系，但同时也是对许光达作战善于谋略的最好说明。作战中一个制胜的重要手段就是"心战"。"上兵伐谋，其次伐交，其次伐兵，其下攻城"的思想是我国著名的大军事家孙武最先提出来的。许光达把中国古代"心战"思想的精髓吸收进自己的脑海，再在作战中把攻城与攻心相结合，所以经常能收到一举两得的战绩。

许光达率三纵队于1947年10月初兵临清涧城下。位于延安与绥德之间的清涧，是咸榆公路的要冲，也是给共产党中央腹地带来威胁的一颗钉子。清涧城地势险要，易守难攻。国民党军整编第七十六师负责守城的任务，师长是与许光达在黄埔军校时是同班同学的廖昂，两人分手20年后，在战场上重新面对面地较量了。作为攻方，许光达决定第一步先把外围扫清，把城外的制高点控制住，第二步则是在第一纵队的配合下靠强攻把清涧城拿下。

10月6日，外围作战打响。解放军发动猛烈的进攻，爆豆似的枪声把晚秋的空寂都打破了。

占据着有利地形的国民党军队，也很顽强地进行了反击，给解放军带来了很大的困难。但是发扬勇敢顽强的战斗作风的解放军，连续打了三天三夜，到10月9日，基本完成了外围作战任务。

许光达望着眼下处于平静状态的清涧城，思忖起来：从目前情况看，虽已基本把外围扫清，但城里的国民党军队心存侥幸，而且他们还有相当大的实力，肯定会顽抗下去，等待援军的到来，若是强攻，肯定会增大解放军的伤亡。许光达决定在解放军已处优势的情况下，给廖昂写封信，晓以利害，规劝他投降。若廖昂投降，兵不血刃，就算廖昂不肯投降，至少能使国民党的军心动摇一下。于是，许光达把纸笔掏出来，给廖昂写了这样一封信：

廖昂兄：

别来无恙！

你我由军校毕业，分手已20年矣！不期在清涧相遇，真乃有缘。可惜，炮火连天，工事阻拦，你我只能隔城相望，不能握手言欢，实乃憾事！站在清涧城郊，不由得使我回想起与廖兄军校同窗时的生活，那时，你我都是热血青年，秉承总理遗愿，致力军事救国，渴望创功立业……岁月流逝，几经沧桑，往事仍然历历在目。尤以在军校填写《学员政治面貌登记表》时的情景铭心刻骨，终生难忘。

眼下，解放军已将清涧城团团围住，援军也被我阻击，也是自身难保。清涧是朝不保夕，破城在即。我念及与你同窗情谊，不忍亲睹城破之日你身陷图圄，故陈说利害，劝兄迷途知返，弃暗投明。

我党的政策历来是既往不咎，立功有赏。你若能率部起义，使生灵免遭涂炭，乃我民众之大幸，望兄三思而行。

切！切！

同学许光达（德华）

看到许光达这封信后，廖昂心里一阵惊悸。他是十分熟悉许光达的，虽然许光达外表看起来很文静，但他的内心却无比刚强。现在，攻打清涧的部队正是由他指挥，其实许光达信上分析的形势是事实，廖昂在心里是承认的。可他心里盼望胡宗南的援军到来的侥幸心理也还有。怎么做呢？他也没个准数。投降吧，又不甘心；死守吧，又实在是太难了。廖昂的部下，也因为他的举棋不定引起了恐慌，都在私下里议论纷纷，比较着得失。

一个部下说："我们还是放下武器，接受共军的主张吧！"

另一个部下反驳："那怎么可以？投降就是对党国军人身份的侮辱。"

开始还在左右摇摆的廖昂，知道援军已到清涧城西南地区时，又变得强硬起来，拒绝投降。但是因他的左右摇摆，他的部下军心早已涣散，尽管后来廖昂严令抵抗，但许多人都已不想再战了。

一封致国民党主帅的区区数言短信，在战场上，往往比成百上千发炮弹的威力还大。

许光达见廖昂没有投降，就指挥部队发动了进攻。

许光达在战斗最激烈的时候，来到了十七团。见到许光达，团长有些急了，急忙跑过来："司令员，这里很危险！你怎么又来了？"

刚说完，在他们不远处就有一发炮弹爆炸了，他们的身上落满了溅起的泥土。十七团团长赶紧拉着许光达进了团指挥所。

经过了一昼夜的激战，解放军终于攻克了清涧，共歼灭 8000 余名国民党士兵，其中把中将师长廖昂以下 6600 余人生俘。

带领指挥部进入城内的许光达，和押着一队俘虏走过来的战士们迎面碰上后，勒马站在路边察看，他看到一位俘虏感觉十分眼熟，就指了指那个俘虏，说："你抬起头来。"

那名抬起头的俘虏正是廖昂。

在这么多人的俘虏群里许光达怎么能一眼就把穿上了士兵服装的廖昂认出来呢？许光达事后说："廖昂尽管换上了士兵服，可是，却掩饰不住他黄埔军官的气质，我还离很远就看出他了。"

许光达带着廖昂到了指挥所，廖昂站在他的面前，一言不发，虽然很沮丧，但仍不乏傲气。

许光达指着身旁的一个凳子，说："坐！"

迟疑了一下，廖昂坐了下来。

许光达掏出烟，自己点燃一支，也给廖昂递了一支，淡定地问："你看到我的信没有？"

"看到了。"

"那为什么你还死守？"

122

"我没料到你们这么快。"

稍许，许光达又说："我们上次见面还是好多年前吧！咱们走的是不同的路，不过你走了一条错路。"

廖昂不服气地说："你们是不正规的战法。"

许光达笑着问："那别的原因呢？"

"要是援军早到，这个结果也就不会出现了。"

许光达说："要是你不服，我把你放回去，你再找胡宗南要一个师来，咱们进行第二次较量。"

"不敢！不敢！"廖昂嗫嚅地说。

"那好，你先出去吧。"

廖昂向许光达敬了一个礼以后，就被带走了。

解放兰州

1949 年 2 月，随着解放战争的顺利发展，以适应人民解放军向全国进军的需要，加快中国革命胜利的步伐，中共中央军委决定，对全军实行统一编制，人民解放军各野战军按照序列整编，西北野战军整编为第一野战军，其所属的第一、二、三、四、六纵队整编为各军。许光达任第三军军长。随后，1949 年的春季攻势和陕中战役发起，第三军由许光达率领参加了两次会战。7 月，第一野战军下属的人民解放军被整编为兵团，许光达担任第三、四、六军组成的第二兵团的司令，政委由王世泰担任。

王世泰是陕西洛川人，和许光达认识得很早，彼此也很熟悉。早年在刘志丹的手下做事，在抗日战争时，曾担任陕甘宁晋绥联防军副司令员等职。解放战争时，任西北野战军第四纵队司令员，后又担任第一野战军第四军军长。

8 月，扶郿战役爆发，第二兵团由许光达、王世泰率领参战，扶风、宝鸡、凤翔先后解放。为了配合杨得志的第十九兵团追歼向陇东逃跑的国民党军马鸿逵、马步芳部，第二兵团与第六十三军及王震的第一兵团于同月组成左翼兵团。许光达率领部队于 8 月 20 日到达兰州城下。

为了守住兰州，马步芳可以说是采取了各种各样的措施：企图会同马鸿逵、胡宗南部，依靠兰州的坚固工事和背山靠水的险要地形，内外夹攻解放军，一举在兰州外围把解放军第一野战军消灭掉。关于守城部队，马步芳作的部署也是十分的精细、周密，南山各要点与城区由战斗力最强的两个军和两个骑兵旅，共 5 万余人，重点守备；为了保障兰州左翼安全，在兰州东北的靖远、景泰黄河两岸地区，以两个军 3 万余人进行控制；为了保障兰州右翼安全，在临洮、临夏地区，以新编骑兵 2 万余人进行控制。同时发给每个守城士兵三块银圆，宣传说："我们誓与兰州共存亡，活着是阵地，死了是墓场。"

人民解放军要想把大西北解放，就必打夺取兰州之仗。为了在兰州聚歼马步芳部队，彭德怀决定以杨得志的第十九兵团和许光达的第二兵团的两个军分南北两路把兰州包围。

123

为了这场战役最后的胜利，许光达率领第二兵团师以上干部对兰州地形进行了仔细侦察。他对大家说："你们大家都仔细看一看，把这一仗要全歼国民党军队的关键找出来。"

有个师长说："我看要夺取兰州的主要屏障——南山是最关键的！兰州之所以被国民党军队视为'攻不破的铁城'，就是因为它的工事十分强固，守备容易，攻克却是十分难的。而从下往上仰攻的我军，面对难攀的峭壁和难以越过的壕沟，是不便于兵力的运动和展开的，所以，我们一定要先把南山这个据点控制。"

许光达点了点头，对师长的话进行补充说："我们不但要把南山控制，而且还要把敌人的唯一退路——黄河铁桥控制住！"接着他又把他具体的想法进一步阐明，"现在正值夏季，雨水较多，一旦下雨，这里的水流就会变急、加大。若是敌军再来个夹河布阵，那么我军想要渡河就会变得十分困难，因此，黄河铁桥也是我们一定要控制的。"说完这些，他又继续带领大家去实地侦察了一遍。

不知不觉，他们一行来到了西柳沟、西固城一带，看到国民党军队并没有在这里设军把守，许光达心里十分高兴，对第八师胡副师长说："你明天带领一个团在这里埋伏着，把敌人的供给线切断，等到我们发起向兰州的进攻的时候，再把溃逃之敌截在这里，并击败他们！"

胡副师长说："是，司令员的这步棋走的真好，放一个团在这里，就等于把马步芳的喉咙掐住了！"

许光达一行侦察地形回来，他又马不停蹄地进行战前动员。他说："也许我兵团在解放战争中的最后一个大的战役就是兰州之战，打胜了这一仗，也就意味着我军已把胡宗南、马步芳的势力消灭，那么全国解放的进程就可以加快了！"讲到这里，他激动地说："现在我要把一个好消息告诉大家，那就是政协会议正在北京召开，他们在就新中国成立的有关事宜进行商讨。"他的声音继续抬高："同志们，这也就是说，我们期盼已久并为之流血奋斗的新中国就要诞生了。为了献上一束鲜花给我们盼望已久的新中国，我们必须要把这一仗打好！"

会场欢呼一片，战士们万分激动，盼了多少年的这一时刻，终于要来了！从1921年中国共产党诞生，他们就开始为之奋斗，他们中有很多人从八一南昌起义一路走来，经历了艰难的红军长征和抗日烽火的洗礼，前仆后继、流血牺牲，为了共同的理想信念，终于迎来了新中国的诞生。

许光达率第二兵团的第三、四、六军，于8月21日分别向马架山、营盘岭、沈家岭发起了进攻，要一举将锁住兰州的这三把锁砸开。然而，经过了一天激战，不仅一块阵地也没有夺下，还造成了部队很大的伤亡。

看着满脸泥污的战士和受伤的战士们头上、身上缠着的绷带，许光达心里非常难受，他立即组织召开了党委会，让大家对这次进攻失利的原因作一个分析。

大家都在积极地分析着，你一言我一语，大多数都认为干部战士滋长了轻敌骄傲的情绪，有轻敌思想是这次久攻不下的主要原因。因为扶郿战役把胡宗南四五万人一下子吃掉，就有人说："马步芳算什么？守兰州也不过是装腔作势，他见我们一冲，肯定就得跑。"

听着大家的发言，许光达对王世泰说："有这种轻敌骄傲的情绪在作怪，不打败仗才怪！""是啊，骄傲乃是兵家大忌，这是历史留下的教训。现在我们要想把这种轻敌骄傲情绪克服，就得从上到下，进行思想整顿。"王世泰赞同地说。

于是，他们向野战军司令部针对轻敌思想作了检讨。彭德怀根据战情发来指示：推迟总攻，两个攻城兵团用三天时间把克服轻敌思想的动员搞好，对战斗中的经验教训进行检讨和总结，仔细想好进攻战术，充分准备后，攻克兰州。

许光达认真执行彭德怀的指示，召开了兵团党委会，以各军实际情况为根据，找出问题，把切实可行的作战计划制订出来，并亲自到各军帮助他们分析原因，吸取教训，调整新的作战部署。

经过作战调整和思想动员，全军上下都已经全力作好了战前准备。

人民解放军攻城部队于8月25日拂晓发起总攻。各阵地齐鸣炮火，一时间，浓密的硝烟把沈家岭、狗娃山、古城岭、马架山和皋南山最高峰营盘岭都淹没了。

密集的炮火持续了20多分钟后，人民解放军第四军军长张达志部队发起了对沈家岭和狗娃山国民党军队的攻击。第三十一团担任主攻，在团长王学礼的带领下，向国民党军发起了冲锋。战士们把云梯架设好，迅速登上断崖，从战壕上越过去，仅花了十几分钟就把国民党军第一道防线突破了。然后，又发起了对国民党军的纵深冲锋。为了把失掉的阵地夺回来，国民党军组织力量进行了疯狂反扑。王学礼指挥部队打退了国民党军队一次又一次的反扑后，又发起连续攻击，向沈家岭国民党主阵地扑去，战斗十分激烈。经过激战，终于把沈家岭和狗娃山攻克了。但第四军也损失惨重，伤亡达3000多人，其中团级干部有13人，王学礼也在其中。

在罗元发军长的指挥下，人民解放军第六军发起了对营盘岭国民党守军的冲锋。国民党守军非常顽固，依靠坚固的工事拼死抵抗，战斗进行得非常惨烈，直到下午5时，才终于把营盘岭拿下，把国民党守军全部歼灭。但第六军付出的代价也很沉重，约1500人伤亡，而担任突击队的第七连几乎没有生还的人。

听到战况报告后，许光达在指挥所里沉默了很久，为了解放兰州，这些牺牲的战友们流尽了最后一滴血！

与此同时，解放军第十九兵团也在继第二兵团把沈家岭、狗娃山及南山要点——营盘岭占领之后，把机场以南的制高点马架山攻占了。

这时，兰州城里的国民党军队乱作一团，军心开始动摇。早就逃回了青海老巢的马步芳，将指挥兰州的大权交给了他的儿子马继援。临逃前，还十分不满蒋介石的见死不救。解放军攻势很猛，马继援眼看就要守不住兰州了，想着父亲都逃了，于是自己坐上飞机也逃走了。但是却有越来越多的国民党军人出现在兰州北塔山上，还构筑了工事，一眼看上去像是要殊死抵抗。这时，许光达快速作出判断：表面上国民党是要死守，其实他们是想要逃跑，兰州黄河大铁桥是他们唯一的逃路，所以他们要控制住它。许光达随后立刻命令第三军发起攻击，把西关抢占，并把黄河大铁桥控制，把国民党军的退路截断。

兰州黄河大铁桥，南与兰州城西接壤，北与白塔山公园连接，使黄河南北两岸的兰州市区连在了一起。人民解放军军长黄新廷接到许光达的命令后，亲自坐镇指挥。第七师接到了扫清狗娃山残余国民党军队、攻夺黄河大铁桥的主攻任务后，师长张开基马上命令作为师第一梯队的第十九团，火速前进，发起对兰州城的攻击，把黄河大铁桥攻占。

一场争夺黄河大铁桥的激战在从狗娃山到桥头的地界上开始了。冲在最前面的第十九团第八连，不久就把北城门楼夺下。国民党军开始向铁桥逃窜，国民党军和汽车把铁桥上都挤满了。第八连连长许世奎当即集中全连仅剩的四挺机关枪、三门小炮和八支冲锋枪，命令道："向桥头敌群瞄准，给我用力地打！"只听见几声炮响，然后打着了国民党的弹药车，顿时四周全是爆炸声，到处都是滚滚的浓烟，铁桥被炸毁的汽车拦腰堵死，国民党军人在桥南像热锅上的蚂蚁，急得团团转。端着机枪的许连长高声喊道："同志们，冲啊！一个国民党士兵都不要放过！"经过一夜的激战，解放军终于把铁桥攻占。

这时，黄新廷给许光达报告说："我们已经把铁桥占领，把国民党士兵逃跑的道路也截断了，第七师现在已进到城里面了，正在中华路与南山溃逃下来的国民党士兵开展巷战。""好极了！这样一来，国民党士兵就成了'鱼游釜中'！告诉他们，迅速把城内制高点占领，用点政治攻势，把国民党军队瓦解。"许光达激动地对黄新廷说。

解放军第四军和第六军，在天亮后也从沈家岭和皋兰山压下来，犹如猛虎下山，气势锐不可当，从南面直接向兰州城里面进攻并投入巷战，战斗十分激烈地进行着。很快，在城内的解放军第三军、第六军会师开始对城内国民党残余部队进行肃清；从东关来的解放军第十九兵团第六十三军也攻入市区。

许光达向部队下达乘胜追击的命令，第三军也随后从黄河上越过，把北岸的制高点北塔山占领。此时，兰州城已基本在人民解放军的控制范围内。许光达兴奋地对政委王世泰说："走，政委，进兰州城！"兰州人民为了欢迎解放军，举着"天摇了，地动了，兰州人民解放了"的条幅。

西北解放战争中规模最大、战斗最激烈的一次城市攻坚战就是兰州战役。解放军第一野战军，歼灭2.7万余国民党军，把国民党军马步芳的主力消灭，其余国民党军队分别逃向永登、西宁，第一野战军也付出了伤亡8700余人的代价。兰州战役，把进军青海、宁夏、新疆的门户打开了，使西北解放战争的胜利进程加快了。就像毛泽东所预想的那样："我军继续完成解放整个西北的任务，基本上只是走路和接管的问题，西北战场再也没有严重的战斗。"

兰州解放了，来到第二兵团的彭德怀看望了大家，他紧紧地握着许光达的手说："你们打得很好嘛！打宜川时，我表扬过你们第二旅，这回我要表扬你们第二兵团。"

许光达微笑着，用右手把架在鼻梁上的近视眼镜推了推，说："彭总，你还是对杨得志兵团进行表扬吧！他们比我们打得好！"彭德怀说："你们打得也很好嘛。"

许光达说："这回开始攻城时，有的部队还出了点差错，你一表扬，我更难受了。""你们不是写过检讨了吗？你可以不表扬，但是我表扬战士们你没有权力阻止啊！"彭德怀说。见许光达不说话了，彭德怀又说："我今天来就是专程为你们第二兵团庆祝。"许光达说："好，我今天召集师以上干部，陪您吃顿'胜利饭'！"

126

雄才伟略的"陕南王"——陈先瑞

陈先瑞（1913～1996年），安徽省金寨县人。1929年参加中国工农红军，1931年加入中国共产党。土地革命战争时期，任红四方面军手枪团班长，鄂东北游击司令部特务四大队分队长，红二十五军手枪团中队长，二二四团营政治委员，二二三团政治处主任，鄂陕游击总司令部司令员，红七十四师师长。领导了鄂豫陕边游击战争。抗日战争时期，任八路军一一五师留守处主任，陕甘宁边区留守兵团警备第四团团长、警备第一旅副旅长，豫西抗日游击第三支队司令员兼政治委员，豫西军区第三军分区司令员、政治委员。解放战争时期，任豫中军分区司令员，桐柏军区副司令员兼独立第三旅旅长，中原军区第三纵队十五旅政治委员，豫鄂陕军区副司令员兼参谋长，西北民主联军第三十八军副军长，豫西军区副司令员，陕南军区副司令员，第二野战军十九军副军长。中华人民共和国成立后，任陕西军区副司令员兼参谋长，中国人民志愿军第十九兵团政治部主任、副政治委员，北京军区副政治委员、政治委员，成都军区政治委员，兰州军区顾问。1955年被授予中将军衔。中国人民政治协商会议第三、四届全国委员会常务委员。中国共产党第九、十届中央委员会委员，第十一届中央委员会候补委员。

带伤走长征

陈先瑞出生在河南省商城县（今属安徽省金寨县）的一个农民家庭，从小家里贫穷，父亲终身务农，为人善良、勤劳朴实。陈先瑞从幼年时起就经常上山割草、砍柴、放牛，9 岁那上过一段时间的私塾，后因家境贫穷而辍学，一直在家里劳动。在幼年的生活里，陈先瑞就经历了地主和富人欺压穷人的日子，深感世道的不公。

1929 年 5 月，立夏节起义的烽火在商城县南部燃起，陈先瑞报名参加了儿童团，并被选为团长。在当地群众积极报名当红军的热潮中，陈先瑞踊跃报名参加了红军，来到红三十二师第九十八团，当了一名勤务兵。次年，陈先瑞所在的红三十二师改编为红一军第二师，陈先瑞成了红二师师部的一名通信员。他工作积极、作战勇敢，于 1931 年 6 月光荣地加入了中国共产党。

在 1932 年 3 月红四方面军发起的苏家埠战役中，陈先瑞被任命为特务队的红军班长。他带领全班战士，广泛开展侦察和情报搜集活动，摸清了合肥方面国民党军的详细情况，为红军作战奠定了基础，由于陈先瑞这个班的情报及时、准确，红军以少击多，巧设埋伏，打了一场漂亮的歼灭战，活捉了国民党的总指挥。陈先瑞经历了战斗的磨炼，迅速成长起来。

1932 年 9 月，红四方面军经过第四次反"围剿"战斗，转移到皖西一带的金家寨地区，与红二十五军会合后，将红二十五军第七十四师分编到其他主力师中，陈先瑞仍担任红四方面军总部手枪团班长。在几次战役中，陈先瑞带领全班打得很出色，成为英雄模范班。不久，陈先瑞被任命为一分队队长。

年底，红四方面军主力撤离鄂豫皖根据地，为了坚持鄂豫皖边区的武装斗争，中共鄂豫皖省委重新组建了红二十五军。陈先瑞所在的特务四大队编入红二十五军手枪团，下辖三个中队，直接归红二十五军领导指挥，担任保卫军部的作战任务，陈先瑞被任命为手枪团第一中队中队长，成为手枪团中的战斗骨干。

1934 年 4 月，红二十五军和在皖西的红二十八军在商城会师。两支部队改编以后，红二十八军编入红二十五军，徐海东任军长，吴焕先任政治委员，红军力量有了很大加强。11 月 16 日，红二十五军高举"中国工农红军北上抗日第二先遣队"的大旗，由河南罗山县何家冲出发西征。

出发前，陈先瑞听说军部首长正在研究转移中的干部配备和人员去留问题，他怕领导把自己留下，不让参加长征。因为陈先瑞在几个月前的长岭岗战斗中，在指挥部队后撤时，国民党的子弹打在他站的小坡上，有几名战士负伤，他只觉得脚下突然很酸，便倒下了，一颗子弹从他的左脚左面打进去，从右面穿出来，他负了重伤，被送到群众家里隐藏养伤，按照他的伤情必定是在留下的名册中。

陈先瑞坚决要求参加长征，他知道在这关键时刻，自己不去亲自表明态度不行。

他走进军首长正在开会的会议室时，把拄的木棍一丢，"啪"，一个立正报告说："我伤已痊愈，要求归队！"他报告完后，故意往前走了几步，表示可以走路了。其实，军领导已查过陈先瑞的伤情了，心里有数。军政委吴焕先拍了拍陈先瑞的肩膀说："坚强的精神可嘉，但伤未好也是事实，你骗不了我们。"

陈先瑞看到军首长对自己的伤情非常了解，只好如实地讲了自己的伤情，但坚决要求随军行动。

徐海东军长了解陈先瑞，怕他再纠缠，说："你先回去准备一下，待我们研究后再决定。"停了一下，他又说："谁都不愿意留下，还真要认真一点做工作哩！"说完，他向陈先瑞挥了挥手，意思是让陈先瑞放心回去。

陈先瑞回到营里，见大家都在积极准备，每人准备了两双草鞋，三天的干粮。当时，大家不知道是长征，只知道是"打远游击"，到新的地方开创根据地。

第二天，吴焕先政委找陈先瑞谈话。正式通知陈先瑞调到第二二三团任政治处主任，带伤随军行动。为保证不掉队，还给陈先瑞配了一头毛驴。

俗话说，穷家难舍，故土难离。尽管陈先瑞坚决要求随队远征，可是眼下部队出发了，他和大家一样，有一种惘然若失、依依不舍的心情，有一种流离失所、一日九迁、无家可归的感觉。

红二十五军远征之路，虽然没有雪山，没有草地，但有自身的独立的特点，同样经历了上下交困、左右为难、山高水险、荆棘塞途、艰难险阻、坎坷不平之路。

革命不会有平坦的路，也不会有直路可走。红二十五军从桐柏山向伏牛山开进中，为了躲避堵截，舍近求远，选"之"字形或"弓"背路走，哪里国民党防守薄弱往哪里突，看起来走的是冤枉路，但保证了部队的安全。陈先瑞骑着毛驴，随着部队一会儿东奔，一会儿西跑，终于走出了山区，到了豫西的平原地区。从泌阳以东向北开进，沿途地势平坦，凡是山水好的一些地方，都有围寨。一些大的围寨，高墙耸立，壁垒重叠，为地主豪绅所盘踞。他们有相当数量的武器，如土枪、土炮，能攻能守。有的寨墙筑有几米深的护寨河，四周深水环绕。寨子的出入口，用可以升降的吊桥过河。一些寨子可以遥相呼应，遇劫寨者烽火告示、相互支援，俨然成为一座座易守难攻的堡垒！是一座座难以通过的村寨！

陈先瑞看到进入平原后，部队常遭到围寨武装的阻拦，遭冷枪冷炮的打击，不时有人伤亡，部队又不能还击，大家有意见。当听到许多战士叫骂声、怨恨声时，陈先瑞也很着急，但他还是尽量做大家的思想工作，稳定部队的情绪。

军政委吴焕先针对部队遇到的新问题，不仅积极做部队指战员的工作，而且积极做地方群众的工作。他要求部队张贴布告，广泛开展宣传工作，把党和红军的政策编成口号、快板："老乡老乡，不要惊慌，红军所向，抗日北上。借路通过，不进村寨，奉劝乡亲，切勿阻拦！"经过一段时间的工作后，群众了解了红军，再经过村寨时，不仅能顺利通过，还受到了群众的欢迎和支持。

突出重围

红二十五军为了摆脱国民党追击，早日进入伏牛山区，而疾速前进。11月26日，正遇寒流突然降临，先是下小雨，后是漫天雪花，真是雨雪交加。昏暗阴沉的天气，把无遮无拦的中原大地搞得浑浊迷茫。因为视野不开阔，陈先瑞所在的团担任后卫任务，为了安全起见，红军采取交替前进的战术，一部分红军占领阵地后，另一部分撤退，以防国民党军队突然追至而猝不及防。部队在交替前进中，听不到大的动静，只听到风在吼、雪花在飘、雨在下。这突如其来的天气，像一张无形的巨网，把红二十五军严严实实地笼罩了起来。

陈先瑞见指战员们衣着单薄，饥寒交迫地在泥泞的路上挣扎，行进十分困难，心里很难受。这时，许多战士的草鞋和袜子都被烂泥粘掉了，在赤脚行军。陈先瑞看到病号和重伤员行动非常吃力，就坚持把毛驴让给比自己更困难的人骑。

中午时分，先头部队到达方城县独树镇附近时，突然枪声大作，国民党军第四十军——五旅和骑兵团预先在独树镇一带设了埋伏，红军如盲人瞎马，毫无所知。遭到国民党突然打击，红军措手不及。红军战士们因手指冻僵，一时拉不开枪栓，零星地打响几枪，不能有效地反击国民党军队的进攻，又处于平坦地形，红军几乎完全暴露在国民党军队的火力下。红军处境危险，进退失据，天台路迷，被迫后撤。国民党军队乘机冲击，从两翼包抄而来，形势更加险恶！

在红军处于生死存亡的危急时刻，军部参谋主任薛仁阶（绰号"金大牙"）临阵怕死，大嚷大叫："我们被国民党包围了，公路过不去了，大家各自逃命吧！"许多战士把"金大牙"看成是军部参谋中的小头头，以为他是代表司令部说话，不明真相，在"金大牙"的煽动下，队伍中出现骚动，松散的人群，四处乱跑，失去了战斗力。正在这关键时刻，红军军政委吴焕先跑步赶到，一眼就识破"金大牙"的鬼脸和阴谋，命令人把"金大牙"绑了起来，然后带领部队冲向前，并高喊："就地卧倒，坚决顶住，绝不许后退！"在吴焕先指挥下，红军很快稳住了阵脚。原来不明真相、慌乱失措的班长、排长，很快清醒过来，指挥战士们利用地形地物，抗击国民党军队。

国民党军虽遭到反击，仍气势汹汹地向红军扑来。为了打掉国民党军队的气焰，吴政委伸手从身边交通员身上抽出一把大刀，发出惊天动地的怒吼声："共产党员冲啊！"冒着国民党军队的射击，红军部队冲入国民党阵地与之展开白刃格斗。一时间，刀枪碰撞声、喊杀声，震天动地。这一反击，鼓舞了红军战士的杀敌勇气；这一反击，为红军争得了短暂时间，使后续部队及时投入了战斗。

徐海东随后卫行动，听到前面激烈的枪声，知道形势危急。军人以枪声为命令。徐海东立即命令二二三团团长带一个营断后，自己带团主力跑步向前冲去。这时，陈先瑞虽然受了伤，但仍强忍着疼痛跑步前进。他跑到前面，看到吴政委正指挥部队向国民党军发起反攻。

徐海东带领陈先瑞所在的团投入战斗，红军战士群威群胆，临危不惧，浴血奋战，一次又一次地将国民党军反击了回去。经过了几次恶战，国民党军暂时停止了冲击。红军也停止进攻，就地固守，一场恶战转为僵持状态。

这一仗，国民党军队伤亡惨重。红军伤亡近300人，一营政委负重伤。军首长立即决定由陈先瑞兼任一营政委，因为一营是二二三团主力，必须加强领导。

红军一直坚持到天黑，这时天气状况更加恶劣，特别是雨很大，红军趁机转移到十几里外的杨楼一带村庄休息，躲避风雨。进村后，准备做饭吃，可是一进村，还没有吃上饭，又来命令，要准备走。红军领导考虑必须连夜突出重围，否则，天一亮，红军将会受到国民党军的前后夹击，孤军奋战，后果不堪设想。

陈先瑞和营长立即集合部队，可是经过连续几天急行军，加上这场恶战，战士们已经疲惫不堪，饥饿难忍。陈先瑞感到最难的是安置伤病员，他给营里几名重伤员做工作，他们死也不愿留下，后来只好采取了强制措施。

红军连夜不顾风雨、道路泥泞，不顾一切困难，浴血奋战，经叶县保安镇以北的沈庄附近，穿过许南公路，突出了重围。

1934年12月2日，红二十五军由嵩县境内的东村、孙店、栗树街等地，向卢氏县的栾川（今为栾川县城）开进。

红二十五军长征时，没有地图，主要靠手枪团侦察，请当地群众当向导，向大方向前进。程子华军长从中央苏区带了一本袖珍地图，后来全靠它来判断地理方位。地图虽然比例尺很大，但它仍是全军的"宝物"。

3日，陈先瑞和营长带领全营尚未到卢氏县城天色就晚了，当他们到城南时，已经是深夜。到了城西，要过一座木板搭的桥，陈先瑞带一个班是最后过桥的，他上了桥后，突然从桥边山上打来一梭子弹，陈先瑞觉得左腿一颤抖，身子一歪栽下了桥，幸亏桥不高，水也不太深，几名战士立即把陈先瑞抬上了岸。与陈先瑞同时受伤的还有两名战士，都是伤在腿上。陈先瑞要大家立即过河，于是几名伤员被连拖带抬过了河。

陈先瑞到了河西岸，要求全营立即作好战斗准备。这时，吴焕先和徐海东等军领导来看陈先瑞的伤情，看到陈先瑞伤得走不了路，一面安慰陈先瑞，一面指挥部队撤退。第二二三团团政委赵凌凌也走到陈先瑞身边，看到陈先瑞躺在地上，爬都爬不起来，提出让陈先瑞留下隐蔽在老乡家里养伤。陈先瑞坚决不同意，还和赵凌凌吵了起来。

吴焕先和徐海东听到陈先瑞闹着要跟着部队行动，走过来也劝陈先瑞留下，让他安心养伤，等部队打回来时一定把他带走。徐海东怕陈先瑞还不放心，进一步对陈先瑞说："找的人家如果对你有一点不好，我们回来和他算账。"

陈先瑞完全理解军首长的善意，也清楚部队在急速转移的情况下，让自己这样一些重伤员随部队一起行动，会有很多的困难，会有很大的危险。

陈先瑞是第二次负伤了，不管谁说什么，他也不同意留下。陈先瑞流着泪恳切地说："你们实在要我留下，请求你们再给我补一枪，否则，我是不肯留下的！"

红军领导看到陈先瑞态度非常坚决，最后终于同意他随队转移。

经过红军长征那血与火的考验之后，从1935年夏到1936年底，陈先瑞独立坚持了鄂豫陕边区的游击战争。由于与上级失去联系，在斗争条件极为艰苦的情况下，陈先瑞转战于鄂豫陕三省边区的几十个县，经历大小战斗上百次，取得了鄂豫陕边区游击战争的胜利。他率领的部队，成为一支军政素质好、作风顽强、善于打游击战的比较正规的红军部队。

陈先瑞率领部队采取了正确的行动原则和游击战术，机动灵活地打击国民党军，紧紧依靠当地人民群众，团结一心，实行灵活正确的政策和策略，团结一切可以团结的力量，坚持和巩固了鄂豫陕革命根据地，扩大了党和红军的影响，牵制了国民党军十几个团的兵力，有力地配合了陕北革命根据地的斗争和主力红军的长征。国民党军无可奈何地感叹道："红七十四师真是一支神奇的部队！"

经过土地革命战争的锻炼，陈先瑞从一个普通的放牛娃，逐步成长为一名能征善战的红军将领。

见到毛主席

1937年7月，卢沟桥事变发生后，日本帝国主义大举入侵华北，平津失守，上海危急，中华民族处于危亡的境地。中国工农红军改编成国民革命军第八路军，红军第一军团、十五军团及七十四师合编为陆军第一一五师，林彪任师长，聂荣臻任副师长，下辖第三四三旅、三四四旅、独立团等，陈先瑞任一一五师留守处主任。后来，一一五师留守处又改编为陕甘宁留守警备第四团，陈先瑞任团长，担负保卫陕甘宁边区的光荣任务。

陈先瑞随红军部队来到三原县城执行改编任务，在这里，他第一次见到大名鼎鼎的彭德怀。彭总亲切地称赞红二十五军是一支英雄的部队，特别是红军主力离开陕南后，这支部队单独坚持了陕南的斗争，取得了很大的胜利，在鄂豫陕边牵制国民党军，有力配合了主力红军的行动，也配合了陕甘边区的发展和巩固。特别是在西安事变后，红二十五军成为党中央与国民党谈判的一个很重的筹码，起到了很大的作用。

听了彭总的表扬，陈先瑞既高兴又激动。

接着，彭总又详细介绍了当前的战况，他说，日本的侵略行径激起了全民族抗战的热情，在团结抗战的大方针下，国共两党商定，把红军改编为国民革命军第八路军，这是顺应形势发展的英明决策。

最后，彭总又对八路军——五师留守处的任务进行了详细布置，提出了明确要求，他对陈先瑞说，留守处的主要任务是维持延安至潼关之间的交通，保持前后方联系，红军部队在驻扎中进行整训学习，宣传抗日方针，搞好与当地政府和人民群众的关系。

陈先瑞发现，红军部队改编后，不少同志的思想一下子转不过弯来，红军战士与国民党反动派作战十来年，现在突然改为国民革命军，穿国民党军服，戴国民党帽徽，受蒋介石指挥，许多同志都想不开，心里难以接受。大家对在日本帝国主义侵略中国，国家面临民族危亡的情况下，实行国共合作共同抗日的大原则可以理解，但对具体做法想不通。

陈先瑞带头做部队的思想工作，他把彭总的指示讲给大家听，帮助大家一起分析当前的形势，红军战士们逐渐明白了团结一致、共同抗日的道理。

1937年底，陈先瑞奉命到抗大学习。在这里，他有幸见到了毛泽东。

一天午后，在抗大校长办公室的安排下，陈先瑞怀着激动的心情来到毛泽东的住地。进到屋里，陈先瑞看到毛泽东的住处陈设既简单又朴素，只有一张桌子和几条凳子，靠墙一边堆满了书和书箱。

看到陈先瑞走了进来，毛主席站起身，热情地迎上来，对陈先瑞问寒问暖，从他的籍贯、年龄到家庭等情况，都作了详细的了解。毛泽东穿着一身旧的灰棉衣，高高的个子，头发往后梳着，看上去根本不像想象中的领袖人物，而是很简朴、很普通、很实际的一个人。然而他那魁梧的身材、宽宽的额头、炯炯有神的眼睛和洪亮而浓重的湖南口音却又给人一种很不平凡的感觉。

刚坐下不久，毛泽东首先提起了陈先瑞被国民党的报纸改了名字这件事，陈先瑞把事情的经过向毛主席作了汇报。

原来，对于陈先瑞率部在鄂豫陕边开展游击战争的情况，国民党在报刊上作过多次报道。1936年在西安出版的《新秦日报》《西北文化日报》等，常有"陈光瑞股匪"活动消息的报道，诸如"陈光瑞股匪有与孙驼子合股之势""陈光瑞股匪流窜陕南""陈光瑞股匪即将歼灭"等。国民党居然把陈先瑞的名字讹传为"陈光瑞"。就连1936年10月26日中共中央发布的《红军将领给蒋总司令及国民革命军西北各将领书》的46名红军将领署名中，也把陈先瑞的名字写成"陈光瑞"。当时陈先瑞自己并不知道这一情况，还以为是党中央出于斗争需要而故意这样做的。

毛主席听了之后，笑了笑说："把'陈先瑞'写成'陈光瑞'，不管是'先'还是'光'，反正你在陕南坚持斗争是挺有名气的，在国民党那里是挂了号的。人家动用几万军队围攻你们几千人，就是没搞倒你们，这说明国民党不行。你的名字，我早就从报纸上知道了，人家还要捉你，悬赏一万块大洋。你知道吗？一万块大洋可不少啊！"

毛主席的风趣幽默，使陈先瑞感到非常亲切。

133

毛主席称赞陈先瑞是鄂豫皖边区闹革命比较早的"红小鬼"。15岁就当红军了，如今已成为优秀的红军干部。接着，毛主席又向陈先瑞详细询问了红二十五军在鄂豫皖时期和长征中的情况以及红七十四师在鄂豫陕边坚持游击战争的情况，陈先瑞都一一作了回答。

毛主席对红二十五军在鄂豫皖根据地的斗争和长征途中的顽强征战给予了充分的肯定，对其坚持鄂豫陕边的斗争也给予了很大的鼓励。他说，红二十五军在鄂豫陕边干得很出色，国民党动用大批军队进攻，红二十五军不但没有被打垮，反而越来越壮大。红二十五军很了不起。

谈话快结束时，毛主席勉励陈先瑞，参加抗大学习是一次难得的学习机会，一定要下决心把学习搞好。毛主席语重心长地说："现在，我们有很多红军干部，革命信念很坚定，道理也懂一些，有实战经验，但就是理论水平不高，文化程度不够，军事理论素养较低，光实干，不会讲，不能写，光知道打仗。不熟悉指挥艺术，这是不行的，是适应不了革命形势发展需要的。我们办抗大，就是要慢慢来解决这些问题。一批批来学习，一步步地提高。"

接着，毛主席又说："你这次来学习，也是我们下了很大决心的。你们部队的任务很重，好在离部队近，有什么重要事情可以随时回去处理。你要很好地利用这个机会，学习文化知识，学习政治和军事理论，联系过去的斗争经历，认真总结经验，努力提高自己的水平。"

毛泽东谈话旁征博引，纵论古今，从人类的进化到天文地理，从社会科学到自然科学，他的谈话深深地吸引了陈先瑞，也使陈先瑞有一种求知的渴望，产生了一股奋发向上的力量。

谈话从午后一直持续到黄昏，在毛主席住处吃过晚饭，陈先瑞知道毛主席的时间很宝贵，就立即向毛主席告别。

在返校途中，陈先瑞的心情久久不能平静。毛主席的谈话，使陈先瑞深受教育和鼓舞，他从心眼儿里更加尊敬、热爱毛主席。并暗暗下定决心，一定要按毛主席的教导去做，刻苦学习，努力工作，不断提高和充实自己，争取在抗大以优异的成绩回报毛主席的关怀。

回到队里后，陈先瑞向参加抗大学习的战友们讲了在毛泽东家里做客的事，大家都为他感到高兴。

1937年12月，任八路军一一五师警备第四团团长的陈先瑞，收到毛泽东派人送来的一封信，信中说，陈先瑞所在部队的政委带着几百块大洋跑了，要陈先瑞速回部队处理善后工作，并在临行前来毛泽东住处谈一下情况。

陈先瑞跑步来到毛泽东的住所，毛泽东在询问了事件的前后经过以后说："当前，民族矛盾是主要矛盾，所以我们党要同国民党联合抗日。我们是真心同国民党合作的，因为我们要拯救中华民族，打败日本帝国主义，建立新中国。在国共两党合作期间，国民党顽固派总是千方百计地同我们争领导权，争地盘，限制我们的发展。过去那种真枪真炮、面对面的、公开的武装斗争少了，他们用武力征服不了我们，就采取另外一种手段，利用吃吃喝喝、金钱美女来拉拢、腐蚀我们队伍中的意志薄弱者。有些同志在困难面前低了头，在吃喝享乐方面过不了关。"

毛泽东要求陈先瑞回到部队后，向干部战士讲明国共两党联合的目的和斗争的形势，使干部战士对新形势下斗争的尖锐性、复杂性有个清醒认识，千万不要上人家的当。

在谈到抗日统一战线时，毛主席说："我们联蒋抗日，这是大局，在联合中有斗争，在斗争中求联合。同国民党作斗争，要注意有理、有利、有节，在政治上一定要站住脚，不能失理。这样我们就会掌握主动，就会得到社会各阶层爱国人士的拥护和支持，国民党顽固派的阴谋也就会充分暴露。"

针对有些人对红军改编问题有情绪、想不通，毛泽东说："红军改编为八路军，名义上归蒋介石统一指挥，实际上还是党中央领导和指挥，这一条是不能变的。红军改编，只是形式变了。我们这支军队的性质始终不会变，我们党的总目标也是不会改变的。国共两党建立统一战线，实际上也是一个谁战胜谁的问题。我们要与他们针锋相对，在统一战线中发展壮大自己，联合一切可以联合的力量，发动群众，团结抗日，把日本侵略者赶出中国去。"

毛泽东对陈先瑞说，要加强政治学习，加强部队教育。让大家知道当逃兵是可耻的。大家从道理上、思想上明确了，部队工作就好做了。

按照毛主席的指示，陈先瑞连夜赶回部队，先在干部中统一思想认识，然后对部队进行教育，使事情得到了妥善处理。后来，陈先瑞还专门给毛主席写了专题报告。

135

南下抗日

1944 年 4 月，日本侵略军集中 10 余万之众，沿平汉路向河南中西部等地区发动进攻。

此时，国际反法西斯战争已经取得了很大胜利，中国的抗日战争，也已经由战略相持转为战略反攻。日军为了挽救其最后失败的命运，集中 5 万余人的兵力，进攻河南，做垂死挣扎。当时驻守河南的国民党军共有 40 余万人，比进攻河南的日军多出七八倍，却在日军的进攻面前望风而逃，毫不抵抗。国民党河南第一战区司令长官蒋鼎文、汤恩伯所属 40 万大军不战而溃，狼狈逃窜，仅一个月时间，便使郑州、许昌、洛阳三大城市和沿陇海、平汉两线以及豫中、豫南、豫西 30 多座县城及所属的广大农村沦入日军之手。苦难深重的豫西人民，处境极为悲惨。

抗日战争以来，由于国民党反动派一贯坚持"积极反共、消极抗日"的错误方针，其内部极端腐败，大批将领投敌叛变，以至丧权辱国。但是，抗日战争即将胜利时，日军已处于穷途末路，国民党反动派仍采取不抵抗政策，把中原的大好河山拱手让给日军，这不能不激起中国人民的极大愤慨。

豫西多为山地，属秦岭东延余脉，有崤山、熊耳山、外方山、伏牛山等。山势西高东低。向东展宽呈折扇状，海拔 500 至 2000 米，最高峰不超过 2500 米。嵩山挺立于山地东部的丘陵地带，海拔 1440 米，山势峻峭、雄伟，是我国"五岳"名山中的中岳。

为拯救处于水深火热之中的豫西人民，打击日军的嚣张气焰，从战略上将华中、华北、陕北联系起来，中共中央决定，抽调八路军部分力量向河南进军，组织两个支队强渡黄河，开辟豫西根据地。

1944 年 10 月的一天，陈先瑞接到上级通知，要他到毛泽东的住处去领受新的任务。毛泽东对风风火火赶来的陈先瑞说，党中央决定尽快在豫西开辟抗日根据地，决定把警一旅第二团和第七七〇团"放出去"，这两个团都是红军老部队，在西北留守兵团搞了七八年，现在是老虎出山显威风的时候了。

毛主席向陈先瑞介绍了开辟豫西抗日根据地的详细情况，为了统一领导和指挥河南的抗日斗争，中共中央决定成立以戴季英为书记的河南区党委和以王树声为司令员的河南人民抗日军，河南区党委下辖四个地委，河南人民抗日军下辖四个支队、四个分区。同时，任命陈先瑞为河南区党委委员，率领警一旅第二团，组成第三支队，陈先瑞任三支队司令员兼政委。

介绍完情况后，毛泽东强调说，河南地处中原，是古今兵家必争之地，战略地位十分重要。能否开辟豫西抗日根据地，关系到能否把华中、华北和陕北联系起来的战略全局。毛泽东告诫陈先瑞，到抗日前线、到日军后方，要在河南区党委和河南军区的领导指挥下，紧紧依靠当地人民群众迅速扩大力量，站稳脚跟。

陈先瑞接受任务后，结束了在中央党校的学习，立即赶回警一旅，向旅领导传达了毛主席、党中央的指示后，抓紧作好出征的准备。

11 月 16 日，任弼时代表党中央和毛泽东主席接见了陈先瑞等即将出征的部队营以上干部，传达了中共中央、中央军委关于成立河南区党委和河南人民抗日军的决定，宣布了河南区党委和河南人民抗日军的领导成员，介绍了当时的日军侵华形势和河南战场的情况。他说，中共中央和中央军委决定进军河南，这是一个具有重要战略意义的决定，希望警一旅第二团和第七七〇团的全体指战员，在河南区党委和河南人民抗日军的领导指挥下，团结抗日，依靠群众，壮大队伍，开辟和巩固根据地。会议结束后，中央专门设午宴招待了到会的同志，毛泽东主席到会接见了大家，并给大家祝了酒。

中共中央、中央军委在马列学院大礼堂举行了欢送上前线部队的大会。河南区党委机关人员、河南军区机关和所属第三支队、四支队全体指战员，集中坐在礼堂内和礼堂的门、窗外面，整个会场人员满满的，气氛严肃、热烈，毛泽东、朱德、刘少奇、任弼时等中共中央和中央军委的领导人都出席了会议。陈先瑞坐在主席台上离毛泽东很近的位置上。

陈先瑞告别了中共中央，告别了革命圣地，率部离开延安，踏上了南去的征途。陈先瑞率部由佳县出发，渡过黄河，进入晋西北的根据地，之后跨过汾河平原进入太行山区。一路上，陈先瑞和指战员们亲眼目睹了晋西北广大地区在日军的残酷"扫荡"下呈现出的凄凉惨状。到处是残墙断壁、瓦砾成堆，所见群众都是破衣烂衫，在窑洞中避寒。所有这一切，无不激起了指战员们对日军的无比仇恨，点燃了他们复仇的怒火。

1945 年元旦刚过，陈先瑞率部抵达黄河岸边。渡河成了一个实实在在的难题，黄河南岸的渡口，已经被日军严密控制，难以靠船北渡。陈先瑞派人沿黄河北岸上下 50 公里内，仅找到了三条小船，大家都非常着急。当时正是三九寒天，黄河上已经结上了厚厚的冰层，形成了一座"冰桥"。陈先瑞立即命令部队紧急集合，通过"冰桥"渡过黄河。陈先瑞一声令下，战士们在数百米的范围内，多路纵队横渡，不到半小时，一个支队的兵力连同辎重全部渡完。1945 年 1 月 16 日，陈先瑞率领三支队 2000 人马顺利渡过了黄河，18 日，部队到达已解放的渑池县城。当日晚，在渑池县城西南 15 公里处的一个村子，陈先瑞与豫西二分区会合。之后，三支队主要在临（汝）禹（州）郏（县）之间发展，在此建立了豫西三分区的领导机构，陈先瑞任三分区地委书记、分区司令员兼政委。

日军得知了陈先瑞率领三支队南下河南的消息，迅速组织力量进行围攻。1 月 24 日，驻在伊川、汝阳、临汝等地的日伪军 1000 人疯狂向三支队扑来。陈先瑞立即命令支队第九团进行阻击，大部队迅速向东北转移，同时迅速向河南省军区报告。

按照陈先瑞的命令，第九团英勇阻击日军，先后打退日军多次进攻。该团第五连为掩护主力撤退，占据了一个山头，死死卡住了日军前进的道路。他们以一个排的兵力从正面阻击，另一个排侧翼迂回，袭击日军侧面，留下一个排做预备队。凶猛的日军先是火炮轰击，后是集团冲锋。五连战士在日军炮火轰击时，躲在山石后面，炮火一停即进入射击位置，以轻重火器一起开火，给日军以重大杀伤，就这样连续三次打退了日军进攻。五连全体指战员沉着应战，始终不让日军前进一步。此时，第一支队的部队从日军后面发起进攻，日军慌忙逃走，在五连阵地前遗弃数十具尸体。

这是陈先瑞率部进入河南打响的第一仗，共歼日军 60 余人，全支队仅伤两人，缴获轻机枪三挺，步枪 30 余支、战刀两把。这一场出色的阻击战，受到了河南省军区领导的表扬。

战斗在中原大地

1945 年 2 月，中共河南区党委和河南军区在登封县召开会议，研究部署下一阶段的作战方针，会议强调，要紧紧地依靠豫西群众，团结一切可以团结的人，正确区别和对待各种政治力量，有理、有利、有节地开展斗争，会议重点研究了各支队的战略展开和建立党政组织、发动群众、创建新根据地的问题。

会议确定的军事斗争方针是，各分区以独立斗争为主，同时紧密配合，互相协作，采取有分有合的作战方针，根据实际情况，可集中全军区力量打开一个地区局面，也可临近二三个分区力量集中，相互支援。

根据会议的决定，陈先瑞率第三支队在南召、鲁山、方城等县内作战略展开，建立第三分区和第三地委，通过战略展开，打开局面，建立根据地。

由于八路军第三支队、四支队刚到，还没有立足点，会议决定先以登封、密县为依托，第三支队向临（汝）禹（州）郏（县）之间发展；第四支队向新（郑）密（县）禹（州）之间发展。会后，各支队开始行动。

陈先瑞率领的第三支队重点活动区域是临禹郏地区，多为丘陵地区，这一地区自古以来土匪众多，老百姓对此苦不堪言。陈先瑞决定，对那些勾结日伪、鱼肉百姓、罪恶较大的地主土顽头子实行镇压，把他们的财物、粮食分给贫苦群众，发动群众，斗地主、豪绅，宣传抗日主张，建立群众组织。

但是，这一地区的地主土匪武装，多以土围寨为据点，与群众杂居在一起，打击起来有一定难度。必须深入寨内，充分发动群众，求得群众的理解和支持。

陈先瑞首先放手发动群众，通过各种形式的宣传，号召一切不愿当亡国奴的河南同胞，联合起来，保卫国家、民族，保卫河南，保卫家乡，坚持抗战，准备反攻，打倒日本帝国主义，赶走侵略者。同时，他还命令部队到群众中去，阐明共产党的方针、政策，说明八路军到河南的目的，一切为了民族，一切为了人民，陈先瑞的宣传工作，在村村寨寨产生了很大影响。

在广泛宣传的基础上，陈先瑞决定展开军事行动，对驻守神屋镇作恶多端的禹县保安团的一个大队发起攻击。陈先瑞请求军区统一组织协调，以第一支队与两个团主攻，第三支队拦截，防止地主、土匪突围逃窜，第四支队打援。

经过周密的布置和准备，军区领导一声令下，陈先瑞率部发起攻击，以迅雷不及掩耳之势，一举将地主、土匪歼灭，少数逃跑的地主、土匪也在追逃的路上被阻歼，援军尚未知悉时，战斗即告结束。这一仗打得干净、迅速，第三支队乘胜解放了禹县以西、郏县以北、临汝以东的大片地区。此役也震慑了附近的许多土匪头子，他们都主动与陈先瑞率领的第三支队接头，愿意抗日，支持建立民主政权，陈先瑞的部队很快在这一带开辟了新区，站稳了脚跟，打开了新局面。

1945年4月，由冀鲁豫军区两个团组成的第六支队渡黄河南下，到达河南军区，军区力量有了明显加强。军区司令员王树声对第六支队司令员刘昌毅、政委张力雄的到来表示欢迎，并决定第六支队到临汝、郏县、襄城、宝丰间开辟新区，建立第六分区和六地委，第六支队也很快打开了局面。河南军区所辖的六个支队，在豫西广大地区展开活动，不仅打开了抗日局面，站稳了脚跟，而且在广大农村发动群众，建立抗日民族统一战线，团结一切可以团结的力量，建立起地方政权组织和民兵自卫队，创建了抗日根据地。

1945年5月，陈先瑞率三支队相继打下临汝以南及鲁山以西的广大地区，直逼南召西北的马市坪。马市坪是南召外围的重要据点，为国民党高树勋新八军部队驻守。为了争取高树勋同八路军一起抗日，陈先瑞同高树勋在南召县马市坪地区的一个河滩上，进行了长达两个小时的谈判。谈判双方席地而坐，陈先瑞首先向高树勋宣讲了八路军的政策，说明了进攻鲁山、南召地区的目的是抗击日军，建立抗日根据地，希望团结一切不愿当亡国奴和愿意抗日的各阶层人士，把日军赶出中国。接着，陈先瑞又详细分析了国民党集团内部的派系和矛盾斗争，希望高树勋能认清形势。做一个有良心的中国人，同八路军一起携手抗日。

陈先瑞的一席话入情入理，高树勋表示决不当汉奸，愿做一个忠诚爱国的人。最后达成双方划定活动地区、互不侵犯、互通情报、经常联系等协定。陈先瑞同高树勋的会面，在国民党反动派中引起了轩然大波。胡宗南立即派第九十军李文部由卢氏县向嵩县移动，向高部靠拢，进行监视。这次谈判，对后来高树勋在邯郸率部起义起了促进作用。10月30日，高树勋率新编第八军在河北磁县马头镇起义，并通电全国，主张和平民主，反对内战。高树勋的起义，为晋冀鲁豫军区部队歼灭沿平汉路进犯的国民党军创造了有利条件。

1945年7月初，中国的抗日战争已进入攻坚阶段，中央军委指示河南军区，按照"向西防御，向东向南进攻"的作战原则，北与太岳、太行，东与西渡黄河的冀鲁豫部队，南与新四军第五师的部队打成一片。根据河南军区的统一部署，陈先瑞决定，率领第三支队越过鲁山日军占领区直抵嵖岈山，与新四军第五师豫中兵团会合，共同在豫中展开活动，加强豫中军事力量，争取把豫中建设为巩固的根据地。

南进行动开始后，陈先瑞率第三支队日伏夜行，越过鲁山，通过许南公路，到达嵖岈地区的李香楼，与豫中工委、豫中兵团会合。在南进的沿途，他们歼灭了两股伪军，收编了两股地方武装。两支武装会合后，组成了豫中地委、豫中分区和豫中行署。陈先瑞任地委副书记、军分区司令员，分区部队共7000余人。

1945年8月，抗日战争进入反攻阶段。8月8日，苏联对日宣战。9日，毛泽东主席号召"中国人民的一切抗日力量举行全国规模的反攻"。随后，朱德总司令向各解放区的抗日武装部队发布反攻命令。陈先瑞根据河南军区指示，指挥分区部队，扫除日伪据点及日军占领城镇，抢占交通要道，组织地方武装趁势收复失地，很快占领了叶县、舞阳、西平、遂平、泌阳、方城间的广大乡村和城镇，巩固和扩大了豫中根据地。

8月15日，日本宣布无条件投降。中国人民经过八年浴血奋战，抗日战争取得了全面胜利。

抗战胜利后，为加强中原地区的武装力量，中共中央成立了中原局和中原军区。中原局下辖三个区党委，中原军区下辖二个野战纵队和三个军区，共6万余人。陈先瑞率领的第三支队改为河南军区独立第三旅，陈先瑞任河南军区副司令员兼第三旅旅长。

中原突围

1946年3月上旬，中原军区再次整编，第二纵队第十五旅与河南军区独立第三旅合并，组成新的第十五旅，王海山任旅长，陈先瑞任政委。

几十年的南征北战，陈先瑞都是担任军事主官的角色，这次整编后，改任新十五旅政委，他心里还是有些想法的。陈先瑞长期担任军事干部，在部队作战指挥、管理方面还是有一些经验的，担心改任政治工作领导以后，这些经验用不上了，中原军区首长郑位三、李先念分别与陈先瑞谈话，陈先瑞虽对"改行"有点不情愿，但还是很高兴地接受了首长的意见，服从组织决定，体现出一个军事指挥员顾全大局的高风亮节。

这次整编后结束后陈先瑞率十五旅移驻安应地区进行整训。此时，国民党军对中共中原部队实行军事包围的行动已经开始，虽然国共双方已经公布了停战协定，然而国民党反动派不但不执行协定，反而加紧调兵，将中共中原部队重重围困，步步紧逼，必欲置中共中原6万子弟兵于死地。一心要打内战的蒋介石，一步一步地把魔爪伸向中原军区，他不顾全国人民的反对，调遣了30万大军，毁民房、砍树木，修筑了十多万个碉堡，工事纵深达十多公里。陈先瑞部队驻区周围，在几十个县的范围内，国民党军修筑了上万个碉堡，有些碉堡一直修筑到了中原部队阵地跟前。蒋介石叫嚣，要在中国共产党成立25周年纪念日——1946年7月1日前夕发起总攻，一举消灭中原革命武装。

国民党在采取军事行动的同时，还进行经济封锁和政治破坏。他们采取各种手段，进行造谣诬陷，无中生有，夸大事实。明明是他们实行突然袭击，发起进攻，却反诬中共中原部队先发起攻击。他们口头上答应按停战协议办，实际上根本不执行，对中原部队提出的合法转移，购粮运粮等合理要求，实行百般阻止，无理拒绝。

中原军区部队遭受重重封锁，因粮食缺乏而出现严重粮荒，中原军区几万人的部队和百万人民群众，食树皮、草根、濒临绝境，这种惨状已严重威胁到部队的生存。

国民党当局无视各种舆论的监督，在与共产党谈判的同时，仍调整部署，调动部队。至4月底，国民党以11个军26个师30余万人的兵力，从南、西、东、北方向，完成了对共产党中原军区部队实行"围歼"的计划。中原军区部队被蒋介石以重兵包围，经济封锁、政治破坏达到了最困难、最危险的边缘。

此时，中共中央和中原军区先后发表声明，严正指出：中原内战的爆发，必将成为全国内战的起点，蒋介石如不悬崖勒马，必将玩火自焚。但蒋介石置共产党忠言而不顾，在以种种无理条件阻止谈判的同时，竟暗中部署对中原军区部队的"围歼"，使中原的形势十分严峻。中原形势异常紧急，中原大战如箭在弦上，一触即发。

在严峻的形势面前，陈先瑞指示部队，按照中原军区领导的要求，从实际出发，制订突围方案，作好突围的思想准备，积极作好稳定部队工作，同时，加强军事训练，作好突围的军事准备。陈先瑞作为政治委员，通过开展文化娱乐活动，组织战士进行秧歌大赛等，来稳定思想，鼓舞斗志。他还组织全旅政工干部，开展训练突围中的政治工作讨论，动员全体政工人员，掌握部队思想情况，及时作好教育工作，保证部队任务的完成。

形势一天紧似一天。6月中旬，蒋介石发出秘密指令：出动鄂豫皖边区外围部队，由刘峙统一指挥第五、六绥靖区部队，采取"严密封锁，分进合击"的战术，彻底消灭中原的共产党军队。

按照蒋介石的命令，6月20日，刘峙围歼中原部队的具体部署是：整编第四十一师、十五师、六十六师重点进攻宣化店地区，围歼中原军区机关及第二纵队主力；整编第六十六师主力在完成对宣化店的合围后，协同整编第七十二师新十五旅，进攻吕王城，围歼鄂东独立第二旅；整编第四十七、七十二师（欠新十五旅）及整编第四十八师之第一七四旅附独一团，进攻泼陂河地区，围歼第一纵队主力；整编第七十五师和整编第三师封锁平汉线，机动使用。驻西安空军支援第五绥靖区；驻武汉空军支援第六绥靖区，担任缜密侦察、及时通报和轰炸扫射任务。

中共中央和毛泽东主席已经看穿了蒋介石的罪恶阴谋，6月23日电令中原局，要准备牺牲一部分兵力，抓紧时间，迅速突围。电报指示中原局："立即突围，越快越好，不要有任何顾虑，生存第一，胜利第一。"中原军区部队遵照中共中央和毛泽东同志的战略部署，立即开始突围部署，指定掩护主力突围的部队，安排坚持原地斗争的武装，突围部队开始隐蔽移动，向集结地靠拢。

1946年6月26日，蒋介石悍然撕毁停战协定和政协决议，发动了对中原解放区的大举围攻。国民党军队共七个旅八万余人的兵力，兵分四路，以宣化店为目标，开始大举围攻中原解放区，全面内战由此爆发。中原突围战役的打响，揭开了全国解放战争的序幕。

141

国民党军狂妄地叫嚣，要在48小时内将中原共产党部队一举包围全歼。

按照预定的计划，中原军区主力分北路军、南路军两路向西突围，其他部队分别在东、西、北线行动。由李先念、郑位三、王震率中原局、中原军区机关及第二纵队第十三旅、第十五旅四十五团、第三五九旅和干部旅（含中原军区警卫团）为北路军（右翼）；由王树声等率第一纵队第二、三旅为南路军（左翼），向西突围。陈先瑞和旅长王海山率第十五旅（缺四十五团）随第一纵队行动，计划过平汉路后，于唐河以南之祁仪镇再归还建制。由皮定均、徐子荣率第一纵队第一旅在原地抗击，掩护主力向西突围，尔后向东转进。

大规模的突围行动开始了。陈先瑞与旅长王海山率第十五旅直属队和第四十四团随第一纵队一直往西，一路上，连续遭到国民党军队的疯狂阻击和拦截，陈先瑞率部顽强抗击，边战边突，于7月13日渡过襄河。24日，中央军委向南路突围部队发来祝贺电报，并指示南路军在长江以北、襄河以西以南广大区域实行机动灵活作战，各个歼灭国民党军，发动民众建立根据地。

向西突围的北路军，在李先念、郑位三、王震的率领下，在"七一"之前越过平汉铁路封锁线，一举突破国民党军的层层包围圈，之后又数度粉碎国民党军的追堵合围计划，直抵陕南，开始创建豫鄂陕革命根据地。至7月底，中原军区各路突围部队都先后实现了战略转移，并已肩负起在外线继续牵制国民党军的重任，标志着中原突围战役胜利结束。

中原突围战役是中央军委和毛泽东主席在重大历史转折关头作出的重大战略决策。中原突围虽然有损失，但基本力量得以保存，而且打乱了国民党军的作战部署，杀伤了大量国民党军，调动和牵制了国民党军30多个旅，有力地配合了华东、华北、西北等解放区的斗争。

1946年8月4日，延安《解放日报》发表头条新闻并配发社论说："中原突围这一令人兴奋的消息，证明了人民军队是不可战胜的力量。在求和平、求团结、求生存的铁的意志面前，反动派的包围、阻击、袭击、困扰，种种残忍阴谋，显得何等无能……"美国新闻记者史沫特莱惊奇地说："你们的成功，我一定要告诉全世界人。"

反"清剿"斗争

陈先瑞率领第十五旅在中原突围过程中，先后遭到国民党军十几个旅的围追堵截，战士们不怕牺牲，英勇转战，分别在鄂西和豫鄂陕边站稳脚跟，创建了根据地。

1946年9月，中原局指示鄂西北军区，将陈先瑞率领的十五旅转移到陕南，归入第二纵队建制。按照这一指示，鄂西北军区决定由陈先瑞先率一个大队去豫鄂陕军区，第十五旅待后行动。9月24日，豫鄂陕边区党委扩大会议在商县封地沟西沟老院召开，宣布边区党委和军区正式成立。陈先瑞为军区副司令员兼参谋长。陈先瑞率队于10月初到达豫鄂陕边区。10月8日，鄂豫陕边区党委在汪锋书记主持下于陕南蔡川上庄坪召开会议，对党委和军区的工作进行了安排，并对下辖的五个地委和分区领导人作了调整。陈先瑞分工到第一和第五军分区指导斗争。

在新的形势下，陈先瑞按照中央和西北局的指示，抓紧恢复联系陕南、关中地区党的组织，依靠地下党组织在国民党部队和地方武装中开展工作，同国民党军进行武装斗争，在陕南山区创建游击队和根据地，同时创建鄂豫陕根据地。

共产党中原突围部队到达豫鄂陕边区后，尚未来得及休整，即遇到国民党向鄂豫陕边区的全面"围剿"。

蒋介石电令胡宗南、程潜、刘峙，调集各部兵力，分别对共产党新创的根据地进行"清剿"。陈先瑞率领分区部队、地方武装和广大人民群众，按照李先念等领导制定的作战原则，开始了反"清剿"斗争。

陈先瑞率领的部队，经过长途奔袭的突围之后，由于战斗频繁，部队经常日夜行军，饮食极度困难，整天吃不到一顿饭，常常找不到粮食和油、盐、菜；穿的也极其困难，尤其鞋子破损厉害，无法修补，行路不便；缺医少药，伤病员无法得到及时治疗，部队体力虚弱，减员不断。所以，反"清剿"斗争开始后，陈先瑞看到部队面临的最大困难就是吃和穿的问题。

当时正值秦岭山区的冬季，天气寒冷，国民党对根据地封锁、禁运，部队的食物和衣服成为严重困难。陈先瑞号召战士们，率领当地政府和群众，冒着国民党封锁禁运的危险，买土布、买棉花，动员妇女组织起来，为部队缝军衣、做军鞋。使部队基本穿上了棉衣，保障度过严寒的冬季。同时做当地开明绅士的工作，对地主豪绅进行打击和教育，以此为部队集粮，解决部队吃粮难的问题。

在解决粮食和冬衣困难的同时，陈先瑞组织各部队开展反"清剿"军事行动。各军分区部队都打了一些大大小小的胜仗，到10月底，取得了反击国民党军第一次"清剿"的胜利，豫鄂陕边区革命根据地得到巩固和发展。

第一次"清剿"失败后，国民党军又发起了更大规模的"清剿"行动，国民党军队先后调集九个正规旅和17个保安团，向共产党豫鄂陕根据地发动第二次"清剿"。国民党军主要采取分区"清剿"和反复"扫荡"的战术，对共产党边区实行经济封锁，摧毁共产党生存条件，企图困共产党军于死地。国民党军所到之处，大肆抢掠粮食，封锁交通，实行惨无人道的恐怖政策，并安插据点、修筑碉堡、移民并村，企图将共产党根据地一块一块地吃掉。

陈先瑞在边区党委的领导下，和边区军民一起，与国民党进行了坚决的斗争。陈先瑞和军区其他几位领导分别到各军分区去指导斗争。陈先瑞具体分工到第一和第五军分区指导斗争。

陈先瑞到第一、第五分区后，首先组织召开了两个军分区干部会议，提出了巩固已建立的政权，扩大游击根据地，进行反"清剿"的具体斗争策略。在分区机关成立了反"清剿"指挥所，抽出一批干部加强基层战斗部队，派干部突击粮食征收及分散密藏工作。面对国民党军残酷的军事"围剿"、经济封锁和恶劣的自然环境，陈先瑞采取机动灵活、避强击弱等游击战术，毫不动摇地同国民党军队展开斗争。在人民群众的支援下，给国民党军队以狠狠的打击，有效地保存了共产党力量，使国民党军队的"清剿"计划难以实现。

1947年1月8日，豫鄂陕边区党委、军区正式组建野战纵队，其主要原因是，在国民党军的反复"清剿"下，根据地日益缩小，部队活动逐渐困难，原来相对稳定的局面已经打破，分散兵力进行斗争已不能歼灭分散国民党军。边区党委决定，第二、第三、第四分区主力5000余人为第一野战纵队，部队当即向南召、鲁山地区挺进。为使内外线作战能机动配合，各军分区在内线的部队由陈先瑞和韩东山统一指挥，向西行动，牵制国民党军。2月4日，边区党委根据中央指示，决定将军区主力撤至黄河以北休整，留游击队坚持内线斗争。

1947年2月14日，陈先瑞和韩东山带军区、行署留在内线的机关和几个分区的内线部队，在河南卢氏县与陕西商县一带活动。这时，按照上级指示，陈先瑞和韩东山迅速把内线部队集结起来，组成第二野战纵队，准备北渡黄河。陈、韩率已集结的部队1000余人，沿着第一野战纵队北渡的路线，日夜兼程，经上戈、洛宁、韩城等地进至渑池藕池，尔后迅速从千秋镇过陇海路，直奔黄河南岸渡口。

黄河渡口，自古以来为兵家必争之地。滔滔的黄河每当洪水季节便泛滥成灾，给人民的生命财产造成很大损失，国民党政府不仅不修河堤，还故意决口淹没人民。此情此景，使指战员们更加仇恨国民党的黑暗统治，增强了革命到底的决心。

当部队到达渡口附近时，发现情况有些异常，渡口两侧山上都有部队活动。为了摸清情况，陈先瑞派了一名参谋带人前去查明情况，结果被国民党扣留。原来，太岳军区部队奉命接走第一野战纵队后，遭遇国民党正规军两个团及三个地方保安团的攻击，部队遂撤出黄河南岸渡口。国民党军猜测解放军还将北渡，于是设下重兵，冒充太岳部队，企图诱入渡口，一网打尽。陈先瑞及时识破了国民党的阴谋，指挥部队迅速撤离渡口，决定返回伏牛山区，继续收拢和整顿部队，待机北渡。

陈先瑞将所有人员都编成班、排、连战斗组织，尽量配备武器，加紧训练，加强学习，准备迎击国民党军队。同时，陈先瑞派出侦察人员，了解周围和黄河沿岸的国民党军队情况，及时掌握国民党军队的动向，便于部队行动。他还要求部队作好两手准备，一是准备待机北渡，二是准备北渡不成即向西到镇安、柞水、宁陕、佛坪地区打远游击，作长期坚持的打算。陈先瑞指出，大家无论在什么时候，都要遵守三大纪律八项注意、团结群众、依靠群众。

陈先瑞率部由伏牛山区又进至豫陕边一带。不久，先后会合了第二、三军分区的部队和几个地方支队及一些小部队和干部。经过第一次北渡的教训之后，陈先瑞抓住时机，在卢氏县五里川与县城之间的一个村庄，召开了有各分区领导、部队团（支队）领导参加的会议。在这次会议上，分析了军区主力北渡以后面临的形势和任务，研究了下一步的工作。

在渡河准备期间，陈先瑞为了迷惑国民党军，指挥第二野战纵队先向西到官坡、木桐海地区活动，尔后秘密向北靠近黄河，同时加强与中央军委、中原局、豫鄂陕边区党委和军区以及太岳部队的联系，积极准备北渡与主力会合。3月14日晚，中原局电告陈先瑞："于20日组织北渡，届时太岳军区将派部队接应。"得到这一消息后，解放军纵队全体指战员无不欢欣鼓舞。为了保证北渡的胜利，陈先瑞要求部队认真作好战斗和急行军的一切准备。

在太岳军区部队的帮助下，陈先瑞率领第二野战纵队3000多名干部战士，于20日上午9时顺利渡过黄河。至此，陈先瑞完成了坚持豫鄂陕边斗争的任务，按照中原局指示，向山西晋城开进。

22日，陈先瑞率纵队到达晋城，与豫鄂陕边区党委和军区及先期到达的第一野

144

战纵队会合。豫鄂陕军区主力共 7000 余人安全北渡。3 月底，部队整编为第十三旅、十四旅、十五旅。是年 7 月底，按照共产党中央军委决定，人民解放军中原突围部队改为晋冀鲁豫野战军第十二纵队。

赴朝作战

1950 年 5 月，陈先瑞被任命为陕西军区副司令员兼参谋长。11 月，陈先瑞担任第十九兵团政治部主任，十九兵团的司令员是杨得志，政委是李志民，郑维山任十九兵团副司令员兼参谋长。

11 月 22 日，陈先瑞随兵团移驻山东兖州一带。兖州是一座很小的县城，一下驻进一个兵团机关和直属部队，住房十分拥挤。为此，陈先瑞让政治部群众工作部门一定做好群众工作，注意部队的群众纪律，要经常检查督促，搞好与地方政府机关的关系。这个时候，做好群众工作就是重要的政治工作。

陈先瑞（左五）与李志民（左二）、郑维山（左一）、
杨得志（左四）在朝鲜前线

在兖州待命期间，各级司令部门主要抓好出征前的临战训练，陈先瑞带领兵团政治部和各级政治机关，主要抓好新兵教育，同时配备好各级干部，特别是基层连排干部，调整好党团员骨干，做到连有支部，排有小组，班有党员。按照兵团党委要求，陈先瑞带领兵团政治部起草和颁发了《赴朝鲜作战守则》，从政治工作方面提出了一些规则和要求，其中包括：遵守政策纪律守则九条；团结守则十条；优待俘虏守则七条。各项守则条文既有原则规定又具体可行，这是经过各级政治机关征求部队意见后统一整理确定的。陈先瑞要求把这些守则印发到所有班排，要求人人牢

记，严格遵守。陈先瑞还组织政治部派出工作组，到连队抽测检查，督促部队记牢背熟，以确保自觉地遵守执行。

1950 年 10 月 19 日，中国人民志愿军第一批入朝部队赴朝作战，参加抗美援朝战争。

1951 年 2 月 3 日，陈先瑞随十九兵团领导机关北上，就在当天，陈先瑞以兵团政治部的名义发出了《开进中的政治工作指示》，对行进途中的政治工作提出了要求。2 月 10 日，陈先瑞随十九兵团机关和第六十四军抵达安东（今丹东），与安东隔江相对的是朝鲜的新义州，一座大桥把两个城市连接了起来。桥下是滚滚的鸭绿江水，这条 700 多公里长的江水，把两个唇齿相依的兄弟国家紧紧地连在了一起。江上的铁路桥，是中国通往朝鲜的主要通道。由于美军飞机的轰炸，桥梁多处被破坏。要过桥的不止陈先瑞他们的一个兵团，还有大量物资运输，因此，如何以最快的速度渡江，成了最急迫的问题。

陈先瑞参加了兵团党委召开的专门研究过江问题的紧急会议。兵团决定，除兵团指挥机关乘几节指定的车厢开过铁桥外，所属三个军的部队分别架浮桥通过。就这样，陈先瑞随兵团指挥部于 16 日傍晚乘列车越过了鸭绿江，踏上了朝鲜的国土。

2 月 20 日，陈先瑞随军兵团机关到达了临时集结地殷山西南里。这是一个紧靠山边的小村庄，由于遭到破坏，也看不出有几所房子，有多少户人家。兵团部驻在这里，在靠土崖子的边上挖个洞，在外边搭了些树木作为指挥所，部队都分散宿营在山间的树林里。

陈先瑞等刚安营扎寨，回国汇报工作的彭德怀司令员途经十九兵团驻地，来看望兵团领导和机关。陈先瑞和兵团领导得知这一消息后，都感到非常兴奋和喜悦。杨得志、李志民、郑维山以及陈先瑞，开始准备汇报的内容。陈先瑞主要和李志民研究汇报政治工作情况。一路来，政治工作情况都在陈先瑞的脑子里，他把需要汇报的内容向李志民政委作了初步的汇报，由李志民向彭总具体汇报。

彭总在听完汇报后，向十九兵团机关的领导介绍了朝鲜战场的形势，彭总说，十九兵团到来之前，志愿军已经打了三次战役，可以说是三战三捷，眼下正在进行第四次战役。前两批入朝的部队打得都很好，打得很艰苦，伤亡很大。但人是战争的决定因素，而志愿军拥有非常好的素质。十九兵团入朝后，要尽快熟悉情况，部队加强战前练兵，争取打好入朝作战的第一仗。

讲完之后，彭总就匆忙赶路了。临走前，彭总仍没忘记告诫大家，要准备打好第五次战役。

为了落实彭总的指示，陈先瑞突出抓了部队的思想动员和教育工作，他首先带领政治机关对兵团进行形势教育，向部队介绍了战况，既讲了兄弟部队作战的经验，也讲了作战的困难，让指战员们有充分的心理准备。

在部队继续开进途中，结合战前练兵，陈先瑞要求政治部对前一段行军情况作

146

好总结，表扬了一批在千里行军中勇于克服困难的突出单位和个人。在报请李志民同意后，陈先瑞带领兵团政治部组织几个工作组到各军去了解情况，他还亲自带人总结了六十五军"模范指导员吕顺保"的事迹，在兵团进行通报表扬，深入开展"向吕顺保学习"的活动。同时通报表彰的还有六十四军"带兵模范连长刘晨柱"等一批在行军中团结互助、热爱战士、为兵服务的模范单位和个人。这样，在部队中树立了团结战斗的好风气，大大加强了部队的政治建设。

1951年4月初，第十九兵团与第三兵团、第九兵团等兄弟部队一起，发起了抗美援朝第五次战役，十九兵团所属的第六十三军、六十四军、六十五军及朝鲜人民军第一军团、配属炮八师三十一团为右翼突击集团。

战役发起前，十九兵团领导按照分工，进行紧张有序的战前准备。陈先瑞和李志民分别带领政治部的干部深入到各师团去，了解部队思想情况，深入进行战前动员，提出解决思想问题和实际困难的切实可行措施。在调查研究基础上，陈先瑞组织政治部的同志起草了以杨得志司令员、李志民政委、郑维山副司令员和陈先瑞主任的名义向全兵团发出的《打好出国第一仗的战斗动员令》。杨得志和李志民对这个动员令很满意，他们认为很有鼓动性和战斗力。其中的几段话非常鼓舞人心："同志们！加紧准备，等待攻击的命令吧！你们大显身手的机会来到了……这是我们出国第一仗，我们要旗开得胜，全力打好这一仗……我们要在第一仗中经受考验，要在第一仗中立功……"

在这个动员令里，陈先瑞提出了"打好出国第一仗"的口号，并以此作为整个兵团的行动决心，上上下下都讲这个口号，做到了深入人心，振奋人心。

147

陈先瑞坚持认为，在紧张激烈的战斗中双方的对拼异常惨烈，越是在这个时候，战场上的政治思想工作越是不可忽视。在朝鲜战场上，志愿军的后勤工作较之国内战争的后勤工作要困难得多。在当时的情况下，负责志愿军后勤工作的同志已做了很大努力，在那种条件下，做到那种程度实属不易。前方与后方、作战单位与后勤保障单位的理解与配合非常重要，这些都需要深入细致的政治思想工作。

在第五次战役中，傅崇碧率领的第六十三军，打得英勇顽强，他们自突破临津江以来，已经连续作战一个多月，除武器装备、军需给养严重不足外，减员也十分严重。但是当兵团下达命令后，军长傅崇碧、政委龙道权不讲任何困难，决心坚定，态度果断，亲自到前沿指挥作战。

同时，兵团领导对部队的情况也是清楚的。在艰苦的战争条件下，李志民政委亲自给六十三军政委龙道权打电话，要他迅速调整好党的组织，健全支部，发挥党支部和党员的先锋模范作用。陈先瑞让政治部的同志专门给第六十三军、六十五军发了阻击战中的紧急政治动员令，要各级政治机关和政工干部，加强战场鼓动工作，开展杀敌立功竞赛，及时宣扬英雄模范事迹，对表现突出的战士，批准火线入党、入团。

在大无畏的革命英雄主义精神鼓舞下，十九兵团的指战员奋勇拼杀，战斗进行得异常激烈，许多阵地失而复得，得而复失，反复拉锯。冲锋、反冲锋、肉搏格斗、面对面厮杀，出现许多残酷、壮烈的场面。用集束手榴弹炸坦克；子弹打光了用石头砸，与美军抱在一起同归于尽；宁跳崖不做俘虏；整排、整班地牺牲，一个连仅存几个伤员。在第五次战役中，十九兵团所属部队涌现出许多可歌可泣的英雄连队和英雄人物。

六十三军和六十五军在极其艰难困苦的环境中，在铁、涟地区进行了13个日日夜夜的浴血奋战，为兄弟部队休整、为志愿军总部进行战略调整赢得了宝贵的时间，胜利完成了阻击任务，受到了志愿军总部的表扬。

1951年7月10日，中美双方谈判代表开始就停战问题在开城举行谈判，战场上进行了暂时的平静阶段。陈先瑞抓住环境相对稳定的这个时机，带领兵团政治机关开展了强有力的政治工作，进行一次深入的战备形势教育。陈先瑞带机关同志深入到连队，在调查基础上召开了兵团政治工作会议，针对开城谈判开始后部队存在的"和平麻痹"思想和"快打快胜快回国"的急躁、速胜思想，以及少数因仗没打好、伤亡大，产生怯敌、埋怨、怕苦情绪等，部署了部队的形势分析及思想教育。通过教育，使部队深刻理解"积极防御、持久作战"的战略方针，认清战争与和谈的关系，树立长期持久的作战思想，使广大指战员认识到只有敢于斗争，敢于胜利，谈打结合，才能夺取最后的胜利。

在进行深入细致的思想工作中，陈先瑞善于带领大家总结经验教训，明确今后的努力方向。在陈先瑞的号召下，兵团上下开展了群众性的"三评四批"活动。政治部门开展了庆功活动，军、师、团分别对作战中表现好的单位和个人予以奖励，并组织先进典型介绍经验和英雄事迹，教育和鼓舞部队，争做英雄模范，以实际行动保家卫国。通过这些教育，统一了思想，提高了认识，增添了干劲，部队的面貌焕然一新。

1952年8月，陈先瑞升任十九兵团副政委。年底，志愿军政治部主任甘泗淇调回中国，十九兵团政委李志民升任志愿军政治部主任。李志民政委调走后，上级再没给十九兵团任命新的政委。此时的十九兵团司令员韩先楚让陈先瑞把政治工作抓起来。陈先瑞勇敢地挑起了这副重担，一直到返回中国。陈先瑞配合兵团司令员，和其他兵团领导一起，为兵团的建设特别是思想政治工作作出了贡献。

1953年4月20日，十九兵团接到志愿军总部关于准备实施战役反击的指示。30日，志愿军总部召开了兵团以上干部会议，陈先瑞和新到的十九兵团司令员黄永胜参加了会议。根据会议制订的夏季攻势作战方案，从5月13日开始至7月16日，志愿军给美军以沉重打击，歼灭美军数量大大超过了预计数，不仅阵地面积扩大了200多平方公里，而且迫使美国在停战协定上签字。

陈先瑞从1951年初入朝，到1955年2月回到中国，在朝鲜战场上整整战斗了四年，荣获朝鲜民主主义人民共和国一级国旗勋章。

中国空军最能打的人——聂凤智

聂凤智（1914~1992年），湖北省礼山（今孝感市大悟）县人。优秀的共产党员和无产阶级革命家，是中国人民解放军军事指挥员以及中国人民解放军高级将领。1928年4月参加中国共产主义青年团，1929年1月加入中国工农红军。1933年1月加入中国共产党。土地革命战争时期，先后担任红四军第十二师的班长、排长、连长、连政治指导员等职，以及红九军第二十七师八十一团副营长、营长、营政治教导员、副团长，红三十一军团长、团政治委员等职。参加了红军二万五千里长征。抗日战争时期，先后出任中国人民抗日军政大学教员、队长、副团长，之后又升任抗大第一分校胶东支校校长和胶东军区第五旅十三团团长、旅长等职，1945年1月，出任中海军分区司令员。解放战争时期，先后出任山东军区第六师、第五师、华东野战军第二十五师的师长一职，以及第九纵队参谋长、副司令员兼参谋长、司令员，第三野战军二十七军军长等职。中华人民共和国成立后，任华东军政大学教育长，华东军区空军司令员；在朝鲜战争时期，任中朝联合军空军司令员；随后，先后出任南京军区副司令员兼军区空军司令员，南京军区副司令员、司令员，福州军区副司令员兼空军司令员。1955年被授予中将军衔，荣获二级八一勋章等。是中国共产党第十一届中央委员，在中共第十二次全国代表大会上被选为中央顾问委员会委员。

抗日生涯

聂凤智，曾用名聂敏，父母起的小名为麒麟。1914年5月，聂凤智出生于湖北礼山（今大悟县）禹王城一个中农家庭。1927年11月，年仅13岁的聂凤智投身到起义活动中，当时，手握红缨枪的他一路跟随农民队伍，为黄麻起义的胜利热烈庆祝。1929年1月，由王树声、廖荣坤率领红军第十一军三十一师在黄麻"扩红"，听到消息后，聂凤智立即积极报名加入了红军。1930年4月，第三十一师被改编为红军第一军第一师，而聂凤智当时所在的连队被编为红一师一团三营七连，聂凤智当选为七连的勤务员。此外，红一师师长由徐向前担任，红一团团长由王树声担任。之后，聂凤智参加了鄂豫皖边区军民反"围剿"战斗，在对国民党战斗中，他英勇无畏、才智过人，甚至凭借一人之力把国民党军一个班全部俘虏，由此声名大震，成为红一团无人不知的战斗英雄。1933年初，战功卓越的聂凤智被提拔为红九军二十五师七十三团交通队指导员。

随后，就在聂凤智出任交通队指导员不久，国民党军对川陕苏区红四方面军进行了猛烈进攻，当时，国民党军出动30多个团，分兵三路对红四方面军展开围攻。面对国民党的进攻，红军派出三个师进行阻击，随后，国共两军在空山坝进行了一场激烈的血战。针对分散在空山坝以南余家湾、柳林坝等地区的国民党军，红军采取了分割包围的作战方略，以打歼灭战为主。此次战斗，在聂凤智的有力组织和带领下，交通队的战士们在深山老林中有条不紊地出入，为此保证了通信联络的畅通。空山坝血战，最终红四军战果尤佳，全歼国民党军七个团，击溃六个团。

此次反"围剿"战争，红四方面军取得了一次很大胜利，由此部队也开始不断扩编。而聂凤智只用了五个月的时间，就再次被升职，相继出任副营长、营长、教导员、副团长。1933年7月，红四方面军实现了进一步的扩编，由原来的四个师扩编为四个军，时任红九军二十五师七十三团副团长的聂凤智被调任三十一军九十一师二七一团副团长。1935年4月，出任副团长一职的聂凤智升任二七一团团长。1936年4月，改任二七一团政委。

1936年10月，在甘肃会宁，红军三大主力实现了胜利会师，聂凤智随即被调任为第九十三师二七九团团长。当时，国民党军的一部分兵力仍然在追击红军。就在1936年10月底，整个红军队伍被迫向东转移，聂凤智也率全团指战员跟随转移，当时在红军后面，追击的国民党军是胡宗南部。面对这种情况，中央红军指示红三十一军在甜水堡一线对胡宗南部进行阻击。11月19日，聂凤智率部配合着兄弟部队，在古城堡、张天堡一线与国民党军展开了一场艰难的阻击战。其实，作战的红四方面军处于不利地位，因为自从甘孜北上以来，四五个月的时间里部队还没有进行良好的休整，胜利会师后，部队一直与国民党军进行着紧张的交战，不仅兵力不断减少，红军战士更是极度疲劳，而且弹药也已不足。针对这种不利战事，聂凤智灵活运用了"摧其坚，夺其魁，解其体"的作战方法，率部有力地阻击了国民党军的追击，最终取得了全胜。11月21日，国民党军第一军七十八师向山城堡发起进攻，中央红军再次委派聂凤智率团出击，聂凤智采取了同样的作战方法，最终将来犯的国民党军队全面击溃。与此同时，红军各部也对国民党军队的进攻展开了反击，通过一昼夜的浴血厮杀，国民党军被全面打退。此次反击战，国民党军的一个整旅和两个团被歼灭，是会宁会师后，红军第一、二、四方面军所取得的首次大捷，同时，这次反击战也是土地革命时期打的最后一次大胜仗。

1937年，聂凤智进入抗日军政大学念书，毕业后留校教学。抗日战争爆发后，出任抗日军政大学第三团副团长兼教育长。当时，抗大三团负责在晋察冀抗日根据地进行抗日活动。1939年10月，在上级的指示下，聂凤智率抗大三团赶赴山东。在行军的路上，抗大三团十分艰难，不仅缺少衣物，而且食物也不足，但聂凤智带领三团克服了种种困难，于1941年春顺利抵达山东。随后，聂凤智奉命出任抗大第一分校胶东支校校长。1942年11月8日，原在北平的冈村宁次（日军华北方面军司令官）乘坐飞机秘密抵达了烟台，计划实施胶东"冬季拉网大扫荡"。在进攻作战上，冈村宁次采取了"多路突进，分路合击，步步紧逼"的作战方法，直至11月21日，已对牙山根据地形成了"铁桶式"包围圈，包围圈南北纵横90公里、东西纵横75公里。当时，在牙山根据地的中心区，正坐落着聂凤智出任校长的抗大第一分校胶东支校。那时，胶东军区司令员由许世友担任。面对紧张的日军情况，胶东军区立即展开了战略商讨。司令员许世友指出："我们现在的原则是保存有生力量。"对这句话，聂凤智已经全面理解，他随即发言说："留得青山在，不怕没柴烧。"按照会议的战略部署，聂凤智要负责转移地方党政机关和群众，他率抗大第一分校胶东支校对转移工作进行了隐秘掩护，最终悄无声息地将党政机关和群众送出了日军的包围圈。

1943年聂凤智在胶东敌后抗日前线

实际上，聂凤智执行突围包围圈的掩护转移任务是十分危险的，当时，如果晚走两分钟，聂凤智等人就会被日军的炮弹打中。其实，早在会议结束后的第二日清晨，正当战士们吃饭的时候，聂凤智接到了侦察员的报告，指出在十公里外，已经发现了日军和伪军的身影。随即，聂凤智命令战士们立即撤退，没有吃晚饭就带着饭碗和饭锅一起走，总之不能再停留片刻。当时，很多战士们还对聂凤智这么着急感到不解，甚至抱怨说吃完饭走也来得急，但聂凤智态度非常坚决，他不顾抱怨，下令战士们立即撤退。在军队里，军令如山，战士们虽然心有不满，也不得不停止吃饭，紧急撤退了。当战士们刚刚撤退一两分钟，行至一个山头时，他们原先驻扎的地方便硝烟弥漫，日军的炮弹密集地落下。战士们都愣住了，他们对聂凤智由衷地感到佩服，连连称赞他说："聂校长真是神机妙算！"听到大家的称赞，聂凤智回答道："侦察员报告说日军已经在十公里以外，其实，他跑过来向我汇报也需要跑十来公里，不论日军和侦察员速度谁快谁慢，用不了几分钟，日军也会赶到了，所以咱们不能耽误一分钟，必须尽快撤退。"

聂凤智掩护下的此次突围行动，抗大第一分校胶东支校几乎没有遭受损失。撤出日军包围圈后，为了配合吴克华和高锦纯指挥的八路军第五旅作战，聂凤智又率支校对栖霞到福山段烟青路的日军展开袭击，至此日军不得不调兵来阻击聂凤智部队，而"拉网大扫荡"则宣告结束。1943年3月，胶东军区部队被重新精简整编，抗大第一分校胶东支校被整编为教导第二团。聂凤智被调至八路军第十三团担任团长一职，由李丙令担任十三团政委，由裴宗澄担任十三团参谋长。此后，在胶东地区的抗日斗争中，十三团在聂凤智和李丙令的领导指挥下英勇抗击日军，一直坚持到抗日战争胜利的1945年8月。1945年9月，胶东军区再次被整编为八路军第五师、第六师和警备第四旅。其中八路军第五师就是建立在十三团基础之上，聂凤智出任第五师师长，李丙令出任第五师政委。

淮海战役

1946年1月10日，国民党和共产党共同签署了一份暂停军事行动的协议，同时，还以国民党、共产党和美国为代表组成"三人委员会"及"北平军事调处执行部"，用以对国共两党的军事冲突进行"调处"，并就双方对"停战令"能否全面执行进行严格监督。在胶东地区，"军调处执行部高密第二十一小组"也建立起来，聂凤智作为胶东地区解放军的"少将旅长"，成为全权军事代表。

之后，解放战争在全国打响，一年里，解放军与国民党军进行了顽强不屈的作战，在作战气势上，解放军明显占有优势。为了配合战事的发展变化，把山东野战军和华中野战军进行了合并，整编为九个纵队和一个特种兵纵队，成立了华东野战军。其中第九纵队是在第五师、第六师和警三旅的基础上整编而成的，第九纵队下辖三个师，包括二十五师、二十六师和二十七师，纵队司令员由许世友兼任，副司令员兼参谋长由聂凤智担任，政委由刘浩天担任。

1947年8月，在华东野战军的基础上，成立山东兵团，负责山东内线的对敌作战任务。兵团司令员由许世友担任，政委由谭震林担任。组建的山东兵团下辖四个纵队，包括第二纵队、第七纵队、第九纵队和第十三纵队。第九纵队司令员原本是由许世友兼任，此次正式任命聂凤智为第九纵队司令员。在解放军全力精简整编部队时，国民党军也在紧锣密鼓筹划着新一轮的攻势。8月18日，在青岛，蒋介石亲临现场对向胶东地区发动"九月攻势"进行了战略部署。最终决定由国民党军陆军副总司令范汉杰指挥负责此次攻势的军队，军队分成三路，从胶州湾一路延伸到莱州湾，分兵由西向东向胶东地区进攻。针对国民党军队的进攻，许世友立即计划出了进行阻击的战略方法：命令各队进行沿路阻击，包括由周志坚、廖海光率领的第十三纵队和西海、南海等独立团，执行反击任务的是第九纵队，命令聂凤智和刘浩天率领部队从国民党军后路对国民党军展开袭击。

国民党军陆军副总司令范汉杰率领六个整编师在前线对解放军展开猛烈攻击，在这支部队后面，还跟着"还乡团"，他们一路烧杀抢掠，无恶不作。9月8日，国民党军占领了平度，13日，掖城失守，随后，水沟头、夏甸和道头等地也相继被国民党军占领。节节胜利使范汉杰极为兴奋，但就在他兴奋于"海上海军封锁，空中飞机轰炸，收获颇丰"之际，解放军出其不意的反击使他大为震惊。当时，聂凤智率领第九纵队按照原计划从后路对范汉杰部进行了突袭，国民党军整编第八师一六六旅被一举歼灭。国民党军整编第八师其余部队见战事不妙，立即收缩了攻势，与此同时，并排前进的整编第九师也有所畏惧而也立即收缩了攻势。至此，国民党军计划的并排进攻的作战方针就此发生了改变，虽然仅仅出现了一条缝隙，但这正给了聂凤智指挥的第九纵队和周志坚指挥的第十三纵队以突围之机。二人率领部队穿过缝隙，成功跳出了内线，会师于胶河地区的两支外线部队，包括由滕海清和康志强率领的第二纵队和由成钧、赵启民率领的第七纵队。四支纵队集结一起后，立即展开了激烈的胶河战役和胶济路阻击战，最终战果尤佳，包括高密、胶县、平度等一大片地区被成功收复，被隔开的胶东、鲁中和渤海解放区也重新被联系起来。至此，除了几个孤立据点，胶东全境基本解放，其中未被解放的有威海、蓬莱、烟台、福山、龙口、青岛、潍县等地。

此次作战佳绩的获得，不仅是聂凤智出任第九纵队司令员以来的首战战果，更是聂凤智在长达五个多月的任职期间获得的第一次胜利。在以后的解放战争中，聂凤智更是战功赫赫，如在济南战役中，在聂凤智的指挥下，第九纵队英勇无畏地冲向济南城，冒死攀登上了城墙，最先攻进了济南城，并在济南城头插上了红旗。在第九纵队中，二十五师七十三团尤其战功显赫，为了表彰这支英勇部队，中央军委特此授予了"济南第一团"的荣誉称号。

随着济南战役的结束，淮海战役也在一个多月后正式打响。在整个淮海战役中，碾庄血战令人印象深刻。碾庄位于徐州东边，只是一个相对较小的车站，它之所以突出，是因为它是解放军首个进攻的目标。当时，在碾庄一带，由黄百韬率领的国民党兵团正被围困在此，这支国民党兵团从海州地区西逃而来，因一路受到华东野战军部队的追击和拦截，最终被困在此地。

聂凤智与黄百韬已经不是第一次交手了，在孟良崮战役中聂凤智指挥第九纵队攻打黄崖山时，与他对弈的正是黄百韬。1948年11月12日晚，解放军五支部队连同作战，第九纵队从南面推进，第八纵队分布于第九纵队右侧，第六纵队分布于第九纵队左侧，第十三纵队从西面推进，而第四纵队则从北面推进，五支部队紧密地向黄百韬兵团展开了包围进攻。没过多久，进攻部队已经歼灭了碾庄外围的国民党军，并全面消灭了国民党军正面阻击部队。虽

聂凤智（左）与陈士渠在淮海战役前线

然人民解放军外围进攻一路顺畅，但想要攻进碾庄却存在困难，当时，黄百韬下令砍光了碾庄附近的遮掩的树木，甚至还拆毁了碾庄内的大部分房屋，而黄百韬部署的防御体系又极为复杂，所以进攻部队一时难以攻克。就在这时，蒋介石又派来了支援部队，由李弥和邱清泉率领的国民军二兵团五个军奉命赶赴碾庄地区，二兵团配备着火炮和坦克，数量都达到了100多，同时还有飞机20多架。面对这种情况，华野司令部紧急下令军队主力对赶来的国民党援军进行阻击，而下令山东兵团全面负责歼击黄百韬兵团的作战，全权指挥由政治委员谭震林和副司令员王建安担任。谭震林致电聂凤智，下令他指挥九纵对黄百韬兵团展开歼击战。谭震林在电话里问聂凤智说："你计划此战怎么打法？用哪支部队打？"聂凤智回答说："我准备令第二十六师主攻。"提起二十六师，其实谭震林并不陌生，而且还非常了解，早在一年以前，在山东范家集，二十六师与黄百韬的整编第六十四师持续激战了三个昼夜，最

终二十六师迫于损失惨重而退出战斗。因为那次的失败，二十六师名声始终不好。所以，一听到聂凤智准备让二十六师负责主攻，谭震林急忙提高了声音喊道："那你让二十七师执行什么任务？"聂凤智回答说："二十七师自有安排。"聂凤智听懂了谭震林的想法，他是想让二十七师负责主攻，但聂凤智有自己的想法，他认为让二十六师迎击黄百韬的第六十四师，正是"仇人相见，分外眼红"，二十六师因为曾经失利，所以此次定会竭尽全力，血拼到底。谭震林以为聂凤智没有听懂他的意思，于是，又语重心长地说道："聂凤智同志，你应该非常了解黄百韬的六十四师，在范家集，二十六师曾经……"谭震林的话还没有说完，聂凤智就打断他说："没错，六十四师曾经是'硬核桃'，但现在却大不如前了，军心开始涣散，士气也明显低迷。而二十六师却正好相反，虽然在之前的战役中损失惨重，但此次却拥有着很大的决心和必胜的士气，我相信他们能成功歼灭六十四师。"谭震林带着不悦的情绪继续劝说："聂凤智同志，你不要想当然！"但聂凤智不理会谭震林的意思，坚持说："既然决定让我打，我就用二十六师。"一听聂凤智如此固执，谭震林不禁有些发怒了，说："那好。怎样用兵、怎样安排部队都由你决定，但如果任务失败，那时可要听我的了，到时别怪我追究你的责任！"

聂凤智明白谭震林说得出做得到，但他对二十六师有信心，而且此次作战正是让二十六师重振军威的大好时机，错过这一次，恐怕再没有机会了。事实上，聂凤智可谓是神机妙算，当他下令二十六师担任主攻任务时，二十六师全军从师长到战士人人都兴奋不已，他们下定决心要与国民党军六十四师决一死战。11月17日20时，九纵二十六师派出七十三团作为主攻部队，命令七十四团策应作战，至此向碾庄黄百韬部队发起了全面进攻。至22时30分，主攻部队七十三团已经成功突破国民党军队的防守进入碾庄。随后，在碾庄西南角，七十四团也成功突入。自古作战讲究一鼓作气，而此次二十六师迅猛击溃国民党军的气势更是令人震惊，到23时，二十六师的进攻部队已经攻进黄百韬兵团的指挥部。面对神速的二十六师，黄百韬只能带领几名随从急忙逃走，甚至没有时间开走小汽车。二十六师神速地击败国民党军队，使他们挽回了声誉，也重振了声名。见此结果，聂凤智很满意。

淮海战役落下帷幕后，解放军全军对编制番号进行统一。1949年2月5日，原华东野战军第九纵队改称为中国人民解放军第二十七军，军长由聂凤智担任，政委由刘浩天担任。第二十七军下辖三个师，归第三野战军第十兵团建制，包括原二十五师改称的七十九师、原二十六师改称的八十师、原二十七师改称的八十一师。

当华东军区空军司令

在上海成功解放后，聂凤智出任上海卫戍区司令，任职两个月后，被调任新成立的华东军政大学，出任教育长一职。

时间飞逝，1950年夏的一天，在"军大"游泳池中，中华人民共和国十大元帅之一的陈毅正在游泳，负责陪同的有聂凤智等人，此时，一个人匆匆忙忙地跑过来说："陈老总，北京打来的电话，请您接一下。"

一听到北京，陈毅内心不安地动了一下。他才从北京到上海不久，此时又有电话找来，想必是有什么着急的事情。

陈毅从游泳池出来，赶忙披了一条毛巾就跑向电话间。

听完电话后，陈毅表情明显不悦，他小声嘀咕说："这是怎么回事嘛！原本是组织决定的，都决定好了的，此时又变卦不来了！"陈毅闷闷不乐地走回游泳池，边走还边说："不就是个空军司令，我就不相信在华东找不到！"

事情其实是这样的，北京的罗荣桓打来电话说，原本已经定好了出任华东军区空军司令员的人选，但此人表示不愿意前来，于是，上面意思是让陈毅自己在华东军区物色一个人选，然后选报军委审批。

针对这一件事情，聂凤智等人并不知情，而且也没有看出陈老总此时情绪的变化，所以还在游泳池内悠闲地游着。陈毅默默在泳池边站着，思绪全部在物色人选上，他忽然向游泳池里游泳的几个人望了过去。

一刹那，陈毅的头脑中闪过华东军区的大多数干部，他仔细分析了一个又一个，最终他的头脑中只剩下了聂凤智。

陈毅根据聂凤智以往的表现分析出：此人拥有过人的才智，做事情非常认真，拥有好胜不服输的性格，考虑事情周到全面，作战时顽强不屈，甚至在有些问题上还能坚持己见，拒不相让，能够坦率直言，不顾及别人的面子，虽略有刻薄，但不失小节。陈毅心想自己见过很多人，聂凤智算是尤为特殊的一个，他虽然只上过小学，但读过的书籍却很多，是一个难得的工农干部。在指挥作战方面，他更有着"常胜将军"的美称，不仅敢打，而且善打，无论是顺风仗还是逆风仗，他都打得很好。总之，聂凤智具有很多突出优点，是一个能够想办法干好各项工作的优秀干部。

陈毅在心里再三思量，最终决定把这个重任交给聂凤智，让他出任华东军区空军司令一职。

"聂凤智，你来一下。"陈毅向游泳池里的聂凤智大声喊道。

听到陈老总的呼唤，聂凤智立即加快了速度，向岸边游去。

"聂凤智啊，"陈毅稍微停了一下，然后继续说道，"军大的工作你先不要干了，还是接手空军工作，出任华东军区空军司令吧！"

忽然听说要当空军司令，聂凤智着实被吓着了。空军！是要管理天上的工作啊！这与陆军可一点也不同。虽然聂凤智见过很多次飞机，不管是在苏区工作时、在艰难长征的途中，还是在抗日战争以及解放战争的战场上，敌人呼啸的轰炸机都让他愤恨不已，一想到那些惨死在敌机下的战友，他也是极为心痛。许多年来，他对中国人民解放军能够拥有自己的飞机也是一直满怀期望，他想，只要组建了自己的空军，就可以大大打击敌机的嚣张气焰。

然而，管理空军并不简单，学历一定要求很高，聂凤智想到自己只是小学文化，不免担心起来。

所以，聂凤智用轻松的口气，态度认真地回答陈毅说："老总，你吩咐我干什么工作都没问题，但空军司令我实在胜任不了。我只遭遇过敌机的轰炸，但对飞机是一窍不通啊！"

155

"不了解？你对陆军一开始就了解吗？你小学没毕业已经能够指挥打仗了？已经当上军大的教育长了？我的好同志啊，没有任何事情一开始就会，不会就学，没有学不会的，你也不正是一点点学过来的嘛。我们华东首次建立属于自己的空军，我们中哪有内行可找？根本找不到内行嘛。"陈毅严肃地说道。

此刻，聂凤智才发现陈毅的语气不同以往，与之前的任何一次谈话相比，这次显然更认真、严肃。

为此，聂凤智不得不再次认真思考。

1950 年 8 月 1 日，中国人民解放军华东军区空军正式成立了。而司令员正是聂凤智，在聂凤智的主持下，成立和就职大会得以圆满召开。

实际上，那时的华东根本没有空军，更没有统一的空军指挥机构，而称得上是军区空军机关的也都是一些零散的班子。所以，聂凤智出任司令员的首个工作任务就是建立统一的空军机构，并且要在最短的时间内完成，同时对空军管理一窍不通的聂凤智更下定决心，要在最短的时间内掌握全套空军指挥知识。

当时，苏联空军对上海及华东地区的防空任务给予了很大帮助。出于保卫上海的需要，中国政府开始寻求苏联方面的帮助，于是，苏联空军向上海派来一支空防混成部队，这支部队由巴基斯基中将（原莫斯科防空军司令）率领进驻上海。这支空防混成部队装备齐全，不仅拥有歼击机、轰炸机和强击机，还拥有高炮、雷达和探照灯等设备，可谓应有尽有。可以看到，当时华东军区空军的基本装备和力量仅有这些，聂凤智正是要管理这样一支空军。

聂凤智赶到上海后，在陈毅的引荐下，他与巴基斯基将军进行了初次会面。

"将军同志阁下，这位是聂凤智同志，新任华东军区空军司令员。"

显然，在聂凤智未到之前，陈毅已对巴基斯基简单介绍过情况了。

聂凤智，个子不高，脸色偏黑，身体精瘦，打眼一看十足一个"乡巴佬"。巴基斯基投身战争多年，作为富有经验的老军人，有一定的优越感是难免的。他做事讲究实际，果敢、不拖延。所以，虽然陈毅已经提前向他简单介绍过了聂凤智，他也知道聂凤智带兵打仗已经有 20 年之久，而且屡立战功。此外，在由苏联拍摄的淮海战役纪录片中，在众多的纵队司令中，聂凤智是唯一一个上了镜头的人，但当聂凤智站在他眼前，这位相貌平凡的"小老弟"还是没有令他感到放心，所以，他说话也并没有给聂凤智留太多面子。在陈毅介绍完后，巴基斯基就直言不讳地对聂凤智说："很好，我给你一个月的时间，你要学会整套的指挥知识。"

"一个月就能全部掌握空军指挥知识吗？"聂凤智有些气愤地瞪着眼反问。

"如果学不会，我可以让我的助手希留沙廖夫留下来，他会再教你一个月。"

聂凤智在心里想，能否全部掌握空军指挥知识可是事关重大，弄不好就会造成机毁人亡，甚至会让上海和华东处于挨炸而不能有力反击的不利处境，而且这还关系到年轻的中国人民解放军空军能否得以生存下去的问题。想到这些，聂凤智骨子里的那股不服输的倔强性格就被激发了起来。于是，他态度极为认真地说："反正，不管是先教一个月，还是再教一个月，我什么时候学会，你们什么时候才能走，我没学会之前，将军阁下回莫斯科是不可能的！"

聂凤智的话，让陈毅和巴基斯基都笑了。巴基斯基看到，在这位面貌平凡的年轻司令身上，有着一股对事业和学问认真钻研的韧劲儿。

"啊？教不会你……我们还走不了呢!"巴基斯基玩笑似的笑着说。此时，他已经放下了对聂凤智的偏见而开始有些喜欢这位"小老弟"了。

陈毅也笑着说："先学着看嘛!"

之后，聂凤智的办公桌上就搬来了整套空军指挥的资料，这就是要他一个月内学会的知识，当时聂凤智就愣住了。这根本就不是什么学习。看来是把整个空军档案库放到了他眼前，一本本资料堆得一人来高。

诚然，聂凤智学习空军知识就像中国人开始学习英文一样，也是要从基础的ABC开始学，况且他的任务是一个月内学会空防混成的全套指挥知识。可以想象到，聂凤智是要刻苦用功了。此后，聂凤智开始了日复一日的高强度学习，白天，他就一遍遍地背理论知识，记性质、原理，到了晚上，他就再次理解这些内容，力求烂熟于心。当基础知识掌握后，他就到指挥所去进行具体演习。

聂凤智的学习是很苦的，但聂凤智的学习兴趣却十分高。或许，聂凤智这种对新知识所持有的热情和学习劲头，就是他天赋异禀的一种体现。

聂凤智按照计划一步步学习，最终没有落下一天的学习任务，而且学习还卓有成效。很快一个月到了，聂凤智兴奋地跑到陈毅面前，用略带幽默的口吻报告说：聂司令已学习完规定的学习内容，可以进行"考试"了。

陈毅听到聂凤智信心十足的话，难免有些怀疑，他可是留过学和做过学问的人，所以明白想要学会一门知识并不容易，即使聂凤智有一定的过人才智，但仅用一个月的时间就能学会整套的空防知识，这不太可能吧!

但聂凤智坚持说可以接受考试了，巴基斯基只好同意，而陈毅也只能坐在首席的位子上验收成果了。

考试分为五天，第一天考的是收放飞，第二天考的是射击，第三和第四天考的是组织歼击机、强击机和轰炸机一起进行战斗，第五天考的是各机种都参加的"联合作战"。在第一天，24架飞机被一同放飞，飞行员人选都是中国自己的。不得不说，让飞机飞上天并不难，但想要全部稳妥着陆却不易。聂凤智作为司令，不仅要指挥24架飞机按规定的次序、空域、队形飞上天，而且还要按规定的时间、先后次序，以及规定的地点落地，这一步步都要井然有序，不能出错。事实上，每架飞机的动作甚至精细到分或秒，当时，聂凤智虽然手拿话筒在有序地调度，表情镇静得看不出紧张，但心里早已冒冷汗了。

"怎么样，好吗？"第一天考试完毕后，巴基斯基问陈毅。通过一个月以来的观察，巴基斯基已经对聂凤智认识得更全面了，他看到聂凤智不仅课业学习优秀，而且实际指挥也毫不逊色。为此，巴基斯基内心不免生出些许钦佩。

"好!"陈毅已经看得全神贯注，想都没想就回答道。

"我教的学生就没有一个差的。"巴基斯基跟着补充了一句，这句话既对自己进行了一定的夸耀，同时也表扬了聂凤智。

转眼，为期五天的考试全部结束，巴基斯基再次对陈毅说："你瞧，聂凤智这个

157

学生考试全部通过了，而且都是标准的 5 分呢！我敢断言，你们中国空军在未来必将所向披靡。"

"的确如此。"陈毅也十分高兴地说，"非常感谢将军阁下！"

然而，聂凤智的实力只有自己了解，考试时发挥出的惊人成绩，在多年后聂凤智自己解释说："哪儿是真'合格'？还不是巴基斯基急着想回莫斯科，才再三在陈老总面前夸赞！我那时其实还只是一只脚跨在门里，一只脚踏在门外呢。"

聂凤智的话很谦虚，但也正如他所说，是否算真正"合格"，检验的标准不是在考场，而是在真实的战场。没过多久，聂凤智投身到了抗美援朝的战斗中，由此也开始了是否"合格"的真正检验。

中国空军在朝鲜战争

1950 年 6 月 25 日，朝鲜战争全面爆发。

整个朝鲜半岛硝烟弥漫、枪炮震天，一时间震惊世界，而朝鲜与中国仅一水之隔，为此中国政府开始担心和思量。最终决定，对孤立无援的朝鲜人民给予帮助，与他们一起抗击以美国为首的"联合国军"的干涉，就这样，中国人民志愿军奉命开赴朝鲜。

随即，中国人民志愿军参战部队进入了准备作战的紧张气氛中，与此同时，志愿军空军自然也责无旁贷地进入了准备阶段。

在那时，最少需要一年的时间才能训练出一个合格的飞行员，这是其他国家的空军普遍存在的事实，但当时援朝的志愿军空军却发挥出了前所未有的速度，筹备、组建、训练到参战，在四个月的时间内全部完成。其实，在时间不足的情况下，当时战斗部队的技术训练根本不能面面俱到，所以只突击了训练作战所必需的重点课目。其中歼击机部队对特技、编队、航行和双机、四机空战进行重点训练；轰炸机部队除了基本战斗训练外，对团编队轰炸进行了重点训练；而强击机部队对中、大队的中低空编队和航行，以及攻击和轰炸地面战术目标等进行了重点训练。

事实上，中国志愿军的空军与"联合国军"的空军相比，简直是无法相比，中国志愿军全军而处于明显的劣势。美国投入朝鲜战场的空军力量是非常雄厚的，加上海军舰载机一并进行统计，总共有 14 个联（大）队，各型作战飞机 1100 余架，而驾机飞行的飞行员很多也是精英中的精英，其中有 1/3 都是执行过第二次世界大战飞行任务的人员，他们持续飞行时间多数超过了 1000 小时。除此之外，再算上英国、澳大利亚、南非和韩国的空军兵力，作战飞机达到 1200 余架。反之，中国人民志愿军空军兵力则远远不足，不仅组建时间不长、作战经验不足，而且兵力更是少之又少，仅有歼击航空兵师两个，轰炸机团和强击机团各一个，统计共有各型作战飞机才不到 200 架，而飞行员平均飞行时间也才 200 小时，而喷气式飞机的平均飞行时间更是只有 15 小时。

针对中国空军的这种现状，时任"联合国军"司令的麦克阿瑟自然没有放在心上，他极端蔑视地评价中国空军说："中国最多只可派五六万兵力跨过鸭绿江，他们没有空军。"

尽管在空军兵力上，双方相差甚大，但志愿军空军赴朝参战的决心却是非常坚定的。

　　当时，因志愿军空军部队还没有完全建立起来，所以采取"边打边建边训"的策略，重点进行实战锻炼，实行"有利就打，不利就不打""打得赢就打，打不赢就跑"的原则。此时，对赴朝参战，指战员们都士气高昂。

　　聂凤智于1951年3月首次组建起强击轰炸机指挥部，次年7月，聂凤智被任命为中朝联合空军司令员，由此投入到了空军指挥员的具体工作当中。

　　必须承认，聂凤智承受着很大的压力。他尽管有着过人的智慧，工作能力也出众，干工作认真负责，但他并不是神，只是平凡人。分析当时的朝鲜战场，除了中朝联合空军之外，苏联空军部队也作为"后盾"在支持着朝鲜，在这样的实力之下，与美空军抗衡了一年多，但朝鲜的被动局面依然没有改变，此时想要依靠聂凤智的力量来扭转被动局面，明显对聂凤智要求过高了。

　　但是，作为军人，执行作战任务是责无旁贷的，聂凤智没有顾虑那么多，他只是一心计划着作战策略，对与美军作战充满了期待。

　　1952年9月4日，中朝边境。美国空军集结了100多架战斗机和轰炸机再次侵袭而来，如此来势汹汹，显然是想威慑住中国志愿军空军。这一天，天气也极为复杂多变，非常不利于飞行，美军由此更加确信志愿军空军会躲着不出来。诚然，志愿军在此种天气条件的训练较少，而美军空军则不同，他们的飞行员身经百战，飞机性能又极为优越，正是仰仗这些，他们才敢气焰嚣张地进行大规模挑衅。

　　但中国志愿军空军却狠狠地打击了美军的嚣张气焰，他们英勇无畏地迎美而出，即使双方实力悬殊，但中国志愿军空军的作战士气却非常高昂。最终，五架美机被志愿军空军击落或击伤，但志愿军飞机也损失了六架。

　　尽管从损失的数量上来看，志愿军空军多损失了一架，但从双方原本的实力来看，中国志愿军空军却没有输，因为当时作战的志愿军空军仅有飞机16架，而美国空军则有多达100多架。倘若从参战飞行员飞行时间上来看，双方的差距也是悬殊的，用只有几十小时的飞行时间与上千小时的飞行时间相比，其中的实力差距是显而易见的。综合来看，在损失差不多等同的情况下，此次交战不得不说是中国空军赢了。

　　美国出动多达100多架飞机，却未能全部歼灭中国的16架战机，为此美国空军大感颜面尽失，同时，美国远东空军司令部的官员们也开始感到不解，因为他们认为处于劣势的中国空军一定不敢出动，但结果却出乎他们意料，而且他们一直不屑一顾的中国空军竟然在很好的指挥下，使出了很好的战术。于是，他们下令情报部门对中国空军进行密切侦察，尽快查出其中的变化。

　　很快，美军高层人士就得到消息：原来新任中朝联合空军代司令员的是一员"虎将"。

　　是的，他们口中的这员"虎将"就是聂凤智。

　　在中国人民解放军将军里，聂凤智一直声名赫赫。究其原因，是因为在中国解放战争中发生的许多重大战役中，聂凤智以及他所指挥的部队都作出了不朽的贡献。不仅如此，在建国后，聂凤智及其部队也与许多重大事件密切相关。在聂凤智指挥的部队中诞生了一大批享誉世界的战士和英雄集体，包括"渡江第一船""济南第一团""潍县团”等。聂凤智的指挥才能也是十分出众的，许多经典的战例甚至被拍成了电影，有《战上海》《南征北战》《长空比翼》《渡江侦察记》等，这些电影都被人们所熟悉。

许多历史名家都给予了聂凤智高度的评价，如一位党史专家评价说："在中国人民解放战争中，几乎在每一个历史转折关头，或者戏剧性进程中，差不多都有聂凤智将军的精彩表演。"

一位军事专家评价说："聂凤智将军几乎指挥和参加过我军各种不同类型的战斗、战役，甚至包括陆海空协同作战。他是一位实战经验丰富又全面的将军。"

下面就来回顾一下聂凤智驰骋战场的一些经典瞬间。

在孟良崮战役中，聂凤智奉命指挥部队进攻固若金汤的孟良崮，人民解放军部队从山下发起进攻，一直英勇地攻上山顶，最终插上了红旗。在这次战役中，国民党军整编第七十四师，这个被称为国民党军"五大主力"之一的部队被聂凤智部全部歼灭，可谓功绩显赫。

在攻打济南战役中，聂凤智原本的任务是率领部队"助攻"，但最终却变成了"主攻"。他指挥第九纵队勇猛地击破国民党军队，最先进入泉城。后来，表现最英勇的第七十三团还被授予了"济南第一团"的荣誉称号。

在淮海大战中，聂凤智率领第九纵队向碾庄的国民党军发起了进攻，最终大获全胜，功劳卓著。

在渡江战役中，聂凤智亲自带领第二十七军最先强渡长江，至此荣获"渡江第一船"的美称。

在解放上海的战斗中，聂凤智再次指挥第二十七军率先攻破国民党军队，进入市区，声名传遍世界。

在支援朝鲜战争中，聂凤智接下中朝联合空军司令员的重任。在他之前，担任司令员的是刘震，他是"四野"中有名的一员大将。而聂凤智也毫不逊色，在"三野"将领中，他也是大名鼎鼎。聂凤智和刘震都是"湖北佬"，他们都为解放战争立下了赫赫战功，怒发冲冠的英姿一直闪耀在战场上。在朝鲜战场上，他们给狂妄自大的美国人以重重一击，通过两人一前一后的指挥，刚刚建立的中国空军英勇异常，无畏的气势让美军飞机都有所忌惮，乃至后来对跨越清川江都小心翼翼。

聂凤智在支援朝鲜战争后，又投身到大陈列岛战役中。此次战役是一场首次结合陆海空的战斗，聂凤智不仅指挥得当，而且还与海军航空兵配合得十分默契，在攻打国民党军方面，做到了稳、准、狠，从而良好地配合了陆海军的登陆作战，最终，江山岛被解放，其中聂凤智作出了不可磨灭的贡献。

1958 年，福州军区空军司令员一职又落到聂凤智的身上，他指挥的空军在炮击金门作战中完美地配合了陆军，展开了多次规模巨大的空战，对狂妄的国民党空军造成了重大打击，自此弥漫在海峡上空的硝烟得以消散。

作为一名指挥员，率兵打仗并不难，但想要打一场胜仗却不容易，而想要成为"常胜将军"则更难。

"常胜将军"是对一个军人最大的褒奖，一支部队能够跟随这样的将军，那也是十分幸运的事情，而聂凤智就是一个名副其实的"常胜将军"。

运筹帷幄的抗日儒将——萧克

161

　　萧克（1907~2008年），1907年出生于湖南省嘉禾县小街村，原名萧武毅。1926年在本县甲种简易师范学校毕业，加入国民革命军。1927年到叶挺部任连指导员，不久加入中国共产党。之后参加南昌起义，随起义军南下，途中与部队失掉联系，年底回乡组织中共嘉禾南区党支部。1928年1月参加湘南起义，任宜章独立营副营长。后编入中国工农红军第四军，历任连长、营长、纵队参谋长、师长等职，参加了中央苏区第一、二、三次反"围剿"。1932年被派往湘赣苏区任第八军军长、第六军团军团长，参加领导了湘赣苏区反"围剿"斗争，获二等红星奖章。1934年与任弼时等率部西征，与贺龙领导的红二军团会合，参加领导创建湘鄂川黔苏区。参加了长征。1936年7月起任红二方面军副总指挥、中革军委委员。抗日战争期间，任第一二〇师副师长，参与创建晋西北抗日根据地。1942年起任晋察冀军区副司令员、代司令员。解放战争时期，兼任晋察冀第二野战军司令员，冀热辽军区司令员，华北军区副司令员兼华北军政大学副校长。1949年5月任第四野战军兼华中军区第一参谋长。1950年起，先后任军委军训部部长，训练总监部副部长、部长，国防部副部长，农垦部部长，军政大学校长，军事学院院长兼第一政治委员。1955年被授予上将军衔。中国共产党第八届中央委员会委员，第十届中央委员会候补委员，第十一届中央委员会委员。

以天下为己任

1928 年 1 月 22 日，正是农历大年三十，在朱德、陈毅等领导的宜章起义的队伍中，有一名基层指挥员指挥着大概一个连的农军，迅速包围了宜章有枪械武装、地主土豪比较集中的大黄家。只见这位指挥员一声令下，手持枪支、火铳、梭镖等武器的农军倾巢出动，经过几番奋勇冲杀，短兵相接，消灭了这里的反动武装，惩办了罪大恶极的土豪劣绅。他们的行动显示出了革命者的群威群胆、挺身而出、临危不惧的英雄气概。

这位指挥员，就是后来中国人民解放军中赫赫有名的无产阶级军事家萧克将军。当时，他是宜章地区党组织新组建的农民武装，即宜章独立营的副营长，因人员不够，暂编了一个连，萧克任连长，出色地指挥了这次军事行动。在此之前，萧克曾是南昌起义部队中第二十四师七十一团四连连长。

萧克于 1907 年出生于湖南嘉禾县一个书香家庭。由于父亲的培养，萧克从小就养成了勤学好问、映月读书、学而不厌的精神。他喜欢读一些爱国志士的作品，从中接受了教育，从小就树立了爱国思想。

平生之志不在温饱，要荷天下之重任。他虽然身高不满七尺，却雄心万丈。在中国大革命的风浪中，他选定了自己跋涉的道路。在他刚满 18 岁那年，毅然离开了县甲种简易师范，奔向革命正闹得火热的广州，投笔从戎，参加了国民革命军，立志要为革命冲杀，以天下为己任。

萧克参加国民革命军不久，随北伐部队到了江西、浙江等地作战。1927 年，在武汉投身到叶挺部队，参加讨伐北洋军阀张作霖部的多次战斗行动。

叶挺部队有共产党员在活动，教育并培养要求进步的青年秘密参加共产党。萧克来到部队后，通过与共产党员接触，进步很快，于 1927 年 5 月加入了中国共产党。

1927 年蒋介石发动反革命政变后，夏斗寅、杨森部袭击武汉。叶挺临危受命，组织部队击退了叛军。8 月 1 日，叶挺与周恩来、贺龙、朱德、刘伯承等领导了南昌起义。萧克所在的第二十四师是起义军的骨干力量。萧克任七十一团四连连长，指挥部队奋勇抵抗国民党军队，特别是在松柏巷与国民党军展开了斯杀，国民党军死伤一大片。少数贪生怕死的国民党士兵，唯有求饶，引颈受戮。

起义的枪声打响后，蒋介石、汪精卫调兵遣将直扑南昌。国民党军队来势汹汹，起义军于 3 日至 6 日从南昌撤出，向南进发。萧克带领的连队，由于起义后一直没有得到休整，也没有得到补充，部队忍饥挨饿，在汤坑与国民党军队相遇，由于寡不敌众，损兵过半。部队撤至流沙，又遭国民党军堵截，与大部队失去联系，余下的几十人已没有什么战斗力。

革命受到严重挫折，几十人的队伍中还有伤病员，弹尽粮绝、进退失据、望门投止，又侧足而立，真是提心吊胆。这时，部队被打散，群龙无首，向何处走？无地图，又没有向导。吃不上饭，喝不上水，又不敢找地方住，人心涣散，士气低落，许多人路都走不动了。老百姓又不了解他们是一些什么人，他们也不敢暴露自己的身份。有人掉队，就会遭到路边树丛中突然出来的人抢劫，把武器和东西抢走。抢劫的人抢了东西，钻进山林里，再也找不着。被抢的人毫无还手之力。有一天，萧克等八九个人想进一个小村里找点东西吃，刚到村口，村里突然响起了枪声，没敢进村，便赶快向路两侧的小山运动，没想到山头也想起了枪声，接着有一群武装的士兵从山上冲了下来。萧克知道情况不妙，下令大家还击，可是没有一人有子弹了。他要大家赶快跑，可是谁都跑不动，实在没有一点力气了。就这样，他和两名排长及司号员、勤务员等被国民党军包围后抓住了。

萧克等人被送到汕头，关在国民党军的十三师司令部的一个院子里。头两天，除了有人来审问一下"谁是共产党员"，其他事情没人管。住在用稻草垫的一间房子里，吃的如猪食，而且是并餐而食，真是忍辱偷生。

到了第三天，进来一位军官打扮的人找到萧克，问："你是什么职务?"

"我是司务长，管伙食。"萧克意识到自己穿的军官服装，就报了一个最低职务。

"你像是个连长。"军官想吓唬一下萧克。那军官看到萧克只有十七八岁，认为他根本不可能到连级，在国民党军队里起码要二十七八岁才有可能当连长。

"连长。你说是连长就连长。"萧克早听说李济深军长已下令，对叶挺部队的人要宽大处理，就承认了。

萧克干脆回答，那军官反而觉得萧克不会是连长，接着又问："贺龙、叶挺是共产党，你知道吗?"

萧克一听，觉得这是很严肃的问题，涉及党的机密，就是杀了自己也不能将实情告诉别人，于是，情急生智，说："不知道。只知道贺龙是二十军的，我不认识他。叶挺是上级，我哪能见到他呢! 不知他们上级的事。军人以服从命令为天职。连长叫怎么做，就怎么做。"萧克神情自若，故作不在意地说。

这个军官认为萧克还是黄毛小儿，最大是个管后勤的，也就不再费口舌了。

到了第八天，大家肚子饿得咕咕叫，早过了开饭时间，却不见有人送饭来。大家正盼有人送饭，突然来了一个人说："从今天起不送饭了，你们自己出去找出路。"

萧克乘机离开了十三师司令部，到了汕头街上。走着走着，一路上碰到了一批又一批被释放的起义官兵，大家都在街头流浪。不少人长吁短叹，怅然若失。许多人饿得实在没法忍受了，向人乞求食物。

萧克在街头徘徊，遇到了不少人，原来都是战斗过的战友，革命失败了，有的隐退，有的消沉，少数的叛变投敌了。在这个鸿雁哀鸣、天愁地惨的情况下，自己该怎么办? 他感到自己像离了群的雁、失去了母亲的孤儿。他想自己是党员，应该找部队。可是左打听、右打听，都说起义的部队被打散了。不知何处去找，想回家看看再说，又想已离家一年多了，不知家里情况如何。自己是党员，应该先找党组织。他想到了广州是革命活动的中心。那里应该有党的组织，于是，他从汕头爬上一条开往广州的客轮，希望在广州找到党组织，以求回到"母亲"的怀抱。

萧克到了广州，顺着过去走过的街巷寻找曾经认识的同学、朋友，转了一阵后，呈现在他眼前的景象使他感到意外和震惊：往日的繁荣昌盛、盎然生机，眼下全然不见了。能见到的是林立的军警、森严的岗哨、蛮横的流氓打手以及沿街的乞讨者。

白色恐怖令人毛骨悚然，往日那种革命的热烈气氛已荡然无存。萧克见到的是匆匆而过的陌生人，哪还能找到熟悉的人啊。

转了有大半天，问道于盲，徒劳往返，已是肚肠咕咕叫了，总不能画饼充饥，他伸手摸了一下口袋里的钱，已所剩无几。饿得实在难受了，他决定先解决一下肚子，于是，掏钱买了一个烧饼，边走边吃。找不到熟人，更找不到党组织，往后吃饭、住店，没有盘缠怎么办？这时的萧克产生了找一份工作，挣一点钱对付生活的念头。

不久，萧克在一处卖字画的老头那儿找到一份活，帮他写条幅挣一点钱糊口。于是，他白天帮人家卖字画，晚上四处去打听消息，想找到党组织、找到革命队伍。可是找了几晚，耳闻目睹的情况使他气愤，怅然若失。他搞清了广州搞成这般惨不忍睹，原来是蒋介石叛变了革命，而革命口号喊得最响的汪精卫之流也投靠了蒋介石。军阀张发奎在这种情形下，到处屠杀共产党人和革命者，使广州变成了恐怖、森严的城市。

萧克回到旅店，坐卧不安，心乱如麻，夜深后才镇静下来，心想，在广州是找不到党组织的，久留这里还会有危险。他从来没有这样感到孤独过，坐立不安、食不甘味。

到何处去？似乎茫然。萧克突然听人说湘南正"闹红"，而且新去了一支队伍，于是，他决定去湖南看看。

这个时候，从广州到湖南谈何容易，萧克想自己口袋里没有钱是小事，眼下必定会到处守关设卡，盘查很严，没有有效证明，恐怕难以过关。

萧克秘密打听去湖南需要什么手续，需要什么证件，仍抱着能在街上见到熟人的希望，于是，在街上瞎闯。走着走着，他发现前面墙边有一群人围看一张布告，也挤了进去，一看，原来张贴的是"中国国民党黄埔同学会广东分会"的一个通知。他看了一眼又立即钻了出来，继续朝前走，刚走了几步，突然若有所思地停了下来，心想，何不在"布告"上做一点文章。

等到天黑，萧克又来到贴布告处，这时路上的行人很少，因为天色暗，也没有人去看布告。萧克见附近无人，将布告盖章处撕了下来，带回了住处。

第二天他上街买回刻刀，凭自己曾经学过木刻的本领，"照葫芦画瓢"，竟然刻出了与那布告上一模一样的印章。有了印章就等于有了通行证，有了自己想要的证明信、介绍信。

车站工作人员见萧克持有"中国国民党黄埔同学会广东分会"的公函、免费车票的证明，就很客气地放他上了车。

由于萧克少年老成，见微知著，讷言敏行，能行成于思，又能临机应变，巧妙地进入了国民党军第十三军，轻易地得到一张"13A"（即十三军）的铜牌子，成了十三军的"候差"者。有了"13A"真正的通行证，不仅解决了吃住问题，更主要的是可以随十三军进入湖南找自己日夜思念的党组织。

萧克随十三军到了湖南，所见到的是满目疮痍，到处都有扶老携幼乞讨者，老百姓家徒四壁，多数人家中都有衣不蔽体的老人、病人，有嗷嗷待哺的幼儿，惨不忍睹。萧克从一些民夫、群众闲谈中得知，国民党军方和当地反动派互相勾结，残酷地镇压共产党人和农民协会的成员，把许多党组织搞垮了。没有垮的，也不能出面活动了。国民党十分猖狂，手段阴险凶残。

萧克想，跟着十三军在城镇转，是不可能找到党组织的，于是，他离开了十三军，认为到乡下去打听，有可能找到党的组织。

几经周折，萧克终于找到了一位学友，通过学友与中共临武县牛头汾党支部取得了联系，重新恢复了党的组织生活。从此，他又投入了党的工作。

萧克找到党组织后，如释重负，心中非常高兴。此时，他很想家。这里离家只有一天的路程。离家快两年了，他想回家看看。

明天就要回家了，他躺在床上难以入眠，想起了两年前离家的情景：为了到广州参加国民革命军，他怕家里人不同意，走时没有敢跟家人说，只是走到半路才给家里写了封信，简单地说了几句。到部队后，训练、行军、打仗，很紧张，一般没有时间给家里写信。南昌起义后，流离转徙、疲于奔命，一心找党，非常艰苦，没有时间也无心给家里写信，也没有收到家里的信或打听到家里的情况，不知家里和家乡的情况怎么样。他想到这些，虽然刚刚睡下，就盼着天明。

经过一天不停地跋涉，终于回到父母的身边。两年来，父母由于担心、惦记、忧虑、期望，吃苦受罪，都面黄肌瘦，苍老了许多。亲人久别重逢，不知说什么好，只是止不住地流泪。

"你平安回来了就好!"父亲激动得许久才说出了这句他日夜盼望的话。

一日三秋，倚门倚窗，牵肠挂肚，担心孩子在外的安危，突然见到亲人回来了，欣喜万分，母亲搂着孩子久久不肯松手。

萧克回到家乡，不少人得知消息都赶来看他，问寒问暖，如亲人久别重逢。

萧克通过与家人谈话中了解到，近两年来，家中两位亲人被反动派杀害了，父亲曾被逼得四处躲避，吃尽了苦头。

萧克听着听着，流下了眼泪。他想起了前几年，家乡的反动派与官府勾结，镇压农民革命运动，屠杀他的兄长和一位堂兄，还借口他家与晋平山活动的"绿林队"有联系，先后将他的父亲和自己关进了监狱。他二哥为了救人出火坑，到处借钱，最后以教书抵债。萧克想到这些，旧仇新恨涌上心头，恨不得一下子把反动派消灭掉，为穷人报仇。

为了重新领导人民起来同反动派斗争，萧克找到了嘉禾县老共产党员黄益善。他是1923年入党的，原县农民协会委员长，参加了南昌起义，后隐蔽回家。

萧克和黄益善见面后两人都非常高兴，两人促膝交谈，言为心声，越谈越激动，决心要为家乡人民重新树立脊梁，坚决同反动派斗争到底。最后商定，由萧克联络从各地回乡的共产党员，筹备成立以黄益善为党支部书记的嘉禾南区党支部，开展新的斗争。经过萧克的积极努力，先后联络了唐仁宅、毛中心、彭启贤、彭芳、何辅汉等七八人参加了支部工作。他们准备利用南区群众基础好，又有晋平山的地理位置，自己发动武装起义夺取县政权。

正当进行各项准备工作时，萧克的哥哥萧克允因为是共产党员，大革命失败后奉命从国民革命军第二军撤出，回到了家乡。

兄弟相见，情深似海，由衷之言，有声有色，决心一起在家乡大干一场。

165

不久，嘉禾南区党支部正式成立，黄益善为书记，抓全面工作。一些公开露面和对外联络的工作，多由萧克和他哥哥来做，主要是准备武器、联络人员、准备经费、动员群众、注意国民党动向等，各项工作同时进行。

萧克一方面协助家乡共产党人把家乡的革命搞起来，一旦打听到自己原来部队的下落，自己再返回部队干，这样走了也放心。

萧克这次回来，结识不少朋友。有一天他在武沙田圩一位朋友家中，突然听人说朱德带领队伍到了宜章，在那里搞得很火热。听了这个消息，他暗自高兴，心想，几个月来，吃了多少苦，找党、找自己的部队，真是"踏破铁鞋无觅处，得来全费工夫"，他决心立即去找自己的部队。

萧克回到家，将情况向党支部书记黄益善作了汇报，得到了支部书记的同意，要带与自己一起参加起义的青年唐伯安和毛中心去宜章。萧克归心似箭，告别了父母和家里亲人，与唐伯安、毛中心踏上了去宜章的小路。

上井冈山干革命

萧克一行三人，晓行夜宿，栉风沐雨，备尝艰苦，经过两天多时间的跋山涉水，到了宜章琦石村，与村里的党支部取得联系。原来，萧克与村党支部的党员彭暌早就认识。他从彭暌那里了解到一位叫彭晒的共产党员，已经打入地方民团当了团总，掌握的枪有30多支，要找懂军事的共产党员，把这个民团拉出来干革命。

彭暌领萧克等人见到了彭晒。大家见面一阵寒暄后，互相介绍了情况，研究了需要做的几项工作，取得了共识。

经过积极准备，萧克参加了由彭晒等领导的以埼石村为中心的黄沙区的暴动，由彭晒任独立营营长，萧克任副营长兼连长。在暴动中，充分表现出了萧克的组织领导能力和军事指挥才能。

暴动影响很大，周围一些农民群众都发动起来了，起义的烈火越烧越旺，蔓延到了邻近的广东。

国民党反动派感到湘南的革命势力迅猛发展，对湘粤两省是个很大的威胁，立即下令部队对起义军实施南北夹击。国民党反动派派出大批部队占领了宜章到衡阳的通道，并布防了一道道封锁线。

这时，起义军主力和宜章县委已经向东转移，而萧克等人率领的独立营仍在山区活动，与上级失掉了联系。

因为国民党反动派进展很快，所以刻不容缓。萧克和营长等人分析了国民党军队情况后，决定带领部队边突围边向东转移。虽然只有一个连，但是机动灵活，能走、能藏。遇到有利战机，出其不意地给国民党军队一击。队伍进入骑田岭地区，遇到了强大的国民党军队，萧克率部同国民党军队周旋了五六天，除了部队累一点、苦一些，基本没有受到什么损失。

有一天，他们通过地下党，得知毛泽东带领的湘赣边界秋收起义的部队正在宁冈一带活动。这时，仍不知朱德、陈毅率领的部队以及宜章县委的具体去向。萧克

166

等人分析认为他们只能东去。于是，萧克等决定，立即离开骑田岭地区，带领部队向井冈山进发，到那里一定能找到党组织，一定能找到自己的部队。

值得庆幸的是，萧克率部进至资兴的龙溪洞地区时，遇到毛泽东率领的秋收起义部队。真是喜从天降，两支部队见面，大家非常高兴。毛泽东立即向萧克了解湘南暴动的情况。毛泽东听了萧克汇报后，指示立即派部队寻找朱德、陈毅等人，并准备迎接两支部队会师。

萧克带领的独立营，成了第一批与毛泽东率领的部队会见的湘南农军。

从此，萧克在毛泽东、朱德等人领导下，参加创建、保卫井冈山革命根据地的伟大斗争。他带领的部队被编入中国工农红军的第四军，历任连长、营长，第一纵队参谋长、第十二师师长、红一方面军独立第五师师长。参加了第一、二、三次"反围剿"。1932年秋，他在战斗中负伤被送入医院治疗。

26 岁的军长

1932年10月，萧克和蔡会文奉命到达湘赣苏区之后，在永新高桥建立了红八军指挥机关。萧克任红八军军长，蔡会文任湘赣军区总指挥兼政治委员，兼红八军政委。红八军下辖三个师，即第二十二、第二十三、第二十四师。

这时，国民党正在进行第四次"围剿"，除了集中主力对中央苏区发动重点进攻之外，投入到湘赣苏区的兵力也达到十个师，计8万余人。其中第五十二师驻安福；第十八师分驻袁州、分宜、新余、彬江；第四十五师驻阜田、丁田、油田及清江、峡江一线；第六十二师驻萍乡；第十五师分驻攸县、酃县及桂东、桂阳；粤军第一师驻塘江、营前；第二十八师驻遂州、万安。这时，国民党军队已深入攸、茶苏区，上（犹）崇（义）苏区也已丧失，情况危急。

萧克等人根据上述国民党军情和湘赣红军的力量。决定采取内线作战的原则，选择国民党军队的弱点，各个击破国民党军队。命令各县地方武装积极深入国民党占领区，在国民党军队后方展开广泛的游击战争。

萧克得知国民党军第五十二师的一五四旅加上一个200来人的警卫团在占领官田后，又不断在北翼蚕食湘赣苏区，便指挥红八军于11月29日，向官田国民党军队发起攻击，战斗持续了两个小时，进展顺利。特别是左翼谭家述指挥的第二十二师，以及担任正面攻击的杨茂率领的第二十三师，打得都很出色，将国民党军队全部击溃，击毙国民党军队300多人，其中包括16名军官。给了进攻吉安苏区的国民党军队当头一棒，收复了一部分土地。但由于战斗欠灵活，没有及时转移兵力，给国民党军队以反扑的机会，使红军造成了150人的牺牲。在桂林坊又打了一仗，虽然击溃了国民党军队，击毙营长一名，俘虏58人，缴获枪50多支、子弹1万多发，由于下面指挥不善，自己也付出伤亡20多人的代价。接着，在利田的战斗中，由于使用先头部队不当，使红军阵亡50多人。这些问题不能不引起萧克、蔡会文的深入思考。

"老萧，要是红八军成为湘赣苏区独当一面的主力，更有效地配合中央红军作战，不给部队休整训练，恐怕难以胜任。"在回师永新的途中，蔡会文与萧克军长重点研究了如何提高部队战斗力的问题。

"部队新组建，训练和补充确实不能往后拖了，问题是要选择合适的地点，既能与中央红军的战争行动相配合，又能完成部队训练、牵制和打击进犯苏区的国民党的任务。"萧克想得很全面。

"遂、万、泰，这几个点怎么样？"蔡会文征求萧克的意见。

"遂、万、泰方面只有国民党二十八师，战斗力比较弱，那里的地主武装也差一些，在那儿边搞训练边打击国民党，当然合适。"萧克对那里的情况了如指掌。

"经过训练，可以让我们拿二十八师试试火力！"蔡会文风趣地说。

"但是，军委规定我们红八军的任务是北上袁水，配合他们向北发展。我们现在要把部队带到赣南，会不会……"萧克沉思了片刻。

蔡会文顺手从皮夹里取出了文件，递给萧克说："这是北路交通送来的情报，你看那里的情况。我还有个训练设想，请你再推敲一下，如可以，那你就拍板！"

两位年轻的指挥员骑着高头大马，在山路上缓缓行进，步伐是那样的自然一致，一起肩负党的重任，稳步前进！

"要争取省委同意我们的意见！"

"对，一定要全力争取！"

萧克猛夹马蹬，蔡会文扬鞭催马，并驾齐驱，那阵势锐不可当。

在省委的军政领导干部会议上，围绕着北上袁水问题，尽管蔡会文反复阐明了自己的看法，说明北上条件不成熟，盲目北上会造成不利等理由，但仍有一部分人要坚持北上，一时难以统一。

会议中，言来语去，各抒己见。不少人却泛泛而谈，对蔡会文的意见不以为然。

一直在沉思中的萧克听了大家的发言，又进行了认真思考、分析，直言不讳地谈了自己的意见，言之成理，力排众议，支持蔡会文的意见，最终获得了与会者的认可和赞同。

萧克和蔡会文率红八军于1932年12月15日进入遂川、万安、泰和地区，至1933年2月，经过紧张的训练，部队的军事技术和战斗力得到了很大的提高。在两个多月时间内，部队坚持训练，并开展游击战争，打击和牵制了自吉安至赣州一线的国民党军队，切断了赣江线交通。有力地配合了中央红军在抚和地区的战斗，并积极派出工作队协助省委广泛开展群众工作，发展党团组织，建立地方武装，在湘赣南部开创出了新局面。

4月4日，萧克和蔡会文率部队从烟江出发，7日向于田圩驻守的国民党军队发起佯攻。国民党军队二十八师八十三旅及一六六团固守工事，想与红军拼消耗。萧克指挥部队攻打了两个小时后，终于将遂川城的国民党军队诱出增援。萧克命令部队有准备地在运动中伏击，仅半小时战斗，将国民党援军全部歼灭，缴获国民党军队迫击炮四门、重机枪两挺、步枪220多支，毙国民党军队200多人，俘虏100多人，其中有国民党连长、营长多人。

率军北上

1934年1月，红八军军长萧克奉命兼任红十七师师长，率部北上，破坏南浔铁路。这是国民党军队从南昌到九江的交通要道，对国民党军队来说至关重要。

红十七师是一个规模较小的游击兵团，全师4000多人。接到北上的命令后，部队打草鞋、做风帽，进行出发前的准备。

萧克率领全师于1月26日从安富的丰田、固江一带出发，几天之后，渡过袁水，不久就进入了国民党统治区。

红十七师北渡袁水后，国民党军队发现了他们的意图，怕他们与红十六师会合，更怕红军破坏南浔线交通，于是，国民党十八师师长朱耀华奉命出动两个旅追击。萧克指挥红十七师在黄沙与国民党军队展开激战。因国民党人数多、武器好，红军十七师连续战斗七个小时，仍没有击退国民党军队。到了上午八九点钟，国民党军队派出飞机在红军阵地上丢炸弹，丢了又回去，回去又来，轮番轰炸，使红十七师损失很大。

中午，国民党战机来了，引起了萧克的注意。他用望远镜观察国民党军队的阵地，发现国民党军队用白布在自己阵地上摆了标记，好让飞机辨别目标。他看准了国民党军队这一招，命令部队在自己的阵地也用白布摆了同样的标记。很快，国民党战机又飞来了，这次国民党战机"傻眼了"，不知向哪里丢炸弹，飞了几圈后就离开了。最后，还诱发国民党战机向他们自己的阵地丢炸弹，萧克趁机指挥部队向国民党军队发起猛攻，攻占了国民党军主要的抵抗阵地，歼灭国民党一个营。接着，又乘胜追击，缴获了许多战利品，还首次缴获了国民党军的自动步枪，这算是新式武器，战士们用国民党军的步枪和子弹武装了自己。这次战斗，红十七师伤亡也很大。

黄沙战斗后，红十七师在湘鄂苏区与红十六师会合。会合后分路继续北上。红十七师向南浔路挺进，几乎是昼夜兼程。时值隆冬，天气寒冷，部队非常艰苦。五十一团二营副营长周仁杰率领四连和五连，利用晚上进入南浔铁路附近国民党三十六旅后方。五连摸进一个医院，国民党军队听说是红军乱成了一团。因为部队任务是打破交通，俘虏了他们的医生和哨兵就走了。

萧克指挥部队破坏南浔铁路返回时，发现前面是堵击的国民党军队，后面是围追的国民党军队，有时两侧还有侧击的国民党军队，几乎四面被国民党军队围攻。天天都有战斗，部队边打边走，日夜兼程，有时连续几天得不到休息。部队吃饭、喝水都靠侦察部队在前头发动老百姓把家中的剩饭、红薯和一些能吃的东西拿出来放在村头路边，供部队之用。群众把凉水也放在路边，要战士边走边喝。战士们虽然非常疲劳，但几乎没有掉队的，保持了高昂的士气。

萧克带领部队不停地走了五六天，不停地走，不停地打。一天，大约凌晨两三点时，部队进入了修水县的漫江镇。

五十一团团部和三个连队住宿在通向修水县城的路边的一个小村里，因为太疲劳又是晚上，没有进行仔细侦察，结果没能发现有从修水来的国民党军和那里的碉堡。刚睡下不久，枪声响了。班长刘越生急忙爬起来，国民党军已堵在门口了。他立即组织人往外冲，边打边跑，到了山坡一看，全营才冲出来20几个人，剩下的被国民党军堵在村子里。五十团的一个营也被堵在村子里出不来。

不久，五十一团政委苏杰爬上了后山坡，萧克师长也带领几个人来了。这时，左右两翼的国民党军已经攻到山腰。萧克立刻命令："五十一团的同志们，快反攻！"

萧克师长一声令下，其他各团也同时投入了战斗。指战员们像疾风暴雨似的喊着杀声从山上往下冲，被堵在村里的部队也往外冲，国民党军被两面夹击，死伤不少。有的为了逃命跳进河里淹死了。除了逃走的一部分，其余的投降了。被堵在村子里的部队不仅冲出来了，而且缴获了国民党军大批的武器弹药、装备物资和军马，俘虏了大批国民党军，真是在惊险情况下的意外收获。

漫江战斗后，萧克率部上了大山，向湘鄂赣省委所在地幽居进发。在幽居又一次与红十六师会师。休整了几天，红十七师在萧克的率领下又踏上了南返的征途。

当部队进入浏阳县境的一个数十里不见人烟的浏阳坳大山中露宿时，部队断了炊。因为连日来国民党军穷追不舍，部队日夜赶路，且战且走，辗转疾进，没有机会筹措粮食。在大山中，部队疲惫不堪，饥饿难忍。最后，萧师长决定把驮东西和驮枪炮的军马杀了充饥。山上没有人家，杀了马没有地方煮，每人分了一小块马肉，用自带的瓷缸碗煮着吃。这样过了一夜，才走出大山。

五十一团二营到达萍乡县境内后，得知国民党军的汽车要从公路上通过，决定停下来伏击国民党军。过了大半天，国民党的汽车才返回，等打完汽车，继续赶路时，红军战士们精疲力竭走不动了，更爬不了山。既累又渴，沿途掉队的不少。师部的人先到达山腰，煮了三大锅稀饭，萧克只让师部的人吃一锅，其余的两锅都留给后上来的二营指战员们吃。二营的同志深受感动，鼓足了劲翻越了大山。

翻过大山，部队到达永新县的黄冈花溪地区，受到了留守苏区的红十八师的迎接，省委组织群众沿途贴标语、送开水，表示欢迎，还受到乡政府的慰问。

萧克率领红十七师北上行动，虽然只有几个月，没有真正达到破坏南浔铁路的目的，但却调动了国民党军，配合了中央红军的行动，实现了与湘鄂赣红十六师的会师，对那里的苏区人民起到了鼓舞作用，对国民党军造成了严重威胁。红十七师广大指战员一路上冲破国民党军的重围，战胜了各种困难，得到了锻炼，经受住了考验。

长征路上的先导部队

1934年8月7日下午3时，红十七、十八两个师共9000余人，以红独四团为前导，由遂川横石出发，于11日到达桂东寨前圩。在寨前圩，由任弼时宣布正式成立红六军团领导机关，萧克为军团长兼十七师师长，王震为军团政治委员兼十七师政委，李达为军团参谋长，张子意为军团政治部主任。红十八师的领导是龙云为师长，甘泗淇为政委，谭家述为参谋长，方礼明为政治部主任。8月12日晚，红六军团在寨前圩召开了西征誓师大会，成为主力红军长征的先导。

部队出发后，越过了郴宜路，绕桂阳，于20日占领了心田县城，休息了一天，23日到达湘江右岸的蔡家埠一带，准备抢渡湘江，向新化、溆浦地区前进。国民党军发现红六军团的渡江意图，即调重兵防守，督令国民党军围击红六军团。与此同时，桂军第七军廖磊部分两路到道县、零陵运动，企图堵住红六军团西进。

这时，萧克等人分析，认为湘江西岸有利地形已被国民党军占领，布防严密，渡过江去已不可能。鉴于出现了这种严重情况，萧克等人决定放弃由零陵地区抢渡湘江的计划，东进到阳明山地区，打算暂时立足，酌情建立根据地。没想到，到了阳明山后才知那里的地形、民情不利于建立和发展根据地，于是，他们立即放弃了这个计划，进入白果市，从四倍于他们的国民党军的空隙中钻了出来。并绕过十五师的侧翼急转南下，日夜兼程到达了嘉禾县城附近。

由于国民党军继续追击，萧克到了家乡而没有回家看看，率部折向西，迅速进入江华、道县之间，渡过了湘江上游支流潇水，在湘桂交界的永安关消灭了一股国民党军，打乱了国民党军三个师围追堵截的计划。萧克率红六军团进入全县、灌阳东北地区的文市。这时，国民党军又集结兵力，妄图阻止红六军团西渡湘江。萧克指挥部队一举击溃国民党军八个团的兵力，于9月4日上午在全县以南的界首顺利地渡过了湘江，进占了西延县城。

9月8日，中央军委发出一个训令，令萧克、王震在城步、绥宁、武岗地区打击国民党军，最少活动到9月20日，然后沿湘桂边境行动，与红三军联系，在凤凰、乾城、永绥地区创建巩固的根据地。

萧克等人分析训令的主要意图，是要红六军团牵制国民党军，直接与即将转移的红一方面军配合行动。于是，部队立即由车田出发西进，准备夺取城步、绥宁、武岗，但经努力未成功，便率部进入绥宁以西地区打击西进的湖南国民党军。不料，当部队进入小水时，遭到国民党军五十五旅突然袭击。

萧克从侦察国民党军情得悉，湘、桂、黔三省国民党军已先后集结在靖绥以北地区，以防红军北进。萧克、王震等人研究后迅速改变了行动计划，夺路南下，抢占通道县城。以便渡过渠水，西进贵州。

萧克率部一直迂回转移，忽东忽西，似东却西，运用灵活战术使国民党军难以判断。国民党军疲于奔命，士气低落，处处应付。湖南军阀何键无可奈何地说："红军时而声东击西，行踪飘忽，作圈子策略。我两个师跟踪达数千里，却疲于奔命。"他大骂其部下无能。

萧克率部从湘西进入贵州。在新厂杀了一个"回马枪"。把何键的第一纵队两个旅击溃，缴获甚多。此后，国民党军再也不敢轻易围追了。

萧克率红六军团进入贵州后，继续西进，通过锦屏、黎平，进入了苗、侗族聚居的清水江流域，准备渡江后北进。少数民族兄弟积极为红军寻找渡口，收集船只，扎木筏，架浮桥。红六军团在人民群众的积极支持下，顺利地渡过了清水河，突破了国民党军18个团的包围，强渡了大沙河，攻占了由地主武装盘踞的黄平县城，继续向石阡挺进。

部队在北进甘溪时，与桂州国民党军队遭遇，部队被截为三段，陷入了湘桂黔三省的国民党军24个团的包围之中，形势非常不利。

萧克面对严重局势当机立断，命令十七师的四十九、五十一团的一部，由李达参谋长指挥继续西进。不久，他们便与红三军的一部会合了。

萧克、王震率余下的主力转战于石阡、镇远、余庆、施秉一带，却遇到了严重的困难，主要是部队经过的地区山势险峻，人烟稀少，物资奇缺，生活非常艰苦。部队常需在悬崖峭壁上攀行，装备、马匹不得不丢掉。许多连队一天只能供一顿稀饭，指战员们常饿着肚子行军打仗。许多指战员赤着脚在深山密林中行军，吃尽了苦头。在没有国民党军情报的情况下，遇到困难好办一些，一遇国民党军就难以发挥出战斗力。

正当萧克率部从朱家坝向南转移时，担任后卫的五十二团遭国民党军截击后被包围，全团指战员浴血奋战了三昼夜，终因敌众我寡，弹尽粮绝，遭到严重损失。师长龙云被捕，后被杀害。整个部队经过 10 多天的奋战，才冲出了国民党军重围，脱离了险境。

萧克率红六军团西征，历时 80 多天，穿越国民党占领区 2500 多公里，历尽千辛万苦，冲破了国民党军重重围堵追击，探明了沿途国民党军的兵力，查明了国民党军的道路、民情、社情、军情，实施了大规模的战略转移，沿途播下了革命的火种，起到了为中央红军转移进行侦察、探路的先遣队的作用。

在湘西建立新的根据地

萧克率红六军团于 1934 年 11 月 24 日到达贵州印江县木黄。他和任弼时、王震等人与二军团（此时实为红三军）贺龙、关向应、夏曦等人欢聚一堂，就整个战争形势、部队任务、行动方针等问题进行了认真慎重的研究，认为：当时退出江西中央根据地的主力红军，正与占优势的国民党军在湘粤桂边境苦战，夺路向西转移，第二、六军团应积极行动，密切配合。

第二、六军团会师，二军团实际上只有 4000 多人，六军团只有 3000 多人，共有 8000 人的兵力，子弹虽不多，但士气旺盛，武器齐全。根据黔东根据地的情况，这里纵横只有 100 来公里，人口只有 10 万，人少粮缺，经济落后，从两个军团会师后的发展来说是不理想的，怎样才能找到更大的更理想的发展前程呢？大家把四周的地形、民情、经济条件以及国民党军情统一进行了研究，认为湘西澧水流域上游，适合于开辟新的根据地，于是，会议决定会合后的部队开向湘西，到那里站稳脚跟。

为什么选择湘西呢？他们认为湘西经济虽然不发达，但是共产党在那里的影响比较大，又曾是贺龙同志领导的部队活跃的地区，有比较好的群众基础。那里的国民党军力量相对弱一些，只有陈渠部的三个旅，加上三个保安团，1 万余人，虽有一些杂牌军，也只不过 4000 来人，总兵力不大，战斗力不强，有利于红军活动和发展。从战略上说，也只有向湘西进军才能造成对国民党军的压力，牵制调动湘鄂两省国民党军，以达到策应中央红军的转移。到了湘西，通过游击战、运动战，建立根据地，以求不断发展，壮大自己。

两个军团会师后，因为没有统一的番号，各自仍称为二军团和六军团，也没有统一的领导机构，只是在统一行动中形成了以贺、任、关为核心的领导层。人员作了一些调整，红三军番号改为二军团，贺龙为军团长，任弼时为军团政委，关向应为副政委，李达为参谋长，甘泗淇为政治部主任；萧克和王震为六军团军团长和军团政委，谭家述为参谋长，张子意为政治部主任。

两个军团来自于两个战略区的两支红军，结成了一个团结战斗的整体，形成了一支强大的战略突击力量，为完成新的更大的政治、军事任务，开辟湘鄂川黔革命根据地，打下了良好的基础。

两个军团会师后，贵州军阀王家烈立即派兵侵犯。为了避开军阀围攻，保存实力，贺龙和任弼时等领导决定让部队撤出南腰界，向湘西挺进。两个军团团结战斗，连续打了许多大胜仗，歼灭国民党军三个整师和几十个团的兵力，建立了十几个县的苏维埃政权，部队基本站稳了脚跟，红二、六军团由8000多人发展到2.1万多人，有力地配合了中央红军的行动。

甘肃会宁大会师

红二、六军团主动地退出湘鄂川黔根据地，运动的方向是向西，为了迷惑国民党军则故意向东南走，采取"声东击西"的策略。部队从桑植出发，走了两天到了大庸县，乘夜突破了由李觉部防守的澧水防线。再向南急行军两天，突破了沅江防线，全歼国民党军一个营，继续向东南疾进，进入新化、锡矿山、辰西、溆浦一带。在这一带筹粮、筹款、扩军，搞了十多天，收获很大。从这以后，向西走到了芷江、晃县之间的便水。

在便水与国民党军十六师、十九师及六十三师一部分大战了一场。这一仗虽然消耗大，但制止了国民党军的紧追，争取到在江口和石阡休整几天，使出发时留在苏区坚持斗争的五十三团及一些地方武装有时间追上了部队，在江口赶上主力后归建。

萧克率部在毕节、大定地区打垮了追击的国民党军后，立即开展地方工作，休整了近20天，补充新兵5000余人。国民党军派出了七个师加一个旅的兵力向二、六军团扑来，贺龙、任弼时等领导决定退出毕节。部队于1936年2月下旬撤出毕节，进入乌蒙山区活动。国民党军又以十个师的兵力继续围攻，长江北岸也有大批川军堵住，部队决定跳出国民党军包围圈，从昭通、威宁之间，穿过滇军孙渡纵队的防线，南趋滇东，占领宣威、赤资孔和盘县，进至南北盘江之间。这时追击的国民党军由90个团减至50多个。红军兵员充足，士气旺盛，南北盘江广大地区政治、经济条件都比较好。贺、任、关等军委分会决定在这一带开展游击战争，创立游击根据地。在盘县，他们接到署名朱德总司令和张国焘总政委的电报，要二、六军团西渡金沙江，到西昌同四方面军会合，北上抗日。由于对一、四方面军会合时张国焘搞分裂反中央的情况缺乏了解，贺、任、关首长决定北上与四方面军会合。

第二、六军团在长征途中虽然消耗很大，但也得到了很多补充，过金沙江时仍保持1.8万人。部队翻过大雪山，于4月30日到达中甸，进入青藏高原的藏民区，分两路纵队向甘孜前进，二军团为左纵队，经得荣、巴安、白玉，于6月30日在绒坝岔与四方面军的三十军会合。萧克和王震率六军团为右纵队，经定乡、稻城、理化等地，于6月28日到达甘孜的蒲玉隆与红四方面军总指挥部会合。萧克和王震等六军团领导见到了朱德、张国焘、刘伯承和红四方面军部分高级干部。红四方面军总指挥徐向前在前方未回来。

在甘孜，遵照中央军委命令，红二、六军团组成第二方面军，将三十二军编入红二方面军，贺龙为总指挥，任弼时为政治委员，萧克为副总指挥，关向应为副政治委员，李达为参谋长。

红二方面军组建后，部队开始了过草地的准备工作。7月上旬，红四方面军为左纵队，红二方面军为右纵队，先后从甘孜地区出发。重新踏上北上的征途。部队走过荒无人烟的茫茫草地，渴望着三大主力红军会合，突破天险腊子口，盼望会合的心情更加急切了。

一天，部队正在行军，突然传来一个鼓舞人心的消息，说红一、四方面军已于10月8日在甘肃会宁会合了。萧克、王震宣布这个消息后，全军上下精神振奋，连长期行军作战的疲劳都忘了。指战员们鼓足劲，甩开大步前进，有的边走边喊："加油啊，快同老大哥部队见面啦！"

10月22日，红二方面军在会宁东北的将台堡地区与红一方面军会合，从而胜利地实现了红军三大主力的大会师。

抗日儒将

抗日战争初期，萧克任八路军第一二〇师副师长，不久，随贺龙、关向应率一二〇师开往晋西北前线。部队分散到晋西北各县发动群众，建立晋西北根据地，并向大同、绥远地区发展游击战争，创立大块游击根据地。

为了保卫太原，国民党组织了忻口会战。一二〇师以主力配合国民党军队作战，由国民党军第六集团总司令杨爱源指挥。宋时轮团长率一个营，在日军重兵集结和机动位置的大同附近开展游击战争，袭扰并迟滞日军。

萧克和师领导指挥师主力在南进日军的侧面，以发动游击战争的战略进攻和多次战术进攻、伏击、侧击日军，阻止日军前进。全师部队先后收复了宁武、阳方口、平鲁、井坪等城镇，并三度占领雁门关，经常切断南下进攻忻口的日军后方主要运输线，对日军的进攻造成了很大困难，有力地配合和支持了国民党军作战。

萧克还受国民党骑兵军军长赵承绶的邀请，给骑兵军军官讲话。萧克着重讲了团结抵御日军，共同抗战。他的讲话受到了骑兵军军官的欢迎。

日军为了加快侵略的步伐，派出重兵连续攻占晋西北根据地的河曲、保德、偏关、神池、五寨、岢岚、宁武等七座县城，压迫一二〇师西渡黄河。贺龙、萧克等师指挥员采取"诱敌深入"的方针，在日军兵力分散深入以后，再集中兵力反击日军，于4月初，将上述被日军一度侵占的七座县城全部收复。战后，萧克写了《我们在冀西北与敌人作战的经验》，发表在1938年9月的《解放》周刊上。

收复七座县城后，萧克因事去延安，途中到了一二〇师教导团，教导团团长彭

174

绍辉请萧克给学员讲课。萧克讲了在晋西北的作战经验，并与教员一起将抗战以来所进行的游击战、正规战的基本经验作了一次总结。

萧克到延安后，看望了正在养伤的林彪。当时林彪兼抗日军政大学校长，看到萧克从前线来，要萧克给学员讲讲前线的情况。萧克给学员们讲了《抗日战争的经验教训》，后来刊登在《八路军军政杂志》上。

在延安，萧克列席了中共中央召开的六届六中全会。

12 月初，萧克和贺龙、关向应、彭真、程子华等一同从延安回到晋西北，又一起研究组建冀热察挺进军的问题。

萧克（左一）与聂荣臻、杨成武在正太战役前线

175

1939 年 1 月，萧克和程世才率领组建冀热察挺进军的近百名干部，随一二〇师师部东越同蒲路，前往河北平山县。1 月下旬到达平西的三坡，立即与宋时轮、邓华、马辉之、姚依林等研究组建挺进军的工作。2 月 7 日。八路军冀热察挺进军正式成立，萧克任挺进军司令员兼军政委员会书记，程世才任参谋长，伍晋南任政治部主任。挺进军在"巩固平西，坚持冀中，发展平北"的方针下，在冀热辽广大地区开展了游击战争。后来，在"以巩固平西抗日根据地，坚持集中游击战争，开展平北新的游击根据地"的"三位一体"思想指导下，积极开展工作，使各个根据地不断得到巩固和发展，形成了以后对日军开展大反攻的良好基础。

1942 年，萧克任冀察冀军区司令员，一直到抗日战争胜利。

承德保卫战

1945 年 11 月，为了保卫热河及平北，中央决定组建晋察冀野战军，任命萧克兼野战军司令员，罗瑞卿兼政治委员。当时萧克和罗瑞卿正在西线，他俩接到命令后，立即赶回张家口，着手野战军的组建工作，之后，于 11 月 4 日将冀察冀第二野战军组建完成，共辖七个旅 14 个团。

萧克指挥晋察冀部队进行了承德保卫战。

承德保卫战历时八个月，分为两个阶段。第一阶段是"敌攻我防"，国民党军的目的是夺取承德，以截断晋察冀野战军与东北民主联军的联系；第二阶段是"我攻敌防"，萧克率部发动了赤叶战役，截断承锦铁路，打通热河东西两面，使热河全省连成一片。这样，以利于发动广大人民群众，建立城乡各种群众组织、人民武装和革命政权，制止了国民党军的猖狂进攻，为后来转入进攻创造了条件。

承德保卫战，先后打退了国民党五个军的进攻，有力地牵制了国民党军开入东北，支援了东北解放区的开辟和巩固。

1946年6月，萧克率部在平绥线活动了两个多月，虽然打了几个大仗，但没能巩固地盘。

1948年4月，国民党军趁共产党主力出击察南、绥东之机，命令傅作义的四个师加一个骑兵师，共3万余人，秘密地在保定一带集结，准备偷袭。阎锡山也派出一个师从孟县突袭，侧应傅作义部队的正面进攻。国民党军企图以自己拥有大量汽车、坦克和装甲车等机械化的优势，从东西两面夹击，一举夺取石家庄。这时，石家庄除共产党警备司令部不多的兵力和正在组建一个新兵补充旅之外，几乎没有战斗部队，附近也没有主力部队可以调用。在石家庄处于危急情况下，上级决定由萧克去指挥部队，执行保卫石家庄的任务。

萧克受命后，立即令晋中军区一个旅和在山西的第六纵队昼夜兼程，赶往石家庄参加保卫战。下令沿途地方武装和民兵立即行动起来阻击国民党军。

萧克临行前去向毛主席汇报，也是向主席辞行。毛主席自半个月前从陕北转来城南庄后，与萧克住一排房子，平日经常相遇并交谈工作。萧克怀着忐忑不安的心情走进毛主席的住处。

"听说你要去石家庄？"毛主席见萧克来了，一边问，一边示意他坐下。

"是的。军区决定让我去保卫石家庄，我准备吃过午饭就走。现特来听听主席有什么指示？"萧克渴望得到毛主席的指示。

"石家庄附近没有主力部队，有顾虑吗？"毛主席关切地问。

"石家庄是华北解放区的政治、经济、文化中心，是大城市，若丢在我手里，不好向党交代啊！"萧克担心地说。

"不要这么想。"毛主席稍停了一下说，"石家庄是我们从国民党手里夺过来的，如果丢了，再从国民党手里拿过来就是了"。

萧克听了毛主席轻松自如、微言大义的话，如释重负，立即起身告辞："请主席放心，我们一定尽力保卫石家庄！"

萧克到石家庄后，通过各方面的积极工作。在党中央和聂荣臻的领导下，以唱"空城计"打退了国民党军的进攻。

1948年5月成立华北军区，萧克被任命为华北军区副司令员兼华北军政大学副校长。萧克回军区一个星期就去华北军大了。在华北军政大学，他主要负责培训急需的干部。

1949年4月，萧克被调任第四野战军参谋长，负责实施进军中南作战，取得了衡宝战役的胜利。

能攻善守的"赵子龙"——陈锡联

　　陈锡联（1915~1999年），祖籍湖北省黄安（今红安）县。1929年，14岁的陈锡联加入了中国工农红军。1930年，陈锡联成为中国共产主义青年团团员，同年成为中国共产党党员。土地革命战争期间，陈锡联相继担任过红四军第十师三十团团部政治指导员，红三十军第八十八师二六三团营政治教导员、团政治委员，红四军第十一师副师长、师政治委员，第十师师长。陈锡联曾参加过艰苦卓绝的长征。抗日战争期间，陈锡联先后担任过八路军一二九师三八五旅七六九团团长、副旅长、旅长，太行军区第三军分区司令员，太行纵队司令员。解放战争期间，陈锡联先后担任过晋冀鲁豫军区第三纵队司令员，第二野战军三兵团司令员。1949年，中华人民共和国成立，陈锡联先后担任过第三兵团司令员兼重庆市市长，中国人民解放军炮兵司令员兼炮兵学院院长，沈阳军区司令员，中共中央东北局书记，北京军区司令员，国务院副总理。1955年，陈锡联获得上将军衔。并成为第一、二、三届国防委员会委员，中国共产党第七次全国代表大会代表，第八届候补中央委员、中央委员，第九、十、十一届中央政治局委员。在中国共产党中央顾问委员会第一次全体会议上，陈锡联当选为中央顾问委员会常务委员。

放牛娃从军

1915 年，陈锡联出生了。他的家乡在湖北黄安（今红安）县高桥区陡山彭家村，父母都是贫苦农民出身，家庭并不富裕。陈锡联在家中排行第三，他还有两个姐姐、一个弟弟。陈锡联 3 岁时，父亲不幸离开人世。家中失去依靠，母亲带着姐弟几个开始艰难度日。

迫于无奈，穷人家的孩子早早便当起了家。才 12 岁的陈锡联便想着应该如何为家中节省口粮，为此他来到地主家放牛。白天，他要放牛、干活，夜里，他还要负责给牛添草。有一次，他白天辛苦干完活后又累又困，晚上竟忘了给牛添草。这件事让地主知道了，不由分说就打了他一顿。陈锡联当时年纪虽小，脾气却很倔强，挨打之后，他头也不回地夺门而出，离开了地主家，再也不肯回去放牛了。

母亲也无可奈何，家中实在揭不开锅，只得带着他外出讨饭，因为只有这样才能填饱肚子。面对家境的不堪，幼小的陈锡联常想：地主家的儿子跟他一般大，为什么每日都有大鱼大肉，还能背起书包去读书？而他每天都要干很多活，只因为忘了给牛添草就要被打，这世道竟然如此不公平！

陈锡联在外流浪乞讨，走出了闭塞的家乡，在这过程中他听到外面流传着消息，其中黄麻起义事件最让他感兴趣：1927 年 11 月，在中共鄂东特委潘忠汝、吴光浩、戴克敏等人领导下，黄安、麻城的农民实行武装起义，一举将黄安县城攻克，还成立了鄂东军——工农民主政权和工农革命军，他们号召打土豪、分田地，很多穷苦农民都加入了进来。黄安这座英雄城内的革命事业如火如荼地发展着。

从当时流行的一首歌谣就可见证：

小小黄安，真不简单；铜锣一响，四十八万；男的打仗，女的送饭。

然而一个月之后，黄安却遭遇了国民党军一个师的突袭，反动势力复将黄安控制在手。

听到这件事后，小小年纪的陈锡联心里开始萌发出一种对革命的热情和向往。

最后，他终于盼到了这一天。

1929 年 4 月，鄂东特委召开了黄安、麻城、黄陂、孝感四县县委和红三十一师党委联席会议，鄂东特委被改组为鄂豫北特委自此之后，鄂豫边武装割据迎接来了大发展阶段。陈锡联家的邻村也活动着一些共产党、游击队。

这时，陈锡已经 14 岁了，参加革命的热情一直在胸中滋长着，如今机会到来了，更加让他魂不守舍。母亲却并不赞成，觉得他年纪太小，不舍得让他身处危险。因害怕儿子会突然离家，即使是在晚上睡觉时母亲也会紧握住陈锡联的手不放。等到母亲陷入熟睡之中，陈锡联趁机轻轻地抽出手，急匆匆地跑到邻村，加入了共产党领导的黄安县游击队。

这个机灵的孩子讨得游击队的司务长的喜爱，因见他个子还不高，就让人改小军装，给他穿上。

陈锡联在贫寒的家境中长大，穿上一件如此像样的衣服对他来说还是第一次。为了让操劳的母亲放心，他兴奋地跑回家向母亲展示了这身新军装。母亲看见儿子容光焕发仿佛换了个人似的，心里的担心也慢慢释然，相信儿子的选择必定有道理，于是就同意了他当游击队员的请求。

红军半年后开始扩编，陈锡联所在的黄安县游击第八队编入红一军，陈锡联也成为一名真正的"红小鬼"。陈锡联年纪虽不大，但作战异常英勇，且机智灵活，每次打仗都往前面冲。于是，16 岁的他成为了通讯班长，17 岁时被升为团部指导员，18 岁时又被提拔为教导员和团政委，成为一名杰出的基层指挥员，跟随着红军队伍参与了鄂豫皖革命根据地的多次反"围剿"战斗以及红四方面军的西征入川转战。

陈锡联身为一名军人是幸运的。年纪只有 18 岁，从军仅四年时间便被提升为红三十军八十八师二六三团政委。其中，上级的关怀、同志的爱护是他成长道路上的重要支撑，徐向前总指挥就曾救过他一命。

1931 年 11 月，红四方面军成立，下辖四军和二十五军，总指挥由徐向前担任，政委由陈昌浩担任。

此时，红军队伍不断壮大，根据地的发展也是形势大好，然而中央代表张国焘却仍然继续推行着错误的肃反政策，此前的"白雀园肃反"中，已经有 2000 多名红军指战员被杀害。这一次的肃反名单中，只有十六七岁的陈锡联也赫然在列。

陈锡联当时是四军十师三十团部指导员，一天，他和几个年轻的伙伴上街。走了一阵肚子开始咕咕叫起来，此时闻到街边炉子上散发出一阵油饼的香气，又看到那被炸得黄澄澄的油饼，一时禁不住诱惑，几个人就凑钱买了几个油饼分着吃。谁料，他们的行为正好被人看见，甚至不分青红皂白将他们诬陷为完全是一个"吃喝委员会"，其中必定有阴谋。张国焘却不顾这种无稽之谈，下令将陈锡联等人抓起来，打算实行枪决。

徐向前听到消息，连忙跑去找张国焘，说道："小鬼们只是一时嘴巴馋，你说的什么'委员会'他们如何懂得！对他们批评教育一下就可以了，不至于如此严重。"

因有徐向前的亲自干预，陈锡联等人最终被释放，死神擦肩而过，最终躲过这一劫。

奇兵夜袭飞机场

1937 年 8 月，共产党改编西北红军主力为国民革命第八路军，统辖着三个师的兵力。陈锡联奉命担任第一二九师三八五旅七六九团团长，汪乃贵担任副团长。1937 年 9 月末，在陕西富平县的庄里镇，七六九团作为一二九师的先遣队出发向韩城芝川镇前进，并在此地渡过黄河，直接挺进晋北地区，此次执行的任务是侧击南犯日军的后方。

179

刘伯承师长传达任务时说："你们团此次要执行的任务是，在崞县东北对从雁门关向忻口前进的日军实施侧击。抵达东冶后，我要去五台山参加一项会议。你们团要大胆而又谨慎地展开单独行动，抓住有利战机，可以边战斗边向我报告，或者战斗完再向我报告。"

此时在忻口战场上，国民党军与日军正展开激战。10月13日，国民党军坚守的忻口阵地遭到日军第五师团等主力的进攻。国民党军派出总指挥卫立煌，在一线布置十多个步兵师阻击日军，双方之间的战斗异常激烈。

刘伯承叮嘱陈锡联，说道："到晋北后一直是分散游击，既要寻找时机痛击日军，每一仗又要打得倍加小心。为了实现抓一把就走的目的，必须做到情况清楚、部署周到、动作干脆突然！"

刘伯承在七六九团动身时，亲自赶来为这支队伍送行。他对22岁的团长陈锡联再一次叮嘱道："现在这个几千人的团就交给你了，遇事一定要沉着冷静，心细沉稳，切忌操之过急。时时谨记杂于利害，合于利而动，不合于利而止。先摸清楚情况再下决心，假如虚实已掌握，而又有九分把握，则要当机立断，果断作出决定。"

陈锡联牢牢记下刘伯承的嘱咐，当即便率领七六九团朝崞县东北山区进抵而去。

10月中旬的一天，陈锡联、汪乃贵率领七六九团抵达忻口以北的苏龙口村一带侦察日军情况。苏龙口处于滹沱河，村庄规模并不算小，忻口就在顺河而下的百里左右之处。此时，忻口会战正紧张而又激烈地进行着，在忻口方向，炸弹的爆炸声和炮声密集交织，轰隆震天。为了尽快结束战争并取得胜利，日军特地派出大批飞机对抗战部队展开轮番轰炸。陈锡联头顶的空中，成群结队的飞机在上面耀武扬威，呼啸飞过，那阵势极为疯狂，他被气得不禁跺脚大骂："有种下来同我们较量！在天上逞凶算什么本事！"过后一想，这不过是毫无用处的废话，日军的飞机当然只能在天上逞凶。但要如何将它干掉呢？难道只能在此受制？正所谓急中生智，对，何不就在地上干掉它！日军将飞机停在机场的时候，可以趁夜来次偷袭。办法是有了，但要偷袭日军机场的难度可想而知，此外，以前似乎还从未有过这样的打法，而且，当下人们心头的阴影还没散去，对于日军的强势谈其色变，并未建立起战胜日军的信心。此时，陈锡联已经顾及不了太多，他已下定决心势必要拔掉这一对抗战部队造成威胁的钉子，彻彻底底干一件"大事"，以期振奋国人。

在观察日军飞机的往来的方向和飞行高度后，陈锡联推断：日军机场就在不远处。之后，当地的一个老乡也证实了这一推断，就在隔河十来里远的阳明堡镇附近，果然设有一处日军的机场。于是，他便向大家讲出了夜袭飞机场的想法。

指战员们听到这一办法，非常赞同，纷纷要求陈锡联尽快下达命令，争取一举干掉日军机场。

要实施计划，必须先摸清楚日军机场的实际情况，陈锡联决定第二天就深入实地进行侦察。

陈锡联第二天一大早便带领着三位营长，向目的地出发了。大家一路走一路谈，

180

为接下来将要展开的行动无比兴奋，讨论的重点全都是如何抓住这一机会，把第一仗打得又准、又狠、又好。

几个人沿着一条山沟行走，不知不觉已经来到滹沱河边，陈锡联等人迅速爬上了山顶。眼尖的二营长突然大叫一声："有飞机！大家快看！"陈锡联端起望远镜，顺着方向望去，并将目光停留在阳明堡镇的东南方，那里果然有灰白色的飞机正在起降，机体在阳光照耀下折射着刺眼的亮光。

几个人正在机场及其附近观察地形时，突然，一个衣衫褴褛、蓬头垢面的人影走了过来。

等人影走近时，陈锡联赶紧迎上去打探："老乡，你是从哪儿过来的？"

那人停下脚步愣了一下，看见前面站着几个

**1936 年红四方面军红十师师长
陈锡联在甘肃省镇原县相子镇**

军人，立刻变得局促不安，慌张地说："老总……"

"老乡，不要害怕，我们都是八路军，来打日本鬼子的！"陈锡联见状，亲切地安抚道。

老乡听说他们是打日本鬼子的，大步走上前，握住陈锡联的手，神情悲伤地讲述起他的遭遇。

他家原本在飞机场附近的一个小村庄，日本鬼子打进来后，他的家遭到迫害，如今已家破人亡。日本兵还把他抓去做劳工，整天在飞机场里运炸弹、搬汽油，稍一出错或行动缓慢，上来就是一顿毒打，被折磨得实在忍受不了，他才偷偷逃跑。讲述完，他激愤地对陈锡联等人说："我现在就给你们带路，赶紧把他们赶跑，好好收拾他们一顿吧！"

"好！"陈锡联因获得这一向导而喜出望外，并决定亲自挂帅深入侦察日军情况，对此，副团长汪乃贵却坚决反对，他只得留守下来。三营营长赵崇德等人在汪乃贵带领下开始行动了，他们装扮成老百姓的模样，混入修飞机场的民工中，成功来到了机场附近，仔细地观察了机场及周围的情况。当时，有 24 架飞机停在机场，它们排为三列横队，每列八架，驾驶员从飞机上下来后，就直接坐汽车赶去了阳明堡，并未留在机场。沿机场及跑道边修筑了一条地下战壕，里面驻有 200 多名留守日军。哨兵守卫在停机坪上和飞机场的入口处昼夜巡视，非常谨慎。返回驻地后，汪乃贵马上把侦察到的情况向陈锡联作了汇报。陈锡联迅速召集营连干部举行会议，进一步分析中日双方情况后，针对如何袭击日军机场的问题，陈锡联发动指战员们开始共同谋划，群策群力：有人说用木柴对机场实行火攻，有人说用汽油将飞机烧毁，有人说以枪炮攻打，有人说用手榴弹实施轰炸……陈锡联最终采纳的办法为：手榴弹五个为一捆,扔进飞机肚子,将它炸毁。

陈锡联与副团长汪乃贵、参谋长范朝利进一步商议了当下情况,作出当晚就对日军机场实施夜袭的决定。部署方案为:三营担任突击队,负责对机场实施袭击,并炸毁日军飞机;一营负责对崞县日军展开袭扰,切断阳明堡的增援;二营八连负责对阳明堡西南的公路和桥梁进行破坏,为三营后方的安全提供保障;追击炮连和机枪连挺进滹沱河边,提供火力支援;团预备队由二营五六连负责。

陈锡联深思熟虑之后,才最终确定由三营负责主攻。三营擅长夜战,曾经还获得过"以一胜百"的奖旗,营长赵崇德1932年便入伍了,是老同志,人们都交口称赞他是"打仗如虎,爱兵如母"的好干部。由三营担负这一重任,陈锡联非常放心。

各营、连在接到战斗任务后,紧急召开大会动员战士,指战员们情绪高昂,对这次与日军接触的第一仗充满决心。要打日军的消息很快传到了苏龙口村的老乡们耳中,老乡们也纷纷支援,主动做好了几十副担架。

陈锡联、汪乃贵等领导在傍晚时分来到三营,对战斗准备情况进行检查。看见团首长来了,战士们纷纷围上去表决心。

陈锡联关切地问道:"都准备妥当了吗?"

"团长您就放心吧,不会有问题的!我们潜入机场后,定要把鬼子的飞机炸个稀巴烂!"战士们的回答信心十足而又非常坚定。

看见一个小战士正在旁边擦拭武器,陈锡联问他道:"飞机全身都被铝皮包着,你说说,子弹如果射不穿,该如何办呢?"

"这个问题我们研究过了,可以用手榴弹捶它!"小战士毫不迟疑地坚定地回答他,边说边将右拳举起在空中摇晃着。

这时,一个很粗壮的小伙子从人群中走了出来,一挺机枪在手中紧紧握着,他拉开嗓门大声说:"我一定要缴架飞机回来!"

陈锡联仔细看了看这个要缴日军飞机的小伙子,原来是团里有名的机枪班李班长。

"你能扛得动那么大的飞机吗?"有人故意反问他。

"整的扛不回来,至少也要砸个尾巴拉回来!"李班长回答道,表情非常认真。

陈锡联和同志们听到这样的对话,都不禁笑出了声来。

部队在10月19日黄昏动身了。干部、战士全部轻装行进。凡是容易发出响声的东西,像是铁铲、手榴弹等,都已被绑紧。队伍拖着长长的队列,顺着黑灰色的山谷沉着而坚毅地行进。向导很快就引导队伍渡过了滹沱河,在机场外边隐蔽了起来。

赵崇德营长将陈锡联团长的"沉着战斗"的告诫牢记在心,再次向各连明确了任务:十连负责对机场的日警卫部队展开攻击;十一连承担摧毁日军飞机的任务;九连负责警戒阳明堡方向,对攻击部队侧翼的安全进行掩护;预备队由十二连担任,集结于小寨西侧就地待命。

黑夜之下,万籁俱寂,但一场重大行动却紧锣密鼓地开始了。在夜色掩护之下,赵崇德营长带领十连、十一连偷偷穿过铁丝网，悄然无声地潜入了机场。

十连朝着机场西北角的方向隐蔽运动着，计划将那里的日军守卫部队一举消灭；十一连则直接扑向了机场停机坪。

十一连的战士眼见着就要接近飞机了，忽然，西北方向有个日本兵"叽里呱啦"地大叫起来，随即枪声四起。原来，西北方向的十连遭遇了日军哨兵攻击。十连和十一连瞬时便在两个方向展开猛攻。机枪扫射不断，一枚接一枚的手榴弹被疯狂地掷出。机场顿时被一团团的火光照得如同白昼。遭到突袭的日军尚摸不清来者情况，惊慌之中只是盲目还击，四处横飞的枪弹甚至打在自己的飞机上。停机坪上的哨兵终被三营战士消灭，随后三营便开始集中火力对准了此次战斗的最终目标——飞机。

这时，从掩蔽部又冲出一些日军士兵，号叫着向三营战士扑了上来。于是，三营战士与日本兵在20多架飞机之间进行了一场肉搏战。

为了尽快将战斗结束，赵崇德高声地指挥战士说："快！向飞机肚子里扔手榴弹！"

听到营长下达的命令，战士们立即掏出一捆捆的手榴弹掷向日军飞机。飞机之间顿时炸起几声"轰轰"巨响，几架飞机燃起了大火。熊熊的大火狂卷着，浓烟滚滚而起，大半个飞机场都被笼罩其间。

紧张的战斗仍在进行着。机枪班李班长的机枪声一向最为猛烈、最为刺耳，此刻赵营长却无法听到了，纳闷的他跑去一看，只见李班长正狠狠砸着一架飞机，他竟然真要带回一截飞机尾巴。赵营长不禁又气又笑，向他大喊起来："现在是什么时候，竟还想着你那档子事！还砸什么？赶紧打啊！"听到这话，李班长这才端起机枪横扫向当前的日军。

只剩下最后几架飞机了，正当赵崇德指挥战士进行攻打时，一颗子弹射中了他。几个战士见状忙跑过去扶他，他挣扎着推开战士们，用尽最后的力气大喊着："快去炸飞机！快！不要管我……"

三营指战员为赵营长的牺牲悲痛万分。战士们受此激愤，高举手榴弹，手端机枪，冲向了日本兵……

"轰轰"的爆炸声又在机场上响了起来，最后几架飞机也被熊熊的大火吞噬了。

仅用了几十分钟时间，100多日军守卫队便被全歼，24架飞机全被炸毁，机场陷入了一片火海。

闻讯后，日军装甲车队急忙自驻守地阳明堡镇出发，前往增援。途中与负责警戒的九连相遇，双方展开了激烈战斗。当他们终于赶到机场时，眼前只剩下仍在燃烧、冒烟的20多架飞机残骸。八路军已经结束战斗撤了出去。

结束阳明堡战斗的当天，陈锡联和汪乃贵便致电朱德总司令员、彭德怀副总司令员，一二九师刘伯承师长、张浩政委，将作战经过和战果汇报了上去。

接到电报时，朱德正在参加祁县、太谷、榆社游击队和决死二纵队的联席大会。他当即在大会上宣读了捷报，还请大家算一笔账，造一架飞机要花费多少钱，这相当于多少担小米。神情振奋的朱德禁不住说道："自此可知，日本鬼子仅此而已，千万不要被他们的外表唬住。一夜之间，我们就炸毁了这么多飞机。这说明什么？说明我们完全有力量将日本鬼子战胜，将他们赶出中国！大家可以相信，只要有八路军在，华北就一定能保住，八路军誓死保卫华北！"

刘伯承师长、张浩政委看到电报后也夸奖七六九团打了非常精彩的一战。刘伯承还特别对阳明堡战斗的优点提出表扬，并总结其优点为：侦察清楚、部署周到、动作干脆突然。

这一战后，徐向前副师长正好从五台山来到七六九团。在陈锡联和汪乃贵的陪同下，他们来到附近的山上观察了阳明堡战场。汪乃贵说："这次战斗，只是把日军飞机炸毁了，但是未能抓到俘虏，自己的一个营长和十几个战士还因此牺牲了，我应该向你检讨。"徐向前听完这话，对陈锡联和汪乃贵说道："这牺牲是光荣的牺牲！而且责任不在你们。此外，我还要向党中央、毛主席给你们请功！这次战斗炸毁了这么多飞机，你们取得了非常了不起的成绩！"

对于此次的阳明堡捷报，起初国民党的将领们非常怀疑，他们说："八路军的那些破烂家伙，我们还不知道？就凭那些就想打掉20多架日本飞机，简直是天方夜谭！"然而自从10月20日以后，那些每天在太原、忻口徘徊、轰炸的日军飞机确实都不见了踪影。此外，国民党的空军侦察机飞行到阳明堡机场上空时，也确实看到了赫然在目的飞机残骸。国民党方面这才相信：阳明堡的日军飞机确实是被八路军干掉了。

在阳明堡战斗一个月之后，国民党的报纸终于发表了一则消息：

南京20日电，八路军在晋北突袭阳明堡敌空军基地，并炸毁敌机20多架，此间有关方面接到报告，业经证实。

在阳明堡的战报被证实后，蒋介石颁发的嘉奖命令和奖金也随之到达了一二九师驻守地。

自此，阳明堡的捷报向四面八方传播开来，全国军民抗战必胜的信念也由此受到极大鼓舞。

广阳伏击战

阳明堡战斗结束后，陈锡联、汪乃贵和参谋长范朝利、政训处主任丁先国，率领七六九团进入五台县郭家寨，就地待命。

副师长徐向前前段时间一直在太原做统战工作，如今他来到郭家寨，打算率领七六九团归建。

10月25日，陈锡联、汪乃贵以徐向前为指挥，率领七六九团一路向南，顺着太行山西脉急行前进，经过三天的长途跋涉后，部队到达了上社。这时，刘伯承紧急致电徐向前，说日军已经将娘子关突破，正率领两个师团从娘子关和石门口出发开进阳泉、平定方向，要徐向前率七六九团迅速运动至正太路以南地区。徐向前与陈锡联对此研究后作出决定：为了争抢时间，行军路线改由经寿阳、平定直趋正太路，加入到广阳战斗中。

在广阳，林彪的一一五师担任主角，对刚脱离正太路正向昔阳并进的日军第二十师团四十旅团发动伏击。之前，陈赓率领的三八六旅曾对这支队伍实施痛击，致使其300多人被歼灭，因此再一次面对八路军时尚有余悸。然而"狗急跳墙"最应当心，这伙日军战斗起来依然非常疯狂。

在林彪的预案中，一二九师部队负责的任务是：迅速抵达广阳以东地区，将广阳的日军回援切断，防范日军西进，以此形成在松塔镇至沾尚间"关门打狗"之势，全面配合一一五师的进攻。然而当前的形势是，一二九师的三八六旅远在昔阳以西，难以及时赶到，仅有陈锡联的七六九团已经到达了大川。如此一来，七六九团便全面承担了拦截日军的任务。

陈锡联、汪乃贵接到徐向前安排的任务后迅速率领七六九团急行，经历十多个小时的跋涉，10月26日上午，终于抵达了预定的拦截阵地，随后加紧进行战前的准备工作。

然而战役的发展却出现一些意外情况，并未如林彪的预想进行：一一五师主力在追击日军的过程中，在沾尚以西与日军主力相遇，双方展开了激烈的战斗。谁料这支日军恰好是其首脑机关，日军各部队的救援随后蜂拥而至。如此一来，陈锡联所率七六九团尽管按照计划抵达了拦截地段，但却与回援的日军擦肩而过，错失了拦截时机，致使一一五师当前的日军越打越多，陷入极为不利的局面。林彪率领部队激战至下午，但见要实现作战意图已经非常困难，于是指挥一一五师立即撤离，向山区转入。

徐向前便对陈赓、陈锡联等说："一一五师撤离后，回援的日军再次重返广阳，在多次遭受打击后，日后的行动必定十分小心谨慎，广阳日军极有可能会出动，配合沾尚的日军西进。表面看来，想要下手困难重重，然而只要多方筹谋，歼敌的机会也不是没有，试想，被接应的日军定会生出一种安全的错觉，这正好给了我们可乘之机。"

听完徐副师长的设想，陈赓顿时感觉这一计划非常周到，振奋地说："你的意思是，把由沾尚西进的日军拦截住，打一下？"

徐向前知道陈赓已经清楚了自己的意图，便说："你们可以在户封村设下埋伏，不仅要对广阳之敌的接应进行阻击，还要负责将沾尚西进的敌人堵住。陈锡联率领七六九团担任尾击敌人的任务，派出一个营在沾尚后山埋伏起来，对平定方向的敌人实施牵制，剩下的两个营在大寒口埋伏好，找准时机狠狠打他。"

11月7日，在徐向前精心设计的部署之下，陈赓、陈锡联等出色地完成了指挥任务，已经连日奔波的部队克服疲劳，英勇作战，使这次伏击战在面临中日双方战情突变的不利情况下，最终仍获得胜利。三八六旅和七六九团经历了一个多小时的激战，使250余名日军被毙伤。

1937 年 4 月，驻山西日军展开了攻势。陈赓指挥七七二团实施反围攻作战，在外线，陈锡联奉命率领七六九团予以配合。激战了五天，最终以毙伤 700 多日军而宣告结束。

在此次战斗中，陈锡联身负重伤，他的下巴被日军的一颗子弹打穿，牙齿被打掉，子弹直接从颈部穿了出去。陈锡联身经百战，受伤更是难免，身上的大伤小伤无数，其中最严重的有四次。在一次战斗中他不幸失去左手的大拇指；另一次战斗中，子弹直接穿过了身体。此次中弹是其中最为危险的一次，医生经多次手术抢救，才挽回了他的生命。

破击战群虎下山 "五不留" 日军瘫痪

1938 年 6 月，一二九师在得到八路军总部的批准后，在太行山区将新的三八五旅旅部组建起来。陈锡联担任旅长，谢富治担任政委，汪乃贵担任副旅长，范朝利担任参谋长。下面统辖着以王近山为团长的七六九团以及一个独立团，其中邹国厚任独立团团长，韩连生任独立团政委。

1940 年 5 月初，刘伯承师长一声号令之下，白晋路破击战役爆发了。在白晋路北段 100 多公里的铁道线上，一二九师发动了声势浩大的破击作战。此次作战，陈锡联的任务异常艰巨，他不仅要率领三八五旅在来远至权店段实施破击，同时还担任着把来远、南关镇的日军物资夺下的任务。

为了作好战前准备，出色地完成任务，陈锡联战前带领团、营干部通过乔装顺利混入南关，侦察了日军的情况，勘察了地理条件，最后作出了将攻击的重点由来远转至南关的决定。

这一决定具有重大意义，因为相较于来远，南关的地理位置更为重要。这里地处白圭至沁县的中间地带，日军的重要补给站正好设在这一带，大量军用物资在此贮存。

正因为此，日军对南关镇的防卫十分重视，大约有 200 余日军和 200 多伪军在这里驻守。他们在镇的两头分别修筑了一座坚固的碉堡，还改造了镇内沿街的建筑物，分布着密集的火力点，可谓易守难攻。对于此地的日军情况，陈锡联已经摸得很清楚，非常了解即将要面对的困难，但他站在全局角度进行考虑，认为如果能突破这里，等于是拦腰切断了白晋铁路北段，如此一来，整个破击战的开展都将非常有利。陈锡联周密考虑了整个战局，决定由能攻善守的七六九团承担攻打南关的任务。

七六九团为此制订了作战计划，决定以 "腹地开花" 和内外结合的策略展开攻势，同时派出三营承担潜入镇内夺取南关的重任。三营已经来到了街上，粗心大意的日本兵这才发现不妙，而三营战士们抢先开火，痛击日军，与其展开了激烈的巷战。

二营一直在镇外待命，听到激烈的枪声自镇内传来，知道战斗已经开始了。于是，他们以一营的火力为掩护，由碉堡夹道向镇内猛攻过去，加入到三营的战斗中，日军指挥部很快便被攻克了。

这一面的战斗正在进行，另一面，郑国仲命令工兵将镇口的那两座日军碉堡炸毁了。

战至第二天早晨，以胜利告终，歼灭200多日军，缴获了一批物资。

陈锡联指挥三八五旅将南关攻克后，参战军民又以刘伯承、邓小平为指挥实施了全面破路。铁路在军民们扒、挖、抬、搬、炸、烧等方法之下，遭到了严重破坏。抗战以来，白晋铁路是日军伸入晋东南抗日根据地的重要交通路线，不久之后，这一通道便被完全摧毁了。

三八五旅在白晋线取得了出色的战绩，刘伯承为此不断称赞，朱德、彭德怀也向他们发出了嘉奖电。

一二九师白晋路战斗结束后进行了整编，三八五旅旅长仍由陈锡联担任，七六九团、十三团（原独一团）、十四团（原独二团）受其统辖。

1940年7月，华北各抗日根据地遭到了日军的疯狂进攻，为粉碎日军企图，使华北战局朝向更有利的方向发展，同时对全国的抗战形势也造成影响，防范国民党投降的危险，八路军总部作出决定：对华北敌军发动一场交通线的大破击战。这一战役就是闻名的"百团大战"。

8月22日，八路军总部朱德、彭德怀、左权联名将破击正太铁道线的命令发布下去，要求：此战役以彻底破坏正太线若干要隘，消灭部分敌人，恢复若干重要关隘据点，较长时间截断该线交通，并乘胜扩大，拔除该线南北地区若干据点，开展沿线两侧工作，基本上截断该线交通为目的。

在华北，正太线是日军重要的交通动脉，八路军总部命令一二九师以主力对平定至榆次段正太线实施破击。

187

随后，刘伯承又调集了两个团的兵力，以确保破击战万无一失，至此，正太线上共集中了十个团的兵力。除此外，另有相当于28个团的武装被抽调出来，分别在平汉、白晋、同蒲路沿线展开游击，进行着广泛的破袭战，以全面配合正太路的作战。

一二九师被分成了三个突击纵队，统一指挥分别为陈赓、陈锡联、谢富治。

陈赓、陈锡联、谢富治经过周密研究后作出以下决定：

范子侠等指挥右纵队，主要任务是对阳泉至寿阳段的铁路线实施破击；周希汉指挥左纵队，主要任务是对寿阳至榆次段的铁路线实施破击；陈赓、陈锡联、谢富治三人直接指挥中央纵队，在平定以西地区的苇池村、天华池一带部署了主力部队，防范日军从阳泉、平和段对八路军实施侧击，一旦来犯就将其彻底歼灭，以对破击战役的成功提供

陈锡联作战斗动员

保障。

刘伯承师长在战役开始前，借助指挥员会议作了补充：

请锡联和富治令十三团一营并指挥二十九团一个连，依靠白壁向太谷北段破击，重点在太谷、范村段。十三团主力和榆辽子弟兵，在辽榆段破击，重点放在辽县附近。如果日军抽兵袭击二分区后方时，则以一部阻击，而主力仍在原线乘虚破击。应随时查明日军情况，用电话向二分区石拐留守处主任蒋克诚报告，以便转达我们。

刘伯承师长一向细心缜密，陈锡联对此极为敬佩。

8月20日20时，彭德怀一声号令之下，八路军的大破击战全面爆发了。各突击部队势如猛虎下山，向日军的车站、据点猛扑过去。四周爆发出密集的枪声、震耳欲聋的爆炸声，一处紧接一处，在正太路全线上方不断回响……各路部队在作战时异常英勇，此前，八路军总部曾提出"三不留"，即"不留一根铁轨，不留一根枕木，不留一座桥梁"，如今已经基本实现；在执行过程中，许多部队又加上两项："不留一个隧道、不留一根电线杆"，成为了"五不留"，最终，日军在正太路的铁路运输被彻底摧毁了。

日军仓促中应战，被打了个措手不及，各处均告急。

血战狮垴山

日军自1939年秋天开始，大量修路筑堡，对抗日根据地进行封锁割裂。日军的企图是"以铁路为柱，公路为网，据点为锁"，对华北实行"囚笼"政策。

对于日军苦心经营的所谓"囚笼"，彭德怀决定一举将其粉碎，遂投入100个团，重点在正太路沿线发动一场"大破袭"。

大破袭，就是"破"与"袭"的双管齐下。对日军的车站、据点进行袭，对日军的铁路进行破，尤其要摧毁被日军视为"钢铁动脉"的正太路，把它变成一条熊熊燃烧的"火龙"。

百团大战中，一二九师派出了38个团，其中又将十个主力团集中起来，分为三路纵队，主要在正太路上发动破袭战。

陈赓、陈锡联、谢富治是一二九师的三员主要战将，此次破袭正太路的战斗便是由他们负责指挥。当时，陈锡联接到刘伯承分配的任务：率领三八五旅主力将战略要地狮垴山占领下来，就地扼守，防范驻守阳泉的日军对正太路进行增援。

陈锡联此次所指挥的七六九团正是打阳明堡机场的部队。因是陈锡联的老部下，这个团被称作"老九团"。此前，红四方面军的第十师是该团前身，长征后该师师长便由陈锡联担任了。这支部队的战斗作风异常骁勇，徐向前曾用"狠、硬、快、猛、活"五个字对其极力称赞。

1940年8月20日凌晨4点是确定的总攻时间，早在此之前，陈锡联就率领部队悄悄攀上了狮垴山，陈锡联的三八五旅指挥所也已经转移到了狮垴山的山巅，并与七六九团的指挥所合并。

狮垴山处于阳泉西南方向，是扼制阳泉的咽喉。当晚，总攻全面打响，七六九团在陈锡联指挥下向驻守阳泉的日军发动了迅猛袭击，日本片山第四混成旅团与华北方面军第一司令部的地面联系一下便被隔断。至此，日军想要了解情况只能借助空中侦察。

当日，驻阳泉的日军与外部的联系被切断了，守军与日军顿时混乱不堪。

片山省太郎对自己的处境早已明了：如今，打与不打都是死路一条，于是决定孤注一掷，战死此地，敬效天皇。

8月21日上午，片山省太郎向狮垴山派出了第一批30余官兵，发动了试探性进攻。

陈锡联站在狮垴山顶俯瞰而下，对前来进攻的日军行动一览无余。他对各营连下达命令："他们到达河滩徒涉洮河时，大家一齐开火打垮他们。"

日军刚刚抵达河中，据守在狮垴山高地上的七六九团就发动了疯狂扫射，枪炮一齐轰鸣而下。河中的日军受到袭击，慌忙丢下几具尸体狼狈撤出。

下午，日军又派出步、炮兵150余人，迅速越过洮河，向狮垴山下七六九团阵地右侧不断逼近。

一营指战员据守阵地对日军进行了英勇阻击，战斗开始后，陈锡联又抽调三营予以助战，从旁边的山头迂回前来与一营形成配合。随后火力增强之下，不多时，便将近百名日军官兵毙伤，还当场击毙了日军炮兵中队长中岛。其余人见情况不妙，慌忙间急向阳泉撤退。

驻守阳泉的日军第四混成旅团片山省太郎旅团长见形势如此不利，思忖道：假如无法将狮垴山阵地夺回，随后八路军必将对阳泉造成威胁，如此一来，他的各处守备部队将无法得到阳泉部队的出援，将面临被分头逐个歼灭的危险。为此，他必须不惜血本，不管付出多少代价都要夺回阵地，以避免陷入被全歼的境地。于是，片山把所有能够调动的兵力全部集结，还将阳泉的日本侨民进行武装，于1940年8月21日，对狮垴山高地发起攻势。

一二九师的首长向出发前的陈锡联说道："战役成果看破路多少而定。而破路多少又取决于是否能够有效地阻止日军的增援……"所以，撤退命令未下达之前，他的部队必须誓死抵抗，就算部队仅剩最后一人也要坚持战斗，阻滞日军向正太路提供增援，狮垴山必须死守下去。

狮垴山高地一时成为争夺焦点，两军都在拼命抢夺。

日军的疯狂反扑全面开始了，从8月22日开始，日军又以飞机为配合增调兵力，最终纠集了六七百人，一次又一次地猛烈进攻七六九团阵地。

眼见形势危急，三八五旅政治部主任卢仁灿带领着一排机枪手向前方冲了过去，以全面巩固阵地。

其间，卢仁灿不幸被流弹击中肩胛骨，被战士抬了下来，随即，阵地的最高指

189

挥官陈锡联又带领着机枪手替补上去，前面的日军一排排地倒了下去。

两天激战中双方对战了十来个回合，日军片山部队搭上了100多人的性命，战事却一直无法取得进展。

8月23日和24日，日军连同武装起来的侨民倾巢出动，总共1000多人，以猛烈的炮火为掩护，再次进攻狮垴山阵地。片山为向下面的日本兵表示决心，在阵前对两名退缩不前的日侨实施了枪决。

瞬间，七六九团阵地便被铺天盖地的炮火笼罩了，整个狮垴山一片昏天黑地，八路军战士个个都变成了泥人。

残酷的日军还使用了惨无人道的毒气弹。因为事先缺乏准备，很多人中毒纷纷昏倒。毒气到处蔓延，指挥阵地作战的几位主要指挥员也不幸中毒——包括陈锡联、谢富治、曾绍山……

陈锡联赶紧用湿毛巾将鼻子和嘴捂住，随即挣扎着站起来，继续指挥部队与日军进行对抗。

七六九团的指战员们英勇奋战，毫不畏惧，山头工事被夷为平地就利用弹坑作掩体；毒气弹在地上冒着烟雾，战士们就纷纷投出手榴弹把毒气驱散；短兵相接，毫不手软……

在陈锡联指挥下，整个七六九团默契配合，哪处阵地出现危急，其他人就迅速予以增援，前仆后继，猛冲猛打。日军在战斗中实施了正面攻、侧翼攻、强火力炮轰，迂回包抄，打毒气弹，无所不用其极。然而七六九团却不曾后退半步，他们如同一根钉子，在狮垴山阵地上牢牢钉住，毫不动摇。

日侨们与久经战场的士兵必定不同，见多次反扑毫无进展，反倒看到了越来越多的被拖回的尸体，战斗让他们绝望了，他们开始穿上最好的和服，戴好首饰，打算"为天皇陛下就难"。

在狮垴山阵地坚守战中，七六九团已经坚持了六天。阳泉日军狗急跳墙，已经连续发动了几十次猛烈攻击，这支能攻善守的部队也遭受了重创。

但这种勇敢和代价也换来了回报，最终，阳泉日军的增援还是被阻滞了，保障了正太路大破击战的顺利进行。

对于此次狮垴山阵地的战斗情况，八路军的战报曾这样记载：

25日，敌机23架向我陈××旅狮垴山之西南阵地轰炸，我死伤军民200余，狮垴山麓各村落房屋多被炸坍，狮垴山峰峦绵亘，敌人屡犯屡败，我军愈战愈强。26日晨，阳泉敌又以一个大队兵力在飞机20架掩护下轰炸下向我大举反攻，正与我陈旅激战中。敌人也付出了惨重代价，六天中伤亡了400多人。8月26日，敌人增兵至1500人，而阳泉至榆次间的铁路已被彻底摧毁，师首长认为七六九团守狮垴山阵地的任务已完成，遂命其撤下狮垴山主峰，只留小部队牵制敌人。

狮垴山战斗和七六九团与日军展开了英勇而又顽强的对抗，其光辉事迹在史册中铸就出不朽的篇章。

攻克宿县，斩断徐蚌线

1945 年 8 月 25 日，在延安机场，一架美制 DC-9 军用运输机带着巨大的轰鸣声起飞了。飞机早已破败不堪，甚至连机门都无法关严，它在空中摇摇摆摆，如同一只失去平衡的巨大怪鸟。

飞机正朝着太行山区方向前进，陈锡联随同刘伯承、邓小平等首长都在这架飞机上。

迫于军情紧急，大家不得不冒着风险坐上这架飞机。国民党在抗战胜利后暴露出丑恶嘴脸，想要将各地的胜利果实据为己有。此时，第二战区阎锡山部第十九军军长史泽波率领四个师及一个挺进纵队先后对长治地区发动入侵，长治及周围六城相继被占领。长治是晋冀鲁豫根据地的腹地，国民党方面的企图是，以其作为插入晋察鲁豫根据地的一个楔子，随后将晋冀鲁豫八路军逐渐向山区收紧，最后一举消灭。基于此，中共中央下达命令：八路军各主力组成正规兵团，各区高级指挥员迅速由延安会议中束装返回前线，以备迎战。

8 月 22 日，刘、邓收到一二九师的参谋长兼太行军区司令员李达的一封电报，提出："组织大军与指挥强大野战大军，急需主要干部，请带陈锡联、徐深吉同志乘机回太行。"因此，陈锡联也在这架返回太行山的飞机上。

根据刘伯承在作战会议中提出的主张，上党战役打响了，陈锡联参与了此次战役的组织指挥工作。这一战役中共歼灭阎军约 3.5 万人，俘获了军长史泽波，阎锡山伸进解放区的"爪子"由此被斩断。

战后部队进行整编，陈锡联担任了晋冀鲁豫野战军第三纵队司令员的职务，随同刘、邓向太行山转战。两年后，又跟随刘、邓大军跃进大别山，长达千里的征战中，与国民党军巧妙周旋，捕捉最佳战机，对国民党军造成沉重打击。1947 年 10 月 9 日，在六安的张家店，陈锡联就曾将正在西进的国民党八十八师师部及所辖六十二旅全歼，使 4.8 万余国军被毙伤、俘虏。自挺进大别山以来，在不依靠后方依托的条件下，这是一次歼灭国军一个旅以上兵力的重大胜利。

1948 年 1 月，为了将国民党对大别山的围攻全面粉碎，陈锡联指挥三纵巧妙地应付着黄百韬等部国民党军队，一直牵着他们的"牛鼻子"，实行"打圈子"的作战方法，在大别山激战了 18 个昼夜，拖散和疲惫了国军，再一次展示出其顽强善战的精神。随后，历经一个多月的斗争，留在大别山的八路军部队，粉碎了国军的残酷围剿，在大别山站稳了脚跟。

1948 年 11 月 6 日，淮海战役爆发，此次是由陈锡联所在的中原野战军与华东野战军共同发起。陈锡联接到刘伯承的命令，承担着攻克宿县、切断徐蚌路的任务。

宿县处于徐蚌战场枢纽地带，位于津浦路徐州、蚌埠之间，是扼制南北交通的要冲。这里也是国民党非常重要的后方补给基地，徐州重兵集团将大量武器、弹药、被服等军需物资贮存在这里。此外，随着华东野战军将陇海路东段截断，已经彻底

191

切断了徐州国民党军与蒋介石大本营的海上通路，津浦路这一条陆上交通线成为其仅存的联系通道。宿县一旦被八路军攻克，意味着徐州与蚌埠之间的铁路将被截断，数十万国民党军队在徐州将陷入孤立无援的境地。刘伯承在淮海战役打响前就曾指出：把徐蚌线斩断是我们"关门打狗"的要点。

陈锡联也深刻意识到攻打宿县的重大意义，领受任务后，便于11月11日，率领三纵各旅和九纵二十七旅星夜兼程，连夜向宿县进逼。11月12日，扫清宿县城外围的战斗打响了，战士们英勇奋战，迅速将东、西、南、北四关占领。

当时，宿县守军为一四八师、交警十六总队、装甲七营等部，兵力约为1.3万人。城内工事非常坚固，外层有高厚的城墙和一人多深的护城河外拱卫，更有多层暗堡等永备工事构筑其间。然而，陈锡联的三纵尽管有三个旅，在出大别山时却在皖西留下三个团坚持斗争，当前全纵队仅剩下六个团，约1.6万人；将九纵配合作战的部队算在内，总共才不到2万兵力。要"速战速决"将宿县攻克，并不是那么简单的事。

11月14日，陈锡联率领各旅指挥员抵达前沿，勘察军情，随后对攻城打法进行了一番认真研究，确定了最终的突破口。

11月15日17时，在陈锡联的部署下，各旅的总攻打响了。部队采取了声东击西的战术，佯攻部队在南关和北关率先打响战斗，以迷惑守军，等到主力增援而来，主攻部队随即在东关和西关开始行动。

为了越过护城河，战士们顶着国民党军的密集炮火终于强行搭桥成功。随后，在连续爆破之下，城墙被炸开缺口，战士们迅速突入城内。守军借助街垒、路障、装甲车负隅顽抗，攻城部队伤亡严重。陈锡联及时调集预备队加入到巷战。战斗一直持续到次日凌晨3时，最终守军被全部歼灭，国民党津浦路护路中将副司令兼宿县最高指挥官张绩武被俘获。

宿县被攻克后，八路军深入到国民党军的致命之处，由此形成了对其的战略包围，他们南逃的退路也一并被截断。如同辽沈战役中攻克锦州一样，此次作战也起到了与之相同的作用与意义。

毛泽东对此作出了高度评价："在战役发起前，我们已估计到可能消灭敌人18个师。但对隔断徐蚌，使敌完全孤立这一点，那时我们尚不敢作这样的估计。"

三纵将宿县攻克后尚未休整，便又迅速向赵集挺进以阻止黄维兵团。淮海战役进入第二阶段时，陈锡联指挥着双堆集以西地区的主攻。战斗持续了十天之久，无力坚持的黄维于1948年12月15日在西侧突围而出。陈锡联率领部队在其后紧追不舍，展开分路截堵，追击日军，最终，俘获了国民党十二兵团司令、十八军副军长黄元直及6000多名官兵。

中原野战军在淮海战役结束后改番号为第二野战军，下设三个兵团，第三兵团司令由陈锡联担任。

之后，陈锡联率领第三兵团加入到渡江战役，向浙赣线进击，又挺进大西南地区，在大半个中国的领土上奋勇抗战，抛洒热血。

骁勇善战铸辉煌——李聚奎

李聚奎（1904~1995年），湖南省安化（今涟源）县人。1926年到国民革命军第八军工兵营当兵，参加北伐战争，后随部编入独立第五师一团。1928年参加平江起义，同年加入中国共产党。土地革命战争时期，任红五军中队长、红六军代理纵队长，红三军第九支队支队长，红九师第二十七团团长，红八师、七师、九师、一师师长，红四方面军第三十一军参谋长、第九军参谋长，参加了长征。抗日战争时期，任八路军第一二九师三八六旅参谋长，第一二九师青年纵队政治委员，抗日先遣纵队司令员兼政治委员，山西青年抗敌决死队第一纵队副司令员、第一旅旅长兼太岳军区第一军分区司令员。解放战争时期，任冀察热辽军区参谋长，西满军区参谋长，东北民主联军后勤司令部参谋长，东北野战军后勤部副部长，第四野战军后勤部第二部长。新中国成立后，任第四野战军副参谋长，东北军区后勤部部长，解放军后勤学院院长。1955年任国家石油工业部部长。1958年任总后勤部政治委员，同年被授予上将军衔。后任高等军事学院院长，后勤学院政治委员等职。1981年任中央军委顾问。第四、五届全国人民代表大会常务委员会委员。中央顾问委员会委员。

改变命运的选择

李聚奎原名李新喜。1904年12月31日生于湖南省安化（今涟源）县西坪村一个农民家庭。他6岁就帮助家里放牛、砍柴、割草，凡力所能及的事都主动干。他深知家里的贫穷，深知父母养家的艰辛，深知生活的不易。

新喜长到 8 岁时更懂事了。有一天晚上，他躺在床上没有睡着，听到父亲与母亲商量："我看喜伢子聪明懂事，我想送他上学，望他日后成龙，家里好有个出头之日。"

"我也想过，只是他要上学，一年三吊钱、两斗米，难呀！"母亲叹声不断。

"我还有力气，可以早起一点，晚回一点，拼命多干一点，总会有法子的。"父亲吸了一口烟，表示再苦也要送儿子读两年书。

"家里九张嘴全靠你，你千万莫太拼命了，万一有个三长两短，家里这一窝子无法活了。我这个身子，恐怕无法医治好了……把抓药的钱供喜伢子读书好了，只要他日后有出息，我就是死了也能闭眼了。"新喜听着父母的对话，借着微弱的灯光，看到瘦弱的母亲已泣下沾襟，自己的泪珠也禁不住簌簌地滚落下来，滴在枕着的破衣上。

不久，新喜进了村里的私塾。说是学校，实际上是一间残垣断壁，有几张破桌烂凳的屋子。尽管条件是这样，新喜非常高兴。他苦心攻读，从不偷懒。因为他心里记着父母亲的话。

读了半年，因家里拿不出一斗米，新喜不想去学校麻烦先生，他逃学了，被父亲强行送去学校，又被先生打了一板子。倔犟的新喜这一天晚上没有回家，跑到山上过了一夜。这一夜真是度夜如年，他待在一个放牛时躲过雨的小石洞里，一夜没有闭眼。他害怕野兽，担心父母生气、惦念自己。第二天早上，他有意站在引人注目的山头，希望被人发现，把自己拉回家，可是眼看快要黄昏了，眼巴巴地盼了一天，却没有人发现。天黑后，肚子饿得实在支持不了，他才硬着头皮回到家里。

新喜又接着上学，一直读到 10 岁。母亲病故后，他就跟着父亲下地干活，到了 15 岁，能挑 100 多斤走二三十里路。几年的劳动，使他有了一个虎虎实实的身子，每天和父亲"两头不见日头"地干活。

太阳升了又落，春去冬又来，年复一年，新喜已长成 20 出头的小伙子了。在地里辛勤耕作，吃五谷杂粮，使他有了一副结实健壮的身板，锻炼出了坚毅的性格。

在新喜进入 22 岁那一年，大革命的风暴席卷湖南。叶挺的铁军在湖南受到百姓的欢迎和夸赞。

有一天，新喜在村子外的路上碰到了同村的伙伴李富春。李富春把新喜拉到路边，既神秘又难掩兴奋地说："我在镇上遇到了新鲜事：桥头河镇来了好些兵，跟过去见过的兵完全不一样，叫什么'北伐军'。他们不搜不抢，不欺负穷人，对人挺和气的。他们要在这里招兵。镇上贴有标语说，'工友农友们，欢迎来当国民革命军。当了革命军，吃穿都不愁！'我想当兵去。新喜，你去不去？"

新喜脸露悦色，心里却想自己走了，父亲老了，父亲和弟弟生活怎么办？

还没等新喜表态，李富春又说开了："我是去定了，在家辛辛苦苦，没有吃、没有穿，累死了也没有出头之日。听说当了北伐军，吃的是军粮，每人每月还发七八块钱，自己省一些还可以寄些回家。要是干好了，捞个官当，每月拿 100 多块，当了兵，就有奔头。这种好事，打着灯笼也找不着，你还犹豫什么！"

新喜听富春这么一说，动心了。他正想问富春当兵要什么条件，这时又来了两个小伙子，一个是在村里有"秀才"称号的李仲春，另一个是其侄儿李树藩。

李仲春家里本来也是贫穷如洗的，只因他哥哥过继给一户有钱人家当了少爷，沾了哥哥的光，读了几年书，成了村里被人羡慕的小秀才。他一口气给伙伴们讲了很多当北伐军的好处。

四个人谈了好半天，越谈越想到一块，决定要去当北伐军。最后还制订了行动方案，订立了"保密纪律"，决定第二天一大早就出发。

第二天天未亮，新喜等四人就踏上了去桥头河镇的小路。走着走着，李仲春突然打破山道的寂静，说："我们走了，家里会出来找的，我想，我们不能报真名。"

"那报么子名好？"新喜抢先说，"你是读书人，你先给我取个名"。

李仲春沉思片刻："新喜，我想一想你叫么子名好呢？"他抬头望着远处天空尚发亮的星星。说，"奎星是二十八星宿当中的一颗名星，你就叫李聚奎吧！"

"哪个聚？"新喜不知聚字怎么写、有何意。

李仲春抓着新喜的手，在他手心上比划了一下"聚"字，说："我们今天四个人聚在了一起就是这个'聚'，天上星星聚在一起才亮，人聚多了才有力量。你听过'聚沙成塔'吗？也是这个'聚'。"李仲春说得新喜心里好高兴啊！他马上表示："反正临时用，就叫这个名吧！"没想到这一改，竟成了新喜后来毕生的名字，永远和他的命运、事业联系在了一起。

当了红军

李聚奎参加了国民革命军，被编入第八军工兵营一连当战士。这个军是由唐生智部队改编而成的，大部分军官存在的粗暴的军阀作风，训练时稍有不慎，排长就可以用鞭子抽你腿肚子，抽得你动弹不得。好在李聚奎做什么都认真，又能吃得起苦，转眼半年就过去了。1926年底，李聚奎所在的工兵营改编为第八军一师一团三营。李聚奎在三营九连当兵。这时，彭德怀在一团一营任营长，秘密组织了"救贫会"，李聚奎对一营的一些进步活动有所知，但对营长彭德怀并不认识。

部队三两天转移，李聚奎作为一名士兵，对这时湖南的革命派与反革命派的激烈斗争并不了解。他听说过共产党，但共产党是一些什么样的人，他没有见过，也不了解共产党的性质和主张。一些事却使他不解：行为最坏的军官宣传共产党杀人、抢武器，对共产党最恨。可是又听说支持农民运动的却是共产党，老百姓支持共产党。……孰是孰非，李聚奎一时搞不清，也不好问别人。他决心留意观察，凡事要好好动脑子想，天底下最受苦的是穷人，穷人是绝大多数，当了兵不能做对不起穷人的事，要站在穷人一边，为穷人找出路……想到这些，他躺在床上难以入睡。突然，他脑子里闪现出一个念头："跑，离开这里。"

第一次没有跑成，被告发到连长那里。连长魏翰文看到李聚奎能吃苦、聪明、能干，在士兵中有威信，不但没有处罚他，反而帮他向家里寄了八块钱和一件衣服，不久，还任命他为下士班长。

连长的用意，李聚奎心里明白。他不愿做被捂住眼的"驴子"光替人干活，更不愿去干伤天害理的事。他给自己立了规矩：别人为非作歹，趁火打劫，自己要规

195

规矩矩，清清白白。当了班长，只做自己该做的事。

李聚奎第二次想离开这个与他当兵时希望不一样的队伍时，只因没有盘缠没有走成。

1928年春节，部队奉命调到南县。这一年春节虽然没有过好，但是春风送来一个信息：原一团团长戴吉阶辞职不干了，由一营营长彭德怀升任团长。

彭德怀任团长后，对全团连排长发布了两条禁令：一是取消连排长吃小灶，同士兵在一个食堂吃同样的饭菜；二是连排长不准拿鞭子打士兵。这两条禁令像一阵和煦的春风，吹暖了李聚奎和士兵们的心。李聚奎把希望寄托在彭团长身上，决定留下来再好好干一阵，边干边看部队是否有大的变化。

不久，又有了变化的事，彭德怀当了团长后，平时很坏的三营营长杨超凡辞职不干了；李聚奎所在的九连连长，大地主的儿子魏翰文也请假不归了，据说回家当了教书先生。彭团长把随营学校的教员黄纯一调任九连连长。

黄纯一任连长后，关心爱护士兵，和士兵打成一片，工作抓得很紧，扶正压邪，信赏而必罚，设而不犯，犯而必诛。他更是关心、爱护、支持贫苦出身的士兵，很快得到全连绝大多数人的信任。

黄纯一经常找士兵谈话，也找李聚奎谈了几次，使李聚奎明白了社会上许多事，明白了许多不公平的事是如何造成的，人应该怎样生活才有意义。但有件事使李聚奎想不通，为什么黄连长支持士兵闹饷？为什么支持自己成为九连闹饷活动的士兵代表？他是连长，为什么总站在士兵利益一边？上面知道了，怪罪下来，难道他不怕撤职、不怕杀头？李聚奎心里想：连长是为了大多数士兵好，自己要团结大家，支持连长、保护连长。

李聚奎以士兵代表的身份带头闹饷，串联士兵积极参加反倒师长周磐的活动。他和士兵们一起扣押政训处的反动军官，参加搜缴枪支、弹药等各项工作。

在这期间共产党员贺国中几次找李聚奎谈话，李聚奎认识到了共产党是领导穷人革命的党，共产党是反动派的死对头，是自己追求和要为之奋斗的组织。他还知道了彭德怀、贺国中、黄纯一等都是共产党员。后来，李聚奎听说黄纯一刚当团长就英勇牺牲了，心里很难过。他决心要好好向他学习，让生活更有意义，让生命更有意义。

李聚奎工作中不怕苦，不怕累，非常能干，思想进步很快。不久，由贺国中、潘泗浜介绍加入了中国共产党。由于党组织还没有公开，入党也是秘密的，有事由潘泗浜与他单线联系。

李聚奎通过潘泗浜知道部队起义后，要在军部建立政治部，负责政治思想、打土豪、发动群众、组织宣传等工作。政治部主任由党代表滕代远兼任，副主任是张荣生。

李聚奎一听说张荣生是副主任很激动，过去只知道他是团部的传令兵，没想到他有这么大的本事。他认为共产党尽是一些有本事却藏而不露的人。李聚奎暗下决心，要做一个像贺国中、黄纯一、潘泗浜那样的共产党员，积极为党工作。由于李聚奎有了追求进步的思想基础，在部队起义后的艰苦转战中，他千方百计完成组织交给的各项工作任务。

彭德怀军长率领红五军第一次上井冈山没有成功，由于国民党军前堵后追，损失很大，部队又返回修水、铜鼓边界休整。红五军原来三个团编为五个大队。李聚奎被任命为三大队中队长。

9月中旬，部队第二次向井冈山开进。为了粉碎三省国民党军的"围剿"，红五军艰苦转战45天，将国民党军拖得精疲力竭，不得不停止了对红军的"追剿"。红军在转移中减员1000多人。张荣生、李力等一些优秀的共产党员英勇牺牲。经过千难万险，红五军于12月上旬进抵莲花县，不久，与红四军胜利会合。毛泽东、朱德、陈毅、谭震林等会见了彭德怀、滕代远等红五军领导人。两支部队会合后，于12月12日召开了两军会师的庆祝大会，场面热烈感人。

红四军与红五军会师后，湘赣两省国民党军加紧部署"围剿"井冈山红军。

红四军前委扩大会议决定，由毛泽东、朱德带领红四军下山，打击国民党军，开辟新区；由彭德怀、滕代远带领红五军，留守井冈山，以牵制和消灭进攻的国民党军。红五军编为两个纵队，下辖七、八、九、十共四个大队。李聚奎在九大队三中队当中队长。

由于井冈山地势险峻，方圆数百里，只有四条大路可以出山，供应奇缺，补给十分困难，能否打退国民党军的进攻，有些人产生了顾虑。李聚奎积极地做士兵的工作，说："不要有什么顾虑，大不了就是豁出一条命。当兵就不能贪生怕死，怕死的不一定死，不怕死不一定就死。我们是红军，为了穷人的出路，就是献出了生命也是值得的！"

李聚奎率领中队冒着大雪在黎坪哨口坚守四天四夜，打退国民党军的多次进攻，胜利地完成了阻敌任务。

在大汾圩他率领部队用机枪交叉火力，压制两侧进攻的国民党军，掩护一部分部队通过国民党军的伏击区。但部队通过一半，后面部队左等右等不见来，国民党军的大部队却疯狂地压了下来，李聚奎灵活地带领中队立即撤出，向前突围，摆脱了国民党军，否则，后果不堪设想。

李聚奎带部队，从南康上游渡过河，走了一段路程后，前面有一个100来户人家的村庄，时已黄昏，村里炊烟袅袅、爆竹声声，李聚奎恍然大悟，今天是大年三十了。他找到一位老乡，问明了前面村庄叫新城。又走了不远，来了一位传令兵，告诉说彭德怀已率一部分人到了前面，要部队就近找地方驻扎。

九大队在大队长黄云桥带领下进了一个富户的庄子。地主老财闻红军要来就跑了，可是做好的丰盛饭菜却未动。晚上，队长黄云桥弄来不少酒菜，把中队长等人找来准备痛饮一番。

突围20多天来，国民党军不断追击，饥疲交加，苦不堪言。在饥不择食的情况下，碰到了这等好酒好菜，李聚奎又是个酒迷，且有海量。在饭桌上，不少人提出让大家饱食痛饮一顿，睡个好觉，第二天好开拔。此时，李聚奎却暗想，自己官不大，是个中队长，责任不小，别人再三劝酒、敬酒，他却给自己定了量，他怕晚上遇上"万一"，他是不怕"一万"的。

果然，半夜国民党军前来袭击，李聚奎临危不惧，及时叫醒了部队，正确判断国民党军情，带领部队突出了村庄，脱离了危险，赶上了早已出发了的彭军长带领的部队。

1929年2月上旬，部队到达兴国地区，打了几次民团，缴获了一些物资，地方党也支援了一些武器弹药，为部队解决了一些困难。部队到了小密以后，按照彭军长的指示，李聚奎和战士们把部分枪支交给了地方党，并将重伤员滕代远和其他部分伤病员留在小密，请地方党安置治疗。

第二天一早，李聚奎召集全中队准备出发时，一些战士看到这里依山傍水，环境好，老百姓又热情，想在这里多休息几天。李聚奎对大家说："我也喜欢这里，可是我们伤病员不少，要把他们留在这里治疗，部队离开这里后可以转移敌人视线，免得敌人来这里找麻烦，伤员也不能安心休养。我们到牛山去休整，那里三面环水，地形隐蔽有利部队安全。中国好的地方多哩！我们才走了多大点？"李聚奎几句简短的话，不仅说通了战士们的思想，而且把战士思想引向追求更大、更远、更好的目标。

部队在牛山休整了十多天，转移中在于都打了一仗，得失相当，有经验也有教训。彭军长要求大家进行总结。李聚奎看到彭德怀虚心接受一些战士的批评，深受教育。

几经周折，3月底，红五军在瑞金又与红四军会合了。

毛泽东知道红五军在井冈山被国民党军到处追歼，损失很大，握住彭德怀的手说："这次实在太危险了，你们吃了不少苦，早知这样，不应该决定让你们留守井冈山了。"两人伫立在山头，望着胜利会师后行进中的部队……李聚奎仰头望着两位领导人的身影，仿佛看到山头上屹立的两棵饱经风雪的劲松。

两军会师后，在向于都转移的路上，彭德怀建议打回井冈山，恢复湘赣边区政权，得到毛泽东、朱德等领导的同意。

当部队返回井冈山时，看到的是一片萧索、凄惨的景象。红五军前委决定，拨出2000银元救济老百姓，帮助人民群众重建家园。井冈山父老乡亲流着泪，欢迎红军返回井冈山。

孙子说："地形者，兵之助也。"由于王佐率领的三十二团上得天时，下得地利，在国民党军"围剿"时与国民党军展开周旋，几乎没受到什么损失，听到红五军返回了，立即和军部取得了联系。这对红军是一个很大的鼓舞，使李聚奎受到了启发和教育。

不久，原坚守黄洋界哨口的一大队李灿、张纯清部也归队了。他们也采取与王佐一样的办法，当国民党军大批压来时，将部队化整为零，与国民党军进行艰苦的周旋，用游击战保存了革命的实力。

部队都收拢后，红五军进行了整编，编为四、五两个纵队，李聚奎在四纵队仍当中队长。

根据地物资奇缺，兵员和弹药补充困难，军委指示一部分部队向湘鄂赣边活动。1929年夏，红五军和王佐特务营向湘东活动，搞了一些物资运回井冈山，解决了一些困难。

7月初，在部队向外发展过程中，湘赣特委某些人决定攻打安福县，彭德怀虽然反对，但多数人的意见要打，结果对国民党军兵力估计低了，打不下安福，反被从永新、莲花、吉安三面来援的国民党军包围，彭德怀果断下令撤出攻城战斗。

部队在撤退中又中了国民党军的埋伏，战斗一打响，国民党军增援安福的三路兵力一齐夹击而来，情况十分危急。为了掩护主力脱离险境，纵队长贺国中命令李聚奎中队抢占一个高地，阻击国民党军。在抢占高地的激烈战斗中，李聚奎突然感到一个熟悉的身影倒在身旁。他弯下腰一看，尖叫了一声："贺纵队长！"贺国中头部中弹，已倒在血泊之中。李聚奎立即命令两个战士把纵队长抬下去抢救。等他率领中队打退国民党军进攻跑去看贺国中时，贺纵队长已经牺牲了。李聚奎把心中的悲痛化作对国民党军的仇恨。这次攻打安福，军参谋长刘之志、纵队长贺国中阵亡，李灿负重伤，共伤亡 200 余人。

部队开到永新根据地整顿。李聚奎调任八大队大队长。

不久，部队回到了离别多年的湘鄂赣边区，与一直在这里坚持游击战争的黄公略部相会。彭德怀等与黄公略久别重逢，备感亲切。黄公略向彭德怀等人介绍了他们坚持游击战争中的生动、感人的事迹。

由于环境太艰苦，工作太劳累，生活太差，8 月间，李聚奎病倒了，高烧不退，痛苦难言。部队要转移，彭德怀来看望他并给他做工作，动员他留下来隐蔽在老乡家休养。李聚奎听后，脸色煞白，虚汗淋漓。从内心讲，他是不愿留下的，他说："我死也要跟着部队死。"可是，实在身不由己，他被留在一位可靠的老乡家里养病，还留了一名勤务兵照顾他。

老乡请了一名很有经验的老中医给他治病。经过一个多月治疗，李聚奎的病治好了，归队后，被派去跟黄公略一起到永新建立红六军的工作。

红六军成立后，李聚奎在四大队任大队长。不久，被派去"解决"王佐在井冈山余部的工作。由于王佐部队跟群众的关系不佳，老百姓对红军的行动不理解，甚至反感，李聚奎只好应付了两个月，回队后改任九支队支队长。

攻克文化关

1930 年 6 月，红四军、红六军（7 月份改称红三军）、红十二军组成红一军团，军团长朱德，政治委员毛泽东。李聚奎在红三军任支队长，有更多的机会在毛泽东、朱德指挥下作战了。之后，李聚奎随红一军团参加了攻打南昌和长沙的作战行动。

10 月间，部队到了吉安一带进行整编，将纵队、支队相应改为师、团及团以下连、排编制。李聚奎所在的红三军三纵队改为红三军第九师，徐彦刚任师长，朱良才任师政委，原来的第九支队改为九师第二十七团，李聚奎任团长，贺水永任团政委。

这几天师长徐彦刚有一个问题总在脑子里转：新任命的三位团长文化程度都很低，影响工作和他们以后的发展，使用人还应该培养人。他用自己余下的"伙食尾子"，派人到吉安买了三支钢笔和一些小本子，把三位团长找到一起说："你们都是一团之长了，简单的报告、文书都写不出来怎么行！"说着，递给每个人一支钢笔、一个小本，"从现在起，我交给你们一个新任务，要一手拿枪，一手拿笔，攻下文化这个碉堡！"

李聚奎接过钢笔抽出来看了看，故意说："这东西我倒非常喜欢，可现在整天行军打仗，哪有时间玩它，你好心给我们买了，就留作纪念品吧，谢谢师长的关心了。"李聚奎话虽这么说，心里却暗下决心，要按照师长的要求，攻下"文化关"。

徐彦刚知道李聚奎故意说着玩笑话，但还有点不放心，便想出了一条硬要求，说："两个月以后，各团送上的报告，必须是由团长亲自写出来的，不是的话，我不批！"说完，他就走了。

从此以后，李聚奎像指挥打仗一样，认真学习。他不相信自己攻不下文化关。他把别人写的战斗总结、工作计划和宿营报告等文书拿出来看，照着写。他下功夫学徐师长写的东西，研究徐师长写东西的风格，模仿他的笔体。

"功夫不负有心人"，后来李聚奎亲自写的报告送到徐彦刚手里。开始徐不相信是李聚奎写的，待问清确实是李聚奎写的以后，又感到很惊讶。徐彦刚看到李聚奎写东西的风格和字体跟自己相似，知道李聚奎在向自己学习，而且进步这么快，心里喜滋滋的。可是第二天见到李聚奎时，却故意说："送上来的报告我看了，不过，以后我要发现你以我的笔体和名义，为自己写提升报告，要军法从事。"

"哪会，哪会！学生认真向老师学习，是会尊重老师的。老师也会喜欢学生的。"两个人的幽默对话，引得他们禁不住哈哈大笑起来。

有了文化，李聚奎的脑子里的点子更多了，工作的劲头更足了，对全团的工作抓得很紧，指挥战斗的能力也更强了。

善用兵者无常形

蒋、冯、阎军阀混战结束后，蒋介石调集兵力，向江西革命根据地进行第一次"围剿"，任命伪江西省主席兼第九路军总指挥鲁涤平为"围剿"军总司令，张辉瓒为前线总指挥，纠集了近10万人的兵力。

红一方面军为了稳定民心，鼓舞士气，动员群众支援红军打退国民党军的进攻，召开了上万人参加的歼敌誓师动员大会。

李聚奎带领部队入场坐定后，往台上望去，台上两边的对联吸引了他，上联是："敌进我退，敌驻我扰，敌退我追，游击战里操胜算"；下联是："大步进退，诱敌深入，集中兵力，各个击破，运动战中歼敌人"。李聚奎看完对联心想，过去听毛泽东说过这样的话，今天写在这里，很明显是强调在反"围剿"中要大家灵活贯彻执行。李聚奎虽然没有读过兵书，但他爱听别人讲历史上一些战将的用兵之道。他想起曹操说过："兵无常势，盈缩随敌。"如"用兵之要，必先察敌情。料敌在心，察机在目""善用兵者不拘泥法"这些他都懂。他想在这次粉碎国民党军进攻中，要很好地运用这些灵活机动的战略战术。这是他参加大会受到的最大启发，也是最大的收获。

在龙冈战斗中，第九师在右翼，二十五团从左侧山梁攻击国民党军。李聚奎则率领二十七团从两山之间向国民党军进攻，由于受地形所限，不多会儿，两个团便混战在一起了。战斗越打越激烈，伤亡也不断增多，二十五团团长王玉洪身负重伤，被抬了下去。二十五团政委叶汤平看到两个团混在了一起，有些乱阵了，立即找到李聚奎，说："李团长，你就统一指挥两个团吧！情况危急，二十五团交给你了。"李聚奎指挥两个团，与兄弟部队一起投入了紧张的战斗，很快就歼灭了张辉瓒的一个支援团。

李聚奎接师部命令，率部攻击设在龙冈的国民党军指挥部。部队正前进时，国民党军孤注一掷，迎面扑来。李聚奎命令部队抢占有利地形抗击国民党军，不幸，国民党军一颗子弹击中了他的腿部，穿了一个大洞，鲜血涌流不止。当他撕下衣服包扎伤口时，师长徐彦刚赶到了，立即派人把他抬了下去。

这次战斗结束后，二十七团干部不是伤就是亡，可见战斗进行得多么激烈，多么悲壮！

李聚奎伤愈归队后，仍任二十七团团长。率领部队参加反国民党军的第二次、第三次"围剿"。第三次反"围剿"胜利结束后，李聚奎被调到第八师任师长。

在斗争中得到的财富

1932年1月，在党内"左"倾冒险主义路线指导下，坚持攻打赣州，久攻不克，反处于国民党军内外夹击中，处境十分危险，最后毛泽东发现了问题，下令撤出战斗，部队才脱离险境。

4月中旬，红一、五军团主力从赣南转向福建，李聚奎奉命率八师留在信丰、新田一带坚持游击战争。

6月间，红一、五军团回赣南休整，决定一军团撤销三、四两个军的军部，撤销红三军第八师、红四军第十二师，保留七、九、十、十一等四个师。李聚奎调任红七师师长。

1932年底，国民党军准备对苏区进行第四次"围剿"，已集结了近20个师的兵力。红一方面军决定北上攻打黄狮渡口和金溪，1933年1月1日，在黎川城召开了方面军北上誓师大会。在会上，李聚奎听说毛泽东早已被免去了红一方面军总政委职务，感到惊讶，困惑不解。

在国民党军第四次"围剿"开始前，李聚奎由七师调任九师师长。部队频繁整编，干部职务不断变动，说明部队不稳定和形势的严峻。

不出所料，1月底，蒋介石调集50万兵力，任命何应钦为"剿共"总司令，兵分左、中、右三路，向中共领导的中央根据地进行第四次"围剿"。

红军在周恩来、朱德指挥下，仍采用毛泽东关于诱敌深入、积极防御的作战方针，将主力秘密转移到广昌以西的东韶、洛口、吴村一带，待机歼灭国民党军。

李聚奎奉命率九师向大龙坪奔袭国民党军。"欲战，审地形以立胜也"，当李聚奎率部到达离大龙坪半公里处时，天空中的云雾已散，他用望远镜向大龙坪方向望去，看到一个穿雨衣的大腹便便像指挥官模样的人，其后有十多名随从人员，附近还有一匹马。李聚奎断定是国民党军师长李明一伙人。李聚奎立即命令部队展开战斗队形，以快速的动作，向国民党军包抄过去，机枪手也随着跟进。双方接触后，进行了激战。经过半个多小时的战斗，国民党军死伤惨重，一批国民党军被俘。

李聚奎站在路边，看着一队队垂头丧气的俘虏被红军战士押送后方，心中无比高兴。突然听到有人喊："报告师长，我们抓到敌人一个大官。"

李聚奎闻声转过头一看，几名红军战士正押着一个大腹便便的国民党军官站在身后。他打量着这个大胖子，正是刚才用望远镜看到的国民党军官，便大声问："你就是李明吧？"

"不，不，我是书记官。"那人有气无力地回答。正被押着路过的俘虏听到李明不敢暴露身份，还施诡计，便揭底说："他就是李明。"

李聚奎厉声说："李明，你放老实点。共产党的政策，你不是不知道。"

"知道，知道！本人就是李明。"李明连忙点头赔笑地交代。

李聚奎见李明承认了自己的身份，伤势又较重，立即交代侦察参谋彭治明亲自押送，由俘虏兵抬着李明送往后方医院治疗。

这次战斗，九师伤亡46人，歼灭国民党军五十师师部及一个旅，俘虏师长以下3000余人。

在后来几次战斗中，李聚奎率领部队打得很艰苦，虽然取得了一些战绩，但也有失误。有经验，也有教训，他把经验和教训都看成是宝贵的财富。

为反"围剿"战略转移打开通道

在敌人第五次"围剿"前，罗炳辉由一师师长调任新组建的红九军团任军团长，李聚奎接任红一师师长。

在反国民党军第五次"围剿"失利后，李聚奎率部队在军团指挥下，进行战略转移。李聚奎率领红一师按林彪的指示，从阵地撤下来，向兴国东南地区转移。部队趁着夜色，仓促、被动，几乎没有任何思想准备地从中央根据地撤出。部队开始向西开进，在行进中李聚奎接到军团首长的命令，任务是以突击行动占领新田，为前进中的红军打开一条通道。

李聚奎指挥部队英勇冲杀，经过三小时激烈的战斗，打垮了国民党军的阻击，国民党军溃退至安西不敢再出来。后来大家才知道，这是国民党军精心设置的第一道"钢铁封锁线"。11月3日，李聚奎在转移路上接到上级通知，转移到湘西去同红二、红六团会合，在那里开创新的根据地。

在湖南桂东、汝城至广东城口一带的山上，有一些国民党军带领一些保安队、民团守山，妄图阻止红军通过，经红军一攻击便纷纷逃走了，第二道封锁线也被突破了。

当红一师进到至粤汉路以东地区时，国民党军已先到，并向红军发起了进攻。李聚奎立即命令部队展开，顶住国民党军的进攻。

李聚奎正在指挥部队战斗，突然接到军团首长命令，让他带一个团去前头开路，留下两个团掩护部队通过。李聚奎命令一、二团继续抗击国民党军，自己带领三团

202

跑步到最前面，担任开路尖兵。部队抵达潇水西岸，李聚奎灵活地执行了军团首长的指示，认为西岸重要，不能放弃，保住西岸的阵地不仅对部队安全通过起重要作用，而且给追来的国民党军一个歼灭性的打击，这受到了彭德怀的赞扬。

11月28日，红一师从潇水撤出，经过两天两夜的兼程，于30日凌晨抵达脚山铺阵地，战士们已经极度疲困，许多人一停下来，站在路边就睡着了。李聚奎和政委赖传珠商量了一下，立即分头进行紧急动员，并对部队作了调整，仓促进入阵地，与红二师并肩抗击国民党军。

12月1日上午，李聚奎指挥一师全线反击，夺回了一些阵地。不久，国民党军出动飞机狂轰滥炸，随之出动大批兵力向三团猛扑过来。真是炮声隆隆，杀声震天。三团的战士们英勇出击，在阵地上，在树林间与国民党军展开厮杀，打退了国民党军五六次进攻，保住了阵地。国民党军攻不动三团，便转向攻击红一师与红二师的结合部，从红军兵力薄弱处突进了两三里，并迂回到红三团的背后，包围了三团的两个营。三团从团长、政委到每一个战士，都与国民党军在松林里拼上了刺刀，进行浴血苦战，杀死了不少国民党军。

战斗到中午时，传来了中央纵队已渡过湘江，越过公路，正向前开进的消息，李聚奎知道已完成了阻击国民党军的任务，立即下令三团收拢部队，向西突围。李聚奎刚布置完任务，正好又接到军团司令部关于红一师与红二师交替掩护，边打边撤出的正式命令。

李聚奎指挥部队边打边撤，快速前进，一直冲过了梅子山隘口，完全脱离国民党军后，部队才得以休息。

李聚奎率红一师掩护中央纵队渡过湘江后，随一团从广西资源县向大瑶山区开进。

毛泽东面授机宜

遵义会议后，国民党军集中了大批兵力进攻遵义，李聚奎带领红一师为全军开路，1935年1月26日，在离赤水县15公里左右的黄陂洞，与向土城开来的章安平旅遭遇。国民党军抢先占领了右侧的一个高地，凭借工事对红一师实行火力封锁。红一师陷入了国民党军三面包围中。为了完成军团交给红一师阻击国民党军的任务，李聚奎率部浴血奋战，打退了国民党军多次进攻，完成了阻击国民党军的任务。

毛泽东在猿猴场渡口接见了红一师师长李聚奎、政委黄苏和政治部主任谭政。参谋长耿飚因指挥部队过河，没有参加接见。

毛泽东对三位从前线来的指挥员很亲热、很关心，向他们介绍了遵义会议精神，还介绍了许多他们三人过去全然不知的情况和全军最关心的一些问题。

李聚奎感受到了毛泽东参与领导军事工作后，改变了同国民党军"决一死战"的硬拼死战的做法，采用"避强攻弱""避实击虚"，不再往国民党军的"口袋"里钻的灵活机动的战略战术，仗好打得多了，部队的行动主动多了，打的胜仗也多了。

毛泽东还谈到部队要缩编，说："部队到扎西后要进行缩编，准备把师改为团。

这一改，你这个师长可能要当团长了，你看行不行？"

"行！"李聚奎不假思索地回答。在这生死存亡时刻，在他脑子里考虑的是如何保存红军的力量，发展壮大自己，根本没有时间考虑个人的地位问题、待遇问题。

李聚奎等三位领导回到部队后，向部队传达了毛泽东谈话精神，干部战士受到了很大教育和鼓舞，情绪大增，信心更足了。

部队二渡赤水后，李聚奎令杨得志率一团为先头部队，昼夜兼程向东开进，24日晚抵达桐梓，趁势攻城，打了不到两个小时，驻守在此地的国民党军大约两个连的兵力弃城向娄山关溃逃。

25日拂晓，红军第二次占领了桐梓，揭开了红军攻打遵义战役的序幕。战至27日，三军团占领了遵义城。李聚奎率领红一师从东门一直打到南门，配合三军团作战，但没有进城，打垮了国民党军的增援部队，又同三军团一起追击逃跑的国民党军，一直追到乌江边。国民党军残部过江后，毁掉了江上的浮桥才免于被歼。

战至3月1日上午，遵义战役胜利结束，几天内，红一方面军攻克桐梓、娄山关、遵义城。歼灭和击溃国民党军两个师又八个团，取得了长征以来最大的一次胜利，打掉了国民党军的嚣张气焰，加上遵义会议以后的连战皆胜，大大鼓舞了红军的士气。

从此，红军在毛泽东等领导人的指挥下，"声东击西，声彼击此"，使国民党军不知其所措。兵力一分一合，以敌为变，灵活处置。经过三渡赤水、四渡赤水，把国民党军远远甩掉了。从1935年初起，红军逐渐转危为安，变被动为主动，使红军发展壮大成为一支任何敌人都不可战胜的人民军队。

204

巧渡乌江，任参谋长

红军四渡赤水后，毛泽东以他那惊人的胆略和多变的战术，令红九军团暂留在乌江北岸黔北地区，乔装红军主力，以吸引和牵制国民党军，红军主力及大部队则直插乌江边，准备南渡乌江寻机歼灭国民党军。

在重渡乌江中，李聚奎率红一师又一次当开路先锋。3月29日，黄永胜带领三团冒着狂风暴雨，用竹筏渡向乌江南岸，上岸后迅速消灭了国民党军的江防部队。在战斗中活捉了国民党军一名营长。到了4月1日，红军主力全部渡过了乌江。

孙子曰："善战者致人而不致于人。"红军主力渡过乌江后，毛泽东又用一个团的兵力伪装红军主力东进，佯作去湘西会合红二、六军团，实际上主力分四路南下，直逼贵阳。

蒋介石又慌了手脚，立即坐镇贵阳，要亲自指挥。红一方面军扑朔迷离的行动，使得他惊魂难定。

毛泽东用兵的目的是：佯攻贵阳，逼蒋介石调滇军"保驾"，趁蒋惊慌失措，死守贵阳城，滇军出来增援，云南就空虚了，红军可以直插云南，威胁昆明，实际上是为了甩掉国民党军。

不出毛泽东所料，云南军阀龙云果然出兵增援贵阳，红军则趁机从贵阳到龙里间一条很小的口子由东北向西南通过，直指云南。

蒋介石万万没有想到，滇军大批人马已到贵阳和龙里之间，红军却竟敢千军万马从一条狭窄口子迅速通过，这是多么神奇而艰险的军事行动。蒋介石对于红军指挥员惊人的胆略和部队的严密组织指挥，不得不在内心里折服，对毛泽东产生恐惧，对红军产生恐惧。

在一路进军中，李聚奎带领红一师不是当先锋开路，就是在关键地段阻击，掩护其他部队通过。

红军逼近昆明，由于滇军东调贵州，昆明成了空城，忽闻红军进攻，龙云得知消息十分恐慌，连声哀呼："上当了，上当了。"他急令卢汉收罗一些地方杂牌部队进入昆明守家。龙云也命令部队不要命地回返，一去一返，士兵不知所措，疲于奔命，士气低落，行动缓慢。当他们进入云南后，红军在昆明只是"虚晃一枪"，从昆明城西转向西北，向川滇边界金沙江挺进了。这时，国民党军已落后于红军数日路程。

此后，李聚奎率领红一师执行先头渡江开路的任务，灵活机动地执行首长指示，胜利地完成了任务，并渡过了大渡河。

1935 年 5 月 31 日，李聚奎带领部队进抵二郎山下，第二天在飞越岭击溃刘文辉部一个团的进攻，掩护部队顺利通过二郎山。6 月上旬，李聚奎又率部通过夹金山。6 月 12 日，红一方面军和红四方面军在四川懋功胜利会师。6 月下旬，在两河口，李聚奎会见了红四方面军第八十八师师长熊厚发和政委郑维山。在为了同一目标的征程中，彼此能够相逢、相识、相契、相知，是难能可贵的，所以，互相见面后，很热情，很兴奋。彼此主动地介绍了自己的情况，表示要相互学习，分别时又互相祝愿。

205

7 月中旬，中央军委公布了由朱德任红军总司令、张国焘任红军总政委的命令。

7 月 20 日，中央军委对一、四方面军会师后的军队组织

抗日战争时期的李聚奎

系统作了调整，李聚奎被任命为红四方面军三十一军参谋长。

8 月上旬，红军主力进驻毛儿盖。李聚奎在一、四方面军干部联欢会上，见到了党中央秘书长邓小平。李聚奎和邓小平早就熟悉，两人握手致问后，便愉快地交谈了起来。在谈笑中，大概邓小平烟瘾来了，他笑着对李聚奎说："据说你们师进毛儿盖时，搞到了不少烟叶，怎么样？能支援一点吗？"

李聚奎笑了笑，故意不回答。

"我不是白捞，是有代价的啰！你支援一点烟叶，我告诉你一个好消息。"邓小平风趣地说。

李聚奎更是咧着嘴憨笑，不慌不忙地说："有什么好消息？快说吧！我给你两捆

烟叶就是了。"

邓小平看到李聚奎很憨厚，便直截了当地说："军委调你到红四方面军去担任三十一军参谋长，命令已经下来了。"

李聚奎知道邓小平是不会开这种玩笑的。当时李聚奎还不知道军委调他到红四方面军工作的任命。听了这个消息，脸上的笑容反而消失了，看得出来他是不愿离开一方面军的，不愿离开毛泽东、周恩来、朱德等中央领导的，但这话他嘴上没有说出来。

个人的意见归意见，命令是绝对要服从的。李聚奎按时到达了四方面军总指挥部，见到了徐向前总指挥和陈昌浩政委，并见到了三十一军军长孙玉清。不难看出徐总指挥从内心里欢迎从一方面军调干部去。

1935 年 8 月，中央在毛儿盖召开军事工作会议，决定将两个方面军的部队分为左路军和右路军北上。左路军由红军总司令部朱德总司令和张国焘总政委率领。李聚奎所在的红三十一军编在左路军。

但是，张国焘不执行中央北上的指示，一意孤行，命令部队南下，另立"中央"，不仅部队大部分人不明真相，就是李聚奎这个当军参谋长的也不明真相，虽然他看到了许多不正常的情况，但又不好明说。孙玉清调任九军军长后，三十一军来了一个性情粗野、蛮不讲理、自私自利的余天云军长，一个多月后他又被调到红大学习了。余天云不知从哪里听说张国焘不让他当军长，扬言要杀张国焘，后被安全局抓起来要处决他，他自己先跳河自杀了。余天云死后，调王树声任军长。王树声找李聚奎谈话，说："部队南下，分左、中、右三路纵队。三十一军的九十三师、三十军的八十八师、九军的二十五师为中路纵队，由我任司令员，李先念任政委。中路纵队司令部和三十一军司令部合并，三十一军军长由我兼任，王维舟任军参谋长，你当副参谋长兼一科科长。"

李聚奎听后点了点头，有话只好闷在心里。后来，有许多事不好说，也不好做，但是打起仗来还是尽职尽责的。他知道"兵无强弱，强弱在将"。在百丈镇战斗，以及 1936 年 3 月重新北上途中，遇到情况，他都能当机立断，灵活处理。在转移期间，部队进行了整编，李聚奎又重当三十一军参谋长。

祁连山的西路军

1936 年 10 月，红一、二、四方面军在甘肃会宁胜利会师。三个方面军会师后，中央决定红四方面军西渡黄河，创建河西根据地。11 月渡过黄河的红四方面军改称西路军。

12 月初，部队抵达永昌城，西路军总指挥部驻永昌城里。一天晚上，西路军军政委员会主席兼西路军政委陈昌浩，找大病痊愈的李聚奎谈话，说："红九军在古浪遭敌攻击，部队损失过半，军参谋长陈伯稚壮烈牺牲，决定让你去接任九军参谋长。"

李聚奎突然听到这一决定，并没有感到意外，在这种时常变化、干部奇缺的情况下，只能服从安排。

李聚奎到职不久，军长孙玉清被调走，由西路军副总指挥王树声兼任九军军长。他两人原本是熟悉的，由于错误路线造成的复杂人际关系，再在一起，说话多少有些言不由衷，存在着既正常又不正常的现象。

由于陈昌浩对形势的分析与看法与中央截然相悖，12月下旬，他命令部队撤出永昌、山丹地区，在困难重重的情况下继续西进。

1月中旬，西路军的第五军在高台被国民党军包围，虽英勇奋战，但终因寡不敌众，军长董振堂和军政治部主任杨克明等近2000名指战员几乎全部壮烈牺牲。

高台血战，国民党军得手后，更加猖狂，集中比红军多四五倍的绝对优势兵力，妄图把西路军分割包围而歼之。

此时，西路军经过连续战斗遭到严重损失，只有1万余人了。而总部主要负责人在大敌当前，不是避敌锋芒，避实击虚，寻机突围转移，而是把兵力集中到长三五公里，宽二三公里的危险地段倪家营子与国民党军决战。这种兵力部署正中国民党军下怀，部队进入阵地就被四五万国民党军团团围住。

李聚奎奉命率部在倪家营子东北方向抗击国民党军。在凛冽的北风怒号不止、天寒地冻、风沙吹得人难以睁眼的环境中，指战员仍身穿单衣、缠着破布，舍死忘生，以血洗血，抗击轮番进攻的国民党军。最后到了弹尽粮绝的情况下，红军战士仍用刺刀、枪托同国民党军浴血苦战。在这血战之地，一直坚持了50余天，打得天昏地暗，血雨腥风，惨不忍睹。最后在2月21日西路军的军政委员会会议上，大家才说服陈昌浩回师陕北。

部队在转移中，又在倪家营子血战七昼夜，人员损失过半，尔后边打边撤，由梨园口进入祁连山，忍饥挨饿，天寒地冻，浴血转战，许多人不是饿死就是冻死在山野，经过九死一生的考验，一部分人走出了祁连山，脱离了虎口，保住了性命。

李聚奎幸运地没有骨留祁连山，经过血与火的淬砺，信念更坚定，意志更坚强，智慧更丰富了。他忍气吞声，忍辱负重，唾面自干，舍死忘生，千里行乞回到党的怀抱，回到革命的队伍中，继续为革命事业而奋斗！

最佩服的人

抗日战争开始后，李聚奎被任命为八路军第一二九师三八六旅参谋长。陈赓为旅长，陈再道为副旅长。

李聚奎立即投入了抓部队的思想转变工作，抓开赴前线的各种准备，特别是作战准备，忙得"连轴转"。10月初，一二九师留下部分兵力驻防陕甘宁边区，师司令部率三八六旅、骑兵团、七六九团由韩城县芝川镇乘船东渡黄河，进入山西境内。主力从侯马乘火车疾驰太原，因车辆不足，李聚奎率骑兵团行军赴前线。继一一五师在平型关歼灭日军3000余人，首战告捷。一二〇师设伏雁门关，取得击毁日军战车200余辆的胜利之后，一二九师先头部队七六九团三营，夜袭阳明堡日军机场，烧毁日战机24架。

不久，三八六旅到达马山村，陈赓旅长让李聚奎带一个连正面牵制敌人，他自

207

己率主力从侧面袭击驻马山村的日军。下午刘伯承和宋任穷来到阵地，关切地问李聚奎："情况怎么样？"

"敌人已开始进攻，我这里的任务是坚守正面阵地，抗击、迟滞敌人前进，以掩护主力侧击敌人。"李聚奎简要地汇报说。

当日军步步逼近时，刘伯承举起望远镜观察日本军情。李聚奎一向佩服刘伯承大将风度，但这时他不得不为刘师长的安全担心，便请宋任穷副主任劝刘师长快离开。宋任穷上前边说边拉着刘伯承的胳膊往下走，刘伯承脚上踩着茅草、杂枝，边退边连声说："同志，你慢点扯，慢点扯，让我看看路嘛！"

在日军进攻的危险情况下，刘师长仍这般临危不惧，幽默风趣，给李聚奎留下了极深的印象。几十年后他谈起这件事，仍然充满了敬佩之情。

军政工作一起做

刘伯承和宋任穷下山后，日军便攻击过来，李聚奎指挥部队边战边退，始终与敌人保持一定的距离，犹如牵着日军的鼻子，最后把日军引往对自己有利的地段，使敌受到重创。

1938年3月，一二九师在神头岭伏击歼灭日军1000多人，后又在响堂铺击毁日军汽车180余辆。4月份又在长乐村消灭日军2000余人。在长乐村战斗中，团长、优秀指挥员、李聚奎的挚友叶成焕不幸牺牲，李聚奎十分悲伤、难过。

5月间，李聚奎随副师长徐向前率七六九团等去冀南开展抗日根据地新区。到达南宫不久，徐向前对李聚奎说："想让你去冀中改编段海洲部。你先熟悉这个人的情况，尔后，我派人去把他叫来，你再和他具体谈。"

李聚奎经过锲而不舍、志坚行苦的努力和艰苦细致的工作，做好了段海洲等人的工作。7月间，段部正式与八路军一二九师七七一团合并，成立"八路军一二九师青年纵队"，下辖三个团。段海洲任纵队司令员，徐深吉任副司令员，李聚奎任纵队政治委员。军事指挥员突然做起政治工作来了，而且做得很出色。

不久，由于段海洲颇重江湖义气，在一些旧友的引诱纠缠下，遽然失去理智，走入歧途，擅自离开了这支队伍，投入到国民党军石友三的膝下当了一名团长。后来事实教育了他，他认识到自己走了一段不该走的弯路。

李聚奎带着这支队伍，与七九六团一起平息了反动道门"六离会"纠集一万余人的叛乱，接着参加讨伐"白吉会"几万人的捣乱，使冀南局势得到了稳定。10月间，李聚奎又指挥这支队伍在南宫以西阻击日军的进攻中，作出了贡献，终于使这支部队成为共产党领导的抗日武装力量的一部分。

不久，日军越过黄河。党组织为了开辟鲁西北地区的抗日局面，又派李聚奎去组建抗日队伍。

日军入侵山东，韩复榘手下有10万大军，却不战而逃，唯有范筑先专员率领队伍在聊城抵抗日军，受到人民的拥护和支持。他在共产党的支持下，组织各种抗日团体、游击队，李聚奎去鲁是为了改造这支部队。

不久，范筑先在聊城指挥部队抗击日军大举进攻时壮烈牺牲。

为了纪念抗日将领范筑先，党组织决定成立"筑先纵队"。李聚奎大刀阔斧地把筑先纵队组建了起来，并被任命为纵队司令员兼政治委员。

太行山区反"扫荡"

1939年2月，日军对鲁西北地区开始大"扫荡"，李聚奎指挥筑先纵队两个营和先遣纵队一个营在莘县城北伏击日军，将进攻的日军击退，缴获辎重车八辆和一些武器。随后，李聚奎利用灵活多变的游击战术，发动群众同日军周旋，疲惫日军，抓住机会就给日军来两下，打击日军，破坏日军的进攻。

1940年6月，李聚奎奉上级命令，将先遣纵队和筑先纵队合编为一二九师新八旅，并为改编和建设新八旅做了大量的工作。

1941年初，李聚奎被召回到在太行山的一二九师师部。刘伯承师长和邓小平政委找他谈话，详细地介绍了决死一纵队的情况和以后的建设问题。并宣布任命李聚奎为太岳地区决死第一纵队副司令员的命令。

李聚奎到职后，负责部队训练和作战工作。薄一波政委主管大政方针、党的工作和部队建设。两人开诚相见，通力合作，风雨同舟。相处一段时间后，李聚奎深感薄一波威望素著，志坚行苦，讷言敏行，确实是人中之杰。薄政委知情达理，在工作中知难而进、临事不惧、任劳任怨、公正无私的精神，给李聚奎留下了深刻的印象。李聚奎从薄一波身上学到了很多东西。

从1942年开始，太岳地区连续遭旱灾，为了更好地领导人民抗击日军的烧杀抢掠，度过严重饥荒，太岳区党委、部队的组织机构和人员相应地作了一些调整，薄一波接替安子文任太岳区党委书记兼太岳军区政委，陈赓任军区司令员，决死第一纵队改称决一旅和第一军分区，李聚奎被任命为旅长兼分区司令员，地委书记顾大川任分区政委，李成芳任参谋长，周仲芳任第二政委，刘有光任政治部主任。在抗日斗争最艰难的岁月里，在与日军殊死的斗争中，新的领导班子团结一致，齐心协力，带领军民英勇战斗，克服各种困难，给"扫荡"的日军以一次又一次重大打击，使敌人一次又一次以失败而告终。

并肩作战

1943年10月底，北方局代理书记邓小平通知李聚奎去延安学习，并告诉他为太岳区出席党的七大正式代表。

11月中旬，李聚奎将工作交代好后，与三八六旅旅长周希汉等一行九人从沁源出发，一起赴延安。王惠颖也与李聚奎一同前往，心情格外激动。途经晋西北时，几次碰上出来"扫荡"的日军，由于处置得当，都化险为夷了。经过多次周折，长途跋涉，于12月底抵达绥德县。李聚奎一行在"抗大"总校休息了几天，正赶上1944年的元旦。李聚奎39岁生日也是在这里度过的，心情自然很兴奋，觉得很有意义。

过了元旦不久，何长工副校长为李聚奎一行联系了一辆开往延安的大卡车。他们搭上卡车，顺利到达了延安。

组织上安排李聚奎在中央党校一部学习。到校后见到了中央组织部部长兼党校副校长彭真，教育长张秀山，总务处长张明远。大家的热情关照使李聚奎从内心里感到革命大家庭的温暖。组织上交给他负责落实三位同志的问题，他本着认真负责、实事求是的精神，为三位同志甄别平反。

1945年4月，参加党的七大代表从全国各地到了延安。大会按地区组成了代表团，李聚奎被编入晋冀鲁豫代表团，作为正式代表出席党的七大。开完七大后，他仍回到中央党校一部学习，直到8月15日日军宣布投降。

日军投降了，中央党校的学员们再也坐不住了，关心国内局势的变化。

日军投降后，并没有使大家感到天下太平，人民会过上安居乐业的生活。相反，局势的发展使大家感到不安，枪不能入库，马不能卸鞍，肩上的担子仍然很重。

8月13日，毛泽东在延安干部会上作报告时说："对国民党反动派不能抱有幻想。他们要从人民手中抢夺胜利果实，挑起新的内战，这是定了的，对此要有充分准备。我们的方针是针锋相对，寸土必争，绝不让他们轻易地占我们的地方……"对于毛泽东的这些话，李聚奎在脑海里进行了反复思考，他看清了局势发展方向，明确了今后的任务和自己的责任，再也坐不住了，他作好了充分准备，对妻子王惠颖说："我们是从一二九师出来的，组织上征求我们意见时，我们还回一二九师去。"

服从组织安排

抗日战争结束后，国共两党虽然在"和谈"，但种种迹象表明，蒋介石搞"和谈"不过是为了拖延时间，作好向共产党进攻的准备，正在策划一场罪恶的内战。从各地反映的情况看也是这样，一夜之间许多据点的炮楼换上了青天白日旗，那些出卖祖国，为非作歹的汉奸，摇身一变成了"维持地方治安"的国军了。国民党军跟汉奸倒成了"亲兄弟"了，处处限制八路军。事态的发展让大家看清了蒋介石的诡计，必须同他针锋相对。

几天来，大家最关心的是自己到哪里去尽职尽责，心里想到的、嘴上说的都是这件事。

李聚奎在王家坪突然碰到林彪，少不了要问他到哪里，林彪说："中央已决定让我去山东。"他看了一眼李聚奎，觉得李聚奎是战将，便提出要求说，"你也和我一起去山东好吗？"

"去哪里都行，服从组织安排。"不几天，组织上通知李聚奎去山东，而且要他负责带队。

李聚奎在工作上一向是服从组织分配的。当李聚奎等带领 300 余人赶赴山东时，在半途又接到中央发出的电报，说林彪改去东北，要求李聚奎一行也改去东北。

几经周折，李聚奎到冀察热辽军区任参谋长，不久，获悉国民党军以四个师的兵力向古北口进犯，抢占这块战略要地。当时共产党军队守备古北口的只有一个连，晋察冀军区令赵尔陆纵队由永宁地区出发，赶往古北口保卫战备要地。

李聚奎考虑赵尔陆纵队赶到古北口，就是昼夜兼程也需五天五夜，仓促上阵，难以打好这个关键性的仗。

正当李聚奎考虑如何打好这一仗时，又传来情报说赵尔陆在途中突然患病，不能到前线指挥。情况更加紧急，上级临危授命李聚奎代替赵尔陆指挥这次战斗。李聚奎接受重任，镇定自若，以谋略用兵，对打胜这场仗仿佛早就成竹在胸。

1 月 9 日一大早，李聚奎率指挥部从承德出发，晚 12 时抵古北口，经了解赵尔陆纵队尚未到齐，先行赶到的韩伟、杨梅生两位副司令员与他接上了头。

"用兵之要，必先察敌军情，不知敌军情者，不可以言战"。李聚奎立即召集纵队领导人一起研究国民党军情，部署兵力。当了解到国民党军四个师已进至离古北口十公里的地区停下来休息，作进攻准备时，李聚奎在反复思考对策。

料敌在心，察机在目。当李聚奎了解情报准确无误后，思索了片刻，说："敌人知我古北口兵力薄弱，只要我们不暴露目标，他们进军不会太急，我想明天他们会从正面沿铁路线无顾忌地长驱直入，向古北口进发，而且进攻的时间不会太早，这样，我们应将主要兵力摆在有利的正面，专等他们进入我有效攻击阵地后，我们突然以猛烈的炮火打他个猝不及防。"

善战者，求之于势。劲兵重地，控制万里。

9 日深夜，李聚奎深入各部队察看，各部队已全部赶到。用兵之妙，妙在夜战，上得天时，下得地利。李聚奎命令各部队利用深夜全部隐蔽进入阵地，待机抗击国民党军。

常言道：先下手为强，后下手遭殃。先发制人，后发制于人。李聚奎又考虑，国民党军正面进攻受挫后，可能用一部分兵力从左侧东渡小河，绕到左翼进攻。令二旅四团在河岸隐蔽，专门伏击过河的国民党军，五团在古北口待机而动。

由于李聚奎果断而又巧妙的部署，部队虽然仓促赶到，却占领了有利地形，有了充分的应变准备。战斗的发展不出所料，牵住了国民党军的"牛鼻子"，国民党军人从哪里进攻，哪里都有迎接他们的炮火。李聚奎指挥自如，一直控制着战场的主动权。这次战斗，歼灭国民党军 2000 余人，缴获各种枪 120 余支。战胜了两倍于己的国民党军，胜利地完成了保卫军事要地的任务。

在后勤战线上

1947 年，东北民主联军在秋季攻势前，后勤机关扩大为后勤司令部，原西满军

211

区机关与新成立的民主联军后勤司令部合并，李聚奎被任命为民主联军后勤司令部参谋长。从那时起，他由一个军事指挥员改做军事后勤领导工作。到了年底，民主联军后勤部分为东线后勤司令部，由周纯全任司令员，西线后勤司令部，由李聚奎任司令员兼政治委员。

1948年秋，李聚奎被任命为东北人民解放军后勤部副部长。9月初，奉军委令撤销东北人民解放军后勤部，分别组成东北军区后勤部和东北野战军后勤部，李聚奎被任命为东北野战军后勤部副部长。另一副部长是周纯全，部长是钟赤兵。

李聚奎参与组织领导辽沈战役的后勤工作。为了筹措、运输大批物资，夜以继日、废寝忘食地工作，使得辽沈战役能顺利进行。

在锦州战役之前，李聚奎领导后勤部门做了大量的后勤保障工作。战役胜利后，有趣的是他在指挥运送战利品时，引诱国民党军一个骑兵军缴械。

1948年11月，东北战局发生了喜人的变化。野战军主力东从山海关，西至喜峰口的长城线上，浩浩荡荡，锐不可当，迅速入关。在华野的协同下，以抓住西线，稳住东线，对西线的国民党军队采用围而不歼，对东线的国民党军队隔而不围的作战方针，最后达到由西向东完成对国民党军合围的战略任务。

潜师出征，利在捷速。军以粮为本，蓄积越多，用兵越强。东北野战军迅速入关，供应任务十分繁重。攻打天津的一切作战物资都是由东北运来转送前线的。比如炮弹就堆积如山，前线要什么炮弹就供应什么炮弹，要多少就给多少，有求必应，按时送到。可见后勤工作量多大啊！工作做得何等好啊！

攻克天津后，东北野战军后勤部移驻天津。不久，东北野战军改称第四野战军，后勤部部长钟赤兵调任特种兵政委。周纯全被任命为第四野战军后勤部第一部长，李聚奎为第二部长。四野主力南下，李聚奎先负责安置留下的机关和各军的勤杂人员、家属小孩，一直忙到1949年7月才去汉口，继续为南下主力筹措作战物资。长沙和平解放后，他又率四野后勤部第四分部进驻长沙，为衡宝战役和进军广西准备战略物资。由于夜以继日地疲于奔忙，他病倒了。

他在汉口治病时，听到了中华人民共和国成立这一振奋人心的消息，热泪盈眶，心旷神怡！

1950年春，李聚奎被任命为第四野战军副参谋长，参与组织指挥解放海南岛战役。

美国操纵的所谓"联合国军"入侵朝鲜后，为了完成中国人民志愿军出国作战的物资保障工作，李聚奎由四野副参谋长调任东北军区后勤部部长，直到1951年7月，志愿军后方勤务司令部成立，洪学智负责志愿军后勤工作后，李聚奎才由东北调到北京，任中国人民解放军后勤学院院长。

1955年6月，国务院成立石油工业部，李聚奎被调任部长，一直到1958年3月才又调回军队，任人民解放军总后勤部政治委员。

巧打伏击战的无敌将军——杨勇

213

　　杨勇（1913~1983年），湖南浏阳文家市人。抗日战争时期，1927年春，杨勇当选为儿童团长参加农民运动。4月份的时候，加入中国共产主义青年团。同年6月，参加浏阳工农义勇队攻打长沙，战争失败之后重新返回浏阳。到了1930年5月，杨勇参加了红五军随营学校政治大队，之后转为中国共产党正式党员，正式改名为杨勇。6月，红八军成立，杨勇被分配到了红八军政治部，在政治部里面担任过宣传队分队长、副大队长、大队长等职务，之后调到红三军团四师一团一连担任副政委、连政委、营长兼政委以及政治处主任，再后来担任红二师政治部政务处长。杨勇于1936年1月担任红一军团一师政委、师党委书记，曾经参加过东征、西征。之后担任八路军一一五师三四三旅六八六团副团长以及党委书记。曾参加过著名的平型关战斗，并在这场战斗中负伤。到了1941年的时候担任冀鲁豫军区副司令员。1947年的时候杨勇已经是第一纵队的司令员。1950年1月的时候杨勇担任贵州省人民政府主席兼贵州军区司令员、西南中央局常委、贵州省委常委。到1953年4月，杨勇进入朝鲜参与抗美援朝作战，职务是中国人民志愿军第二十兵团司令员。1954年2月，担任志愿军第三副司令员兼参谋长。1955年4月任志愿军司令员。抗美援朝归来之后，1958年10月担任北京军区司令员。1959年10月，任副总参谋长兼北京军区司令员。1977年8月，杨勇被选为中共第十一届中央委员会委员。1982年9月，被选为中共第十二届中央委员会委员和中央书记处书记。1983年1月6日，病故于北京。

儿童时代

旧历 1913 年 9 月 29 日，杨勇出生在浏阳县南乡文家市。

杨勇的父亲叫杨贵蟾，在 1906 年的时候曾经参加过"洪江会"发动的农民起义。但是不幸的是，这次起义失败了。起义失败之后，杨贵蟾为躲避官府的追捕，他和妻子刘氏带着三个还未成年的孩子躲到妻子的娘家清江村。

在家中的孩子里面，杨勇排行老三，大名叫作杨世峻，"统伢子"是他的小名。在清江村，杨勇一直生活到 9 岁，父亲杨贵蟾才带着全家重新迁回了文家市。

1926 年 7 月的时候，北伐军将长沙占领。但是盘踞在湖南的直系军阀吴佩孚的军队是一支战斗力很弱的军队，望风披靡，与此同时，湖南军阀赵恒惕也带着残兵败将向湖北逃去。最终，长沙首先成立了工人纠察队以及农民协会。很快，全省各县农会开始迅猛发展，革命群众组织纷纷成立，其中包括平民救国团、农民武装队等。这些组织不仅能够直接参与战斗、对溃逃的军队进行阻击以及将反革命残余势力剿灭，另外还帮北伐军带路、送信、运输、救护、扫雷、送饭、慰劳等。在很短的时间内，该地区的土豪劣绅就开始东躲西藏，这里的工人、农民战胜了土豪劣绅，开始扬眉吐气。

这时候的文家市也像是换了一个天地一样。这里的贫苦农民开始纷纷加入区、乡、村农会，工人也成立了工会，学生们也组织起了儿童团，就连各界的妇女也成立了妇女联合会。没过多长时间，杨世峻因为自己突出的表现被乡里选为儿童团的队长。

1927 年春天的时候，在牌楼前村文家市农会召开了群众大会，这次会议镇压了头号劣绅肖绍荣，斗争了大地主彭伯堂。这次会议召开后不久，就有人向儿童团报告，说彭伯堂要将自己的使唤丫头卖给其他人。对于彭伯堂的行为，杨世峻心里感到很疑惑：群众斗争大会那天，虽然彭伯堂没被镇压，但是在陪斩时，他不是早已被吓得魂不附体了吗？怎么没过几天，他就敢买卖人口了？杨世峻后来经过了解之后发现，原来要卖人的不是彭伯堂，而是彭笙篁，这个人是彭伯堂的叔叔。

彭笙篁在家中排行第五，所以大家都称他为彭老五。因为他本人长得又矮又瘦，于是人们背地里都喊他为"五猴子"。

"五猴子"是一个老色鬼，每当他看见了女人就走不动路了。所以光老婆他就讨了四房，而且还有很多使唤丫头。当中有一个名字叫作李朝珍的丫头，小名唤作小宝，才刚刚 16 岁，是一个出生于穷苦人家的孩子。那个"五猴子"要卖的丫头就是她。虽然"五猴子"是个老色鬼，但是为人很精明，他已经料到农会和妇联迟早会将这些丫头全部"解放"。于是他就想，与其被农会和妇联解放走，不如趁早将她们都卖掉，这样还可以全部换成钱。于是他就动起了卖丫头的主意，接着他便与孙家段的一个"县议员"将这笔生意谈妥了。但是令"五猴子"没有想到的是，当小宝得知这些情况之后，就开始大吵大闹，就是不肯去做别人的姨太太。就这样，"五猴子"还没有把丫头卖出去，就已经被儿童团知道了他的全部想法。

基于这样的情况，当天傍晚，由儿童团派出的"侦察员"经过侦察发现孙家段的那位"县议员"带着两个人已经鬼鬼祟祟地钻进了"五猴子"的家门，于是就把这个情况向杨世峻作了报告。接着杨世峻立刻带着他的队员们在通往孙家段的一条小路上连夜设下埋伏，准备破坏他们的行动。

半夜时分，夜路尽头在月光的映照下影影绰绰出现了一团人影。接着人影越来越近，依稀可以分辨出是三个人，而且其中一个人还推着辆独轮车。接着杨世峻与白天负责侦察的那个队员一起迎面走了上去，当走近发现除了从孙家段来的那三个人以外，还有小宝。但是此刻的小宝被绑在车上，一条白毛巾还在嘴里面塞着，以防发出声音。杨世峻打了一声口哨，那些埋伏在路旁树丛中的队员们一下子全跳了出来，将这几个人全部围住。

杨世峻厉声问："你们来这里到底是做什么的？"

那位"县议员"支支吾吾地说："哦……那个我们是……是来这里走亲戚的。"

"走亲戚的吗？哼！敢骗我们！"于是杨世峻将小宝嘴里的毛巾一下子拽了出来，接着就听到小宝"哇"的一声哭了起来。

儿童团员们一齐喊起来："你们知道买卖人口是犯法的吗？"

"走，跟我们去农会接受教育！"

这位"县议员"听到这些之后，连忙从口袋里将一叠钱拿出来，塞给杨世峻，并鞠躬作揖地说："这位小兄弟，咱们有事好商量，有事好商量……"

"我们才不要你的臭钱！"杨世峻感到很气愤，于是就把手一挥，说道，"你留着钱去买棺材吧。"

听到杨世峻的这一声吼叫，"县议员"吓了一跳，他以为这次的事情不仅要丢面子，恐怕就连小命也不一定能保住，于是就连声说："是、是、是，买棺材，买棺材……"

儿童团将"县议员"几人带到了妇联，经过审问之后又连夜将"五猴子"从被窝里抓来一起审问。

刚开始的时候，"五猴子"还想耍赖，后来当他看到不论是人证还是物证，样样俱全，无奈之下只好低头认罪。他由于害怕儿童团将自己拉出去游街示众，于是立即将自己的儿子叫来为自己求情。妇联最后对他作出的决定就是罚他拿出能收两担稻子的水田作为对小宝的赔偿，就这样这件事才算了结。

差一点儿就要被卖掉的小宝分到了水田，她的生活有了保障，但是有一点还让人很担心，那就是小宝一时间还没有找到个落脚的地方，想让她自由结婚吧，但是一时间也找不到个合适的人。正当妇联的干部为这件事情伤脑筋的时候，儿童团的一位团员插嘴说:"那么就把小宝说给我们学校的工友张功寿吧,那是一个很好的人。"

一个妇联干部不以为然地说:"一边凉快去,小孩子家家的,知道什么啊,还想保媒?"

"怎么可以瞧不起人呢!"杨世峻听到那位妇联干部的话之后,很为自己的队员抱不平,于是就说,"张功寿在我们学校扫地、敲钟、干杂活,是一个十分勤快的人,而且待人也和气,小宝跟了他肯定不会吃亏,怎么就不行了啊。"

听到这些,另一个妇联干部说:"听你这样一说,这倒是个很不错的主意,我看可以去试试看。"

谁也没有想到经过她从中一说合,双方感觉都挺满意,于是喜事就这样很快办妥了。当人们得知小宝出嫁这件喜事是儿童团保的媒的时候,都连夸奖带取笑地对儿童团的孩子们说:"这支儿童团在'统伢子'的带领下,可真是了不起,什么事情都可以办好呀!"

湘江战役

已经担任团政委的杨勇于 1934 年 10 月 16 日奉组织上的命令率领红三军团四师十团全体人员离开了雩都,走上了艰苦卓绝的二万五千里的长征。

长征中最激烈、最残酷的湘江战役于 1934 年 11 月揭开了帷幕,湘江战役开始了。

事实上,蒋介石为了对红军实施围追堵截的战略,已经设置了 4 道封锁线,最后一道封锁线就是湘江。这条封锁线由何键统领的 40 万大军组成,他们利用湘江作为屏障来阻拦 8 万红军的长征。由于当时领导红军的是苏联军事顾问李德,在他的错误指挥下,红军在长征过程中误入了蒋介石精心布置的"铁三角合围圈"。这时候的红军已经处于生死存亡的关头。

中革军委和总政治部于 11 月 25 日分别发出了要将国民党部队的第四道封锁线彻底突破并渡过湘江的作战命令和政治训令。这就意味着湘江战役是一场红军与国民党部队之间进行的一场不是鱼死就是网破的斗争,一旦湘江战役能够胜利,那么长征就可以顺利进行,但是如果湘江战役失败了,那将是万劫不复的境地。于是红军各部队对于这场战役都十分重视,红三军团政治部主任袁国平将这一指令传达给了杨勇,同时要求十团作为先头部队在渡过湘江之后要积极修筑工事,并坚守阵地,为中央纵队和红九军团、红五军团渡江做好掩护工作,没有上级命令不准撤退。于是杨勇和团长沈述清率部于 28 日挺进到湘江岸边,之后同三营营长张震一起在界首、兴安之间的渡河点仔细侦察之后,开始展开渡江向东,并首先渡过了湘江。正当他们渡过湘江之后匆匆构筑工事的时候,桂州国民党军七军独立团和十五军第四十五师已经发现了他们并组织兵力向他们这个方向扑来。占领进攻出发阵地后的国民党部队并没有马上发起冲击。

在山坡上杨勇和沈述清正潜伏着密切关注着国民党部队的情况。

经过仔细观察，沈述清分析说："敌人之所以没有展开进攻，可能是因为还在调整部署，等待炮火支援，这就说明来者不善嘛！"

"正是这样，接下来一定是一场恶战。"对于沈述清的分析杨勇表示赞同："告诉底下的士兵，不管敌人要用什么样的武器来攻打阵地，一定要顶住，只有这样，才能掩护大部队顺利渡过湘江。"

这时候的沈述清说道："请你负责这面，政委，我到一营去查看一下。"说完这些话沈述清就一溜烟似的向前沿阵地跑去。

沈述清同样也是一位在战火中成长起来的军团指挥员，他是一位英勇善战，作风顽强的军事指挥官，每当遇到战斗时他总是在一线坐镇指挥战斗。当然这一次也不可能例外。

当杨勇看着远去的沈述清的身影，心里想着这是一位多好的战友，这样的搭档多难得啊，有他在前面，还有什么不放心的，还有什么战斗是赢不了的呢。

接下来国民党部队开始对红军的阵地展开炮击，只听到"轰，轰"的炮弹声。国民党部队的炮火既密集又猛烈，好像是要将这个山头炸平一样。没过多长时间，国民党部队像蚂蚁似的从四面八方朝十团的阵地涌来，阵地里面的红军奋起还击。顿时，阵地上响起了枪炮声和手榴弹爆炸的声音，爆炸声震耳欲聋，向阵地涌来的国民党军纷纷倒地。但是由于国民党部队的数量很多，所以就算打倒了一批，立即就会有另有一批国民党部队涌上来，再打退一批，又有一批国民党部队在向上冲。就这样国民党部队仗着自己的军队人多势众和装备精良，将十团的前沿阵地很快就占领了。这时候的团长沈述清毫不犹豫地率领一营迅速展开反击，在这场战役中不幸壮烈牺牲。接替其指挥的是红四师参谋长杜中美，但是不幸的是当日下午在与国民党军反复争夺阵地的过程中也壮烈牺牲。不到一天的时间，十团已经相继失去了两位主要的指挥员，由此可见，这场战斗是多么激烈。

看着那些曾经患难与共的战友一个接一个地倒在了血泊中，杨勇感到十分悲痛。但是这时候冲上来的国民党部队还是像潮水一样，此时已经杀红了眼的杨勇一跃而起，将指挥部队的人员全部集中起来开始与国民党部队展开了白刃战。正当战争进行到白热化的时候，突然阵地上有一块弹片向杨勇飞来，正好钻入他的右大腿，杨勇受伤了，但是他咬牙将弹片一把拔出来，继续冲锋陷阵，并大声呐喊道："同志们，为团长报仇！"所有的战士都冲出了堑壕，发疯一样地向国民党军进攻着，终于将国民党部队打退了。这场血战经过了两天两夜，在十团中有 400 余名官兵血染湘江，他们保住了阵地，顺利使中央纵队渡过湘江。从这场战役之后，杨勇的腿上永远地留下了"湘江战役纪念章"。

217

平型关大战

　　杨勇所在的部队于 1937 年 8 月被改编为八路军第一一五师三四三旅六八六团，在这个团中由李天佑担任团长，杨勇担任副团长。

　　为了阻击日军的进犯，奉上级命令一一五师向灵丘方向进发。在部队向目的地进发的途中，有许多从前线溃退下来的国民党官兵，看到这种情况之后的杨勇叫住其中的一个士兵，想要通过他们了解一下日军的具体情况，这位国民党士兵直说日军实在是太厉害了，所向披靡。但是当杨勇具体问他们是怎样的厉害时，这位国民党士兵却说不出个所以然，原来这些情况他也是听别人说的，真实的情况他自己也不知道，他自己都没有见到日军的影子。接着，杨勇又问了问其他的士兵，都说不是很清楚。由于国民党的军队不堪一击，所以一一五师尚未赶到目的地灵丘，日军就已经将灵丘攻占了。所以，八路军总部决定利用平型关的有利地形，对日军进行一次伏击，只有将这场战斗打赢了，才能够将全国人民的抗日精神以及抗日军队的士气振奋起来！

　　基于这样的情况，师部命令李天佑、杨勇率六八六团于老爷庙附近设下埋伏。在李大佑和杨勇的率领下部队于 9 月 23 日黄昏出发了，向着老爷庙进发。经过急行军于晚上赶到了冉庄驻扎下来，这里距平型关大约只有 15 公里，部队决定在这里进行作战前的准备。指战员们深入到队伍里面作思想动员，士兵们已经深刻明白打好这一场与日军交锋战具有多么重要的意义，于是大家都认真准备着，士兵们的战斗情绪都十分高昂，表示一定要将这次战斗打好，不仅要给日军一点厉害看看，同时还要让他们知道中国军队的士气。

　　25 日零时，师部命令各团向预定的设伏地段进发。

　　当时间离出发前还有八九个小时的时候，已经两天没有好好休息的杨勇和团长李天佑安排部队休息后，也想抓紧时间休息一下，可是躺在铺上无论怎样也睡不着，可能是大战前的兴奋吧。

　　看了一眼同样辗转反侧的团长，杨勇开玩笑地说："咱们都已经身经百战了，为什么还会这样紧张！"虽然这是一句开玩笑的话，但是杨勇心中很清楚，自己的心情与团长的心情是一样的。

　　这时候的李天佑翻过身子面对着杨勇，笑着说："倒也不是紧张，这可是咱们头一回与日军交手，就是担心有什么地方没有想到，担心会误事。"这些话倒是李天佑心里的真实想法。

　　对于团长的看法杨勇也表示赞同："就是这样啊，第一次交手很重要，我们一旦胜利就会对全国产生重要的影响，这次战斗千万不能出任何差错，一定要打赢！"

　　于是两人将自己对于这场战斗的想法互相进行了交换，将这场战斗的一些要注

218

意的事项进行了详细讨论。许是太累了，说着说着，杨勇已经听到了李天佑的鼾声，而他自己也在不知不觉中进入了梦乡。

按照之前预定的时间，部队按时出发了。为了隐蔽，军队行进的路线全是一些羊肠小道，道路十分艰难。月黑风起，走着走着，不久便下起了瓢泼大雨。部队中的所有官兵均没有携带雨具，所有战士的军装都被雨淋湿了。崎岖的羊肠小道泥泞不堪，但是大家依然在奋力前进，为了完成战斗任务不顾一切地向目的地进发。

在向前进发的路上有一条小溪，但是由于大雨的肆虐，小溪已经成了一条湍急咆哮的河流。为了所有的官兵可以安全过河，杨勇要求官兵将枪和子弹挂在脖子上，手拉手，相互协助，一同蹚过去。

在这样恶劣的天气里面，经过艰难的行军，杨勇所带领的部队终于按时赶到了设伏地。这时候的天已经蒙蒙亮了，大雨也停了，部队进入一条预先勘察好的山沟里进行隐蔽。

潜师远袭，利在隐蔽。为了能够隐蔽好，所有的官兵既不能随意走动，也不能生火取暖，湿淋淋的衣服在战士们身上，让人感觉更加寒冷了，但就是这样，士兵们用自己的体温将自己的湿衣服捂干，为了战斗能够胜利，大家咬牙忍耐着一切困难，决心要将日军打败！

在一个土坡上，潜伏下来的李天佑和杨勇两人四处观望。举着望远镜的李天佑观察了一会儿，将望远镜递给了杨勇。接过望远镜杨勇观察了一阵后对李天佑说："咱们的部队隐蔽得很好，只有善于隐蔽，而且隐蔽得好的猎人，才能捕住狡猾的野兽。"接着他又望了一下周围，"这个地方真是一个伏击敌人的好地方，你看，"他用手指了指前边说，"这里的地势狭长，公路的那面又是山高坡陡的地形，这样就很难爬上，但是我们这边山低坡小，十分利于隐蔽，有利于对敌人出击，这里真是一块天赐的歼敌的好战场！"

"我们现在要做的就是拉好了网，将口袋张好。将六八七团安排在东侧，六八五团安排在西边，就只剩下等敌人来了。时机一到，攻击令一下，就不仅可以将他们斩头砍尾，还可以拦腰狠切，这样的话日军一定是插翅难逃了。唯一一点不足的就是老爷庙目标太明显了，不能在那边山头对敌人设下埋伏，这样的话就只能在战斗打响后，快速将那边的山头抢占！"所有的问题杨勇都已经想全了，所以对这一场对抗日军的战斗信心十足。

利用刚架通的电话，李天佑了解了各营的情况。各营报来的情况都是这样一句话："一切都已经准备好了！"

当太阳升上山头丈把高的时候，在山沟里已经可以听到马达声，接着声响越来越大，就在所有的官兵严阵以待的时候，只听有人小声地说了一句："快看，他们已经来了！"所有官兵向远处望去，隐隐约约可以看到有百余辆汽车载着日本兵和军用物资在前面，之后是200多辆大车和骡马炮队在后面，再后面接着就是骑兵。只听山谷里面车鸣马嘶，十分壮观，他们如入无人之境一般。隐蔽起来的军队看着这些车队越来越近，甚至可以看清日本兵头戴钢盔，斜背着枪，叽哩哇啦地说着话，显得十分骄横。

杨勇将自己的部队自西向东观察了一下，只见周围十分平静。战士们将自己手中的武器握得紧紧的，每个人都睁大眼睛。蹲在沟里的战士则仰着头，都在等待时机，等待攻击的口令。真是应时对景，操刀必割。

终于，在战士们急切的等待中，师指挥部发出了对日军实施进攻的信号。霎时间，埋伏在半边山岭的部队全部都冲了出来，山谷中吼声四起，杀声震天，机枪声、步枪声、手榴弹声、迫击炮声，各种声响震耳欲聋，响遍了整个山冈。所有的武器一齐向日军开火。因为这时候正是最佳的射击距离，所以命中率很高，杀伤力极强。只用了很短的时间日军就已经死伤一大片。八路军指战员向日军发起了群体冲锋，接着所有的士兵从山坡上杀向公路，杀向日军当中……

遭到这样的突然打击，日军还没有回过神来，就已经损失了很多力量，如山洪暴发、泰山压顶般的打击，将日军打得晕头转向。山谷中枪林弹雨，硝烟滚滚。日军人慌马惊，开始东奔西跑。

日军板垣师团是一支经过严格训练的部队，其指挥官知道中了八路军的埋伏后，就立即组织部队开始利用汽车与沟坎进行顽强抵抗，同时指挥一部分兵力想要抢占老爷庙的高地。

虽然日军的想法很好，但是日军的这一手，杨勇很早就已经料到了，于是他立即命令三营："咱们不能怕伤亡，一定要将老爷庙高地拿下来！"

"保证完成抢夺高地的任务！"三营营长的回答坚定有力，之后就开始十分迅速地领着部队向老爷庙高地出发了。

"你负责这里，老李，我跟三营一起去！"没等到团长的回答，杨勇拔腿就随着三营一起冲去。

山谷中炮声隆隆，硝烟弥漫，杀声震天，战斗十分激烈。三营官兵在枪林弹雨中迅速地穿行着，只见他们越过山沟，向公路冲了过去，丝毫不与公路上的日军进行纠缠，只顾着向老爷庙高地冲去。一到老爷庙附近部队就与日军展开白刃战。三营战士们与日军扭打着，谁也不让谁，只见刀光闪闪，刺刀飞舞，杀声震天，就连大地都被震得颤抖。虽然这是八路军战士与日军第一次交手，但是面对这样的强敌，八路军毫不畏惧，每一位战士都是以一当十，奋勇杀敌。"虽然敌人的装备很先进，但是敌人也是肉长的，一捅就完蛋。"一位山东口音的大汉这样喊道，他已经杀红了眼。抢夺高地的战斗在激烈地进行着，这是一场血与肉的搏击，死与活的较量。

就在三营向老爷庙高地冲击的同时，李天佑也命令一个排将东面公路拐弯处的一座土地庙抢占过来，只有这样就控制了有利地形，就可以阻击日军后面跟进的大车队。率先赶到的八路军战士将日军汽车截住了，并将两头的大车打瘫痪了，这样中间的汽车就卡在那里动不了，只能干着急。

杨勇指挥的部队将一大批日军击毙了，剩下的日军退回到停放汽车处，有的开始凭借汽车作为掩护，顽强抵抗，也有的已经躲在车下保命。

三营顺利占领了老爷庙高地，并利用有利地形对日军实施有力打击。

在指挥战斗中，杨勇突然被日军的子弹击中，倒在了地上，虽然他奋力想要爬起来，可是他的左脚却怎么也使不上劲。

杨勇身后的通信员惊叫着喊道："你受伤了！团长。"于是就想要去搀扶他。

杨勇叫通信员拿出一个急救包，说道："不要说！这点小伤不算什么。"于是只是简单包扎了一下伤口，便又投入了指挥战斗。

战斗一直持续到下午1时，这时候六八七团已经攻过来了，对日军进行两面夹击，最后终于将兴庄至老爷庙之间的日军全部解决了，在这十几里长的山沟的公路上，除了留下了1000多具日军的尸体外，还留下了大批日军的汽车、大车以及军用物资。

这场战役的胜利还受到了聂荣臻副师长的表扬，他在看望部队时这样说道："这一场伏击战我们打赢了，同志们打得很好，打得很漂亮。同志们的这次浴血奋战，为稳定华北地区的抗战局势作出了很大的贡献，我代表军委向大家表示衷心的感谢！"

伏击克敌，三战三捷

1938年3月14日的下午时分，杨勇带领部队和友军正在驻地中联欢，这场演出一直到黄昏时分还在继续。就在大家都还很欢快的时候，师部突然来电说，13日由临汾增援蒲县的日军先头部队已经向午城方向开进，并与师直属队遭遇，师部警卫连已经将午城东北高地占领，与日军展开激战，这次战役歼灭日军百余人，没过多长时间，日军后续部队陆续赶到，这时候日军的兵力已经超过警卫连人数的十倍，并已经将午城占领了。电话中请求六八六团向义泉地区进发，将从西面继续增援的日军阶段。

杨勇这时候已经被调任为六八六团的团长兼政委。接到这样的命令之后，他立即展开战斗动员，并带领军队连夜出发。经过一个昼夜的急行军，终于在第二天的下午到达下桑峨、下寺徒一带宿营。

16日晨，由于战争情况已经发生了变化，于是杨勇率领部队沿着一条山间小道，绕过丛林，转而向午城东侧的马路行军，经过几个小时的跑步前进，部队到了蒲县与午城之间的地带集结，并且按照命令隐蔽起来，随时待命。杨勇派人去与路南的地方游击支队进行联系，将他们也调到前线来助战。

没过多长时间就传来了消息：六八五团在杨得志的率领下在罗曲镇已经歼灭了200多名日军，并缴获了100余匹战马，另外还有不少的军用物资。

221

对于兄弟部队的胜利与战果，杨勇所率领的部队也受到了极大的激励和鼓舞。没有仗打的部队，大家会"嗷嗷叫"，希望参与战斗。于是杨勇安慰大家说："没关系，日军十分骄横，既然他们已深入到大宁地区，就一定会有后援，到时候就一定会有仗打，要时刻作好打敌后援的准备！"

3月17日，事情的发展果然不出杨勇所料，日军为了支援战斗，于是从蒲县开出了60多辆装满物资的汽车，在六辆大卡车全副武装的士兵护送下向大宁方向开来。据大宁方向的士兵侦察得知，在大宁方向的日军也已经派出了500多人并且带着两门火炮出城前来接应。在接应的路上，日军遭到了六八五团的有力阻击之后，已经被迫龟缩回去了。同时由蒲城出动的日本军仍然在小心翼翼地前进。

杨勇将军（前排左二）与南京军区领导在南京

当日军车队进入午城附近也就是井沟以西时，他们怎么也没有想到杨勇率领的六八六团早就已经在这里恭候多时了，就等着这支部队进入伏击圈。

当杨勇看到日军已经全部进入伏击圈之后，于是一声令下，全团所有火力向日军这边猛打过来，当即就有六辆日军车被击毁，另外还有200多名日军被击毙，剩下的日军由于心慌意乱，向午城方向逃走。

这时候师部立即向六八五团和六八六团发出命令，那就是要从东西两面对日军实施夹击，将午城方面的日军包围，进而将该方面日军歼灭。

经过陈光旅长和萧华政委等旅领导决定，17日夜向午城方向的日军发起总攻击，主攻部队由六八六团一个营和六八五团的两个连组成。

接到这样的战斗命令之后，杨勇决定将三营作为主攻部队。听了杨勇团长的动员后三营的所有官兵都情绪激昂，决心很大，全部都表示一定要将这一仗打得漂漂亮亮的。

为了在夜间行动时便于识别，三营中的所有官兵左臂上都系了一条白布条，这样就可以很容易识别出来。

接连好几日，日军都遭到八路军的袭击，对于他们来说，十分担心和八路军在晚上展开战斗，导致日军很多官兵都不敢安心睡觉。所以当六八五团的两个连向午城发起攻击时，就遭到了在北面山上固守的日军火力的猛烈抵抗，于是战斗一时间难以有所进展。

由于杨勇指挥的六八六团三营的进攻异常凶猛，很快将日军的工事给占领了，之后只好对分散在街上的日军实施穷追猛打。丧心病狂的日军汽车兵企图用加大油门的汽车将三营战士撞死。但是由于汽车的马达声以及车灯很明显，再加上战士们的及时躲闪，所以不仅没有将三营战士撞死，反而由于自己过于明显的目标而遭到了三营战士的手榴弹的打击，而且一掷就准。日军汽车只要挨了手榴弹之后就会爆炸、起火，这种情况吓得那些汽车兵再也不敢开灯了。这样，汽车就只好摸黑往前窜，结果就是汽车撞汽车，自家人打自家人，战况十分激烈。许多车都已经挤在了一起，一点出路都找不到。急得他们"叽哩哇啦"，好像在说一些很气愤的话，这样就更加暴露了自己，随之而来的就是更为猛烈地打击。

其中有一些车在转了几圈之后已经找到了出路，不幸的是又落入了杨勇之前设好的伏击圈中，于是又遭到了沉重打击。

由于八路军打仗十分灵活，所以经过一场轰炸之后，日军的 60 多辆装有物资的汽车已经燃成了团团火球，火球连着火球，最后成为了一片火海，滚滚浓烟扑鼻而来，热浪也在升腾着。有的汽车由于车门变形，司机已经打不开车门，最后只能被烧死在车里面。这时候的日军已经顾不得其他了，只好让他们连同汽车一起报销。

当驻扎在临汾的日军得知驻扎午城的部队已经遭到了八路军的袭击，于是就立即派出 600 多名步兵、200 多名骑兵以及一个炮兵中队前来午城支援战斗。

同时旅部命令六八五团将午城控制住，这样就可以钳制那些可能从大宁西进的日军。杨勇率六八六团在拂晓前赶到井沟、张庄一带，在路北的一些沟内、丛林中设下埋伏；孙家庄的游击支队在路南设伏，又重新撒下了一张网，布下了一个口袋，就等日军了。

因为连续上当吃亏，日军也学乖了许多，他们开始行动缓慢、谨慎，士兵也不像之前那样狂妄、骄横了，变得奸猾了。他们的作战方针发生了一些变化，在通过怕出问题的地段时，他们开始采取一面火力搜索，一面向前运动的作战方针。

六八六团的战士们还在山沟、丛林中隐蔽着，当他们看到"鱼儿要进网了，鳖儿要入瓮了"，就感到很高兴，于是所有的官兵在心中默默地数着日军的车辆和人数，以便一网打尽。

由于井沟、张庄之间是前一天的战场，所以当日军的先头部队到达这里时，沟底还有很多之前遗弃的许多汽车以及日军士兵的尸体。随着日军指挥官的一声吆喝，部队就马上变成了战斗队形，兵分三路搜索前进。日军的眼睛不时地向两侧的山峦窥伺着，担心从山间、树林中突然飞出一个手榴弹或是要他们命的什么东西。为了给自己壮胆，指挥官甚至命令炮兵向山梁发射了几枚炮弹，之后开始警惕地观察着周围的动静。

杨勇查看了一下自己部队的隐蔽情况，战士们隐蔽得都很好。由于他知道日军是在搞火力侦察，所以示意部队不必理会日军打炮的行为，只要沉着地听指挥就好。

经过火力侦察之后的日军没见周边有什么反应，为了保险起见就又静观了一会儿，但是仍然没有发现什么。于是日军指挥官放心了，之后又命令部队继续向前进发。

当看见日军已经全部进入了伏击圈，正是战斗的好时机，于是杨勇一声令下，从两侧山腰上突然冒出来大量八路军以及游击队员，山腰上发起了猛烈的冲击，几十挺机枪向伏击圈中的日军喷出了怒火，大量手榴弹也从丛林里向下飞来，飞向日军阵营中，枪声、爆炸声，滚雷一样响彻山谷，山冈和大地都在震颤、发抖。在八路军强大的火力控制下，日军乱了方寸。

很快日军指挥官就清醒过来了，他组织部队反击，并企图抢占井沟、张庄以南的龙王庙阵地，进行着拼死抵抗。由于日军已经占据了有利地形，再加上武器优良，所以八路军进攻受到了严重阻碍，战场上呈现出胶着状态。日军担心随着时间的延长就会被八路军吃掉，所以不停地呼救，请求增援。战斗一直持续到下午，已经有六架日军飞机前来轰炸，在六八六团阵地上已经投下了100多枚炸弹，同时日军的大炮也进行着猛烈的轰击。幸亏杨勇指挥官兵灵活利用山沟、岩石、丛林等障碍物进行掩护，这样才避免了大量伤亡。

就这样，经过一阵狂轰滥炸后，日军便组织士兵出击，其长官在武士道精神驱使下，命令手下日军向六八六团的阵地猛扑了过来，企图突破重围。

见日军来势凶猛，杨勇鼓励部队说："敌人开始拼命了，同志们，我们一定要顶住！"

当听到杨勇这一句话的时候，战士们心里已经十分清楚，到了与日军拼意志、拼决心的时候了，坚决不能放日军过去。

所有的官兵在杨勇的指挥之下，开始奋不顾身地冲出了阵地，与日军展开浴血奋战，双方人马陷入厮杀当中，许多战士在战斗中壮烈牺牲。共产党员、共青团员在战局这样危急的情况下发挥了先锋模范作用，他们主动组织、带领战士与日军展开顽强战斗，几次将日军的进攻打退，同时还将一批批进攻的日军击毙。

利用居高临下的地形优势，路南的伏击部队也已经组成了密集的火力网来压制

224

日军，对正在攻击日军的路北的主力部队实施了有力的支援。凡是有顽抗日军的地方就有与之进行对抗的八路军战士。虽然日军两次派出飞机前来轰炸，也没有将日军被围困的部队救出来。

龙王庙、井沟一带的战斗一直持续到黄昏，才将顽抗的日军歼灭干净，在这场战斗中有 500 多名日本兵丢了性命。张庄战场上的 200 多名日本兵，只有一少部分人溃逃，大部分被歼灭。

午城与井沟的战斗于 3 月 19 日早晨正式画上圆满的句号。

杨勇在师、旅首长的领导下，指挥着六八六团与日军连续进行了三次交锋，这三次战役都是八路军取得了胜利，不仅如此他还摸到了日军的底，这些经验为他日后指挥一个又一个歼灭战打下了坚实的基础。

日军写给杨勇的挑战书

华南方向的日军于 1938 年 9 月大举向武汉、广州方向逼近。就在这时候，华北方面的日军兵分两路也向山西增兵 1 万余人，南路入侵永济、风陵渡，向西安方向直奔过去，从侧翼协同正面战场的作战；西路则向离石、柳林方向进犯，企图对陕甘宁地区进行威胁，进而对吕梁山抗日根据地实施蹂躏。来势汹汹的日军妄想将华北方面的抵抗力量一举消灭，这样做的话就再也没有了后顾之忧。

军渡——碛口一线已经被西路日军的先头部队侵占了，这次行动的指挥官是日军一〇八旅团长山口少将。这时候的他已经亲自率指挥机关在离石驻扎，并且在汾阳城内集中了大批的军事物资，包括弹药、粮秣以及渡河器材等，并且随时准备起运，作为后援。

在吕梁山区活跃的八路军一一五师的抗日士兵，已经纷纷行动起来，准备向日军展开进攻。

杨勇带领六八六团的指战员们于 9 月 14 日像出山的猛虎一样向王家池附近的公路冲了过去，将日军运货汽车炸毁了，并与残余的日军展开了白刃战。只用了不到一个小时的时间，战斗就宣告结束，参与战斗的 200 多名日本官兵除三名投降外，全部被歼灭。

驻在汾阳的日军于第二天出动了一个联队，再加上赶来的几千伪军，从西公岭将他们同伙的尸体装了五车拉走了。

一连几天在汾离公路上都看不见日军的汽车。这个消息对于在黄河边上的日军来说可不是什么好消息。因为他们一旦没有后方的支援，就会发生粮秣和弹药的短缺。如果他们出来抢夺粮食，又经常会遭到游击队的袭击，这样的话不仅粮食没有抢到，还会损兵折将、丢盔卸甲。在黄河岸边的日军一〇八旅团长山口少将在等不到粮食的情况下，最后迫于无奈只好让部下将马杀死用来充饥，固守阵地，等待支援。

为了使黄河边上的部队能够支撑下去，日军不得不又开始了运输。但是，他们吸取了上次的教训，首先派一个中队分乘几辆汽车，将一车粮食押送过去作为试探。杨勇为了避免"打草惊蛇"，就决定先给日军一个"甜头"尝一下，也就让这一车粮食过去了，就当送了"人情"。

当这样一车军用物资顺利通过之后的第二天，日军以为这条路已经是安全的了，于是胆子也就大了起来，从汾阳地区出发的香月军团司令部无线电队的20辆汽车，满载着通信、渡河器材和粮食。这时候，正好下起了瓢泼大雨，200多名押车的人员，浇成了"落汤鸡"。在坎坷不平的公路上汽车整整颠簸了一天，艰难地通过了王家池，爬过西公岭，眼看就要走过三分之二的路程了，在油房坪一带较平坦的地方日军怎样也没有料到会遭到了三四三旅补充团的伏击，双方经过激烈战斗，只有先头的11辆汽车逃窜，其余后面的九辆全被毁掉，车上的100多个鬼子也全部被击毙。值得一提的是，这次战斗八路军还缴获了许多通信器材。

在汾离公路上日军又被八路军连续消灭掉400余名士兵，原来一〇八旅团有50辆运输车，如今已经被毁掉了近五分之四。日军在这不断地打击之下，损兵折将，开始坐卧不安，尤其是八路军将后方补给线给切断了，这样的消息令侵占离石的一〇八旅团感到心惊胆战，二渡黄河的决心也已经动摇了，山口旅团长出于无奈只好带着他的部队顺着公路向汾阳方向撤退。

考虑到日军的戒备性很强，一般情况下不易伏击。经过再三考虑，杨勇决定先将部队带到王家池据点附近，之后再寻机打击日军，将日军的力量打垮。

王家池一带的地形特点就是山大路窄。由于之前日军在这里吃过亏，所以日军特意在这里安了一个据点。所以这次要想在日军据点跟前设伏，困难可想而知，但杨勇坚持认为，要想将时刻都在警觉中的日军打垮，就要采取那种让日军意想不到的办法。杨勇经过仔细分析研究，决心去日军的眼皮底下冒险。

六八六团及配属部队于9月20日拂晓前分头向王家池附近悄悄摸近，很快就进入指定的埋伏位置，之后士兵们隐蔽起来。在公路北侧的薛科里一带六八六团二营及兄弟部队就埋伏在这里，在公路南侧的铁剪沟附近则埋伏着六八六团的一、三营。

等到凌晨时分，垂头丧气的日军由离石县出发向汾阳方向撤退，虽然沿途一直不断受到游击队的袭扰。但是山口少将严令部属对于游击队是袭扰不得恋战，要快速向前进，所以，撤退的一〇八旅团顾不上与游击队战斗，顾不上还手，只是一路仓皇地向汾阳方向撤退。

在王家池周围埋伏的六八六团的战士们忍受着饥饿、风吹和日晒等种种折磨，只是"恭候"着山口的到来。

太阳已经升到了当头，在公路上终于出现了日军骑兵的身影，紧接着是辎重、炮兵以及步兵，他们前拥后挤，吵吵嚷嚷地来到了王家池山谷。首先对其发起进攻的是六八六团二营，紧随其后的是其他各营，他们纷纷冲了出来对日军实施打击。

瞬间，山谷中就响起了冲锋号声、呐喊声以及喊杀声。

一下子日军就被伏击部队切成了几段，军队之间不能相互接应，伏击部队拦腰截住山口的指挥机关，令山口没有一点回旋的余地。日军的头尾两段开始拼命反扑，这样做的目的是想为他们的指挥机关解围，交战双方陷入胶着状况，厮杀激烈。杨勇在紧要关头将六八五团二营投了进去，很快这支主力军一投入战斗，就帮助各营将日军一段一段吃掉了，最后这场伏击战以杨勇率部的胜利而告终。杨勇的这第三次大捷使日军损失了近千人的有生力量，就连山口少将也做了"战死鬼"，他不久前还在叫嚣要一举渡过黄河，侵占华北。

整个吕梁山区都被杨勇部的胜利轰动了，这次战斗的胜利不仅使吕梁人民抗击日本侵略者的决心增强了，同时也对日军企图一举消灭一切抗日力量的狂妄嚣张的气焰进行了沉重打击，将他们西进的企图彻底打碎了。

冈村宁次作为侵华日军前线指挥官，听到这样的消息感到大为震怒，于是开始破口责骂山口旅团是一支无用的军队。

接下来的几天，由于日军在焚烧战死士兵的尸体，所以汾阳城内到处都烟雾弥漫，臭气冲天。最后日军甚至还召开一个"慰悼大会"，那些所谓的武士们开始兔死狐悲地在灵前痛哭流涕，追念自己的战友。

在日军开"慰悼大会"的同时，在吕梁山区也召开了一个盛大的庆祝胜利的大会。杨勇就是在开会那天收到了日军驻汾阳联队的司令官写来的一份挑战书。这封"挑战书"是经过汾阳日军在"慰悼大会"上的全体与会军官同意的。

鬼子将送信人的全家扣押起来，作为人质，逼着他将这封挑战书送到了杨勇的手里。

227

这封"挑战书"的大致意思是：

地区队长兼政委杨勇麾下：

之前与贵军交战，虽有遗憾万千……如今敝军不愿山地作战，愿约贵军到兑九峪的平原一带决君一雌雄……

看完挑战书之后的杨勇微微一笑，对周围的同志们说道："所谓打仗，就是要'以己之长，击敌之短'，这封'挑战书'真是愚蠢之极。"听了杨勇的话之后，大家都哈哈笑了起来。

没过多久，复仇心切的日军当真调集了许多人马到兑九峪驻扎，等着杨勇来这里"决一雌雄"，另外还用大炮向吕梁山区内轰了两天两夜。但是日军永远也不会知道，没有人会来兑九峪与之进行决战，等待他们的将是整个吕梁山区更为广泛、炽烈的游击战争。

东进鲁西

奉中央军委命令，陈光、罗荣桓于 1938 年 11 月率领——五师直属队和六八六团向东进发，由晋西向冀鲁豫平原开进，准备开辟新的抗日根据地。这次行动相对来说跨地区较大，直接由国民党军的第二战区插进了其第五战区，为了避免国民党最高军事当局的非议，于是用"东进支队"来称呼参加这次行动的八路军——五师的部队，但是在内部仍按原番号执行。

在出征前，部队已经进行了深入的动员，并做好了出征前的各种准备工作。

杨勇指挥着六八六团在渡过汾河后，越过了日军严密封锁的同蒲铁路，顺利到达了绵山脚下，为翻山做着准备工作。

由于正值严寒冬季，虽然已经作了各种各样的准备，但是山上天寒地冻，雪窖冰天。杨勇带领着部队朝发夕至，翻越绵绵大山，在翻山的过程中全团冻伤近百人，有的官兵冻坏手脚，也有冻坏耳朵的，还有冻坏鼻子的。

经过半个月的长途跋涉，杨勇所率领的部队到达了夏店镇，1939年的元旦就是在这里迎接的。期间朱德总司令员经过这里，还专门看望了这支部队，对六八六团的工作给予了大力表扬和鼓励。

部队于1939年1月中旬到了黎城县东、西黄须村，这时候彭德怀副总司令员也来到了六八六团视察。对于该团的优点，彭德怀进行了充分的肯定，同时对于该团存在的问题彭德怀也进行了严厉的毫不客气的批评，彭德怀的这些意见对部队后来的工作和战斗起了很大的作用。

东进支队于3月初到达了鲁西郓城以北的地区。

根据侦察到的日军情报，杨勇决定奔袭到郓城西北的重镇樊坝。由于这里的地理位置十分重要，所以是日军的一个重要据点，驻着日军的一个团。

杨勇在战前的动员会上，说："这一次我们六八六团是主力部队。什么叫主力部队？就是我们要攻下别人攻不下的目标！要守住别人守不住阵地！过去在山西我们六八六团打出了威风，就连朱总司令员都表扬我们是模范团，是干部团。如今我们到了山东地区，也要将我们的威风打出来，要使山东的敌人像我们山西的敌人那样听到六八六团的名字就头疼，就心惊胆战！"通过杨勇的动员，干部战士们已经认识到即使到了新的地区，也要保持和发扬过去的优良传统，将日军打到底。

作好充分准备的部队立刻就投入了战斗，攻城战斗进行了一夜终于攻进了日军阵地，一共击毙伪军200多人。一个头上负伤的像是当官的伪军被几个战士押到团长杨勇的面前，经过仔细审问，才知道这个俘虏就是这里的伪军团长，名字叫刘玉胜。

杨勇立刻命令卫生员将他的伤口包扎好，问他："谁的部队驻扎在那边的小村庄里面？"

刘玉胜低着头回答说："那里驻扎着我的一个营。"

"原来是你的部队，那真是太好了，你马上要他们放下武器，立刻投降。我们可以保障他们的生命安全！"虽然杨勇说话的声音并不大，但他的话带有几分威严，是不可抗拒的命令，所以刘玉胜不得不按照命令执行。

当刘玉胜知道站在自己面前的就是赫赫有名的杨勇，就再也不敢有其他想法了，立即趴在桌子上给他的部下写信。

看刘玉胜已经将信写好了，于是杨勇就派人送了过去。并对刘玉胜讲解抗日救国的意义，希望他能够改邪归正，重新做人并同他们一起抗日。

对于杨勇的话语，刘玉胜一个劲地说是。

但是在鲁西刘玉胜曾经作恶多端，该地区民愤极大，即使将他杀掉也不冤，这是他罪有应得的。但是杨勇考虑的是，如果能够将他说服，就可以增强抗日统一战线的力量，杨勇认为做好他的思想工作，对抗日是有利的，于是积极对他进行思想教育工作，希望能用党的抗日政策感化他。

刘玉胜经过杨勇在各方面做工作之后终于觉悟了。他表示要重新做人，另外还郑重地发表了一封"告同胞书"。

将刘玉胜说服之后，杨勇任命他为东进支队的一个团长，并命令他到济宁日军占领区去扩展军队。结果半年后的刘玉胜给杨勇写了一封信，信上说他已经将之前的旧部都召集起来了，如今的队伍已经有 200 多人，并且枪支有 200 多支，希望八路军为他派一位干部来加强领导。

于是杨勇将吕儒琦派去改造刘玉胜的部队，吕儒琦经过深入工作，在抗日斗争中这支部队的表现不错，之后被正式命名为鲁西独立团，在抗日战争中发挥了自己的一份力量。

在山东当地的群众当中，就曾经流传着这样一段民谣：

正月里来正月正，

东进支队到山东，

罗荣桓陈光领兵马，

杨勇将军是先行。

二月里来杏花红，

奔袭樊坝是杨勇，

活捉伪军五百七，

义释团长刘玉胜。

杨勇于 1939 年 7 月初被上级任命为——五师独立旅旅长兼政委。

就这样，在杨勇等人的努力之下，八路军在鲁西地区不仅站稳了脚跟，同时还为之后的建设鲁西抗日根据地与发展奠定了良好的基础。

石友三部于 1940 年 2 月中旬在冀南遭到痛击之后，就窜到了濮阳、清丰、南乐等地区，想要向高树勋、丁树本等部靠拢，企图在这一带固守并补充部队，并寻找机会进行反扑作战。

八路军为了粉碎顽固派的进犯，于是就将冀南、冀中及冀鲁豫地区的部队集中起来，组成了三路"讨逆纵队"，分别是左路、右路和中央军，准备在冀鲁豫地区进行讨逆作战。

为了顺利进行讨逆作战，讨逆部队成立了总指挥部，其中宋任穷任总指挥，程子华任政委。杨勇的职务就是左路纵队指挥。

2月29日，在寿张的张秋镇一带，杨勇指挥左路纵队将石友三第三十九集团军高树勋部第十三旅400余人歼灭。之后的3月4日，杨勇将濮县县城顺利攻占，将高树勋新六师一部及李树春的保安部队大部歼灭。不久以后，杨勇率领部队进占柳下屯、黄庄，将袁家老、玉泉庙、东台寺等地顺利收复。之后杨勇指挥的部队越战越勇，乘胜将清丰、南乐、濮阳等城也攻克了。

这次的讨逆作战进展得十分顺利，共歼灭石友三部3000余人，连战连胜，将一批城镇顺利收复，将石友三的领残部逼到了菏泽、东明一带。

三战胡琏

1946年自刘、邓大军出击陇海线以来，仅仅历时23天，就将国民党正规部队两个旅顺利歼灭，加上保安团队的人数共有1.6万余人。这使得蒋介石被迫从围追中原突围部队的战场上调出三个整编师，再加上华东战场上调出其王牌部队新五军和整编十一师，一起投入到冀鲁豫战场。

这两支全副美械装备的"王牌军"十分嚣张，为了摸清其实力，也想打击一下其嚣张气焰，刘、邓首长决定组织巨野战役，在龙固集、张凤集地区与其进行一番较量。

杨勇任司令员的第七纵队担负了这次出击整编十一师的第一仗。

胡琏是整编十一师的师长，他有一个很重要的特点，那就是他出身寒门，资质上佳，很小的时候就发愤读书，立志要出人头地，同时也是黄埔四期的高材生。在指挥作战的过程中，胡琏的警惕性很强，有很强的作战企图心；另外他很重视侦察，再加上胡琏十分注重研究对方军队的战斗情况以及指挥官的指挥特点，胡琏善于根据对方的具体情况而采取不同的作战对策，当遇到高手的时候，就选择有利地形，负隅顽抗，若不是高手，就集中优势兵力，对敌人实施猛烈攻击。他还有一个特点就是任人唯能，丝毫不讲情面，很有一套笼络部下和收买人心的手段办法。再加上胡琏的整编十一师装备精良，战斗作风顽强，善于进行攻坚作战。

气势汹汹的整编第十一师开进冀鲁豫战场后，虽然整日都在寻找刘、邓的主力准备进行一场决战，但是用兵刁钻的胡琏也深知刘、邓两人用兵如神。为了避免指挥失误，他作战十分谨慎，步步小心，采取了堡垒战术，每进一步都要命令部下大力整修工事，就这样一步一个据点，每一步都有所支撑。当胡琏到达张凤集地区后，他还是用之前一直在用的老办法，命令部下大兴土木，防御核心都是以村为中心的，在村庄的沿街构筑了无数明碉暗堡，在村外只有少数部队负责游动警戒。防御重点胡琏放在村内，这样如果对方攻得猛，他就可以全部收缩回来，当对方攻击无效时或者力量将尽时，他就可以一下子弹回去，给敌人来一个平行追击，进可攻，退可守，此举真是老谋深算。

10月3、4两日夜，果然不出胡琏所料，三、六、七纵队连续两次攻势都没有碰到他的核心阵地，战争似乎没有什么进展。

两次攻击没有任何进展，指挥员气得直骂娘。这两次没有进展的攻击，也使杨勇感到十分头痛，于是他焦躁地在屋里面转着，想着有效的攻击办法。

七纵于5日夜在一阵猛烈地攻击中将紧靠张凤集西北角的一座小围子占领。这时候的杨勇立即命令部队暂时停止攻击，只是派少数部队进行佯攻，将主攻部队留在原地休息，在拂晓前乘国民党军疲劳之际再进行攻击。于是杨勇调整了作战部署：村东面由十九旅五十五团展开进攻，另派一个团在南面警戒；村东北角由二十旅五十八团攻击，正北方由五十九团实施攻击；负责打援的军队为二十一旅六十一团，六十二团为纵队预备队。

第七纵队于凌晨4时许开始对张凤集展开总攻，只见张凤集内凶猛的冲击波不断向内部袭来，炽烈的炮火也从张凤集飞出，腾腾火光将黑暗的天空照得红彤彤的。

张凤集到处都是枪炮声、喊杀声，同时杨勇的心也被这些声音敲击着。杨勇实在是无法在指挥所里再待下去，于是就带着几个人到前沿进行观察，他睁着大眼，眨都不眨一下，面部肌肉都已经紧张得有点扭曲了，这使得他的面容看起来分外冷峻。

接着就看到一颗信号弹拖着耀眼的尾光升上了天空，它告诉杨勇：部队已经打进去了！这颗信号弹使杨勇紧张的心略微放松了一点，于是他又回到了指挥所。

五十九团从正北面将防线撕开了一道裂口，团长晋士林和政委刘权带领五十九团二营、三营顺着这道裂口插了进去。与之一同冲进村的还有吴忠团长带领的五十八团八连和特务连，还有六十二团参谋长张兴臣率领的本团一营。这些部队将张凤集村里的五座院落抢占了。

马上突破口又被封上了，突击进入村内的晋士林、刘权、吴忠、张兴臣及七纵突入的部队出来的道路又被堵住了。

张凤集内部地形平坦，村中央的水塔是唯一的制高点。五十九团在进村之后，在晋士林、刘权的率领下开始发起了对水塔的攻击。但是一攻、二攻都没有将水塔顺利攻下，这时候的晋士林已经急得眼都红了，他还想组织第三次攻击。但是此时吴忠跑了过来，说："这样攻击不行啊！老晋，我们不能将带进来的部队都消耗在这里。我们还是组织部队将所获的五座院落巩固好，这样才可以牵制敌人、搅和敌人，并等待大部队前来增援。"

"不可以，如果制高点不在咱们手里，即使是躲在那几座小院子里，也会成为敌人的活靶子的！"

231

两位指挥员始终无法取得一致的意见。

此时在七纵指挥所内的杨勇，也万分焦急，那些攻进张凤集里的部队的具体情况怎样，他毫无所知。于是他走到宣传部长康健面前，神态严肃地对他说："康健同志，你想办法找一个制高点，观察一下张凤集里我军的动静，从步枪、机枪、手榴弹和喊杀声中判断我军的具体战况。"

于是康健将屋外的一棵大树作为制高点，他爬上大树开始侦察军情，但是外面黑洞洞的，虽然眼睛什么也看不到，但是通过耳朵可以听到声音。他已经有了初步的判断，过了一会儿，他回来向杨勇报告："我军还在村里与敌人厮杀。在清脆的美械枪弹声中，能听到我军的枪声，而且还比较密集，战况比较激烈。"

杨勇听了康健的报告之后略微放了一点心，于是他立刻与其他指挥员开始讨论下一步的具体作战方案。

晋士林、刘权带领的部队对水塔连续进行了三次攻击，均未奏效，但是突击部队却明显地驻扎在三十二团的面前，情势已经十分危险。晋士林、刘权已经没有任何办法了，于是只好带着损失严重的五十九团展开突围作战。

但是吴忠、张兴臣两人并没有实施突围，他们带领部属乘国民党军反扑的间隙，抓紧时间抢修工事，并据守在那里等待支援。

晋士林和刘权两人身上已经挂了彩，当他们刚突围出来就被叫到了纵队指挥所，杨勇迫不及待地向他们询问前后经过。

晋士林将里面的情况进行了简明扼要的讲述之后沉痛地说："恐怕里面的部队已经损失得差不多了，吴忠、张兴臣他们抢占的那几座小院是经不住敌人凶猛的炮火的。"

杨勇听到这些，感到如万箭钻心般难受，他牙咬得咯咯作响，恨不得一拳将张凤集砸烂。

这时候一位参谋来到杨勇身边，对杨勇说："野战军首长的电话，司令员。"

杨勇赶紧拿起听筒，只听里面传来了刘伯承司令员的声音："是杨勇吗？敌电台的广播你听了吗？"

"还没有。"

"那你马上打开收音机，听一下敌人的广播。"

于是杨勇立刻示意身旁的作战参谋将收音机打开。

这时候只听收音机里传来一个女播音员用嗲声嗲气的腔调说道："昨夜在张凤集国军整编第一一一师重创共军刘、邓所部，歼敌万余人，国防部致电祝贺整编第一一一师大胜。"

不知是谁骂了一句："真不要脸！"

屋子里的所有人都差点气炸了肺。基于这样的情况，杨勇马上对刘司令员说道："报告司令员，今晨4时我纵已经突入张凤集内，但是因村内情况比较复杂，现在晋士林、刘权已经率五十九团的突入部队撤出来了，但是吴忠与张兴臣还在村内坚守。

232

虽然进攻不顺利，但说被其歼灭纯属造谣，这是绝对没有的事情。"

"我和邓政委都不会相信这些鬼话，我对自己的部队很了解，但是你们一定要挺住，一定要将这股敌人吃掉，有何困难吗？"

"没有任何困难，保证完成任务！"

"那好，我将三纵队派去增援你们。"

吴忠、张兴臣及其部队还在张凤集内，此时的他们已被团团围住，两位有经验的指挥员告诉他们，现在唯一能做的就是坚守阵地，等待后续部队的增援，只有这样，才有一线生机。

三十二团已经开始实施反扑了。他们首先凭借着优势装备发起了冲击。但是对于这些突入部队的勇士们毫不畏惧，沉着地将冲过来的国民党军一次又一次地击退，顽强地固守着那五座小院，等待着大部队的支援。

之后飞机也来了，在飞机的掩护下，嚣张的三十二团接二连三地对突入部队发动着强攻。

坚守在村里的180名勇士在吴忠、张兴臣的率领下，已经连续击退三十二团多次冲锋，一直到黄昏时分阵地还在突入部队的手里。焦急万分的杨勇终于盼到了他下达出击命令的最佳时刻。按照白天的安排，六十二团七连以异常迅速、勇猛的动作向张凤集扑了过去，与守在那里的国民党军展开了白刃战。与此同时，三纵队七旅也向张凤集发起了攻击。之前被封住的突破口终于又一次被撕开了，六十七团七连迅速突进村里，随后十九旅、二十旅也马上跟进。吴忠、张兴臣终于看见主力部队前来支援，于是立即率领那180名勇士配合主力行动，战斗开始顺利发展着。

面对当前七纵队的强攻，整编十一师三十二团开始将部队收缩，企图在阵地上负隅顽抗。眼见着战况对自己越来越不利，派出的增援的部队又在途中受阻，根本不能靠近张凤集，胡琏被逼无奈只得下达命令：三十二团团长率部实施突围。

在这场战役中，整编十一师主力三十二团被第七纵队在张凤集歼灭大部，仅有百余人跟随团长突围了出去。

杨勇在战斗结束后率领部队主动撤离了战场，转入休整。晋冀鲁豫军区刘、邓首长向全军发出通报，对以吴忠、张兴臣为首的180名同志提出嘉奖。

在张凤集经历一番激战过后，蒋介石认为已经把晋冀鲁豫野战军的主力部队抓住，遂向部队下令继续前进，大军瞬间压境，一片阴云密布。

28日，国民党一一九旅旅长刘广信率领该旅及二十九旅一部，附两个炮兵营，自菏泽出发，一路经白衣集冒进鄄城，位置非常突出。刘、邓首长见战机有利，当机立断作出了掉头东进的决定，组织鄄城战役的决定，准备将这路国军彻底消灭，杀他一个回马枪。

杨勇随即接到刘、邓命令，要求其率领第七纵队出小保集、红船口迄皇姑庵一线，对国民党新五军和整编第十一师实施牵制，切断其增援鄄城的道路。杨勇受命迅速带领部队向指定战场前进，紧急修筑了阻击工事，就地据守，严阵以待。

233

郓城战斗开始后，前来增援的整编第十一师在皇姑庵与杨勇纵队相遇。所谓仇人相见分外眼红，对于这第二次的较量，双方都使尽了浑身的解数。与上次不同的是，这次双方正好调换了攻防的位置。

第七纵队二十一旅六十一团在张凤集战斗中总结了经验，为了防御十一师的凶猛火力，战前突击修筑了较为理想的工事，团长向全团将士下达命令，不惜任何代价，誓与阵地共存亡，必须将阵地坚守住。

对于杨勇纵队的顽强，整编十一师也早有领教，于是组织了最为猛烈的火力开始猛轰向第七纵队阵地，步兵的冲击也从营上升为团的建制，而且攻势一次比一次猛烈，一次比一次凶狠，似是要与第七纵队决一死战，为张凤集的损兵折将报仇。整编十一师此时已经战红了眼，潮水一般疯狂地涌向阵地，随即又被打回，再一次涌来，又被击退，如此多次，始终无法向前一步。第七纵队牢固得就像一根深埋阵地的铁钉，面对着国军的猛烈火力，与兵力的逐步增加，未曾出现一丝动摇，仅用一天时间，就将整编十一师十多次进攻全部打退，实现了坚守阵地的目的，为晋冀鲁豫主力部队在苏屯、崔屯、高魁庄、迈庄地区歼灭刘广信的一一九旅、二十九旅八十六团全部及由菏泽出援的八十一旅二四一团一部提供了保障。

此次大战中，刘邓大军同时面对着蒋介石的两大精锐部队：在龙固集，陈再道的二纵队对新五军进行阻击，2000 余国军被消灭；在张凤集，杨勇的七纵队对整编十一师发动攻击，歼灭了他的一个 3000 余人的主力团。一场暗无天日的厮杀过后，双方底牌都已亮出，各自有数，都在心中铆足了劲，企图将对方一口吞掉。

1947 年 3 月，在刘、邓首长的安排之下，新的第一纵队正式成立了。合编后，司令员由杨勇担任，副司令员由赵基梅担任，政委由苏振华担任。

1948 年 11 月，第一纵队在杨勇率领下大战张公店，与此同时，陈赓率领四纵队顺着陇海路向东挺进，将砀山解放，直逼徐州。

蒋介石此时急得像热锅上的蚂蚁，担心自己苦苦经营起来的老本毁于一旦，遂命令黄维的十二兵团迅速向衡山地区集结待命，作好增援徐州的准备。

蒋介石的军队中，黄维的十二兵团属于一等劲旅，统辖着四个军加一个快速反应纵队，约有 12 万人的兵力。该兵团的精锐是整编十八军，亦是蒋介石五大主力之一，而整编十八军的前身是胡琏的第十一师。

当初，蒋介石在定夺到底由谁领衔挂帅此兵团时，着实费了一番脑筋。蒋介石看着各位元老所推荐的名单，反复掂量：黄维、胡琏……谁可担此重任，谁又能让他放心呢。

黄维是黄埔一期学生，资格非常老。他曾在八一三淞沪抗战打了非常精彩的一仗，性格老成持重，有勇有谋。但他也有一些缺点，因性情过于孤僻，而且表现出极浓的学究气，并不得同僚拥护。此外，他已经很长时间未曾上过第一线作战，当下正在为新制军官学校作筹备，想要依照美国西点军校体制建校，为国民党培养陆海空三军军官。当蒋介石找到他时，他回答道："校长，我跟共军打交道已经是很久以前的事了，现在恐怕无法胜任此职。"心存不悦的蒋介石说："如今我们必须齐心协力把共产党消灭干净，否则，将来定会死无葬身之地！"如此看来，黄维并非最佳人选。

胡琏，黄埔四期学生，性格彪悍，勇猛泼辣，将十一师带得非常不错，战斗中能做到攻守自如。十八军和十军是这个兵团的骨干力量。如今，十八军军长正由胡琏担任，与解放军有长期斗争的经验，看来最佳人选非他莫属。然而，这个兵团却隶属于华中剿总序列，并接受白崇禧的统辖。以往的作战中，胡琏曾多次不遵守白崇禧指挥，双方都有所顾忌。所以，对于胡琏任十二兵团主官的决定，白崇禧表示出坚决反对。

反复斟酌的蒋介石又向在上海养病的陈诚征求意见，最终还是作出了由黄维出马挂帅的决定。为此，胡琏心中极为不满，愤恨之下，以父亲在武汉病重为理由，离队去省亲。

华东野战军歼灭黄百韬兵团之后，杜聿明集团下辖的邱清泉、李弥、李元良三个兵团在徐州猬集等待增援。李延年的六、八兵团增援徐州的过程中，在抵达任桥、花庄集时迟迟无法前进；在蒙城、板桥集地区，杨勇又阻滞了黄维兵团，使其花费三天的时间才最终越过浍河，可随即又遭遇了陈赓所部，被拦截在了南坪集。十二兵团孤军深入，位置非常突出，两边又面临空虚。最后，十二兵团被解放军压缩于双堆集周围纵横仅七公里的范围内。

南京很快便得到了十二兵团被困双堆集的消息，国民党上下大惊失色，蒋介石更是心急如焚。在武汉省亲的十二兵团副司令长官胡琏也异常焦急起来，他迅速赶到南京求见蒋介石。胡琏的到来让蒋介石倍感欣慰，连忙向胡琏叙述起十二兵团在双堆集所面临的困境。

胡琏态度坚定地向蒋介石保证道："校长，我会立即奔赴淮海前线，尽我最大的努力挽救十二兵团。"

"极好！极好！"蒋介石对胡琏的一番决心十分赞赏，注视着这个少壮派军官，说道："伯玉，你能在如此关键的时刻表示决心，真是难能可贵。抵达前线后，你要马上把共军的意图调查清楚，制订妥善的攻防计划，阻止共军的进一步扩张。"

"校长的期望我定谨记在心！"

随后，胡琏搭乘国民党空军司令周至柔亲自派出的飞机抵达了淮海前线。刚到达十二兵团部，胡琏便立刻把蒋介石的作战意图传达给黄维。十二兵团开始将兵力、兵器集中，制订出攻势防御策略，决定四面出击，把不利态势扭转过来。

29日下午，杨勇与各旅主官针对破敌方案进行了一番研究。大家认为纵队当前面对的十八军属于十二兵团主力，一味强攻很难将其置于死地，必须先把阵地扼守住，一面积极防御一面作好总攻准备。杨勇由此部署了一道三线防御体系：一旅部署于周嗣子、丁胡庄、芦沟集地域，二十旅部署于小郭庄、杨庵、马庄、马王庄地域。各防御部队借助村落及有利地形，构筑环状工事，以利于今后攻守的开展。二旅作为第二梯队，在忠阳集以西地区集结。肖庄为当时的纵队指挥所。

黄维在半生的从军生涯中，身经百战，曾参加过的战役有：广东革命政府组织的东征、北伐，对中央苏区的第四、五次围剿和抗击日军的淞沪抗战和武汉、长沙会战。这员战将颇受蒋介石信赖。当初，为了抓牢黄维对自己的忠心，蒋介石曾将自己披戎挂勋的相片送给黄维，上面题字"培我惠存，蒋中正"。可惜的是，黄维的字号是"悟我"而并非"培我"，蒋介石犯了一个可笑的错误。然而，黄维为此颇为激动，在他看来这一字之误也极具深意，并将它理解为蒋介石要把他看作培养重点。于是，黄维借此向蒋介石表了忠心，干脆将字换成了"培我"。

如今，蒋介石对他"重点培养"的苦心恐怕是要辜负了，黄维此时深陷重围之中，无力自拔。此外，胡琏的到来也让黄维无比焦虑：一方面，他担心这支"精锐之师"将来在自己手中被毁，无法向蒋介石交代；另一方面，想到自己一世的荣光即将毁于一旦，他极不甘心，认为无颜再见"江东父老"。于是，他又让胡琏回到南京，并向蒋介石提出派兵增援的建议。

胡琏身赴战场却又被黄维遣回，只得将十二兵团的处境面陈给蒋介石。

蒋介石听完后深感不妙，轻轻拍了拍额头，沉重地说道："我之精锐之师，陷此窘地，惜哉！痛哉！伯玉啊，你对今后的战局有何打算呢？"

"静听校长示下，学生不敢妄言。"

"但说无妨，但说无妨。"

"以学生之愚见，淮海我军，如战，可紧缩战线，诸兵团靠在一起，一致抗击共军之进攻，量共军纵有钢牙利爪，也难动我之秋毫；如不战，愚职以为可急速撤过长江，全力固守长江防线，共军插翅也别想飞过来。"

"你有所不知！徐州地处江苏、安徽、山东、河南四省的交界，陇海、津浦两条铁路在这里交叉，贯通东西南北，南下京沪，北通冀鲁，是华东、中原、华北三大区的交通枢纽，它的得失能够决定整个江淮河汉间的胜负全局，因此，历来是兵家必争之地。这次我在徐州地区布下重兵，正是以堵防的办法与共军决战。固守中原，防御江北，胜负在此一举。"

"校长高见，学生待校长明示之后，愿立即返回淮海前线，以效犬马之劳。"

"好，难得你有此决心。你回去之后，首先要稳定住军心，固守待援，等援军一到，立刻内外夹击，消灭淮海共军。"

胡琏又搭乘小飞机再次回到淮海前线，随他而来的还有批签有"蒋中正"三个大字的"总统嘉慰令"，上面写着："你们长途跋涉，不远千里，投入徐蚌会战……浴血奋战之精神，实足嘉慰……现在杜聿明副总司令率领的邱清泉、李弥、孙元良兵团正以排山倒海之势沿津浦路南下……三路大军会师之期，指日可待矣……"

然而，在十二兵团的实际困境面前，蒋介石的嘉慰令起不到丝毫作用。

12 日，刘伯承、陈毅两人最后一次向黄维发出敦促投降信，黄维仍是坚定拒绝。因此，攻击的命令立即下达，杨勇的一纵队开始第四次攻击小马庄。他们首先以炮火集中支援五十八团，准备对国军驻守的独立家屋发动进攻。16 时 30 分炮火准备工作开始就位，五十八团突击队的战士们迅速将守军设置的障碍逐一排除。45 分钟后，炮火全面延伸开来，五十八团三营在正面方向，一营在西北角方向，同时扑向独立家屋的守军，前沿被迅速突破。团二梯队立即跟进加入到战斗中，将守军组织的数次反冲击一一打退。18 时 40 分，独立家屋被攻克，守军遭到全歼。23 时 30 分，对小马庄的攻击也开始了，小马庄守军遭遇了炮火和抛射炸药包的猛烈轰击，大部被震晕或炸死。13 日零时，一旅七团自村西北角向村内突入，1 时 30 分，小马庄守军被全歼。

进攻战持续了一个星期，八路军歼灭了黄维兵团十四军的大部兵力，八十五军仅有二一六师残部还在苟延残喘，十军兵力也只剩下了三分之一，仅有十八军还保持着较为完整的两个师。剩下的守军已经濒临弹尽粮绝之境，受困于一处东西长 1.5 公里，南北宽三公里的扁状地带，饥寒交迫的官兵不得不杀马充饥，面对着当前遍野的伤兵，士气早已荡然无存，死神仿佛随时可能降临，军心彻底瓦解。

双堆集拥有平坦开阔的地形条件，想要接近守军并不容易。杨勇考虑到当前形势决定采取"层层剥皮"的方法逼近守军，于是指示部队展开土工作业。黄昏过后，守军的火力点全被部队用机枪封锁住了，战士们每相隔五步一人，在守军的工事前卧倒，迅速将卧式散兵工事挖设出来，并继续深挖直至形成跪式工事，随后逐步加深，变为齐胸深的立式，并继续向前推进，最终实现每两人之间互相打通。战士们不畏艰难险阻，不畏天寒地冻，快速地挥舞着手中的铁铲，向深处、向前方顽强地进行挖掘。战士们每晚的进展惊人，每人能挖一米多深、一米宽、四米长，速度飞快。交通壕几天之内便已形成规模，像无数条长龙一般蜿蜒伸入守军阵地。守军从未见过这种阵势，慌忙之间派部队乱打一气，见无效果便改用坦克，随后大炮、飞机、毒气全都用上，但依然无济于事。

14 日夜，友邻第六纵队和华东野战军第七、十二三纵队，开始猛攻双堆集附近阵地，向双堆集十二兵团部的核心阵地逼近。

杨勇的直觉告诉自己：机会已经到来！于是对参谋长潘焱说："自从我军发动全线出击以来，敌人势力日益衰弱，当前，友邻部队已经出击双堆集，战局对我方非常有利，立即向一旅下达命令，为攻击大王庄作好准备。"

15 日 16 时 20 分，前沿阵地发来报告：胡琏在轰炸李围子、瓦八里庙、丁庄、丁胡庄阵地后，随后又以密集队形向大王庄、葛庄以南行军，靠近平谷堆。与此同时，前、后刘庄有大量国军经平谷堆向西北前进，并有一部向西前进，随同队形前进的还有坦克和马匹。杨勇凭借多年作战经验推断，国民党军队正打算实施突围，随即跟野司进行电话沟通，将国民党军队的动向汇报给刘伯承。刘司令员当即向杨勇作出指示：密切关注国军一切发展动向。

此时，解放军对黄维兵团的合击已由八个纵队增加到 11 个纵队，并形成了遥相呼应之势。

面对受困窘境，胡琏提出一项策略，即"四面开弓，全线出击，觅缝钻隙，冲出重围"。黄维据此部署方案实施突围，并作出黄昏后便行动的决定。

蒋介石接到电报，阅后大惊失色，他并不看好夜晚突围，因为如果这样一来，地面部队将无法得到空军的掩护，突围的希望将更加渺茫。遂紧急派出空军副总司令王叔铭乘机前往阵前制止。

"将在外，君命有所不受。按既定方案突围！"黄维一向以治军谨慎著称，之前从未违抗过上级将令，可这次却破例了。在他的军人生涯中，这是第一次违背蒋介石的命令，可也是最后一次。

十二兵团战车营派出几十辆坦克发动进攻，点火猛轰向解放军阵地。

走出掩体的黄维和胡琏看着眼前的狼狈不堪，又回想起这支部队曾经威风凛凛的模样，顿时产生出一种恍如隔世之感，不仅呆愣住了。无可奈何之下，他们决绝地登上了各自的坦克。

"发动全线出击！防范敌人逃跑！"各纵队接到总前委的命令，迅速由东、南、北三个方向迂回至国军侧后实施追截。战斗一直持续到 16 日拂晓，十二兵团最终被全歼。

分乘两辆坦克的黄维与胡琏做了逃兵，撤离了硝烟弥漫的战场。在一个岔路口分手后，他们便各自奔命，并相约会合于蚌埠。他们却不知，此次分别让两人再无相见之日，自此天各一方。正在上车的胡琏，背部被流弹击中，他忍着剧痛艰难地爬上坦克，最终侥幸逃出了战场。黄维却未能有此幸运，坦克没开多远发动机就出现问题，最后被人民解放军俘获。

全歼黄维兵团后，1949 年 1 月 6 日，中原、华东两大野战军对杜聿明集团发起进攻。激战了四天，杜聿明集团也遭遇全军覆没。至此，淮海战役以胜利告终。

用兵精怪的胡琏却无法战胜杨勇，最终成为手下败将。

手眼通天的大将军——萧全夫

239

萧全夫（1916～2005年），安徽省金寨县人。1929年加入中国共产主义青年团，翌年参加中国工农红军。1933年由团转入中国共产党。土地革命战争时期，任安徽金寨县少共区委组织部巡视员，红四方面军总部手枪队排长，营通信参谋，中央军委二局科员。参加了长征。抗日战争时期，任中国人民抗日军政大学队指导员、队长、大队长，第二分校队长、科长，晋察冀军区第二军分区教导大队大队长，第四区队区队长，冀热辽军区第十七军分区参谋长。解放战争时期，任冀东军区第十三旅旅长，十一旅旅长，东北民主联军第九纵队二十六师师长，第四野战军四二六军一三七师师长。中华人民共和国成立后，任第一十二兵团副军长、军长，中国人民志愿军军长、沈阳军区副参谋长、副司令员兼参谋长，乌鲁木齐军区司令员。1955年被授予少将军衔。中国共产党第十二届中央委员会委员。中央顾问委员会委员。

少年壮志

萧全夫，原名萧全福，曾用名萧全起，1916年9月13日生于安徽省金寨县汤家汇吴家铺村。萧家原是大户，萧全夫出生后，家道衰落。先是祖父辈四门分家，接着父辈三门分家。两次分家，他父亲分得二斗半田（两亩地），一亩多山林，四间房屋，还有30块银元的高利贷欠债。

全家五口人，父亲萧才中，是一个纯朴勤劳的农民，有名的种田能手，母亲张氏，是一位善良贤惠的农家妇女。哥哥萧全超从小务农，1929年参加红军，在红三十二师任排长，在战斗中牺牲。姐姐从小寄养在姥姥家，15岁时患伤寒病，因无钱医治而早丧。全家人起早贪黑，辛勤劳作，省吃俭用，不得温饱。父亲不得不在冬天打柴去卖，换点食盐或零用钱，以勉强维持清贫的生活。

贫穷过早地把萧全夫逼向田间地头，他从6岁起就捡柴、拾稻穗、帮父亲担粪、撒种子，帮母亲抬水干家务，还到五里以外去担砖，父母常夸他是家中的一个好帮手。

由于地主阶级的残酷剥削，反动统治者的横征暴敛，高利贷者的重利盘剥，在萧全夫8岁时，家里已负债累累。地主年关逼债，父亲被迫将房子和田地卖给了一个姓廖的官僚地主。他们一家先是寄宿在二祖父家，几个月后，靠姥姥家的帮助，在汤家汇吴家铺佃了八斗田五间房定居下来。劳动的磨炼使萧全夫自幼养成了吃苦耐劳、勇敢刚毅的性格；辛酸的经历在他幼小的心灵里刻下了深深的烙印。搬家时，全家一步一回头，走一路哭一路的情景刺痛他的心，他感到世道的不公，萌发着改变现状的愿望。

搬家后，萧家与邻居胡家合买一头耕牛。萧全夫每天早出晚归，放牛、割草、拾柴兼做零工。他想用自己嫩弱的肩膀挑起全家生活的重担，拼命地干活，多多地赚钱，以摆脱家庭的贫困生活。

1925年，萧全夫9岁时，家里为了不让人欺侮，决定送他去读私塾。先生是他的堂舅，不收学费，只是每月给其送两担柴，过节时送点礼。私塾里学的是《三字经》《百家姓》及一些传统的道德说教。一年后萧全夫因病而辍学。

1928年初，萧全夫进入本乡张家祠堂小学读书。在该校任教的两个老师中，张瑞文是共产党员，张瑞义是共青团员，这实际上是党通过兴办学校来传播革命思想。在学校里，老师讲的革命道理与萧全夫从不幸的遭遇中萌发的改变现状的要求相吻合，因而他特别感兴趣，学习特别积极，入学不久，即被选为学生会委员。他带领同学积极宣传共产党的主张，宣传剪辫子、妇女放足，开展反对宗教迷信活动。时年春，久旱无雨，靠天吃饭的家乡插不上秧，人们纷纷拜菩萨，乞求神灵普降甘露。他对同学们说："菩萨管个屁用，要翻身还得靠我们自己！"于是，他带着同学一连摔碎了两个土地庙里的菩萨。善良的母亲不理解，惩罚了他，让他停学。这时，学校就像磁铁一样紧紧地吸引着萧全夫，在他再三求情下，到第三天母亲才允许他继续上学。到7月间，两个老师出外闹革命，学校暂时停办。半年多的学习，使萧全夫受到了革命的启蒙教育，朴素的阶级感情得到了升华。

1928年秋，冯系军阀侵入豫东南赶走十二军后，苛捐杂税更加繁重。加上全年大旱，次年春再临旱灾，广大农民饥寒交迫。一度转入秘密活动的商南农民运动又

240

开始活跃起来。在张瑞义老师的领导下，萧全夫和胡节枝一起组织起儿童团，萧全夫任分队长，后任中队长，开始了他初期的革命活动。3 月，经张瑞义、张瑞孝介绍，萧全夫秘密加入了共产主义青年团。

著名的商南起义胜利以后，当地群众纷纷集会，庆祝起义的胜利，成立苏维埃政权宣布打倒土豪劣绅，分田分地，开仓分粮。一天，游击队打着红旗，号召穷人去竹家畈分"吴大老爷"的财产。成百上千的人，随着红旗蜂拥而去。萧全夫参加了这次斗争，他目睹了这个盛大的场面，看到了昔日不可一世的阔佬们威风扫地的狼狈相，深深感受到了穷人自己的力量。从中悟出了一个使他勇往直前的道理：有钱人是少数，穷人是多数，多数人抱成一团闹革命，革命就一定能够胜利。

1930 年春，萧全夫被团组织调到少先队任分队长。他肩挎大红带，手持红木棍，带领少先队和儿童团站岗放哨、盘查行人、监视坏人；参加打土豪分田地的斗争；作战时给过往红军做向导，有时直接配合红军作战；积极宣传党和红军的政策，动员群众参军、募集鞋袜粮米。在他领导下，少先队的各项活动搞得热火朝天，受到少共区委重视；10 月间，他被调到少共二区区委组织部任巡视员。从此，他离开家到各地巡视工作，参加群众大会，并代表少共区委讲话。这使他的领导能力、组织才能、工作魄力得到了初步的锻炼。

破译员生涯

1930 年 11 月，萧全夫虽然只有 14 岁，但因个子大、身体壮实，被调到商城二区少共模范营二连任团支部宣传委员。12 月上旬，蒋冯阎大战结束后，国民党军阀内部暂时稳定，蒋介石纠集八个师、三个旅近 10 万人的兵力对鄂豫皖根据地开始了第一次"围剿"。红一军远在皖西，刚刚组建的鄂豫皖临时政府立即组织军民紧急投入反"围剿"斗争。12 月下旬，少共模范营开赴商城，担负鄂豫皖军委的警卫任务。随后，该营编入鄂豫皖军委警卫团，萧全夫被编入第三营七连当战士，开始了他漫长的军旅生涯。

部队在商城集训后，萧全夫担任了副班长，有一支与头齐的德造套筒步枪，随营转战于新集、麻城一带连续打了几仗。1932 年春，担任班长不久的萧全夫被任命为副排长。这时，红四方面军总部手枪队（亦称交通队）新成立了一个排，萧全夫被选中并担任了班长，随之被任命为排长。一次，萧全夫带领一个手枪班去皖西北道委送信，在返回途中与当地土匪顾敬之部遇见，战斗中负伤，被送进医院治疗，伤未痊愈就出院了。随后调红四方面军总部无线电台工作。

1932 年夏秋之交，蒋介石调集了 30 万大军对鄂豫皖苏区发动了第四次大规模"围剿"。由于张国焘战略指导上的错误，使红四方面军仓促迎战，节节被动。在数倍国民革命军重兵追逼之下，红四方面军主力跨过平汉线向西转移。萧全夫随红四方面军总部离开了鄂豫皖根据地，离开了家乡父老兄弟，踏上了漫长的西征路。

从 10 月下旬到 12 月中旬近两个月的战略转移中，虽有国民革命军的围追堵截，加上气候恶劣、山川险阻、物资匮乏，极其艰难困苦，但萧全夫凭着坚定的革命意志，相信革命最后一定会胜利，并下定决心跟着革命队伍走，克服了难以想象的困难，出色地完成了任务。一天，部队来到西安南的于午镇，国民党杨虎城的部队便蜂拥扑来，部队急忙转移，电台的同志还未来得及收拾天线，杨部的先头部队已接近村庄。萧全夫同另外四名同志一起，冒着国民党军队的炮火迎上前去，英勇阻击，一边掩护电台的同志安全转移，一边拆卸天线，终于将电台天线完好地抢收回来，受到上级的表扬。

红四方面军历尽艰险，冲破国民革命军数十万大军的围追堵截，徒涉汉水，翻过"难于上青天"的蜀道巴山，进入川北。在不到一个月的时间里，红军连克通江、南江、巴中三县，找到了立足之地。当时，通南巴地区地下党组织的力量十分薄弱。方面军在执行战斗任务的同时，选调干部参加开辟新区的工作。萧全夫被选调任电台工作队队长，在通江县毛浴镇北一带发动群众，帮助地方建立了一个乡政权和两个村的苏维埃政权，扩大红军 50 多人。两个月后，这项工作结束后，萧全夫仍回电台工作。

1933 年 2 月，蒋介石委任四川军阀田颂尧为川陕边"剿匪"督办，向川陕苏区发动了三路围攻，企图趁红军立足未稳予以消灭或驱逐。萧全夫一返回电台，就投入了紧张的破译工作。他文化不高，搞破译困难很多，但他深感这项工作的重要，从基础学起，废寝忘食，日夜苦钻。在蔡威、宋侃夫、王子纲等同志的指导帮助下，他很快入了门，也入了迷，常常在半明半暗的煤油灯下一干就是一个通宵。经电台全体同志一段时间的摸索和努力，于 3 月下旬破开了田颂尧军队使用的密码——通密。5 月 20 日，方面军总部根据电台的情报，主动发起空山坝战斗，一举歼灭国民党军七个团，击溃其六个团，俘获旅长、旅参谋长以下官兵近 5000 人，缴枪 3000 余支，其余两路国民革命军见势不妙，仓皇逃窜，红军乘胜追击，取得了反三路围攻的决定性胜利。在反国民党军队三路围攻作战中，萧全夫于 1933 年 4 月经耿协祥、冯志文介绍，由团转党，成为一名中共正式党员。从此，"坚决为苦难人民求解放，为共产主义事业奋斗到底"成了萧全夫的奋斗誓言。

在破译了田颂尧专用的"通密"之后，电台的同志很快便掌握了刘湘使用的密码。1933 年 12 月中旬，蒋介石委任刘湘为四川"剿匪"总司令，纠集四川各路大小军阀共 110 个团约 20 万人，向川陕根据地发动六路围攻。在反六路围攻作战中，萧全夫和电台的全体同志一起，夜以继日地守候在电台上，侦收敌军电报。虽然国民革命党军电报有时一天多达 200 余份，但萧全夫和电台的同志保证了及时破译国民革命党军的密码。不仅掌握了川军的作战意图、兵力部署和具体动向，而且还能侦获周围蒋介石嫡系部队的情报，使方面军首长对国民党军情了如指掌。反六路围攻历时十个月，先后打退国民革命党军四次总攻。共俘敌 2 万余人，缴获枪支 3 万余支（挺）、炮 100 余门，还击落一架飞机。战后，指战员们说方面军领导能掐会算，料敌如神。陈昌浩政委说，这是因为"我们供着一位菩萨"。这尊菩萨就是以台长蔡威为代表的电台全体同志。

中央红军开始长征后，由于天天行军打仗，电台联络十分困难，红四方面军技侦工作者在任务十分繁重的情况下，又承担了为中央红军提供军事情报的任务。这时萧全夫和电台的同志彻夜不眠，跟踪国民革命党军电台，逐步查清了中央红军周围的国民党军情，及时通报给中央红军，对中央红军摆脱国民革命党军的围追堵截起了一定作用。中央红军电台的同志说：红四方面军电台提供的情报很快、很准。长征结束后，毛主席特意表扬红四方面军电台的同志"劳苦功高"。

1935年3月，红四方面军西渡嘉陵江开始长征。为了争取主动并策应已经渡过金沙江北上的中央红军，红四方面军于5月上旬向岷江地区作战略转移。6月，与中央红军在懋功胜利会师。一、四方面军会师后，萧全夫随左路军北上。在历尽了千辛万苦之后，终于穿过了茫茫草地，于8月下旬到达阿坝地区。但正当红军取得包座战斗胜利，打开了北进通道时，张国焘公然分裂党和红军，带领部队南下。时值秋风凛冽季节，部队衣单鞋缺，萧全夫随部队再次越过被称为绝境的草地，又一次经受了磨炼。红四方面军南下途中，于10月5日在理番县卓木碉（今马尔康县足木脚），以第二台为基础成立了红军总司令部二局（即红四方面军二局），局长蔡威，下设四个科，萧全夫在二科（破译）任科员，科长是罗舜初。

南下以来，部队屡历险境，往返雪山草地，迭遭国民党军队进攻。但是，红四方面军二局的人员，在局长蔡威的领导下，表现了十分顽强的革命意志，不仅一次地战胜了缺粮、缺衣、缺氧、风雪、严寒等困难，而且逐步扩大了工作领域。除继续严控四川各路军阀外，还开辟了对甘肃军阀鲁大昌和驻甘蒋系部队毛炳文、王均以及青海"五马"的侦察工作，并做出了显著的成绩。

1936年7月初，红二、四方面军在甘孜会师，随即开始北上。过嘉陵江前，萧全夫因劳累过度而病倒了，右腿关节生了个大脓包。因他个子大身体重，别人不愿意抬他。他以惊人的毅力，第三次通过草地，10月胜利到达会宁，走完了艰难曲折的长征路。

红军三大主力胜利会师后，蒋介石迅速调集胡宗南等部十几个师的兵力向红军发动进攻，妄图将红军歼灭于黄河以东地区。为粉碎国民党军队的阴谋，中央军委决定成立前敌指挥部，并任命彭德怀为前敌总指挥兼政治委员，统一指挥各参战部队的行动。为配合红军作战，根据军委的指示，11月初，由一、二、四方面军抽调部分技侦人员，组成前敌总指挥部第二科，萧全夫调二科任破译员。1937年2月中旬，前敌总指挥部二科拨归援西军建制，改称援西军司令部二科。4月，该科撤销，萧全夫回到延安，在军委二局二科任科员。在延安，他除了完成工作任务外，还经常到抗大去听课，努力提高自己的认识水平和工作能力。

243

敌后建校教学

　　1937 年 7 月 7 日，全国抗战爆发，为了适应这一新的形势，红军主力改编为国民革命军第八路军。萧全夫被抽到新组建的二局三分队，在邹毕兆的带领下，随朱总司令到八路军总部工作。不久，八路军总部东渡黄河，开赴山西抗日前线。过去对付的是国民党反动派，而现在对付的是日本侵略者，破译工作难度增大，对工作人员的技术素质、文化水平要求也高了，这激起了萧全夫不可抑制的学习热情。

　　1938 年 1 月，萧全夫随任弼时政委回到延安，进入抗大第四期一大队一队学习。主要课程有苏联战斗条令，从班到营的战术、指挥以及游击战术，政治工作以及马列主义为主要内容的政治课。自参加革命以来，萧全夫从未这么全面系统地学习过。他对一切知识都极有兴趣，学习认真刻苦，进步很快，在一大队开展的"斯达汉诺夫运动"（即"创造突击队员运动"）的革命竞赛中，他的各科测验均在 95 分以上，被评为模范学员，担任学习小组长、区队学习代表，他还兼任过班长和区队长。抗大 8 个月学习，使萧全夫的政治、军事和政策水平都有了显著提高，为他以后的发展打下了坚实的基础。

　　萧全夫毕业后，留校工作，被分配到七大队八队任政治指导员，后调十一队任队长。

　　1938 年 12 月，中央军委决定抗大组建一分校和二分校，分别挺进日军后方的晋东南和晋察冀边区，为战斗在华北战场上的八路军培训干部。萧全夫所在的七大队编入二分校序列，从 12 月下旬起，在校长陈伯钧的率领下，离开蟠龙，奔赴晋察冀边区。一路上，要通过日本占领区，穿越日军严密的封锁线。萧全夫所带的学员队共 120 多人，都是不久前从各地来延安的青年学生。行军途中，他精心组织，严格管理，耐心细致地做思想工作，关心和照顾每一个学员。由于他自己处处以身作则，吃苦在前，使全队学员情绪高昂，冒严寒，踏冰雪，风餐露宿，经清涧、绥德、米脂，从佳县渡过黄河，穿过山西临县、岗县、静乐县境，在忻县和阳曲之间的高村附近，趁夜幕降临，急行军 110 多里通过同蒲铁路，于 1939 年 1 月 28 日顺利到达二分校驻址——河北省灵寿县陈庄一带。全队 120 人，无一人掉队，受到上级的表扬。

　　在日军后方办学，困难重重。而且学校距日军不足百里，有遭日军袭击的可能。就是在这样的环境中，一到驻地，大家便立即投入到紧张的建校工作，于 2 月初按原来的教学计划和进度，正式开课。开始时，萧全夫被任命为第二大队第六队队长。5 月，第一大队成立第二支队，下辖第五、第六、第七共三个队，萧全夫任支队长。这期间，他带领二支队圆满完成了学校赋予的教学和其他各项任务。11 月初，主力部队集中于涞源黄土岭围歼日军，日军乘隙突然奔袭合围驻神南地区的后方机关。二分校一大队受领任务阻击日军。萧全夫率二支队全体人员在大队长詹才芳、政委李中权同志的指挥下，坚守神南镇外围阵地，与日军激战两天一夜，直到胜利完成掩护任务才撤出战斗。

1940年，二分校开始接收各部队团职干部到校学习。2月初，学校为此成立了特科大队，下辖四个队。第一队为团干队，萧全夫任队长，陈宜贵任指导员。8月，特科大队改编为高干科和上干科。高干科辖两个队，詹才芳任科长，萧全夫任副科长兼第一队队长。1941年2月，学校招收新生，高干科和上干科合并为高上科，詹才芳任科长。3月，詹才芳调晋察冀第三分区任副司令员，萧全夫接任科长，萧全夫以孙毅校长为榜样，抱着对党对上级极其负责的精神，尽心尽力地做工作，虚心向学员学习，大胆地管理教育，一言一行做表率，受到学员们的一致好评。

晋察冀地区反"扫荡"

1941年8月中旬到10月中旬，日军对晋察冀边区又进行了一次疯狂的秋季大"扫荡"。为了在反"扫荡"中锻炼学员，提高适应能力，在孙毅校长和训练部副部长陶汉章的率领下，萧全夫指挥高上科坚持了冀西的反"扫荡"斗争，翻大山，走小路，连续行军，紧急突围七次，大小转移42次，行程1200余里，取得了教学、战斗双丰收，年底，萧全夫被学校评为模范干部，并获得总校颁发的奖状。

1942年3月，根据晋察冀军区的指示，为适应在日军后方斗争形势的需要，学校派出四个大队的干部班子，分别到四个军分区就近招生办学。他们既是二分校的一个大队，又是该军分区的教导大队，归各分区领导指挥，教学业务由分校指导。萧全夫被派到第二军分区任抗大二分校第二大队大队长，傅崇碧任政治委员。二分区位于同蒲铁路以东、石太铁路以北滹沱河两岸的晋东北广大地区和河北省西部的部分地区。抗日战争进入相持阶段后，日军对二分区施行"蚕食"政策，频繁进行"扫荡"，在滹沱河两侧的广大地区烧杀抢掠，在由北向南宽40里的地带内，制造了骇人听闻的"无人区"。萧全夫等就是在这样的恶劣环境下办学的。他们发扬了二分校的优良作风，知难而进，迎难而上，到二分区不久，就招收了300多名学员，编成三个队，开始了教学工作。全大队亲密团结，为完成教学任务一致努力，六个月后，学员毕业。在第二期办学中，由于日军的野蛮进攻，分区兵力不足，萧全夫奉命带教导队到山西盂县一带反"扫荡"，掩护地方政府征粮，出色地完成了任务。

1943年秋，已是强弩之末的日军对北岳区进行了大规模的所谓"毁灭扫荡"，山西五台县地方政府的工作遇到了很大的困难，萧全夫与俞和政治处主任王元和一起带两个中队到五台县东南一带活动，掩护地方政府开展工作。部队出发的头一个晚上就袭击日军的两个据点，打了胜仗，但却产生了轻敌思想，放松了警惕。当他们来到四面是日据点的五台城东南马家沟时，遭遇日军三面夹击。在陷入日军包围圈中，萧全夫沉着指挥，率部突出重围，但部队遭受了一些损失。这次挫折，使萧全夫从中吸取了深刻的教训，从此，他变得更加谨慎和成熟起来。

1943年冬，萧全夫调到第二军分区四区队担任副区队长、区队长，从此，他结束了五年多的学校生活，奔向艰苦的抗日前线。在抗大的几年中，萧全夫直接带出了十多个学员队，毕业学员近千人，为当时的抗日斗争，也为中国革命的胜利，在培养干部、储备干部方面作出了应有的贡献。在教育别人的同时，萧全夫自身素质也得到全面锻炼与提高。

四区队活动于山西山阴、代县、崞县一带。这里东依五台山，西接同蒲路，南临滹沱河，北靠雁门关，处在日军四面封锁之中，环境险恶，战事频繁。指战员们常常食不饱腹，衣不保暖，生活十分艰苦。1943年秋，聂荣臻司令员赴延安途经四区队驻地时，鼓励他们自己动手，发展生产，克服困难。不久，党中央发出了《开展根据地的减租、生产和拥政爱民运动》的指示。接着毛主席号召军队要"一方面打仗，一方面生产"。萧全夫到任前，区队长已离职学习，部队已开始搞起生产。他到任后，坚持实行武力和劳力相结合、战斗和生产相结合斗争方针，利用战斗间隙，积极开展大生产运动，在当地群众的帮助下，开设了油坊、面坊、毡帽作坊等。1944年春，四区队开始搞农业生产，并根据战斗任务，灵活安排生产，"日军来了就战斗，日军不来就生产"，组织部队开垦荒地1800多亩，连同和群众伙种的地，共产谷子13.8万多斤，几个作坊也获得50多万元的盈利，部队生活得到了明显改善。在搞好生产的同时，四区队不仅粉碎了日军的多次"扫荡"，而且在春耕、夏收、秋收期间还积极主动打击日军，掩护群众生产，抓住机会拔除日军的据点。这期间，萧全夫带领四个中队到山阴川下和代县川下活动，连打了几个小胜仗。在代县十里铺伏击战中歼伪军一个中队、日军一个小队共250余人，缴步枪数十支，机枪三挺，小炮两门和十几大车羊毛、军用物资。全年四区队共进行大小战斗71次，攻克了朱东庄、上庄、野庄、风家寨、崖头等据点，毙伤日伪军256人。四区队劳武结合、生产战斗双丰收，成为当时游击根据地和游击区的一个先进单位。萧全夫从四区队调出，随张明远、詹才芳等领导同志于12月下旬到达冀东军区工作。1945年1月初，冀热辽军区正式成立，下辖第十四至十八共五个军分区，萧全夫任第十七军分区参谋长。

第十七军分区辖第十四团和四个县支队，位于河北省滦县、乐亭、滦卢、丰滦县境，北宁铁路横贯其中。日军为控制华北与东北之间的走廊地带，1月份从东北陆续调到冀热辽的伪满军达24个团，2万余人，分布在北宁路沿线。从2月初开始，日军集中4万多人，向冀东根据地发动了最后一次大"扫荡"。第十七军分区根据冀东军区的指示，边组建边战斗，立即投入了长达四个月的反"扫荡"斗争。到3月底，十七军分区共进行大小战斗数十次，毙伤俘日伪军1000多人，日军被迫退回铁路沿线。四五月间，日军再次"扫荡"北宁路南和路北的丰（润）滦（县）迁（安）地区以及遵化一带，十七军分区又经数十次大小战斗，歼灭日军近千人，攻克许多村镇，使日军"扫荡"和"集家并村"的阴谋被粉碎，为大反攻创造了有利条件。

6月11日晨，驻滦南据点的伪蒙军骑兵铁石部队700多人，到城东南连北店一带进行"扫荡"。铁石部队是由日本人充任司令官的伪军，多系作恶多端的亡命之徒。为消灭这股日军，萧全夫率十四团和滦卢联合县支队，在乐亭酉之张狼窝、港北、小营一带设伏，诱敌深入，将日军四面包围于小营，在打退两路援日军之后，向小营日军发起总攻。经十多个小时战斗，将日军全部歼灭，毙伤俘敌700多人，缴获轻重机枪40挺，战马300余匹及全部装备。铁石部队全军覆没，引起日军的极大震动。

1945年夏，冀热辽军区根据中共中央在战略反攻到来时，配合苏联红军解放东北的意图，按晋察冀军区的统一部署，组成了三个挺进支队，从6月中旬起，北出长城，发起了热辽战役。第十七军分区留在根据地内坚持斗争。此时，他们积极扩军，加紧整训，主动作好大反攻的各项准备。

8月8日，苏联对日宣战。9日，毛泽东主席发表了《对日寇的最后一战》的重要声明。10日，朱德总司令向解放区军队发布大反攻命令。冀热辽军区接到进军东北、配合苏军作战的命令后，由军区司令员兼政委李运昌率领1.3万余人，分三路向热河、吉林、辽宁挺进。萧全夫率十四团留在冀东，同兄弟部队一起，坚决向日伪军发起进攻。

8月中旬，萧全夫奉命率十四团和兄弟部队一起攻打唐山。一天晚上，他以两个连向唐山城东塔头镇伪军据点发动进攻。拂晓前，日军退到越河欲去唐山。次日，萧全夫指挥十四团和滦南支队分两路进攻越河，日军向唐山撤退时被埋伏部队全部消灭。此战共毙伤俘敌500余人，缴轻重机枪20余挺、步枪500余支。8月下旬，因唐山日伪集结已达数万，不易攻下，八路军即转向解放腹地中小城镇。萧全夫率十四团在开往路北途中，在帅甲河车站袭击由唐山开往东北的一列日军军车，毙伤日军500余人，接着又截击一列日军军车，歼灭日军二部。

247

在冀东大地上的战斗

日本投降后，各地日军公然拒绝投降，汉奸、伪军摇身一变成为国民党先遣军，与蒋介石勾结起来，冀热辽区党委和冀热辽军区号召全体军民全力投入反对国民党反动派抢夺胜利果实的斗争，并决定更深入地发动群众，巩固与扩大解放区。

9月中旬，冀热辽军区决定集中十四、十五、十六共三个团及一些地方部队，由军区政治部主任李中权指挥，强攻玉田县城，萧全夫率十四团担任城东主攻，于19日晚进占玉田城东关，东关日军炮楼有一个中队，约90人防守。附近地形平坦，部队难以靠近，萧全夫以巧妙的战术手段把一个中队的日军全部消灭。20日晚8时，开始攻玉田城，由于城墙有三丈多高，城中心和四周建有楼阁，便于日军观察射击，八路军首次攻城受挫。次日，萧全夫与排以上干部一起，总结第一次攻城的经验教训，共同研究了具体的攻城方案，于晚8时再次发起攻击。十四团主力一、二、三连从东门东南角攻击，四、五连从东北角攻击，其他三面由兄弟部队配合。在萧全夫指挥下，集中全团火力掩护部队强攻，一鼓作气，登上城墙，后续部队源源进入城内，在城南进攻的十五团主力也从十四团的突破口跟进。八路军很快消灭了东南城门上的日军，旋即向纵深发展。战至22日下午3时，被八路军围困在几个大院内的日军举起白旗投降。此战共计毙、伤、俘伪军联队长石子厚、伪县长陈锐以下伪军1000余人，獭谷大队长以下日军400余人，缴获迫击炮三门、轻重机枪38挺，步枪1300支及大批军用物资，玉田县城宣告解放。十四团在玉田攻坚战中起了决定性作用，荣获军区通令嘉奖。该团三连被军分区授予"玉田战斗模范连"的光荣称号。玉田是通往东北的咽喉要道，玉田解放后，冀东区党委、军区、行署机关进驻玉田，结束了长期游击流动的状态，并为取道冀东挺进东北的其他解放区部队打开了一条通道。

解放玉田后，萧全夫率十四团进攻两次未克的遵化县城。部队逼近遵化时，迁安求援急切，萧全夫又奉命率十四团挥师迁安，担任城南主攻任务。10月17日，利用在城下挖的地道，用棺材装进炸药，在城南炸开一个突破口，部队迅速突进城内，协同兄弟部队共歼日军1700余人，迁安城随之解放。

在八路军攻克玉田、迁安的震慑下，宁河、丰润的日守军闻风丧胆，接连弃城逃窜。遵化守军伪满洲军讨伐队4000余人，经八路军围困月余后，于10月下旬向唐山逃遁，途中被八路军歼灭。11月初，冀东中心区除唐山铁路沿线几个日伪军据点外，全部解放。至此，冀热辽根据地连成一片，并与冀中、平北、东北各解放区紧密相连。

11月上旬，根据中共中央的决定，成立了冀热辽中央分局和军区。留冀东的部队整编为四个野战旅和五个军分区。萧全夫任独立第十三旅旅长，旅政委由李振声担任，下辖十四、二、六十共三个团。

1946年1月4日，日军为在《停战协定》生效前占领战略要地，兵分三路向承德进犯，企图割断东北与华北的联系，孤立东北地区的八路军。萧全夫奉命率独立第十三旅（欠十四团），并配属遵化、滦西两个支队，在丰润县地区组织防御阻击南犯之日军。11日晨，唐山的日军九十四军第五师，四十三师两个团，日伪军一部，分两路并肩向丰润、遵化方向进犯。萧全夫率部在唐山市工人总队配合下，在丰润县以南纵横30多里地带，采取运动防御，节节抗击，并以部分精干分队主动出击，杀伤、消耗日伪军，迟滞日伪军行动。战至14日晨，进犯的日伪军被八路军及配合部队阻于丰润县城、北紫草坞、罗文口以南地区，其一部被迫撤回古冶，八路军及配合部队阵地仍屹立不动。此战共歼日伪军700余人，粉碎了日伪军夺取遵化、前出喜峰口及策应夹攻承德的企图。

6月底，国民党反动派在美帝支持下，发动了全面内战。独立第十三旅在萧全夫和李振声率领下，在冀东坚持根据地斗争。8月，冀东军区野战旅整编，十三旅改称独立第十一旅，该旅主要领导成员未变，萧全夫仍任旅长。9月初，国民党军队大举进攻冀东解放区。5日，国民党第九十四军第一二一师一个加强连，孤军深入丰润县七树庄，策应国民党主力部队进攻。萧全夫闻讯后，即指挥该旅一部于当晚出其不意，一举突入村内，将该加强连 138 人全部歼灭。中旬，独十一旅三十一团在唐山北一带设伏，歼灭国民党军第六十二师一五一旅团长以下 300 余人。10 月底，萧全夫率十一旅远距离奔袭卢龙县石梯子、前所营、柏店子等据点，毙伤俘国民党军团长、副团长、团参谋长以及国民党县长以下官兵 1300 余人，缴获迫击炮、掷弹筒和各种枪支 700 余件。

1947 年 5 月，冀东军区遵照东总的指示，为阻止国民党军队出关增援，配合东北夏季攻势，进行了滦东地区进攻战斗。滦东国民党守军系华北独立第三师和东北保安一支队第二团及一些地方武装。其中心据点昌黎为独三师部所在地，城外层层设防，堡垒林立，城内有重兵防守。国民党守军企图以昌黎为核心，与周围据点相结合，实行重点防御，确保"北宁路"畅通。5 月 12 日，萧全夫率十一旅（独十旅第三十团于年初调归该旅建制）从王官营出发，渡过滦河。18 日在十五军分区警备团配合下一举攻克后封台、燕埝坨、大牛栏、张家庄、留守营等车站据点，炸毁饮马河大铁桥及小桥六座，摧毁碉堡 67 个，破坏了西起大牛栏、东至留守营 70 余里大部分铁路。十一旅一部还在安山以东炸毁了前来增援铁甲列车，击退国民党军队约两个团兵力的进攻，有力地保障了十旅攻克昌黎县城战斗的顺利进行。攻占昌黎后，萧全夫率十一旅按预定计划乘胜东进，于 23 日夜向深河守军发起进攻，一举突入深河城内，与国民党军队展开巷战。次日午前全歼守军，共歼守军团长以下 600 余人，缴获轻重机枪 16 挺、长短枪 300 余支。

滦东地区进攻战斗，消灭了国民党军队的有生力量，切断了国民党军队由华北通向东北的运输命脉——北宁铁路，有力地配合了解放军在东北战场的夏季攻势，极大地鼓舞和增强了冀东军民胜利的信心。

8 月，冀东军区奉东北民主联军总部命令，将独十旅、十一旅、九旅编成东北民主联军第九纵队。独十一旅改称第二十六师，萧全夫任师长，李振声任政委。

五岭山阻击战

1947 年 9 月，为贯彻《解放战争第二年的战略方针》所规定的任务，配合关内解放军作战，东北民主联军首长决定发起秋季攻势。9 月 10 日，九纵（欠二十七师）奉命出关赴东北参战。从此，萧全夫离开冀东，奔赴更加广阔的战场，去参加歼灭国民党重兵集团的作战。

9 月中旬，八纵将陈诚急令刚刚调到东北的四十九军七十九师、一〇五师（各欠一个团）阻于杨杖子地区。陈诚又火速从锦西、兴城抽调两个师又一个团前来策应。九纵奉命阻击锦、兴的国民党援军。纵队把阻击国民党援军的任务交给了能打硬仗、恶仗的萧全夫，令该师于 22 日拂晓前，进至峰密沟、五岭山、孙家沟一带，在热河独立团的配合下，阻击国民党援军。此时，萧全夫率领的二十六师尚在 300 里外的干沟一带。领受任务后，萧全夫在师党委会上提出"打好出关第一仗"的响亮口号，当有人提出部队休整一下再走时，萧全夫说："这次阻击战，不仅关系到八纵围歼战的胜利，而且也关系到整个秋季攻势的大局。虽然时间紧任务急，我们要舍得在关键时刻使用和磨炼部队，培养部队连续作战的作风。"会后，萧全夫即亲率先头团经三个昼夜的冒雨急行军，长驱300余里，比纵队规定时间提前一天到达指定地域。21日夜，二十六师各团迅速进入预定阵地。当晚，七十六团一营摸黑占领小五岭山阵地，拂晓又派二连前去占领大五岭山。当二连登上大五岭山主峰时，国民党军队已爬到山腰。该连乘国民党军队没有防备，居高临下，以突然猛烈的火力将国民党军队打下山去。国民党军队为打通锦杨公路与杨杖子的国民党军队会合，于22日7时趁大雾弥漫，集中七个团的兵力向解放军阵地两翼猛烈攻击。解放军坚守部队顽强阻击，打退国民党军队多次轮番攻击，给国民党军队以重大杀伤。但终因国民党军队与人民解放军的兵力悬殊太大，战至10时后，前沿阵地峰密沟东北无名高地、关山、虎头山、孙家沟南汕相继失守，五岭山处于三面围困。在危急情况下，萧全夫即令二梯队两个营投入战斗，很快攻占乌云山高地，阻止了国民党军队的进攻，解除了国民党军队对五岭山阵地右翼的威胁。这时，八纵首长打来电话说："我们歼灭杨杖子之敌已问题不大了，就看你们能不能堵住援敌了。"萧全夫坚定地说："请首长放心，我们一定把敌人堵住，保障杨杖子歼敌的胜利！"萧全夫趁国民党军队立足未稳，组织反击。当晚9时，他从各级预备队中抽出三个营的兵力，向正在构筑工事的国民党军队突然发起全线反击。在激烈的争夺中，阵地得而复失，战至夜间11时，各团丢失的阵地全部夺回，恢复了原防御态势。23日晨，国民党军队在数架飞机的支援下，向五岭山阵地大举进攻。解放军坚守部队连续打退国民党部队的14次冲击后，兴城的国民党部队也前来助攻，战至中午12时，小五岭山阵地失守。正当国民党部队向大五岭山主峰反复冲击的时候，萧全夫一面令七十六团主力向国民党部队左翼出击，牵制和威胁正面进攻五岭山的国民党部队，一面迅速组织五个营兵力向进攻五岭山的国民党部队发起反冲击。经一个多小时的激战，终于将国民党部队打退，并夺取了峰密沟东北小山及庙山一线高地，终于保证了全歼杨杖子国民党部队4000余人的胜利。并迫使赶来支援的国民党部队于24日撤回锦西。此战，二十六师歼灭国民党部队1000多人，缴获武器弹药一批。纵队首长对二十六师英勇顽强的阻击，给予高度赞扬。

五岭山阻击战是萧全夫指挥的第一次大的阵地防御战。他不仅出色地完成了任务，而且在强大的国民党部队的进攻面前，总结出"躲、打、杀、反"等战术，为以后的防御战斗积累了丰富的经验。

朝阳之战

五岭山阻击战结束后，萧全夫率部参加了兴榆破击战、锦兴破击战等战斗，和兄弟部队一起，将山海关至绥中铁路间所有桥梁、枕木、铁轨、电杆、车站全部毁坏，使国民党"确保北宁"的企图落空。

10月中旬，九纵奉命攻击朝阳，二十五、二十六两师担任主攻。朝阳是锦承铁路线上的重镇，驻守国民党部队4000余人，工事坚固，有"金城汤池"之称。加之解放军曾数次未克，又有"铁打的朝阳"之称。萧全夫率二十六师经两天急行军，于21日晨和兄弟部队一起将朝阳的国民党部队包围，入夜向国民党部队发起攻击。因情况不明，准备不足，仓促投入战斗，首次攻城未克。次日，萧全夫根据纵队首长的意图，重新调整部署，选择新的突破口。当夜向朝阳发起第二次攻击，各路攻击部队以勇猛的行动，登城歼灭国民党部队、破城巷战，歼灭国民党部队3000余人，23日凌晨3时，解放朝阳。二十六师七十八团五连作战勇敢、机智、灵活，被纵队命名为"朝阳连"，记大功一次。战后，萧全夫亲自到该连召开现场会，总结经验，程子华司令员连声称赞："你们打得好！"

11月1日3时，八纵、九纵赶来增援的国民党部队侯镜如九十二军的两个师发起全线攻击。萧全夫指挥二十六师长途奔袭，一举突破国民党部队第一道防线。2日晨，解放军各路攻击部队将国民党部队压缩在长不足20里、宽不足十里的狭小地域内。10时许，国民党部队四十三师逃向义县，国民党部队二十一师主力北渡大凌河，企图逃跑。萧全夫率师主力插入距义县仅十余里处的四方台，将国民党部队退路切断，遂将国民党部队二十一师大部聚歼。此战共歼灭国民党部队6500余名，缴获轻重机枪100多挺。

部队进行短期休整后，于12月上旬发起冬季攻势。九纵奉命由朝阳东进，14日攻克北镇县城。16日和八纵一起包围新立屯的守军第四十九军之二十六师，随后在沈锦路以北活动，钳制沈阳与锦州的国民党部队。12月底，九纵配合一纵围歼大虎山的国民党部队，但国民党部队已先期逃跑，遂将大虎山地区国民党部队交通破坏。1948年1月，九纵先后参加了合围台安国民党部队暂编十八师和围歼沟帮子国民党部队一八四师的战斗。1月底，九纵令二十六师围歼大凌河铁桥的国民党部队五个连并炸毁铁桥。萧全夫出色地完成了任务，他率部不仅全歼国民党防守部队而且将大凌河铁桥彻底破坏。该师还配合二十七师将周围国民党部队的据点扫除干净，受到东总表扬。

1948年春，东北解放军开展了轰轰烈烈的新式整军运动。在诉苦和"五整一查"的基础上，展开了群众性的战前大练兵。萧全夫到七十六团帮助开展军事练兵，他发现干部战士普遍求战心切，对练兵不热心，响亮地提出"苦练出精兵"的口号，一直在基层抓典型指导练兵40多天。在纪念八一建军节21周年时，全师举行了以检验训练成果为主要内容的运动会。纵队詹才芳司令员看完演练后兴致勃勃地说："练兵成绩好，将来一定能打更大的胜仗！"经过大整训、大练兵，部队获得了军政双丰收，为迎接即将到来的战略决战打下了坚实的基础。

251

锦州攻坚战

　　1948年9月，伟大的战略决战揭开序幕。萧全夫率部驰骋于东北、华北广大地区，先后参加了锦北穿插围歼战、锦州攻坚战、辽西大会战、营口追击战和天津攻坚等著名战斗，所到之处，所向无敌，攻无不克，为中国人民的解放事业立下了赫赫战功。

　　9月初，九纵参加锦北穿插围歼战斗，拉开了辽沈战役的序幕。锦州城北有帽山、鸡冠山等险山要点，并有三条公路和一条铁路直通城内，形成锦州的天然屏障。锦北失守，锦州难保。国民党部队在这一带形成了较坚固的支撑点式的防御体系，有万余国民党部队防守。12日，九纵经130里急行军，插入锦（州）义（县）之间，切断了锦义之国民党部队的联系，迫国民党部队龟缩在绵北之葛王碑、薛家屯地区。九纵奉命以"夜摸渗透战法"割裂国民党部队锦北防线，切断国民党部队暂编二十二师退路。萧全夫率二十六师在二十五师左翼奔袭大茂庄，以一个团围歼葛王碑的国民党部队，师主力围歼薛家屯的国民党部队暂编二十二师。24日夜，在大茂庄进入战斗，进至温滴楼后，分路穿插。经激烈战斗，将国民党部队大部歼灭，300余逃窜的国民党官兵也被二十五师消灭。此战，萧全夫指挥二十六师俘获1300多人，打死打伤676人。26日，解放军二十七师攻占帽山。至此，锦北的国民党部队人全部扫清，共歼灭国民党官兵6000余人。战后，上级通报表扬说："九纵虽然成立较晚，但他们是很有战斗力的。"

　　10月7日，萧全夫率二十六师迂回到锦南，进行攻锦作战准备。参加锦州攻坚战共有五个步兵纵队、一个炮兵纵队和一个坦克营20余万人。二、三纵队，六纵队十七师，炮兵纵队主力和坦克营大部担任主要方向的突击任务，由城北向南并肩突击；七、九纵担任辅助方向的突击任务，由城南向北并肩突击；八纵由城东向西突击。锦州城墙高四米多、宽两米，火力发射点密布。城南筑有地堡群，与城内的高大建筑物构成交叉火力网。墙外各高地、交通要道筑有永久性工事，周围设有铁丝网。小凌河南岸有地雷场。二十六师的任务是与二十五师并肩在炮纵野榴炮四个连的支援下，在中央大街（含）以东的太子街实施突破后，迅速向东扫清牡丹街的国民党部队，向国民党六兵团司令部发动进攻。当七纵攻占罕王山以西诸要点之时，萧全夫率二十六师主力攻歼罕王山以东诸要点的国民党部队。10日拂晓，攻占了女儿河南岸全部阵地。尖刀连在太子街和牡丹街之间一举突破，高举红旗，前仆后继，冲上城墙，把红旗牢牢地竖在突破口上。尖刀部队乘胜突入城内，与国民党军展开争夺战。萧全夫令师二梯队投入战斗，七十六团攻占老爷庙后，全师分三路向纵深穿插。经逐街逐楼争夺，全歼双庙的国民党守卫部队千余人，向国民党六兵团司令部南侧、东侧攻击前进。当日23时左右，二十六师主力及二、三纵队各一部对锦州国民党核心阵地——六兵团司令部形成合围。在兄弟部队配合下，二十六师炸毁

252

地堡九个，铁丝网数道，攻占陆军医院，消灭火力点多处，越过外壕，于15日4时10分突入六兵团司令部院内，并与友军一起全歼了六兵团司令部。15日18时，锦州攻坚战胜利结束，全歼国民党守卫部队10万余人，其中九纵歼灭1.5万余人，生俘国民党东北"剿总"上将副司令兼锦州指挥所主任范汉杰、第六兵团中将司令卢浚泉。战后，东北野战军总部评价九纵"全纵奋发努力，进步甚快"，九纵给予二十六师七十六团、七十八团等单位通令嘉奖。

锦州解放，东北形成"关门打狗"之势。九纵奉命北上参加辽西大会战，开进途中，因部队太多，道路拥挤，九纵随八纵之后，由右路攻击国民党部队。当九纵主力进入大虎山时，整个战场已进入最后围歼阶段。该纵仅由萧全夫率领的前卫二十六师投入了围歼廖耀湘兵团的战斗。10月26日，总部急令九纵由大虎山南下，火速赶往营口，切断国民党部队海上的逃路。纵队即率二十五、二十七师昼夜兼程赶往营口。萧全夫指挥二十六师在辽西会战中歼灭国民党部队一部，俘虏国民党部队七十一军军长向凤武之后，作为纵队预备队，撤出会战，赶往营口。11月2日拂晓，九纵向营口市区发起进攻，二十六师冲破国民党部队层层防线，很快攻入市内，扫荡被分割包围的国民党部队。10时许，战斗结束，共歼灭国民党部队1.4万余人。

天津战役

1948年11月中旬，中央军委发布全军统一编制命令，九纵改称中国人民解放军第四十六军，下辖四个师，原二十六师改称一三七师，萧全夫任师长，李振声任政委。

11月18日，中央军委决定，东北野战军立即结束休整，取捷径以最快速度隐蔽入关，突然包围唐山、塘沽、天津三处国民党部队，切断国民党部队海上南撤的通路。萧全夫率一三七师担任左兵团先头部队，于22日从驻地牛庄出发，夜行晓宿，经16天1400里的长途跋涉，于12月9日秘密进至冀东迁安县建昌营。12日夜，该师进军北宁路，沿线的国民党部队望风而逃。13日，师先头四一一团猛追向唐山逃窜的国民党军，经九小时急行军追至芦台，国民党部队弃城逃遁。四一一团二营紧追不放，在青坨子抓住国民党军一部，不待主力赶到，即向国民党部队发起攻击，仅八分钟就全歼国民党部队1100多名。四一〇团抓住国民党汉沽守桥部队一部，四〇九团三营很快插入汉沽以南的茶淀，切断国民党部队退路，全歼国民党守桥部队。四一〇团又转兵北塘，在一四〇师一部配合下，北塘车站国民党两个团一触即溃，狼狈逃向塘沽。18日，一三七师受命赶赴津东重镇军粮城迅速完成对国民党部队包围，萧全夫接到命令，即率部南下。军粮城守国民党部队两个团惧怕被歼，于当日仓皇西撤逃向天津。解放军先头部队赶到，歼灭国民党部队一部，遂占军粮城，切断了津塘国民党部队的联系。19日夜，该师在国民党部队炮火封锁下突破海河，攻到津南，横扫咸水沽的国民党部队。国民党部队新城盐警六个大队畏惧解放军强大攻势，不战而降。解放军其他各师也都圆满地完成了任务。至此，津东、津南的国民党部队据点悉数拔除干净。

12月底，东北野战军决定攻打天津。天津，东西窄、南北长，北部国民党部队兵力强，南部国民党部队工事强，中部兵力、工事均较弱。东野前指确定采取东西对进，拦腰斩断，先南后北，先分割后围歼的作战方针，令四十六军及配属的一四五师由南向北实施攻击，与两支友军会师于跃华中学（现26中）聚歼南部国民党部队。萧全夫带领的一三七师担任主攻，与一四五师并肩实施突破。

天津东南角距城防不到千米有国民党部队一外围据点——灰堆，自成独立的防御体系，并与城内的国民党部队成掎角之势，驻有国民党部队四个保安团和一个支队近4000人，是攻城前必须除掉的障碍。萧全夫率一三七师和一三八师一道于1949年1月5日3时进入进攻出发地。萧全夫指挥四一〇团利用夜暗，插到灰堆与天津之间，拂晓发动攻击，经三小时激战，拿下灰堆造纸厂，关上了国民党部队后退的大门。8时整，担任主攻的一三七师四一一、四一四团在炮火掩护下，向灰堆的国民党部队发起冲锋，仅五分钟就打开了突破口。后续部队迅速插入纵深投入巷战。与此同时，四一三团一举攻占大何庄，转兵灰堆。灰堆国民党部队在解放军几面打击之下企图逃进城内，天津城内的国民党部队也出城增援。萧全夫指挥的四一〇团在腹背受敌的情况下，发扬死打硬拼的精神，顽强阻击两面的国民党部队一次又一次的冲击，使国民党部队增援、突围均未得逞。战至下午1时，灰堆战斗胜利结束，全歼国民党部队3800余人，其中生俘国民党少将白英杰以下3200余人，国民党部队津南城防直接暴露在解放军面前。

14日10时，解放军向天津城防发起总攻。津南城外有一条宽十米、水深近两米的护城河，河外侧设有铁丝网、鹿砦和布雷场，河内侧有高六米的土墙，墙上有铁丝网、电网，每隔30米还筑有一个地堡。10时40分，萧全夫指挥一三七师四〇九团冒着国民党部队的密集弹雨，强行架桥冲击，但连续三次均失利，桥被炸坏，架桥分队十有九伤，支援架桥的七辆坦克也被打坏。该团一营连续派出的四个爆破组，除一人外全部伤亡。接着又派出由一位排长率领的24人爆破队直扑铁丝网，结果19人牺牲、五人受伤。该团三营发起第五次爆破也未能成功。萧全夫站在团指挥所背后的大砖窑上，作为一个师的指挥员，他看着一批又一批倒下去的战士，心如刀绞。但他很快意识到，为大部队开路，为把红旗插在天津城头，需要我们不怕伤亡，不怕牺牲。他立即组织炮火支援四〇九团重新发起冲锋。在两个尖刀连拼命冲击下，突破国民党部队三道铁丝网，跨过护城河，炸毁碉堡，于13时30分把红旗插上天津城垣。随之与国民党部队展开激烈争夺，连续打退国民党部队的11次反扑，把突破口扩大到400米。跟进部队相继打进突破口。这时，由于一四五师打不开突破口，严重威胁一三七师突击部队左侧的安全。在炮火支援下，萧全夫指挥一三七师立即向左侧进攻，把突破口又扩大400米，有力地配合了一四五师占领城防。至15日1时，阵地几经易手，一三七师突击部队共粉碎国民党部队十余次进攻，巩固了突破口。

254

与此同时，萧全夫组织一三七师部分部队在友军配合下，攻占了前后尖子山，国民党部队南线防御体系就此瓦解。为实施近战指挥，萧全夫冒着国民党部队的猛烈炮火，火速赶到硝烟弥漫的突破口，他判断国民党部队已成强弩之末，便指挥部队兵分三路，配合友邻部队直捣国民党部队老巢。萧全夫紧随先头部队行动，在他指挥下痛歼土城、爱德里、南楼一带的国民党部队，接着又歼灭国民党两个团。13 时 30 分，萧全夫乘胜指挥一三七师主力歼灭了凭借工事顽抗的国民党四十三师指挥部。至 15 时，解放军各路攻城部队全歼天津的国民党部队，活捉天津警备司令陈长捷和天津市长杜建时后，解放天津。

天津战役，四十六军突破津南坚固城防，参加纵深战斗，歼灭国民党部队 2.6 万余人（不含一四五师战绩），缴获颇丰，萧全夫作为主攻师师长立下了汗马功劳，展示了他勇猛顽强的战斗作风和善于用兵的优秀指挥才能。

进军江南

1949 年 1 月下旬，萧全夫率部开赴河北霸县地区，执行改编傅作义部队的任务。从 2 月上旬开始，部队进行了以政治为主的短期集训，指战员认清了国民党反动派的反动本质，丢掉了和平幻想，坚定了将革命进行到底的决心。

4 月中旬，萧全夫率部向江南进军。22 日，部队进至冀县、南宫县一带，接到毛主席、朱总司令"向全国进军的命令"，给部队极大的鼓舞。经 43 天 2200 余里的长途跋涉，于 5 月下旬，进抵武汉以北的滠口镇，为渡江作战，在这里有针对性地进行了为期一个月的军政训练。

7 月 5 日，萧全夫奉命率部以战备行军的姿态，继续向南挺进。11 日由武汉渡过长江，于 20 日兵临长沙城下待命。8 月 4 日，程潜、陈明仁两将军正式发出起义通电，古城长沙兵不血刃，宣告和平解放。

长沙和平解放后，白崇禧仍企图作垂死挣扎，于赣西、湘东、粤北地区布防，引解放军主力深入，企图与解放军进行最后决战。四十六军执行先遣任务，压缩白崇禧集团。一三七师奉命沿粤汉铁路南进与驻守此地的国民党军队作战，保护沿途桥梁的完整，以保障野战军主力迅速南进。

8 月 5 日，担任开路先锋的一三七师从春花山出发。7 日，进至渌口东北黄票塘、李家坳一带，发现国民党五十八军一师在渌口至高沙以东地段，依托渌水南岸有利地形布防，企图阻击解放军前进。萧全夫不怕国民党抵抗，就怕国民党逃跑，立即组织部队强渡渌水。

萧全夫指挥强渡河川战斗。为打好这一仗，他进行了周密的侦察和精心的部署，以极其隐蔽的手段完成了进攻准备。8 月 10 日 4 时，向国民党部队发起攻击，经 15 分钟激战，突破了国民党五十八军暂一师的河防。国民党部队河防被突破后争相逃命，一三七师转入追击，将逃跑的国民党部队歼于淦田以北地区。

9月间，桂系部队麇集于以衡阳为中心的衡（阳）宝（庆）、衡（阳）耒（阳）之线及湘西南各地，企图在湖南境内与解放军决战，借以争取美援，待机反攻。解放军四野首长抓住这一战机，决定发起衡宝战役。四十六军在衡阳至耒阳线以东地区，牵制湘东的桂第部队，协同四野主力在衡宝之间歼灭白崇禧集团主力。一三七师奉命在沫水北岸抓住白崇禧部队，使其不能西撤。萧全夫组织精干小分队，不断出击，经常与白崇禧部队保持接触，进行多次拉锯作战，拖住白崇禧部队使其难下西逃决心，一直对峙至9月下旬。9月29日，乘四十八军与五十八军二二六师调换防务之机，一三七师开始追击。10月1日，中华人民共和国成立的那一天，萧全夫率师主力渡过淡米水，消灭了南岸守卫部队后，即向二二六师翼侧平田圩方向前进。7日，强渡耒河，沿粤汉路两侧向霞流市、大堡、衡阳方向急进。8日晨渡过湘江，直逼衡阳城。由于解放军进军神速，守卫湘桂铁路大桥的守卫部队指挥官竟来不及下炸桥命令便逃跑了。解放军夺占铁路大桥，俘获待命炸桥的士兵，突入市区，守备衡阳的警察大队和自卫大队300余人全部被歼，湖南第二大城市衡阳宣告解放。

衡阳解放的当天，萧全夫率师主力渡过湘江西进，执行围歼溃逃部队之任务。经三日冒雨急行军，于11日进抵洪桥，将两营南逃的部队歼灭。10月14日，衡宝战役胜利结束。

湘南剿匪

衡宝战役后，四十六军奉命组织湘南党政军委员会，并兼任湘南剿匪指挥部的工作，统一指挥湘南剿匪。

活动在湘南百人以上的股匪有56股，千人以上有七股，总计3.5万余人。首先发起嘉（禾）兰（山）临（武）战役，集中打击国民党军统局王春晖与谢声溢之两股万余最反动的部队。11月下旬，萧全夫率部自洪桥以远距离迂回动作，沿湘桂铁路前进，于12月1日解放江华。继以三昼夜急进，隐蔽翻越七凝山最高峰大洪岭及海拔1200米的烂泥坳，通过200里人烟稀少的瑶民区，于4日进到黄竹峇、三江城一线，随即包围了南风坳，封锁了华阴、九凝两山区。5日，分四路向兰山城推进，途中冒雨追击，歼灭土匪一个保安团，并将包围圈向内推进了200余里。至此，解放军各路进剿部队将土匪分割包围于塘村、竹管寺及毛峻、洞浆为中心的方圆30里的地区内。6日，萧全夫指挥一三七师由南向北猛攻，在棉花地、天鹅寨等战斗中，歼匪2200余人，活捉交警十四总队总队长李治民。在嘉兰临战役临近结束之时，萧全夫指挥四〇九团进抵永明，将反共救国军第十二军围歼于狮公桥和大石桥地区，生俘匪首中将军长陈平裘、参谋长罗克毅以下200余人。

1950年1月，一三七师开进零陵地区执行剿匪任务，为统一指挥军队与地方武装，成立了分区剿匪司令部，萧全夫任司令员，地委书记刘慎之任政委。

零陵地区，万山重叠，岗峦起伏，地形险要，山路崎岖。民国以来，这里就是一个土匪窝子。白崇禧曾把这一带看作是他的"命脉所在"，有计划地留下了一大批所谓"敌后武装"，企图在这一带积小胜为大胜，打出个相持局面来。这些土匪，大半以老兵游勇为骨干，作战力虽不强，但都是土生土长，所以打散较易，打烂就难；打败较易，歼灭则难。剿匪初期，土匪极为嚣张。2 月初开始进剿，按照湖南军区提出的"肃清散匪、捉净匪首、收光匪枪"三条标准，组织部队结合开展政治攻势，反复搜剿。到 6 月底，一三七师和零陵分区共歼匪 4000 余人，圆满地完成了上级赋予的如期平息匪患的任务。

残匪采取了"隐蔽潜伏，秘密发展，积蓄力量，待机再起"的活动方式，一面组织所谓"地下军"，一面寻机打入解放区农村政权、民兵武装内部，妄图与解放军长期周旋。针对这种情况，萧全夫把剿匪工作的重点放在发动群众上，以班为单位全面铺开，一面剿匪，一面使部队工作队化，配合地方政府大力开展宣传和调查工作，揭露谣言，打击坏分子的捣乱行为。对于那些经教育争取仍不悔改的土匪，给予从重惩处，严重匪犯交人民政府处决。对成分不纯的农会、民兵组织进行整顿，通过诉苦，挖穷根、匪根，提高政治觉悟。与此同时，部队利用一切机会，为群众大办好事，赢得了群众的真心拥护和爱戴。群众真正发动起来后，残匪无法潜伏，剿匪部队犹如长上了千里眼、顺风耳，捷报频传。仅八九月份，就歼匪 800 多名。同时，在群众的配合下，摧毁了一大批隐藏很深的国民党军地下组织，消除了隐患。

为配合湘西会剿，坚决消灭湘西回窜土匪与湘南内地潜匪，保证秋征土改任务的顺利进行，10 月下旬，萧全夫召集武岗、隆回、城步三县地区紧急军事会议，作了周密部署。在他的统一组织下，部队向湘西与桂北边缘地区合击包剿 20 余次，打击回窜内地的股匪近 20 股，歼匪 900 余人，有力地配合了湘西会剿，并为桂北恭城地区解除了严重匪患，使湘南内地社会秩序日趋稳定。

1950 年 12 月，萧全夫升任四十六军第一副军长兼参谋长。

1951 年 1 月，四十六军胜利结束了在湖南的工作任务，奉命开赴广东海陆丰地区，担负保卫海防的任务。

朝鲜战场上

1952 年 1 月，中南军区组织军师主要领导干部 14 人，由四十一军副军长李福克和时任四十六军副军长的萧全夫率领入朝学习，参加了第五次战役。5 月回国，6 月萧全夫升任四十六军军长。

1952 年 9 月，萧全夫奉命率四十六军入朝参战。这使关注朝鲜战争、求战心切的萧全夫极为兴奋。部队在极短的时间内，即作好了一切准备，由广州军运安东（今丹东）。全军于 9 月 14 日至 22 日跨过鸭绿江。28 日到达平壤以北顺安、新安州地区。11 月 1 日接替四十二军北起清川江口南至甑山 70 公里西海岸的防御任务。

12 月底，四十六军（欠一三七师）与配属的四十军一二〇师、炮四十二团及炮

萧全夫（左一）与彭德怀在朝鲜前线

四十四团，开赴第一线，接替四十军西自板门店东小河起，东至基谷里近 29 公里的正面防御任务。这时，自恃装备优势，不甘心达成停战协定的美伪军，大肆进行战争叫嚣，企图由东西海岸线登陆，以打破僵局。接防后，萧全夫立即到一线勘察地形，熟悉阵地，拟订作战方案，囤积物资，加强前沿工事，并以先前沿后纵深，先主点后次点，先坑道炮阵地后其他工事，在每一线阵地及纵深十余里地域内，以坑道为主结合野战工事的阵地编成原则，全军 53 个连队展开了紧张的备战工程作业。到 3 月中旬完成了主要作业，至停战时止，全军共增加坑道 277 条，全长近 22 公里，各种掩体和炮阵地 2860 个，指挥观察所 175 个，交通沟、堑壕 76 公里以及许多储水池、反坦克壕等工事，使阵地达到绵密有体系，基本上奠定了"守得住"的作战信心。

萧全夫遵照"积极防御和零敲牛皮糖"的作战方针及"稳扎狠打，由小到大"的作战原则。初步于 1953 年 2 月开始，一线部队即普遍和积极地开展了小部队缓冲区争夺战和阻击手、游动炮歼敌运动。并将缓冲区的战斗推向美伪军前沿铁丝网内外，达到了"遇必打，打必歼"的作战要求。至 3 月中旬，基本上控制了缓冲区的主动权，有力地保证了主阵地的安全，并给反击作战创造了条件。

在小部队活动取得经验之后，萧全夫组织部队于 2 月 26 日首次向守备梅岘里东山土耳其旅一个排、马踏里西山美陆二师五团两个加强排又一个加强班反击，全歼美伪军，并在五天打击美伪军反扑的战斗中歼灭美伪军 1200 余人，巩固了梅岘里东山。首战的胜利极大地鼓舞了部队的士气，初步坚定了"攻得下，守得住"的信心。

在中国人民志愿军的沉重打击下，4 月 26 日，中断达半年之久的朝鲜停战谈判终于恢复。但是，美伪军并不想很快达成协议，仍企图拖延战争，以保持紧张局势。为了配合停战谈判，促进停战的早日实现，根据中央军委指示，志愿军首长决定以西线为重点，以打击美军为主，对美军发起夏季攻势。萧全夫受命指挥在主要方向上的四十六军及配属的两个步兵师、一个工兵团（欠一个营）、三个炮兵团又八个炮兵营，于正面选一两点有利地形，对美军发动攻击。攻占后，以大力与美军反复争夺，歼灭美军有生力量，并巩固已得阵地，改善志愿军的阵地。

这是萧全夫第一次指挥这么多的部队，感到责任重大。而且，双方阵地都已相对稳固，就是争夺一个小点，也要集中力量进行殊死的搏斗。四十六军面对的美军是号称"王牌"无敌手的美军第一师，为了给这个美军王牌师以教训，萧全夫领受任务后，再次爬上前沿阵地侦察，选择攻击目标，组织干部对预选目标进行沙盘和图上作业，周密地制定作战方案。然后他又组织部队进行针对训练和演练，在全军集中力量完成坪村南山重点（也是兵团重点）反击作战准备时，由于攻击部队一战斗组长投靠美军，暴露了攻击计划。萧全夫为慎重和确实查明美军的变化，派部队向坪村南山主峰进行战役侦察性的反击作战，全歼美军三个排。与此同时，又以一三六师一部兵力反击马踏里两山和梅岘里东山，全歼美军一个加强排和一个连。经三天反复争夺，巩固了阵地，并把阵地向美军推进了一平方公里多。此战后，由于李承晚公开叫嚣"反对朝鲜停战"，要北进"单独干"，志愿军作战对象转为以李伪军为主，对美国及其仆从军不作大的攻击，致使坪村南山重点反击未能实施。

为打击李伪军并教训美军，东线志愿军展开了正面的突破作战。为配合东线作战，萧全夫组织部队多次进行反击和攻歼作战，至 7 月 27 日停战时止，共攻克美伪军两个连又 12 个排的阵地，打垮美伪军一个班至三个营的反扑 130 余次，歼灭美伪军 4000 余人，巩固了梅岘里东山和马踏里东、西山，给美伪军以沉重打击，有力地配合了停战谈判的顺利进行。

四十六军在守备作战的六个半月中，先后对阵美陆战第一师、美二师、美二十五师，英联邦第一师，土耳其旅等九个国家的军队 9.6 万余人，作战 156 次，共歼灭美伪军 1.4 万余名（内含俘虏 149 名）。7 月 28 日，萧全夫作为板门店前线部队的代表，参加了彭总在开城召开的隆重的停战协定签字仪式。停战后，著名作家巴金曾到四十六军，他被该军的英雄事迹深深吸引，连续采写了《在英雄连队里》《魏连长和他的连队》《记栗学福同志》等文章，颂扬了这支英雄部队。

在朝鲜战争中，萧全夫战功卓著，荣获朝鲜民主主义人民共和国一级勋章一枚。

1954 年，萧全夫从朝鲜归国后，进入南京军事学院战役系学习。经过三年学习，受到了系统的军事理论、战役战略学的教育，多年征战的实践经验得到理论升华，完成了一个高级指挥员的必修课。1955 年 10 月，他被授予少将军衔，荣获二级八一勋章、二级独立自由勋章和一级解放勋章。毕业后，他重返四十六军继续任军长。

1962 年 2 月，萧全夫调任沈阳军区副参谋长，分工抓作战和训练。他虽然在正军这个职位上干了十个年头，但仍兢兢业业地工作，积极协助参谋长和军区领导，在东北的设防、战备、部队训练及"军事大比武"等项工作中做出了较好的成绩。

259

保卫珍宝岛

1969年3月2日，苏联边防军在装甲车、指挥车的掩护、指挥下，悍然入侵珍宝岛，首先开枪打死、打伤中国边防战士多人。中国边防巡逻队被迫进行自卫还击。3月4日后，苏军出动边防军和坦克、装甲车、飞机，连续入侵珍宝岛，并炮击中国边境纵深地区。为制止入侵，保卫边境，萧全夫受命率沈阳军区前敌指挥所，赴黑龙江省虎林县五林洞指挥了珍宝岛自卫还击作战。这场保卫祖国领土的斗争，是在"文革"动乱、现场兵力不足、调运部队和调拨支援武器弹药困难的情况下，以劣势装备同装备精良，拥有先进坦克、装甲车、飞机、大炮，并在数量上占优势的苏军较量。前敌指挥所最高指挥员萧全夫，坚决贯彻中央军委的作战意图，动员、组织参战边防部队、民兵和人民群众，发扬"一不怕苦，二不怕死"的革命精神，英勇顽强，连续作战，并适时向中央、军委汇报斗争情况和事态的发展变化，认真执行"有理、有利、有节"的斗争原则，给入侵挑衅者以应得的惩罚，胜利地保卫了中国的神圣领土，捍卫了中华民族的尊严。珍宝岛自卫还击作战创造的经验和斗争艺术，在中国人民解放军边防斗争史上，又写下了辉煌的一页，具有一定的指导意义。

珍宝岛战斗后，萧全夫不再兼任军区参谋长之职，而以主要精力抓中蒙、中苏边境国防工事建设和东北的小三线建设。为此，他的足迹踏遍了东北的山山水水，为东北地区的设防和小三线建设做出了显著的成绩。在此期间，他还担任东北"八三"工程领导小组组长，自1970年到1975年的整整五年间，领导创建了我国第一条大口径、长距离输油管道。这条管道总长达4270公里，建成后，使大庆产的石油输送到东北的各个炼油厂，为中国新出现的工业部门——管道输油工业的创建和发展，作出了重要贡献。他还率领部队执行了营口、海城地区的抗震救灾和辽河地区的抗洪抢险等任务，保护了人民生命财产，深受灾区人民崇敬。

1975年1月，萧全夫被选为全国人民代表大会代表，出席了第四届全国人民代表大会。1977年，被选为中国共产党第十一次全国代表大会代表。从此，他更加勤奋地工作，协助军区主要领导，在整顿军队、拨乱反正，搞好战备，抓好部队的教育训练及施工、生产等项工作中，发挥了重要作用。

260

投笔从戎的"东方隆美尔"——孙立人

　　孙立人（1900~1990年），字抚民，号仲能，祖籍安徽舒城（今肥西县），出生于安徽庐江。国民党著名将领，陆军上将军衔，曾在美国弗吉尼亚军事学院学习并从该校毕业。在第一次缅战期间担任三十八师师长，在仁安羌战役中，指挥一个团的兵力将日军的4000多人击败，这一以少胜多的战役为他在国际上赢得了很多的声誉。在胡康河谷战役和孟拱河谷战役中，指挥部队分别歼灭日军3200多人和6800多人。在第二次缅战期间担任新一军军长，指挥部队共击毙日军3.3万多人，在国民党军级单位的将领中，他是率领部队击毙日军最多的将领。在国共两党发生内战时，曾经在四平、公主岭等地被林彪打败过。被誉为"中国军神""丛林之狐""东方隆美尔"等。

投笔从戎

1900 年，孙立人在安徽舒城的一个书香世家里诞生了。他父亲叫孙焕庭，是一个举人；伯父孙泓泽则是一个进士。6 岁时，孙立人就开始上私塾读书。后来他跟随父亲一起到青岛居住，在那里进入一所德文学校学习。

1914 年，清华学堂要在安徽招收五名学生，当时报名应试的学生则有 1000 多人，在这些人中，孙立人的成绩排名第一。进入清华学堂之后，孙立人共在这里生活了九年之久，和闻一多、梁实秋、吴文藻、吴国桢、梁思成等是同窗好友。在清华学堂学习的时候，孙立人对体育产生了极大的兴趣，在足球和篮球方面都有很好的表现。

1919 年，"五四运动"爆发，为了表达将失地收复的巨大决心，闻一多将岳飞的《满江红》连夜抄写了出来，并将它张贴在了饭厅的门口。孙立人当然也不甘落后，他和同学们一起，在学校的体育馆前发起"国耻纪念会"，当场宣读自己的誓言："口血未干，丹诚难泯，言犹在耳，忠岂忘心。中华民国八年五月九日，清华学校学生，从今以后，愿牺牲生命以保护中华民国人民、土地、主张。此誓。"

1920 年，作为校篮球队队长，孙立人带领校队参加比赛，夺得了华北大学联赛的冠军。第二年，孙立人被选入中华篮球代表队，代表中国参加了第五届远东运动会，在战胜日本队、菲律宾队之后，将远东运动会的篮球冠军奖杯收入囊中。

1923 年，孙立人完成在清华学堂的学业，并且获得了公费留美的机会。他本来的想法是要学习军事，但是后来服从父亲的意愿，到普渡大学土木工程专业进行学习。在这里获得了学士学位之后，孙立人仍然觉得自己的理想没有实现，所以坚定地前往弗吉尼亚军事学院学习军事方面的知识。弗吉尼亚军事学院是一所能够和西点军校相媲美的著名军事院校，马歇尔和巴顿将军就是从这所学校毕业的。这所学校的生活条件很是艰苦，室内没有自来水和暖气，也没有洗澡间，只有很老旧的厕所，除了这些之外，学校的伙食情况也非常差，面包很硬，像是鞋底一样。学校的管理方式是学生自己管理自己，所以高年级的学生打骂新生的情况极为普遍。4 年军校生活的磨炼，使得孙立人从一个瘦弱的白面书生变成了一名具备坚强刚毅作风的真正军人。

1927 年 6 月，从弗吉尼亚军事学院毕业之后，孙立人先后到英、法、德等国进行军事考察。1928 年回国之后，孙立人的职业军人生涯正式开始了。

淞沪战役

1932 年，崇尚美国文化的财政部长宋子文看上了孙立人，让他加入了财政部税警总团，没过多久，孙立人就成为了第四团的上校团长。宋子文对美国有很多迷恋，他创办的税警总团，不仅使用的装备全都是美国的，而且要求所有的中上级军官都必须是留学美国的军事人才。而孙立人不仅有着维吉尼亚军事学院毕业的光辉履历，而且有着潇洒的外表，还能说一口流利的英语，所以宋子文对他有着更多的青睐。

1937 年，淞沪会战期间，孙立人率领部队前往参战，隶属于第九集团军。孙立人的部队担负蕴藻浜大场正面的防守任务，面对着日军主力部队的进攻，战斗场面很是激烈，孙立人和日军的部队都遭受到很大的损失，日军甚至将这场激战称为"血肉磨坊"战斗。在这次战斗中，孙立人沉着冷静，调度有方，取得了很好的战绩，他因此受到了上级的嘉奖，于 10 月中旬升任第二支队少将支队长，同时仍然兼任第四团团长。

10 月 18 日，孙立人接到命令，率领第二支队退至苏州河南岸沪西租界附近，在紧挨着租界区的周家桥一带阵地担任防守任务。

日军对苏州河南岸进行了猛烈的轰炸，这片区域瞬间就变成了一片火海。日军的飞机只要看到有炊烟升起，就会对那个地方进行轰炸。使得这个地区的居民和部队都不敢在白天的时候生火做饭。每天晚上过了 9 点以后，大家才能借着黑夜，生起灶火做一顿饭吃。

孙立人经常带着一名参谋和两名卫兵来到战斗前线和战事最为紧张的地方。战士们也常常可以听到孙立人用自己浓重的安徽口音说着鼓舞士气的话：

"弟兄们，现在是我们为国家、为民族尽忠的时候了，给我狠狠地打啊！"

"支队长都在前线和我们一起战斗，我们还有什么好怕的！"战士们的热情顿时高涨起来。

27 日清晨，苏州河的河水上涨了不少，早晨的浓雾将河面笼罩了起来。在第四团的前沿阵地上，哨兵发现有一队人影晃来晃去。

"你们是干什么的？给我站住！"哨兵急忙大声喊话。

"砰！"的一声枪响，早晨的宁静被打破了。紧接着，又是一阵枪声在阵地上响起，而那一队人在快速运动了一阵之后，突然就不见了人影。

原来，这一队人是日军的偷渡部队，他们借着浓雾的掩护，将事先连接好的橡皮艇当作浮桥，趁着苏州河涨潮的时候偷偷潜伏了过来。日军一共有四五十人偷渡到苏州河南岸，现在正躲在河边的储煤洞中。

"不要慌，他们跑不了！"孙立人安抚战士们。他命令战士们准备好手榴弹，先要将日军的浮桥炸沉。另外，他还让战士们准备了十几捆用汽油浸透的棉花，用来将躲在储煤洞中的日军消灭掉。

很快，四块厚厚的钢板就在岸边竖了起来，这是孙立人的主意，这四块钢板刚好可以当作临时护墙。紧接着，第四团的官兵们就从钢板后面将 100 多枚手榴弹扔了出去。

"轰，轰，轰……"捆成捆的手榴弹在苏州河中不断响起，炸起了高高的水柱，水柱从空中落下，变成无数的水滴，就像是如注的暴雨一般。日军的橡皮艇就在这爆炸声中被炸上了天，变成了一片片破碎的橡胶块。

"哒哒哒哒……"日军开始从对岸用重机枪猛烈地射击，想要将孙立人部队的火力压制住，企图保住浮桥和藏在储煤洞中的偷渡者。然而，日军的行动已经太迟了。橡皮艇组成的浮桥在河中断成了几截，被河水冲向了下游。

紧接着，孙立人命令战士们将那十几捆浸过汽油的棉花点燃，推到了储煤洞的洞口。转眼之间，十几个熊熊燃烧的火团就将下面的储煤洞口封住了。洞里残余的煤炭也被引燃了，马上就产生了大量的浓烟，火势也更加猛烈。藏在洞中的日军，在烟熏火燎之中"吱哇"乱叫，很多人就这样被活活烧死了，剩下一具具焦黑的尸体。还有十几名日军，终于从烈火中逃了出来，准备向孙立人的部队展开还击。有几个人身上还着着火，急忙向河边跑去，想要用水将身上的火灭掉。铁板后面的中国官兵早就已经严阵以待了，他们就是在等着这些残余的日军出来，好将他们一网打尽。一阵猛烈的射击之后，这十几个残存的日军士兵也被击毙了，苏州河又恢复了平日的宁静。

11月3日下午6时，孙立人接到命令，要求他在当天晚上9时前带着自己的部队从坚守了半个月的苏州河南岸阵地撤下来，将阵地移交给第三十六师。

黑暗已经将孙立人部坚守的阵地笼罩了，第二支队的移交工作正在井然有序地进行着。突然，一个出人意料的情况发生了：阵地西头的一栋两层红色小楼被20多名日军占领了，日军从这里对国民党军队进行了猛烈的射击。

"支队长，我们怎么办？是按照命令准时撤出阵地，还是将小楼里的敌人消灭以后再撤？"作战参谋向孙立人请示道。

"先拿下小红楼，必须将阵地完整地交给三十六师！"孙立人毫不犹豫地下达了命令。

税警第四团的战士们向小楼里的日军展开了一次又一次猛烈进攻，但是面对日军的猛烈火力，进攻一次次被打退，战士们一片一片地倒下了。黑夜中满是火光，枪炮声响彻云霄。

面对日军的顽强抵抗，孙立人决定使用地雷将小楼炸毁，所以他立即向军部申领了20枚地雷。一直到第二天凌晨3点的时候，军部运送地雷的汽车才抵达第四团的指挥部。而日军对第二支队阵地上的炮击已经开始了，一颗颗炮弹不停地在国民党军队的阵地上炸响。

听到地雷被送到的时候，孙立人感觉很高兴，他马上从指挥所里走了出来，用手电筒查看着地雷的信号。

猛然间，一声刺耳的声音传来，一颗榴散弹在孙立人所处位置的上空爆炸了。孙立人不幸被炮弹击中，他身上被炮弹炸伤了十多处，有八九块弹片钻进了他的身体里。一瞬间，孙立人已经变成了一个血淋淋的血人。

"第四团团长的职位由第二营营长张在平代理。"

"一定要用地雷将小红楼炸掉！"孙立人带着满身的鲜血下达了命令。

当身受重伤的孙立人被抬进法租界的一家医院时，医生都已经摇头表示遗憾了，他们觉得这个被炮弹炸伤的指挥官已经没有活下去的可能了。

一位正在读书的大学生为奄奄一息的孙立人献出了 500CC 的鲜血，为挽救这位将军的生命作出了自己的贡献，他没有留下自己的名字，甚至连一杯牛奶都没有喝。

孙立人出人意料地活了下来。他的精神感召了第二支队的战士们，他们最终将小红楼里的日军歼灭，将阵地完整地移交给了第三十六师。

东方隆美尔

1942 年春天，日军开始向缅甸发起进攻，企图将中国唯一的对外交通线——滇缅公路截断。受到英国军队的邀请之后，中国军队进入缅甸支援英军作战。当时正担任由税警总团改编的新三十八师师长的孙立人奉命前往，率队担当入缅远征先锋队。

缅甸境内最大的油田是任安羌油田，日本对它已经图谋很久了。出于时整个战斗大局的考虑，英军总司令斯利立姆上将于 4 月 15 下达了炸毁油田的命令，任安羌油田马上就变成了一片火海。日军一边派出部队救火，一边抢占宾河渡口，将英军十七师拦在了宾河南岸。此外，仁安羌北的宾河大桥也被日军抢占了，7000 名英军的后路被切断。被日军围困了两天两夜之后，英军陷入了弹尽粮绝的境地。面对这种情况，英军司令斯利立姆将军向孙立人请求救援。接到电报之后，孙立人仔细分析了战场的情况，随即要求英军无论如何要再坚守一天，表示"中国国民党军队一定负责于明天下午 6 点前将贵军解救出围"。英军对于孙立人的表态表示了疑问，孙立人用坚决的态度回复英方说，就算是中方战斗到最后一个人，也一定会将英军从困境中解救出来。

一一三团连夜向被困英军奔去。到了第二天清晨的时候，两个营的兵力已经强行渡过了宾河，迂回到仁安羌北侧之后，对日军完成反包围。这两个营和日军进行了激烈的战斗，经过几次肉搏战之后，三次失去阵地，但是又三次将阵地从日军手中夺回。在战斗中，三营营长张琦壮烈殉国。经过国民党军队的反复攻击之后，日军终于溃败，国民党军队于 18 日将仁安羌攻下，顺利地将被包围的英军救了出来。整个战斗仅仅持续 13 个半小时，国民党军队共歼灭日军 1200 人，一一三团也付出了伤亡过半的代价。死里逃生的英国士兵在见到国民党军队的战士之后，都很激动地高喊"中国万岁"。

仁安羌之战是中国远征军进入缅甸之后取得的第一场胜利，孙立人派出的部队以不足 1000 人的兵力，将数倍于己的日军击败，同时救出了近十倍于己的英军部队，在整个世界引起了极大的轰动。在这次战役之后，孙立人获得了无数荣誉，包括蒋介石颁发的四等云麾勋章、罗斯福授予的"丰功"勋章和由英王乔治六世授予的首次颁布给外籍将领的"帝国司令"勋章。

仁安羌战役之后，新三十八师负责掩护英军撤退。4 月下旬，在撤退经过曼德勒之后，英军继续向西撤退，前往印度。
战区参谋长史迪威命令中国远征军一起
向印度撤退，但是中国远征军副司令官
杜聿明拒绝了这一命令，而是决定向云
南撤军。杜聿明给孙立人下达命令，让
他率领新三十八师为第五军殿后。5月9
日，发现滇缅公路上的密支那已被日军
占领之后，杜聿明急忙下令各部队向西
北方向进发，穿越野人山之后返回云南，
并要求新三十八师继续担当殿后的任务。
接到命令之后，孙立人马上就表示了反
对的意见，他认为穿越野人山的路途比
较遥远，而且山路难走，又是荒无人烟，
很难获得补给。不如将远征军尚存的四个
师集中起来，对立足未稳的日军发起进

孙立人（右）与史迪威将军在缅北丛林

攻，夺回密支那，沿着滇缅公路回到云南。杜聿明没有接受孙立人的建议，孙立人便直
接拒绝服从杜聿明的命令，而是按照史迪威和司令官罗卓英的命令，率领新三十八师
向印度方向撤退。在撤退的过程中，孙立人亲自上阵，拿着冲锋枪和战士们一起参加战
斗，多次将日军的阻击打败。新三十八师不但没有损失部队装备，还在撤退的路上收容
了数以千计的难民和英印散兵。

　　5月底，孙立人带领新三十八师抵达了印度边境。没想到的是英驻印边防军竟然要
求孙立人的部队将武装解除，以难民的身份才能进入印度。见英国军队以怨报德，孙立
人怒火中烧，马上下达命令，让部队进入战斗状态。此时，曾经被新三十八师解救过的
英军第一师师长正在此处的医院里治病，他听说了当时的情况之后，急忙警告当地的
英军将领说："这支中国军队是很能打仗的，你最好还是先去看一下情况！"当地的英
军将领听了师长的话之后，抱着怀疑的心情来到了新三十八师的营地，孙立人组织了
一支200人的仪仗队，在营门口迎接英军将领的到来。这些战士非常精壮，他们往营门
口一站，就像是一堵墙一样。虽然士兵们的军装有点破旧，但是手中的枪却擦得锃亮；
尽管中国士兵的个子不是很高，但是一个个精神抖擞。在战士们面前，摆放着两门小钢
炮、四挺重机枪。看到这个阵势，英军的将领被大大地震惊了，他以前见过从缅甸战场
上撤退回来的英军，为了保住自己的老命，不要说是枪炮了，他们连自己的衣服和裤子
都不要了，只穿着一条裤衩就狼狈地回来了。看到中国士兵把钢炮和重机枪都扛了过
来，他感觉有些不可思议。这名英国将领问中国士兵为什么要将机枪都随身带着时，中
国士兵给他的回答是："武器是我的生命，人在武器在。"听到这样的回答，英国将领
明白了，想要将中国士兵视为生命的武器收缴上来是不可能的。接着，孙立人又带领着

266

英国将领参观了营房，并为他安排了军事表演。参观完之后，英军将领对于新三十八师的将士肃然起敬，态度也发生了极大的转变。第二天，新三十八师阵容齐整地进入了印度。英军的仪仗队奏乐表示欢迎。

1942年8月，新三十八师和新二十二师进驻印度兰姆珈训练基地，部队的番号也变成了中国驻印军，开始配备美式装备，并进行训练。10月，中国驻印部队改编成新一军，下辖孙立人的新三十八师和廖耀湘的新二十二师，军长是郑洞国。

1943年10月，中国驻印军开始向缅北地区展开大举反攻。

第二次缅甸战役开始之后，孙立人率领新三十八师像猛虎下山一样直接向胡康河谷扑去。部队进展迅速，于10月29日攻克新平洋，12月29日占领于邦。

将于邦攻克之后，新三十八师继续展开攻势，在1944年2月1日将太白加攻占。3月4日，新三十八师和廖耀湘新二十二师两路夹击之下，将孟关占领。3月9日，新三十八师一一三团和美军突击队联合作战，将瓦鲁班攻克。有"丛林作战之王"之称的日军第十八师团伤亡过半，最后只能狼狈地从胡康河谷逃了出去。

攻克胡康河谷之后，驻印军于3月14日借着胜势向孟拱河谷继续展开攻击。新三十八师一一三团从左翼翻越崇山峻岭，迂回到了坚布山的后方，和新二十二师从两面进行夹击，终于在29日将坚布山天险攻克，将孟拱河谷的大门打开了。4月24日，新三十八师和新二十二师遵照史迪威的计划，各自向着孟拱和加迈攻击前进。5月下旬，孙立人得到这样一个信息：由于廖耀湘新二十二师将日军第十八师团主力包围在了索卡道，所以加迈城内的兵力极为空虚，师团长田中新一独守一座空城，内心相当恐惧。孙立人发现这个机会之后，决定打破原来的计划行事，命令一一二团秘密渡过南高江，迂回到加迈南面的西通，将加迈日军的后路切断；命令一一三团向西进发攻击加迈；命令一一四团向南进击，对孟拱进行大纵深穿插。6月16日，一一三团与新二十二师在加迈胜利会师，日军第十八师团残余的1500多人则在师团长田中新一的带领下仓皇南逃。6月25日，新三十八师一一四团将孟拱攻占。8月3日，中国军队和美军一起将密支那收复。到这个时候，反攻缅北的第一期战斗结束了，日军王牌第十八师团等部遭到了中国驻印军的毁灭性打击。在一系列战斗中，中国军队共消灭了2万多日军，洗刷了两年前被日军击败的耻辱。史迪威将此战称为"中国历史上对第一流敌人的第一次持久进攻战"。

将密支那攻克之后，中国驻印军进行了休整和扩编，新一军扩大了一倍，变成了新一军和新六军两个军。孙立人变成了新一军的中将军长，下辖新三十八师和新三十师。

1944年10月，反攻缅北的第二期战斗开始了。中国驻印军兵分两路，分别从密支那和孟拱继续向南发动进攻。东路军是孙立人率领的新一军，他带领部队沿密支那至八莫的公路展开攻击，连续将八莫和南坎攻克。

1945年1月27日，新一军和滇西中国远征军合作，将中国境内的芒友收复，使得滇缅公路恢复了畅通。紧接着，新一军各部队在孙立人的指挥下继续高歌猛进，3月8日攻克腊戍，3月23日拿下南图，24日攻占西保，27日占领猛岩，第二次缅甸战役胜利结束了。

孙立人率领着新三十八师和新一军，在远征缅甸的战斗中东征西讨，与日本侵略者进行了勇敢而坚定的斗争，使得日军遭受了极大的损失。孙立人在这些战斗中体现出的运用战术和运用兵力的能力都得到了国内外各方的极大肯定和高度赞誉。当时的国际舆论界甚至给了他一个极为响亮的名号——"东方的隆美尔"。

仁安羌战斗

1943年元旦，孙立人受到了印度总督的嘉奖，地点就在印度兰溪镇的达尔巴厅堂里。他能获得这样的荣誉，完全是因为他在战场上的指挥才能和他的部队拥有的严明纪律，以及他所带领的部队在缅北战场上取得的巨大战绩。

那是八个月前的事情了。

1942年4月，孙立人按照上级的命令率领着新编第三十八师跟随中国远征军进入缅甸参加战斗。

刚刚进入缅甸战场，孙立人的部队就遇到了一个大硬仗：仁安羌战斗。

14日，驻缅英军第一师放弃马格威阵地，将防线移至仁安羌，右翼的形势变得严峻起来。和英军保持对立的日军第三十三师团，发现英军撤退到仁安羌之后，马上从队伍中分出两个联队，迂回到了英军的后方，将仁安羌油田占据，切断了英军的后路。将英军第一师全部和战车第一营一部包围在仁安羌以北、宾河南岸地区。在被日军围困了两个昼夜之后，英军弹尽粮绝，补给不足，陷入了十分危险的境地。

17日清晨，蒋介石给中国远征军前线指挥所发去电报，要求孙立人率领新三十八师赶去增援英军。

接到命令之后，孙立人马上派副师长齐学启亲自率领第一一二团和一一三团前往支援。第一一三团和其附属部队首先出发，分乘300辆军车，全速赶往仁安羌。当天傍晚时分，该部就已经抵达宾河北岸。随后，孙立人也乘坐吉普车赶到了第一一三团的驻地，亲自到前线进行指挥。

当天晚上，第一一三团就对日军发起了猛烈的攻击。中国军队就像从天而降一般，杀得日军晕头转向，他们并不知道中国军队具体的人数，只觉得到处都是中国士兵的身影。其实，在阵地上的一一三团只有1000多人而已，剩余的部队仍在赶来的路上。

18日清晨，孙立人指挥着部队又和日军进行了一场惨烈的战斗。中日双方的部队，在缅甸的土地上，进行着惨烈的厮杀。到中午12点，阵地上的枪声逐渐稀落下来，中国军队将宾河以北的日军基本都消灭了。

"孙将军，第一师已经被日军围困了三天，我希望贵军能够马上渡河对日军发起攻击，以解救我方部队。"英军第一军团史林姆将军中肯地向孙立人提出请求。

"不行。现在我们部队能够投入战斗的兵力只有一个团而已，而日军的人数是我们的数倍。再加上河南岸的地形很暴露，日军占据着有利位置。我们必须要进行周密的侦察和部署，最早也要到明天清晨才能发起进攻。"孙立人沉着而冷静地答道。

这个时候，电话响了起来，这是被围困的英军第一师师长史柯特将军的救急电话。史柯特师长焦急地表示，被围困的英军已经无水无粮，很难继续坚持下去，如果当天不能对他们实施解救，整个部队都有被击溃的可能。

接到电话之后史林姆再次向孙立人表示请求："孙将军，第一师已经在溃败的边缘，恐怕他们已经不能坚持到明天了，所以请贵军尽快施以援手。"

"贵军第一师务必再坚守一天，否则的话，不但解救他们的任务无法完成，就连我们的一团人马也会白白牺牲。"孙立人果断地回应道。

两个人正说话的时候，史柯特师长又打来了第二次的告急电话。史林姆手握着话筒，脸色变得很严肃，目光也变得极为慌乱，他十分紧张地看着孙立人。

孙立人的表情仍然很平静，他沉着地说："请你转告史柯特师长，既然他的部队已经坚守了两天，那么不管怎么样都要将这最后一天坚持下来。在明天下午6点以前，中国军队一定会将他们全部解救出来的。"

"有把握吗？"电话中的史柯特师长充满了急迫和怀疑。

"请放心，包括我在内的中国军人，即使战斗到最后一个人，也一定会将贵军解救出来的！"孙立人坚定地回答道。

听到孙立人这样的答复，英军战士顿时感觉有了希望，身上也有了无穷的力量。

19日清晨，淡淡的晨雾笼罩着大地。孙立人率领部队开始向日军发起了进攻，隆隆的炮声打破了清晨的宁静。

尽管日军的人数是一一三团的数倍以上，但是战士们毫不畏惧。在孙立人的指挥之下，与日军进行着勇敢而机智的战斗。战场上杀声震天，血流成河，双方的尸体堆成了山。在山炮、轻重迫击炮和轻重机枪的掩护下，一一三团的战士们对日军发起了数次肉搏式的冲锋。在激烈的战斗中，阵地几经易手，双方都遭到了极大的伤亡。在率领部队冲锋的过程中，第三营营长张琦不幸牺牲。临死之前，他仍然在鼓舞战士们继续冲杀。被他的精神所震撼，官兵们含着眼泪，一次又一次地向着日军阵地扑去。

这场战斗从清晨4时一直持续到午后3时，日军第三十三师团的数次反扑都被中国军队击退，他们丢下1200多具尸体，从战场上撤退了。第一一三团的1000多名中国官兵也仅剩一半。

随着日军的撤退，一一三团将全部仁安羌油田区都占领了。他们解救了500多名被日军俘虏的英军士兵、传教士和新闻记者，从日军手中夺回的英军的100多辆辎重汽车也交还给了英方。7000多名英军第一师的步兵、骑兵、炮兵、战斗部队和1000多匹马也安全地撤退到宾河北岸。

仁安羌之战，孙立人率领着1000多名将士，将数倍于己的日军击溃，解救出了10倍于己的英军，这可以说是一个奇迹。同时，这一战斗的大捷为中国军队赢得了无上的光荣和骄傲，也为孙立人带来了无数的荣誉。经此一战，孙立人进入了国际知名将领的行列。

被林彪战败

1945年7月，孙立人带领着新一军返回广西南宁，准备对广州实施反攻。同月，欧洲盟军最高司令艾森豪威尔邀请孙立人赴欧考察欧洲战场，孙立人欣然前往。

同年8月15日，日军宣布投降。9月7日，孙立人带领部队进驻广州，接受日军第二十三军投降。之后，进行了休整和扩充的新一军成为国民党军五大主力之一，有了"天下第一军"的称号。

1946年1月，孙立人奔赴美国，参加联合国参谋长会议。3月下旬，新一军乘坐美国舰船在秦皇岛登陆。4月初，在梁华盛的指挥下，新一军和七十一军对四平发动了攻击。4月8日，"天下第一军"首次遭遇重大打击，林彪率领的东北民主联军在昌图以北兴隆泉地区对第一军新三十八师进行了伏击，新三十八师被歼灭1200多人。4月17日，新一军攻占四平以东、以南地区，担任指挥工作的是郑洞国。18日，新一军开始向四平城区发起攻击，激战九天之后，仍然未能攻克，于26日被迫转为守势。5月15日，蒋介石发电将正在美国开会的孙立人召回国内，同时增调十个师的兵力对四平进行围攻。18日夜，孙立人终于赶到四平前线，将新一军的指挥权拿回手中。看到战争形势对于己方不利，林彪在当天晚上就率领部队悄悄从四平撤离了。19日早晨，孙立人亲自驾驶一辆坦克，首先冲进了城内，没想到四平已经是一座空城了。

1946年8月，蒋介石任命孙立人为东北"绥靖"副司令兼新一军军长及长春警备司令，让他率领部队扼守长春以北、松花江以南各重点阵地。1947年1月，林彪指挥着12个师成功渡过松花江，发动了"一下江南"的攻势。在其塔木战斗中，林彪采取"围点打援"的方式，一下将孙立人的两个团吃掉了。孙立人对杜聿明的指挥方式颇有微词，认为是杜聿明的指挥无方才使得自己的部队被林彪一一击破。2月，林彪又发动了"二下江南"的攻势，这一次，孙立人又损失了一个整团。

孙立人带领着新一军出关之后，就再也没有什么光辉的战绩了。蒋介石对于他在东北毫无建树的情况感到非常不满。1947年4月，孙立人被蒋介石升为东北保安司令部副司令长官，这其实是一个虚职，他新一军军长的职位由潘裕昆接任。同年8月，孙立人又被蒋介石从东北调离，出任陆军副总司令兼陆军训练部司令。11月，孙立人从新一军抽调数百名在税警总团和在缅甸作战时期的亲信，一起到台湾训练新兵。

1948年10月，在随廖耀湘兵团参加辽西会战时，孙立人费尽心机经营了数年的新一军被林彪的东北野战军消灭了。

四战长沙的名将——薛岳

薛岳（1896~1998年），广东韶关市乐昌县客家人，是国民党的一级将领，曾加入粤军。在土地革命战争时期，多次与红军交战。抗日战争时期，在淞沪会战、徐州会战、长沙会战和武汉会战等著名战役中都屡立战功，被认为是"抗战中歼灭日军最多的中国将领"。1950年，出任海南防卫总司令，参加海南岛战役，最终战败向台湾撤退。1952年，晋升为国民党陆军一级上将，并成为"总统府"战略顾问。1998年，在台湾病逝，享年102岁。

早年生活

薛岳，1896年12月17日（清光绪二十二年十一月十三日）出生于广东韶关市乐昌县九峰镇小坪石村，原名薛仰岳，字伯陵，乳名孝松，人送绰号"老虎仔"。关于薛岳家还有一个传说，传说他的祖上是唐朝声名赫赫的大将薛仁贵。薛仰岳这个名字，是他的父亲按宗谱排名取的，寓意也就是要他成为像岳飞一样的英雄。薛岳不负父亲期望，对岳飞自小就心生钦佩，加入军队后，更是立志像岳飞一样"精忠报国"。他长大成人后，认为"只是敬崇岳飞尚未足以称其心意，乃去'仰'字，单名岳，直以岳飞自况"，自此，薛仰岳的名字被改为"薛岳"。薛家虽是一个以耕田为主的农民之家，但家里读书氛围浓厚，通过阅读英雄传记，薛家兄弟都自小树立了报国的远大志向。薛家育有六个儿子，日后成为国民党将军的就有四人，其中长子薛岳成为国民党一级上将，而三弟仲述和四弟叔达成为了国民党中将，五弟季良也成为一名国民党少将。

1907年，薛岳10岁，考入黄埔陆军小学，当时这所培养军事人才的学校竞争很激烈，只招收120人，而当时报名考试的多达数千人。但薛岳自小勤学读书，最终考试成绩也很优秀，以第32名的成绩进入学校。（这里有另一种说法，与薛岳在不同团当兵的一个姓张的土匪说，薛岳不是参加考试进入学校的，是由团部推荐的）

几千人中薛岳能榜列第32名，依照科举的标准来看，薛岳也可以称得上考中秀才了，薛岳的好成绩，给他当时所在的第四标带去了很大的光彩。时任标统的黄其桢尤为开心，他为此向标里的粮饷官下令，要求每个月给薛岳照例发放十个龙洋当作军饷。

其实，当时的军校每个月会给学生发两个龙洋，这样一算，薛岳可是一个月就有12个龙洋，在当时算是相当富裕了。薛岳那时正是豪放少年，难免有些张狂，不可避免地经常被同学们央求着请客吃饭，包括人称"铿哥细佬"的邓挥、叶挺、土匪张、烂赌光、吴奇伟、阿聋、叶肇、许志锐、猪仔晖、崩耳南和黄琪翔等人。

有一天晚上，吃完饭、喝过酒之后，这群伙伴游荡在黄埔后山，当时大家都很兴奋，一个人突然提出一个建议，就是大家结拜成为兄弟，从此祸福与共、同生共死。提议一出，每个人都表示同意，于是，酒醉还迷迷糊糊的一伙人就这样在一块大石头前跪下了，对着石头立誓，结为了"石"家十兄弟，寓意他们的兄弟之情犹如历经风雨的石头一样坚不可摧。

听说十个人结为兄弟后，另一些同学自觉错过了热闹，不免心里有些不是滋味，于是，他们也学薛岳等人的举动，拿着生鸡和黄纸，聚集了三五个好朋友，一批又一批地跪在那块大石头前，也结盟成了兄弟。至此之后，每到假日，那块大石头都成了兄弟结拜的"风水宝地"，常常是一地的鸡毛，外加白酒和缭绕的香火。

时至今日，位于黄埔岛上的那块曾经盛极一时的大石头不知是否尚在，倘若进行一些考证，找出那一块石头，再加盖一个亭子，竖一块碑，记上其历史的"功勋"，想必也会吸引游人观看。

同学们的结拜风潮，可在黄埔陆军小学掀起了风波，同学们之间总是重复结拜，往往是一个受欢迎的同学，被很多同学分别请去结拜，有的甚至能拜上十多次，至此，结拜后的黄埔陆军小学的同学们关系变得更加复杂了。

倘若把结拜的同学都以兄弟关系相论，那么最终整个学校的同学几乎都是兄弟关系了，因为你没有和另一位同学结拜，但与你结拜的兄弟中肯定有和那位结拜过的，所以最终你也算是那位同学的兄弟。按照这个情况来看，黄埔陆军小学的这场结拜最终和没结拜是一样的效果。黄埔陆军小学的同学们在后来的40年中，经历着分分合合，在这些人中，有的成为了战友，有的成为了敌人，虽然曾经结盟过，但在战场上，还是一样地激烈厮杀。现今来看，少年时的兄弟结拜对于他们来说如同一场游戏，不必太较真，也不必当成天大的事。

当时，黄埔岛因为地理位置偏僻，进出都要坐船，所以结拜的同学们为了去街市买生鸡，就不可避免要花大半天时间乘船来去。因结拜仪式不可缺少斩鸡头和饮血酒这两项，又因买生鸡如此麻烦，所以当时岛上居民家养的公鸡就成为了学生们的目标，最初同学们还很讲究规矩，凑钱买居民的公鸡，但随着结拜的同学越来越多，需要的公鸡也越来越多，居民当然不忍心把鸡都卖了，所以这群小伙伴们买不到公鸡了，便开始转变为偷，没有公鸡就偷老母鸡，反正只要能完成仪式就行。

偷鸡本是一件不光彩的事，但这些小伙伴们却把这件事当成了检验自己军事素质的行动。一到课间，小伙伴们就聚集在一起，对各自的偷鸡行动加以评价。在小伙伴中，黄琪翔的偷鸡技巧最好，据说每次偷鸡都神不知鬼不觉。其实，他的这种高超的偷鸡本领，也在后来的北伐战争中发挥出了良好的作用，如在平江、丁泗桥战役中，他就凭借夜晚娴熟的偷鸡本领获得了战争的胜利。在小伙伴中，叶挺最老实本分，他一干坏事就心虚，据说他在离鸡窝很远的时候，就已经毛愣地绊倒凳子，由此鸡开始乱飞，而居民也被吵醒，每到那时，他唯一的本领就是迅速逃跑，传言他只需要几秒，就能逃得无影无踪，人和狗都追不上他。正是这样的逃跑技巧，在后来率兵北伐战争中，被委以了先遣团的重任。

结拜过的陆小同学，虽然彼此间的兄弟关系很乱，但其中也可以按地域或族群而划分出一些团伙，从地域上划分来说，就有高雷帮、廉钦帮、客家帮、广府帮等；从流域上划分，有东江帮、北江帮和西江帮等，这些帮派，成员间往往是互相包含，尤为复杂。

其实，少年时组建成的团伙，主要的集体活动恐怕要数吃喝和打群架了。一帮男人组成的团伙，难免要干一些坏事，偷、抢、嫖、赌自然名列其中。当时在这些小伙伴中，最胆大心狠、最精通干坏事的那位自然也得到了大家的拥护，威信很高。反之，伙伴中只要有哪位老实正经一些，甚至发动伙伴们学雷锋干一些好事，比如看望孤寡老人、义务清扫大街或洗厕所等，这个人无疑会受到小伙伴们的挖苦。

这样一帮年轻气盛的小伙伴相互撑腰，自然为人也傲慢狂妄起来。常常是走在路上，只要看一个人不顺眼，就打起架来。那时，别人多看他们两眼，小伙伴们也要动手教训一下对方。黄埔陆小存在这样一些帮派团伙，自然惹出了很多是非。时任堂长的黄士龙也是十分愤怒，他罚这些拉帮结派的同学顶着行李跑操，不仅每天如此，还同时命令他们晚上也刻苦练习偷袭战术。

在演练偷袭战术中，据说薛岳最聪明，两队人马相互冲杀，当大家都藏于山林野坟时，他就趁机向前冲；而当大家一齐冲向前的时候，他就反其道而行地向后躲。在夏天夜晚进行演习时，因为夜色黑暗，难以辨别敌友，他就想出了一条妙计，那就是给自己战友的额头上都抹点阴干的萤火虫粉，由此就能辨别出队友，即使双方打得不可开交，他的一队也能轻易分辨出敌我。

分帮进行演习的几个团伙中，战斗力最强的当属"土匪张"一伙，而要说起团伙的凝聚力，薛岳一伙可是占了上风，因为薛岳是其中最有钱的，演习赢了，他带领大伙吃一顿，演习输了，他也领大伙吃一顿，由此团队士气尤其高昂。

273

于枪林弹雨中救出宋庆龄

1910 年，从黄埔陆军小学毕业的薛岳正赶上革命的巨大风潮，随即薛岳与叶挺、邓演达两个同学一起加入同盟会，在朱执信的带领下离开广州，到各地去宣传开展革命活动。1914 年，"二次革命"结束后，薛岳在邓铿（字仲元）的介绍下，加入了中华革命党。之后，薛岳进入武昌陆军第二预备学校，成为第二期受训学员，学习时间为两年。两年学习结束后又进入保定军校第六期，当时他的同期同学有邓演达、张发奎、吴逸志和李汉魂等。1918 年 6 月，还没完成学业的薛岳奉命赶赴广东，当时孙中山组建了一支援闽粤军，薛岳随即加入革命军，并被委任总司令部上尉参谋一职。之后，薛岳跟随军队进入福建，对漳州四周 20 多个县发起了进攻。1920 年 9 月，薛岳再次跟随军队返回广州，对岑春煊率领的桂军进行讨伐。其中，邓铿被委任为粤军参谋长兼第一师师长，薛岳被委任为机枪连少校连长。第二年，薛岳所在的机枪连被扩充为营，随即升任营长。

1921 年 5 月，在广州，孙中山就任中华民国大总统，随即要求组建大总统府警卫团，当时由邓铿全权负责此事，他任命第一师参谋长陈可钰为警卫团团长，任命薛岳为第一营营长，叶挺为第二营营长，张发奎为第三营营长，在当时的粤军中，薛岳三人被誉为"三剑客"。第二年 8 月，孙中山渡过西江前往桂林，为建立北伐军大本营做工作，此次护卫任务就由薛岳负责。

1922 年 3 月，陈炯明（时任粤军总司令）叛变，暗中刺死了邓铿。同年 4 月，孙中山在薛岳的护送下返回广州，在韶关建立革命大本营，至 6 月初，孙中山偕同夫人宋庆龄从韶关赴广州，薛岳依然担任警务任务。1922 年 6 月 16 日凌晨 3 时，陈炯明的叛变明朗化，叛军叶举和洪兆麟率领各部攻进广州，控制了全市的交通要道，并占领了报社、政府机关和武器仓库。洪兆麟还率领部队向观音山"总统府"发起了猛烈进攻，部队分兵几路，一起向总统府进行轰炸攻击，没过多久，"总统府"和越秀楼就燃起了大火。总统府的卫士英勇奋战，交战一直进行到中午，结果卫士几乎全部阵亡，毙伤三四百名叛军。

危急时刻，薛岳艰难地爬到孙夫人旁边，竭力劝说她向山下转移，当时，宋庆龄说："叛军已经团团包围了我们，想要突围谈何容易？倘若我继续待在这里，还能迷惑叛军，由此孙先生就能有机会逃得远一些。"

薛岳说："夫人，您没必要待在这里，必须想办法突围出去。吸引叛军注意可以交给卫兵来做，我会安全地把您带出去！"

随后，他下令卫兵集体开火，在枪弹的掩护下，薛岳手握机关枪，带着孙夫人向总统府外冲去。一路上，他扫射着迎面的叛军，也躲避着叛军射来的无数枪弹，其中叛军的一颗子弹还打中了他的军帽，留下了一个很大的窟窿，但带着夫人一心突围的他根本没有注意到，最终他成功地带着孙夫人逃出了叛军的包围，把孙夫人带到了孙中山的跟前。就这样，在珠江"永丰"舰上，总统夫妇历经生死，在薛岳的拼死护卫下再次重逢。事后，薛岳还不失幽默地说："虽然我个子不高，但现在看来还是有好处的，倘若我身高再高一寸，那么就死在敌人的那颗子弹下了。"薛岳冒死救出孙夫人的举动轰动一时，自此薛岳也变得赫赫有名。

守卫孙中山的警卫团在此次突围战中都失散了，只有薛岳还带着一些卫士守在孙中山所在的珠江"永丰"军舰上。随后，在孙中山的指示下，薛岳与林直勉等人秘密地赶赴广西梧州去请援兵。到达梧州后，得到了莫雄（时任粤军第四师营长）的大力帮助，联系上了第四师师长关国雄。随即驻梧州陆海军少校以上军事会议正式召开，会议就发兵平叛展开了商议。但同一时刻，忽然传来消息，粤军许崇智部在返回途中受到了叛军的阻击，不得不转移至福州，由此原定的发兵行动被迫暂停。两天后，薛岳偷偷乘坐"大明"号轮船抵达香港，随即返回上海，抵达后立即把广西请兵情况向孙中山作了汇报。

针对闽粤的战事变化，革命军北伐计划不得不临时作了调整。10 月 18 日，身在上海的孙中山向许崇智部发出电令，指出成立"东路讨贼军"，总司令由许崇智担任，参谋长由蒋介石担任。同时，孙中山还指示薛岳、叶剑英和李辛达立即赶赴福州，出任总司令中校参谋，不久后，薛岳升任第八旅十六团团长一职。1923 年 4 月，薛岳指挥部队跟随"东路讨贼军"南下，在广东潮梅一带联合"西路讨贼军"一起对叛军陈炯明部的洪兆麟、尹骥、李云复、翁式亮等部进行了夹击。5 月 9 日，叛军突袭了揭阳的"东路讨贼军"，并占领了去往丰顺的要地言岭关。就在这时，在旅长张民达的指挥下，薛岳又率全团官兵配合其他部队加入了战斗，他们向叛军发起了连续的猛烈进攻，最终成功收复了言岭关，使"讨贼军"渡过了难关。事后，孙中山不仅亲自接见了这支作战英勇的第八旅，也对全体官兵给予了高度的赞扬。

1924 年，蒋介石奉命指挥部队对叛军陈炯明进行讨伐，其中委派薛岳担任粤军第一师少将副官，并兼任师参谋长。1925 年 2 月，又升任第一军第十四师副师长，同时还兼任第十四团团长。薛岳在整个第二次东征作战中，不仅指挥得当，作战英勇，而且还打了很多以少胜多的战役。3 月 27 日，薛岳在给国民党中央执委会及汪精卫、蒋介石等的电报中说："3 月 11 日，逆军残部由赣边来犯兴宁。职团由大埔星夜赶到合水，与逆军激战半日，被我击溃，向平远逃走。13 日，追至东石，被我夜袭。18 日，追至大宗祠，我乘雨袭击，敌伤亡数百余人。我伤亡百余人。职团获步枪 500 余支，……俘虏 400 余名。现敌一部退往福建，一部退往江西，敌之将官，俱已退往香港、上海。"因薛岳战绩突出，蒋介石特此还给予了通电表扬。

1926 年 7 月，国民革命军开始北伐战争，总预备队为第一、第二两师，其中就有薛岳所部。之后，薛岳跟随西路军对江西发起总进攻，由此一度成为北伐军的主力部队，在总司令蒋介石的指挥下开展军事行动。9 月初，部队经过长沙浏阳，向驻守江西的孙传芳部展开大举进攻。在江西南昌，北伐军与孙军进行了一场激烈的攻守战，两军反复厮杀，北伐军两度攻克南昌城，最后又被孙军夺回，北伐军损失较重，被迫撤退，但薛岳带领的第一师第三团却坚持作战不退。10 月 3 日，全师官兵接受了蒋介石的训话，其中特意提到英勇作战的第三团，蒋介石要全军以他们为学习榜样。除此之外，针对此次作战的失败，蒋介石也作了深刻检讨，究其原因，地图有误是主要原因。这次失败的经验教训给薛岳上了重要一课，在之后的20余年的指挥作战中，薛岳都重视对实际地理环境的查探，以及对地图的反复研究。

12月，第一师师长由薛岳代任，薛岳奉命率部东进。当时，浙江的军政人员在立场上都倾向于国民政府，所以革命军的东进并没有遇到大的阻碍，一路顺利进军。直至2月18日，杭州被收复，随后，革命军兵分几路，分别向上海和南京发起进攻。其中，薛岳率第一师从杭州攻入嘉兴，为配合革命大军进军，薛岳找到青红帮头目，经过反复商议，最终在青红帮的帮助下，在错综复杂的湖沼河汉上架起了一座座便桥，使革命大军以最快的速度通过了各地，最终进至闵行，会合友军对上海发起了围攻，3月20日，上海被收复。

万家岭大捷

1937年8月13日，在上海爆发了淞沪会战。1937年8月20日，在国民政府的指示下，在滇黔成立了第三预备军，司令由龙云担任，副司令由薛岳担任。在此期间，薛岳先后三次致电蒋介石，请求让他参加会战。9月17日，蒋介石批准了薛岳的请求，接到指示后，薛岳率兵于当日立即赶赴南京，参加淞沪会战。22日，薛岳抵达南京，接受蒋介石面见后，出任第十九集团军总司令一职。24日，薛岳率部奔赴上海，指挥对敌作战。正是从这时开始，薛岳投身到了救国和解放战争的抗战中，戎马征战整整八年，战功卓越，成为一名声名赫赫的高级将领。

淞沪会战结束后，薛岳被迫指挥部队转移至浙皖赣边界，12月，薛岳再次晋升，被任命为第三战区前敌总指挥。1938年5月，在薛岳的领导下，黄山山脉游击根据地和天目山的游击根据地相继建立。随后，薛岳指挥第三战区各部向苏浙敌后发起突袭，游击战不仅在京杭、沪杭等各交通线上全面开展起来，而且在长江航道上也广泛开展了起来，对日军有生力量形成了牵制，为稳固江南战局，策应徐州会战作出了不小的贡献。5月11日，徐州战事危急，蒋介石立即任命薛岳为第一战区第一兵团总司令，指示他迅速赶赴豫东，在薛岳的有力指挥下，日军土肥原师团受到了很大打击。

1938年6月，日军成立第十一军，任命冈村宁次为司令，决定沿长江向武汉发起进攻。同一时期，在蒋介石的主持下，最高军事会议在武汉召开，会议内容主要是就武汉会战的各项准备工作进行商议。6月6日，蒋介石解除了薛岳第一战区前敌总指挥一职，任命他为武汉卫戍区第一兵团总司令。

随后，国民政府军事委员就战斗序列也作了进一步调整，成立了以陈诚担任司令长的第九战区，第九战区下辖两个兵团，第一兵团由薛岳指挥，第二兵团由张发奎指挥，第九战区的主要作战任务集中于长江南岸。之后，在作战中，张发奎作战失利并弃守九江，随即被蒋介石调离岗位，由此薛岳扛起了江南作战的重任。这样一来，好几个军又归入薛岳的指挥调动下，由此大大提升了薛岳部的兵力，薛岳的作战信心也大大增加。他还记得，在几个月之前的兰封会战中，他让土肥原侥幸逃脱，现在想来还感到遗憾和愤懑，至此，他决心在南浔线上要一雪前耻，重振声威。

根据得到的情报，薛岳分析日军夺取九江后，不会就此停手。不出所料，7 月 28 日，日军第一〇六师团出动，部队经过南浔铁路两侧，进攻了沙河镇和南昌铺，最终目标直指德安。

对于第一〇六师团，薛岳并不陌生，他知道这是日军特设的一个师团，等级属于乙种，士兵大多数都是大阪市的各类商贩和公司职员，与充满武士道精神的专业士兵不同，这支由商贩和职员组成的部队，明显充斥着浓厚的阴险狡诈的气味。"商贩师团"的称号正是对这支部队的最佳评价，而时任该师团长的是松浦淳六郎中将，他毕业于日本陆军大学。

可以看到，薛岳所面对的敌人是不容易对付的，但薛岳并没有露出丝毫的畏惧之意，他从容镇定地部署作战方略，最终决定在南浔正面，打造"反八字形阵地"以应敌。薛岳对自己这个战术很有信心，他说："该阵地如张袋捕鼠，如飞钳剪物。敌犯右则中、左应；犯左则中、右应；犯中则左、右应。日军很难撞破这道南墙。"

8 月中旬，原本气势汹汹的日军第一〇六师团被国民党军打得溃不成军，其中被毙伤的中小队长多达半数，由此整个师团陷入恐慌，根本无心恋战。面对久攻不下的失利局面，日军第十一军司令冈村宁次十分着急，随即调来第一〇一师团，指示他们从东侧进攻南浔。

在作战指挥上，冈村宁次可是一名日军老将，此次调兵也是一记妙招：让第一〇一师团迂回到德安，一方面有利于让一〇六师团摆脱僵持局面，一方面又能从后路袭击薛岳兵团。可以看到，倘若此计得逞，薛岳用心谋划的战术就将白费，而由 20 个师布好的阵地可能会被迫向西撤退。

21 日，星子被日军攻克，日军随即向隘口和德安推进。对此薛岳早已预料到，并事先想好了迎击策略，他在沿路布防了两个军团，只要发现日军，就予以猛打，从而成功拖住了日军师团。

薛岳布设的这个"反八字"形阵地，日军想要攻克想必要费一番周折，它如同一个"迷魂八卦阵"，伏兵隐藏在各处，日军一不小心就会受到国民党军火力的攻击。对于这个阵地，日军官兵简直无可奈何，一批又一批日军士兵被毙伤。事后，一名当时在场的日本士兵在日记上记载说："我们多次发起进攻，但庐山上落下的炮弹就如同雨点一般，皇军大受威胁，死伤惨重。"

8 月 24 日，面对不利的战事，冈村宁次已经气得怒火中烧，他很快又将预备队第九师团投入进攻战中。接到指示后，日军丸山支队立即出动，猛烈地攻击南浔线西侧，当地守军王陵基川军被打得措手不及，原本这支守军就装备低劣，所以，面对日军的突然猛攻，根本无力抗衡，结果阵地被相继攻克，致使南浔线中国守军阵地也开始全线发生危机。

为了掩护金官桥一线守军的左侧背，薛岳急忙将精锐第七十四军的一部调来拦截丸山支队。但是七十四军军长俞济时没有按照命令行事，他只是派出了一团的兵力，结果被丸山支队击败。

薛岳再次下达命令，要求七十四军派出第二批援军。但是俞济时自认为七十四军是中央军的嫡系部队，自己又是蒋介石的外甥，而且还做过蒋介石的侍卫官，深得蒋介石的信任，所以拥兵自重，仍旧没有派出主力部队，结果自然又被日军击败。

薛岳顿时气不打一处来，他接通七十四军的电话，用极度气愤的声音喊道："俞军长，你的部队总是增援不力，这究竟是怎么回事？你给我听着，我命令你率领七十四军全力开往岷山，一个都不许留下。你要是再敢往后退，导致前面的部队撤不下来，我就要军法从事了。我先把你杀了，再等着委员长把我杀了！"俞济时还没来得及回话，薛岳就把电话挂掉了。

见薛岳如此生气，俞济时才知道事情的严重性，他不敢再有所怠慢，带领着七十四军就向着岷山奔去。

日军向武汉进逼的部队有北、中、南三路，这三路之中，第十一军司令官冈村宁次是最气愤、最落寞的一个。在战斗开始之前，无论是华中派遣军还是东京军部，都对他带领的部队抱着最大的希望，给他调拨的兵力也最多，而且冈村宁次展开进攻的时间又是最早的。然而，三个月的时间都已经过去了，冈村宁次的部队还是被薛岳的部队紧紧纠缠着。南京的日军总部发电报给他，对他的部队迟迟不能前进表示担忧。东京军部也对他的表现极不满意。冈村宁次变得急躁了起来，他决定要冒一次险。

8月25日，松浦淳六郎率领一〇六师团的1万多人悄悄地向西运动，想要将薛岳的20多个师全部包围起来。

薛岳正值青春年少，胆量大得惊人，在武汉战场上各个国民党军队都在边打边退的时候，薛岳决定将一〇六师团彻底歼灭。薛岳急忙给南浔方面的第四军、第七十四军及第一八七师和一三九师打去电话，让他们从东西两面将万家岭的日军包围，彻底将日军的退路截断。然后又给瑞武线的新十三师、新十五师、第九十一师、第一四二师、第六十师和预六师打去电话，命令他们从万家岭的西半面进行包围。总共12个师的10多万中国大军快速地向万家岭汇集，将日军一〇六师团的1万多人紧紧地包围在方圆十平方公里的山地中。一〇六师团非但没有偷袭成功，反而使得自己陷入绝境之中。

10月4日，中国国民党军队开始对日军一〇六师团发动大规模的攻击。薛岳和参谋长吴逸志带着幕僚人员从南昌赶来，在一个小村子里设置了指挥所，就近指挥战斗。6日，薛岳感觉歼灭日军的时机已经成熟，所以给部队下达了展开总攻的命令。

被围困了两天之后，日军感觉援军已经很难前来营救，所以决定自行突围。日军选择的突破口，正是冯圣法五十八师防守的张古山阵地。

日军动用所有的火力向张古山阵地发起了猛烈的攻击，将阵地变成了一片焦土。面对着没有工事、没有山林的光秃秃的山坡，冯圣法只能一次次地将战士们推上前线，用身体将日军一次次的攻击阻挡住，仅两天的时间，他的整个师基本上都打光了。但是，结果是很令人欣慰的，一〇六最终没能从包围圈中突围出去，仍然被国民党军队围困着。

　　得知一〇六师团被包围的消息之后，日本朝野都受到了极大的震动，这种威力甚至比 20 年代的关东大地震更大。东京大本营同时给南京的华中方面派遣军司令官畑俊六大将和九江的冈村宁次中将发出了命令：无论付出什么代价，都要将一〇六师团营救出来。

　　畑俊六大将马上组织部队前去营救，200 多名联队长以下军官被空投到万家岭，这样的事情在日军侵华的战争中是绝无仅有的。日军第二十七师团也向着万家岭方向急行军，前往救援。

　　眼看着战场的形势越发危急，为了尽快结束战斗，薛岳给各个攻击部队下达命令，要求选拔出一支奋勇队，作为先头部队对日军发起突击。

　　经过激烈的战斗之后，第六十六军终于在 10 日早晨将万家岭和田步苏收复，第四军则将大金山西南高地和箭炉苏以东高地收复。拂晓前，第七十四军将张古山收复。在战斗过程中，第四军的前卫突击队曾经突击到距离日军第一〇六师团司令部仅仅百米的地方，但是由于当时天色太黑，再加上自己部队的伤亡情况也很严重，所以没能发现松浦淳六郎，而没能俘虏松浦淳六郎，也成为薛岳在这次战斗中最大的遗憾。

　　11 日，第一〇六师团残余的部队将自己的防御阵地逐渐缩小，最后退到了不足五平方公里的范围内顽强地进行防守，等待着援军的到来。这个时候，日军和外界的联系已经被切断了，粮食和弹药都只能靠着飞机空投进行补给。仅仅在 11 日这一天，日军就出动了 24 架次的飞机为一〇六师团空投粮食。

　　10 月 13 日，日军的增援部队逐渐逼近，中国国民党军队对一〇六师团的进攻没有什么进展。而负责进行阻击的部队也遭受了很大的伤亡。面对现实的情况，薛岳决定撤出战斗，而松浦淳六郎则趁机带领残余的 200 多人逃到了甘木关，在这里和铃木联队相遇，终于逃脱了死亡的命运。

　　万家岭战役是武汉战场上进行得最惨烈、最震慑人心的一场战斗，也是中国军队取得最辉煌战果的一场战斗。在这次战斗中，共歼灭日军第一〇六师团的 1 万多人，是赣北地区主要的战斗中歼灭日军最多的一次。在这次战斗中，国民党军队展现出的精神面貌和严格的纪律性也让日本国内和国际社会大为震惊。而日军整整一个师团几乎全部被歼的情况，在日本陆军史上也是从来没有发生过的事情。一〇六师团遭到这样的毁灭性打击之后，也已经完全丧失了战斗力。

　　薛岳在遭遇失败之后并没有灰心丧气，厉兵秣马之后，终于取得了万家岭之战的大胜，报了日军的一箭之仇。

四战长沙

　　由于 1939 年国民政府将国都向西迁往重庆，随之而来的就是日本军部也将主要的进攻目标确定为重庆。日军本部在随枣会战结束之后便已经决定在夏秋之交将第九战区顺利歼灭，如果第九战区的战斗顺利结束，那样不仅能够将对武汉、南昌的威胁顺利解除，同时还可以使国民政府的抗日决心遭到沉重打击，这样就能够使国民党归顺自己的"大东亚共荣圈"。

1939 年取得第一次长沙会战胜利后的薛岳（右）与陈诚（左）

这时候，薛岳接到了一份情报，这份情报是来自一位地下工作者的，情报上的内容就是日军第十一军司令部准备进攻宜昌，时间就在 9 月底。薛岳针对这份情报进行了周密的思考和反复的论证以及仔细的调查，最终他认为这是敌人搞的声东击西的阴谋。但是，为了不使意外发生，所以薛岳在作兵力部署时，还是针对这份情报作了适当准备。

之后薛岳将自己制订的方案上报到重庆方面，但是他没有想到的是重庆给薛岳的回电就是要将长沙放弃。对于这场战斗，本来薛岳是十分自信的，于是他开始仔细思考着这份代表蒋介石意图的回电，经过深思熟虑之后的薛岳拿起电话，拨通了陈诚的电话，他将自己的作战意图告诉了陈诚。在电话中他强调说："我是根据作战任务、敌情、我情、地点、时间五行确定的具体作战部署，对于这场战斗我有充分的理论根据……'将在外，君命有所不受'，我还是这句话。既然第九战区的司令官是我，那么我就要凭我的思考、我的情报办事以及指挥打仗。别人的想法无论如何也代替不了我薛岳。如果整天我都用别人的脑袋说话办事指挥战斗，那我薛岳还能做什么呢？脑袋与灵魂就是一个人的精华所在，脑袋与灵魂是共存的东西，如果一个人没有脑袋没有灵魂还算是一个什么人？将长沙放弃，这不是军人的职责所在。"薛岳的意见得到了陈诚默许，于是薛岳准备同敌人在湘北大干一场。

日军在冈村宁次的指挥下于 9 月中旬开始发动进攻，在赣北打响了第一次长沙会战。

为将日军有生力量顺利歼灭，薛岳将主力部队转移到汨罗江南岸的第二线阵地。到了 26 日的时候，日军因为有飞机大炮的掩护，于是开始将所有的主力都用在了对汨罗江南岸阵地的猛攻上面，对于敌人的猛烈进攻，中国军队开始顽强抵抗，最终使敌人的计谋没有得逞，中国军队最终保住了自己的主阵地。

18 日到 26 日这几天，两军一直是在汨罗江至新墙河之间进行激战，由于中国军队的奋起反抗，日军的伤亡惨重，再加上后援不继，于是无力再发起大规模的进攻。在此次战斗中消耗日军的基本目标已经实现。在战况进行到最紧张的时候，日军夺取长沙的意图已经十分明显，于是蒋介石告知薛岳，如果时机适合可以将长沙放弃，但是却遭到了薛岳的拒绝。一夜之间军委会接连九次向薛岳电令，要求其退出长沙，但是均遭到了薛岳的坚决反对，就这样薛岳迫使军委会同意自己在长沙附近进行决战的作战主张。

虽然日军装备良好，但是官兵数量有限，尤其受限的就是兵力补充，随着人员伤亡的增加，能够参战的人数已经越来越少。最终日军于 10 月 5 日下令开始全线撤退。当得知日军慌张后退的消息时，薛岳立即命令所有官兵对日军展开全线追击，他首先采用的方法就是用大炮袭击撤退的日军，就这样日军后面的部队被薛岳打得死伤大片，即使是幸存的官兵也开始东逃西散，一时间，日军队伍已经是一片狼藉。这时候中国军队开始奋勇直追，并且越战越勇，将大片失地顺利收复，追击战一直持续到 10 月 9 日才"鸣锣收兵"。

第一次长沙会战就这样以中国军队的全胜而告终。这场战斗歼灭日军万余人，被称为湘南北大捷。

湖南战场在第一次长沙会战之后，大约沉寂了两年时间。薛岳指挥着第九战区的官兵将阵地逐步向前推进了几公里到数十公里不等，大大扩大了原有阵地。为了预防日军的再次进攻，薛岳开始对各部队进行整训和补充，同时还加强了阵地的防御能力。

1941 年 9 月 7 日，日军第六师团开始对大云山地区实施扫荡，这个情况对于第九战区来说是始料未及的，于是薛岳紧急命令第二十七集团军展开反击，双方经过短兵相接，伤亡都很惨重。

日军于 9 月 8 日早晨发动了全面攻势，新墙河遭到了日军强大火力的打击，这时候整个第二十七集团军的部署已经全被打乱，在昌水以北各部不得不将大云山阵地放弃，接着转入新墙河战场，但是有利的战机已经耽误了。就这样，日军在大云山扫荡用以掩护主力进攻的企图基本上已经得逞，日军以一个师团的力量将中国军队五个主力师牵制住了，中国军队虽然英勇苦战，伤亡也很惨重，但是对于日军强大的攻势依然有所不支，只好逐次撤退。之后薛岳打算在汨水两岸将日军歼灭，于是命第二十七集团军之第四、第二十军全部渡汨水南下，但在汨水南岸的第二十六、第三十七、第十、第七十四军主力已经被日军击溃，他们已经进抵长沙城下。

为了阻击南进的日军，保卫长沙城，薛岳将第七十四军两个师作为先头部队急速向黄花市挺进。但是没想到此电被日军破译，于是日军改变部署，准备以逸待劳对奔袭过来的第七十四军第五十七、五十八师展开主动进攻，企图首先将中国最精锐的第七十四军消灭之后，再对长沙进行进攻。于是整个第七十四军都陷入了苦战之中，战争一直持续到 27 日半夜，第七十四军终于突出重围，撤至了浏阳河南岸高地，准备稍事休整之后与日军接着进行战斗。

日军将中国军队的战线突破之后，已经兵临长沙城下，只用了几天时间就已经基本占领了长沙城。

实际上对于第二次长沙会战，薛岳是仓促应战的，再加上日军破译了自己的密码而薛岳却丝毫不知，最终导致中国军队处于被动局面。但是中国军队的顽强战斗依然让日军同样也伤亡惨重，伤亡人数达 16200 余人。尽管日军已经将长沙、株洲攻占，但是他们也不敢久留，更不敢将战争范围扩大。国民中央政府则趁此时机将第五、第六、第七战区的军队调集起来准备发动攻势，这样不仅可以消灭日军相当数量的有生力量，同时对日寇的嚣张气焰也可予以一种沉重打击。

日军于 1941 年 12 月 7 日偷袭了珍珠港，悍然发动了太平洋战争。为了对日军占领香港和南洋各地的战斗进行策应，进而阻止第九战区将兵力向粤桂转移，接到日本大本营命令的阿南惟几于是集结 12 万人的兵力向长沙再次发起进攻，这就是第三次长沙会战。

根据情报显示，中国国民党第九战区的军队确有大量南下调动的布防行动，于是阿南惟几据此判断，这正是日军乘虚而入的好时机。再加上第十一军早就有准备向湖南挺进、进攻长沙的作战方针，只是等待最佳的作战时机，就这样日军准备来个先斩后奏，进攻占长沙的会战代替了牵制作战。

对于这个千载难逢的进攻第九战区的机会，第十一军的司令官阿南惟几是不会不肯轻易放过的，他想要讨回一些颜面，为上次进攻长沙作战的失利雪耻。因此虽然根据原来的作战计划这只是一场牵制作战，但是由于他旺盛的企图心，力求表现的心态，于是 1941 年 12 月底，阿南惟几以日军第三、六、四十师团以及第九混成旅团组成战斗序列，再度向湖南北部发动攻势。

在不到三个月的时间里面，日本十一军已经对长沙实施了三次进攻，薛岳感到他已经抓到了一个有利的反击机会。由于前一次战争失利，所以薛岳进行了深刻的检讨，他逐渐研拟出一套专门对付日军深入攻击的"天炉战法"，那就是在日军进攻方向上，要彻底地破坏道路，在中间地带"空室清野"，设置纵深伏击地区，诱敌深入，从四面八方构成一个"天然熔炉"，将敌围而歼之。再加上日军采取的是攻势作战，军队的疲劳较大，在这样短暂的时间内，无法完成部队的整补，这样就有着疲兵再战的不利。所以薛岳在制订与日军交战的作战计划的同时，还加强了情报工作，这样就可以将日军的调动情况及时掌握，在长沙附近对深入的日军加以围堵与歼灭，积极保卫长沙。

中国国民党军队在薛岳的指挥下面对日军十一军南下攻击的作战过程中，从不与敌人恋战，只是诱敌深入、进行象征性的轻微抵抗，之后就开始后撤，等待侧击、合围的最佳机会。

日军三个师团于 12 月 26 日在强大的炮火掩护下，开始对汨罗江实施强渡，向第三十七军防线正面扑来，按计划该军向东侧山地转移，阿南惟几的军队已经接连突破两道防线，于是就有点得意扬扬，他以为像上次长沙会战那样，中国军队是不堪一击的，对于中国军队在长沙周围集结兵力的情况他一无所知，他丝毫不顾兵力准备不足、后勤补给困难这些兵家用兵之大忌，12 月 29 日，他武断地下达了将多数主力向长沙方向进攻的作战命令，他的这个举动正中薛岳的下怀。

12月31日，日本第三与第六师团已经攻到了长沙市区，中日两军在市区爆发了激烈的巷战，这时产生决定性的打击作用的是中国军队在岳麓山安装的重炮。那些已经进入长沙的日军遭到非常猛烈的炮火的压制，再加上中国守军的拼命抵抗，日军之前认为的乘虚而入的想法受到严重打击；眼见先锋部队已经进入到长沙城内，阿南惟几就抢先向日军总部作了报告，宣称第十一军已经将长沙攻克，并将这些称为是对日本国的新年献礼，这对于两次都没有攻下长沙的日本而言，当然是好消息，于是立刻发布新闻号外，日本上下为歌颂日军终于攻克长沙的"神威"开始立刻组织庆祝。但是他们始终没有想到的是由于中国军队的奋勇抵抗，在长沙的日军已经陷入巷战与肉搏战之中不能自拔。由于日军之前的准备不够，无论是兵力还是补给都不充足，一旦攻势陷入到缠斗的阶段，日军的战斗力就会迅速地下降，再加上岳麓山的中国军队的炮兵阵地，更是将杀伤效果发挥到最大。攻到长沙的日军，补给线已经被切断，靠空投补给品支持。日本发布的日军已经攻陷长沙的快报，最终成为全球的大笑话。

只有守住长沙，才能实现围歼日军的目的，于是薛岳大胆地将善打防御战的第十军军长李玉堂（在第二次长沙会战中被撤职留任）予以起用。领受任务之后的李玉堂，将长沙城的防御体系进行了重新构建。由于他的严格督导，再加上全军官兵日夜不停地奋战，终于在日军进攻之前将所有防御准备都已经建立完毕。

阿南惟几首先命令先头部队向长沙南门扑来，但是由于防守此处的是李玉堂的预备第十师，再加上该师顽强抵抗，日军已经付出高昂代价，最终也未能前进一步。之后日军又将兵力向长沙东门和北门转去，但是由于第十军的顽强阻击，日军伤亡惨重，城门外边已经留下了成堆的日军尸体。急得阿南惟几团团转，但是无论如何，他都是只能眼巴巴地望着近在咫尺的长沙城，却始终不能得手，徒留感叹。

283

就在日军主力被第十军牢牢地牵制在长沙城的时候，担任反攻任务的部队已相继到达指定位置。唯恐失去最佳战机，薛岳甚至没有顾虑那些还没有按时到达指定位置的军队，1942年1月4日晚7时，薛岳果断下令开始收网。薛岳命令第十军李玉堂要坚守长沙市区，尤其是市区的东南高地，布下巷战的阵势，并且在岳麓山安排了重炮兵旅，将炮兵阵地设立在能够俯视全城的地方。这时候的蒋介石已经下令将第四、七十三、七十四、九十九军，兼程回防第九战区，交由薛岳指挥，准备对日军的攻势展开迎头痛击。

1942年1月4日，薛岳让七十三军的一个师先渡江进入长沙市区对守护长沙的军队实施增援，以提高第十军的作战士气，然后命令进入包围位置的部队对日军发动全线的反击战。日军十一军既感到一时间是无法攻下长沙的，同时又受到中国军队的两面夹击，日军的阵势大乱，败局已现。

阿南惟几虽然知道战争已经对自己很不利，但是他没有立刻下令撤退，相反他要求日军再进行猛攻，以便将长沙顺利占领，这样就可以突破中国军队的包围。但是参谋长木下勇少将向阿南惟几提出了反对意见，因为他发现日军在长沙的局势十分危急，若再不脱离战场，恐怕会有无法收拾的下场。于是木下勇率领日本第十一军的全体参谋向阿南惟几提出反对意见，并迫使阿南惟几在最后一刻，同意参谋长的要求，下令日军突出重围退出阵地。但是这时候中国军队已经从各个战线合拢过来，因为日军的补给不足，又没有足够的兵力支援，所以日军在撤退的道路上一直处于挨打的地位，在他们跌跌撞撞地到处找渡河口时，没想到又遭到中国军队的围攻，导致日军的撤退十分狼狈。

虽然从汨水到新墙河只有短短的80公里的距离，但是由于中国军队一波又一波的攻势，败退日军的补给全靠日本空军不断地紧急支援，日军足足走了八天才得以脱困，这一场战役是日军在中国战场上遭到的比台儿庄战役还要凄惨的败仗。从长沙向北部撤退的日军当中，值得一提的是日军的第六师团，他们曾经一度被中国军队围住，部队几乎已经走到弹尽援绝的地步。之后还是阿南惟几命日空军尽最大力量实施支援，同时还有第九混成旅团的舍命奔袭支援，最终才将第六师团从包围中解救出来。

长沙会战中国军队大获全胜，将日军打得抱头鼠窜，薛岳将军更是因此被日军称为"长沙之虎"。这场战争的胜利产生的结果就是，日十一军在之后的几年之内，都不敢再对长沙进行任何较大规模的攻击。第三次长沙大捷同样也将整个世界轰动了，在这场战役中，薛岳以其卓越的指挥才能为自己赢得了荣誉，同时，这场战役的成功也让薛岳的人生走向了最辉煌的时刻。国民政府将最高战功勋章——青天白日勋章——授予了薛岳，长沙市政府更是将东长路命名为"伯陵路"。

日军于1944年5月27日发动了第四次长沙会战，这次日军出兵36万余人向长沙展开进攻。但是固执的薛岳仍坚持要套用第三次长沙会战的老战法，还是准备在长沙外围与敌人展开决战。这时候的日军八个师团兵分三路向第九战区的中国军队发起了进攻，对中国军队形成分割包围之势，这样的作战方针不仅大大出乎薛岳所料，同时还打乱了他所有的作战计划。之前薛岳将第九战区主力放在正面用以阻击日军，但是如今日军已经改变作战方针，所以之前的作战手段已经不适于这次的战斗。最后第九战区难以进行有效抵抗，每个战场之间始终无法兼顾，最后只能节节败退，致使自己的部队处于一片混乱之中，第四次长沙会战开始走向失败。

浏阳于6月14日被日军占领，长沙遭到日军从西南、东南两个方向的合围，这时候的薛岳才不得不承认他的"天炉战法"已经失灵了。由于自己的盲目轻敌，造成的大错已经不可挽回，第九战区已经注定要失败了。于是薛岳在这种情况下决定离开长沙，将部队向湘东的后方指挥部撤退，收拾残局的人就是被薛岳留在战区的参谋长赵自立。

八年抗战的过程当中，连年征战的薛岳战果累累，第三次长沙会战将日军歼灭了10余万，万家岭大捷更是将日军一个师团进行了全歼，这在八年的抗日战争中是绝无仅有的。有人将薛岳称为中国抗日的第一战将，就歼敌数量而言，薛岳当然受之无愧。同样也正是由于善于用兵的薛岳，美国改变了对中国的歧视。陈纳德将军作为美国"飞虎队"队长就曾经这样评价过薛岳："从薛岳和他的军队可以看出，史迪威所宣称的除非美国人来指挥中国人，不然的话中国人是不会战斗的，这实在是无稽之谈。三年来，在我观察两人抵御共同敌人的动态之后，我看薛岳在战略和战地指挥方面都将是史迪威所不能比拟的。"

284

黄埔走出的"国际名将"——杜聿明

　　杜聿明（1904~1981年），字光亭，陕西米脂县人。1924年，于黄埔军校毕业。1926年，参加北伐战争。1932年，任国民党军第二十五师副师长。1933年3月，率二十五师参加长城抗战。1937年，负责创办装甲兵团，并任国民党军第一个装甲兵团团长。1938年，装甲兵团扩编为第二〇〇师，第十一军，后改番号为第五军，杜聿明任军长。1939年11月，日军攻占南宁，主攻昆仑关。12月31日，杜聿明率第五军取得昆仑关大捷，收复南宁。1941年，率部赴缅作战。1942年8月回国，升任第五集团军总司令。抗日战争胜利后，任国民党东北保安长官司令部中将司令。1949年1月，被中国人民解放军停虏。1959年12月，被特赦释放。1964年，被特邀成为全国政协第四届委员会委员。1978年，当选为第五届全国人大代表和全国政协第五届常委。1981年5月，在北京病逝。

黄埔军校造就的名将

　　1904年11月28日，杜聿明出生在陕西省米脂县杜家湾，杜家祖辈都是当地地主，其父当时是同盟会会员，曾经追随过孙中山一起参加过辛亥革命和反对袁世凯称帝的斗争。12岁的时候，杜聿明开始进入小学读书，这所小学是杜聿明的表哥李鼎铭所创办的。16岁的时候，杜聿明跟随父亲来到了堂哥杜斌丞担任校长的榆林中学读书。在这段读书期间，学好英语是杜聿明最渴望做到的事情，这样就可以到洋人的地方去，看一下强国是什么样子的，将他们富国强兵的方法学到手，这样就可以更好地为国家效力。但是最终事与愿违，杜聿明的英语成绩并不是很理想，由于英语成绩不佳，最终只好弃笔从戎，最后决定成为一名军人。

就在杜聿明中学毕业，对于前途正迷茫地寻求出路的时候，杜聿明看到了黄埔军校和吴佩孚办的洛阳军官学校正在招生的广告。杜聿明经过深思熟虑，最后选择了投考黄埔军校，之后成为一名黄埔军校生。

杜聿明和堂兄杜聿鑫 1924 年 3 月从北京出发，经过天津，搭乘一艘英国轮船开始向广州进发，与他们两位同行的还有陕籍青年阎揆要、关麟征、张耀明等 21 人。这时候于右任做中间人，向蒋介石推荐这些人，因此这些人全部被录取，最终成为黄埔军校的第一期学生。之后杜聿明被编在第三队第三区队第九分队，和他成为同学的，就是人们耳熟能详的解放军大将陈赓。

刚刚开学没多久，学校开始办理学生入党登记，面对同时收到的共产党员和国民党员两份登记表的时候，他比较看好国民党，于是杜聿明最终选择了填写国民党的登记表格。

廖仲恺派杜聿明于 1925 年到河南地区帮助国民军副总司令兼第二军军长的胡景翼创办军官学校，但是没过多长时间，胡景翼就因病去世，重新担任军长的人不能容下黄埔军校学生，于是在新军长的排挤下，杜聿明只好重新返回陕北老家。之后没过多长时间，杜聿明就接到国民军第二军高桂滋团补充营营长吴宝山的邀请，遂在吴宝山的手下担任了连长的职务。不久，补充营与晋军在榆次交战，最后被缴械解散，于是杜聿明也被押至太原监狱。值得庆幸的是，太原警备司令李生达十分看重黄埔军校学生，于是就将杜聿明释放。巧合的是，高桂滋正好接到命令，要他率领部下向北京进发，同时担任京畿的卫戍勤务，由于吴宝山的部队是重新组建的，所以补充营也只好随团北上。到达北京以后，高桂滋将补充营的番号改名为特务营，该营进驻西山碧云寺静宜园驻扎，负责守护孙中山的灵枢。这时候的杜聿明仍然担任该营副营长兼第一连连长。

广州革命政府于 1926 年 7 月誓师北伐。当杜聿明得到这一消息的时候，决定向南进发归队。历尽千辛万苦杜聿明终于到达南京，但是不幸的是，他被孙传芳的稽查队抓获，被关在老虎桥监狱。一天深夜，杜聿明与这座牢中的其他囚犯，越狱逃出，最后乘坐轮船到达武汉。

逃到武汉的杜聿明，在张治中的学生兵团中担任第一营第三连中校的连长。宁汉分裂之后，武汉方面的打倒蒋介石的运动进展得十分激烈，由于杜聿明明确拒绝对"打倒蒋介石"作出表态而被关禁闭。一天，杜聿明听到一个守卫正在闲谈说道："那些人都是反动分子，很快就会被枪毙。"于是，当天晚上，杜聿明冒死从禁闭所逃了出来，之后他将自己扮成商人的模样，乘船向南京赶去。

乘船到达南京之后的杜聿明找到了担任总司令部训练处校阅委员会主任委员张治中。张治中又带着杜聿明去见蒋介石。对于杜聿明的表现，蒋介石感到很高兴，于是给了杜聿明一笔钱，同时命令他到总司令部黄埔同学会登记处登记。张治中遂任命杜聿明为校阅委员会中校委员。

　　蒋介石于同年 8 月被迫下野，这时候的张治中要出国考察，所以杜聿明也就跟着丢掉了工作。有时候，他的生活都难以为继，只能靠南京黄埔同学会每月 12 元的津贴维持生活，生活一度陷入了困境。

　　1928 年夏，出国考察的张治中回到了国内，之后担任了中央陆军军官学校训练部主任，于是，张治中命令杜聿明为该校杭州预科大队第二中队中校队长。第二年初，杜聿明回到南京军校担任第七期第四队中校队长；这年冬天升任为新编第一师第二旅参谋主任。蒋介石于 1930 年初成立了教导第二师，其中师长一职由张治中担任，该师第二旅第五团二营中校营长由杜聿明担任，不久之后，杜聿明就升为该师第六团上校团长。

　　教导第二师于 1930 年冬将番号改为陆军第四师，那时候杜聿明担任第十二旅第二十四团团长。杜聿明认为团长是一个很关键的职务，如果能够将团长做好，就可以在官场一帆风顺，否则难以翻身，所以在担任团长的时候杜聿明格外努力。同时作为师长的徐庭瑶对部属要求甚为严格，当他看到团队中大多数的军官都是一副松松垮垮的样子，只有杜聿明团能够认真遵照其指示办事，并且军纪严明，教育训练等各方面井井有条，操练娴熟，士气很高，于是对杜聿明更加赞赏。

　　徐庭瑶的军队于 1932 年初奉命向皖北进发，目的是“围剿”红军，参加大别山地区的战斗，在霍邱地区被红军击败。在溃逃的关键时刻，徐庭瑶令第二十四团展开全力反攻，于是杜聿明率领部下开始展开穿插作战，由于杜聿明是指挥，红军损失重大。就这样，徐庭瑶认为杜聿明功不可没，于是记首功，同时向上级报告，将杜聿明晋升为少将团长。同年冬天，徐庭瑶已经升任为第十七军军长，杜聿明被委任为该军的第二十五师第七十三旅旅长，不久之后，杜聿明又升任为该师副师长。这时候的杜聿明年仅 28 岁。日本侵略军分兵三路于 1933 年 2 月开始对热河展开进攻，奉上级命令杜聿明率第二十五师向进攻的日军展开阻击，在这场战役中由于师长关麟征负伤，于是他就担任代理师长职务。在杜聿明的指挥下，所有的官兵同日军展开了浴血奋战。当这场战争胜利之后，杜聿明于 3 月 12 日奉命将阵地交与第二师镇守之后，就率领部队向密云方向撤退整补。

　　同年秋天，南京中央军校开办的高等教育班成为杜聿明进修的地方。在这里学习期间，经过同乡、同时也是黄埔一期同时毕业的马志超的介绍，杜聿明参加了复兴社。

　　从中央军校高级教育班毕业已经是 1936 年春，这时候，经过徐庭瑶向蒋介石的保荐，杜聿明到新成立的南京陆军交辎学校学员队担任队长。交辎学校战车营于1937 年与交通兵第二团所属装甲汽车队进行合编，同时还补充了一批战车，这就是国民党建成的第一个陆军装甲兵团，杜聿明有幸成为第一任团长。“八·一三”淞沪抗日战争爆发时，杜聿明在上海汇山码头率领装甲兵团第一营的二、四两连与步兵协同作战，对那些企图登岸的日军进行阻击。装甲兵团于 1938 年向湖南湘潭撤军整训，此后不久，该团就被扩编为第二〇〇师，杜聿明担任师长。

　　杜聿明认为要想练好兵首先就要将军官训练好，训练军官首先就要训练自己。自从杜聿明担任装甲兵团的团长开始，就开始十分注重这个问题，当杜聿明已经是师长之后，杜聿明对自己要求更加严格。为了掌握各种机器的操作技术，他开始刻苦学习驾驶和修理技术，经常钻到车底下修底盘，并且不耻下问；他还善于发现新的问题，并经常将这些问题提出来和大家一起讨论解决。由于杜聿明的这种刻苦钻研以及深入研究，最终杜聿明由一个外行终于转变为专家，慢慢地对机械化部队的作战指挥要领有了深入的了解。"上有所好，下必效焉"，由于杜聿明的作风很正，所以在他的带领之下全师官兵对于技术的研究蔚然成风，练兵高潮就是在这时候形成的。在当时，有国民党随军记者这样评论道："他虽非机械专科出身而钻研机械知识，极有心得。治军之暇，仍手不释卷，将来学问之造诣，兴事之成功，无可限量矣。"

第二〇〇师到 1938 年 12 月的时候已经扩编成了新编第十一军，新编第十一军奉命从湖南湘潭向广西全州方向迁移驻扎，这时候的杜聿明已经被委任为副军长（当时徐庭瑶是军长）。没过多长时间，第二〇〇师将番号改为第五军，这时候的杜聿明已经升任为军长。这支军队成为了在抗日战争初期国民党政府成立的唯一一支机械化新军。由于杜聿明严格要求，军纪严明，组织训练方法也很科学，使得第五军的训练水平、作战水平得到迅速提高，之后重庆军事委员会派专员前来校阅，杜聿明领导的第五军的军事训练被称为是全国第一。这时候的杜聿明年仅 34 岁。

昆仑关对决

日军第五师团和台湾混成旅团于 1939 年 11 月 15 日开始进犯钦州湾，由于有海军部队的配合，于是他们顺利于钦州湾登陆，之后兵分三路向南宁逼近。企图将南宁一举攻占，这样就可以将滇越铁路切断，威胁中国抗日军队的补给线，进而威胁中国的抗战后方。

对于日军的这一企图，蒋介石感到十分忧虑，因为南宁方面的防御力量相对较为薄弱，于是就连忙电令在湖南衡山的第五军向桂南开进，实施增援作战。

接到蒋介石的命令之后，杜聿明率领部队紧急向南宁方向进发，但是力有不逮，到了 24 日的时候，南宁就已经宣告失守，这时候的杜聿明正率领第五军在赶赴南宁的途中。接到这样的战报之后，杜聿明就命令部队转向南宁北侧的昆仑关一带进发，这样做可以阻止日军的进一步北犯。

南宁东北约 50 公里处就是昆仑关的位置，这里的地势极为险要，是南宁的天然屏障，历来都是兵家必争之地。占领南宁之后的日军必然会向昆仑关发起进攻，事实上日军在攻占南宁之后就立即以中村旅团及骑兵联队向昆仑关展开进击，企图一举将昆仑关攻占。

第五军先头部队第二〇〇师于 25 日在南宁北侧的二塘与北进的日军展开遭遇战。由于第二〇〇师第六〇〇团的奋勇阻击以及全团将士浴血奋战、顽强抵抗，最终将日军的进攻阻挡住。在这一场遭遇战中，团长邵一之阵亡，全团官兵伤亡几近半数。日军见强攻策略行不通，于是又采取了迂回战术，派一支部队将第六〇〇团后方的回塘地带占领，这样第六〇〇团面临了腹背受敌的不利局面，最终因为实力

288

悬殊就利用夜幕掩护撤出战斗。

杜聿明根据对当时形势作了的认真判断，于12月1日向蒋介石发出密电，密电中将自己的作战意图作了详细阐述：

查目前侵占南宁之敌，有兵力尚不及两师，此次乘我兵力分散，侥幸成功。但以交通阻塞，除少数山炮外，其他重兵器及机械化部队，均无从使用，而补给尤为困难。现我军所处情况，则正与之相反，故此时我军正宜乘敌孤军深入，后援未济之时，集结优势兵力，配合地方民众，迅速（12月10日前）反攻，以击破该敌而恢复国际之重要交通。

然而，杜聿明的作战意图被日军的进攻给打乱了。日军于12月4日开始对昆仑关展开猛烈攻击，因弱不敌强，中国军队被迫只好后撤，最后昆仑关陷于日军之手。6日清晨，日军将中村旅团主力向南宁回调，对昆仑关的攻势告一段落。围绕昆仑关双方形成战略对峙局面。

12月6日这一天，在重庆最高统帅部的会议室里，蒋介石忽而看一下墙上的军用地图，忽而焦急地在屋子里来回踱着步子。日军占领南宁之后，那里驻扎的日军如同一把尖刀一样插在蒋介石的肚子里面，一时间蒋介石坐卧不安。经过深思熟虑，最终蒋介石向桂林行营下达这样的命令：

对于南宁方面之敌……即以第五军全部加入，并命空军主力参加该方面作战，待命出动。务节节截断邕钦路敌后方联络线，歼灭南宁方面之敌。希即部署具报为要。

接到蒋介石的军事命令之后，桂林行营根据命令于12月16日向第五军下达了这样的作战命令：

军以攻击北犯之敌，收复南宁之目的，一举转移攻势，将敌包围于邕江南北地区而歼灭之。

根据具体的作战计划，分为东、西、北三路反攻部队。由于第五军由北路军所辖，指挥职责就交由杜聿明，同时北路军还负责对昆仑关实施主攻任务。

蒋介石唯一的一支机械化王牌军就是由杜聿明任军长带领的第五军。该军下辖有荣誉第一师（师长郑洞国）、新编第二十二师（师长邱清泉）、第二〇〇师（师长戴安澜）及补充第一、第二团。杜聿明的这支军队拥有装甲兵团、炮兵队、骑兵团、工兵队、高射炮队等先进兵种，这些在当时的中国军队中是绝无仅有的。

第五军所占据的六龙岭、马岭这两个高地位于昆仑关东北侧，在这里同时还设有前沿指挥所和观察哨。杜聿明的手中拿着一架德国造望远镜对敌人阵地进行着仔细观察。不时拿下望远镜低头沉思，在心中反复盘算着实施反攻的计划。此次战役的重要性杜聿明是十分了解的，不然的话蒋介石是不会将这支于当时是最先进的机械化的王牌军全军调至南宁前线的。

经过深思熟虑之后的杜聿明将手中的望远镜放下，回过头来对副官说道："将所有团长以上的军官都召集到指挥所开会。"

"是，长官。"对于杜聿明的性格已经十分了解的副官知道召开会议就是已经有了完善的作战计划，于是立即转身抓起电话……

这次会议的召开地点是军部指挥所。团长以上的各部军官在长条桌两侧坐着。而杜聿明则站在军用地图旁，将在座的所有军官扫视了一遍，接着杜聿明操着浓厚的陕北米脂县口音说道："这次对昆仑关的攻打是十分关键的，如果这场战争能够胜利，那对于围歼南宁之敌来说将会顺利很多，根据双方兵力部署，我军展开攻击的策略就是以左右两翼，两面夹击。我命令：右翼部队是新编第二十二师，你们的作战任务就是袭击五塘、六塘，将敌军退路截断；左翼为荣誉第一师，你们的作战目标就是协同由第二〇〇师之一部和补充第一、第二团组成的左翼支队，将防守昆仑关及八塘的正面之敌进行包围；预备队由第二〇〇师和骑兵团充任，随时作好增援准备。"

随着攻击时间的临近。18日凌晨，杜聿明坐在第五军指挥所内的电话机旁不时地看看腕上的手表，既紧张又兴奋地等待着战役的打响。

杜聿明的第五军自组建以来，就一直在后方训练。虽然在训练中，杜聿明明确提出"操场就是战场"的口号，以及"平时多流汗，战时少流血"的训练方针，但是毕竟没有参加过真正的战斗。

所谓"养兵千日，用兵一时"。如今这时候就是用兵的时候，同时也是检验平时的训练结果的时候，只有经受过战场考验的军队，才是一支合格的军队，激战前的一种兴奋和冲动，一直在杜聿明的心头涌动。

1933年，在长城抗战的时候，杜聿明就曾经和日军较量过。到了1937年"八一三"淞沪抗战时，他率领的两个战车连在上海汇山码头协同步兵对企图登岸的日军又进行过阻击战。但今时不同往日，昆仑关战役关系全局，是很关键的一场战役，再加上第五军又是首次出师应战，杜聿明的心情十分紧张。

随着电话铃声的急促响起，杜聿明迅速抓起电话。

"报告军座，第二〇〇师已经准备完毕，请军座下达攻击命令。"听筒中传来第二〇〇师师长戴安澜的声音。

这时候，杜聿明看到手表上的指针正好指向四点整。

杜聿明用他那特有的嗓音沉着地下达了开始进攻的命令。

随着震耳欲聋的、炮弹连续发射的声音，荣誉第一师已经展开了夜袭。到了破晓时分，在战车和炮火的支持下，以第二〇〇师为主的主攻部队对昆仑关的正面战场发起了猛烈进攻。日军松本大队据守在昆仑关，但是随着中国军队的猛烈攻击，松本大队不断向核心阵地撤退，同时还不时地呼叫南宁的日军，企图会获得增援。第五军于中午时分将罗塘、同兴西北高地顺利攻克，之后又将石寨隘、同平、枯桃岭攻占，其中有一部已经进至九塘附近。

战斗进行到傍晚时分，南宁日军紧急抽调步兵第二十一联队前来增援。这支联队沿邕宾公路分乘31辆汽车向九塘方向进发。虽然沿途遭到中国军队的袭扰与阻击，但是仍然于当天晚上抵达九塘，增援部队到达之后立即展开夜袭。在那些被第五军收复占领的阵地上双方展开了激烈交战，最后甚至发展成白刃战。战斗一直持续到19日凌晨，那些被中国军队收复的罗塘及同兴北方高地最终又被日军攻占了。

在这场战役的指挥所中的杜聿明仔细注视着用红、蓝铅笔画了许多箭头的军用地图，他在认真思考着下一步的进攻计划。他将视线集中在 653 高地上，思考着怎样才能让战争进行得更加顺利。沉思了片刻之后的杜聿明，仿佛下定决心一样挥着拳头说："命令荣誉第一师继续进行攻击，将这场战役的重点放在 653 高地，同时还要分兵一支，将敌军后方补给线给截断。"

荣誉第一师左翼部队 19 日上午在炮火和战车的掩护下，向 653 高地发起猛烈攻击。在高地据守的日军用机枪对冲锋的中国士兵展开猛烈扫射，再加上日军战机也前来助阵，中国军队伤亡惨重，付出了很大的代价。战斗已经进行到关键时刻，连长安朝宣和排长杨讱明率领众勇士携带着成捆的手榴弹突然跃起冲到了日军阵地当中，于是日军阵地上响起不断的爆炸声。双方军队经过短兵相接，荣誉第一师终于重新控制了高地。

到了 20 日的时候，由于经过两日的艰苦战斗，荣誉第一师已经伤亡惨重，于是杜聿明将主攻任务移交给了第二〇〇师，该师的师长是戴安澜。在他的指挥下，第二〇〇师开始强攻昆仑关。这时候的日军以密集火力对第二〇〇师的进攻路线进行了封锁，阵地上一片火海，第二〇〇师的攻势受到严重打击。

鉴于连日来攻击未果，23 日，杜聿明不得不改变作战方针，他命令将作战重点转移到罗塘高地附近，同时命令官兵继续对对面的日军进行攻击。荣誉第一师准备对罗塘展开攻击，与此同时第二〇〇师在正面展开佯攻，目的是将这里的日军牵制住。

昆仑关西侧高地就是罗塘，这里也是日军的一个主要支撑点。荣誉第一师以第二团和迫击炮营于 24 日担任主攻，以排作为基本作战单位，前仆后继，用大刀等简陋器械将日军的两道铁丝网冲破，最后冲入日军阵地里面。在中国勇士的冲杀下，身陷绝境的日军渐渐感到有所不支。据守该高地的日军第五中队最终被中国军队全歼。

当罗塘的战斗正在激烈进行时，日军第二十一旅团准备前来支援，但是在九塘东北地区遭到了荣誉第一师官兵的阻击。这场战斗日军伤亡惨重，值得一提的是，旅团长中村正雄在这场战斗中被击毙。

291

激烈的战争还在进行着，就在第五军的进攻进展不大的时候，友军第四七七团前来支援，同时接受第五军的指挥。第四七七团到达昆仑关附近时，团长韦德也赶到了第五军指挥所，接受杜聿明的指挥并向其请示任务。

虽然韦德走进了指挥所，但是他却不认识杜聿明。这时的参谋将韦德带到杜聿明面前，韦德感到很惊讶，他无论如何也没有想到站在自己面前的这位年轻人就是杜聿明，也就是第五军军长，因为当时杜聿明只有 35 岁。

杜聿明一边指着地图，一边向韦德交代作战任务："你所带领部队的作战任务就是接替第二〇〇师的一个团，坚守 653、600 高地和枯桃岭阵地。"

韦德接到杜聿明的命令之后，就立即返团准备执行作战任务。

中国的三架轰炸机和一架驱逐机于 25 日下午飞抵昆仑关，但是日军以为这些飞机是己方飞机，就连忙置信号板示意。于是中国战机乘机俯冲扫射，对日军所占阵地进行了猛烈轰炸，日军损失惨重。看到这样的情况之后，第二〇〇师迅速发动进攻，双方之间展开拉锯战。战争一直持续到 29 日，界首附近的外围阵地才被第二

○○师攻占。30日的时候，新编第二十二师又先后将南北同兴、界首村落及东南各高地等昆仑关外围阵地攻占，这样就为完全收复昆仑关阵地创造了有利条件。但是该师同样也付出了沉重的代价，这场战斗伤亡已经超过了300人。

战斗已经到了最后的时刻，31日拂晓，接到杜聿明命令的新编第二十二师和四七七团等部队对昆仑关发动总攻击。东、西、北三个方向都有炮弹向昆仑关阵地射来，昆仑关阵地上顿时一片火海。与此同时，攻击部队手中的重机枪也向阵地上的日军喷射出猛烈的火舌，希望这样可以将日军的火力压制住。在战车掩护下突击队员们冲入日军阵地，与日军展开肉搏。经过半个多小时的激烈搏斗，日军渐渐感到抵抗已经很是费力，于是纷纷开始后撤，中国军队乘胜冲入昆仑关阵地。看到中国军队如此凶猛的攻势，据守昆仑关的日军慌忙向九塘方向溃退。占领阵地之后的攻击部队，立即将三枚绿色信号弹向天空发射出去。当发射出去的信号弹被身在前沿指挥所指挥作战的杜聿明看到时，他立即命令战车掩护部队展开全线出击，对逃向昆仑关四周的残余日军展开扫荡。

日军增援昆仑关的部队于1940年1月1日到达九塘，与昆仑关溃败的日军会合，于是他们就地构筑工事，企图继续顽抗。2日，杜聿明下令乘胜出击，对驻守在九塘的日军展开进攻。战斗一直持续到第二天夜里，在第五军的猛攻下日军渐渐不支，于是就施放毒气助战。对于这样的作战形势，中国军队不顾生死，仍然向日军所在阵地发起一波波的进攻，最终将驻守在九塘的日军击溃，将昆仑关的外围屏障顺利攻占，为昆仑关战役的胜利奠定了坚实基础。

在昆仑关战役中，虽然最后取得了胜利，但是杜聿明指挥的第五军也付出了重大的牺牲和代价，这场战役共有1.1万余人流血负伤，5500余人为国捐躯。

对于昆仑关大捷，国人感到很是振奋，中外报刊更是纷纷加以报道，由此杜聿明也名扬国内外，并被誉为"国际名将"。

赴缅甸作战

杜聿明作为中缅印马军事考察团成员于1941年2月远赴缅甸、印度、马来西亚作军事考察。经过多天的考察，杜聿明在考察完毕的当天晚上，依据为期100天审慎考察所得到的情况，进行了冷静客观的分析。之后，杜聿明通宵达旦地将这些观察与分析写在了长达30万言的《中缅印马军事考察团报告书》上，在这份报告书的结尾，杜聿明执笔写下这样的结论："日本对于中国的国际交通线滇缅公路，将不是从中国境内截断，而是配合它对亚洲的整个政治战略策划的。日军侵略越南并与泰国建立友好条约表明，它即将向英国的远东殖民地进军，这样既可夺取英殖民地，又可封锁中国，起起一箭双雕的效果。"鉴于以上所考虑的内容，杜聿明指出中英两军为确保仰光海港的安全，就应该集结主力在缅甸边境事先将阵地建好，并采取决战防御。而《中缅印马军事考察团报告书》中最主要的部分就是由杜聿明所拟的中英缅共同防御计划草案。那时候正在缅甸的英国驻新加坡总督波普汉中将看了这份报

292

告书，不觉大吃一惊，于是就问杜聿明："中国有多少像你这样富有理智而又刚强果断的将领？"听到这样的问题，杜聿明自豪地回答："比比皆是。""那么，无论什么样的战争，你们一定都会胜利的！"这时候身着戎装，胸前佩着数枚勋章的波普汉中将站起来，两脚一并，向杜聿明行了一个标准的军礼。

太平洋战争于 1941 年 12 月 8 日爆发，当蒋介石在重庆听到这样的消息之后，立即决定派兵入缅甸参与作战。与此同时，应蒋介石之请，罗斯福将史迪威派到中国，并任命史迪威为中国战区盟军统帅蒋介石的参谋长兼中、缅、印战区美军司令。1942 年 3 月 11 日，史迪威受蒋介石的命令到缅甸参与指挥作战。之后蒋介石电令远征军代长官杜聿明，要其服从史迪威的指挥。亚历山大也被英国首相丘吉尔任命为司令，指挥在缅甸战场上的英军作战。

1945 年杜聿明（右三）与中国战区美军作战司令部参谋长柏德纳一起交谈

在缅甸战场上作战期间，由于作战理念上的差异，中国战区参谋长、美国将军史迪威，中国远征军司令官罗卓英、部属孙立人等与杜聿明几人之间经常意见相左。有时候执行史迪威、罗卓英的指令，有时候直接受蒋介石的遥控而抗命不遵。特别是与史迪威的相处，两人之间一开始一见如故，如多年不见的好友，接着就开始相互误解、指责，两人之间的关系也随之变差，最终不欢而散。就这样杜聿明与他们分分合合，这种状况既反映了当时中国军官与美英在战略上的分歧，同时也反映了国民党军队内部黄埔系与其他派系的矛盾。这里面的谁对谁错、谁是谁非，一直到如今也没有讨论出一个一致的说法。

1942 年 3 月 14 日深夜，杜聿明到史迪威所住的地方——"红楼"拜访时，史迪威竟然亲自到杜聿明的座车门边站着恭候，两人之间就好像多年未见的老友。在作战室里面，杜聿明对墙上挂的巨幅缅甸军用地形图产生了很大的兴趣，于是史迪威立即给英方的亚历山大写信，请英方赠送给中国远征军数百幅这样大比例尺度的实用的缅甸军用地形图。就战局方面来说，杜聿明认为，虽然目前盟军占据一定优势，但日军的力量也不容小觑，他们可能用两周左右的时间从新加坡、马来亚方面将兵力抽调出来，来增援缅甸方面的战争，到时候缅甸战场敌我力量对比将发生很大的变化，于是杜聿明主张采用攻势作战、各个击破、包围歼敌的战术，对日军发动进攻的地区定在同古地区。这样的想法令史迪威大为赞赏，史迪威在背后是这样评价杜聿明的："杜聿明是一个很不错的军官！他很有头脑、有思想，对战争也很有见地，战术方面运用很灵活，对战争的企图很积极，有进攻精神。我们两人的目标完全一致。我很信赖这样的伙伴，对于缅甸这里的战争，他不仅有足够的信心，同时也有足够的手段。从杜聿明身上可以很明显看出来，中国国民党军军队的战斗意志十分坚定，也有很旺盛的进攻精神，他们是下定决心要将缅甸方面的日军给打败的，并且他们还拥有很巧妙的战术以及恰当的指挥。"

鉴于英军弃守仰光，中国战区统帅部将作战方针由"积极进攻"改为"积极防御"，将目标改为"保卫曼德勒和缅北走廊"，以代替原来的"保卫或收复仰光"，于是对于同古方面的攻势作战并不积极参与。直到 3 月 21 日深夜，史迪威签发《第一号作战命令》，命令杜聿明指挥、率领第五军直属部队、第二〇〇师以及暂五十五师主力在同古方面与日军作战；按现行部署第六军准备迎击从泰国方面来的日军；史迪威则直接指挥新二十二师、第九十六师参与作战。满心期待的杜聿明以为史迪威会下令发动同古攻势作战，令他想象不到的是史迪威的《第一号作战命令》竟背弃了之前他们达成的共识。这使得杜聿明感到很不高兴，他怀疑史迪威之所以这样做，是因为受到了亚历山大的蛊惑，这样迁就英军而不顾国民党军队安危的做法令杜聿明对史迪威感到非常不满。

更令人难过的是，之前作为诱饵的第二〇〇师如今反而被日军包围，雪上加霜的是，英军丝毫不顾全大局，全然不顾之前的承诺，这些行为已经严重地拖了中国军队的后腿，这些都使得史迪威同杜聿明的关系更加恶化了。

同古战役于 3 月 20 日打响，一连数日的战斗，日军方面陆军、空军配合，与之协同作战的还有炮兵和战车。战争一直持续到 26 日，同古西北角的正面日军以其三个联队展开猛攻，已经突破了第二〇〇师第六团阵地。27 日，到达同古以北的新编第二十二师，与日军遭遇，双方彻夜对峙，战争毫无进展。28 日，日军采取北守南攻的策略，同时在同古北侧修筑工事，企图通过这些阻止新编第二十二师前进，这样就可以集中主力对第二〇〇师展开猛攻，战斗的同时日军还施放糜烂性毒气，最终导致第二〇〇师官兵伤亡甚重。对于面前的日军，杜聿明立即指挥新二十二师与之展开猛烈交锋，只有将南阳车站占领才可以帮助第二〇〇师脱困，但是由于日军在附近有很多建筑物用于固守，所以这场战争处于反复争夺的胶着状态，激战至 30 日。

这时候的远征军东路第六军以及西路英缅军，都正在与日军展开激烈交战，战争并没有按照原来预期的那样到达前线。再加上日军从仰光派出的后续部队也很快加入攻击，并对第二〇〇师实行强行包抄，这样的形势是十分不利的。已连续战斗12 天的第二〇〇师面临种种困难，不仅补给中断，粮弹两缺，同时还有被日军各个击破的危险。新二十二师连日的反攻没有太大进展，这样很难解第二〇〇师之围，于是经报蒋介石同意，杜聿明于 29 日夜令第二〇〇师展开突围，部队退到叶达西集结整顿。但是 28 日的时候，史迪威严令新二十二师奋力展开进攻，以解第二〇〇师之围。当听到杜聿明已经下令第二〇〇师放弃同古时，史迪威火冒三丈，于是指责杜聿明不服从他的命令。同时杜聿明也感到怒不可遏，指责史迪威处处迁就英军，这样做不仅令中国国民党军队的战争屡屡受挫，同时也是导致同古攻势被迫放弃的原因，两人吵得面红耳赤，都坚持自己的立场，各不相让。

当杜聿明命令第二〇〇师展开突围的时候，史迪威对于这一方针坚决反对，他坚持认为兵力不足以向日军发动攻击，同时要派参谋窦尔登监督杜聿明实施。但是杜聿明以"保全战力，这是任何一个指挥官的常识和义务"为由拒绝了史迪威的要求，对于史迪威的命令杜聿明已经开始质疑，并着重实施有计划地主动撤退，以尽量减少损伤。杜聿明经过缜密部署，令郑庭笈指挥的第二〇〇师城内部队向敌人展开佯攻，以保证主力顺利撤退，就这样第二〇〇师于 30 日顺利从同古撤出，并安全渡过色当河。后来第二〇〇师师长戴安澜深有感触地说："虽然步兵打仗的口头禅就是冲锋，但是在紧要关头敢于下命令撤退，才能证明指挥官的真功夫！"

　　当第二〇〇师顺利撤退后，鉴于同古被围的教训，杜聿明制订了"利用隘路预设纵深阵地，逐次抵抗优势敌人攻击"的战术，也就是中国抗战史上著名的斯瓦逐次阻击战，就是这样的一个战术，使得这场战役在战争史上青史留名。

　　杜聿明于 30 日晚命令新二十二师在斯瓦河南北两岸构筑了数个梯形阵地，并在阵地两侧埋伏下狙击兵，同时在阵地正面埋设地雷。新二十二师采用的这种战术，可以灵活运用，战场上的虚实令日军感到捉摸不透。远征军利用先攻继守的作战方针，用逐次抵抗战术与日军五个联队激战有 12 次之多，就这样迟滞时间达半月之久，敌军每前进一步都需要付出很大的代价，不论是军队人员的代价抑或是装备的极大消耗，就这样远征军达到了以少胜多、以劣制优的目的，成为抗战史上一经典的战例。

　　史迪威于 3 月 31 日到重庆之后向蒋介石告杜聿明的"状"，同时还指责杜聿明和廖耀湘蔑视他的权威，请求蒋介石处分他们二人，史迪威用辞职来威胁蒋介石。于是蒋介石取消了卫立煌担任中国远征军司令长官的职务，派罗卓英来接替，并接受史迪威的指挥，同时将杜聿明制订的"平满纳会战计划要旨"交给了史迪威。当史迪威仔细看了杜聿明制定的"平满纳会战计划要旨"后，再次感到杜聿明的战略构想与自己的想法不谋而合，于是对杜聿明的愤懑也就随之冰释，两人之间的关系也恢复到了以前。

　　亚历山大于 4 月 6 日与蒋介石会面，这次会面蒋介石将即将发动平满纳攻势的事情告诉了亚历山大，并促请英军在西线战略要点阿兰廖坚守。亚历山大竟报告说："5 日的时候英军已经撤出了阿兰廖，如今在萨斯瓦、东敦枝、米昌耶、明拉一带布防。"当听到这些消息之后，蒋介石感到很惊讶，于是说："衷心希望英军能够信守'坚决与华军并肩作战到底'的庄严承诺，以后不要再自行向后撤退了。"

　　杜聿明于 4 月 12 日早晨到马圭与斯利姆展开会晤，在会谈中，杜聿明通报了斯瓦附近的最新战况以及平满纳攻势的实施方案，同时吁请英军坚守现阵地，并请派坦克、大炮到平满纳支援攻势作战。但是斯利姆却建议杜聿明放弃平满纳战场，同英军一起退到敏铁拉至敏建一带，一同举行"曼德勒攻势"，最终杜聿明无功而返。

　　杜聿明于 4 月 13 日向史迪威报告与斯利姆会谈的结果，他认为英军一定会不告而走，这样的话平满纳战场的安全就难以想象，建议立即放弃"平满纳会战"。史迪威十分相信亚历山大的承诺，于是对杜聿明的建议断然拒绝，仍然固执己见地要继续举行"平满纳会战"，就这样两人之间再度产生分歧。

　　他们两人之间的分歧不仅仅是表现在缅战的指导上，另外还表现在如果在缅甸

295

战场上失败中国远征军向哪个方向撤退上。史迪威一边策划"平满纳会战"，一边在印度准备建立反攻基地，史迪威希望在印度训练国民党军队。但是杜聿明的想法却是如何在缅甸战场上将日军打败，这样就可以保持国际通道，万一这次战争失败，还可以安全、完整地将军队向滇西撤退，这样也可以趁机反攻。两人之间的着眼点不同，于是两人之间对缅甸战场的指导存在分歧也就很正常了。

对于史迪威没有采纳他的建议，杜聿明虽然心里面感到不高兴，但依然对平满纳攻势进行着认真准备。他同罗卓英于当日下午开始研究缅甸战场的整体形势以及平满纳会战的有关具体问题。正当他们积极部署16日要如何进行反击时，没想到的是，14日英军竟然不声不响地将马圭放弃了，并于15日炸了仁安羌油田，傍晚时分，英缅一师7000多人遭到日军的包围。

史迪威对英军的背信弃义感到非常愤怒，于是史迪威狠狠地将亚历山大羞辱了一顿。虽然如此，史迪威仍然坚持将被包围的英军解救出来，于是罗卓英提出由孙立人率新三十八师去仁安羌解救英缅一师，这次战役就是彪炳史册的仁安羌大捷。

史迪威、罗卓英二人于4月16日研究放弃"平满纳会战"后的举措。本来罗卓英比较支持杜聿明的建议，但史迪威支持亚历山大的意见，将第五军移到敏铁拉附近，与英军会合共同举行"曼德勒会战"。鉴于这样的情况，罗卓英只好改变初衷，最后决定将第五军转移到敏铁拉附近集结，在现地由第九十六师阻击日军。当罗卓英将决定用电话告知杜聿明时，杜聿明明确地说："对于举行'曼德勒会战'，我表示反对意见，希望你们不要继续受英方的蛊惑，这样对战争是有害无利的。"史迪威见对于罗卓英的命令，杜聿明不愿意听从，于是立即将罗卓英手中的电话拿过来，亲自向杜聿明解释这次的作战方针，但是杜聿明丝毫不给他面子："史迪威将军，如今您已经知道英军向后撤退，为什么还愿意让他们摆布呢？您明知道日军企图在曼德勒附近将我军包围以逼我们与之决战，为什么还要将第五军向敏铁拉一带调动，这难道不是自投罗网吗？您的想法请恕我不能苟同。"史迪威被杜聿明的话彻底激怒了，于是他放弃同杜聿明在电话里继续争论这次战斗，于是严厉地说道："这是命令，你必须遵守。"说完就将电话挂掉了。杜聿明立即命令各部队开始转移，同时还亲赴平满纳向第九十六师师长余韶面授机宜：利用平满纳既设阵地，运用火力与逆袭打击敌人，以一部构筑阻击阵地，逐次打击来犯之敌，迟滞其行动。

亚历山大于4月18日向史迪威发出紧急电报："数千日军出现在皎勃东，英军后路已经被切断，请速派军队收复皎勃东稳定后方。"对于亚历山大的求援，史迪威立即命令刚刚撤到漂背的第二〇〇师的第六〇〇团向皎勃东赶去。但是当他们赶到的时候皎勃东并没有日军，是亚历山大自己杯弓蛇影，谎报军情。当杜聿明见到第二〇〇师第六〇〇团已经被派往皎勃东，徒作无为之奔波时，心里对史、罗二人感到非常恼火，之后便去找二人理论。由于罗卓英不在场，他直接质问史迪威："你明明知道东路的战局正在急剧恶化，亟待第五军速到东枝、和榜布防，你至今未发一兵，反而将六〇〇团派到并无敌情的皎勃东去了，这是为什么呢？难道这就是你的作战方针？"对于杜聿明的质问，史迪威说："枪声就是战场上的命令。亚历山大急

296

电告知有数千日军在皎勃东，难道我能不立即派六〇〇团师去打吗？难道国民党军队只吃饭，就不会打仗吗？在我没有得到确切情报前，必须继续向皎勃东派兵，这是命令，必须服从。"对于史迪威的侮辱，杜聿明立刻反唇相讥："我们吃的是中国饭，我们来这里是来参加战争的。中国是主权国家，是美英两国的盟国，国民党军队是美英军队的盟军，不是哪个国家的雇佣兵，都要为大局着想，不能接受任何人的无理摆布。"随即他对身边的戴安澜命令道："限立即将皎勃东的部队召集回来，从速准备前往东枝方向，没有我的命令，不得擅派一兵一卒。"

英军于4月13日要求中国国民党军队接替英缅军西路防区，想要撤走。基于这样的情况，史迪威、罗卓英重新部署作战方案，准备在曼德勒进行会战，于是命令第五军、第六十六军在长达300公里的平（满纳）曼（德勒）公路上实施布防。对于他们的军事布置，杜聿明认为这样做很不妥，兵力过于分散，这样的布置只会被日军各个击破，并一再重复棠吉的重要性，主张要么退守棠吉，同时守住腊戍前方门户；要么就在平满纳打下去，反对无准备的"曼德勒会战"。但是史、罗两人并没有采纳杜聿明的建议，所以迫于无奈杜聿明只得从命，最终放弃了棠吉。

鉴于这样的作战方针，日军重新进占了棠吉，并直取腊戍，从西南面将集结于曼德勒准备大战的中国主力军的后方道路给截断了，于是远征军陷入了三面被围的困境。在迫不得已的情况下，曼德勒的第五军只好向伊洛瓦底江西岸撤退。

中、英、美三方指挥官于当天举行了最后一次联席会议，亚历山大作为英军总司令首先宣布：对于中国远征军到印度避难的请求，英国已经准许了，但是入境前须申报难民身份，这样英国军队就可以予以收容。对于这一带有侮辱性的"邀请"，杜聿明感到极为愤慨，于是杜聿明当场拒绝。

在远征军对于难以抉择何去何从之时，当时的新三十八师师长、美国军校留学出身的孙立人选择了进入印度这条撤退线路，因为这样做是损失最小的一条道路。但是作为一名中国将军，杜聿明必须"讲政治"。他遵守了蒋介石让远征军撤退回国的命令。5月8日，杜聿明带着军部和新二十二师行抵英多时，龙陵、八英、密支那均已经陷入日军的手中，第五军撤回滇西的道路已经被切断，为保全军队实力以备反攻，史迪威派人来请杜聿明率所部向印度撤退，同时罗卓英也电令杜聿明率领部下渡亲敦江进入印度的英帕尔，但是杜聿明坚持己见，不顾史、罗二人的一再敦促，仍决定率部回国，最终面临难以想象的结局。

这一次杜聿明作了错误的决定，导致了他带领远征军走上了惨败的境地。杜聿明所率领的部队走的道路多是崇山峻岭、山峦重叠的野人山及高黎贡山，那里的森林遮天蔽日、蚊蚋成群、人烟稀少，军队给养十分困难。本来杜聿明预计在大雨季前就可以到达缅北片马附近，但是由于沿途可行之道已经被日军封锁，所以不得不用小部队牵制日军使主力得以安全转移。所以回去的道路曲折迂回，耽误了很多时间。

从6月1日至7月中旬，缅甸地区雨水特大，倾盆大雨几乎每天都有。原本旱季作为交通道路的河沟小渠，这时候已经是洪水汹涌，不仅不能徒涉，同时无法架桥摆渡。再加上原始森林里面特别潮湿，森林中各种蚂蟥、蚊虫以及千奇百怪的小虫到处都是，被蚂蟥叮咬的士兵，紧随而来的就是破伤风病，再加上疟疾、回归热及其他传染病的大肆流行爆发，使士兵们苦不堪言；士兵一旦昏迷不醒，就开始遭受各种各样的伤害，有蚂蟥吸血、蚂蚁侵蚀，再加上大雨冲洗，数小时之后就变为一堆白骨。官兵损失惨重，死亡累累，前后相继，沿途尸骨遍野。这时候杜聿明自己也患了回归热，已经昏迷两天，不省人事。再加上二〇〇师师长戴安澜因重伤殉国，团长柳树人阵亡，第九十六师副师长胡义宾、团长凌则民为掩护主力安全而牺牲，军队在归国的道路上遭受到极为严重的损失。

为了营救第五军官兵，蒋介石派出小部队到滇缅边境侦察接应，但令人遗憾的是侦察情况毫无结果。于是蒋介石一再亲电昆明空军总司令王叔铭，指示其派飞机联络第五军和寻找第二〇〇师，但是即使这样他们也没有找到杜聿明所带领的部队。

杜聿明率领的新二十二师和军直属部队等终于于 5 月 31 日到达清加林卡姆特。这时候由于道路已经被淹没，再加上粮药两缺，官兵以草根树皮果腹，只得就地等待空投接济。在苦等了三天之后，在 17 日的时候终于获得空军空投的 7000 人三日份给养，于是军队继续向雷多前进。但是祸不单行，6 月 30 日的时候，在山林中又遇到山洪暴发，致使军队迷失路途，这时候的官兵已经断粮六日，仅新二十二师因为饥饿和病痛而死的官兵就已经达到 2000 余人。美军飞机 7 月 7 日在新平洋地区空投大米 350 包，药品七包，多亏这样第五军才避免了更大伤亡。7 月 25 日，杜聿明所率领的部队已经抵达印度东部阿萨姆邦的雷多附近。这时候距 5 月 10 日杜聿明率领部队向北撤退已经过去了两个多月，这支部队穿越了纵深达 480 公里的野人山区，历尽艰险，终于完成了撤退。当时新二十二师入缅时有 9000 人，在缅甸的各次战斗中伤亡 2000 人，但是在撤退时的伤亡就已经多达 4000 人，这样的伤亡比战斗减员还多一倍。到达印度时，全师仅剩下 3000 人。

5 月 10 日，第五军第九十六师终于到达孟拱，并于 18 日到达孟关，进入野人山区后的杜聿明部，食粮无着，再加上毒蛇猛兽侵袭，还有雨水淹没道路，非常难走，沿途失踪者就已经达 800 余人。当 6 月 24 日到达印度的时候全师官兵已经仅存 3000 余人。

入缅时有 9000 人的第二〇〇师，经过长途跋涉之后最后全师官兵仅剩 4650 人，损失近半。

由于指挥错乱，致各部队被日军杀伤、落伍、染病死亡的官兵人数，据不完全统计，已经远远超过了在战场上与日军战斗而死伤的人数。中国远征军当时参战的官兵总数约 10 万人，但是能够活下来的仅 4 万人左右。

虽然杜聿明保住了个人性命，但是却带着满腹的遗憾以及对死去的数万埋骨异域的弟兄的愧疚离开印度回到国内。回国之后的杜聿明一再向蒋介石检讨，并请求给予处分，但是蒋介石不仅没有给杜聿明处分，反而将杜聿明升任为第五集团军总司令兼昆明防守总司令。从此以后，杜聿明开始秣马厉兵，准备对缅甸的反攻作战，以雪兵败缅甸之耻。但是历史没有给他这个机会，倒是 1943 年 10 月份，史迪威率领在印度整训后的新二十二师和新三十八师，重新杀回缅甸战场，两支劲旅自西向东一路闯关夺隘，奋勇杀敌，所向披靡，将日军打得溃不成军，迅速控制了缅甸之敌，一雪前耻。

乏善可陈的 "西北王" ——胡宗南

　　胡宗南（1896~1962年），原名胡琴斋，字寿山，祖籍浙江省安吉县塘浦鹤鹿溪。1896年，出生于浙江省镇海县（现宁波市镇海区）陈家铺。1904年，进入当地的私塾读书。1909年，进入孝丰县城高等小学堂读书。1913年，考入吴兴中学读书。1915年，于该校毕业。1924年，考入黄埔军校。同年11月于黄埔军校毕业。1925~1928年，在广州革命军两次东征和平叛，以及北伐战争中屡立战功，从班长逐渐升任为师长。1929~1930年，在蒋桂、蒋冯、蒋唐战争和蒋阎冯"中原大战"中为蒋介石取得胜利作出了极大的贡献。1932年，率部进入赣、鄂，对红军进行"围剿"。同年，复兴社成立，成为"十三太保"之一。1933年，率部在四川天水阻截徐向前带领的红军部队。1935年，率部在四川北部的毛儿盖地区阻截长征中的红军。1936年，升任师长。1937年，任军团长，率部参加淞沪战役。1938年，率部移至关中驻扎。之后，又先后参加了兰封、信阳的对日作战和入晋对日作战，同时严格奉行蒋介石的"限共""反共"政策，对中共和八路军的抗日活动进行遏制。1945年5月，被选为国民党中央执行委员。7月，升任战区司令长官。9月，在郑州接受日本第12军团司令官鹰森孝投降。10月，被授予陆军上将的军衔。1947年，率部对延安发起进攻，却被打败。1948年11月，退守成都。12月，西南形势大变，率部迁到西昌驻守。后又兵败退往海南岛。蒋介石命顾祝同查办，令其回西昌"戴罪立功"。1950年，西昌解放，胡宗南前往台湾。1951~1960年，先后任"江浙反共救国军"总指挥兼"浙江省政府主席""总统府"战略顾问和澎湖防守军司令官等职。1962年，因病在台北逝世。

天子门生第一人

从黄埔军校出来的学生都有一种傲气冲天的气势，总觉得自己比其他人高一等。而在这些人中，胡宗南又是最特殊的一个，他获得的成就是其他人难以比拟的。在黄埔同窗中，他第一个当上军长，第一个成为兵团总指挥，第一个升为集团军总司令，也是第一个进入国民党将军行列的人。除此之外，他还是第一个，也是唯一一个在离开大陆以前获得第三颗将星的人。胡宗南取得了种种荣誉，得到了众人的关注和赞许。可以说，胡宗南是"天子门生"第一人。

1925 年春，胡宗南在黄埔军校毕业后被分配到教导第一团第三营第八连任见习少尉，后来又升任为机枪连的排长。刚刚当上排长，他就参加了讨伐叛军陈炯明的东征之战，因为在战斗中取得战功而被晋升为上尉副连长。5 月，他又跟着部队参加了讨伐杨希闵和刘震寰的战斗，并在之后参加了第二次东征。在这些战斗中，胡宗南表现出了极大的勇气和战斗力，所以再次得到升迁，成为第二团第二营营长。

1925 年的一天早晨，蒋介石准备乘车到广州市内的军校办事处去，但是在出发之前汽车却无法发动了。为了节省时间，蒋介石换了一辆汽车先走了。而修好的汽车在随后前往的过程中，却被人伏击了，很明显，杀手的目标就是蒋介石。得知这个消息之后，蒋介石感到非常的紧张，马上将军校的卫队调来保护自己，而胡宗南当时正是卫兵连的一个排长。胡宗南看出了蒋介石的担心和害怕，所以时刻守护在蒋介石的周围，并不失时机地向蒋介石表达自己的忠心："请校长放心，有我在，校长的安全不会出现任何问题，为了保证校长的安全，我即使付出自己的生命也不会有丝毫的犹豫。"就是从这个时候起，蒋介石就认为胡宗南是一个可以委以重任的人。

广东革命政府成立之后，革命的呼声高涨，革命浪潮也是一浪高过一浪，国民党的重要人物也全部聚集到了广州。这个时候，胡宗南的小兄弟戴笠也来到广州，找到了胡宗南。胡宗南就找机会将戴笠引荐给了蒋介石。蒋介石和胡宗南既是同乡，又在黄埔军校时有很深的交情，再加上胡宗南对蒋介石忠心耿耿，所以蒋介石对胡宗南非常信任，他将戴笠引荐给蒋介石，蒋介石自然对戴笠相当重视，予以重用。最后，胡宗南和戴笠都成为蒋介石的亲信，在"中山舰事件"中，两人就发挥了很大的作用。他们两个将当时在第一军中的共产党员名单以及国民党左派分子和政治部主任周恩来的情况都向蒋介石作了详细报告，后来蒋介石挑起了"中山舰事件"，将第一军中的很多共产党员都逮捕了，并且将他们从第一军中赶了出去。从这之后，蒋介石就将第一军完全掌控在自己手中，这支部队最终成为蒋介石的嫡系部队。

北伐之前，蒋介石在两个教导团的基础上组建了第一军的教导师，胡宗南是教导师第二团第二营的营长，戴笠是胡宗南部队的中尉副官，他不断向胡宗南和蒋介石献殷勤，想要得到更高的职位。1926 年，在江西南昌一带，该教导师和孙传芳的部队展开了激烈的战斗，胡宗南带领部队担负起对南昌城郊的牛门车站发动进攻的任务。这个地方是南昌的大门，孙传芳的部队在这里构建了坚固的堡垒和各种工事，并且在这里安排了 2 万多人进行防守。胡宗南的部队一时间难以攻克孙传芳部队的阵地，并且付出了极大的伤亡。再次发动进攻时，胡宗南采用了火攻的战术，他命令部队将柴草、汽油、辣椒等堆放在车站的东南方向，借着风势将柴草点燃，浓烟和呛人的气味被直接吹向了孙传芳的防守阵地，熏得守军马上就从工事中逃了出来。胡宗南指挥部队用机枪对守军进行射击，守军马上就被打得溃不成军，胡宗南带领部队很快就将车站攻下了，同时俘虏了奉军军长彦春和官兵共 8000 多人，蒋介石一时之间对胡宗南很是赏识。这仗打完之后，教导师改称第一师，属于东路军序列，和第二师、第二十二师一起挥师东进。在收复浙江、上海和南京的战斗中，胡宗南都立下了战功。1927 年 5 月，胡宗南被提升为第一师少将副师长，他成为黄埔同窗中第一个被授予将军军衔的人。

随后，北伐军继续向前挺进，第一师北上向蚌埠展开攻击，经过多日的惨烈斗争之后，终于将蚌埠攻克，胡宗南也因此晋升为第二十二师师长。不久之后，蒋介石对部队进行了整编，第二十二师改编为第一师第二旅，胡宗南则改任该旅旅长，受师长刘峙辖制。

中原大战时，第一师和冯玉祥、阎锡山的部队进行战斗，刘峙是总指挥，在第一师副师长徐庭瑶受伤之后，胡宗南成为代理师长。胡宗南带领着部队沿着陇海线迎战冯玉祥的主力孙良诚的部队。孙良诚一直以来就以剽悍闻名，而且善于作战，胡宗南对孙良诚死缠烂打，紧紧咬住孙良诚的部队不放，每到一处，胡宗南都用大量的兵力对孙良诚进行围歼，吓得孙良诚的部队听到胡宗南的名字就害怕得要命。以至于其他的很多部队也借着第一师的名号来攻打孙良诚，弄得孙良诚不知道胡宗南到底有多少部队，胡宗南的第一师一时间声名大振。这件事情还传到了蒋介石的耳朵里，蒋介石也因此对胡宗南夸赞不已。

正因为如此，在大战结束之后，胡宗南正式晋升为第一师师长，领中将军衔。

301

商丘救蒋

1930 年夏，阎锡山和冯玉祥领导的"中华民国军"和蒋介石领导的"中央军"共计 100 多万的兵力在中原大地上展开了激烈的拼杀，一时间，中国大地震动不止，生灵涂炭。

在战斗进行的过程中，蒋介石将自己的指挥部转移到河南商丘，指挥着自己的部队沿陇海线向西快速开进。但是，在西进的过程中却遭到了吉鸿昌、孙良诚等部队的顽强阻击，使得中央军遭受了巨大的损失。正在这个时候，郑大章又率领骑兵夜袭了商丘机场，将中央军的后路切断了。就这样，蒋介石被困在了商丘，他急忙让在开封驻守的刘峙率兵前来救援。

刘峙急忙召集第一师代理师长徐庭瑶和几个旅长一起开会，商讨营救蒋介石的办法。

在这次会议上，身为第二旅旅长的胡宗南极力主张出兵相救，这也是为了报答蒋介石对自己的恩情。但是其他的军官却认为冯玉祥在商丘一带布置了重兵，因而不愿意出兵营救，并让刘峙回复蒋介石让蒋介石自己率领部队进行突围，他们在外围负责接应。

在得到刘峙的答复之后，蒋介石气得七窍生烟，急躁地在屋里走来走去。突然间，他想到了胡宗南的第一师第二旅此刻正驻扎在开封城外。当初就是胡宗南联合了一批黄埔将领，才使得自己重新在国民党内主持大计，并且当上了国民党中央政治会议主席和军事委员会主席。这时候如果让胡宗南前来营救，相信还是有很大的希望的。于是，蒋介石马上给副官下命令，让他给胡宗南发去求救电报。

开会回来之后，胡宗南认真地在旅部里研究着地图，分析着蒋介石的处境。这时他才发现蒋介石的情况有多么严重，要是真的像自己开始设想的那样去营救，说不定连自己的部队都要全军覆灭呢，怪不得刘峙和徐庭瑶这两个老家伙不愿意出兵相救呢。

胡宗南长叹了一口气，准备好好休息一下。但是，往事一幕幕地浮现在他的脑海中。他想到了蒋介石对于自己恩情，想到了蒋介石对自己的破格重用，想到了自己一次次的升迁……他还想到了自己以后的仕途，想到自己以后想要飞黄腾达的话还得依靠蒋介石，而此刻，这正是一个极好的机会，一旦自己能够救蒋介石于危难之中，蒋介石对于自己必定另眼相看。更何况，蒋介石对自己有着极大的恩情，又怎么能像别人那样不闻不问呢？

胡宗南马上就精神了起来，他马上将掌管情报工作的马志超叫进来，让他派人到商丘侦察一下前线的情况。同时，他又和戴笠取得了联系，通过特务了解阎锡山和冯玉祥军内部的情况。

很快，胡宗南就掌握了阎锡山和冯玉祥军内部的很多情报。他知道阎锡山部队的官军纪律性很差，对于野战并不是很擅长，所以阎锡山才在山东战场屡次吃了败仗之后悄悄地撤回了山西。石友三、孙殿英为了保存自己的实力，也和阎锡山一样从战场上退了出来，撤到了黄河以北。冯玉祥的部队在缺少了盟军的支持之后，已经陷入了孤立无援的境地，而且这支部队缺衣少粮，生活都已经成了问题，所以战士们士气都很低落，战斗力自然也就不如以前。得知这些情况之后，胡宗南暗自欣喜，他觉得自己立功的时候到了。

正当胡宗南踌躇满志的时候，蒋介石的求援电报就到了。他异常激动，马上命令部队集合，准备前往援救蒋介石。

在全旅官兵面前，胡宗南发表了慷慨激昂的演讲。他表示蒋介石是国家的支柱，一定要用尽所有力气将蒋介石营救出来。为了表示自己的决心，他将自己的党证和蒋介石赐予的"中正剑"都交给了自己的副官，让他转交给自己的家人，并请他们节哀顺变，为国家贡献更大的力量。看到胡宗南如此坚决的态度，所有的官兵都受到了极大的鼓舞和感染，一起高喊着口号表示一定要将蒋介石救出困境。

趁着将士们士气高昂，胡宗南马上下达了出击的命令，第二旅像一把利剑一样直接杀入商丘城郊。经过激烈的战斗之后，第二旅终于冲入重围，将蒋介石从危险之中营救了出来。在这之后，蒋介石根据胡宗南提供的报告，采取"分化收买"的方式，将张学良的东北军引入关中，很快就在中原大战中获得了胜利，稳固了自己的政治地位和军事地位。

战斗结束之后，蒋介石召见了胡宗南，对他在战场上的表现进行了嘉奖。借此机会，胡宗南向蒋介石大吐苦水，说自己的部队在第一师遭受诸多刁难，立下军功也没有任何的奖赏，刘峙和徐庭瑶此次不愿出兵相救，他们的种种做法实在让人心寒等。他恳求蒋介石将第二旅从第一师中调离出去。

听了胡宗南的话之后，蒋介石大为光火，他愤怒地将刘峙保荐徐庭瑶接任第一师师长的报告扔进了抽屉里，随即又写了一张手令交给胡宗南，让胡宗南担任第一师的师长。

得到蒋介石的委任，胡宗南顿时感觉热血上涌，马上起身给蒋介石敬了一个军礼，然后激动地将蒋介石的手令接了过来，向蒋介石表达着自己对于蒋介石的感激和为他效力的耿耿忠心。

第一师师长这个位子是多少黄埔的名将们日思夜想但是都没有得到的，因为这支部队是蒋介石的本钱，是蒋介石的根基，是蒋介石嫡系中的嫡系、王牌中的王牌。现在胡宗南成为了这支部队的师长，这说明蒋介石对于胡宗南有着极大的信任。这样看来，胡宗南的这次冒险是相当值得的。

"追剿"遭挫，"王牌军"声名狼藉

1932 年 6 月，蒋介石调集 40 万大军，并特调胡宗南的第一师参与其中，开始对鄂豫皖苏区及红四方面军进行围剿。胡宗南率领第一师经安徽桐城、舒城，将六安、霍山两座县城拿下。秋初，胡宗南率领部队和第十四师配合作战，将红军第十师和第十二师包围在湖北黄陂河口镇以东地区。经过激烈的战斗之后，红军部队的伤亡情况很严重。

10 月中旬，面对强大的国民党军队，红四方面军决定从鄂豫皖根据地撤离出去，往西北方向突围。蒋介石给胡宗南等部下达命令，让他们对红四方面军紧紧追赶，想要将红四方面军围歼在途中。

11月，胡宗南率领部队突然与红四方面军在陕、鄂交界处遭遇。漫川关地形险要，在山中只有几条羊肠小道能够通过。胡宗南马上下达命令，让部队迅速占领有利地形。与此同时，国民党的其他部队也陆续追击而来，红四方面军陷入重重包围之中，局面非常严峻。

看到红军被困在一条狭窄的山沟之中，胡宗南很是高兴，他想把漫川关变成红四方面军的坟墓。

面对严峻的形势，红四方面军总指挥徐向前决定奋力突围，他命令许世友团从正面展开突击，韩亮臣团负责协助配合，将北山垭口拿下，为全军突围打开一条生命的通道。

战斗开始之后，红军战士们奋不顾身，前仆后继，用尽所有力气向国民党军队的阵地展开不断的冲锋。胡宗南部队也拼命死守，向着红军猛烈地射击。在肉搏战中，更是刺刀见红，惨烈异常。红军团长韩亮臣牺牲了，一个营的500人也差不多都牺牲了，但是红军战士依然毫无畏惧，勇敢地向着胡宗南部队的阵地展开攻击。胡宗南的部队在红军的反复冲击中也遭受了极大的损失，士气也渐渐低落，他们被红军战士的气势和精神所震慑，纷纷支持不住开始撤退。红军终于在国民党军队的重重包围之中冲出了一条血路，将垭口攻占了，红军大部队得以向外突围。

胡宗南也知道垭口的重要性，所以他组织更多的部队对垭口发起了猛烈的冲击，企图将缺口堵上，战斗打得极为激烈，到了白热化的程度。最终，胡宗南终于指挥着两个旅冲上了垭口，将缺口堵上了。但是这时候红军已经从垭口跳出了包围圈，摆脱险境之后向着西北方向而去了。胡宗南带领部队紧紧追赶红军到关中、陇南，还想跟着红军进入四川，但是却被四川军阀刘湘、邓锡侯拒绝了。

1933年春天，胡宗南率领部队进入甘肃，在陇南布防。经过两年的整顿和训练之后，胡宗南认为自己的部队不仅装备精良，而且已经马肥人壮了，他可以战胜任何想要攻打的敌人。这个时候，蒋介石再次将胡宗南的部队调动出来，加入"围剿"红军的行列。

1935年1月，胡宗南先是派出丁德隆的独立旅进发到四川广元、昭化。但是，这个旅刚刚出现，就被红军消灭了两个整团。胡宗南见此情形，又受到了惊吓，一时之间不敢贸然进入四川了。

1935年夏末秋初，为了阻止红一方面军和红四方面军会师，蒋介石迅速调整了军事部署，任命胡宗南为第三路军第二纵队司令，除了原来的第一师外，又调了三个师和两个旅归胡宗南指挥。蒋介石给胡宗南下达了严格的命令，要求他马上率领第一师进入川西北，一定要阻止红军向西北发展，并且要和由南向北紧追而来的薛岳第二路军密切配合，将红军消灭在川西北地区。

接到蒋介石的命令之后，胡宗南立即率领第一师的主力部队抵达四川碧口，然后命令先头旅想尽一切办法，向松潘攻击前进。胡宗南认为，只要先占据了松潘，就能和第二路军相互配合将红军消灭。

先头旅抢占了松潘之后，胡宗南马上就在樟腊、南坪、毛儿盖、包座等地安排了兵力，抓紧时间修筑工事。他对于自己的部署很有信心，认为凭借一望无际的沼泽草地和岷江沿岸的险峻地形，再加上自己手中的优势兵力，一定能将北上的红军拦截住，并将红军彻底消灭。蒋介石也非常高兴，每时每刻都盼望着自己的优秀学生胡宗南能将红军消灭掉。

然而，红军很快就将毛儿盖攻占了，胡宗南安排的守军全部被歼灭，只有营长一个人逃回了松潘。紧接着，红军又对松潘发起了猛烈的攻击。胡宗南当时正带着一个团的兵力亲自在松潘镇守，得知红军要"包围松潘，活捉胡宗南"的时候，他吓得面无血色。情急之下，他将主力部队调至松潘，全力进行防守，但是这只是红军的一个计策而已，他们的目的是要将胡宗南的兵力吸引过来，为北上创造良好的条件，看到这一目的已经达成，红军便撤军了。直到这个时候，胡宗南才算是松了一口气。

在这之后，红军又出乎胡宗南意料地出现在草地上，想要经草地北上。发现红军这一意图之后，胡宗南意识到包座是红军进入甘南必须要经过的地方。而那里仅仅只有一个团的兵力，想要阻挡红军有很大的困难，所以他马上命令伍诚仁第四十九师火速前往包座进行增援。

在草地上进行了艰苦的跋涉之后，红军将士都已经疲惫到了极点。但是为了顺利北上，还是决定在胡宗南的增援部队到达之前将包座的守军消灭，控制住战略要地，然后再集中兵力伏击援兵。

8月底，红军开始对包座发动进攻。得知消息之后，胡宗南马上向伍诚仁师下达命令，要他们急行前往援救。这个时候，红军早已布下了口袋，就等着伍诚仁往里钻。伍诚仁没想到红军会在半路伏击自己，所以并没有多加防备。在他带领部队行进到离包座十几里远的西北侧山地中时，遭到了红军的伏击。红军将伍诚仁的队伍截成三段，进行了分割包围，几里长的战场上，到处都进行着激烈的战斗。伍诚仁的部队虽然被分割包围，但是并没有放弃抵抗，而红军战士们也是奋勇向前，不断向国民党军队进行冲击。不到一天的时间，伍诚仁部下的5000多人就被红军一点点地消灭掉了。伍诚仁也在战斗中身负重伤，匆忙中跳进河中才得以逃脱。就这样，红军顺利地踏上了北上的道路。

在这两次重要的战役中，胡宗南的部队不但没能截住红军，反而被红军打得落荒而逃，伤亡惨重。再加上发生了疫情，部队的给养也很困难，所以部队被调往陇南进行休整和补充。胡宗南本人因为战斗的失利而颜面尽失，非常懊恼和伤心，结果大病了一场。

1936年10月，红军一、二、四方面军胜利会师，这时候，蒋介石又有了新的计划，他想趁着红军刚刚到达陕北、立足未稳的机会将红军彻底消灭。这一次，他调集了胡宗南的第一军（由原第一师扩编而成）等五个军，兵分四路对正在向海原、打拉池地区转移的红军主力展开追击。

毛泽东认真分析了眼前的情况，决定诱敌深入，在预定的有利地区，集中优势兵力，对国民党的主力胡宗南部进行毁灭性的攻击。在这之后，红军就转移到了环县，在山城堡附近隐蔽了起来。

胡宗南错误判断了战场形势，他认为红军已经向盐池方向撤退，而且红军在经历了长征之后，已经处于筋疲力尽的状态，缺衣少粮不说，武器弹药也已经严重不足了。所以，胡宗南决定乘胜追击，第一军不顾其他"追剿"部队，拼命地向红军发起追击。胡宗南派出两个主力师直接杀到盐池，11月19日和20日，先后偷袭惠安堡、山城堡得手，想要从两翼将红军合围在盐池以南地区。

21日傍晚，在彭德怀的统一指挥下，红一军团、红十五军团及红军第三十一军，忽然间从南面、西面和北面对山城堡展开了攻击，并且将占据着山城堡的国民党第一军第七十八师的退路切断了。

黑夜慢慢来临，伸手不见五指。在惨烈的肉搏战中，双方都不敢放枪，以免造成误伤。在这种环境中，红军战士通过"摸帽子"的方式来判断敌友，摸到是国民党部队戴的那种帽子之后，就用手榴弹猛砸，用刺刀猛刺。在激烈的战斗中，第七十八师的作战部署都被打乱了。第二天，红军对第七十八师展开了更加猛烈的攻击，将该师的主力全部消灭了。与此同时，胡宗南调派来的另外几个师的部队，也被红军打败。

山城堡战斗的惨败，让胡宗南很是气恼。他没有想到自己一路追着红军打，最后竟然被红军打得丢盔弃甲，屡遭惨败，实在是对不起"王牌军"的名号，也辜负了蒋介石的深厚期望。一怒之下，胡宗南将该师师长丁德隆和旅长廖昂撤了职。这一方面是为了提高士气，一方面也为自己的指挥不力推卸责任。

不久之后，西安事变爆发。得知蒋介石被张学良和杨虎城扣押之后，胡宗南抱头痛哭，难以自制。他没有想到的是，正是由于他在山城堡的失败，才促使张学良和杨虎城认识到"剿共"是没有出路的，所以才坚定地发动了西安事变。

乏善可陈的将军

1937年，"七七"事变爆发之后，胡宗南的部队被调往上海参加阻击日军的战斗。由于匆忙赶赴前线，准备不足，日军的火力又异常猛烈，所以胡宗南部参加战斗的两个师损失大半。胡宗南不得不率领部队进行休整，补充兵力。休整补充完毕之后，胡宗南率部再次投入战斗，但是仍然被日军击败，这次损失了一个师。之后，胡宗南被迫带领队伍从战场撤离，返回了陕西凤翔。经过六个月的休整和补充，胡宗南的部队得到了很大的扩充，胡宗南也被提升为第十七集团军军团长。

胡宗南（右）与蒋介石

　　1938 年 5 月下旬，胡宗南接到命令之后带领部队奔赴豫东的兰封地区进行对日作战。这个时候，李宗仁正带领部队在台儿庄与日军对峙，为了将徐州附近国民党军队的后方铁路运输线切断，日军派出土肥原的第十四师团渡过黄河，将兰封及附近地区侵占。得知这个消息之后，蒋介石急忙让胡宗南带领部队奔赴开封，让他与宋希濂等部协作，将土肥原师团围歼。胡宗南指挥部队对兰封外围展开进攻，将通往城内的道路彻底扫清，但是因为协同作战的部队进攻不力，使得土肥原从包围圈中逃脱。9 月，日军沿着长江两岸向东进发，入侵鄂东，武汉会战就此拉开序幕。为了将南下的日军拦截住，胡宗南带领部队将信阳攻克。然后他就带领着部队主力回到了陕西，在西安驻守。没想到在日军反攻信阳的时候，留守的团长马载文竟然不战而逃，导致信阳再次被日军攻占。10 月，武汉沦陷。

　　1942 年初，胡宗南被任命为第八战区副司令长官，率领部队在西安进行驻守。他统辖着第二十九、第三十四、第三十七、第三十八共四个集团军，总共有 34 万多人，一时间，感觉非常惬意、舒服。

　　1944 年 4 月，蒋介石重新划分了战区。陈诚被任命为第一战区司令长官，胡宗南则从第八战区平调至第一战区。这次部队的调动，胡宗南不但没有获得升迁，反而要受到陈诚的管制，所以他心中是有很大的意见的。他给自己的部下下达密令，要求他们不听陈诚的指挥，所有的命令必须要获得胡宗南的同意之后才能执行。然后，胡宗南就借着养病的名义到华山去了。陈诚到任之后，本想用自己手中的军权对胡宗南进行打压，没想到的是胡宗南的部队不听指挥，第三十四集团军更是"刀枪不入"，除了胡宗南的命令谁的也不听，搞得陈诚只能到蒋介石那里去告状。

　　胡宗南并不想一直在华山休养，因为这样的话他就没有机会得到升迁，他一直都在等待机会。很快，机会就来了，日军土肥原部突然调集了12万重兵对中原地区发动进攻，在不到半个月的时间里就连续攻克了数座城池，土肥原带领部队向西迅速前进，一路上没有人能够阻拦。很快，郑州、偃师、洛阳、渑池都被日军攻陷，日军的先头部队已经到达陕西边境，整个西安都陷入到剧烈的震动之中。见到这种情况，胡宗南最担心的就是自己的"老窝"被日军占据，所以他急急忙忙地从华山回来，参与到对日作战之中。在匆忙之中，他率领部队和日军进行了几次小规模的战斗，没想到竟然都取得了胜利。在胡宗南正不知道要继续进攻还是选择保护自己的"老窝"的时候，土肥原却退兵了，把一个立功的机会直接送到了胡宗南的面前。胡宗南怎么会放过这样的机会，他大肆宣扬自己取得的战果，将自己说成是挽救了豫西和中原危局的英雄，还对参加战斗的官兵们进行了大力的嘉奖。之后不久，陈诚就被蒋介石调任为军政部部长，而胡宗南则成为了第一战区司令长官，同时还被授予陆军三星上将军衔，并获得一枚胜利勋章。

　　在中国内战的战场上，胡宗南取得的唯一一个值得他鼓吹的战功是"捣毁"延安。1947年3月，蒋介石给胡宗南下达命令，严格要求胡宗南带领部队夺取延安。胡宗南对此很有信心，夸下海口要在三天之内将延安拿下。3月11日清晨，胡宗南按照计划带领部队向延安进发。但是这个时候解放军早已做好了准备工作，对胡宗南的部队实施骚扰和袭击。胡宗南只能命令部队迭次掩护前进，以免前后无法相顾，受到更大的损失。但是这样一来，部队的前进速度就受到了影响，而中共中央和人民解放军总部以及边区军民则利用这个时间顺利地撤出了延安，留给了胡宗南一座空城。

　　胡宗南的部队进入延安之后，马上就编造了很多的战功报告给国防部，同时使用各种各样的造假手段使得蒋介石对他取得的战绩信以为真。蒋介石对于胡宗南大加赞扬，还奖给胡宗南一枚二等大绶云麾勋章，将胡宗南晋升为中将加上将衔。

　　占领延安这座空城之后，和胡宗南的30多万大军周旋的只是彭德怀率领的不足3万人的土八路而已。彭德怀用"蘑菇战术"和胡宗南进行周旋，领着胡宗南到处转圈子。而胡宗南一直都找不到解放军的主力部队，没有办法向蒋介石交代，30万大军只能在延安周围四处乱撞，像无头苍蝇一样。

　　3月25日，第一师第三十一旅刚刚进入青化砭，就被解放军包围了。仅仅经过几个小时的战斗，三十一旅就被全歼，旅长李纪云被俘，吓得胡宗南赶紧将部队撤回了延安。

　　4月1日，胡宗南下达命令，要求部队向西边的瓦窑堡、永坪之线前进，寻找解放军主力。但是在十多天的时间里，胡宗南的部队都被解放军的小股部队带着在山里转来转去。随后，胡宗南又出兵进行扫荡，仍然没有取得战果，反而在羊马河一

战火中的将军
zhanhuozhongdejiangjun

战中损失了 4000 多名士兵，旅长麦宗禹也被俘虏。

　　然而，胡宗南仍然没有死心，想要在延安和解放军主力决一死战。这一回，他又错误判断了解放军的意图，以为解放军会东渡黄河。而解放军则将计就计，利用两个旅的兵力将胡宗南的主力部队吸引到绥德，而主力部队则向蟠龙镇前进，并对该镇发动了进攻。得知中计之后，胡宗南马上命令部队返回，解救被围困的第一六七旅。但是当援军返回的时候，该旅已经被解放军全歼了，旅长李昆岗被俘，胡宗南的大量军火和物资都被解放军缴获了。

　　8 月 6 日，为了将胡宗南的部队调动北上，解放军对榆林进行了围攻。胡宗南果然上当，调来了十个旅增援榆林。12 日，解放军主动从战斗中撤出，在沙家店西北地区集结等待机会，胡宗南则命令部队对解放军进行追击。22 日，胡部整编第三十六师主力部队进入了沙家店附近地区，在这里被解放军包围歼灭，师长潜逃，大多数官兵成为俘虏。10 月 4 日，解放军对清涧发起猛攻，经过七天的激战，将驻守的整编第七十六师全歼，俘虏了敌师长廖昂。到了这个时候，胡宗南已经没有心思再去寻找解放军的主力进行决战了，他将主力部队撤到延安以南进行休整，指挥部则被他迁移到西安，而延安则交给刘戡进行驻守。

　　1948 年 2 月下旬，解放军将宜川重重包围起来，国民党守军旅长张汉初急忙发电给胡宗南请求增援，胡宗南命令刘戡率领部队前往，刘戡接到命令之后亲自率领第二十九军赶去增援。在行军的途中，刘戡的先头旅发现在部队的两侧都有解放军在慢慢接近，好像要将部队包围起来。发现这一情况之后，刘戡马上向胡宗南请示，想要先将围军打退，然后再去宜川增援。但是胡宗南认为解放军根本没有足够的兵力将二十九军吃下，再加上当时宜川的外围阵地已经被解放军攻破，急需援军前往，所以命令刘戡继续带领部队前进，抓紧向宜川靠近。结果在当天傍晚的时候，第二十九军就被解放军的重兵包围在瓦子街，经过两天的激烈战斗之后，二十九军全部被歼灭，刘戡则用手榴弹自炸身亡。得知这一消息，胡宗南马上向南京发电请求撤职请罪，蒋介石非常生气，马上决定将胡宗南撤职留任，参谋长盛文则被撤职查办，送南京候审。

　　3 月 5 日，西北野战军将胡宗南在洛川的守军包围了起来，胡宗南急忙命令由豫西五个师组成第五兵团全速前往救援，使得洛川解围。

　　4 月，胡宗南发现解放军有进攻宝鸡的举动，所以命令第五兵团向宝鸡前进，并命令马步芳部向长武、亭口合兵，还将在延安驻守的整编第十七师撤回，南下和洛川的部队会合。就这样，延安重新回到了解放军的控制之中。

　　1949 年 5 月 19 日，解放军将西安泾河南岸的胡宗南军的防线突破。胡宗南知道自己大势已去，自己的"老窝"也将不保，所以只能放弃延安，当天就乘坐汽车逃到了宝鸡。第二天，西安就被解放军解放了。

　　7 月，宝鸡也被解放，胡宗南急忙带领部队逃到了汉中，靠着秦岭这个天然屏障与解放军对峙。从这个时候开始，"西北王"的光环逐渐消失了，胡宗南只能用手中的3个兵团在陕南苦苦支撑。

11月，顾祝同被蒋介石任命为西南最高军政长官，胡宗南的职务则是副长官兼参谋长，代行长官职，全权负责指挥所有在四川的部队。

12月，蒋介石乘坐飞机逃到台湾，将胡宗南抛下，让其在四川收拾残局。至当月下旬，解放军已经逼近成都，于是胡宗南将长官部转移到了西昌。23日，胡宗南乘坐飞机飞往西昌，飞机起飞之后，胡宗南又说西昌的气象不好，于是又飞往海南三亚。胡宗南离开之后，三个兵团中只有少数人逃到西昌，其余的大部分人都起义投诚了。

胡宗南抵达海南岛之后，蒋介石马上就将顾祝同派往海南进行查办，碍于情面，顾祝同并没有进行查办，而是劝导胡宗南飞回西昌，组织剩余的部队坚守三个月，胡宗南只好又从海南飞回了西昌。

1950年3月26日，解放军部队突然向西昌飞机场逼近，胡宗南知道事态紧急，于是悄悄乘坐飞机逃往台湾，将残留的6万名国民党官兵交给了参谋长罗列指挥。不久之后，这6万残兵也被解放军歼灭，罗列则独自潜逃，胡宗南费尽心力经营了几十年的40万大军都被解放军消灭干净了。